MARVIN ROTH

DAS
TESLA PORTAL II
Killer-Zellen

Thriller

SPICA
VERLAG GMBH

www.spica-verlag.de

© Spica Verlag GmbH
1. Auflage, 2022

Alle Rechte vorbehalten. Das Werk darf – auch teilweise –
nur mit Genehmigung des Verlages wiedergegeben werden.

Autor: Marvin Roth
Für den Inhalt des Werkes zeichnet der Autor selbst verantwortlich.
Die Handlung und die handelnden Personen sind frei erfunden.
Ähnlichkeiten mit lebenden Personen wären zufällig und unbeabsichtigt.

Gesamtherstellung: Spica Verlag GmbH

Printed in Europe
ISBN 978-3-98503-105-4

Denn er verletzt und verbindet;
Er zerschlägt und seine Hand heilt.
Hiob 5:18

Danke

Heute möchte ich mich gerne einmal bei meiner treuen Leserschaft bedanken. Ihr seid mein Publikum, mein Halt und manchmal auch meine Inspiration. Eure Kommentare sind mein Applaus! Ihr öffnet euren Geist und lasst meine Gedanken in euch erblühen. So reisen wir gemeinsam durch ferne Welten, erleben Abenteuer, bangen mit den Protagonisten und erfreuen uns an dem Glück unserer Helden. Was will man mehr? Gibt es eine schönere Gemeinsamkeit? Ihr betrachtet die Spieler meiner Geschichten mit euren eigenen Augen, gebt ihnen Gestalt und Leben.

Natürlich arbeitet ein Autor nicht in einer abgeschirmten Welt. Nein, wir Schriftsteller gehen mit offenen Augen durchs Leben. Wir sammeln Erlebnisse, Gerüche, Bilder, Gefühle und in uns entsteht eine Story, die wir unbedingt mit euch, liebe Leser, teilen wollen. Merkt ihr etwas? Ja! Genau! Ohne euch wäre meine Arbeit sinnlos. Noch mal herzlichen Dank für eure Treue!

Zum Schluss möchte ich mich bei meinem Verlag, dem Spica-Verlag, bedanken, der fest an meiner Seite steht und meine Bücher publiziert.

Am wichtigsten sind jedoch die unerschütterliche Geduld, der stete moralische Beistand und die bedingungslose Hilfe meiner lieben Frau Conny. Sie gibt mir den nötigen Rückhalt und die Zeit, mich meinem Beruf mit Hingabe zu widmen.

Conny, ohne dich ist meine Autorenarbeit undenkbar!

Personen und Orte

Ermittler:

Hank Berson	FBI-Sonderermittler
Walt Kessler	FBI-Sonderermittler
Roger Thorn	FBI Special Agent
Debora Becket	FBI Special Agent
Mister Wynn	Computerspezialist
Yavuz Kozoglu	FBI-Sonderberater
Thore Klausen	BND-Agent
Raimund Brenner	Haupt-Kommissar der Mordkommission Bad Homburg

Regierung und Senat:

Kamala Harris	US-Vice Präsidentin
Doug Carper	Senator
Christopher Wray	FBI-Direktor

Handlungs-Personen:

Carmen Galinda	Hankys Verlobte
Hassan Shariar	Professor der Humangenetik
Doktor Herrmann	Leiter des Aufsichtsrates der DECAM GmbH
Omar Zaki	„Der Scheich"
Burt Olson	NSA Agent und unfreiwilliger Informant
Harry	Leiter eines Sicherheitsdienstes
Michael van Althoff	Professor der Uni-Klinik Frankfurt

Orte:

Frankfurt/Main	Airport
Frankfurt/Main	Airport – Cargo City Süd
Frankfurt/Höchst	DECAM GmbH
Bad Homburg	Landgrafen Klinik
Bad Nauheim	Wohnort des Scheichs
Butzbach	Grillhaus
Königstein im Taunus	Villa Rothschild
Parkplatz An der Nachtweide	A 45
Industriegebiet Hofheim-Weilbach	Standort des Tesla Portals

New York City

Fort Meade	Zentrale der NSA

Einleitung

Wo wären wir Menschen heute ohne die medizinische Technik? Diese Frage beschäftigt mich nicht nur, sondern sorgt auch für eine gewisse Unbehaglichkeit. Welcher Laie versteht noch die Maschinen, die Gerätschaften der modernen Medizin? Wohl kaum einer, oder? Dennoch lassen wir es zu, dass auf die Anweisung eines Arztes diese Maschinen zum Einsatz kommen. Doch versteht denn die Ärzteschaft, wie diese Geräte funktionieren, oder vertraut sie wiederum auf die Angaben der Industrie? Denken wir noch einen Schritt weiter. Wie entwickelt die Industrie neue Technologien? Forschen die Wissenschaftler dieser Unternehmen auf Anfrage, Nachfrage oder einfach ins Blaue hinein? Nach dem Motto: Mal sehen, was passiert? Das bringt mich zu dem nächsten Punkt. Unter welchen Vorgaben testen besagte Firmen und Wissenschaftler ihre neuen Produkte? Gibt es da staatliche Kontrollmechanismen, vielleicht sogar eine ethische Kommission? Wenn ja, wie sollen denn die Mitglieder die neue Technik bewerten, wenn sie diese nicht kennen? Sie merken, meine Vorbehalte werden immer größer, je mehr ich über dieses Thema nachdenke. Doch ich will Sie, liebe Leser, nicht verunsichern. Bestimmt ist alles in Ordnung, staatlich geregelt und geprüft. Das denken Sie doch auch – oder? Na also! Dann kann ich ja beginnen, Ihnen meine Story zu präsentieren. Viel Spaß mit der Geschichte und bleiben Sie gesund!

Ihr
Marvin Roth

Prolog

Er fühlte die Kälte, doch er wusste nicht, was Kälte war. Er spürte Angst, doch dieses Gefühl war kreatürlich und nicht von seiner Lebenserfahrung geprägt. Sein Geist war leer und nicht eine einzige Erinnerung half ihm, seine Situation zu beurteilen. Ein plötzlicher Windstoß traf ihn und er öffnete erschrocken seine Augen. Vom nahenden Herbst gefärbte Blätter segelten von einem Baum und er bestaunte dieses kleine Wunder der Natur. Ein glucksendes Lachen verließ seinen Mund und er lauschte seinen selbsterzeugten Tönen. Das Brummen eines sich nähernden Fahrzeuges ließ seinen Kopf herumfahren. Dieses Geräusch war beängstigend und näherte sich dazu noch rasch. Er sah etwas Großes auf sich zukommen und schloss verängstigt seine Augen. Sein Körper begann zu zittern und er rollte sich in fötaler Haltung zusammen. Das Brummen wurde immer lauter und verharrte dann neben ihm. Klappernde Geräusche und Stimmen verwirrten ihn noch mehr und sein panisches Zittern verstärkte sich. Etwas knackte und raschelte nun direkt neben ihm. Er spürte die Nähe eines Menschen, obwohl er nicht wusste, was ein Mensch war. Dann berührte ihn etwas Warmes, durchaus Angenehmes, doch er hielt seine Augen weiterhin fest geschlossen. Ein kindliches Wimmern drang aus seinem Mund, begleitet von angstbedingtem Speichelfluss. Erneut hörte er Stimmen, die nun lauter und hektischer wurden. Er traute sich nicht, seine Augen zu öffnen, doch dann berührte etwas sein Gesicht. Ein weiteres Geräusch gesellte sich zu den Stimmen. Etwas atmete ganz dicht vor seinem Gesicht und dann fühlte er, wie etwas Feuchtes über seine Wangen glitt. Das kitzelte und sein Wimmern erstarb. Instinktiv erkannte er, dass er sich nicht in Gefahr befand. Zögernd öffnete er seine Augen und sah direkt vor sich eine Fellnase, über der zwei große

Augen neugierig auf ihn herabsahen. Unter der Nase fuhr ein rosa Ding auf ihn zu und er fühlte erneut das feuchte Gefühl. Eine Stimme ließ das Wesen aufhorchen und davonlaufen. Mit Betrübnis sah er dem davonrennenden Hund hinterher. Doch noch ehe sein Geist versuchen konnte, dieses Bedauern zu verstehen, trat ein Mensch in sein Blickfeld. Dieser Mensch kniete sich vor ihn und eine geöffnete Hand näherte sich nun seinem Gesicht. Diese Geste wurde von einer warmen, beruhigenden Stimme begleitet, und als die Hand seine Wange berührte, fühlte er abermals die sanfte Wärme. Ein besorgt lächelndes Gesicht näherte sich ihm nun und er erwartete wieder eine Zunge, die das kitzelnde Gefühl auf seinem Gesicht erzeugt hatte. Doch er wurde enttäuscht. Der lächelnde Mund entließ nur sanfte Worte, obwohl er doch auch eine Zunge besaß. Doch die Worte, die er natürlich nicht verstand, ließen ihn ruhig werden. Er entspannte sich und die warme, weiche Hand streichelt ihn sanft. Eine unbestimmte Zeit später näherte sich ein furchtbarer Lärm. Ein auf- und abschwellendes Heulen hallte immer lauter werdend in seinen Ohren. Das angstbedingte Wimmern kehrte in seine Kehle zurück und auch das Zittern ließ seinen Körper wieder erbeben. Das Heulen war jetzt ganz nah und er hörte zuerst ein Klappern und dann sich nähernde Schritte. Die streichelnde Hand und das freundliche Gesicht verschwanden aus seinem Blickfeld und weitere Stimmen erklangen. Er schloss erneut seine Augen, was natürlich die Geräusche um ihn herum nicht zum Verstummen brachte. Plötzlich fühlte er Berührungen und Bewegung um ihn herum. Dann packten ihn Hände, die nicht so sanft agierten wie die warme Hand zuvor, und hoben ihn an. Gleich darauf lag er auf etwas Weichem, doch etwas Festes zog sich über seinen Brustkorb und seine Beine. Sein Wimmern wurde lauter und lauter, bis er schließlich seine Panik laut herausschrie. Ein Stich in seinen Arm ließ ihn kurz innehalten und er unterbrach sein Geschrei. Er nahm sein Brüllen auch nicht wieder auf, denn eine plötzlich einsetzende Müdigkeit ließ seinen Geist zur Ruhe kommen. Ohne dass er es bewusst bemerkte, fiel er in einen tiefen Schlaf.

* * *

»So Frau Wiegand, jetzt erzählen Sie mir bitte, was hier passiert ist«, sagte der uniformierte Polizist, während der Krankenwagen von dem Waldparkplatz fuhr und auf die Bundesstraße einbog. Aus dem nahen Wald erklang Hundegebell und die Angesprochene drehte sich mit einer ungeduldigen Bewegung in Richtung des Bellens. Gerade in diesem jedenfalls für sie wichtigen Moment musste der verdammte Hund kläffen und ihre Aufmerksamkeit fordern. Irmgard Wiegand genoss es, verhört zu werden. Was sie nur aus Filmen kannte, wurde hier und jetzt für sie Wirklichkeit. Dass es sich eigentlich nur um eine Zeugenbefragung und nicht um ein Verhör handelte, war für die Frau unwichtig. Jetzt hatte sie eine Story, die sie ihren Freundinnen und jedem, der die Geschichte hören wollte, erzählen konnte. So rief sie ärgerlich und übermäßig laut:

»Herbert, kannst du Bruno BITTE beruhigen? Ich spreche gerade mit der Polizei! Das ist wichtig!«

Eine undeutliche Erwiderung und ein deutlicheres: »Bruno komm!«, waren Herberts Antwort. Mit verdrießlichem Gesicht ging er dann, einem Forstweg folgend, mit seinem Hund in den Wald hinein. Er hasste es, wenn sich seine Frau in den Vordergrund spielte. Hatte nicht er die Polizei gerufen? Außerdem war ihm der nackte Mann am Boden zuerst aufgefallen. Doch offenbar interessierte es niemand, was er zu der Sache zu sagen hatte. Mit einer wütenden Geste ergriff er einen am Wegrand liegenden Ast und warf diesen mit voller Wucht in den Wald. Bruno bellte voller Freude und rannte dem geworfenen Stock hinterher.

In der Zwischenzeit berichtete seine Frau aufgeregt und wortreich, wie sie den Mann auf dem Waldparkplatz liegend vorgefunden hatte. Der Polizeibeamte notierte die Aussage gewissenhaft und fragte sich gleichzeitig, wie der unbekannte Mann denn hier in die Wälder des Taunus unterhalb des Feldbergs gekommen war. Der Umstand, dass er hier überhaupt gefunden worden war, grenzte schon an ein kleines Wunder. Nicht viele Menschen, eingeschlossen die Bürger der umliegenden Gemeinden, kannten den abgelegenen Parkplatz. Nur wenn man genau hinsah, konnte man die schmale Abzweigung von der Bundesstraße erkennen. Also mussten die Leute, die den Mann hierhergebracht hatten, gute Ortskenntnisse besitzen. Oder war der Nackte selbst zu dem Parkplatz gelaufen? Doch wo war dann seine Kleidung? Vielleicht war er aus einem Heim, einer Anstalt oder so? Bei seinen Überlegungen hatte er die Zeugin, Frau Wiegand, völlig vergessen und war dem Redefluss der Dame nicht mehr gefolgt. Erst als sie ihn direkt ansprach, schreckte der Polizist aus seinen Überlegungen.

»Hören Sie mir überhaupt noch zu Herr Wachmeister?«

»Ja, natürlich Frau Wiegand. Jetzt brauche ich nur noch Ihre Adresse und Ihre Telefonnummer. Vielen Dank, dass Sie so aufmerksam waren und dem Mann geholfen haben. Ich müsste dann nur noch Ihren Mann befragen.«

Etwas enttäuscht, dass ihre Befragung so abrupt endete, rief sie dennoch befehlend:

»Herbert! Die Polizei will mit dir reden! HERBERT! Wo bist du denn?«

Nach einer Weile, die Polizeibeamten suchten den Parkplatz inzwischen nach verwertbaren Spuren ab, kam der Hundebesitzer endlich aus dem Wald. Bruno, der Hund, folgte und als er sein Frauchen sah, stürmte er los und begrüßte dieses freudig.

»Wo bleibst du denn?«, zischte die erboste Ehefrau. »Los beeil dich gefälligst Herbert. Die Polizei wartet!«

Zwanzig Minuten später lag der Waldparkplatz wieder verlassen da. Die Polizei, wie auch das Ehepaar Wiegand, waren in ihre Fahrzeuge gestiegen und davongefahren.

Dass sich in wenige Kilometer weiter ein Drama abspielte, erfuhren sie erst später: die Polizei durch Funkruf und die Wiegands aus der Presse.

Doch was das Drama wirklich bedeutete, war zu diesem Zeitpunkt nicht zu erkennen. Nichts deutete darauf hin, dass hier eine Vertuschungsaktion stattgefunden hatte, die gründlich danebengegangen war.

* * *

Fatale Entscheidung

Circa eine Stunde vorher irgendwo auf einer Landstraße.

»… und ich habe dir gesagt«, schrie der Fahrer des Kleintransporters, »dass ich niemanden umbringe! Und dabei bleibe ich! Verstehst du Karl?«

»Ja, ich verstehe dich recht gut, Wolfgang. Du bist nicht zu überhören. Aber wir hatten den Auftrag, den Kerl zu beseitigen!«

»Ihn loswerden! Das haben sie gesagt! IHN LOSWERDEN! Und wir sind ihn losgeworden!«

»Ja verdammt, was meinst du wohl, was sie damit gemeint haben? Wir sollten den Typ killen und dann im Wald verscharren! Ich möchte nur mal wissen, was die Bosse jetzt sagen werden. Wir müssen sofort umkehren und unseren Job erledigen, sonst sind wir erledigt!«

»Ich fahr auf keinen Fall zurück Karl! Das kannste dir abschminken! Ich bin doch nicht verrückt!«

»Okay, dann ruf ich Harry an und frage, was wir jetzt machen sollen. Vielleicht hörst du ja auf ihn.«

»Nein, ruf ja nicht Harry an«, jammerte Wolfgang und verlangsamte die Fahrt des Transporters. »Der ist immer gleich auf hundertachtzig!«

Doch der Beifahrer des Kleintransporters zog, ohne auf den Protest seines Kumpans zu achten, sein Handy aus der Hosentasche. In diesem Moment, sie fuhren durch den Taunus und befanden sich kurz vor dem kleinen Ort Schmitten, prallte etwas gegen ihren Wagen. Ein heftiger Stoß riss den Kleintransporter aus dessen Fahrtrichtung. Er schlingerte hin und her, während der Fahrer Wolfgang versuchte, sein Fahrzeug auf der Straße zu halten. Ein weiterer Aufprall vereitelte diesen Versuch und beide Männer schrien vor panischem Entsetzen. Karl krallte sich am Armaturenbrett fest und sah reflexartig in den Rückspiegel. Dort erkannte er einen SUV der Marke Audi. Ein weiteres Mal rammte der Audi den Kleintransporter. Wolfgang, der sich eigentlich nur noch am Lenkrad festhielt, riss vor Schreck seine Augen auf, als er erkannte, wohin sein Wagen sich bewegte. Er zog den rechten Fuß vom Gaspedal und presste diesen gleich darauf auf die Bremse. Seine Aktion zeigte jedoch keinerlei Wirkung, da sich die Vorderräder bereits über den Seitenstreifen bewegt hatten. Zudem beschrieb die Straße hier eine Rechtsbiegung und folgte dem schmalen Talverlauf. Ein weiterer Schlag erschütterte die Karosserie des Transporters, als dieser über den Seitenstreifen hinweg eine Böschung hinabschoss und einen Baumstumpf traf. Sofort wurde die Bewegungsenergie des Wagens gestoppt, doch Masse lässt sich nicht so einfach bremsen. Die Vorderachse wirkte wie das Gelenk eines Hebels und die dahinter befindliche Masse, also der Aufbau des Kleintransporters, überschlug sich zusammen mit dem Fahrgestell und den durchdrehenden Reifen. Dies alles geschah im Bruchteil einer Sekunde. Den Insassen des Fahrzeugs kam dieses Überschlagen bestimmt endlos vor, da ihre Sinne nun aufs Höchste angespannt waren. Der Transporter krachte wenige Meter weiter auf den Talboden, wippte noch ein-, zweimal hin und her, ehe er zur Ruhe kam. Wolfgang und Karl hingen kopfüber in den Gurten, waren aber sonst unverletzt geblieben. Ihr Schreien war verstummt, nur ihre Augen zeigten den erlebten Schrecken. Schockbedingt versuchten sich die Männer zu orientieren. Der Motor des Transporters hatte mittlerweile seinen Dienst eingestellt und nur noch die sich noch langsam drehenden Reifen verursachten ein schleifendes Geräusch. Plötzlich sahen die Verunglückten die Hosenbeine eines Fremden. Er ging mit langsamen Schritten bis zur Frontscheibe. Dort blieb er zwei lange Sekunden stehen, ehe er zur Fahrerseite zurückkehrte. Der Fremde ging nun in die Hocke und Wolfgang erkannte einen Mann offensichtlich südeuropäischer Herkunft.

Der Mann lächelte bedauernd und hob seine rechte Hand. In dieser befand sich eine schwarze Pistole. Er sagte leise: »Sorry« und drückte zweimal kurz hintereinander ab.

Karl, der die Szene ungläubig mitverfolgte, sah, wie der Schädel seines Fahrers aufplatzte. Gleichzeitig spritzte warmes Blut auf sein Gesicht. Karl versuchte nun hektisch sich aus dem Gurt, in dem er hing, zu befreien. Seine Sicht war verschwommen, da seine Augen mit dem Blut und der Gehirnmasse Wolfgangs bedeckt waren. So sah er nicht, wie der Fremde um den Wagen herumging und an der Beifahrerseite in die Hocke ging. Während Karl noch an dem Gurtschloss herumhantierte, beendeten zwei weitere Kugeln aus der Waffe des Fremden unerbittlich sein Leben. Ein zweiter Fremder kam mit einem Benzinkanister zu dem verunglückten Wagen. Ohne besondere Eile goss er das Benzin in den Fahrerraum, nickte seinem Kumpan zu und ging zurück zu dem Audi. Der Killer tränkte ein Stück Stoff, das er aus seiner Jacke gezogen hatte, in der Benzinpfütze im Inneren des Fahrerhauses und trat einen Schritt zurück. Mit einem Feuerzeug zündete er den Stoff an und warf den brennenden Lappen zu den Leichen in den Wagen. Sofort loderten die Flammen auf und die Getöteten fingen ebenfalls Feuer. Der Killer ging nun auch zurück zu dem Audi und stieg auf der Beifahrerseite ein. Er zeigt nur mit seinem Finger nach vorn und der SUV fuhr los. Aber er kam nicht weit. Kaum hatte der Fahrer beschleunigt, als er auf die Bremse trat. Er hatte etwas gesehen. Auf der anderen Seite des kleinen Tales stand ein Mann. Dieser hielt etwas in der Hand, was der Fahrer sofort identifizierte. Der Mann dort drüben filmte sie mit einem Handy. Ein Zeuge ihrer Mordtat. Der fremde Mann konnte in Sekunden sein Video hochladen und ins Netz stellen. Das durfte auf keinen Fall geschehen. Die beiden Killer wussten genau, wie die heutige Forensik arbeitete. Gesichtserkennung war nur ein Aspekt, der zu ihrer Ergreifung führen konnte. Der Beifahrer hatte den Mann am Waldrand entdeckt. Er überlegte fieberhaft, welche Optionen er nun hatte. Sollte er aus dem Wagen steigen und versuchen, den Filmer zu erschießen? Doch auf eine Distanz von bestimmt hundert Metern war eine Pistole höchst ungenau. Selbst wenn er die hundert Meter durch das Tal spurtete, dann gäbe er dem Mann dort drüben genügend Zeit im Unterholz zu verschwinden. So entschied sich der Beifahrer für eine Doppelstrategie. Er befahl dem Fahrer die nächste Abbiegung, die das kleine Tal überquerte, zu nehmen und auf dem Forstweg zu dem Beobachter zu fahren. Er selbst würde das Fahrzeug hier verlassen und zu Fuß versuchen, den unliebsamen Zeugen zu erreichen. Der Fahrer nickte, fuhr an, während der Beifahrer aus dem Auto sprang. Das Feuer des verunglückten Kleintransporters brannte nun in hellen Flammen, was vielleicht den Blick des Filmers ablenkte. Dazu kam der davonfahrende Wagen und nur ein genauer Beobachter konnte den Beifahrer erkennen, der nun gebückt am Straßenrand stand.

* * *

Tatsächlich hatte sich der Handyfilmer von der Finte der Gangster für einen Moment ablenken lassen. Jeder normale Mensch würde die Polizei anrufen oder zu dem brennenden Fahrzeug eilen. Doch der Handyfilmer hatte schon einige brenzlige Situationen in seinem Leben überstanden. Dafür hatte er sogar einen Titel erhalten und fungierte neben seinem Beruf als Sonderberater des FBI. Dieser Teil seiner Biografie war nur sehr wenigen Menschen bekannt. So wollte Yavuz Kozoglu, das war der Name des Handyfilmers, das auch weiterhin beibehalten. Immer wieder besuchte er Schulungen des FBI und stand mit der Ermittlungsbehörde in ständigem Kontakt.

Schon von dem Moment an, wo er das Quietschen von Autoreifen gehört hatte und danach die dumpfen Geräusche mehrerer Rammstöße, war er alarmiert. Er hatte sein Mountainbike angehalten, war vom Sattel gesprungen und hatte das Rad auf den Boden gelegt. Da sah er auch schon, wie ein Kleintransporter in die kleine Talmulde stürzte und sich überschlug. Als dann ein SUV an der Unfallstelle stoppte, beschloss Yavuz diese Szene zu filmen. Noch sah er keinen Grund, selbst einzugreifen. Atemlos sah er zu, wie ein Mann zu dem verunglückten Transporter ging. Der Kerl hatte eine Waffe in der Hand, eine schwarze Pistole, welche Yavuz deutlich erkannte. Gleich darauf schoss der Mann in den Fahrgastraum, ging dann zur Beifahrerseite und feuerte erneut. Die Schussgeräusche echoten über das Tal, doch der Killer bewegte sich weiter ohne besondere Eile. Ein zweiter Mann kam von dem SUV zur Unfallstelle gelaufen. Er schleppte einen Benzinkanister und Yavuz musste mitansehen, wie die Gangster den Kleintransporter mit Benzin übergossen und anzündeten. Noch immer waren die Killer die Ruhe selbst. Es schien sie nicht zu interessieren, ob ein vorbeifahrendes Fahrzeug auf die Unfallstelle aufmerksam wurde. Gelassen betrachteten sie sich ihr Werk und gingen dann ohne Eile zu ihrem Fahrzeug zurück. Yavuz filmte noch immer und sah, wie sich der SUV in Bewegung setzte und davonbrauste. Doch er sah, wenn auch beinahe zu spät, den Todesschützen. Dieser saß in der Hocke am Straßenrand und spähte direkt zu ihm herüber. *Verdammt* dachte Yavuz und wusste, dass er sich nun selbst in Gefahr befand. Er hätte aus einer Deckung heraus beobachten sollen. So stand er gut sichtbar auf einem Waldweg. Natürlich hatten die Gangster erkannt, dass hier ein Zeuge war, der ihnen gefährlich werden konnte. Als der Killer aufsprang und in das kleine Tal hinabstürmte, erkannte Yavuz den Plan der Gangster. Sie wollten ihn in die Zange nehmen und, wenn sie nahe genug heran waren, töten. Der SUV würde schnell die Abzweigung zu diesem Waldweg finden und es konnte sich nur um wenige Minuten handeln, ehe er hier eintraf. Der erste Gangster hatte gerade den brennenden Kleintransporter passiert, als Yavuz seine Analyse beendete. Flucht war seine einzige Option. Erst wenn er sich in Sicherheit befand, konnte er die Behörden informieren. Mit einem letzten Blick auf den heranstürmenden Gangster, der mit den Unebenheiten und dem wild wachsenden Buschwerk am Talboden zu kämpfen hatte, hob Yavuz sein Fahrrad auf. Schnell steckte er sein Handy in die Hosentasche, schwang sich auf den Sattel und fuhr los. Er kannte sich hier aus. Dies war seine Heimat und er war schon viele Male die kleinen, versteckten Waldpfade mit seinem Mountainbike entlanggeradelt. Er trat drei-, viermal kräftig in die Pedale, folgte dem Waldweg für circa zehn Meter und bog dann nach links ab. Er durchfuhr eine kaum sichtbare Lücke im Buschwerk und war damit für seine Verfolger nicht mehr zu sehen. Als der Killer den Waldweg erreichte und einen derben Fluch ausstieß, bremste der SUV neben seinem Kumpan. Yavuz aber war inzwischen schon einige Hundert Meter entfernt.

* * *

Neuer Einsatz

Einige Tage zuvor

Mit einem Hubschrauber waren Hank Berson und Walt Kessler von Boonville gestartet. Der FBI-Helikopter brachte die beiden Spezialagenten zum nur fünfzig Kilometer entfernten Lambert-St.-Louis International Airport. Walt hatte während des kurzen Fluges die Augen geschlossen. Er hatte dringend eine Pause nötig. Der Einsatz in Boonville hatte viel Kraft gekostet und ihn fast an die Grenze der Belastbarkeit gebracht. Dennoch lächelte Walt, denn er hatte sich verliebt. Debora, eine junge FBI-Agentin, hatte sein Herz erobert. Die Verabschiedung war für Walts Geschmack viel zu kurz gewesen. Doch das innige Gefühl der Verbundenheit mit der Agentin ließ Walt nicht mehr los. Er wollte im Moment keinerlei Information zu dem neuen Auftrag. Nein, viel lieber dachte er an Debora. Hanky würde ihn schon noch über den bevorstehenden Einsatz informieren.

Hank Berson, den seine Freunde Hanky nannten, dachte in diesem Moment an seine Verlobte Carmen. Sein Beruf ließ ihm nur wenig Zeit für private, gemeinsame Stunden. Dennoch hatte Carmen immer ein Lächeln für ihn und beklagte sich nie. Später würden sie sich nur kurz sehen, denn in vier Stunden musste er nach Deutschland fliegen. Er schrieb eine kurze SMS an seine Verlobte und informierte sie über sein neues Reiseziel. Dabei formte sich eine Idee, mit der er Carmen überraschen konnte.

Der Hubschrauber landete und Walt öffnete widerwillig seine Augen. Hanky klopfte seinem Freund aufmunternd auf die Schulter und erhob sich. Mit wenigen Schritten erreichte er den Ausstieg und bedankte sich bei dem Piloten für den Flug. Er sprang aus dem Helikopter und sah sich um. In einigen Metern Entfernung parkte eine schwarze Limousine. Ein Mann in einem dunklen Anzug winkte Hanky auffordernd zu. Walt war inzwischen neben seinen Freund getreten und rief laut, um das Rotoren-Geräusch des Hubschraubers zu übertönen:

»Was ist denn das für ein Kerl? Muss man neuerdings beim FBI so aussehen?«

»Ich glaube Walt«, antwortete Hanky, »der Mann ist nicht vom FBI. Komm, gehen wir hinüber. Ich vermute, wir werden nun mehr über unseren Einsatz erfahren.«

Walt brummelte etwas Unverständliches, folgte aber dennoch seinem Freund. Bei der Limousine angekommen, öffnete der Anzugträger wortlos die hinter Tür. Dann lud er mittels einer Handbewegung Walt und Hanky ein, sich in das Fahrzeug zu begeben. Hanky folgte als Erster der Aufforderung und bestieg die Limousine. Überrascht stellte er fest, dass dort im Fahrzeug schon eine Person saß. Da der schwarze Wagen viel Komfort und genügend Raum bot, konnten im Fond sechs Menschen bequem Platz finden. Zwei gegenüberliegende Sitzreihen boten Raum für eine entspannte Unterhaltung. Doch von Entspannung war hier nicht die Rede. Eine enorme Anspannung erfüllte den Fahrgastraum. Aber Hanky ließ sich weder von der Limousine noch von der anwesenden Person beeindrucken. Er öffnete seinen Geist und suchte instinktiv nach einer Gefahr. Dabei las er nicht die Gedanken der eleganten Frau, die ihn forschend ansah. Vielmehr sondierte er ihre Gefühlswelt. Walt war ebenfalls in den Wagen gestiegen und hatte sich neben Hanky gesetzt. Er wartete darauf, dass sein Freund oder die Dame das Gespräch aufnehmen würde. Doch erst als der Anzugträger die Tür geschlossen hatte, begann die Frau zu sprechen:

»Mister Benson, Mister Kessler, Sie wissen, wer ich bin!«

»Selbstverständlich Mrs. Vice-Präsident«, antwortete Walt, ohne jedoch sein Erstaunen zu zeigen, dass diese Frau hier auf sie gewartet hatte.

»Mir ist bewusst, dass ich mit diesem Treffen hier einige Instanzen der Behörden übersprungen habe. Es ist auch klar, dass ich keine direkte Einflussnahme auf Ihre Behörde habe. Dennoch bin ich hier, um Sie, Mister Berson und Mister Kessler, um Hilfe zu bitten. Ich habe mit Ihren Vorgesetzten gesprochen und mir wurde sofortige Hilfe angeboten. Diese ist auch nötig!«

Walt und Hanky hatten ihre betont lässige Haltung aufgegeben und lauschten den Worten der Vice-Präsidentin aufmerksam. Nach einem kurzen Räuspern setzte sie ihren Monolog fort.

»Vor zwei Tagen wurden die Leichen von acht Secret-Service-Agenten in Deutschland, genauer im Raum Frankfurt, in einer Privat-Villa gefunden. Diese Männer und Frauen waren für die Sicherheit von Senator Doug Carper abgestellt. Vom Senator selbst fehlt jede Spur. Wir müssen davon ausgehen, dass er entführt wurde. Unserem Präsidenten wie auch mir und Ex-Präsident Obama liegt viel daran, dass der Senator gefunden wird.«

»Was wollte denn der Senator in Deutschland?«, fragte nun Walt dazwischen. »War er auf einer diplomatischen Mission?«

»Nein Mister Kessler. Es ist viel einfacher. Unser Freund Doug Carper ist an Krebs erkrankt. Der Tumor befindet sich im Gehirn und ist nach den heutigen Kenntnissen der Medizin irreparabel. Daher hat sich der Senator entschlossen, sich in Deutschland einer völlig neuartigen Therapie zu unterziehen. Es ist seine letzte Hoffnung. Die Krankheit des Senators ist der Öffentlichkeit bisher nicht bekannt. So soll es auch bleiben. Fliegen Sie also nach Deutschland und finden Sie den Senator. Ein Jet wird Sie jetzt nach New York City bringen, wo ein Learjet des FBI auf Sie wartet.«

Walt und Hanky wechselten noch einige Worte mit der Politikerin und stiegen dann aus der Limousine. Ein anderer Wagen brachte die Männer zu dem kleinen Flugzeug, das schon mit laufenden Turbinen auf sie wartete. Kaum hatte die Maschine abgehoben, zog Hanky sein Handy aus der Tasche. Er wählte eine Kurzwahlnummer und gleich darauf meldete sich eine vertraute Stimme:

»Hallo, hier ist Carmen.«

Ein Lächeln überzog Hanky Gesicht. Dann, als er zu sprechen begann, schien sich ein Schatten über das Lächeln zu legen. Kurz schilderte er seiner Verlobten, dass er zu einem weiteren Einsatz müsse. Doch vorher würde er noch kurz zu Hause vorbeikommen. Carmen kam Hankys Bitte zuvor und sagte ihm, dass sie seinen Koffer packen würde. Sie plauderten noch eine Weile über belanglose Dinge. Dennoch spürten beide die Last der häufigen Trennungen. Erst kurz vor der Landung auf dem La Guardia Airport in New York City beendete Hanky sein Telefonat. Walt, der Pragmatiker, hatte den kurzen Flug genutzt, um mit einem kleinen Nap, also einen kurzen Schlaf, seine inneren Batterien wieder aufzuladen. Er wusste, dass er jede Möglichkeit zur Erholung nutzen musste. Bei seinem Schläfchen hatte er von Debora geträumt und war ungehalten, als Hanky ihn mit einem freundschaftlichen Stupser weckte. Er maulte ein wenig herum, grinste aber dabei. Kurz darauf verließen die Männer das Flugzeug und bestiegen eine schwarze Lincoln-Limousine. Der Fahrer grüßte kurz und fuhr los. Er kannte das Ziel der Agents und brachte diese in kürzester Zeit zu ihrem Zuhause am Central Park.

Als Hanky die Tür zu seinem Apartment öffnete, kam ihm Carmen lächelnd und mit weit ausgebreiteten Armen entgegen. Die nächsten fünf Minuten hielten sich die Liebenden in den Armen und genossen den seltenen Moment der Zweisamkeit. Dann schob Carmen Hanky von sich und sagte schelmisch:

»Wir sollten uns nun um dein Gepäck kümmern. Sonst kommst du heute nicht mehr weg.«

Dabei zwinkerte sie ihm zu und Hanky folgte ihr in das Schlafzimmer. Dort lag auf dem Bett der beinahe fertig gepackte Koffer. Während Hanky den Inhalt seines Reisegepäcks sichtete, fragt er unvermittelt:

»Sag mal Carmen. Willst du in den nächsten Tagen vielleicht nach Deutschland kommen? Ich glaube, wir beide haben uns einen Urlaub verdient! Warum sollten wir nicht die Gelegenheit ergreifen und nach Abschluss meines Auftrags dort eine kleine Rundreise machen?«

Carmen dachte einen Moment nach und antwortete lächelnd: »Das ist eine tolle Idee Hanky. Das machen wir. Wenn du absehen kannst, wann die Ermittlungen beendet sind, komme ich zu dir. So, nun sieh aber zu, dass du loskommst. Ich habe Walt draußen in der Diele gehört. Dein Freund gehört nicht zu den geduldigen Menschen.«

Eine Stunde später hob der Lear-Jet des FBI vom La Guardia Airport ab. Walt hielt einen Laptop in den Händen. Er studierte die Informationen über den Senator Doug Carper, die in den Datenbanken des FBI hinterlegt waren. Dabei beschlich ihn ein ungutes Gefühl.

* * *

Durch den Wald

Yavuz nutzte seine Ortskenntnisse und fuhr mit seinem Mountainbike durch die Wälder des Taunus. Dabei versuchte er eine möglichst große Distanz zwischen sich und den Killern zu schaffen. Trotz seiner Bemühungen hörte er weiter das Motorengeräusch des SUV. Er kannte sich mit Autos aus und erkannte berufsbedingt, wie ein bestimmtes Fahrzeug klang. Im wahren Leben war Yavuz ein Autohändler. In seinem zweiten geheimen Leben war er FBI-Sonderberater. Nun trafen sich die beiden Lebensentwürfe auf unangenehme Art. Seine beiden Einsätze, die er mit heiler Haut überstanden hatte, waren in den USA gewesen. Doch nun näherte sich eine Gefahr in seiner Heimat. Er dachte an seine Familie, an seine Frau, an seine Kinder. Diese galt es zu beschützen! Er wollte sich nicht vorstellen, was passieren würde, sollten die Killer ihn identifizieren. Damit würde sein bisher sicheres Leben beendet sein. Das wollte er auf keinen Fall. Also galt es geschickt zu agieren. Zuerst musste er die Gangster abhängen, ihnen ungesehen entkommen. Sie hatten ihn nur von Weitem gesehen und konnten so keine genaue Beschreibung von ihm haben. Er musste also die Killer auf eine falsche Fährte führen, ehe er auf Schleichwegen nach Hause fahren konnte. Dabei erinnerte sich Yavuz an eine Direktive des FBI. Sollte ein Agent in eine bedrohliche Situation geraten, dann muss er so schnell wie möglich seine Dienststelle informieren. Dies diente zur Sicherheit des Agents und er konnte sofort auf Hilfe hoffen.

Yavuz stoppte sein Bike, als er den Waldrand erreicht hatte. Unter ihm lag das Taunusstädtchen Schmitten. Hinter sich, irgendwo im Wald, hörte er den SUV der Gangster. Nach einem sichernden Rundblick legte Yavuz sein Rad auf den Boden und setzte sich neben einer alten Eiche auf den Boden. Er aktivierte sein Smartphone und öffnete eine besondere App. Erst durch den Fingerabdruckscanner ließ sich die App öffnen. Dann erschien auf dem Display ein Feld, das einen Zugangscode forderte. Yavuz tippte diesen ein und gelangte zu einem anderen Menü. Dort war nur ein grüner Button zu sehen, auf den er seinen Daumen legte. Gleich darauf wählte sein Handy eine geheime Nummernfolge. Nach wenigen Sekunden meldete sich eine emotionslos klingende Männerstimme.

»Identifizieren Sie sich!«, sagte die Stimme.

»Agent Yavuz Kozoglu. Sonderberater.«

Dazu nannte er eine weitere Ziffernfolge. Endlich, nach einer gefühlten Ewigkeit, die aber nur Sekunden dauerte, wurde er an einen Einsatzoperator weitergeleitet.

»Wie kann ich Ihnen helfen Agent Kozoglu?«, fragte der Operator ruhig. Yavuz atmete kurz tief ein und versuchte seine

Anspannung damit zu dämpfen. Das Motorengeräusch näherte sich schnell und er wusste, dass er gleich wieder von hier verschwinden musste, außerdem brauchte er eine Genehmigung zur Absicherung seiner möglichen Abwehrreaktionen. Mit hastigen Worten beschrieb er seine Lage:

»Ich habe einen Mordanschlag beobachtet und mit dem Handy gefilmt. Dabei haben mich die Killer bemerkt und sind mir nun auf den Fersen. Meine Position ist circa 400 Meter östlich des Ortes Schmitten. Die Gangster nähern sich auf einem Waldweg und werden in spätestens zwei Minuten an meinem Standort angelangt sein. Ich erbitte schnellstens Hilfe eines Einsatzteams wie auch die Freigabe zur Gewaltanwendung gegen die Verfolger. Leider habe ich keine Waffe bei mir, sodass ich auf natürliche Ressourcen zurückgreifen werde.«

»Freigabe erteilt Agent Kozoglu. Sehen Sie zu, dass Sie eine geeignete Position finden, von der aus Sie Ihre Gegner abwehren oder ungefährdet auf Verstärkung warten können. Lassen Sie Ihr Smartphone angeschaltet und halten Sie die Verbindung aufrecht. Wir peilen Sie gerade an. Ein Einsatzteam startet soeben mit einem Helikopter von Frankfurt aus. Es wird in wenigen Minuten bei Ihnen eintreffen. Zwei weitere Teams werden angefordert.«

»Okay!«, rief Yavuz. »Ich muss jetzt eine Deckung suchen. Ich kann meine Verfolger, also deren SUV, schon zwischen den Bäumen erkennen.«

Yavuz steckte sein Handy einfach in die Hosentasche, ohne auf die Antwort des Operators zu warten. Dann hob er sein Fahrrad vom Boden auf und sah sich nach einem Fluchtweg um. Da entdeckte er einen breiteren Weg, der wenige Meter unter ihm verlief. Er musste nur den kleinen Abhang hinunter. Das war kein Problem, aber was dann? Yavuz blickte in Richtung Westen und erkannte, dass dort vorne, vielleicht in zweihundert Metern Entfernung, sogenanntes Meterholz rechts und links am

Wegrand gestapelt war. Dorthin musste er, dessen war er sich sicher. Ohne weiter zu überlegen und auch weil die Verfolger nun schon sehr nahe waren, schwang er sich auf sein Bike. Gleich darauf rollte er gekonnt, er fuhr schon seit Jahren Mountainbike, den Abhang hinunter. Auf dem Weg angekommen achtete er nicht auf das Aufheulen des starken SUV-Motors hinter sich. Er trat kraftvoll in die Pedale und hoffte dabei, dass die Gangster ihm Zeit genug ließen, das Stapelholz zu erreichen. Ein Krachen und das Bersten brechender Äste verrieten die Entschlossenheit seiner Verfolger. Auch sie waren mit dem SUV den Abhang hinuntergefahren. Dabei vertrauten sie offensichtlich auf die robuste Bauweise des Wagens. Inzwischen war Yavuz an den Holzstapeln angekommen. Er passierte die ersten drei Stapel und bog plötzlich vor dem vierten nach links ab. Yavuz sprang von Rad und schob dieses einige Meter hinter den vierten Stapel. Dann ließ er sein Gefährt achtlos fallen und rannte hinter dem gestapelten Holz entlang. Er passierte, noch immer ungesehen, auch den fünften Stapel. Danach schlich er sich um den Stapel herum und schaute zwischen den hier gelagerten Baumstämmen nach seinen Verfolgern. Ihr Fahrzeug stand am zweiten Stapel und die Gangster öffneten gerade die Fahrzeugtüren. Sie stiegen aus und Yavuz erkannte die schwarzen Pistolen in ihren Händen. Wie erwartet hatten die beiden Männer gesehen, wie er hinter dem Meterholz Deckung gesucht hatte. Tatsächlich liefen die Kerle auf die Lücke zwischen den Stapeln zu und waren gleich darauf nicht mehr zu sehen. Yavuz nutzte seine Chance und lief mit vorsichtigen Schritten über den Weg zur anderen Seite. Wenn er jetzt von den Gangstern entdeckt wurde, dann war es um ihn geschehen. Doch das Glück schien auf seiner Seite zu sein. Unangefochten erreichte er den Waldrand. Auch auf dieser Seite des Weges waren Holzstapel aufgeschichtet. Nun griff seine Ausbildung, die ihm gelehrt hatte, möglichst eine Fluchtoption zu wählen, mit der kein Gegner rechnen konnte.

So schlich er wiederum den Sichtschutz der Holzstapel nutzend in Richtung des SUVs. Er hörte die Gangster fluchen, da sie den verdammten Zeugen nicht fanden. Yavuz lauschte und konnte so ungefähr bestimmen, wo sich die Männer im Moment befanden. Sie hasteten den Holzstapeln entlang und stritten dabei. Mit einem grimmigen Grinsen rannte Yavuz weiter und befand sich kurz darauf am Ende des ersten Holzstapels. Er schlich um das Meterholz herum und legte sich auf den Boden. Dann schob er seinen Kopf vorsichtig nach vorne. Das hier wachsende Gras und das Unkraut verschafften ihm dabei eine natürliche Deckung. Er war nun hinter dem hier geparkten SUV und sah unter dem Fahrzeug hindurch die Beine seiner Verfolger. Diese standen am fünften oder sechsten Stapel mitten auf dem Weg. Anscheinend ratlos diskutierten die Männer, wie sie nun weiter vorgehen sollten. Natürlich konnte Yavuz nicht verstehen, was die Gangster sagten, doch ihre Tonlage sprach Bände. Ein verwegener Plan formte sich in den Gedanken des FBI-Sonderberaters. Er würde es diesen verdammten Killern zeigen. Nach einem weiteren sichernden Blick entschloss sich Yavuz zu handeln. Er erhob sich und achtete darauf, kein Geräusch zu verursachen. Dann schlich er gebückt hinter den SUV. Die Gangster befanden sich nicht mehr auf dem Weg, was er durch einen weiteren Blick beunruhigt registrierte. Bestimmt suchten sie ihn nun hinter den Holzstapeln. Keine Sekunde verschwendend eilte Yavuz zur Beifahrertür des Wagens. Diese stand halb offen und bot ihm so zusätzlichen Sichtschutz. Eigentlich wusste er nicht, warum er in den Wagen sah. Zuerst hatte er diesen nur als eine Sichtdeckung benutzen wollen. Doch die Versuchung war wirklich zu groß. So nahm er sich die Zeit und sah in das Innere des Fahrzeugs. Im Fahrer und Beifahrerbereich sah er nichts, was ihm hilfreich erschien. Doch als sein Blick zur Rückbank wanderte, hätte er fast gejubelt. Dort lag eine AK-47. Eine moderne Schnellfeuerwaffe. Ohne lange nachzudenken, kniete sich Yavuz auf den

Beifahrersitz, griff zwischen den Sitzen hindurch und packte die Waffe. Gerade als er die AK-47 zu sich heranzog, hörte er die Stimmen der Gangster. Sie schrien laut, ja zornig und Schüsse hallten durch den Wald.

* * *

Über den Wolken

Walt schaute mit müden Augen auf sein Tablet. Er hatte wichtige Information über den vermissten Senator Doug Carper gefunden. Die geheimen Berichte des FBI zeichneten ein Bild des Politikers, das nicht mit dem öffentlichen Profil zusammenpasste. Doug Carper war in seiner Karriere buchstäblich über Leichen gegangen. Als Kriegsheld aus Vietnam zurückgekehrt, war er mit Orden und Ehrungen überhäuft worden. Seine dreijährige Gefangenschaft beim Vietcong hatte ihm diesen Ruhm beschert. Aus den Akten ging jedoch hervor, dass der Senator bei Weitem nicht der glorreiche Held war. Er hatte mehrere Spezialeinsätze als Führungsoffizier geleitet. Die Guerillakämpfer des Gegners waren vom Führungsstab des Militärs zum Abschuss freigegeben worden. Doug Carper hatte diese Tötungsmissionen erbarmungslos umgesetzt und dabei keine Rücksicht auf Zivilisten genommen. Männer, Frauen und Kinder waren Opfer seiner Missionen. Jeder, der nur im Verdacht stand, ein Helfer der Widerstandskämpfer zu sein, ließ Doug Carper töten. Er war gnadenlos gegenüber seinen Feinden, aber auch gegen sich selbst. Die Folter und die unmenschliche Behandlung, die er nach seiner Ergreifung durchstehen musste, nahm er wortlos hin. Als er schließlich von US-amerikanischen Spezialtruppen gerettet wurde, verließ er aufrecht und mit ungebrochenem Willen das Gefangenencamp. Sein Weg nach dem Krieg wurde als beispielhaft beschrieben. Doug Carper wurde zu allen nationalen Events eingeladen. Selbstsicher nahm er Ehrungen entgegen und lächelte beinahe schüchtern, wenn er von Politikern als Patriot bezeichnet wurde. So lernten die Amerikaner diesen netten, freundlichen Mann kennen. Seine Popularität verhalf ihm schließlich dazu, von den Demokraten als Senator von Nebraska nominiert zu werden. Natürlich glaubte die politische Elite, diesen Mann nach ihren Wünschen formen zu können. Auch hätten die Republikaner den Exsoldaten gerne in ihren Reihen begrüßt. Doug Carper glaubte jedoch, bei den Demokraten mehr erreichen zu können. In den Reihen der Republikaner tummelten sich schon genügend Kriegshelden. So auf seine Karriere fokussiert, setzte er alles daran, als Senator von den Wählern berufen zu werden. Auch hier handelte er kompromisslos. Wer ihm im Weg stand, wurde von seinem Wahlkampfteam ausgespäht, diskreditiert und manchmal sogar aktiv bedroht. Natürlich agierte er bei den Einschüchterungen niemals selbst. Dafür hatte er seine Leute, die er extra für die dunklen Seiten einer Wahlkampagne engagiert hatte. Merkwürdige Selbstmorde wurden von der Presse mit Doug Carper in Verbindung gebracht. Die Beschuldigungen prallten aber bei dem ewig lächelnden Kriegshelden spurlos ab.

Walt blätterte noch eine Weile in den digitalen Berichten. Er war sehr erstaunt, dass gleich drei hochrangige Politiker diesem Mann auf den Leim gegangen waren. Das FBI hatte zwar nie einen handfesten Beweis gegen den Senator in Händen. Dennoch verstand er nicht, dass der Ex-Präsident Obama, der jetzige Präsident und die amtierende Vice-Präsidentin diesem Mann vertrauen konnten. Doch es half nichts. Hanky und er mussten den Senator finden, auch wenn ihnen dieser Mann nicht gefiel. Walt klappte sein Tablet zu und schaute auf seine Uhr. In gut vier Stunden würden sie in Frankfurt landen. Ob er dann noch Zeit hatte, sich zu entspannen, war ungewiss. Er sah noch kurz zu Hanky, der aber auch auf sein Tablet schaute. Danach stellte er seinen Sessel in Schlafposition und schloss seine Augen. Er dachte noch einmal kurz an seine Kollegin Debora Becket, sah ihr Bild vor sich und glitt dann übergangslos in die Traumwelt.

Auch Hanky hatte sich über den Senator informiert. Doch er blockierte für sich den negativen Einfluss der Berichte. Alles hatte seine zwei Seiten. In erster Linie ging es darum, einen vermissten Menschen zu retten. Außerdem wollte er unbedingt die Verbrecher zur Strecke bringen, welche die acht Kollegen des Secret-Service ermordet hatten. Was, so fragte er sich beunruhigt, war so wichtig, dass eine Gruppe oder Organisation gleich acht Morde beging? Er hatte schon viele Tote gesehen, viele Verbrecher zur Strecke gebracht und doch war er immer noch erstaunt, welche Gräueltaten Menschen vollbringen konnten. Angewidert legte er das Tablet zur Seite und sah hinüber zu Walt. Dieser lag verkrümmt auf seinem Sessel und schnarchte leise. Hanky bewunderte seinen Freund für die Gabe, in jeder Situation schlafen zu können. Doch er wusste, dass Walt den Schlaf dringend benötigte. Ihr letzter Einsatz in Boonville hatte sie an den Rand ihrer Kräfte gebracht. Walts und Hankys paraphysische Energien waren fast zur Gänze erschöpft. Der Mutant dachte an die goldenen Engelssphären und fühlte, wie er ungewollt eine übersinnliche Pforte öffnete. Er schloss seine Augen und sah unmittelbar in eine Welt, die nur sehr wenige Menschen jemals erfassen konnten. Das Flugzeug, in dem er saß, wurde zu einem fließenden Schatten, der wie ein Nebel um ihn herumwaberte. Erstaunt erkannte Hanky den dunklen Atlantik unter sich. Die Materie um ihn herum war durchscheinend, gerade als ob die Atome sich von einem festen Verbund lösten und auseinanderstrebten. Ein goldenes Leuchten versperrte ein wenig sein Sichtfeld und Hanky erkannte, dass er es war, der das Leuchten verursachte. Gleichzeitig wusste er, dass es nicht sein materieller Körper war, der den himmlischen Schein erzeugte. Nein, es war seine Aura, seine Engelsaura, die er und Walt in Boonville erhalten hatten. Dieser Energiemantel sollte sie schützen. Doch das auratische Gespinst vermochte viel mehr, als seinen Träger vor Unbilden zu beschützen. Dem Wunder des Göttlichen vertrauend, bat Hanky um Hilfe. Er fragte einfach das Universum um ihn herum, ob es seine verlorenen Energien zurückbringen könne. Statt einer Antwort öffnete sich der Nachthimmel und eine neue Sonne schien aufzugehen. Doch dieses Licht des unbekannten Sterns blendete nicht Hankys Augen. Vielmehr sandte es einen goldenen Strahl, der Hanky in der gleichen Sekunde erreichte. Unfassbare, unendliche Liebe umhüllte den Mutanten. Tausend Stimmen schienen ihm leise etwas zuzuflüstern, während unsichtbare Hände seine Seele streichelten. Dennoch war Hanky noch immer in der Lage, einen klaren Gedanken zu fassen, auch wenn er sich liebend gerne dieser überirdischen Erfahrung gewidmet hätte. So suchten seine Gedanken nach einer Formulierung, welche die Bitte einschloss, auch Walt zu helfen. Ohne die Frage zu Ende gedacht zu haben, sah er, wie auch Walt von dem goldenen Strahl erfasst wurde. Sein Körper war in eine Blase aus reiner Seligkeit eingehüllt. Hanky bedankte sich leise. Ob er seine Worte aussprach oder nur dachte, war in diesem Moment ohne Bedeutung. Eine unendliche Zeit verging, die für andere Menschen vielleicht nur Sekunden andauerte, ehe sich das Licht zurückzog, langsam kleiner wurde und dann schließlich verschwand. Die Dinge um Hanky herum wurden wieder materiell und der Mutant schlug seine Augen auf. Walt lag unverändert in seinem Sessel. Ein entspanntes Lächeln lag auf seinen Lippen und ein leises Schnarchen entglitt seinem halb geöffneten Mund. Nun schloss auch Hanky seine Augen und versuchte ein wenig Schlaf zu finden. Er hoffte, nein, eigentlich wusste er, dass sein Körper wie eine Batterie aufgeladen war. Die Engel oder ihre Auren hatten ihn mit psyonischen Energien versorgt. Wie und an wo sein Organismus diese besondere

Kraftquelle verwahrte, wusste der Mutant nicht. Auf jeden Fall hatte ihn erneut etwas Göttliches gestreift. Eine nagende Frage wollte ihn dennoch nicht loslassen. Würde die Nutzung der goldenen Energie oder das Tragen der Engelsaura ihm eines Tages Schaden zufügen? Hatte nicht alles seinen Preis? Musste er oder sein Körper irgendwann für die Übersinnlichkeit bezahlen? Mit diesem düsteren Gedanken schlief Hanky schließlich ein. Sein Körper forderte trotz der goldenen Energie eine Pause. Sein Geist ließ die zweifelnde Frage los und schwebte in die Welt der Träume.

Laute Musik weckte Hanky, der unwillig seine Augen öffnete. Er schaute zum Sitzplatz von Walt hinüber. Doch dieser war verlassen. Der aromatische Duft von frischem Kaffee besänftigte Hankys Verärgerung und er richtete sich auf. Den Refrain des Liedes singend, dass gerade über die Bordlautsprecher die Passagierkabine phonetisch füllte, kam Walt aus der Bordküche. Er hielt zwei Becher in Händen, aus denen sichtbar Dampf aufstieg. Er blieb neben Hanky stehen und schaute mit einem frechen Grinsen zu seinem Freund.

»Na bist du endlich erwacht, du müder Krieger!«, stellte er überflüssigerweise fest. Er hielt Hanky einen Becher des Heißgetränks hin, der diesen gerne entgegennahm. Dann wandte sich Walt ab, nippte vorsichtig an seinem Kaffee. Als er wieder zu singen anfing, wollte Hanky zuerst protestieren. Doch die schrägen Töne aus dem Mund seines Freundes verrieten ihm, dass die goldene Energie die Strapazen der vergangenen Tage von ihnen genommen hatte.

* * *

Reaktionsschnell

Plötzlich war ein Loch aus der Windschutzscheibe des SUV herausgestanzt. Gleichzeitig hörte Yavuz den scharfen Knall einer großkalibrigen Pistole. Hinter ihm wurde ein Stück der Kopfstütze zerfetzt. Dies alles geschah in dem Bruchteil einer Sekunde. Dennoch schien die Zeit für den FBI-Sonderberater fast stillzustehen. Ohne darüber nachzudenken, was er nun tun musste, verließ sich Yavuz auf das harte Training der FBI-Akademie. Reaktionsschnell ließ er sich in den Fußraum fallen und zog die Schnellfeuerwaffe mit sich. Weitere Schüsse fielen und der FBI-Mann wusste, dass seine Gegner gleich beim Wagen sein würden. So rutschte er aus dem Fahrzeug, nur von der Beifahrertür gedeckt. Er brachte das Gewehr in Anschlag, richtete sich auf und feuerte durch das geschlossene Seitenfenster. Blei zertrümmerte die Scheibe und die Geschosse jagten davon. Wütendes Geschrei der Gangster zeigte ihm, dass er zumindest das Vorstürmen der Verbrecher gestoppt hatte. Ein schneller Blick genügte und Yavuz erkannte, wie die Gangster rechts und links zu den Holzstapeln rannten. Der FBI-Mann nutzte diese Chance und trat einen Schritt zurück. Er öffnete die hintere Tür auf der Beifahrerseite und hatte so doppelten Schutz vor den feindlichen Kugeln. Ein weiterer Schritt brachte ihn hinter den SUV, wo er sich hinkniete. Aus dieser Position, die ihm zwar genügend Deckung bot, konnte er aber nur unzureichend sein Umfeld beobachten. So legte er sich bäuchlings auf den Waldweg und legte die Waffe vor sich. Nun war es ihm möglich, den Waldweg, wenn auch aus einer ungewohnten Perspektive heraus, zu sehen. Dieser lag scheinbar verlassen da und verriet nichts von der heraufziehenden Gefahr. Die Situation war kritisch und Yavuz schalt sich selbst einen Narren. Warum hatte er sich in diese nahezu ausweglose Situation gebracht? Seine Idee, die er anfangs als sehr gewieft beurteilt hatte, war nun vielleicht sein Verhängnis. Er wollte das Auto der Gangster kapern und ihnen damit jegliche Möglichkeit rauben, ihn zu verfolgen. Erneut hallten Schüsse durch den Wald und knallende Einschläge in das Blech des SUVs. Feuerten die Gangster nur allgemein in seine Richtung? Diese Frage blieb für einen Moment unbeantwortet, denn ein anderes Geräusch forderte die Aufmerksamkeit des FBI-Sonderberaters. Ein ohrenbetäubendes Knattern von oben kommend übertönte jegliches Geräusch am Boden. Gleichzeitig peitschten heftige Windböen durch den Wald. Laub wirbelte davon, mischte sich mit Staub und kleinen Ästen. Yavuz rollte sich auf den Rücken und sah hinauf zum Himmel. Ein dunkler Schatten schwebte dicht über den Baumwipfeln. Der FBI-Mann lachte lauthals, obwohl ihm dieser Gefühlsausbruch selbst nicht bewusst war. Die von ihm angeforderte Hilfe war eingetroffen. Doch krachende Schüsse mischten sich mit dem Geräusch der Rotoren des FBI-Hubschraubers. Die Gangster hatten noch lange nicht aufgegeben und feuerten nun auf den Helikopter. Das schwere Fluggerät schien zu wanken, was aber nicht auf die vereinzelten Treffer der Killer zurückzuführen war. Der Pilot wurde nervös und Yavuz konnte sich gut vorstellen, was in der Kabine des Hubschraubers im Moment geschah. Männer schrien sich Befehle zu, während ein Späher die Lage unter ihnen beurteilte. Als sich die Seitentür des Helikopters öffnete, wusste Yavuz, dass er nun hier unten am Boden helfend eingreifen musste. Er rollte zurück in die Bauchlage und spähte noch einmal unter dem SUV hindurch. Auf dem Waldweg war keiner der Killer zu sehen. Natürlich nicht! Sie feuerten bestimmt aus einer guten Deckung heraus. Diese Männer waren Profis, die auch der Angriff durch einen Helikopter nicht aus der Fassung brachte. Vorsichtig erhob sich Yavuz und stand gleich darauf hinter dem großen Wagen. Er schob sich bis an die linke Ecke des Fahrzeugs und streckte dann kurz seinen Kopf nach vorne. Ein geübter Sniper hätte ihn nun sofort eliminieren können. Doch er hatte es hier nicht mit Scharfschützen zu tun, sondern mit Auftragskillern. Ein kurzes Aufblitzen zeigte ihm die ungefähre Position eines Schützen. Etwa zwanzig Meter entfernt verbarg sich der Mann hinter einem Holzstapel. Vom zweiten Schützen war nichts zu sehen. Nach oben schauend und mit beiden Armen winkend, versuchte Yavuz sich bei der Besatzung des Helikopters bemerkbar zu machen. Er wollte nicht versehentlich erschossen werden. Der Schütze an Bord des Hubschraubers kannte ihn schließlich nicht. Die Reaktion von oben kam sofort. Er sah einen Arm, der kurz aus der Seitentür gehalten wurde, und eine Hand mit ausgestrecktem Daumen. Nun wussten die da oben Bescheid und Yavuz konnte handeln. Nach einem weiteren sichernden Blick um die Ecke spurtete er los. Sein Ziel, nur wenige Meter entfernt, war der Holzstapel, hinter dem sich einer der Schützen verbarg. Mit angeschlagener Waffe umrundete er den Stapel und feuerte. Doch da war kein Gangster, auf den er feuern konnte. Der Kerl hatte seine Position gewechselt. Einen deftigen Fluch ausstoßend zog er sich wieder hinter den Stapel zurück. Zuerst musste er erneut die Position des Gegners bestimmen. Ein unüberlegtes Handeln konnte schnell mit einer schweren Verwundung oder gar mit seinem Tod enden. Die Maschinenwaffe des Hubschraubers ratterte und gleichzeitig zischten scharfkantige Holzschrapnelle über Yavuz hinweg. Instinktiv ließ er sich auf den Waldboden fallen, rollte sich auf den Rücken und richtete seine Waffe nach oben. Dort sah er einen der Gangster, der tatsächlich auf dem Holzstapel stand. Er feuerte auf den Killer, der gleichzeitig von der großkalibrigen Waffe des Hubschraubenschützen getroffen wurde. Der Mann schien einen grotesken Tanz aufzuführen, doch nur für eine Sekunde. Sein Körper wurde förmlich zerfetzt, als rissen gierige Bestien das Fleisch von seinem Körper. Blut spritzte aus unzähligen Wunden, ehe der Verbrecher zusammenbrach. Wenn der Schütze im Hubschrauber nur eine Sekunde unaufmerksam gewesen wäre, dann würde Yavuz nun Tod am Boden liegen. So aber lebte er und reagierte seinen Ärger und auch seine Furcht vor einem tragischen Ende gewaltsam ab. Schwer atmend blieb Yavuz noch einen Moment liegen. Auch er musste begreifen, was soeben geschehen war. Dann rappelte er sich auf und sprang hinter den Holzstapel. Kurz dachte er an den zerfetzten Körper über sich. Doch er konnte sich im Moment nicht den Luxus erlauben, über einen toten Killer nachzudenken. Ein weiterer Gangster war noch irgendwo in der Nähe. Solange dieser Kerl nicht unschädlich gemacht war, stellte er immer noch eine tödliche Gefahr dar. Eine jaulende Sirene lenkte Yavuz für eine Sekunde ab. Es hörte sich nach einem Einsatzwagen der Feuerwehr an. Irgendjemand hatte den brennenden Wagen wohl entdeckt und die Rettungskräfte alarmiert. Weitere Signalwarntöne näherten sich, doch der FBI-Sonderermittler achtete nicht mehr auf das Geschehen hinter ihm. Der Helikopter, immer noch über dem Waldweg schwebend, erzeugte weiterhin einen mechanischen Sturm. Die Äste der Laubbäume wurden hin und her gerissen. Doch das laute Motorengeräusch war eher kontraproduktiv. Es war Yavuz dadurch unmöglich, den verbliebenen Killer zu hören. Auch eine Bewegung seines Gegners konnte er nicht ausmachen, da sich der Wald durch die Windböen des Hubschraubers in ständiger Bewegung befand. Er überlegte angestrengt und blendete für einen Moment die Geräusche um sich herum bewusst aus. Das Rauschen des Waldes, das Knattern des Helikopters, die Sirenen der Rettungswagen verschwammen zu einer Sinfonie der Gefahr. Durch diese Geräuschkulisse hindurch suchte Yavuz eine phonetische Abweichung. Er stellte sich den Lärm als Lied, als Melodie vor und suchte nach einer Dissonanz. Der FBI-Sonderberater setzte sich auf den Boden, lehnte sich an den Holzstapel und schloss seine Augen. Natürlich war sich Yavuz dabei bewusst, dass er seinem Gegner nun schutzlos ausgeliefert war. In Wirklichkeit aber stellte er dem Gangster eine mentale Falle. Dieser würde bestimmt nicht auf einen ohnmächtigen Mann schießen. Nein, der Killer würde erstaunt auf den Mann reagieren, der mit geschlossenen Augen reglos am Boden saß. Natürlich wusste Yavuz, dass das Erstaunen seines Gegners nur Sekunden andauern würde. Er hielt scheinbar zufällig sein Schnellfeuergewehr in der Armbeuge. Der Anschein trog jedoch, denn der Zeigefinger seiner rechten Hand lag an dem gespannten Abzug. Ruhig und gleichmäßig atmend wartete er und lauschte. Der Hubschrauber über ihm wechselte ein wenig seine Position, was die Geräuschkulisse ein wenig veränderte. In diesem Moment hörte Yavuz das leichte Knacken eines Astes links von ihm. Der Gegner hatte also den Waldweg überquert und war durch den angrenzenden Wald gelaufen. Er wollte sich so an Yavuz heranschleichen und von unerwarteter Seite aus angreifen. Ein weiteres Knacken bestätigte die Vermutung des FBI-Agenten. Der Killer war nun nur noch wenige Meter entfernt. Ein leises Knistern, das Yavuz durch seine gezielte Konzentration vernehmen konnte, zeigte ihm, dass der Killer sein Gewicht verlagerte. Das bedeutete, dass dieser seine Waffe in Anschlag brachte und einen sicheren Stand suchte. Ohne noch weiter zu warten, ließ Yavuz sich zur Seite fallen. Gleichzeitig öffnete er seine Augen und sah den Killer nur wenige Meter entfernt neben einem Baum stehen. Er hatte eine Pistole in der Hand und zielte damit auf den FBI-Mann. Yavuz spürte, wie sich die Zeit zu dehnen schien, und befürchtete gleichzeitig, dass er seinen Zeigefinger nicht schnell genug drücken konnte. Dennoch raste der Befehlsimpuls seines Gehirns zu dem besagten Finger, der sofort reagierte. Eine Feuerlohe schoss aus dem Lauf seiner Schnellfeuerwaffe, begleitet von einem ohrenbetäubenden Geratter. Noch ehe der Killer seine Waffe abfeuern konnte, trafen ihn die Bleigeschosse und warfen seinen Körper nach hinten. Für eine Sekunde versuchte der Gangster instinktiv auf den Beinen zu bleiben, ja sein verlorenes Gleichgewicht wiederzufinden. Dann aber kollabierte sein Nervensystem, das Gehirn wurde nicht mehr durchblutet und doch jagte ein letzter, angsterfüllter Gedanke durch das Bewusstsein des Killers, der nur noch Grauen kannte, aber keine Wörter mehr formulierte. Gleichzeitig stürzte sein Körper haltlos zu Boden und blieb nach einem letzten, röchelnden Geräusch reglos liegen.

* * *

Ankunft

Der große Mann lief unruhig auf dem Vorfeld des Airports auf und ab. Dabei rauchte er eine Zigarette nach der anderen. Er freute sich auf das Wiedersehen mit den FBI-Agenten. Es waren nun schon einige Monate vergangen, seitdem er nach Deutschland zurückgekehrt war. Er vermisste New York City und das pulsierende Leben der Großstadt. Frankfurt war zwar auch eine Großstadt, doch mit der Metropole am Hudson River konnte sie nicht konkurrieren. Seine Frau sah ihre Rückkehr in die Heimat mit anderen Augen. Sie genoss die deutsche Küche und präsentierte ihm beinahe jeden Abend ein besonderes Essen. Mit einem Seufzer schnippte Thore Klausen die aufgerauchte Zigarette auf den Boden und sah danach auf seine Uhr. Der Lear-Jet des FBI musste in wenigen Minuten landen. Hinter Thore parkte ein Mercedes SUV neben dem Hangar. Dieser exklusive private Bereich des Frankfurt International Airports war nur wenigen Menschen bekannt. Privilegierte Menschen, Politiker, Künstler und Geschäftsleute mussten sich nicht dem Sicherheitsprozedere des öffentlichen Flughafens unterziehen. Kein stundenlanges Warten vor dem Zoll und den Kofferbändern. Keine Kontrollen des Gepäcks, keine Unannehmlichkeiten. Thore gefiel diese

Sonderbehandlung nicht, doch er nahm die Gegebenheiten so hin, wie sie waren. Er konnte eh nichts ändern und wenn man wusste, was sich sonst für Ungerechtigkeiten in der Welt abspielten, dann war ein Privileg bei der Einreise bedeutungslos. Die Turbinen eines heranrollenden Flugzeugs lenkten Thore ab und er wunderte sich kurz über seine beinahe sozialistischen Gedanken. Er schüttelte seinen Kopf, setzte sein strahlendes Lächeln auf und sah dem näherkommenden Jet freudig entgegen. Das Flugzeug rollte an ihm vorbei und parkte gleich darauf in dem vorgesehenen Hangar. Thore überlegte, ob er noch schnell eine Zigarette rauchen sollte, unterdrückte aber dann sein Verlangen nach weiterem Nikotin. Die Triebwerke liefen aus und einige Techniker sicherten den Jet, indem sie Bremskeile unter die Räder der Maschine schoben. Dann öffnete sich die Kabinentür des Flugzeuges und schwenkte nach unten. Kaum dass diese den Hangarboden berührt hatte, erkannte Thore den Mann an der Türschwelle. Es war der FBI-Sonderermittler Walt Kessler. Er blieb kurz vor der Treppe stehen und sah sich suchend um. Natürlich hatte er Thore längst gesehen, doch Walt war für seine kleinen Scherze bekannt. Dieser grinste in seiner typischen Art und eilte dann die wenigen Stufen folgend nach unten. Als er den BND-Agenten anblickte, rief er natürlich lauter als nötig:

»Da ist ja unser Kleiner. Ich hatte schon befürchtet, dass du dich verlaufen hast. Schließlich ist so ein Airport verwirrend. Ich warte schon seit Stunden auf dich! Wo warst du denn so lange?«

Thore grinste nun breit und freute sich, Walt wiederzusehen. Er war gut einen Kopf größer als der FBI-Sonderermittler und als Kleiner angesprochen zu werden, war schon dreist. Doch niemand konnte Walt für seine Neckereien böse sein. Er besaß die nicht zu unterschätzende Gabe, einen Moment lang seinen Mitmenschen den Stress zu nehmen. Damit entspannte er so manche Situation, auch wenn er dabei den Witzbold spielen musste.

Thore ging mit ausgebreiteten Armen auf Walt zu und rief nun auch überlaut:

»Komm her, mein Dicker, lass dich drücken! Willkommen in Deutschland! Ich freue mich total, dich zu sehen!«

»Was heißt hier denn Dicker? Geht's noch?«, empörte sich Walt und konnte sich dabei ein Grinsen nicht verkneifen.

»Na ja«, sagte Hanky, der beinahe unbemerkt zu den Männern getreten war.

»An den Hüften hast du dir ein schönes Polster geschaffen Walt. Oder ist es nur der Stoff deines Sweatshirts?«

Nach einigen empörten Worten Walts und der nachfolgenden Begrüßung Hanky durch Thore gingen die Männer zu dem geparkten SUV. Sofort verschwand die Heiterkeit der Agents, als sie auf den Grund ihrer Reise zu sprechen kamen. Dabei waren Walt und Hanky erstaunt, dass der Bundesnachrichtendienst und damit der Agent Thore Klausen wussten, dass Senator Doug Carper vermisst wurde. Doch sie hätten die Antwort auf diese Frage selbst beantworten können. Immerhin waren acht Secret-Service-Agenten tot in einer Villa nahe Frankfurt aufgefunden worden. Mann hatte die Agents ermordet. Kaltblütig von einem Killerkommando erschossen. Jedenfalls ging man von einem Killerkommando aus, da die Tat höchst professionell durchgeführt wurde. Außer dem Senator waren zwei weitere Secret-Service-Agenten vermisst. So fragte Hanky nach einer kurzen Überlegung den BND-Agenten Thore:

»Was kannst du uns zu den Tötungen der Secret Service Leute sagen, Thore? Wir haben nur eine kurze, wenig aussagefähige Memo erhalten.«

Der BND-Agent überlegte einen Moment, während ein Crewmitglied des Lear-Jets das Gepäck von Walt und Hanky in den SUV lud. Dann bedeutete er den FBI Sonderermittlern, sich in den Wagen zu setzen. Kaum hatten die Männer das geräumige Fahrzeug bestiegen, fragte er:

»Wollt ihr erst in eure Unterkunft und euch ausruhen, oder besuchen wir den Tatort?«

»Wir sind nicht müde Thore«, antwortete Walt. »Du kannst uns ja auf der Fahrt zu dem Tatort berichten. Wo geht's eigentlich hin?«

»Ich glaube nicht Walt, dass dir der Ort etwas sagt. Aber bitte! Wir fahren zuerst nach Königstein im Taunus. Dort hatte der Senator für sich und seine Entourage eine Villa gemietet. In circa einer halben Stunde sind wir dort.«

Auf ihrer Fahrt streiften sie die Mainmetropole und Walt staunte nicht schlecht, als er die Bankentürme aus der Ferne sah. Irgendwie hatte er sich Deutschland viel provinzieller vorgestellt. Doch er war für neue Erkenntnisse immer offen und sehr gespannt, wie Königstein aussehen würde. Thore unterrichtete die Männer über den Stand der Ermittlungen. Die Informationen hatte er vom Bundeskriminalamt in Wiesbaden erhalten. Die Behörde hatte einen Kommissar Brenner mit den Ermittlungen betraut. Ihn würden sie am Tatort treffen. Die Skyline Frankfurts blieb hinter ihnen zurück und vor ihnen lag der Höhenzug des Taunus. Wenige Minuten später erreichten sie schließlich Königstein. Walt bestaunte nun die altehrwürdigen Bauten, die sich am Straßenrand mit neueren Gebäuden abwechselten. Dann bog Thore nach rechts in eine schmale Straße ein und sie befanden sich in einer gepflegten Parkanlage. Alte Bäume und ein gut getrimmter Rasen suggerierten Wohlstand. Dieser Eindruck verstärkte sich noch, als Thore vor einem prächtigen, ja wuchtigen Gebäude anhielt.

»Da wären wir meine Herren«, sagte Thore nicht ohne Stolz. Diese Amerikaner sollten ruhig mal sehen, was Deutschland so zu bieten hat. Der schmale Weg vor dem Hauptgebäude war bis auf den letzten Platz mit parkenden Fahrzeugen belegt. Thore bat Walt und Hanky, hier den Wagen zu verlassen.

»Ich suche nur schnell einen Parkplatz. Bitte wartet hier auf mich.«

Kaum hatten die Männer das Fahrzeug verlassen, brauste Thore davon. Walt streckte sich ausgiebig, stemmte dann seine Hände in die Hüften und drehte sich langsam. Mit geschärften Sinnen begutachtete er die neue Umgebung. Sofort fiel ihm ein kleines, sehr diskretes Schild neben einer mit rotem Teppich belegten Treppe auf. Dort stand in schwarzen Lettern auf bronzenem Hintergrund: Hotel Villa Rothschild. Mit einer knurrigen Stimme sagte Walt zu Hanky:

»Der Kerl hat bestimmt das ganze Hotel gemietet.«

Mit dem als Kerl bezeichneten Mann meinte Walt geringschätzig den vermissten Senator Doug Carper. Hanky schüttelte nur mahnend seinen Kopf. Jegliche Antwort auf Walts Feststellung hätte nur zu unendlichen Diskussionen geführt. Walt mochte den Senator nicht, was man ihm nicht verübeln konnte. Wie die Unterlagen des FBI ihnen enthüllt hatten, waren diese dazu geeignet, den Senator als unsympathisch abzustempeln. Dennoch musste man den Senator erst einmal finden. Schließlich war er im Moment das Opfer und nicht Gegenstand irgendwelcher Ermittlungen gegen ihn. Walt würde seine Abneigung bestimmt vergessen, sobald sie eine Fährte zu dem Vermissten folgen konnten. Nach wenigen Minuten kam Thore über den schmalen Weg, der das Hotelgebäude zur Hälfte umringte, gemessenen Schrittes zurück. In seiner rechten Hand dampfte die unvermeidliche Zigarette. Walt hatte schon einen bissigen Spruch auf den Lippen, doch Hanky unterband eine verbale Konfrontation mit einem strengen Blick. Nach einem letzten tiefen Zug schnippte der BND-Agent seine Zigarette auf den Boden und zertrat diese mit seinem rechten Fuß. Vor seinen FBI-Kollegen anhaltend sagte er:

»So, der Wagen ist geparkt. Lasst uns den Tatort besichtigen!«

Als sie die Villa betraten, spürte Hanky den Hauch des Todes.

Vertuschung

Circa sechsunddreißig Stunden zuvor wurde das Personal der Landgrafen Klinik in Bad Homburg aufgefordert, nach Hause zu gehen. Den verdutzten Mitarbeitern des privaten Krankenhauses wurde versichert, dass sie am folgenden Tag wieder an ihren Arbeitsplatz zurückkehren konnten. Ein prominenter Gast sollte bald eintreffen, der darauf bestand, inkognito behandelt zu werden. Da es sich nur um einen kleineren Eingriff handelte, konnte die Klinik schon bald wieder ihren gewohnten Betrieb aufnehmen. Soweit die Erklärung der Klinikleitung. Die Mitarbeiter stellten weiter keine Fragen, da sie in letzter Zeit schon häufiger unerwartete freie Schichten erhalten hatten. Sie freuten sich über den bezahlten Urlaub und verließen zufrieden ihren Arbeitsplatz. Vor einigen Wochen hatten Techniker, so vermuteten die Angestellten jedenfalls, in mehreren Nächten einen neuen Behandlungsraum geschaffen, in dessen Mitte eine klobige, weiß lackierte Maschine stand. Niemand wusste, welche Funktion das große Gerät hatte. Der Raum war verschlossen und Fragen an die Verantwortlichen, um welche medizinische Maschine es sich handelte, wurden nicht beantwortet. Ein paar Pfleger hatten kurz in den Raum schauen können, als ein Techniker wohl Feinjustierungen an der Maschine vornahm. Der Mann hatte es versäumt, die Tür völlig zu verschließen. Als er jedoch den Beobachtern gewahr wurde, vertrieb er diese mit harschen Worten. Seitdem kursierten in der Klinik die wildesten Vermutungen. Doch kein Mitarbeiter, ob im medizinischen Dienst oder in der Verwaltung, konnte das Rätsel lösen. Man wusste einfach nicht, welches Gerät in dem abgeschirmten Raum stand.

Eine halbe Stunde, nachdem die Belegschaft der Landgrafen Klinik das Gelände verlassen hatten, fuhren mehrere SUVs und Kleintransporter auf den Parkplatz. Kaum standen die Wagen, öffneten sich deren Türen. Männer und Frauen eilten schweigend in das Gebäude. Jeder schien genau zu wissen, wohin er musste und was seine Aufgabe war. Der zuletzt angekommene Wagen, ein Kleintransporter, stoppte in der Nähe der Einfahrt des Parkplatzes. Die Hecktüren schwangen auf und acht Männer in schwarzer, militärisch anmutender Bekleidung sprangen aus dem Fahrzeug. Sie blieben kurz stehen, musterten ihre Umgebung und verteilten sich dann strategisch auf dem Gelände vor der Klinik. Sie alle trugen Waffen, die aber noch gesichert in ihren Holstern am Gürtel verwahrt wurden. Nur in einer Notsituation sollten die Uniformierten von der Schusswaffe Gebrauch machen. Die Männer, die im Objektschutz arbeiteten, wussten nicht den Grund dieser Operation. Verschwiegenheit war ein wichtiger Teil ihrer Arbeit. Es wurden keine Fragen gestellt und selbst untereinander wurde nicht über einen Einsatz gesprochen. Alles, was sie wissen mussten, war in klaren Worten von dem Auftraggeber übermittelt worden. Es galt dieses Gebäude vor äußeren Einflüssen zu schützen. Nur autorisierte Personen durften das Grundstück betreten und verlassen. Erst wenn das Signal zum Abrücken gegeben wurde, würde der Einsatz abgeschlossen sein. Zwei Objektschützer hatten sich an der Einfahrt zum Klinikgelände positioniert. Die Straße davor lag ruhig da und es herrschte kaum Verkehr. Hier in dieser ruhigen Wohngegend im Villenviertel von Bad Homburg waren die Anwohner darauf bedacht, ruhig zu leben. Man wollte keine Fremden in der exklusiven Nachbarschaft. Das Klinikgelände lag inmitten großer Villen. Durch seine Bauweise war die Landgrafen Klinik als solche nicht sofort erkennbar. Ein großer Garten mit altem Baumbestand verstärkte den Eindruck, dass hier wohl ein Mitglied des Geldadels lebte.

Ein kurzes Knacken aus dem Funkgerät eines Objektschützers signalisierte diesem, dass jemand mit ihm Verbindung aufnehmen wollte. Einer der beiden Männer am Tor zog das klobige

Gerät aus einem Holster und drückte die Sprechtaste. Er sagte nur ein fragendes Wort:

»Ja?«

Die Antwort, die leise aus dem Lautsprecher des Geräts drang, umfasste mehr Wörter:

»Wir treffen in zwei Minuten ein. Halten Sie sich bereit.«

Der Objektschützer drückte die Sprechtaste und antworte:

»Okay.«

Dann informierte er seinen Kollegen am Tor mit einem Handzeichen. Er steckte das Funkgerät zurück in die Gürteltasche und öffnete danach den Verschluss seines Waffenholsters. Gleich darauf hörten die Männer die Geräusche herannahender Fahrzeuge.

* * *

Ein Wagentross, bestehend aus zwei dunklen SUVs und einer S-Klasse-Limousine, durchquerte die Kurstadt Bad Homburg. Es war zu dieser späten Stunde ruhig auf den Straßen. Nur wenige Fahrzeuge bewegten sich durch die Stadt. In der S-Klasse saß ein Mann, dem man, auch wenn man ihn nicht kannte, seine gesellschaftliche Stellung sofort ansah. Er war ein Mächtiger dieser Welt und dessen war er sich wohl bewusst. Doch er war durch seine Position auch angreifbar und das war wörtlich zu nehmen. Jederzeit konnte er ein Opfer eines terroristischen Anschlages werden. So kam er nicht umhin, sich permanent mit Personenschützern zu umgeben. Zum Glück bezahlte der amerikanische Staat diesen Schutz. Agenten des Secret Service übernahmen diese Aufgabe. Seine Position als Senator, die ihn in den vergangenen Jahrzehnten zu einem nicht zu unterschätzenden Machtfaktor in Washington DC erhoben hatte, brachte seine Vorteile mit sich. Jede Münze hatte zwei Seiten, wie er gerne zu sagen pflegte. Er war beschützt, aber gleichzeitig permanent überwacht. Deshalb war es sehr schwierig gewesen, seinen Besuch in Deutschland geheim zu halten. Nur wenige Menschen wussten, dass er sich hier aufhielt. Der Grund seiner Reise war noch geheimer. Er hatte Krebs und seine Ärzte in Washington hatten ihn eigentlich schon aufgegeben. Doch Senator Doug Carper war ein Kämpfer. Er hatte die destruktive Diagnose nicht akzeptiert. Nein, im Gegenteil. Er hatte dem Krebs den Kampf angesagt. Seine engsten Mitarbeiter nahmen die ihnen gestellte Aufgabe, nach alternativen Behandlungsmethoden zu suchen, sehr ernst. So war ein vielversprechender Kontakt zu einem Wissenschaftler zustande gekommen. Dieser Mann arbeitete in einem der größten Pharmakonzerne der Welt. Seine Forschungen beschäftigten sich mit der Beschaffenheit des menschlichen Zellkerns, dem Nukleus. Er hatte in einer bisher wenig beachteten medizinischen Publikation von der Möglichkeit gesprochen, ebendiesen Nukleus nach Wunsch zu verändern. Soweit die öffentlichen Informationen. Der Pharmakonzern hüllte sich bei den ersten Anfragen in Schweigen. Man stritt sogar ab, dass aktuell Forschungen in dieser Richtung durchgeführt wurden. Doch Mächtige haben ihre eigenen Wege, Forderungen durchzusetzen. Eine Delegation, ausgesandt von den Mitarbeitern des Senators, war vor einigen Wochen nach Frankfurt gereist. Über die Gespräche, die mit dem Vorsitzenden des Aufsichtsrates und einigen seiner Berater geführt worden waren, war Stillschweigen vereinbart worden. Am Ende der Verhandlungen hatte man sich schließlich darüber geeinigt, dass der Konzern erhebliche wirtschaftliche Erleichterungen auf dem US-amerikanischen Markt erhalten würde. Es wurde ein Vertrag aufgesetzt und unterzeichnet. Sicherheitsmaßnahmen wurden besprochen. Außerdem bestand der Pharmakonzern darauf, die entsprechende Behandlung nicht auf dem Firmengelände des Konzerns durchzuführen. Sollte es zu Komplikationen kommen, sollte der Ruf des börsennotierten Unternehmens zu keiner Zeit in Mitleidenschaft gezogen werden.

Die Wagenkolonne erreichte schließlich die Einfahrt der Landgrafenklinik. Befriedigt stellte der Senator fest, dass auch hier Sicherheitspersonal positioniert war. Die Wagen passierten die Wachposten und fuhren bis zum Eingang der Klinik. Aus den SUVs, die vor und hinter dem Wagen des Senators anhielten, sprangen die Männer des Secret Service. Sie sahen sich sichernd um, umringten dann die S-Klasse-Limousine und gaben das Zeichen, dass alles in Ordnung sei. Ein Agent öffnete die Wagentür des Fonts und half dem Senator beim Aussteigen. Dieser nickte nur, doch seine Augen zeigten deutliche Ungeduld. Sofort reagierte der Agent, hakte den Senator unter und führte diesen durch den Eingang der Klinik. Die anderen Secret-Service-Agenten waren schon vorausgegangen und hatten den Vorraum gesichert. Als der Senator den hotelartigen Eingangsbereich erreicht hatte, wurde ein Rollstuhl zu dem Politiker geschoben. Dankbar setzte er sich und sah sich um. Vor ihm standen Männer und Frauen in medizinischer Bekleidung, die den Senator schweigend betrachteten. Ein Mann mit einem weißen Kittel trat einige Schritte nach vorne. Mit etwas belegter Stimme sagte der Mann:

»Herzlich willkommen Senator. Ich bin Professor Leutner. Ich werde persönlich die Therapie überwachen. Die Damen und Herren hier«, damit zeigte er auf das versammelte Forscherteam, »werden mir dabei helfen. Darf ich Sie nun bitten, mir zu folgen.«

Damit drehte er sich um und winkte einladend. Die Secret-Service-Agenten sahen den Senator fragend an und warteten auf seine Anweisungen.

»Also Männer, ihr habt es gehört. Ich bin hier bestens aufgehoben. Fahrt zurück in die Villa.«

»Aber Sir«, wandte einer der Agenten ein, »unsere Aufgabe ist es, ständig an Ihrer Seite zu bleiben.«

»Ach was!«, schnauzte der Senator. Er war nervös und wusste nicht, was auf ihn zukommen würde. In den letzten Jahren hatte er sich mannigfaltigen Untersuchungen unterziehen müssen.

Das war nicht immer sehr angenehm gewesen und wenn der Senator eines hasste, dann waren das Schmerzen. Man hatte ihm zwar versprochen, dass die Prozedur, der er sich unterziehen musste, völlig schmerzfrei sein würde. Doch er traute den Versprechungen nicht. So wollte der Senator, so schnell es ging, diese Behandlung hinter sich bringen. Voller Ungeduld befahl er deshalb:

»Es reicht, wenn zwei Agents hierbleiben. Die anderen kehren zur Villa zurück!«

Dieser Befehl sollte das Schicksal der Agents grausam beenden und auch der letzte sein, den der Senator in seinem Leben gegeben hatte.

* * *

Zittern

Yavuz ließ das Schnellfeuergewehr einfach fallen. Es schien gerade so, als habe er nicht mehr die Kraft, das todbringende Ding auch nur noch eine Sekunde zu halten. Gleich einem Signal zu dieser Handlung begann sein Körper zu beben. Der FBI-Sonderberater wäre vor Schwäche, oder war es der Schock, zu Boden gestürzt. Dies blieb ihm aber erspart, da er schon auf dem Waldboden lag. Lediglich sein Kopf sackte nach vorn, um gleich darauf die Walderde zu berühren. Er roch Laub und Nadelgehölz, aber der ihn sonst beruhigende Duft zeigte heute keine Wirkung. Sein ganzer Körper wurde von einem Krampfanfall durchgeschüttelt. Selbst seine Zähne klapperten und Yavuz erinnerte sich unerwartet an seine Erlebnisse in Walkers Hill. Dort hatte er Schlimmes erlebt und durchgestanden. Doch die Ereignisse in der US-amerikanischen Kleinstadt lagen schon Jahre zurück. Wieso erinnerte er sich plötzlich an dieses Abenteuer? Roger Thorn, der FBI Special

Agent, tauchte vor seinem inneren Auge auf. Ja, in Walkers Hill hatte er Roger kennengelernt und dieser hatte ihn, Yavuz Kozoglu, zum FBI gebracht. Zwar hatte Yavuz nur den Titel Sonderberater erhalten. Aber immerhin gehörte er seit den Tagen in Walkers Hill dem FBI als freier Mitarbeiter an. Noch immer schüttelte ihn der Krampf und Yavuz versuchte seine Zunge hinter den Zähnen zu halten. Er hatte von seiner Frau Adela, die als Krankenschwester arbeitete, gehört, dass sich Menschen bei einem Krampfanfall durchaus die eigene Zunge abbeißen konnten. Er verfluchte seinen Zustand und empfand eine gewisse Schmach, dass er nun so hilflos auf dem Boden lag. Was sollten die von ihm angeforderten FBI Agents denken, wenn sie ihn zitternd auf der Erde liegend vorfanden? Gerne wäre er den Männern aufrecht gegenübergetreten. Die wenigen Minuten, die er nun hier liegend verbrachte, dehnten sich in seiner Gefühlswelt ins Unendliche. Wo blieb die angeforderte Hilfe nur? Was dauerte denn so lange? Sah die Hubschrauberbesatzung denn nicht, wie hilflos er gerade war? Erst jetzt bemerkte Yavuz, dass es relativ leise um ihn herum geworden war. Das typische Knattern eines Hubschraubers war nicht mehr zu hören. Selbst die Sirenen der Polizei und der Feuerwehr, die aus der Richtung des verunglückten Fahrzeuges kommen sollten, waren verstummt. Ließ man ihn hier einfach alleine? Kümmerte denn niemanden, dass es Tote gegeben hatte? Die Gedankenwelt des FBI-Sonderberaters begannen sich zu verwirren. Seine Augen hatte er längst geschlossen. Es war einfach zu anstrengend, die Augenlider aufzuhalten. Dafür projizierte sein Unterbewusstsein ein Kaleidoskop von Bildern, die Yavuz teilweise bedrängten. Er sah seine Familie, seine Frau, seine beiden Söhne, seine Mutter, seine Schwestern, die an einem Grab standen. Wer war nur gestorben und wieso stand er nicht bei seinen Lieben? Ein eiskalter Gedanke jagte durch sein Bewusstsein. War es sein Grab? War er gestorben? Wieso denn? Das konnte nicht sein! Hatte ihn der Killer doch erwischt? War er von dessen Kugeln getroffen und tödlich verletzt worden? Starb er gerade in diesem Moment? Yavuz lauschte in sich hinein, versuchte einen Schmerz zu lokalisieren, der so stark sein musste, dass er ihn bemerkte. Doch da war nichts. Natürlich fühlte er kleinere Blessuren, Schürfwunden und Ödeme, die er sich bei der Auseinandersetzung mit den Killern zugezogen hatte. Aber das waren Kleinigkeiten und solche Schrammen konnten nicht zum Tod führen. Auf gar keinen Fall! Also starb er nicht und zum Glück hatten sich die Bilder einer möglichen Zukunft verflüchtigt. Er atmete erleichtert auf und spürte gleichzeitig, dass sich mit den Bildern auch sein Zittern verabschiedet hatte. Dennoch blieb er noch einige Minuten ruhig liegen und schöpfte Kraft. Gezielt verdrängte er seine dunklen Gedanken und überlegte, wie es nun weitergehen würde. Ihm war klar, dass er viele Fragen beantworten musste. Der Vorfall hier in den Wäldern des Taunus musste aufgeklärt werden. Wer waren die Killer, die versucht hatten, ihn zu ermorden? Wer waren die Opfer in dem verunglückten Kleintransporter? Das wollte Yavuz auf jeden Fall wissen! Er musste sicherstellen, dass sein Eingreifen nicht öffentlich wurde. Denn dann war nicht nur er, sondern auch seine gesamte Familie in Gefahr. Die Leute, welche die Killer beauftragt hatten, würden keine Mitwisser, keine Zeugen dulden. Und Rache war schon immer ein guter Grund, Menschen umzubringen.

Ein leichtes Zittern erschreckte Yavuz, da er dachte, er könnte einen weiteren Krampfanfall erleiden. Doch es war der Waldboden, auf dem er lag, der ganz leicht vibrierte. Gleich darauf vernahm er das dumpfe Brummen starker Motoren. Vorsichtig richtete sich der FBI-Sonderberater auf. Immerhin stand er nun wieder auf seinen eigenen Beinen, wenn auch noch etwas unsicher. Er begriff erst langsam, dass sein Körper stärker auf den Stress der Kampfhandlungen reagiert hatte, als er sich selbst eingestehen wollte. Keine Minute später rollten zwei BMW und nachfolgend zwei unauffällige Kleintransporter langsam heran.

Gute zwanzig Meter vor Yavuz stoppten die Wagen und Männer und Frauen, zivil gekleidet, sprangen mit gezogenen Waffen aus den Fahrzeugen. Gleichzeitig entließen die Transporter weitere Einsatzkräfte, die im Gegensatz zu ihren Kollegen uniformiert waren. Ihre Camouflage-Anzüge waren eindeutig dem US-Militär zuzuordnen. Yavuz erhob seine Hände, um den ankommenden FBI Agents zu signalisieren, dass von ihm keine Gefahr ausging. Dennoch packten ihn zwei der Agents sofort, nachdem sie Yavuz erreicht hatten, und warfen ihn zu Boden. Seine Arme wurden nach hinten gebogen und mit einer Plastikfessel gefesselt. Der FBI-Sonderberater ließ die Männer gewähren. Er wusste durch seine Ausbildung bedingt, dass Einsatzkräfte einer genau geregelten Vorgehensweise folgten. So beobachtete er nun wieder auf dem Waldboden liegend, wie die FBI Agenten ihr Umfeld sicherten und dann den Tatort begutachteten. Die Soldaten bildeten einen weiten Sicherungskreis um die Ermittler. So wurde der Einsatzort vor neugierigen Blicken und möglichen Gefahren geschützt. Nach einigen Minuten kam ein modern lässig bekleideter Agent zu Yavuz. Er kniete sich hin und fragte dann:

»Agent Kozoglu?«

Yavuz nickte und versuchte ein zögerliches Grinsen. Der Mann löste die Handfesseln des Sonderberaters und half Yavuz auf die Beine. Mit ernstem Blick fragte er ihn dann:

»Ist alles in Ordnung? Sind Sie verletzt?«

»Nein alles gut! Doch Sie und Ihre Männer sollten sich schleunigst zur Unfallstelle begeben. Die Feuerwehr und die örtliche Polizei sind, soweit ich an den Signalhörnern erkennen konnte, schon vor Ort.«

Der Agent nickte zustimmend, rief einige seiner Leute zusammen und sandte diese zu dem verunglückten und mittlerweile ausgebrannten Kleintransporter. Nachdem die Agents mit zwei Fahrzeugen den Waldweg zurückgefahren waren, fragte der FBI Agent:

»Mister Kozoglu, wie sind Sie denn in diesen Schlamassel geraten? Arbeiten Sie gerade an einem Fall?«

»Nein, ich war nur mit meinem Mountainbike unterwegs. Doch ehe ich Ihnen lange Erklärungen gebe, hier mein Handy. Ich habe den Vorfall gefilmt.«

Er tippte kurz auf sein Smartphone, öffnete die Videodatei und drückte auf Play. Dann reichte er dem Agenten das Handy. Gespannt verfolgte der FBI-Beamte die Ereignisse, die sich vor nicht einmal einer Stunde neben der Landstraße abgespielt hatten.

»Darf ich das Video an unsere Dienststelle weiterleiten?«, fragte der FBI-Mann. Natürlich durfte er und Yavuz wertete die Frage als kollegiale Höflichkeit. Als er das Video versandt hatte, nahm Yavuz sein Handy zurück und fragte seinerseits:

»Hat das Geschehen hier etwas mit einer laufenden Ermittlung zu tun?«

Der Gefragte legte seine Stirn in Falten und antwortete dann vieldeutig:

»Möglicherweise. Mehr kann ich im Moment nicht sagen. Es hat einen Vorfall in Königstein gegeben. Da Sie, Agent Kozoglu, später zu unserem Büro in Frankfurt kommen müssen, schlage ich vor, Sie fragen den Sektionsleiter selbst.«

»Ich würde mich vorher gerne umziehen. Vielleicht kann mich jemand nach Hause fahren? Ach ja, mein Mountainbike natürlich auch.«

»Geht klar Agent Kozoglu. Das erledige ich selbst. Doch Sie müssen sich noch eine Weile gedulden. Bis der Tatort hier gesichert ist, können Sie sowieso nicht weg. Nun berichten Sie mir bitte noch, was nach der Videoaufnahme geschehen ist.«

Yavuz nickte und schilderte dem FBI-Agent detailliert den Ablauf der Ereignisse. Er konnte nun im Nachhinein beinahe selbst nicht glauben, dass er den Angriff der Killer unverletzt überlebt hatte.

Der Geruch des Todes

Im Eingangsbereich der Villa Rothschild war nichts von dem Grauen zu bemerken, das sich hier abgespielt hatte. In den beiden oberen Stockwerken sah dies dagegen völlig anders aus. Unbeeindruckt von der anheimelnden luxuriösen Ausstattung folgten Walt und Hanky Kommissar Brenner an die verschiedenen Tatorte. Dem Kommissar schmeckte es augenscheinlich nicht, dass sich hier amerikanische Behörden in Form von diesen FBI-Agenten in die Ermittlungen einmischten. Und was hatte der BND mit der ganzen Sache zu tun? Dieser Thore Klausen gab sich so, als ob er der Leiter der Mordkommission sei. Wortkarg führte er die FBI-Agenten und diesen Herrn Klausen durch die Räume. Doch offenbar blieb sein Unwille den fremden Ermittlern gegenüber unbemerkt. Sie fragten sachlich und präzise. Ja, sie entdeckten Tatumstände, die den deutschen Ermittlern bisher nicht aufgefallen waren. Die getöteten Secret-Service-Agenten waren inzwischen in die Pathologie nach Frankfurt verbracht worden. Doch das viele Blut auf den Böden, den Wänden und sogar an den Decken erzählten eine brutale Geschichte. Der blonde FBI-Agent blieb ab und zu stehen, schloss seine Augen und schien zu lauschen. Dann ging er weiter und betrachtete den nächsten Tatort mit ungebrochenem Interesse. Der andere FBI-Mann handelte auch seltsam. Er legte zum Beispiel seine Hände an eine Wand, ein Möbelstück und sogar auf den Fußboden. Auch er hielt dabei seine Augen geschlossen und seine Lippen bewegten sich. Er schien sich mit jemandem zu unterhalten, doch der Kommissar sah kein Mikrofon, das die Unterhaltung weitergeben konnte. Der BND-Agent stand etwas abseits und verfolgte jede Bewegung der Amerikaner. Kommissar Brenner konnte mit so einem unsinnigen Getue nichts anfangen. Das waren doch alles Spinnereien und diese Kerle wollten sich nur wichtigmachen.

* * *

Hank Berson, Mutant der FBI Sondereinheit für Paraphysik, sah die Welt anders als die Mehrheit der Menschen. Er konnte mit seinen besonderen Gaben Pheromonspuren erkennen. Sogar wenn die Menschen, welche die Pheromone absonderten, schon Stunden den Ort ihres Wirkens verlassen hatten. In körperlichen Extremsituationen sonderten die Betroffenen unbemerkt viel mehr dieses besonderen Botenstoffs, dieses Hormon ab. So war es Hank Berson möglich, schattenhafte Spuren der betroffenen Menschen zu sehen. Walt Kessler unterstütze ihn mit seinen Fähigkeiten. Auch er hatte wundersame Gaben. Walt fühlte die Atome, deren Anordnung und die Schwingungen, die jedes Atom aufnahm und weitergab. Jede Bewegung in einem Raum erzeugte Schwingungen in der atomaren Struktur eines Gegenstandes. Dabei war es egal, ob es sich um ein kleines Objekt handelte, wie zum Beispiel ein Wasserglas, oder um große Strukturen wie ein ganzes Gebäude. Diese Schwingungen konnte Walt auch noch dann wahrnehmen, wenn ein Ereignis viele Stunden zurücklag. Hanky hatte sich mit Walt auf geistiger Ebene verbunden und ihn zu dem Zeitraum der Morde zurückgeführt. So stimmten sich die Mutanten ab und Hanky war in der Lage, unter Mithilfe Walts die Tragödie zeitversetzt mitzuerleben.

Er sah, wie sich vermummte Gestalten durch das Hotel bewegten. Da es Nacht war und das Hotel nur mit den Mitarbeitern des Senators belegt war, hielt sich kein Personal auf den Gängen und Fluren auf. Die Angreifer, es mussten mindestens zehn oder mehr sein, verteilten sich im Haus und positionierten sich dann vor den Hotelzimmern der Secret-Service-Agenten. Durch ihre Infrarotbrillen war es ihnen möglich, die Position der Menschen hinter den Türen zu lokalisieren. Auf ein kurzes Kommando aus ihren Headsets kommend, gegeben von dem Truppführer, befestigten die Angreifer kleine Sprengladungen an den Türschlössern. Dann traten die Männer zur Seite und der Truppführer zündete per Funkbefehl alle Ladungen zeitgleich. Die Angreifer stürmten in die Zimmer und fanden ihre Ziele sofort. Ohne Vorwarnung feuerten sie auf die Secret-Service-Agenten, die von diesem Angriff völlig überrascht wurden. Nur zwei Agenten gelang es, das Feuer zu erwidern. Sie trafen sogar ihre Angreifer, doch nach kurzem Feuergefecht starben auch diese tapferen Männer im Kugelhagel ihrer Gegner.

* * *

Hanky schlug seine Augen auf und atmete tief ein. Dann entließ er die Luft aus seinen Lungen und sah sich nach dem deutschen Kommissar um. Dieser stand seitlich an einen Türrahmen gelehnt und schaute frustriert. Walt hatte sich aus seiner knienden Haltung erhoben und sah seinen Freund fragend an. Auch der BND-Agent Thore Klausen bemerkte, dass etwas Entscheidendes geschehen war. Er ging zu Hanky hinüber und fragte direkt, so wie es seine Art war:
»Nun lieber Kollege, was hast du herausgefunden?«
Kommissar Brenner, der natürlich keinerlei Erfahrung mit sogenannten Mutanten hatte und nicht wusste, dass er sich mit zweien dieser besonders Begabten im gleichen Raum befand, sagte sarkastisch:
»Das würde mich auch interessieren, nach dem ganzen Hokuspokus, den Sie hier veranstaltet haben!«, schrie er genervt. Dabei spiegelte sich sein Ärger, begründet aus Unverständnis und Fremdenhass, in seinem Gesicht. Die beiden FBI-Sonderermittler sahen sich erstaunt an und Walt begriff sofort, dass sein Freund nun reagieren musste.

Hanky fixierte den grauhaarigen Kommissar mit seinem Blick. Er konnte nicht anders, als diesem Bürokraten eine Lektion zu erteilen. So antwortete er mit einem kalten Lächeln und leiser Stimme:

»Mehr als Sie, werter Kollege.«

Natürlich hatte Hanky kurz die Gedanken seines Gegenübers gelesen und wusste so genau, was dieser dachte. »Wenn Sie, lieber Herr Brenner, sich mehr auf die Arbeit konzentrieren und nicht ständig nach einer Möglichkeit suchen würden, uns loszuwerden, dann wäre schon viel gewonnen. Auch sollten Sie sich lieber um Ihre Ehefrau, wie heißt sie noch, ah ja, Inge kümmern, anstatt Ihrer Sekretärin nachzustellen. Dies könnte auch Ihre Leistungsfähigkeit fördern. Außerdem würde ich an Ihrer Stelle mal einen Arzt aufsuchen, der Ihre Leberwerte überprüft. Den Flachmann in Ihrer Manteltasche habe ich sofort bemerkt und die dazugehörige Schnapsfahne aus Ihrem Mund natürlich auch. So, wenn Sie sonst noch irgendwelche Einwände haben, dann heraus damit. Wir haben hier nämlich einen Fall zu klären, bei dem acht meiner Landsleute ihr Leben gelassen haben.«

Kommissar Brenner hatte seine Farbe im Gesicht verloren. Wie konnte er von seiner Frau oder seiner Sekretärin wissen? Er hatte mit keinem seiner Kollegen darüber gesprochen. Außerdem waren diese verfluchten Amerikaner doch erst vor einer Stunde oder so auf dem Flughafen in Frankfurt angekommen. Schnüffelte der BND hinter ihm her? War deshalb dieser Thore Klausen hier? Mit der Schnapsfahne, na ja, das konnte man noch rational erklären. Er brauchte ab und zu einen Schluck, damit er den Stress der Arbeit überstehen konnte. Kommissar Brenner senkte seinen Blick. Er wusste nicht, was er antworten sollte. Er hoffte, dass seine Kollegen hier vor Ort nichts von seinem cholerischen Ausbruch mitbekommen hatten. Auf der anderen Seite ärgerte er sich, dass dieser blonde Amerikaner ihn bloßgestellt hatte. Fehlte nur noch, dass er den Fall entzogen bekam. Eigentlich wartete er schon darauf, dass das Bundeskriminalamt die Ermittlungen an sich zog. Selbstmitleid durchzog die Gedankenwelt des Kommissars wie ein schwarzer Schemen. Die Stimme des blonden Amerikaners, Berson hieß er wohl, war plötzlich direkt in seinem Kopf.

Bleiben Sie ruhig Raimund. Ich will Ihnen nicht schaden. Ich musste Ihnen diese Lektion erteilen, damit Sie sich wieder Ihrer Arbeit zuwenden können. In mir haben Sie einen Verbündeten und wenn wir gemeinsam dieses Verbrechen hier aufklären, dann soll die Anerkennung Ihrer Vorgesetzten nur Ihnen gehören.

Kommissar Brenner riss seine Augen auf und starrte Hanky an. Dieser lächelte ihn zu allem Überfluss auch noch an. Doch als der Kommissar die Augen des Mutanten zum ersten Mal wirklich fokussiert wahrnahm, packte ihn das Grauen. Es war gerade so, als sähe er ein uraltes, mächtiges Wesen, dessen Seele seit Äonen die Welt erkundete. Der Geist dieses Mannes, dieses Mächtigen, war in seinem Kopf gewesen, oder vielleicht noch immer dort. Lautlos hatte er zu ihm gesprochen und damit seine Weltanschauung zerstört. Schon immer hatte er geahnt, dass es Dinge gab, die ein menschlicher Geist nicht begreifen konnte. Mit gesenktem Kopf verließ der Kommissar den Raum.

* * *

Letzte Hoffnung

Etwa 35 Stunden zuvor folgte Senator Doug Carper dem Ärzteteam mit gemischten Gefühlen. Dabei nahm er seine Umgebung nur rudimentär wahr. Der Eingangsbereich der Klinik, die Gänge und abzweigenden Behandlungsräume schoben sich in seiner Wahrnehmung an ihm vorbei. Seine Beine, sein Körper funktionierten automatisch, ja beinahe wie ferngesteuert. Sein

Geist beschäftigte eine für ihn sehr bedeutende Frage. Würde die Behandlung den verdammten Krebs besiegen? Angst, die sich mit jedem einzelnen Schritt zu verstärken schien, breitete sich wie ein Narkotikum in ihm aus. Benommen betrat er, gestützt von einer Krankenschwester, einen kleinen Raum. Seine beiden Bewacher vom Secret Service mussten vor der Tür warten. Ein Mitarbeiter des Behandlungsteams beschrieb den Agents noch den Weg zu einem Wartebereich mit angrenzender Teeküche. Die Prozedur, die sich der Senator unterziehen musste, würde mehrere Stunden dauern. Die Agents dankten für den Hinweis. Mit einem letzten Blick auf die geschlossene Tür des Behandlungsbereiches entschlossen sich die Männer, den Aufenthaltsraum aufzusuchen.

In dem Vorraum wurde der Senator entkleidet. Die fürsorgliche Hilfestellung des Behandlungsteams nahm ihm jegliche Eigeninitiative. Er wäre in der Lage gewesen, sich seiner Kleidung eigenständig zu entledigen. Doch die Krankenhausumgebung suggerierte seiner Psyche, dass er auf Hilfe angewiesen war. So stand er schließlich nackt vor den fremden Menschen, doch es wollte sich kein Schamgefühl in ihm einstellen. Selbst als er im nächsten Raum in eine große Duschkabine geschoben wurde, regte sich in ihm kein Widerstand. Fremde Hände seiften ihn ein, wuschen jeden Winkel seines Körpers und trockneten ihn anschließend ab. Endlich wurde der Senator in den eigentlichen Behandlungsraum geführt. Die monströse Maschine inmitten des Raums ließ den Senator für einen Moment seine Ängste vergessen. Das medizinische Gerät maß gute vier Meter. Es war weiß lackiert und bestand bei genauerem Hinsehen aus mehreren Modulen. Rechts und links standen zwei massive, kastenartige Maschinenblöcke, aus denen armdicke Kabel ragten. Diese verschwanden hinter der Maschine und damit aus dem Sichtbereich des Senators. Zwischen den Blöcken befand sich eine längliche Einheit, die gut mannshoch war. Eine Metallplatte, in der ein breites Fenster, das allerdings nur circa dreißig Zentimeter hoch war, eingefügt war, hatte man nach oben geklappt. Unter der Klappe konnte man in die Maschine schauen. Ein Hohlraum, der wenig beeindruckend aussah, zwei Meter in der Länge und einen Meter in der Breite, stellte den Mittelpunkt des medizinischen Geräts dar. Erneut griff die Angst nach dem Senator. Sollte er sich in diesen Kasten legen? Sah die Maschine nicht wie ein Ofen, nein, viel schlimmer wie ein Krematorium aus. Panik ergriff ihn und sein Puls beschleunigte sich rasant. Der Senator begann schnell zu atmen, hyperventilierte schließlich und schüttelte gleichzeitig abwehrend seinen Kopf. Starke Hände ergriffen den vor Panik geschüttelten Mann. Er wurde an seinen Armen und unter den Achseln gegriffen und angehoben. Eine Frau mit medizinischer Atemmaske und Haarhaube tauchte im Sichtbereich des Senators auf. Sie sprach beruhigende Worte und versuchte dabei zu lächeln. Mittlerweile hatten andere Hände die Beine des Politikers gepackt und ehe er sich wehren konnte, lag er auf kaltem Metall. Sie hatten ihn in das Fach, in diese Höhlung der Maschine gelegt. Die Kälte seiner Liegefläche irritierte den Senator für einen Moment und sein rationales Denken setzte wieder ein. Er war es doch gewesen, der sich dieser Behandlung anvertrauen wollte. Er hatte darauf gedrungen, diese letzte Möglichkeit wahrzunehmen. Und doch beherrschte ihn, den sonst so taffen, mutigen Mann, die Angst vor dem Unbekannten. Senator Doug Carper schloss seine Augen und versuchte sich zu beruhigen. Von draußen vor der Maschine hörte er Stimmen, doch er versuchte nicht einmal zu verstehen, was die Stimmen sagten. Langsam beruhigte sich sein Pulsschlag und auch seine Atmung wurde wieder regelmäßig. Gerade als der Senator dachte, er hätte sich wieder unter Kontrolle, schloss sich mit einem hellen Summton die Klappe neben ihm. Sofort wollte die Panik sein Denken erneut überfluten. Doch das schmale, in die Klappe eingelassene Fenster verhinderte erstaunlicher Weise die mentale Attacke. Nun war er zwar in der Maschine, und das war wörtlich zu nehmen. Doch er hatte ein Fenster, durch das er nach draußen sehen konnte. Dort erkannte der Senator einige Tische, auf denen Computer platziert waren. An den Tischen saßen Männer und Frauen, die mit sogenannten OP-Anzügen bekleidet waren. Diese Leute sahen auf die vor ihnen stehenden Bildschirme und schienen in ihre Aufgabe vertieft zu sein. Ein dunkles Brummen von oben kommend, erschreckte Senator Doug Carper. Sein Blick folgte dem Geräusch und er sah über sich eine Reihe optischer Linsen, wie man sie bei einem Kameraobjektiv finden konnte. Diese waren an einer Stange befestigt, die wiederum an zwei Schienen angeschlossen war. Noch bevor sich der Senator über den Sinn dieser Anordnung klar werden konnte, erklang ein neues Geräusch. Ein Ventilationssystem schien die Luft aus der Kabine zu saugen, während ein anderes Gebläse ansprang. Frische, kalte Luft, die irgendwie septisch roch, umströmte nun den Körper des Liegenden. Sich der fremden Maschinerie ausgeliefert, schloss Senator Doug Carper seine Augen. Er wollte gar nicht so genau wissen, was um ihn herum geschah. Nach einer Weile begann sein Körper sich zu entspannen. Sein Geist folgte und der Senator versuchte sich vorzustellen, was er in seinem Leben noch alles bewirken konnte. Voraussetzung dafür war, dass er als gesunder oder zumindest geheilter Mann dieses Hospital verlassen konnte. Dabei fiel ihm ein, dass er vergessen hatte, ob er nur eine Behandlung in diesem Gerät brauchte. Bestimmt nicht. Es wäre ein echtes Wunder, wenn er schon nach einer Bestrahlung, oder um was es sich hier ging, geheilt sein würde. Er hatte sich zwar erkundigt, um welche Therapie es sich handelte. Doch die Erklärungen waren eher nebulöser Art gewesen. Er hatte etwas von einer Modulierung des Zellkerns, des Nukleus gehört. Aber er konnte sich absolut nichts unter diesem Begriff vorstellen, was Sinn machte. Natürlich war er kein Arzt und die Leute hier schienen zu wissen, was sie taten. Er war nur der Patient, der auf Heilung hoffte. Das musste genügen, ihm genügen. Unbemerkt war er eingeschlafen und seine Gedanken verwirrten sich. Er schwebte zwischen den Welten des Erträumten und der Wirklichkeit. Er sah das Lachen seiner Kinder und Enkel und gleich darauf die verzerrten Gesichter seiner Opfer. Viele Gräueltaten, die er und seine Kameraden im Vietnam-Krieg begangen hatten, präsentierten sich in dunklen Erinnerungen. Die schönen Bilder waren verschwunden, seine Angst selbst hier in seinen Träumen war wieder präsent. Er wollte schreien, sich den schlimmen, blutigen Bildern entziehen. Doch es gelang ihm nicht, vor seinem Selbst zu flüchten. Mit der Zeit verblassten die Bilder und der Senator glaubte für eine Sekunde dem Grauen entflohen zu sein. Als er jedoch bemerkte, wie seine Erinnerungen verwehten, wusste er, dass nun sein Ende kommen würde. Seine letzten Gedanken, die sich nur noch mit seiner Verzweiflung befassten, zerstoben und sein Geist leerte sich.

* * *

Konzentriert sah Professor Hassan Shariar auf den Kontrollschirm des Zell-Modulators. Befriedigung legte sich auf seine Züge. Die Zell-Modulation würde auch heute funktionieren. Da war er sich sicher. Andernfalls hätte er dieser Behandlung nicht zugestimmt. Zu viel stand auf dem Spiel. Es ging um seine Karriere und seine Auftraggeber hatten ihm eine goldene Zukunft versprochen. Er mochte nicht einmal daran denken, was ein Scheitern der Prozedur nach sich ziehen würde. Zum ersten Mal unterzog sich ein sehr prominenter Mann dieser neuartigen Therapieform. Deshalb durfte nichts schiefgehen. Seine Geldgeber, die über enorme Machtressourcen verfügten, wollten mit seiner Erfindung seinen Forschungen die Medizin weltweit revolutionieren. Das geschah nicht aus humanistischen

Gründen, sondern rein finanzielle Ziele sollten diesen Leuten eine permanente, führende Rolle auf der Welt sichern.

Nachdem der Professor die Tabellen und Diagramme genaustens studiert hatte, erhob er sich von seinem Platz und ging hinüber zu dem Zell-Modulator. Er stellte sich in Position, um durch das Glas des Sichtfensters ins Innere der Behandlungskapsel zu schauen. Auch hier war scheinbar alles in Ordnung. Der Patient lag ruhig da und schien zu schlafen. Die Haut des Senators war völlig glatt, was darauf hinwies, dass sich bereits die gesamte Behaarung von dieser gelöst hatte. Gerade in dem Moment, als der Professor sich abwenden wollte, trat der schlimmste denkbare Zwischenfall ein.

* * *

Hektische Aktivität

Die Dämmerung setzte langsam ein und Yavuz war noch immer vor Ort. Hier im Waldgebiet oberhalb der Taunusstadt Schmitten herrschte hektische Aktivität. Die örtliche Feuerwehr hatte inzwischen den verunglückten Kleintransporter gelöscht. Die Polizei sperrte den Tatort ab und leitete den Verkehr großräumig um. Ein Forensik-Team war aus Frankfurt kommend eingetroffen und sicherte mögliche Spuren. Natürlich hatte sich ebenfalls die Mordkommission aus Bad Homburg eingeschaltet. Da sie aber gleichzeitig in Königstein ermittelten, forderten die Beamten Unterstützung an. Das Landeskriminalamt sandte Ermittler, die ebenfalls aus Frankfurt kamen. Die FBI-Agenten hatten große Mühe, die Zuständigkeiten der Tatorte zu klären. Sie als US-Amerikaner agierten auf fremdem Staatsgebiet. Es gab zwar eine Kooperation mit den deutschen Behörden, doch die Zuständigkeiten konnten nur von den übergeordneten Behörden geklärt werden. So wollte die Mordkommission Yavuz nicht so einfach gehen lassen. Er sollte noch befragt werden, da er immerhin einen Menschen erschossen hatte. Der diensthabende Staatsanwalt wurde gerade von den Ermittlern der Mordkommission über die aktuelle Sachlage aufgeklärt. Bei einem Vorfall, bei dem Schusswaffen abgefeuert worden waren und vier Tote gezählt wurden, musste der Staatsanwalt mit größter Sorgfalt vorgehen. Erschwerend und rechtlich sehr bedenklich war, dass Agenten des FBI hier zwei Menschen erschossen hatten. Dass es sich bei den Toten um Verbrecher, ja Killer handelte, war vorerst nicht bewiesen und spielte ermittlungstechnisch keine Rolle. Zudem waren die Toten bisher noch nicht identifiziert.

Yavuz stand neben einem SUV seiner FBI-Kollegen und sah zu der Gruppe Ermittler hinüber. Diese standen um den Staatsanwalt herum, der sich gerade das Video ansah, das Yavuz aufgenommen hatte. Der FBI-Agent, der Yavuz versprochen hatte, ihn persönlich nach Hause zu fahren, verließ den Kreis um den Staatsanwalt. Er kam direkt auf Yavuz zu und blickte diesen mit ernster Miene an.

»Es wird noch eine Weile dauern, Agent Kozoglu, ehe ich Sie nach Hause bringen kann. Der Staatsanwalt besteht auf einer Befragung. Wir versuchen ihm gerade zu erklären, warum das FBI als US-Behörde hier vor Ort agiert hat. Natürlich war auch Ihr Status als FBI-Sonderberater den deutschen Behörden bisher nicht bekannt. Doch keine Angst! Wir klären das auf höherer Ebene.«

Während der Agent seinem Kollegen Yavuz diese kurze Erklärung vorgetragen hatte, war Bewegung in der Gruppe um den Staatsanwalt gekommen. Mit energischem Schritt kam dieser auf Yavuz und seinen FBI-Kollegen zu. Er blieb vor den beiden Männern stehen und rang dabei um Fassung. Dann sagte er mit sichtlicher Empörung in seiner Stimme:

»Herr Kozoglu, oder soll ich besser sagen FBI-Agent Kozoglu?«

Yavuz lächelte nur und ließ diese rhetorische Frage damit ins Leere laufen. Der Staatsanwalt war eine Sekunde irritiert, setzte dann aber seine Rede fort.

»Ich habe soeben einen Anruf aus Berlin erhalten. Der Innenminister war selbst am Telefon. Er hat mich gebeten, Ihnen Mister Kozoglu und Ihren Kollegen des FBI hier vor Ort die uneingeschränkte Hilfe meiner Behörde und der Polizei zuzusichern. Das heißt mit anderen Worten: Ihre Aktion hier und alle weiteren bleiben für Sie strafrechtlich ohne Folgen. Natürlich wäre ich auch ohne den Anruf des Ministers zum gleichen Ergebnis gekommen. Schließlich habe ich mir Ihr Video genauestens angesehen. Wir haben Ihre Aussage und Sie, Herr Kozoglu, sind frei zu gehen.«

»Wenn Sie noch Fragen haben«, antwortete Yavuz, »dann stehe ich Ihnen natürlich gerne zur Verfügung.«

Yavuz nickte dem Staatsanwalt noch kurz zu und wandte sich dann an seinen FBI-Kollegen.

»Können Sie mich nun erst mal nach Hause fahren, damit ich mich umziehen kann? Mir wird allmählich kalt. Außerdem will ich nicht so verdreckt in Frankfurt zum Stationsleiter kommen.«

Der Agent nickte nur und lächelte nun auch. Ein Außenstehender hätte sich bestimmt gewundert, warum die FBI-Männer sich über Nebensächlichkeiten unterhielten und dabei auch noch in der Lage waren zu lächeln. Dieses Verhalten war eine reine Schutzfunktion des Gehirns, das ein erlebtes Trauma zu verarbeiten suchte. Wenige Minuten später saß Yavuz auf dem Beifahrersitz eines Kleintransporters. Hinten im Laderaum lag sein Mountainbike, das Yavuz beinahe vergessen hatte. Sein fürsorglicher Kollege hatte aber dafür gesorgt, dass das Fahrrad auch seinen Weg nach Hause fand. Der FBI-Agent ließ sich von Yavuz den Weg ansagen, da er nicht wusste, wo dieser wohnte. Als sie die Landstraße erreicht hatten und durch die Kleinstadt Schmitten fuhren, sagte der Agent:

»Mister Kozoglu, Sie müssen ja mächtige Freunde haben. Sonst hätten die Prozedur, die Verhöre und erkennungsdienstlichen Ermittlungen einige Stunden in Anspruch genommen.«

Yavuz grinste nur. Er würde diese Frage unbeantwortet lassen. Doch auch ihn interessierte es schon, wer sich so schnell für ihn eingesetzt hatte. So zögerte er nicht lange und zog sein Handy aus der Hosentasche. Er öffnete eine bestimmte App, hinter der sich eine Telefonnummer verbarg. Nach einem Augenscan öffnete sich das Menü der App und Yavuz drückte auf das Wählsymbol. Der Ruf ging raus und er hörte das Anrufsignal. Dann, nach circa zwei Minuten, wurde das Gespräch angenommen. Eine Männerstimme meldete sich mit einer Frage:

»In was für einen Schlamassel bist du denn da wieder geraten, mein Freund?«

»Hallo Roger, auch schön deine Stimme zu hören«, antwortete Yavuz.

»Woher weißt du denn das schon wieder? Lässt du mich bespitzeln?«

Ein launiges Lachen tönte aus dem Lautsprecher. Dann aber wurde der Ton des Angerufenen ernst.

»Der Sektionsleiter des FBI in Deutschland hat in Washington angerufen und deinen Status abgefragt. Natürlich wurde der Vorfall, in den du verwickelt warst, auch dort registriert. Die Zentrale hat sich das Video angesehen und mich als deinen Referenz-Agenten kontaktiert. Nun musst du wissen, dass bei dir in der Nähe ein weiterer Vorfall geschehen ist, der unsere Aufmerksamkeit erfordert.«

»Davon hat mir ein FBI-Kollege kurz berichtet«, unterbrach Yavuz seinen Freund. Er telefonierte mit einem Spitzenagent des FBI, nämlich mit dem Special Agent Roger Thorn. Ihn kannte Yavuz gut und er hatte mit diesem Mann schon einige gefährliche Einsätze durchgeführt.

»Hör zu Yavuz, es kann sein, dass ich in den nächsten Tagen nach Deutschland komme. Noch bin ich mit einem Fall im Mittelwesten beschäftigt. Doch zwei Sonderermittler sind schon in Deutschland.«

»Wer denn? Kenne ich die Agents vielleicht?«, fragte Yavuz.

»Du kennst sie, mein Lieber. Aber du bist ihnen bisher noch nicht begegnet.«

Ein Schauer durchlief Yavuz und er sagte mit belegter Stimme: »Willst du damit sagen Roger, dass Hank Berson und Walt Kessler in Deutschland sind?«

»Genauso ist es mein Lieber. Hanky und Walt haben einen heiklen Auftrag, den wir hier nicht am Telefon besprechen können. Aber ich glaube, dass du ihnen mit deinen Ortskenntnissen bestimmt helfen kannst. Was meinst du Yavuz? Bist du interessiert?«

»Auf jeden Fall Roger! Doch ich muss erst meine Aussage in Frankfurt bei dem dortigen Sektionsleiter machen. Mein Arbeitgeber wird auch nicht glücklich sein, wenn ich für einige Tage nicht für ihn verfügbar bin. Und ich muss meiner Frau noch erklären, warum ich erneut in geheimer Mission unterwegs sein werde. Doch das sind meine Probleme Roger. Ich will dich nicht weiter aufhalten. Ach, nur noch eine Frage. Wann treffe ich denn die Agents Berson und Kessler?«

»Sehr bald Kollege. Genau weiß ich das auch nicht. Aber sie sind informiert. Vielleicht siehst du sie schon in Frankfurt bei deinem Termin mit dem Sektionsleiter! So Yavuz, ich lege jetzt auf. Die Arbeit ruft. Bis bald mein Freund!«

Damit war das Gespräch beendet und Yavuz sah nachdenklich nach vorne. Der FBI-Agent, der ihn nach Hause chauffierte, fragte unvermittelt:

»Haben Sie eben mit Special Roger Thorn telefoniert? Der Mann ist beim FBI eine Legende. Respekt Kollege!«

Ermittlungsdruck

BND-Agent Thore Klausen brauchte dringend eine Zigarettenpause. Er verließ das vornehme Hotel, kramte in seiner Jackentasche und zog eine Packung Zigaretten hervor. Er fischte einen Glimmstängel aus der Schachtel und steckte diese dann zurück. Danach suchten seine Finger nach seinem Feuerzeug. Diese Handlungen waren so alltäglich, dass Thore sie unbewusst ausführte. Etwas seitlich, rechts vom Hoteleingang stand Hauptkommissar Brenner. Er hatte den BND-Agenten anscheinend nicht bemerkt, oder er wollte ihn nicht sehen. Der Mann schien noch immer erbost zu sein. Hankys Rüge war dem Kommissar unter die Haut gegangen. Doch Thore wusste, dass man mit dem Ermittler zusammenarbeiten musste. Persönliche Befindlichkeiten waren fehl am Platz und einfach nicht professionell. So zündete Thore seine Zigarette an und schlenderte zu dem Kommissar hinüber. Er stellte sich neben den Mann und wartete auf dessen Reaktion. Doch nichts geschah. Der Ermittler schien Thore nicht einmal wahrzunehmen. Er starrte in den Park vor ihm und seine Kiefer malmten, als führe er ein lautloses Gespräch. Doch dann, Thore wollte eigentlich schon zurück ins Hotel gehen, sagte der Kommissar leise:

»Der Mann hat ja recht. Ich weiß auch nicht, was in mich gefahren ist? Aber wie kann er diese privaten Dinge aus meinem Leben wissen?«

»Er hat besondere Gaben. Ich habe selbst erlebt, zu was Mister Berson und Mister Kessler in der Lage sind. Vergessen Sie besser, was Sie bisher von übersinnlichen Begabungen zu wissen glaubten.«

»Aber wie kann das sein? Kann Agent Berson denn Gedanken lesen?«

»Ja, das kann er und noch viel mehr. Hören Sie Kommissar, wir sind alle aus dem gleichen Grund hier. Niemand zweifelt an Ihren Fähigkeiten als Ermittler. Doch der Fall ist größer, als wir sehen können. Ein US-Senator ist verschwunden. Acht Secret-Service-Agenten sind hier im Hotel getötet worden und zwei weitere gelten ebenfalls als vermisst. Wir müssen zusammenarbeiten. Vergessen Sie alle Kompetenzfragen. Das ist im Moment nicht wichtig!«

Bei den letzten Worten war Thore laut geworden, da auch er den Druck spürte, welche diese Ermittlung mit sich brachte. Er schnippte seine Zigarette auf den Boden und zertrat diese mit einer heftigen Fußbewegung. Kommissar Brenner drehte sich zu dem großen Mann und sagte nun mit fester Stimme:

»Sie haben recht Kollege! Hier gilt es einen Fall zu lösen! Wissen Sie was? Ich bin wirklich froh, solche kompetenten Männer an meiner Seite zu haben. Gehen wir wieder zu den anderen?«

»Das machen wir!«, antwortete Thore. »Außerdem müssen wir herausfinden, wo sich der Senator behandeln lassen wollte. Haben Sie eine Idee, wo wir unsere Nachforschungen ansetzten können?«

»Ja, ich habe da eine Idee! Ich werde gleich mit dem Forensikteam sprechen. Sie sollen die Daten der Navigationssysteme der Fahrzeuge prüfen, welche die Opfer benutzten. Dann finden wir bestimmt den Ort, wo der Senator behandelt wurde. Und wer weiß, vielleicht ist er ja noch in irgendeinem Krankenhaus und weiß nicht, was geschehen ist!«

»Guter Ermittlungsansatz Kollege! Daran habe ich noch gar nicht gedacht.«

Thore klopfte dem Kommissar anerkennend auf dessen Schulter.

Als die beiden Männer den Tatort im Hotel erreichten, hörten sie, wie Hank Berson und Walt Kessler sich besprachen. Hanky sah die Ankommenden und unterbrach sein Gespräch mit Walt. Er wartete, bis die Männer in Hörweite waren, und sagte dann: »Gut, nun sind wir alle wieder versammelt. Walt und ich haben das Geschehen hier rekonstruiert. Zwar liegen die Tötungen schon zwei Tage zurück, doch wir konnten noch einiges aus der Spurenlage herauslesen. Wir gehen davon aus, dass es mindestens sechzehn bis achtzehn Angreifer gegeben hat. Nicht alle befanden sich im Haus. Bestimmt sicherten einige Personen den Außenbereich des Hotels. Die Secret-Service-Agenten wurden völlig überrascht. Dennoch hat es von ihrer Seite aus Gegenwehr gegeben. Zwei der Angreifer wurden durch Schüsse verletzt. Wie schwer, können wir nicht sagen. Der Überfall hat nur wenige Minuten gedauert. Da die Angreifer ihre Waffen mit Schalldämpfern ausgestattet hatten, zeigt uns, dass sie den Anschlag unbemerkt ausführen wollten. Dennoch muss es Zeugen geben, die zumindest etwas gehört haben. Die Secret-Service-Agenten, die sich noch wehren konnten, hatten keine Schalldämpfer an ihren Waffen. Den Grund des Angriffs konnten wir nicht ermitteln. Doch gehen wir davon aus, dass es sich um eine Vertuschungsaktion gehandelt hat. Der Senator, den die Agents schützen sollten, ist seitdem verschwunden. Ob auch er einem Anschlag zum Opfer gefallen ist, wissen wir nicht. Natürlich ist es auch möglich, dass der Senator entführt wurde. Unsere erste Priorität ist nun, den Vermissten zu finden. Wenn wir die Hintergründe ermitteln, finden wir auch die Verantwortlichen zu dem Anschlag hier.«

Für einen Moment herrschte Schweigen. Dann ergriff der BND-Agent Thore Klausen das Wort.

»Der Kommissar und ich haben uns inzwischen unterhalten. Er hat einen guten Ermittlungsansatz.«

Damit blickte Thore den Kommissar auffordernd an. Der Mann fühlte sich sichtlich unwohl in der Gegenwart der Mutanten.

Schließlich überwand er seine Vorbehalte und begann nach einem Räuspern seine Idee vorzutragen.

»Vielleicht zeigen uns die Navigationssysteme der Fahrzeuge, welche die Agents benutzt haben, wo wir den Senator finden können. Ein Fahrzeug und zwei Agents fehlen noch. Doch es dürfte kein Problem sein, wenn wir die Mietwagenfirma befragen, bei der die Fahrzeuge angemietet worden sind. Diese Aufgabe übernehmen ich und meine Mitarbeiter. Sie, meine Herren, können sich damit ihren weiteren Ermittlungen widmen.«

Hanky bedankte sich freundlich, wenn auch noch distanziert. Ein Handy meldete sich mit einem nervigen Sirenenton. Walt griff in seine Hosentasche und nahm unter Hankys strafendem Blick das Gespräch an. Walt wusste, dass sein Freund diesen Klingelton hasste. Gerade aus diesem Grund und um seinen Freund zu necken, änderte Walt den Ton nicht.

»Ja hallo? Wer stört?«, fragte Walt launig. Natürlich hatte er am Display gesehen, wer ihn anrief. Dann senkte er seine Lautstärke und Hanky, Thore und Kommissar Brenner besprachen weitere Ermittlungsschritte. Schließlich beendete Walt sein Gespräch und kam zu den Männern. Zu Hanky gewandt sagte er:

»Es war der liebe Roger. So wie es ausschaut, wird er uns bald zur Seite stehen.«

Dabei grinste er breit, was Hanky sofort kommentierte.

»Na Walt, kommt Agent Becket mit Roger nach Deutschland?«

»Das stimmt lieber Freund! Wir können hier jede Unterstützung gebrauchen. Aber noch etwas anderes, was im Moment wichtiger ist. Nicht weit von hier entfernt hat es einen Zwischenfall gegeben, der mit unseren Ermittlungen zu tun haben könnte. Dabei ist sogar einer unserer Kollegen, nämlich Rogers spezieller Freund, angegriffen worden.«

Hanky sah erstaunt seinen Freund an. Dann sagte er ungläubig:

»Sprichst du von Agent Kozoglu? Carmen hat mir einiges von ihm berichtet.«

»Geschwärmt hat sie von dem Mann. Geschwärmt!«

»Jetzt übertreibe mal nicht Walt! Auf jeden Fall hatten wir noch nicht das Vergnügen, ihn persönlich kennenzulernen.«

»Das können wir bald nachholen, wir treffen ihn in unserer Frankfurter Außenstelle. Dort soll Agent Kozoglu vom Sektionsleiter befragt werden.«

Walt berichtete nach dem eher privaten Gespräch mit Hanky den anderen, was sich im Taunus ereignet hatte. Danach verabschiedeten sich Thore, Walt und Hanky von dem Kommissar. Sie wollten sich, sobald es weitere Ermittlungsergebnisse gab, wieder treffen. Die Ermittlungen sollten, solange es möglich war, unter der Schirmherrschaft der deutschen Behörden stattfinden.

»Ich schlage vor«, sagte Thore, »dass ich euch nun erst mal in euer Hotel bringe. Dort könnt ihr euch frisch machen und vielleicht etwas essen.«

»Essen finde ich gut!«, freute sich Walt. »Los fahren wir!«

* * *

Unumkehrbar

Circa vierunddreißig Stunden zuvor herrschte hektische Nervosität in den Räumen der Landgrafen Klinik. Der Strom war aus bisher unbekannten Gründen ausgefallen. Die Männer und Frauen des Behandlungsteams suchten nach dem Sicherungsschrank. Da kein regulärer Beschäftigter der Klinik im Gebäude war, mussten die Teammitglieder sich auf die Suche machen. Der Stromausfall war fatal für die Behandlung des Senators. Das wusste Professor Hassan Shariar genau. Der Umformungsprozess der Zellkerne wurde nun nicht mehr gesteuert. Dies gefährdete den kompletten Behandlungszyklus. Die Umformung musste kontrolliert vonstattengehen. Dazu war aber elektrischer Strom vonnöten. Das Handy des Professors klingelte und dieser nahm mit bösen Vorahnungen das Gespräch entgegen.

»Was ist denn bei euch los?«, brüllte eine Stimme aus dem Lautsprecher. Professor Shariar wusste sofort, wer ihn da anschrie. Es war nicht irgendein Vorgesetzter aus dem Pharmakonzern, sondern der Mann, der mit seiner Macht und seinem Geld die Forschung zur Zellumformung kontrollierte. Es war der Scheich selbst. Sein harter Akzent war unverkennbar. Wenn dieser Mann anrief, dann wurde es kritisch. Gleichzeitig fragte sich der Professor, wieso der Scheich von dem Stromausfall wusste. Hatte er hier Vertraute, die ihm ständig berichteten, oder wurde die Klinik überwacht.

»Hallo Professor! Ich verlange eine Antwort! Sofort!«

Der Humangenetiker hatte sich von seinen Gedanken ablenken lassen. Doch nun beschloss er zu antworten und nichts zu beschönigen. Der Scheich würde sowieso die Wahrheit herausfinden. So sagte er:

»Hallo, hier ist Professor Shariar. Ja, Sir, es hat einen Zwischenfall gegeben. Der Strom ist plötzlich ausgefallen. Wir stehen hier mit Taschenlampen und unseren Handys, um wenigstens ein wenig Licht zu haben. Meine Leute suchen den Sicherungsschrank. Doch wir kennen uns hier nicht aus.«

»Welche Konsequenzen hat der Stromausfall auf die Behandlung?«

»Wahrscheinlich sehr große, Sir. Ich kann es noch nicht sagen, da ja keine Geräte zur Diagnose in Betrieb sind. Wir müssen mit dem Schlimmsten rechnen.«

»Was bedeutet das?«

»Es kann zu Zellwucherungen unbestimmten Ausmaßes kommen. Auch das finale Versagen des Organismus könnte eine Folge dieser Unterbrechung sein. Sie wissen Sir, dass die Zellrekonstruktion und deren Modulation ein sehr diffiziler Eingriff ist.«

»Soll dies bedeuten, dass Sie den Patienten nicht retten können? Wollen Sie das sagen Professor?«

»Ich kann Ihnen dazu leider noch keine Aussage liefern. Ich werde erst dann eine Prognose abgeben können, wenn der Strom wieder fließt.«

»Okay! Melden Sie sich sofort, wenn Sie eine Diagnose haben! Verstanden?«

»Jawohl Sir!«

Damit war das Gespräch vonseiten des Anrufers beendet. Der Professor steckte sein Telefon zurück in die Taschen seines Ärztekittels. Dann wischte er sich den Schweiß von der hohen Stirn. Ihm war mulmig, ja beinahe schlecht. Er hatte den Scheich nur einmal persönlich getroffen. Schon damals waren ihm die kalte Ausstrahlung und die ungnädig blickenden Augen aufgefallen. Dieser Mann ging über Leichen, das war sicher. Doch noch ehe sich Professor Hassan Shariar weiterer Gedanken hingeben konnte, flammte das Licht wieder auf.

Sofort stürmte er nach vorne zu dem Zell-Modulator, wie er das komplizierte medizinische Gerät benannt hatte. Die Monitore der Computer erwachten zum Leben und die Techniker eilten nun ebenfalls zu ihren Arbeitskonsolen. Besorgt beugte sich der Professor zu dem breiten Sichtfenster und sah nach seinem Patienten. Der Senator hatte sich sichtlich verändert. Die faltige Haut hatte sich geglättet und war rosig wie bei einem Neugeborenen. Was der Laie vielleicht als ein gutes Zeichen gewertet hätte, war fatal. Alleine die vom Krebs befallenen Zellen im Gehirn des Senators sollten moduliert und damit umgeformt werden. Das Ziel war, die kranken Zellen durch gesunde zu ersetzen. Doch hier war viel mehr geschehen. Die Haut des Patienten hatte sich völlig regeneriert. Was sich unter der Haut verändert hatte, konnte man nur vermuten. Erneut brach Schweiß aus den Poren des Professors. Mit einer fahrigen Bewegung wischte er diesen von seiner Stirn. Dann drehte er sich um und eilte zu den Bildschirmen der Maschinensteuerung. Mit einem dumpfen Brummen startete ohne das Dazutun der Techniker der Zell-Modulator. Mit einem erschreckten Schrei:

»Abschalten!«, wollte der Professor Schlimmeres verhindern. Doch seine Anweisung konnte nicht so schnell umgesetzt werden. Programme folgten einem vorbestimmten Weg, der aus Sicherheitsgründen nicht einfach umgangen werden konnte. Panisch rannte der Professor zu den diagnostischen Bildschirmen. Mit angstgeweiteten Augen starrte er auf die Tabellen und Diagramme. Er studierte Zahlenreihen und grafische Darstellungen. Dabei wurde sein Körper kalt und er fröstelte. Der Schock, dass er hier nichts mehr ausrichten konnte, traf ihn hart. Die Maschine hatte eine komplette Zellregenerierung begonnen und ließ sich im Moment nicht abschalten. Der eingeleitete Prozess würde jede Zelle des Patienten modulieren und quasi auf Neustart setzen. Das bedeutete, dass der Körper des Patienten am Ende mit dem eines Neugeborenen zu vergleichen war. Zwar behielt der Körper seine altersentsprechende Größe, doch das war auch schon alles. Natürlich erkannte der Humangenetiker, dass auch das Gehirn des Patienten völlig neu konfiguriert werden würde. Damit waren die gesamten Erinnerungen, alle Erfahrungen und gelerntes Wissen für immer verloren. Ein sabberndes Wesen würde die Maschine verlassen und nicht mehr der Senator Doug Carper. Diese negative Beurteilung zeigte das menschverachtende Wesen des Professors. Für ihn galten nur seine eigenen Belange, was natürlich seine Karriere miteinbezog. Nun sah er ebendiese Karriere in Gefahr und dass nur wegen eines blöden Stromausfalls. Fieberhaft überlegte er, wie er die Situation und vor allem sich selbst retten konnte. Ein verwegener, bösartiger Plan reifte in seinem Gehirn. Dabei dachte er nicht mehr daran, das Leben des Senators zu retten. Im Gegenteil, er würde ihn opfern. Zu seinen Mitarbeitern sagte er befehlend:

»Wir brechen die Therapie ab. Fahrt den Zell-Modulator runter und holt den Patienten aus der Zell-Schleuse.«

Ohne auf eine Erwiderung seiner Mannschaft zu warten, verließ er den Behandlungsraum. Draußen im Flur zog er sein Telefon aus der Kitteltasche und wählte die Nummer, die ausschließlich in seiner Erinnerung gespeichert war. Es klingelte nur zweimal und eine Stimme meldete sich.

»Ja, was gibt es nun schon wieder?«

Professor Shariar erkannte die Stimme des Scheichs. Ohne es sich selbst bewusst zu machen, nahm der Professor eine unterwürfige Haltung an, ehe er sagte:

»Hier noch mal …«

»Keine Namen!«, brüllte sein Gesprächspartner.

»Also gut, Sir. Wir müssen die Therapie beenden. Der Stromausfall hat zu Zellschäden geführt. Bitte weisen Sie Ihre Männer an, das Notfallprotokoll zu aktivieren.«

Eine Minute war es still in der Leitung und der Professor glaubte schon, dass der Scheich die Verbindung unterbrochen hätte. Dann aber vernahm er einen derben Fluch und der Mann, der sich der Scheich nannte, antwortete.

»Also gut. Ich werde alles in die Wege leiten. Wir werden Sie und Ihr Team noch heute Nacht in Sicherheit bringen. Legen Sie den Patienten auf eine Trage und schaffen Sie ihn zum Eingang. Dort werden meine Leute ihn übernehmen. Die Maschinerie wird ebenfalls heute Nacht entfernt. Sie und Ihre Leute sollen sich für die Evakuierung bereithalten. In der Zwischenzeit beseitigen Sie alle Spuren! Verstanden? Es darf nicht ein einziger Fingerabdruck zurückbleiben. Das war's! Ich sehe Sie in Kürze. Dann besprechen wir weitere Schritte!«

Ein Klacken zeigte dem Professor, dass die Verbindung unterbrochen war. Er atmete kurz durch, steckte sein Handy zurück in die Kitteltasche und ging wieder in den Behandlungsraum. Dort gab er entsprechende Befehle und koordinierte die nötigen

Arbeiten. Trotz höchster Konzentration, die er aufbringen musste, um alle Spuren zu beseitigen, fragte er sich, ob es noch eine Zukunft für ihn gab.

* * *

Erstes Treffen

Mit einiger Aufregung bestieg Yavuz den Beifahrersitz des dunklen SUVs. Sein Fahrer, der geduldig auf ihn gewartet hatte, war ein Kollege. Natürlich, so musste man wissen, übte Yavuz im sogenannten normalen Leben einen ebenso normalen Beruf aus. Er war Autoverkäufer und verdiente damit seinen Lebensunterhalt. Nur sehr wenige ausgewählte Menschen wussten, dass er einen zweiten Beruf hatte. Zwar sah der in Deutschland geborene türkischstämmige Mann den geheimen Part seines Lebens nicht als regulären Beruf. Er arbeitete als FBI-Sonderberater, so lautete sein offizieller Titel. Vor einigen Jahren war er damals noch als Urlauber in Ermittlungen des FBI verstrickt worden. Seine tatkräftige Unterstützung rettete Leben und als Belohnung wurde er mit einem Sondertitel bedacht. Ein weiterer Einsatz, zusammen mit dem FBI Special Agent Roger Thorn, führte zur offiziellen Berufung der US-amerikanischen Behörde. Seitdem hatte Yavuz an einigen Schulungen und Waffentrainings teilgenommen. Zur Tarnung flog er angeblich in die Türkei, für einen Kurzurlaub, wie er immer seinen Freunden seine zeitweise Abwesenheit erklärte. Zusätzlich hatte er den Flugschein erworben, was es ihm leichter machte, andere FBI-Agenten an stillen Orten zu treffen. Diese Tarnung hatte bis heute funktioniert.

Nun saß er neben einem FBI-Kollegen, der ihn zu einer Besprechung nach Frankfurt bringen sollte. Die Vorfälle am heutigen Tag bedurften einer Besprechung. Ohne seine Ausbildung, da war sich Yavuz sicher, säße er jetzt nicht in einem großen Fahrzeug. Nein, er würde in der Gerichtsmedizin liegen. Er wäre tot, umgebracht von ruchlosen Killern. So aber lebte er, wenn auch der Preis seines Überlebens hoch war. Als er sich gegen die Killer gewehrt hatte, starb einer von ihnen durch seine Hand. Er hatte einen Menschen getötet. Er hatte einen Menschen erschossen. Dieses Erlebnis würde ihn wochenlang in seinen Träumen beschäftigen. Das wusste er bereits, denn der Killer im Wald war nicht der Erste, den Yavuz im Einsatz getötet hatte. Doch er hatte sich eine Strategie zur Bewältigung dieses traumatischen Erlebnisses bereitgelegt. Er negierte nicht, sondern er stand zu der Tötung. Außerdem konnte dieser Killer keinem Menschen mehr schaden. Wahrscheinlich hatte Yavuz mit der Tötung des Killers vielen Menschen das Leben gerettet. Denn eines war sicher; diese Killer hätten weiter gemordet. So sah er sich als wehrhaften Soldaten der Demokratie, der dem Recht Geltung verschafft hatte. Nein, er brauchte kein schlechtes Gewissen zu haben. Sein Handeln war moralisch vertretbar und absolut gerechtfertigt.

Mit solchen Gedanken beruhigte der FBI-Sonderberater sein Gewissen und bemerkte dabei nicht, dass er diese Rechtfertigung in seinen Gedanken ständig wiederholte. Sein FBI-Kollege, der das schwere Fahrzeug lenkte, sah, dass Yavuz in Gedanken versunken war. Deshalb konzentrierte er sich auf den Verkehr und ließ dem Mann seine Ruhe.

* * *

Schneller als gedacht erreichten sie ein Bürogebäude, das zu der Verwunderung des Sonderberaters nicht direkt in Frankfurt lag. Sie fuhren durch das Industriegebiet von Eschborn, das direkt an Frankfurt grenzte. Sein Fahrer lenkte den SUV in die Tiefgarage eines von außen völlig normal erscheinenden

Bürohochhauses. Als der FBI-Agent den verwunderten Gesichtsausdruck seines Fahrgastes bemerkte, lächelte er still. Gleich darauf parkten sie in dem gutbesetzten Parkhaus. Yavuz stellte keine Fragen zu dem Standort und tat so, als ob er hier schon oft gewesen wäre. Heimlich hatte er bei der Einfahrt in die Tiefgarage seine Blicke schweifen lassen. Dabei hatte er sich die Hinweisschilder, die zu den Aufzügen wiesen, eingeprägt. Als die beiden Männer den Wagen verließen, lief Yavuz gelassen in die Richtung der Aufzüge. Er hatte natürlich das Lächeln seines Kollegen vorher bemerkt und wollte ihm nun dafür eine kleine Retourkutsche geben.

»Na Kollege, wo bleiben Sie denn?«, rief er dem FBI-Beamten zu. Doch dieser ließ sich nicht foppen und fragte deshalb, als sie die Liftkabine betraten:

»Welches Stockwerk denn?«

»Das kann ich Ihnen nicht verraten«, konterte Yavuz. »Geheimsache!«

Die beiden Männer lachten herzhaft und Yavuz war froh über diesen kleinen, sorglosen Moment. Natürlich hätte der Sonderberater des FBI, auch wenn er die Nummer der Etage gewusst hätte, welche die FBI-Büros beherbergten, nicht ohne Weiteres dorthin gelangen können. Sein Kollege zückte eine elektronische Codekarte, hielt diese an einen Scanner unterhalb der Tastatur und wartete. Die Liftkabine setzte sich eigenständig in Bewegung, ohne dass ein weiterer Knopf betätigt werden musste. Yavuz sah suchend nach oben und entdeckte gleich darauf eine kleine Überwachungskamera. Er zeigte sein breitestes Grinsen und winkte der Kamera zu. Natürlich wurde genau darauf geachtet, wer sich Zutritt zu den Büros der FBI-Außenstelle verschaffte. Jeder Besucher wurde registriert und so war es für Yavuz selbstverständlich, dass sie oben schon erwartet wurden. Er wurde nicht enttäuscht. Als die Lifttüren zur Seite fuhren, standen im angrenzenden Gang zwei Männer in dunklen Anzügen. Sie hatten eine Hand auf ihren noch in den Gürtelholstern verwahrten Waffen. Ohne zu zögern, verließen die beiden Männer den Lift und wurden nach kurzer Musterung des Empfangskomitees willkommen geheißen. Einer der Fahrstuhlwächter sagte:

»Sie werden schon erwartet, meine Herren. Besprechungszimmer B4. Den Gang runter, dann links. Anschließend die zweite Tür rechts.«

Nun wurde Yavuz doch etwas nervös. Er würde endlich die beiden wohl mysteriösesten Agenten des FBI persönlich treffen. Er kannte die Männer dem Namen nach und natürlich die Geschichten, die hinter vorgehaltener Hand erzählt wurden. Auch die Verlobte von Hank Berson hatte er kennengelernt, als er mit FBI-Mann Roger Thorn im Einsatz in Kanada war. Bisher jedoch waren diese Männer immer nur so etwas wie eine Legende gewesen. Irgendwie nicht real und doch würde er ihnen gleich gegenüberstehen. Er atmete noch einmal tief durch, als er vor der Tür des Besprechungsraumes stand, klopfte und trat nach einem „Come in" in den Konferenzraum. Um einen großen Tisch herum saßen einige Männer, deren Gespräch verstummte, als Yavuz den Raum betrat. Alle blickten den Ankömmling erwartungsvoll an. Der Sonderberater wusste nun nicht, was er tun sollte. Er kam sich hilfloser vor als bei dem Feuergefecht im Wald. Einer der Männer, ein großer blonder Mann in legerer Alltagskleidung, erlöste Yavuz aus der unangenehmen Situation. Er stand geschmeidig auf und kam mit ausgestreckter, rechter Hand auf den verblüfften Neuankömmling zu.

»Hallo Mister Kozoglu, oder darf ich Yavuz sagen?«

Dabei ergriff der Blonde die von Yavuz irgendwie automatisch vorgestreckte Hand und schüttelte diese ausgiebig.

»Endlich lernen wir uns einmal kennen! Carmen hat mir schon viel von Ihnen erzählt. Beinahe wäre ich eifersüchtig geworden!«

Dabei lachte er herzhaft und klopfte Yavuz auf die Schulter.

»Ich freue mich auch, Agent Berson, es ist mir eine Ehre!«, antwortete Yavuz, da ihm im Moment nichts Besseres einfiel.

»Papperlapapp! Agent Berson? Nein, nennen Sie mich einfach Hanky. Wir sind ja Kollegen! Darf ich vorstellen: Der so unverschämt grinsende Kerl ist mein Kollege Walt Kessler. Daneben sitzt ein Mitarbeiter des BND, Mister Thore Klausen. Sie wundern sich vielleicht, wieso hier auch ein deutscher Geheimdienstmitarbeiter ist. Doch ich kann Ihnen versichern, der Mann ist in Ordnung. Wir haben so einiges zusammen erlebt.«

Hanky setzte die Vorstellung der Anwesenden fort, doch Yavuz konnte sich die Namen nicht merken. Er war einfach noch zu aufgeregt. Mit diesen Männern, da war er sich sicher, würde er jegliche Gefahr überstehen. Schon alleine die Gelassenheit, mit der sich Hanky bewegte und seine Sprache sprach, zeugten von seinem unerschütterlichen Selbstvertrauen. Dies war bestimmt durch seine besonderen Fähigkeiten zu erklären. Auch dieser Walt Kessler schien in sich zu ruhen. Doch auch er besaß eine enorme mentale Macht, die er zum Glück der Gerechtigkeit gewidmet hatte. Nachdem die Vorstellung der Anwesenden beendet war, wurde Yavuz aufgefordert, sich zu setzen. Der Sektionsleiter schilderte die Geschehnisse der letzten Tage und den sich daraus ergebenden aktuellen Wissensstand. Yavuz hörte gebannt zu und fragte sich dabei, in was für einen Schlamassel er da ungeplant geraten war.

* * *

Spuren verwischen

In der Landgrafen Klinik circa 33 Stunden zuvor.
Eine gefährliche Aufgabe musste Professor Hassan Shariar noch erfüllen. Es waren zwei Männer in den Räumen, die der Vertuschung des Versuches noch im Wege standen. Dabei handelte es sich um die Personenschützer des Senators. Die Secret-Service-Agenten waren direkt nach dem Stromausfall vor dem Behandlungsraum erschienen. Natürlich wollten sie wissen, ob es ihrem Schutzbefohlenen gut ging. Der Professor selbst hatte die Männer daran gehindert, den Behandlungsraum zu betreten. Mit dem Verweis auf Hygienemaßnahmen, welche für den Heilungsprozess notwendig seien, konnte er die Männer davon abhalten, den Behandlungsraum zu betreten. Mit ärztlicher Autorität, von der sich die Agenten tatsächlich beeindrucken ließen, schickte der Professor die Männer zurück in den Warteraum. Kaum hatten die Secret-Service-Agenten zögerlich den Krankenhausflur verlassen, zog der Professor sein Handy aus der Kitteltasche. Er wählte die Nummer des Einsatzleiters des Sicherheitsdienstes, welcher das Umfeld des Krankenhauses bewachte. Dieser Mann, von dem er nur den Vornamen kannte, war der Einzige im Team, der auch direkt mit dem Scheich kommunizierte. Kaum hatte der Professor die Telefonnummer gewählt, antwortete der Einsatzleiter.

»Harry hier!«, meldete sich der Mann kurz angebunden.

»Ja, hier ist der Professor. Kommen Sie sofort zu mir. Wir haben eine Notsituation.«

»Okay!«, antwortete der Angerufene. Er war darauf bedacht seine Telefonate möglichst kurz und ohne belastenden Inhalt zu halten. Natürlich war auch Harry nicht sein wirklicher Name. Vorsicht und Scheinidentitäten hatten bisher dafür gesorgt, dass er seiner Arbeit noch immer nachgehen konnte. So gab er seinen

Männern einige Anweisungen, die gänzlich die weitere Abschirmung des Objekts betraf. Dann betrat er, seine Umgebung sichernd, das Klinikgebäude. Als er eine Minute später den Krankenhausflur betrat, der zu dem Behandlungsraum führte, sah er den Professor ungeduldig auf und ab gehen. Harry beschlich ein Gefühl, dass er schon von früheren Einsätzen her kannte. Und dies war ein schlechtes Zeichen. Eine dunkle Gefahr schien die Klinik zu füllen. Der Einsatzleiter wusste, dass dieser Job nicht so einfach war, wie ihm versprochen worden war. Doch er war Profi genug, selbst die schwierigsten Situationen zu meistern. Lediglich ein Umstand bereitete ihm Kopfschmerzen. Die Hälfte seines Einsatzteams bestand aus Männern, mit denen er noch nicht zusammengearbeitet hatte. Sein Einsatzbefehl war relativ kurzfristig von einem Mann angekündigt worden, der keinen Widerspruch erlaubte. Der Scheich selbst hatte ihn angerufen, was höchst ungewöhnlich war. Natürlich war die Bezeichnung „Scheich" ebenfalls ein Tarnname. Niemand wusste, wer dieser Mann in Wirklichkeit war. Niemand traute sich, ihn zu hinterfragen. Es genügte, wenn er einen Auftrag erteilte. Die Leute, mit denen er arbeitete, wussten, dass ein Fehlverhalten nur eine Strafe kannte, den Tod.

Der Einsatzleiter wunderte sich über seine Gedanken. Doch sein Gespür forderte vielleicht diese Erinnerung an seinen Kontrakt mit dem Scheich. Harry würde seine Emotionen verbannen und tun, was nötig war. Als er bei dem Professor angekommen war, wedelte dieser mit seinen Händen und beorderte den Sicherheitsexperten so in ein kleines Büro. Erst als die Tür hinter den Männern zugeschlagen war, begann der Professor zu sprechen:

»Die größtmögliche Katastrophe ist eingetreten. Durch den Stromausfall ist die Behandlung des Patienten fehlgeschlagen. Da er ein prominenter Mann ist, müssen wir ihn und seine Begleiter beseitigen. Ich habe schon mit dem Scheich gesprochen. Wir evakuieren das Gebäude. Es ist nötig, dass wir alle

Spuren verwischen! In kurzer Zeit wird ein Techniker-Team hier eintreffen. Sie werden den Zell-Modulator abbauen und in Lastwagen verladen. Also erwarten Sie die Technik-Einheit. Ihre eigentliche Aufgabe aber ist, den Patienten verschwinden zu lassen. Darüber hinaus müssen die Secret-Service-Agenten ausgeschaltet werden. Wie Sie wissen, befinden sich zwei Agents hier im Gebäude. Die anderen dürften zu dieser Zeit im Hotel sein. Noch Fragen?«

Der Einsatzleiter überlegte kurz und verneinte. Dann jedoch hatte er noch etwas zu sagen:

»Halten Sie, Herr Professor, Ihre Leute in den nächsten zehn Minuten davon ab, die Flure zu betreten. Wenn ich in dieser Zeit dennoch jemanden aus Ihrem Team dort antreffe, dann muss ich ihn oder sie eliminieren.«

Der Professor wurde blass, nickte aber zustimmend. Ehe er das Büro verließ, sagte er mit gepresster Stimme:

»Geben Sie mir fünf Minuten! Dann können Sie beginnen.«

* * *

Nach diesem kurzen Gespräch begannen Aktivitäten, die zur Folge hatten, dass mehrere Menschen ihr Leben verloren. Der Professor rief sein Team zusammen, um die Evakuierung zu planen. Kein medizinischer oder technischer Mitarbeiter stellte Fragen. Jeder hier war sich bewusst, dass er oder sie ein Teil einer verdeckten Operation war. Keiner wollte wissen, was mit dem Patienten geschah. Niemand kannte diesen Mann. Er war nur ein Patient, sonst nichts. Sein Schicksal war nicht von Bedeutung. Jeder Einzelne hier im Behandlungsraum dachte nur an seine eigenen Belange. Die unbekannten Auftraggeber bezahlten die Verschwiegenheit des Teams fürstlich. Nur dieser Aspekt war wichtig.

In der Zwischenzeit hatte der Einsatzleiter seine Männer vor dem Klinikgebäude versammelt. Dort stellte er Einsatzteams zusammen. Zwei seiner besten Männer schickte er in das Gebäude. Sie hatten den Auftrag, die beiden Secret-Service-Agenten auszuschalten. Die Killer betraten völlig ruhig die Klinik, begaben sich zum Warteraum, wo die Agenten sich gerade einen Kaffee eingossen. Die Killer betraten den Raum, nickten den Agenten kurz zu und gingen dann auf den Kaffeeautomaten zu. Nichts verriet den Agenten, dass sie sich in höchster Gefahr befanden. Die Killer stellten sich neben die Agents, die einen Schritt zur Seite auswichen. Sie sahen in den Uniformierten Verbündete, ja Kollegen, die sich eine Kaffeepause gönnten. Ehe auch nur einer der Secret-Service-Männer etwas sagen oder fragen konnte, zogen die Killer Kampfmesser aus ihren Gürteltaschen. Sie drehten sich in einer fließenden Bewegung ihren Opfern zu und stießen die Messer in die Körper der Ahnungslosen. Der Schock durch den unerwarteten Angriff ließ die Agenten erstarren. Dieser nur Sekunden andauernde Zustand der Schockstarre genügte den Killern. Sie zogen die Messer aus den Körpern der Männer und stachen nun gezielt zu. Dabei durchbohrten die Angreifer die Nieren der Agenten. Der Schmerz war so gewaltig, dass keine Gegenwehr mehr möglich war. Erneut zogen die Killer ihre Klingen zurück und setzten zum finalen Angriff an. Sie packten die hilflosen Agents und zogen sie dicht an sie heran. Anschließend hoben die Killer beinahe synchron ihre Messer und durchschnitten die Kehlen der Männer. Dann ließen sie die erschlaffenden Körper zu Boden sinken, wischten die Messer an der Kleidung ihrer Opfer ab und verließen wortlos den Warteraum. Hinter ihnen versuchten die Secret-Service-Agenten verzweifelt Luft in ihre Lungen zu pumpen. Doch ihr eigenes Blut verhinderte diese körpereigene, automatische Reaktion. Durch den fehlenden Sauerstoff versagte ihr Organismus. Eine plötzliche Ohnmacht verhinderte gnadenvoll panische Gedanken, ehe die Organe versagten. Die Männer starben schnell und ihr Geist versank in ewiger Dunkelheit.

Nur Minuten später betraten in OP-Anzüge gekleidete Männer den Warteraum. Sie schoben zwei Tragen vor sich her, auf denen allerlei Putzmittel und auch zwei Leichensäcke lagen. Die Männer waren Profis und dies war nicht der erste Tatort, den sie reinigten. Es dauert keine Stunde und alle Spuren des feigen Anschlags waren beseitigt.

Als der Einsatzleiter den Warteraum abschließend beurteilt hatte, gab er diesen frei. Mit strammen Schritten eilte er zu dem Behandlungsraum. Dort erwartete ihn der Professor schon ungeduldig.

»Was dauert denn so lange?«, maulte er aufgebracht, kaum dass der Einsatzleiter den Behandlungsraum betreten hatte. Dieser zeigte mit keiner Reaktion, dass er den Professor gehört hatte. Stattdessen fragt er mit scharfer Stimme:

»Ist der Patient zum Abtransport bereit?«

* * *

Der Scheich (Jahre zuvor)

Er war in Brooklyn, einem Stadtteil von New York City, aufgewachsen. Als Sohn ägyptischer Einwanderer wuchs er in einer Nachbarschaft auf, die nicht ideal für arabischstämmige Menschen war. Seine ethnische Gruppe stellte eine Minderheit dar und die Ereignisse am 11. September 2001 trugen nicht zur Beliebtheit seiner Volksgruppe bei. Dennoch weigerten sich seine Eltern nach Queens zu ziehen, wo sich viele Muslime angesiedelt hatten. Doch gerade die Widerstände, die Anfeindungen, mit denen er sich jeden Tag auseinandersetzen musste, nutzte er zu seinem Vorteil. Araber galten hier als verschlagene, ja gefährliche Leute. Man wusste nicht, welche Verbindungen die Großfamilien, die Clans zu radikalen Gruppen besaßen. So umgab er sich mit einer Aura aus Andeutungen. Er sprach von seiner Familie, als besäße sie großen Einfluss. Er erzählte schon als Kind von seinen Brüdern, seinen Onkeln, seinen Vettern und webte nach und nach ein Gespinst aus Lügen. Kurz, er machte sich wichtig. Die Kinder in seiner Nachbarschaft begegneten ihm mit vorsichtiger Distanz. Natürlich stammte er aus keiner mächtigen Familie und es gab keine nahen Verwandten hier in der Stadt. In den Jahren seiner Kindheit beschäftigte er sich mit seiner ethnischen Herkunft und verglich die Lebensweise seiner Eltern mit der westlichen um ihn herum. Diese Diskrepanz der Kulturen vermischte er gekonnt zu seinem eigenen Lebensstil. Er war Araber, aber er war auch ein Amerikaner. Auch er wollte den amerikanischen Traum leben und etwas erreichen. Oft saß er abends auf der Feuertreppe des Mietshauses und grübelte darüber nach, wie er zu einem mächtigen Mann werden konnte. Seine Eltern beobachteten ihn oftmals besorgt. Ihr Junge, ihr Sohn war still und in sich gekehrt. Er spielte nicht mit den Nachbarskindern, er stellte keine Dummheiten an und war dazu noch ein hervorragender Schüler. Er war ein Sohn, wie ihn sich wohl alle Eltern wünschten. Und dennoch benahm er sich nicht wie ein normales Kind. Die Jahre der Schulzeit gingen vorbei und die Lehrer verhalfen dem nun sehr ernsthaften jungen Mann zu einem Stipendium. Er konnte zur Hochschule gehen und dort studieren. Tatsächlich interessierten sich namhafte Universitäten für ihn. Ohne lange zu überlegen, nahm er mit Freuden die Einladung der Universität Yale an. Er wusste natürlich, dass er nun die Möglichkeit hatte, durch ein Studium an dieser Eliteschule in die höchsten Kreise der Gesellschaft zu gelangen. Der Abschied von seinen Eltern fiel ihm nicht schwer. Als er in den Überlandbus stieg, schaute er noch einmal kurz zurück, winkte mit einem Lächeln seinem Vater und seiner Mutter zu.

Dann suchte er sich einen Sitzplatz im hinteren Teil der Kabine und verstaute sein Gepäck. Der Bus fuhr an und er sah seine Eltern, die betrübt dem anrollenden Gefährt hinterhersahen. Doch er war nicht traurig. Nein, im Gegenteil, er war glücklich. Mit jedem zurückgelegten Kilometer entschwand seine Kindheit, sein bisheriges Leben. Nun, so hoffte er inständig, begann sein eigentliches Leben. Natürlich lag die Zukunft nur nebulös vor ihm, dennoch erhoffte er sich, wie alle jungen Menschen, ein tolles Leben. Als er dann schließlich die Universität erreichte, die Anmeldung mit Geduld hinter sich gebracht hatte, beschlich ihn zum ersten Mal das Gefühl der eigenen Minderwertigkeit. Die Studenten um ihn herum waren gut gekleidet und trugen eine Selbstsicherheit vor sich her, die beneidenswert war. Viele seiner Mitschüler kamen aus wohlhabenden Familien. Dabei machte es keinen Unterschied, ob sie nun Amerikaner waren oder aus einem anderen Land kamen. Hier, in dieser Umgebung, konnte er seine erdachten Geschichten nicht verwenden. Die jungen Leute um ihn herum verfügten tatsächlich über den Background, den er sich immer zusammengesponnen hatte. Ganz besonders die Studenten aus den arabischen Ländern waren Kinder privilegierter Familien. So verhielt er sich still, sprach nur wenig mit seinen Kommilitonen und konzentrierte sich auf sein Studium. Nachdem er seine Grundkurse mit Bravour beendet hatte, konnte er seine Fachrichtung wählen. Dies war der schwierigste Teil seiner studentischen Entscheidungen. Schließlich wählte er Kurse aus, die sich mit internationalem Handel beschäftigten. Als Nebenfächer jedoch trug er sich bei den Naturwissenschaften ein. Ganz besonders interessierten ihn dabei der Maschinenbau und die Elektrotechnik.

In seinen Studienjahren freundete er sich mit nur wenigen Menschen an. In Wirklichkeit sammelte er Kontakte, die, so hoffte er, ihm in der Zukunft nützlich sein konnten. Über seine eigene Herkunft schwieg er beharrlich, was zu Spekulationen seiner Mitstudierenden führte. Man mutmaßte, dass der großgewachsene, dunkelhaarige Mann aus einem besonders prominenten Haus stamme. Bei einer der wenigen Partys, die er auf dem Campus besuchte, verpasste ihm ein Kommilitone, dessen Vater ein US-amerikanischer Ölmagnat war, den Titel Scheich. Von nun an hatte er einen Spitznamen, der ihn ungefragt qualifizierte. So hatte er es nicht mehr nötig, sich eine Familiengeschichte auszudenken. Ja, sein Spitzname verhalf ihm sogar zu neuen Privilegien. Er wurde in den Semesterferien von seinen betuchten Freunden eingeladen. Natürlich nahm er diese Einladungen gerne an und knüpfte dadurch weitere Kontakte. Doch zu seinen Eltern unterhielt er kaum noch Kontakt. Ab und zu telefonierte er mit seiner Mutter. Doch in all den Jahren besuchte er diese nie. Als er eines Tages vom Dekan der Universität unterrichtet wurde, dass sein Vater gestorben sei, nahm er diese Nachricht mit kaltem Herz entgegen. Notgedrungen rief er seine Mutter an und heuchelte Mitleid. Gleichzeitig beteuerte er, dass es nicht möglich sei, nach Hause zu kommen. Wichtige Prüfungen stünden an und diese seien so wichtig, dass er die Universität nicht verlassen könne. Natürlich war seine Mutter sehr traurig, dass ihr einziger Sohn nicht zur Beerdigung kommen konnte. Doch sie akzeptierte schließlich die Entscheidung, auch wenn ihr die Gründe für das Fernbleiben fadenscheinig erschienen. Der Scheich beendete das Gespräch mit gespielter Trauer. Als er dann sein Smartphone in seine Hosentasche steckte, war ihm nicht anzusehen, dass er gerade eine schlimme Nachricht bekommen hatte.

Die Studienjahre gingen schließlich zu Ende. In allen von ihm gewählten Fächern schloss er mit Summa cum laude ab. In den Tagen der Prüfungen fanden sich Headhunter der Industrie, des Militärs und der Geheimdienste in der Universität ein. Natürlich wurde auch der Scheich von den Abgesandten der vorgenannten Institutionen interviewt. Das für ihn interessanteste Gespräch führte er mit dem Vertreter der NSA. Er stellte sich kurz mit seinem Namen vor. Doch der Mann, der sich mit Mister Miller vorstellte, verriet weder Dienstrang noch seine Stellung in der Geheimdienstbehörde. Allerdings fragte er direkt nach dem ethnischen Hintergrund des Qualifikanten. Der Scheich runzelte kurz seine Stirn, als der Agent ihn mit seinem bürgerlichen Namen ansprach. Er war inzwischen gewohnt, dass ihn jeder mit Scheich ansprach. So fragte Mister Miller, während er auf sein Tablet sah:

»Mister Omar Zaki, zuerst möchte ich Sie darauf hinweisen, dass Sie alle Fragen, die ich Ihnen nun stelle, wahrheitsgemäß beantworten müssen. Jede Lüge disqualifiziert Sie und ist zudem strafbar. Haben Sie das verstanden?«

»Jawohl Sir!«, antwortete der Scheich knapp und, wie er dachte, militärisch. Der NSA-Agent nickte nur kurz und begann mit seiner Befragung. Nachdem der Scheich alle gestellten Fragen schnell und ohne Zögern beantwortet hatte, nickte der NSA-Agent zufrieden. Er sah noch einmal auf sein Tablet, ehe er seinem Gegenüber das Angebot seiner Behörde vortrug. Nach etwa zweieinhalb Stunden war das Anwerbegespräch zu Ende. Der Agent verabschiedete sich mit den Worten, die wohl jeder Bewerber zu hören bekam:

»Mister Zaki, Sie hören von uns in den nächsten Tagen.«

Der Scheich verließ das Besprechungszimmer und ging zu dem nächsten Besprechungszimmer. Auch hier, beim Stand des Militärs, trug er sich in eine Warteliste ein. So stellte er sich jedem möglichen Interview, damit er keine Chance, seine Zukunft zu gestalten, verpasste. Die Befragungen dauerten die ganze Woche und die Wartezeiten zwischen den Interviews verbrachte der Scheich damit, sämtliche Unterlagen, die er erhalten hatte, genauestens zu studieren. Er wollte vorbereitet sein und sich gleichzeitig selbst darüber bewusst werden, welchen Weg er gehen wollte. Am Ende der Woche erhielt er per SMS eine weitere Einladung des NSA-Agenten. Ruhig las der Scheich die Nachricht. Er zeigte keinerlei Freude oder Aufregung. Diese Gefühle, diese Emotionen waren ihm völlig fremd. Dennoch fühlte er, dass nun eine Entscheidung fallen würde.

* * *

Plötzliche Idee

Nach der offiziellen Besprechung hatte Thore seine amerikanischen Kollegen in ein Hotel, welches sich in der Nähe des Messegeländes befand, gebracht. Er wartete, bis die Männer eingecheckt hatten. Der andere Mann, der ihm als FBI-Sonderberater vorgestellt worden war, hatte es sich nicht nehmen lassen, mitzukommen. Thore versuchte sich ein Bild von dem türkischstämmigen Mann zu machen. Er konnte ihn noch nicht einschätzen, nahm sich aber vor, mehr über ihn zu erfahren. Als Agent des BND musste er wissen, was vor sich ging. Wie konnte es sein, dass das FBI deutsche Staatsbürger beschäftigte. Zudem hatte der Mann vor wenigen Stunden einen Killer getötet. Doch er wirkte so ruhig und gelassen, als ob heute nichts Besonderes vorgefallen wäre. Dazu sollte er mit Roger Thorn, dem FBI Special Agent, befreundet sein. Vor gut zwei Jahren hatte Thore im Zuge einer speziellen Ermittlung Roger kennengelernt. Walt Kessler und Hank Berson hatten inzwischen ihre Schlüsselkarten erhalten. Sie riefen Thore und Yavuz zu, dass sie kurz ihre Zimmer besichtigen wollten und in wenigen Minuten zurück sein würden.

»Wollen wir uns in der Zwischenzeit an die Hotelbar setzen?«, fragte Yavuz den BND-Agenten.

»Gute Idee!«, antwortete Thore und ging voraus. Mit einem Lächeln folgte Yavuz. Natürlich hatte er die abschätzenden Blicke des großen Mannes gespürt. Doch wenn er schon mit Walt und Hanky zusammengearbeitet hatte, dann war der BND-Agent vertrauenswürdig. Trotzdem wollte er seinen Kollegen ein bisschen aus der Reserve locken. Als die Männer schließlich ihre Barhocker bestiegen hatten, drehte sich Yavuz zu Thore um.

»Sie haben also mit Agent Thorn schon einmal zusammengearbeitet?«

»Das kann man wohl sagen«, brummte Thore und hätte sich nun gerne eine Zigarette angezündet. Doch im gesamten Hotel herrschte Rauchverbot und so unterdrückte er für den Moment seine Sucht. Jetzt war die Zeit, diesen Herrn Kozoglu unter die Lupe zu nehmen, wie man so schön sagte. So fragte er seinerseits:

»Sie kennen Agent Thorn wohl schon länger?«

Yavuz nickte nur und grinste breit. Doch Thore ließ sich nicht aus seinem Fragemodus bringen und setzte nach.

»Wie sind Sie denn eigentlich zum FBI gekommen? So als Deutscher ist das bestimmt nicht so einfach, oder?«

Nun verbreitete sich das Grinsen des FBI-Sonderberaters. Dann antwortete er und diese Antwort brachte Thore dazu, diesen Mann sympathisch zu finden.

»Ich bin zum FBI gekommen«, sagte Yavuz flapsig, »wie die Jungfrau zum Kind!«

Der verblüffte Gesichtsausdruck des BND-Agenten ließ Yavuz nun laut lachen. Dann aber berichtete er Thore ausführlich von seiner ersten Begegnung mit Roger Thorn. Von Minute zu Minute wurde das Gespräch der Männer immer flüssiger und es dauerte nicht lange, bis die beiden sich duzten. Die Zeit verflog und sie bemerkten nicht, dass die FBI Agents nun schon über eine Stunde in ihren Hotelzimmern waren.

* * *

Walt bezog sein Zimmer, nachdem er sich zuvor Hankys Räume angesehen hatte. Er öffnete mit seiner Schlüsselkarte und betrat die Juniorsuite. Die Räumlichkeiten entsprachen Walts Ansprüchen völlig. Er liebte den Luxus, was er aber gerne zu kaschieren suchte. Zu seiner Freude war sein Gepäck schon in das Zimmer gebracht worden. Er öffnete den Koffer, überlegte kurz und wandte sich dann dem Badezimmer zu. Ein kurzer Blick in den großen Spiegel zeigte die Strapazen der letzten Tage. Kurzentschlossen entledigte er sich seiner Kleidung und betrat die Duschkabine. Als das heiße Wasser auf ihn niederprasselte, begann Walt lauthals zu singen. Hanky hatte die gleiche Idee. Doch er verweilte nur kurz in der Dusche. Schon eine halbe Stunde später war er abfrottiert, seine Haare trockengeföhnt und in frische Kleidung geschlüpft. Wie es so seine Art war, ließ Hanky seine Gedanken fliegen, wie er diesen halb meditativen Zustand nannte. Dabei dachte er an nichts Besonderes, sondern wartete, was sein Unterbewusstsein ihm zuflüsterte. Dabei stieß er auf eine Idee, die irgendwo in seinen Gehirnwindungen gelauert hatte. Wie immer, wenn er und Walt sich in anderen Ländern aufhielten, wo die englische Sprache nicht die Amtssprache war, bemühten sich die Menschen dennoch, englisch zu sprechen. Das war für beide Seiten anstrengend und manche Dinge wurden einfach nicht ausgesprochen. Viele Menschen zögerten auch aus einer falschen Angst heraus, die Worte falsch auszusprechen. Wie wäre es, so fragte sich Hanky, wenn er und auch Walt den Menschen in ihrer Muttersprache begegnen würden? Er erinnerte sich, dass ein mutiertes Gehirn in der Lage war, ungeheuer schnell zu lernen. Dies war aber nur der halbe Gedanke. War es möglich, dass er auf telepathische Weise Walt die Sprachinformationen übermittelte? Von seiner Idee fasziniert schaltete er seinen Laptop ein und suchte eine Sprachensoftware. Das FBI stellte seinen Mitarbeitern spezielle Computerprogramme zur Verfügung, die sich in der Bedienung von den handelsüblichen Programmen erheblich unterschieden. Er warf sich bäuchlings auf das Bett und öffnete das Lernprogramm. Nachdem er sich mit der Programmstruktur der Bedienoberfläche vertraut gemacht hatte, begann er mit dem Sprachkurs. Schneller und schneller flogen Hankys Finger über die Tastatur. Die gezeigten Texte nahm er im Bruchteil einer Sekunde auf, ehe er die nächste Seite aufrief. Das Gehirn des Mutanten verarbeitete in einer Stunde Datenmengen, für die ein normaler Mensch Monate benötigt hätte. Schließlich hatte er den gesamten Kurs absolviert. Er rieb sich kurz seine Augen und überlegte, wie er das Erlernte auf seine Funktionalität hin überprüfen konnte. Sein Blick fiel auf den Flachbildschirm des TV-Gerätes. Er schaltete den Fernseher an und zappte durch die Programme. Ohne Probleme verstand er die Wörter, die Sätze, die Dialoge. Dann fiel sein Blick auf die eingeblendete digitale Zeitanzeige am rechten Bildrand des TVs. Erschrocken fiel ihm ein, dass Yavuz und Thore in der Hotellobby auf ihn und Walt warteten. Hanky sprang aus dem Bett, schlüpfte in seine Schuhe, griff sich die Schlüsselkarte und verließ sein Zimmer. Er trat auf den Hotelflur und ging eine Tür weiter. Dort klopfte er und wartete einen Moment. Dann klopfte er erneut, nachdem Walt sich nicht rührte. Endlich, nach weiterem Klopfen, öffnete sich vor Hanky die Tür. Ein verschlafener Walt schaute ihm fragend entgegen.

»Na Alter«, fragte Hanky, »hast du etwa geschlafen?«

Walt reagierte sofort auf seine besondere Art:

»Ich habe nur auf dich gewartet. Wieso kommst du erst jetzt? Hast du vergessen, dass wir erwartet werden?«

»Das habe ich wirklich beinahe vergessen Walt. Aber bevor wir nach unten gehen, möchte ich noch etwas versuchen. Los, zurück ins Zimmer. Mach schon. Ich möchte später noch eine Kleinigkeit essen!«

Walt maulte ein wenig herum, setzte sich aber dann auf Hankys Anweisung hin auf das Bett. Er fragte nicht, was sein Freund plante. Gleich darauf versetzte ihn Hanky in eine spezielle Trance, die Walt neugierig geworden zuließ. Kaum dass er seine Augen geschlossen hatte, spürte er einen Energiestrom, der in sein Gehirn eindrang. Walt hieß die Energie willkommen und lauschte in sich hinein. Nach einiger Zeit, Walt wusste nicht, wie lange er mit geschlossenen Augen auf dem Bett gesessen hatte, stupste Hanky ihn an. Walt öffnete seine Augen und fragte gespannt:

»Was hast du gemacht, Hanky?? Ich habe eine Energie gespürt, aber was bewirkt diese?«

»Warte mal einen Moment!«, sagte der Gefragte und schaltete Walts Fernseher an. Dieser sah verständnislos auf den Bildschirm und meinte genervt:

»Warum soll ich denn nun diese idiotischen Sendungen anschauen? Wollten wir nicht nach unter gehen, um etwas zu essen?«

»Ist dir denn nichts aufgefallen Walt?«

»Nein, was denn? Das ist ein Fernseher und im Moment läuft eine alte Folge von Criminal Minds.«

»Hast du verstanden, was die Schauspieler denn sagen? Sie sprechen nämlich deutsch!«

»Das gibt's doch nicht! Seit wann kann ich denn Deutsch Hanky?«

* * *

Fahrt in den Tod

28 Stunden zuvor war der Zell-Generator noch immer nicht versandfertig. Große Lastwagen blockierten den Parkplatz der Klinik. Immerhin hatte man den Patienten aus der Maschine geborgen und auf einer rollbaren Krankentrage fixiert. Der Professor selbst hatte den Patienten sediert. Doch die Betäubung wirkte nur kurz und so musste die Sedierung mehrfach wiederholt werden.

Der Einsatzleiter hatte weitere Männer zur Klinik beordert und auch einen unauffälligen Kleintransporter angefordert. Die beiden Männer, die den Transporter zum Klinikgelände gebracht hatten, waren dem Einsatzleiter schon lange eine Last. Sie waren unzuverlässig und plauderten gerne. Das war gefährlich und für sein Sicherheitsunternehmen nicht tragbar. Er konnte die Männer aber nicht einfach entlassen. Dazu wussten sie zu viel, denn sie hatten an einigen nicht legalen Einsätzen teilgenommen. Da es heute schon zu einigen Tötungen gekommen war, würden zwei weitere Leichen nicht ins Gewicht fallen. Vielleicht diente ihr Tod sogar der Ablenkung. Sollten die Ermittlungsbehörden versuchen, die Vorfälle der vergangenen Nacht einzuordnen. Verwirrung war in seinem Fach immer gut und falsche Spuren kosteten Zeit. So rief er die Männer zu sich und gab seine Befehle:

»Ich habe einen Sonderauftrag für euch«, begann der Einsatzleiter mit ruhiger Stimme. »Karl, du arbeitest immer gut mit Wolfgang zusammen. Ich weiß, auf euch kann ich mich verlassen. Wir haben hier ein Problem. Ein Versuch ist schiefgelaufen und der Patient ist nicht mehr zu retten. Damit wir alle keine Schwierigkeiten bekommen, müssen wir den Kerl loswerden. Also, ihr ladet den Mann in den Transporter und fahrt in den

Taunus. Dort, irgendwo im Wald, lasst ihr ihn verschwinden. Danach fahrt ihr in die Zentrale. Habt ihr mich verstanden?«

»Alles klar, Boss!«, sagte Karl und sah kurz zu seinem Kollegen, der nur wortlos nickte. Gleich darauf navigierte Karl den Transporter zu einem Seiteneingang, wo Wolfgang schon auf ihn wartete. Er winkte und wies seinen Kollegen in die richtige Parkposition. Zwei Pfleger warteten vor einer Tür. Als der Transporter anhielt, öffnete Wolfgang die Hecktür des Wagens. Die Pfleger schoben eine Krankentrage zum Fahrzeug, auf der ein nackter Mann lag. Offenbar war er ohne Bewusstsein, denn er rührte sich nicht. Die Pfleger lösten die Gurte, die den Patienten an der Trage fixiert hatten. Dann hoben sie den Besinnungslosen an und legten diesen recht unsanft in den Laderaum des Kleintransporters. Wolfgang beschlich ein ungutes Gefühl, als er sah, wie die Pfleger mit dem hilflosen Mann umgingen. Dennoch sagte er nichts und versuchte sein Bauchgefühl zu ignorieren. Die Hecktür wurde geschlossen und Wolfgang stieg auf der Beifahrerseite in den Kleintransporter. Dass die beiden Männer beobachtet wurden, registrierten sie nicht. Der Auftrag, den sie erhalten hatten, war sehr riskant. Was, so fragte sich der Beifahrer, wenn sie in eine Polizeikontrolle gerieten? Wie sollten sie den nackten Mann, der im Laderaum lag, erklären? Wer transportierte einen Hilflosen so unmenschlich? Dabei erkannte der Mann nicht, wovor ihn sein Unterbewusstsein warnen wollte. Dass er und sein Kollege ihrem sicheren Tod entgegensteuerten, konnte selbst das aufmerksame Unterbewusstsein nicht warnend vermitteln.

Kaum hatte der Kleintransporter das Klinikgelände verlassen, folgte ihm ein dunkler SUV. Im Wagen befanden sich die beiden Killer, die nun Zivilkleidung trugen. Sie hatten ihre Aufgabe hier erledigt und die beiden Secret-Service-Agenten ermordet. Nun sollten sie ihre unzuverlässigen Kollegen erledigen. Allerdings erst, nachdem diese den Patienten beiseitegeschafft hatten. Völlig gelassen und ohne jegliche Emotion folgten die Killer dem Transporter. Die langsame, morgendliche Fahrt durch die Kurstadt schläferte jedoch in keiner Weise ihre aufmerksame Konzentration ein. Wie bei jedem Auftrag arbeiteten die Killer sehr fokussiert. Schon seit vielen Jahren arbeiteten die beiden Männer erfolgreich zusammen. Dies führte bei ihnen zu einer gewissen Überheblichkeit, ja sogar zu einer verächtlichen Arroganz normalen Menschen gegenüber. Sie fühlten sich unantastbar, da sie noch nie mit den Strafermittlungsbehörden in direkten Konflikt geraten waren. So war es für die Killer kein Problem, zwei weitere Männer zu ermorden. Damit stieg ihre Provision erheblich, denn für jeden Mord berechneten sie fünfzigtausend Euro. Dass ihr zweiter Auftrag an diesem Tag ihr final letzter sein würde, kam ihnen nicht einmal in den Sinn.

Karl und Wolfgang hatten inzwischen Bad Homburg verlassen und fuhren durch Oberursel. Ihr Ziel war die bewaldete Gegend rund um den Feldberg. Dort würden sie bestimmt eine abgelegene Stelle finden, um den nackten Mann loszuwerden. Kaum führte die Straße durch den Wald, begannen die Männer zu streiten.

»Was bedeutet eigentlich«, fragte Wolfgang seinen Kollegen, »dass wir den Patienten loswerden sollen?«

»Na, wir sollen den Kerl umbringen und dann verschwinden lassen!«, antwortete Karl. Wolfgang schnaufte laut und sein Gesicht nahm eine gefährliche Rötung an. Dann ließ er seinen Emotionen freien Lauf. Er schrie so laut, dass seine Worte zuerst unverständlich waren.

»DAS KANNST DU VERGESSEN! ICH BRINGE NIEMAND UM! HAST DU VERSTANDEN? ICH BRINGE NIEMAND UM!«

Karl zuckte regelrecht zusammen und verriss dabei das Steuer des Kleintransporters. Der Wagen schlingerte hin und her und kam dem Fahrbahnrand sehr nahe. Dann gelang es Karl doch noch, den Transporter zu stabilisieren. Zum Glück herrschte zu dieser frühen Stunde nur wenig Verkehr, was auch zur Unfallvermeidung beitrug. Die Diskussion war für einen Moment schockbedingt beendet. Dann entdeckte Karl auf der linken Seite einen Waldweg, der rechtwinklig von der Straße wegführte. Außerdem verdeckte dichtes Buschwerk den Blick zum dahinterliegenden Gelände. Ohne seinen Partner zu informieren, lenkte er plötzlich ein und schoss förmlich in den Waldweg hinein. Wolfgang schrie erschreckt auf, da er glaubte, dass Karl schon wieder die Kontrolle über das Fahrzeug verloren hätte. Doch er schwieg gleich darauf, als er erkannte, wohin der Waldweg führte. Er endete nach wenigen Metern auf einem Waldparkplatz. Dieser lag verlassen vor ihnen und Wolfgang atmete erleichtert auf. Sofort drängte sich eine Idee in den Mittelpunkt seines Denkens. Hier konnten sie den nackten Mann einfach zurücklassen. Wenn dieser sowieso ein Opfer einer Fehlbehandlung war und bald sterben würde, dann brauchten sie keinen Mord zu begehen. Sofort präsentierte Wolfgang Karl seine Idee. Erneut begannen die Männer wieder zu diskutieren. Schließlich einigten sie sich darauf, den nackten Mann erst einmal aus dem Wagen zu holen. Mit dieser Teillösung, die beiderseits Zustimmung fand, öffneten die Männer die Autotüren und stiegen aus dem Transporter. Die Ruhe des Waldes empfing sie und ihre Streitlust verflüchtigte sich fürs Erste. Als Wolfgang die Hecktür des Kleintransporters öffnete, fühlte er sofort Mitleid mit dem nackten Mann. Dieser lag in fötaler Haltung auf der Ladefläche und wimmerte leise. Karl, wohl weniger mitfühlend, beugte sich vor und packte den Nackten an den Armen.

»Los, schnapp dir seine Beine!«, schnauzte Karl. Wolfgang folgte der forschen Aufforderung und griff zu. Der hilflose Mann wog mehr, als erwartet. Nur mit großer Kraftanstrengung konnten die beiden Männer den Nackten aus dem Transporter heben. Schnell war ihnen klar, dass sie den Hilflosen keine weiten Strecken tragen konnten. Zusätzlich wimmerte der Getragene kläglich und brabbelte dabei unverständliches Zeug. Nach vier keuchenden Metern legten Wolfgang und Karl den Nackten zwischen kniehohem Farn auf den laubbedeckten Waldboden ab.

»Wie sollen wir ihn nun umbringen?«, fragte Karl und betrachtete den Liegenden zweifelnd. Dieser hatte wieder eine fötale Haltung eingenommen und sein Wimmern war leiser geworden.

»Also ich bringe den Kerl nicht um! Das kannst du vergessen Karl!«, antwortete Wolfgang. Sie diskutierten noch eine Weile, bis es Wolfgang zu viel wurde. Er ging zurück zu dem Kleintransporter, schloss die Hecktür und setzte sich dann auf den Fahrersitz. Ehe er die Wagentüre schloss, rief er:

»Du kannst ja machen, was du willst Karl. Ich jedenfalls fahre jetzt zurück. Also, was ist? Kommst du mit?«

Schimpfend kam Karl schließlich zur Beifahrerseite und stieg ein. Er hatte noch nicht die Tür geschlossen, als Wolfgang anfuhr. Seine letzte Fahrt hatte begonnen, denn der Tod wartete auf die Männer.

* * *

Zur späten Stunde

Als Walt und Hanky die Hotellobby betraten, hörten sie schon die Stimmen ihrer Kollegen. Thore, den sie ja bereits aus New York City kannten, und Yavuz Kozoglu, der mit Roger Thorn befreundet war, unterhielten sich angeregt. Zuerst bemerkten sie nicht, wie Walt und Hanky sich näherten, doch dann sah Thore auf. Er winkte den Ankommenden zu und schien bester Laune zu sein. Die beiden FBI Agents setzten sich und sahen sich suchend um. Gleich darauf näherte sich eine Bedienung von der Hotelbar herkommend. Der in Hoteluniform gekleidete Mann blieb vor der Sitzgruppe stehen und fragte:

»Darf ich den Herren noch etwas bringen?«

»Auf jeden Fall junger Mann«, antwortete Walt. »Für mich ein großes Bier und ich würde gerne noch etwas essen. Haben Sie auch eine Speisekarte?«

Thore sah Yavuz verblüfft an und sagte dann mit gehöriger Empörung:

»Da gibt man sich die ganze Zeit die größte Mühe für die Herren englisch zu sprechen. Und dann können sie Deutsch? Irgendwie komme ich mir …«

»Langsam Kollege«, fiel Yavuz seinem Landsmann ins Wort. »Vielleicht hat Mister Kessler diese Sätze eingeübt, um uns zu verblüffen?«

»Ich werde euch nicht verraten, seit wann ich eure Sprache spreche. Aber jetzt habe ich Hunger! Herr Ober, wie ist es? Haben Sie nun eine Speisekarte oder ist die Küche schon geschlossen?«

Walt war ein Meister darin, zur rechten Zeit lockere Worte zu finden und jede Situation zu entspannen. Natürlich hatten die beiden deutschen Männer sich scheinbar locker unterhalten. Doch Walt wusste, dass sie unter großer Anspannung litten. Eine lockere Atmosphäre brachte neue Ideen und Sichtweisen. So ließ er sich Zeit, sein Sandwich – zu mehr hatte sich die Küche um diese Uhrzeit nicht bewegen lassen – zu verspeisen. Dazu trank er bereits sein zweites Bier. Hanky hatte sich ebenfalls einen kleinen Snack bestellt, blieb aber bei seiner Getränkewahl zurückhaltend. Er trank Wasser und Kaffee und überließ seinen Kollegen die Gesprächsführung. Während er seinen Teller zurückschob und danach an seinem Kaffee nippte, forschte er in den Gedanken seiner deutschen Kollegen. Dabei handelte es sich nicht um ein Ausspähen, sondern sein Lauschen diente zur Informationsbeschaffung. Manche Dinge wurden als unwichtig erachtet und damit nicht ausgesprochen. Erstaunt erkannte er, wie moralisch gefestigt dieser Yavuz war. Er hatte heute Morgen Schreckliches erlebt. Dennoch saß er hier und plauderte, als sei dies ein normaler, ereignisloser

Tag gewesen. Doch hinter einer Mauer aus Stolz und Ehre verbarg sich der Schrecken der Todesbedrohung. Im Normalfall hätte der Mann eine Therapie nötig. Doch Hanky wusste, dass im Moment die Heilung mentaler Verwundungen nicht möglich war. Er und Walt brauchten bei dieser Ermittlung jede verfügbare Hilfe. Es würde auch nicht genügen, den entführten Senator tot oder lebendig zu finden. Ebenso die Hintermänner der Entführung mussten gefunden werden. Der Mutant spürte eine Bedrohung, die weit über die Entführung hinausging. So konzentrierte sich Hanky auf seine Engelsverbindung, wie er die übersinnliche Erfahrung nannte. Er brauchte für Yavuz eine mentale Stärkung, wenn nicht gar einen geistigen Schutzschild. Dieser sollte den Schock der letalen Konfrontation lindern oder sogar völlig auflösen. Er hatte seinen Wunsch gerade geistig formuliert, als ein goldenes Licht aus der Decke der Lobby drang. Hanky sah sich rasch zu seinen Kollegen um, stellte aber sofort erleichtert fest, dass sie das goldene Licht nicht wahrnahmen. Fasziniert beobachtete er, wie sich das Licht bündelte und Yavuz umhüllte. Dieser sah kurz mit erschrecktem Gesicht auf. Doch er konnte nur seine Kollegen und die normalen Aktivitäten in der Hotellobby sehen. Bei seinem sichernden Rundblick sah er Hanky kurz an, ehe er sich wieder Thore zuwandte, der gerade eine Frage an Walt richtete. Die Energie drang in den FBI-Sonderberater ein, berührte jede Zelle und umhüllte diese mit einer einzigartigen mentalen Kraft, die weder Strahlung noch Bestrahlung war. Hanky fand nur ein Wort für diesen unglaublichen Vorgang. Göttlich! Ihm war natürlich bewusst, dass er hier mit Kräften hantierte, die nicht von dieser Welt waren. Seine Erlebnisse in Boonville hatten sein Lebensbild total verändert. Er war zu einem spirituellen Menschen geworden, der einem Kind gleich wieder an Wunder glaubte.

Das goldene Leuchten verschwand so schnell, wie es gekommen war. Ein letztes Mal drang Hankys Geist in Yavuz ein, auf der Suche nach dem traumatischen Gespinst, das sich in dem

Erinnerungsspeicher des Agenten verborgen hatte. Der Mutant fand nur noch harmlose Spuren der Verzweiflung, die sich aber nach und nach verflüchtigen würden. So zog Hanky seine mentalen Fühler zurück und schob seinen Geist auf die Realitätsebene. Sofort hörte er die Stimmen der Männer, die im Moment darüber diskutierten, wo man am nächsten Morgen mit der Suche nach dem entführten Senator beginnen sollte. Man erwog die unterschiedlichsten Vorgehensweisen, blieb aber am Ende dennoch ratlos. Man wusste einfach zu wenig. So verblieben die Agenten bei dem erfolgversprechendsten Schritt, bei dem Datenabgleich mit den deutschen Sicherheitsbehörden vollzogen werden sollte. Von diesem Punkt an konnten dann die Suchaktivitäten begonnen werden. Walt bestellte noch eine Runde Drinks und Yavuz lief hinüber zur Rezeption. Es war schon spät und er wollte die Runde mit den Amerikanern jetzt nicht verlassen. Zu selten traf man im Leben wirklich interessante Menschen und Hanky und Walt waren solche, mit denen er gerne viel Zeit verbringen mochte. Er buchte ein Zimmer, zog sein Handy aus der Tasche und telefonierte mit seiner Frau. Sie hatte von dem Vorfall im Taunus gehört. Die Nachrichtensender hatten natürlich ausführlich von der Schießerei berichtet. Zum Glück vermuteten die Medienvertreter einen terroristischen Hintergrund, aber auch von Bandenkriminalität wurde gesprochen. Besorgt und gleichzeitig verärgert darüber, dass Yavuz sich erst jetzt meldete, bekam der FBI-Sonderberater einiges zu hören. Doch nachdem seine Frau erfuhr, dass ihm nichts geschehen war, beruhigte sie sich schnell. Natürlich hatte Yavuz über seinen Überlebenskampf geschwiegen. Es reichte, wenn er davon wusste, und seine Frau sollte sich nicht mehr sorgen als nötig. Bei seinem Telefonat hatte er seine Umgebung komplett ausgeblendet. Deshalb war er sehr verwundert, einen weiteren, ihm unbekannten Mann bei seinen Kollegen zu finden. Der Fremde stand umständlich aus dem schweren Sessel auf und streckte Yavuz seine Hand entgegen.

»Hauptkommissar Raimund Brenner!«, sagte er etwas steif, da er dieser Gruppe noch immer nicht wirklich traute. »Es freut mich, Sie kennenzulernen Herr Kozoglu.«

»Danke! Freut mich auch, Herr Kommissar! Haben Sie Neuigkeiten, oder was treibt Sie zu so später Stunde hierher?«

»Ich bringe tatsächlich neue Erkenntnisse. Ich wollte Sie alle, meine Herren, zeitnah informieren. So können wir unser Vorgehen für morgen planen. Es ist zwar nur ein Ermittlungsansatz, aber wir haben die Navigationssysteme der Fahrzeuge ausgewertet, welche die amerikanische Delegation benutzen. Um es kurz zu machen: Die Spur führt nach Bad Homburg. Genauer zu einer Privatklinik im Villenviertel. Ich habe meine Männer bereits zu der Örtlichkeit geschickt, damit dort keine Spuren verwischt werden. Das technische Team der Forensik-Abteilung des Bundeskriminalamtes ist ebenfalls auf dem Weg. Naturgemäß brauchen die Spezialisten einige Zeit, um die Spuren zu sichern. Deshalb schlage ich vor, dass wir uns morgen früh um neun Uhr an der Klinik treffen.«

Walt, der dem unsicher agierenden Ermittler ein wenig den Rücken stärken wollte, sagte:

»Gute Arbeit! Wirklich Herr Kommissar, oder darf ich Raimund sagen? Ich bin übrigens Walt. So schnell hätten wir nicht mit Ergebnissen gerechnet! Darauf müssen wir anstoßen meine Herren«, rief er dann laut und hob sein Bierglas in die Höhe. Alle stimmten in ein launiges „Prost" ein, auch wenn der Kommissar nur ein Wasserglas in die Höhe hielt.

Es war weit nach Mitternacht, als Thore und der Kommissar die gesellige Runde verließen. Der BND-Agent hatte eine Wohnung in der Stadt und zu dieser späten Stunde würde er nur circa fünfzehn Minuten für den Nachhauseweg brauchen. Walt, Hanky und Yavuz schlenderten zum Lift. Nun erst spürten die Männer, wie anstrengend dieser Tag gewesen war.

Der Scheich – Entscheidende Beobachtung (Jahre zuvor)

Tatsächlich entschied sich Omar Zaki für die NSA. In der Behörde des Nachrichtendienstes sah er für sich die besten Möglichkeiten, seinen Weg zu einer machtvollen Position zu erlangen. Gleichzeitig legte er seinen Spitznamen: „Scheich" ab. Niemand sollte die Möglichkeit erhalten, ihn und seine wirklichen Ambitionen zu erkennen. Jedes Vorurteil, und sei es durch einen Spitznamen geschaffen, behinderte seine Karriere. Seine soziopathische und psychopathische Denkstruktur machte es ihm leicht, der Anwärter zu sein, den die Ausbilder der NSA erwarteten. Sein messerscharfer Verstand bewältigte die ihm gestellten Aufgaben mit Leichtigkeit. Dabei behielt Omar seine Mitbewerber genaustens im Auge. Keiner von ihnen sollte seine Ausbildung behindern. Etwas schwieriger für ihn waren die psychiatrischen Tests, welche die Eignung der zukünftigen Agenten überprüften. Diese Befragungen, geleitet durch entsprechende Fachärzte, wurden ohne Vorankündigung oder einen bestimmten Zeitrhythmus durchgeführt. So konnte Omar sich nicht vorbereiten, was ihm sehr missfiel. Er verstand einfach nicht, wie Emotionen, menschliche Regungen und Empathie funktionierten. Er musste all diese gefühlsgesteuerten Regungen des menschlichen Geistes spielen. Er richtete es immer so ein, dass er als einer der Letzten befragt wurde. Im Warteraum vor den Befragungszimmern belauschte er die Unterhaltungen seiner Mitstudenten. Natürlich waren all seine Kommilitonen aufgeregt, wenn wieder einmal eine Befragung angekündigt wurde. Denn antwortete man falsch oder zeigte man eine Schwäche, konnte die Ausbildung zum NSA-Agenten sofort mit einer Kündigung beendet werden. Die verantwortlichen Ausbilder setzten strenge Maßstäbe und so konnten tatsächlich nur zehn Prozent der Bewerber am Ende mit einer Anstellung bei dem Geheimdienst rechnen. Omar sah Woche für Woche, wie sich die Reihen der Anwärter lichteten. Doch er war noch hier und das war das Einzige, was zählte. Mit wissenschaftlicher Genauigkeit studierte er die Menschen um sich herum. Er prägte sich die kleinen Schwächen seiner Ausbilder ein und ebenso ihre persönlichen Vorlieben. Natürlich notierte er seine Ermittlungsergebnisse nicht. Sein Gedächtnis musste genügen und alle Details abrufbereit halten. Geschickt manipulierte er so die Männer und Frauen, die ihn unterrichteten. Auch streute er Fehlinformationen unter seinen Kommilitonen und verleitete diese dann zu unüberlegten Handlungen. Das konnte das Erlernen eines Sachverhaltes sein, der im Unterricht nicht bearbeitet wurde. Dadurch fehlte seinen Mitstudenten dann die Zeit, die wirklich wichtigen Hausaufgaben zu erledigen. Auch schürte er mit kleinen, beiläufigen Halbsätzen den Unfrieden zwischen den Studenten. Bei den Lehrern und Professoren handelte er genauso. Nur schmeichelte er den Ausbildern, indem er Sachverhalte oder Erlebnisse ansprach, welche diesen Menschen einen gewissen Ruhm eingebracht hatten.

Die Ausbildungsjahre vergingen und Omar wurde bei einer feierlichen Zeremonie in den Mitarbeiterstab der NSA aufgenommen. Nun, da er diesen Status erreicht hatte, belegte er zusätzlich Kurse, die ihn nach weiteren fünf Jahren zum Spezialisten qualifizierten. Es folgten Auslandseinsätze, die ihn in die arabische Welt wie auch in die Russische Föderation brachten. Er knüpfte weitere Kontakte und erzielte dadurch erstaunliche Erfolge. Wie ein Diplomat bewegte er sich in den Kreisen der örtlichen Politiker. Gleichzeitig knüpfte er Verbindungen zu Gruppen, die im politischen Untergrund agierten. In Washington wurde man auf ihn aufmerksam und holte ihn schließlich in die NSA-Zentrale zurück. Als Abteilungsleiter für strategische Innovationen erhielt Omar Zugriff zu geheimen Operationen. Er sammelte natürlich wiederum in seinem erstaunlichen Erinnerungsvermögen Informationen, die ihm vielleicht in der Zukunft nützlich sein konnten. Natürlich zeigte er in seinem Umfeld nur das von ihm gewünschte Bild. Dabei stellte er sich als Patriot dar, der nur ein Ziel hatte, und zwar sein Land, seine Heimat vor Angriffen jeglicher Art zu schützen. Er scheute sich dabei nicht, Soldaten in tödlicher Mission einzusetzen. Menschenleben waren bedeutungslos. Nur die gewünschte Zielsetzung war wichtig. Als Abteilungsleiter verfügte er über eine erhebliche Machtfülle, die er bedingungslos einsetzte. In diesen Jahren lernte er eine Reihe kaltblütiger Männer kennen, die für eine entsprechende Entlohnung zu jeder Schandtat bereit waren. Diese ruchlosen Menschen band er durch die Vision eines durch Macht gestützten, sorglosen Lebens an sich. Es entstand eine Gruppierung, die in keinem Dokument erwähnt wurde. Kleine, voneinander unabhängige Gruppen führten geheime Operationen durch, die zudem von der NSA abgesegnet waren. Doch die Soldaten und Geheimdienstagenten, die dieser Gruppierung angehörten, folgten nur Omar. In dieser Zeit erlebte sein Spitzname „Der Scheich" seine Wiederauferstehung. Diese Bezeichnung, von Omar selbst forciert, schützte ihn vor einer zufälligen Entdeckung. Seine Soldaten, seine Untergrundkämpfer, kannten ihren Anführer nicht persönlich. Alle Anweisungen wurden von einem Unbekannten erteilt und Omar selbst sprach bei den notwendigen Treffen mit seinen Führungsoffizieren auch von dem Mann, den man Scheich nannte. So erschuf er eine Schattenfigur, deren Namen man nur flüsternd und voller Ehrfurcht nannte.

Es kam der Tag, als Omar glaubte, dass seine jahrelange Vorbereitung nun endlich Früchte tragen konnte. In der NSA wurde an einem Projekt gearbeitet, das sich so absurd anhörte, dass die Mehrheit der Informierten an eine Tarnoperation glaubte. Omar verschaffte sich Zugang zu den Forschungslabors der Behörde, konnte aber nur eine erhöhte Aktivität der Techniker und

Wissenschaftler erkennen. Natürlich stellte er keine direkten Fragen, sondern er nutzte seine Position und setzte ein Team ein, das weltweite Geldflüsse beobachtete. Er wusste, dass jeder Einsatz, jede Aktivität des Geheimdienstes finanzielle Spuren hinterließ. Eine Spur führte in die Wüste New Mexikos und Omar sah sich das Gebiet mittels einiger Spionagesatelliten genauer an. Tatsächlich entdeckte er ein militärisch anmutendes Lager von beachtlicher Größe. Es war für ihn als Abteilungsleiter der NSA kein Problem, der Sache auf den Grund zu gehen. Er schickte eine kleine Gruppe Spezialisten in die Wüste, die Aufklärungsarbeit vor Ort betreiben sollten. Omar spürte, dass er hier einer Sache auf der Spur war, die sich von anderen Einsätzen des Militärs unterschied.

* * *

Das Einsatzteam hatte sich dem Standort des Wüstenlagers vorsichtig genähert. Die fünf Männer waren die letzten fünf Kilometer durch die Geröllwüste zu Fuß gelaufen. Ihre Einsatzanzüge waren auf diese Umgebung abgestimmt und so nur schwer von einem Beobachter zu erkennen. Ehe die Soldaten den letzten Hügel erklommen, der direkte Sicht auf das Lager ermöglichte, gab der Führungsoffizier ein Handzeichen, das seinen Teammitgliedern bestens bekannt war. Er hob seine Hand in Gesichtshöhe und schwenkte diese zweimal parallel hin und her. Damit wussten die Männer, dass sie kein Wort sagen durften. Empfindliche Richtmikrofone konnten Geräusche auf mehrere Kilometer Entfernung orten. Das Einsatzteam bewegte sich vorsichtig und bestieg langsam den kleinen Geröllhügel. An dem Hügelkamm angekommen, legten sich die Männer auf den Boden und warteten. Der Offizier schob sich zentimeterweise vorwärts und hob dann vorsichtig seinen behelmten Kopf nach oben. Zwischen dürren Sträuchern hindurch erkannte er das Zeltlager. In circa vierhundert Metern Entfernung sah der Beobachter eine Reihe Zelte, Fahrzeuge und Uniformierte. Dazwischen bewegten sich Gestalten in Strahlenschutzanzügen. Das war merkwürdig. Wieso schützten sich einige der Personen dort drüben in Schutzanzügen, während andere nur eine Uniform trugen? Gab es einen kontaminierten Bereich, der eng begrenzt war, oder hantierten die Strahlengeschützten mit atomaren Waffen? Der Beobachter zog ein leistungsstarkes Fernglas an seine Augen. Doch noch ehe er das Okular scharf gestellt hatte, erzitterte der Boden um ihn herum. Näherte sich ein großes Fahrzeug oder spürte er hier ein Erdbeben? Nein, ein Erdbeben fühlte sich anders an. Das wusste der Mann, war er doch in Los Angeles aufgewachsen und hatte einige kleine Beben erlebt. Nein, dies hier war etwas anderes. Gleich darauf erkannte er den Unterschied zu einem normalen Erdbeben. Nicht die Erde alleine zitterte, sondern auch die Luft um ihn herum. Die Männer hinter ihm keuchten erschrocken, hielten sich aber weiterhin an ihr Schweigegebot. Der Offizier blickte erneut zu dem Zeltlager hinüber. Auch dort musste man das Beben wahrnehmen. Doch die Uniformierten gerieten keineswegs in Panik. Sie gingen weiterhin ihrer Beschäftigung nach, als sei nichts geschehen. Langsam schob der Beobachter sich von dem Hügelkamm und aktivierte sein Funkgerät.

* * *

Ratlos

Der Krankenwagen hatte den hilflosen, nackten Mann, den man am Rande eines Waldparkplatzes im Taunus gefunden hatte, zum Kreiskrankenhaus in Bad Homburg gebracht. In der Notaufnahme übergaben die Sanitäter erleichtert ihren Patienten. Der Mann hatte auf der kurzen Fahrt panisch geschrien, dann geweint und schließlich gewimmert. Die Sanitäter konnten selbst mit beruhigenden Worten nichts ausrichten. Gerne hätten sie dem Unbekannten eine Beruhigungsspritze gegeben. Doch diese Option blieb ihnen versagt, da nur ein Arzt eine solche Medikation anordnen konnte. In der Notaufnahme versuchte ein junger Arzt den Nackten zu beruhigen. Der Mann reagierte jedoch nicht auf die sprachlichen Versuche des Mediziners. Überfordert mit der ihm gestellten Aufgabe rief er weitere Ärzte und sogar einen Psychiater zur Hilfe. Aber auch seine Kollegen konnten nicht feststellen, was dem Mann fehlte. Er sah irgendwie merkwürdig aus. Das Ärzteteam schätzte das Alter des Mannes auf sechzig bis siebzig Jahre. Dieser Einschätzung widersprach aber die Tatsache, dass der Patient eine besondere Dermis aufwies. Die Haut war glatt, ja ohne jegliche Falten und wirkte wie die eines Neugeborenen. Nach ausgiebiger Beratung beschloss das Ärzteteam, den Unbekannten in die Universitätsklinik nach Frankfurt zu bringen. Dort war die Anzahl der Spezialisten erheblich größer und die Möglichkeiten eines Kreiskrankenhauses waren nicht auf solche speziellen Fälle vorbereitet. Ein kurzer Anruf des Chefarztes genügte und der Patient konnte seine ungewollte Reise fortsetzen. Vorsorglich sedierte man den Unbekannten, damit der Transport für ihn und auch die Krankenwagenbesatzung stressfrei absolviert werden konnte. Eine Stunde später stand ein weiteres Ärzteteam vor dem unbekannten Mann. Zuerst diskutierten die Mediziner die Möglichkeiten einer Behandlung.

Doch da sie noch nicht den wirklichen Gesundheitszustand des Mannes kannten, musste dieser zuerst einige Untersuchungen über sich ergehen lassen. Umfangreiche Tests wurden angeordnet. Ein großes Blutbild gehörte zum Standard, ein MRT folgte, damit man feststellen konnte, ob der Patient innere Verletzungen aufwies. Mehrere Stunden verstrichen, bis endlich die ersten Ergebnisse vorlagen. Erneut versammelte sich das Ärzteteam. In einem kleinen Raum besprachen die Mediziner die Testergebnisse. Doch diese machten irgendwie keinen Sinn. Der unbekannte Mann war völlig gesund, sah man einmal von seiner geistigen Verwirrung ab. Die Bluttests waren unauffällig, die Organe arbeiteten ausgezeichnet und zeigten keinerlei Schäden. Einer der Ärzte, der seit Minuten vor dem Fenster stand und blicklos nach draußen starrte, sagte plötzlich:

»Ich verstehe das alles nicht. Der Patient ist gesund und doch können die Laborergebnisse nicht richtig sein. Wir haben hier Werte wie bei einem Säugling, obwohl wir es mit einem Mann im fortgeschrittenen Alter zu tun haben.«

Ein einstimmiges Nicken der Anwesenden war die schweigende Antwort auf die ratlose Äußerung ihres Kollegen. Mitten in das ratlose Schweigen hinein betrat eine Krankenschwester den Besprechungsraum. Sie sah sich kurz um und entschied, ihre Nachricht einfach an alle Anwesenden zu überbringen. So sagte sie kurz:

»Die Kripo aus Bad Homburg hat angerufen. Sie bittet um Rückruf!«

Die Krankenschwester sah gespannt in die Runde. Der Arzt, der immer noch am Fenster stand, antwortete schließlich:

»Ich werde im Kommissariat anrufen. Vielleicht können uns die Ermittler mehr zu dem Patienten sagen. Kollegen, wir sehen uns später. Sollte jemand noch eine Idee haben, die uns bei der Anamnese des Unbekannten hilft, der melde sich bitte sofort bei mir.«

Mit diesen Worten trat der Mann vom Fenster weg und verließ den Raum. Eine Ärztin in mittlerem Alter sagte, nachdem der Fenstersteher den Raum verlassen hatte:

»Auf geht's Kollegen. Der Chefarzt hat gesprochen. Zurück an die Arbeit. Wir haben schließlich noch andere Patienten zu behandeln.«

Der Chefarzt eilte unterdessen in sein Büro und schloss die Tür hinter sich. Normalerweise stand diese immer offen, damit er von seinem Schreibtisch aus den Klinikbetrieb überwachen konnte. So weit sein Wunschdenken, seine Illusion. Natürlich war ihm klar, dass er sich damit selbst belog, doch man sollte ein hoffnungsvolles Gefühl immer so nehmen, wie es ist. Außerdem hatten seine Mitarbeiter damit das Gefühl, dass er immer zu sprechen wäre. Doch bei diesem anstehenden Telefonat hatte er eine Vorahnung, dass er besser alleine telefonieren sollte. Wie richtig seine Ahnung war, bestätigte sich bald. Der Chefarzt setzte sich an seinen Schreibtisch und wählte die Telefonnummer, die ihm seine Sekretärin schon vorsorglich auf einen roten Notizzettel geschrieben und neben das Telefon gelegt hatte. Er tippte die Zahlenkombination in die Tastatur des Telefons und wartete einen Moment. Dann wurde das Gespräch angenommen und ein gewisser Kommissar Brenner meldete sich. Das folgende Gespräch war zuerst verwirrend, denn es ging um einen Vermisstenfall. Wer die vermisste Person war, wollte der Kommissar zunächst nicht sagen. Der Chefarzt fragte dann aber nach einiger Zeit genervt, wie die Polizei denn wissen konnte, dass ein namenloser Patient in der Uni-Klinik eingeliefert worden sei. Der Kommissar druckste ein wenig herum und der Chefarzt konnte förmlich spüren, dass der Mann mit sich selbst rang. Dann aber hatte sich der Ermittler entschlossen, dem Chefarzt zu vertrauen.

»Es verhält sich wie folgt«, sagte Kommissar Brenner. »Ein hochrangiges Mitglied der US-Regierung hat sich wohl in

Deutschland einer alternativen Krebstherapie unterzogen. Nun ist der Mann verschwunden. Bei meinen Ermittlungen habe ich erfahren, dass ein hilfloser Mann im Taunus aufgefunden wurde. Er wurde ins Kreiskrankenhaus nach Bad Homburg verbracht und dann zu Ihnen in die UNI-Klinik. Deshalb muss ich nun überprüfen, ob es sich bei dem Unbekannten vielleicht um den Gesuchten handelt. Konnten Sie mit dem Mann schon sprechen?«

Der Chefarzt hatte bei dem Begriff „Alternative Krebstherapie" einen Moment gestutzt. Dann begann der Logiksektor seines medizinischen Verstandes zu arbeiten. Konnte es denn sein, dass man bei dem Patienten eine Zell-Therapie durchgeführt hatte? Nein, das war unvorstellbar. Die Forschung war noch lange nicht so weit und wäre es einem seiner Kollegen gelungen, diese neuartige Therapieform zu verwirklichen, dann hätte er davon gehört. Der Denkansatz, eine Zelle so zu modulieren, dass die bösartigen Krebszellen umprogrammiert würden, war Zukunftsmusik. Nein, diese Idee gehörte in die Schublade des Science-Fiction. Auf der anderen Seite war heutzutage nichts mehr unmöglich. Er musste sich selbst vergewissern und dazu war es nötig, dass er die Zellstruktur des Unbekannten untersuchte. Warum war er nur bisher nicht auf diesen Gedanken gekommen? Mittlerweile hatte er vergessen, dass er noch immer den Telefonhörer in seiner Hand hielt und der Kommissar am anderen Ende der Verbindung wartete.

»Hallo Herr Doktor? Sind Sie noch dran?«

»Jaja«, sagte der Chefarzt und wunderte sich darüber, dass er den Kommissar vergessen hatte. Auf der anderen Seite rasten seine Gedanken und sein Forschersinn forderte, dass er sofort mit seinen Untersuchungen beginnen wollte. Deshalb antwortete er dem aufdringlichen Polizisten rasch:

»Nein Herr Kommissar, ich konnte noch nicht mit dem Patienten sprechen. Wenn Sie den Mann unbedingt sehen müssen, dann kommen Sie in die Klinik. Auf Wiederhören!«

Damit beendete er das Telefonat und ließ einen erstaunten Kommissar an der anderen Seite der Verbindung zurück.

Mit einer energischen Bewegung erhob sich der Chefarzt von seinem Bürostuhl, eilte um den Schreibtisch herum und öffnete dann die Tür seines Zimmers. Sofort schlugen ihm die üblichen Geräusche einer Universitätsklinik entgegen, was dem Arzt mit weiterer Energie zu versorgen schien. Endlich hatte er einen Ansatz, eine mögliche Diagnose, die man überprüfen konnte. Er wusste instinktiv, dass er hier einer großen Sache auf der Spur war. Wenn sich sein Verdacht bestätigte, dann stand die Medizin an sich an einem Punkt, der einer Zeitenwende glich. Wenn man die menschlichen Zellen nach Belieben ändern, modulieren konnte, waren viele Krankheiten, die bisher als unheilbar galten, behandelbar. Den Nukleus zu kontrollieren war der Traum eines jeden Wissenschaftlers, der sich mit der Genetik des Menschen beschäftigte.

* * *

Fremde Erinnerung

Nach einer kurzen Nacht trafen sich die beiden FBI Agents, Yavuz und Thore, zum Frühstück im Hotelrestaurant. Die Männer fühlten sich noch nicht ganz fit, doch nach der zweiten Tasse Kaffee erwachten ihre Lebensgeister. Im allgemeinen Plauderton vermieden die Männer die anstehenden Ermittlungen. Zumindest jetzt wollten sie eine entspannte Zeit haben, auch wenn diese nur kurz sein würde. So fragte Yavuz, wie es denn Roger Thorn gehe. Mit dem FBI Special Agent hatte Yavuz Freundschaft geschlossen. Erst gestern hatte er kurz mit ihm telefoniert. Dieser Gedanke brachte Yavuz zurück zu den traumatischen Ereignissen im Wald und die Entspannung war dahin. Dennoch spürte er, dass eine gewisse Gleichgültigkeit zwischen seinem Jetztbewusstsein und der schlimmen Erinnerung stand. Es war beinahe so, als hätte er nur als Zuschauer die Auseinandersetzung im Wald mitverfolgt. Doch er selbst hatte einen Mann erschossen, was eigentlich eine psychologische Reaktion zeigen sollte. Hankys mentaler Schutzschirm, den er in dem Unterbewusstsein des FBI-Sonderberaters verankert hatte, erfüllte seine Aufgabe mit Bravour. Yavuz selbst erkannte diese Beeinflussung nicht. Vielleicht war er sogar froh, dass er sich nicht vor sich selbst mit der Tötung des Killers verantworten musste. Das sogenannte Gewissen konnte schnell einen Menschen aus der Bahn werfen und diesen damit handlungsunfähig machen. Als Kommissar Brenner durch die Hotelhalle auf die Frühstücksgesellschaft zulief, lösten sich die Überlegungen des FBI-Sonderermittlers und er sah dem Ankommenden erwartungsvoll entgegen. Der Kommissar grüßte in die Runde und setzte sich mit einem schweren Schnaufer. Dann winkte er dem Frühstückskellner zu und bestellte, als dieser herbeieilte, eine Tasse Kaffee. Anschließend wandte er sich den Männern zu, denen er seit dem gestrigen Abend nun keinerlei Vorbehalte mehr entgegenbrachte. Im Gegenteil, er mochte diese Leute und zum ersten Mal seit langer Zeit fühlte er sich einer Gruppe zugehörig. So begann er mit seinem kurzen Bericht:

»Meine Herren, es freut mich zu sehen, dass Sie schon so munter sind. Wie gestern Abend schon angesprochen, haben meine Leute die Navigationssysteme der Fahrzeuge ausgewertet, welche die Opfer benutzten. Dies unterstützt die These, dass sich der Vermisste einer medizinischen Behandlung unterzogen hat. Die Spur führt nach Bad Homburg, und zwar zur Landgrafen Klinik. Doch dies ist nicht das Wichtigste!«

Der Kommissar ließ seine Worte wirken und sagte dann mit Stolz in der Stimme:

»Ich glaube, ich habe den vermissten Senator gefunden!«

Nun brach ein Stimmengewirr über den Kommissar herein, der diesen Moment des Erfolgs sichtlich genoss. Er zeigte sogar ein schmales Lächeln, das all seine Misserfolge der Vergangenheit zu einem Nichts schrumpfen ließ.

»Ja wo ist denn nun der Senator?«, polterte Walt ungeduldig.

»Hier in Frankfurt!«, antwortete Kommissar Brenner. »Genauer gesagt in der Universitätsklinik. Zur Bestätigung seiner Identität sollten die Herren Berson und Kessler sich den Mann einmal anschauen!«

»Und ob wir das werden!«, bestätigte Walt aufgeregt. »Hat er denn schon etwas über seine Entführung verlauten lassen?«, fragte er dann. Ein Schatten legte sich über das Gesicht des Ermittlers.

»Nein, das konnte er nicht. Ich habe bisher nur mit dem Chefarzt telefoniert. Doch dieser sagte mir nichts Genaueres. Es scheint so, als könne der Senator sich aus irgendeinem Grund nicht äußern. Deshalb würde ich vorschlagen, dass wir in Bälde aufbrechen und zuerst in das Klinikum fahren. Die Spur, die nach Bad Homburg führt, überprüfen wir dann nach dem Besuch in der Uni-Klinik.«

»So machen wir das«, sagte Hanky, der die Ausführung des Kommissars auch auf telepathischem Weg überprüft hatte. Nun hielt nichts mehr die Ermittler auf ihren Plätzen. Walt regelte die Bezahlung mit dem Kellner und gleich darauf bestiegen die Männer zwei Fahrzeuge. Die Fahrt führte mitten durch die Stadt und Walt sah sich interessiert um. Frankfurt erinnerte ihn irgendwie an New York City, obwohl die Mainmetropole mit der Megacity am Hudsonriver schon größenmäßig nicht konkurrieren konnte. Sie erreichten den Main, fuhren über eine breite, viel befahrene Brücke und bogen dann nach rechts ein. Das riesige Gelände des Uni-Klinikums befand sich auf der linken Seite der Straße. Thore, der wieder als Chauffeur agierte, folgte dem Wagen des Kommissars. Dieser fuhr auf das Klinikgelände und parkte direkt neben einem Gebäude. Hier war es eigentlich verboten, sein Fahrzeug zu parken. Doch Kommissar Brenner legte ein Schild mit der Aufschrift: „Polizei" auf das Armaturenbrett. Danach verließ er seinen Wagen mit einem weiteren Schild in der Hand. Er winkte den SUV seiner Begleiter heran und reichte danach Thore das Polizeischild. Dieser grinste breit und legte das Schild nun hinter die Frontscheibe. Zu Yavuz gewandt, der neben ihm saß, sagte er mit einem verschmitzten Lächeln:

»Das Ding behalte ich! Das spart mir einiges an Parkgebühren.« Yavuz grinste breit und antwortete dann:

»Besorge mir auch so ein Schild, oder soll ich den Kommissar fragen?«

Beide Männer lachten und verließen das Fahrzeug. Schnell kehrte wieder die sorgsam verdrängte Anspannung zurück. Die Ermittler fragten sich, was sie erwarten würde. Außerdem war die Atmosphäre in einem Krankenhaus immer irgendwie unangenehm. Nun schweigend folgten sie dem Kommissar, der ein großes Klinikgebäude betrat. An der Anmeldung, die sich direkt hinter der Glastür des Foyers befand, zeigte Kommissar Brenner seinen Ausweis. Dann fragte er nach dem Chefarzt, der nur wenige Minuten später mit wehendem Kittel aus einem Fahrstuhl trat. Erleichterung schien sich in dem Gesicht des Arztes widerzuspiegeln. Endlich konnte er mit den Ermittlungsbehörden seine Verantwortung für den besonderen Patienten teilen. Außerdem hatte er viele Fragen und hoffte, dass die Männer, die vor ihm standen, ihm diese Fragen beantworten konnten. Ihr Weg führte in die zweite Etage, dann durch einen breiten, hell erleuchteten Raum und in ein Behandlungszimmer, vor dem ein Wachmann der Klinik stand. Der Chefarzt ignorierte den Uniformierten und betrat den Raum. Die Ermittler folgten dem

Mediziner und fanden sich in einem großen Untersuchungsraum wieder. Mehrere Schwestern und einige Ärzte kümmerten sich um einen Mann, der mit einer leichten Decke verhüllt auf dem Behandlungstisch lag. Hanky und Walt traten dicht an den Liegenden heran und sahen auf diesen hinunter. Im ersten Moment schien der Patient nicht der gesuchte Senator zu sein. Doch bei genauerer Betrachtung erkannte Hanky den Politiker. Er hatte sich stark verändert. Das vom Leben gezeichnete Gesicht war einem glatten, unverbrauchten Antlitz gewichen. Das Haar, das spärlich den Schädel des Senators bedeckte, war dünn und zart wie das eines Neugeborenen. Hankys Augen wanderten an dem Liegenden hinab und er hob die dünne Decke an. Darunter war der Patient unbekleidet, was Hankys Betrachtungen erleichterte. Auch der Körper, immer noch korpulent, zeigte die Oberflächenstruktur eines Neugeborenen. Der Mutant ließ die dünne Decke fallen und schloss seine Augen. Er löste seinen Geist von der Realität und drang direkt in das Gehirn des Senators ein. Dies war mehr als reine Telepathie. Hanky schlüpfte mit seinem Geist in den Körper des Senators. Doch alles, was er dort vorfand, waren gefühlsmäßige Erfahrungen. Dieser Mensch hatte nichts mehr mit dem US-Senator Doug Carper zu tun. Vorsichtig tastete Hanky mit seinen besonderen geistigen Gaben das Erinnerungszentrum des Mannes ab. Auch hier gab es nur wenige Bilder, die kaum Aufschluss gaben. Als der Mutant sich schon zurückziehen wollte, bemerkte er eine angstvolle Erinnerung, die nicht in die Begriffswelt eines Neugeborenen passen wollte. Hanky stieß gedanklich vor und sah die Erinnerung. Er blickte auf eine Reihe glitzernder Glaslinsen, die sich über ihm bewegten. Dann wurde es hell und kräftige Hände packten ihn. Er schrie und versuchte zu verstehen, was um ihn herum geschah. Hanky erkannte in den Erinnerungen, dass der Senator aus einer Maschine gehoben wurde. Sofort prägte sich der Mutant die Einzelheiten dieser Maschine ein. Später würde

Zeit genug sein, um dieses Bild zu begutachten. Dann legten die Männer den Senator auf eine Trage und Hanky konnte die Räumlichkeiten, in der die Maschine sich befand, betrachten. Ein Mann, wohl ein Mediziner, kam auf ihn zu und stach mit einer Spritze in den Arm des Senators. Es wurde dunkel und Hanky wusste, dass er die Erinnerung nun verlassen konnte.

* * *

Der Scheich – Schlussfolgerungen (Jahre zuvor)

Nach dem Funkspruch mit dem Einsatzteam in der Wüste beorderte Omar Zaki die Männer zurück. Er hatte die geografischen Daten, die ungefähre Anzahl der Männer und Frauen und ihre jedenfalls sichtbare Ausrüstung des Lagers. Natürlich wusste er nicht, was sich in den großen Zelten verbarg. Doch mit den Daten, die er durch das Einsatzteam erhalten hatte, konnte er seine Ermittlungen beginnen. Vorsichtig überprüfte er die Dateien in den NSA-Computern. Zuerst suchte der Scheich nach verräterischen Bezeichnungen oder Überschriften der Dokumentenordner. Dann fahndete er, nachdem er sich einige handschriftliche Notizen gemacht hatte, nach Truppenbewegungen, Einsatzbefehlen und sogar nach Kostenabrechnungen im System. Einsätze dieser Größenordnung mussten geplant und vor allen Dingen finanziert werden. Geschickt verwischte er die Spuren seiner Datensuche. Hier zahlte sich seine Ausbildung als Nachrichtenoffizier aus. Er kannte die Programme seiner Behörde und damit auch die Schwachstellen im System. Mit spielerischer Leichtigkeit wechselte er zwischen verschiedenen Fake-Namen, gefälschten Zugangsberechtigungen und falschen Ermittlungsfährten. Er lenkte die Datenströme über den ganzen Globus, benutzte

Proxy-Server anderer Nationen und legte zusätzlich mehrere Verschlüsselungs-Algorithmen über Datenpakete. Dennoch brauchte er mehr als eine Woche, um die erste Spur zu finden. Beim Beschaffungsamt der Nationalgarde wurde er fündig. Dort waren für ein sogenanntes Manöver Zelte und Ausrüstung für eine Übung in unwegsamem Wüstengelände angefordert worden. Eine weitere Bestellung umfasste Wasser und Lebensmittel für drei Wochen. Stromgeneratoren mit erheblicher Leistungsstärke wurden zur gleichen Kaserne geschickt. Zuletzt wurde ein komplettes Bataillon mit dreihundert Soldaten abkommandiert. Einmal der richtigen Spur folgend, war es dem Scheich nun möglich, weitere Transporte zu dem mysteriösen Lager in der Wüste zu folgen. Technisches Gerät, das nur mit einem Code-Namen erwähnt wurde, war per Lastwagen aus Washington DC quer durch die USA in die Wüste transportiert worden. Sicherheitspersonal, bestehend aus Männern und Frauen der NSA, begleitete diese geheimen Transporte. Jetzt wurde es interessant für den Scheich. Nun hatte er endlich den Beweis, dass seine eigene Behörde dieses geheime Zeltlager in der Wüste betrieb. Drei Tage später hatte er eine Liste von NSA-Agenten erstellt, die er dem Transport zuordnen konnte. Trotz größter Geheimhaltung waren die Agenten der NSA auch nur Menschen. Der Transport hatte beinahe eine Woche gedauert, da das transportierte Gut wohl sehr empfindlich gegen Erschütterungen sein musste. Man vertraute die Fracht bestimmt aus gleichen Gründen weder einem Flugzeug noch einem Güterzug an. Die Agents, die an den nächtlichen Pausen nicht viel zu tun hatten, telefonierten heimlich mit ihren Liebsten. Doch auch diese Gespräche wurden aufgezeichnet. Ein computergesteuertes System speicherte sie und nur wenn bestimmte Wörter gesagt wurden, welche die Operation gefährdeten konnten, alarmierte das System einen menschlichen Operator. Einen derartigen Alarm hatte es nicht gegeben, dennoch waren die Gesprächsaufzeichnungen noch immer in den Datenspeichern der NSA zu finden. Der Scheich lud diese Aufzeichnungen auf einen separaten Rechner und deaktivierte dann dessen Internetzugang. Danach setzte er sich einen Kopfhörer auf und hörte sich jedes einzelne Telefonat an. Oberflächlich erfuhr niemand etwas Bemerkenswertes aus den vermeintlich belanglos geführten Gesprächen. Omar wusste jedoch, dass NSA-Agenten bestimmte Worte mit ihren Partnern vereinbart hatten, die eine geheime Nachricht ermöglichten.

So zum Beispiel konnte ein Agent seine Frau fragen: „Sind die Kinder nächste Woche bei deinen Eltern?"

In Wirklichkeit bedeutete dies aber: „Nächste Woche bin ich noch im Einsatz."

Oder: „Was macht dein Rücken Schatz?"

Bedeutung: „Bist du auf einer Reise?«

Natürlich kannte der Scheich solche Floskeln. Als Mensch war er damit jedem noch so raffinierten Computerprogramm überlegen. Er verstand Phrasen und doppelsinnige Umschreibungen. Dennoch musste er sich manche Konversationen mehrfach anhören, ehe er die codierten Sätze fand. Diese notierte er sorgfältig und nach und nach erhielt er damit ein Muster, das er zu lesen verstand. Eine Gruppe Wissenschaftler, Geologen, Tiefbauexperten und Bauingenieure wurden zu dem Wüstenlager gebracht. Einzig das transportierte Material, welches nur mit einem Codenamen versehen war, konnte er nicht einordnen. So blieb dem Scheich nur eine Möglichkeit, sich Klarheit zu verschaffen. Er kontaktierte erneut das Spezial-Einsatzteam, das seinem Befehl unterstand. Er erkundigte sich über deren aktuelle Position und kündigte dann dem kommandierenden Offizier an, dass er am kommenden Tag zu dem Team stoßen würde. Es wurden ein Treffpunkt und ein Zeitpunkt vereinbart. Plötzlich hatte es der Scheich eilig. Er begab sich in die Ausrüstungsabteilung und ließ sich vom Waffenmeister mit einer kompletten Wüsten-Einsatzuniform ausstatten. Dazu kamen handliche Waffen, Munition und ein Nachtsichtgerät. Im Rucksack befanden sich Wasser und Nahrung für eine Woche und ein weiterer Satz Unterwäsche. Als der Scheich diesen Packen an Ausrüstung vor sich sah, wusste er nicht, ob er sich diesen Einsatz gut genug überlegt hatte. Er bedankte sich beim Waffenmeister und ließ einen zivilen Pkw samt Fahrer zur Versorgungsrampe der Ausrüstungskammer des NSA kommen. Dort half ihm sein Fahrer, die Ausrüstung zu verstauen. Dann gab er dem Mann das Ziel der Fahrt an, ehe er sich auf den Rücksitz des Fahrzeuges setzte. In einem durch einen Fingerabdrucksensor geschützten Aktenkoffer lagen seine handschriftlichen Ermittlungsergebnisse. Nur dreißig Minuten später rollte der zivile Pkw an ein Wachhaus heran, neben dem ein Schlagbaum die Straße versperrte. Ein bewaffneter Uniformierter trat an das Fahrzeug heran und Omar ließ sein Seitenfenster nach unten gleiten. Er zeigte dem Wachhabenden seinen Ausweis, der ihm als NSA-Agenten die Autorität gab, den militärischen Flughafen zu betreten. Der Soldat verglich kurz das Gesicht des Scheichs mit der Fotografie auf dem Ausweis und nickte dann. Gleich darauf öffnete sich die Schranke und der Fahrer des Pkws passierte die Absperrung. Auf dem Rollfeld wartete bereits ein Lear-Jet mit laufenden Triebwerken. Schnell war die Ausrüstung des Scheichs umgeladen und der abtrünnige NSA-Abteilungsleiter bestieg die Maschine. Der Flug gestaltete sich eintönig und nachdem der Scheich seine Zivilkleidung mit der Wüstencamouflage getauscht hatte, gönnte er sich die restlichen Stunden zur Erholung. Kurz vor der Landung weckte ihn ein Soldat, der bei diesem Einsatz die Funktion eines Flugbegleiters hatte. Omar erhob sich und fragte dann mit kratziger Stimme:

»Wann werden wir landen?«

»In dreißig Minuten Sir«, antwortete der Soldat. »Wollen Sie vorher noch ein Frühstück zu sich nehmen Sir?«

»Ja, das ist eine gute Idee. Ich verschwinde kurz in den Waschräumen. In der Zwischenzeit können Sie das Frühstück servieren!«

Der Soldat nickte unsoldatisch und ging durch die kleine Kabine zur Bordküche. Als der Scheich seine Morgentoilette beendet hatte, ging er zurück zu seinem Sitzplatz. Dort stand auf einem kleinen Tisch schon ein Tablett mit Rührei, Brot, Butter und einer Tasse Kaffee bereit. Omar verspeiste das Frühstück mit gutem Hunger und fragte sich dabei, wann er denn das letzte Mal etwas gegessen hatte. Kaum hatte er sein Mahl beendet, setzte der Lear Jet zur Landung an.

Eine halbe Stunde später verließ der Scheich in einem unauffälligen Auto den kleinen Wüstenflugplatz. Die Sonne war gerade erst aufgegangen und eine besondere Ruhe lag über der kargen Landschaft. Doch diese Idylle erreichte den Scheich nicht. Er konzentrierte sich auf die vor ihm liegende Straße. Er musste noch circa einhundert Meilen bewältigen. Natürlich hätte er das Flugzeug an einen Zielpunkt beordern können, der näher an dem vereinbarten Treffpunkt lag. Doch er legte immer besonderen Wert auf seine Tarnung. Niemand sollte erkennen, wohin er sich bewegte. Nur so konnte er einigermaßen sicher sein, dass kein anderer NSA-Agent seiner Spur folgte. Geheimhaltung war für den Scheich zu einer Lebenseinstellung geworden, die ihn bisher sicher durchs Leben geführt hatte. Der Mittag nahte, als Omar eine kleine Ansammlung von flachen Gebäuden am Horizont ausmachte. Dort vorne, an einem Truckstopp, wartete der Offizier, der das geheime Kommando des Scheichs leitete. Mit einer gewissen Erleichterung verringerte er die Geschwindigkeit des Wagens und parkte diesen dann im Schatten eines in die Jahre gekommenen Holzschuppens. Der Offizier trat aus dem Schatten und grüßte mit einem Nicken. Anschließend packte er den Rucksack Omars und ging zu einem militärischen Humvee, der in der Nähe parkte.

Zellstruktur

Hanky schlug seine Augen auf und sah sich in dem Behandlungsraum um. Der Chefarzt blickte mit Misstrauen im Blick auf den Mutanten. Doch Hanky kannte die Vorbehalte sogenannter „Nichtwissender". Ohne den Mann weiter zu beachten, wandte er sich an Walt und sagte leise zu seinem Freund:

»Schau dir die Zellstruktur an. Ich brauche deine Meinung!«

Walt nickte nur und trat ein wenig näher an den Senator heran. Dann schloss er seine Augen und konzentrierte sich auf seine Aufgabe. Er löste seinen Geist vom Körper und sah plötzlich die energetische Struktur des Mannes vor ihm. Ohne Mühe fokussierte sich Walt und er zoomte förmlich die Zellstruktur heran. Der Körper des Senators war nun so groß, dass Walt diesen nicht mehr überblicken konnte. Er zoomte weiter und nach einer unbestimmten Zeit sah er die Körperzellen einzeln. Wie Gebilde eines unbekannten Universums pulsierten die Zellen. Geisterhafte Lichter schienen sie zu umspielen und jede einzelne Zelle schien ein Eigenleben zu führen. Walt vergrößerte erneut und näherte sich einer einzelnen Zelle, die nun groß wie ein Planet vor ihm lag. Dieser jetzt riesige Körper war von einer Hülle umgeben, die einer Atmosphäre zu gleichen schien. Walt näherte sich dieser Hülle und durchdrang diese mühelos. In der Zellumhüllung waren nun merkwürdige Gebilde zu sehen, die wie riesige Amöben über dem Zellkern zu schweben schien. Dazwischen bewegten sich langsam stabförmige Objekte, die Walt an große Röhren erinnerten. Er schwebte an diesen erstaunlichen Gebilden vorbei und erreichte den Zellkern, der auch Nukleus genannt wurde. Er umrundete den kugelförmigen Kern mehrfach und fragte sich dabei, was er eigentlich suchte. Da er keine Antwort fand, entfernte Walt sich wieder von dem Zellkern, vergrößerte seine Sichtweise und betrachtete dann einen Zellhaufen, der aus Millionen von einzelnen Zellen gebildet wurde. Bei der Betrachtung eroberte eine Idee sein Denken. Er hatte bisher nur optisch die Zellen begutachtet. Doch nun änderte er sein fokussiertes Sehen und wechselte in eine energetische Ebene. Ihm war schon vorher aufgefallen, dass Lichter um die Zellen waberten. In dem Moment, in dem er in die energetische Ebene wechselte, überflutete ihn ein wahres Lichtermeer. Alle Spektralfarben schienen sich hier versammelt zu haben. Es leuchtete und glitzerte, es pulsierte und strahlte. Walt sah nun eine fremde Welt, die in jedem Menschen, jedem Tier, jeder Pflanze zu finden war. Walt hatte schon sehr oft die atomare Struktur unterschiedlichster Objekte gesehen. Doch was er hier erlebte, war eine neue Erfahrung. Die Zellen schienen vor Leben zu sprühen. Der Mutant erkannte, was er bisher nicht bemerkt hatte. Diese Zellen waren auf höchstem Potenzial energetisch aufgeladen. Es war beinahe so, als handele es sich um junge, unverbrauchte Zellkörper. Nun wusste Walt, was er als Nächstes tun musste. Um seinen Verdacht zu bestätigen, zog sich Walt, immer noch in der energetischen Dimension verbleibend, aus dem Körper des Senators zurück. Um sich herum sah er die leuchtenden Körper der Männer, die vor dem Untersuchungstisch des Senators warteten. Ohne zu wissen, wen er vor sich hatte, strebte Walts Geist zum nächststehenden Mann. Er tauchte in dessen Zellstruktur ein und stellte sofort einen Unterschied fest. Die Zellhaufen leuchteten bei Weitem nicht so kraftvoll wie bei dem Senator. Der Reihe nach begutachtete der Mutant alle Männer in dem Behandlungsraum. Das Ergebnis sprach Bände. Bei allen Männern war die Energieaufladung wesentlich geringer als die des Senators. Walt beschloss nun zurück in seinen Körper zu wechseln und seine Erfahrungen mit Hanky zu besprechen. Kaum hatte er diesen Gedanken geistig formuliert, spürte Walt, wie sein Geist wieder Besitz von seinem Körper nahm. Er öffnete die Augen und sah in erwartungsvolle Gesichter. Nach einem kurzen Moment der Wiedereingewöhnung in seinen Körper drehte sich Walt zu Hanky und sagte:

»Was ich gesehen habe, ist eigentlich nicht möglich! Hanky, der Senator hat Zellen wie ein Neugeborener!«

Der Chefarzt mischte sich nun ein. Eigentlich sollten die FBI-Beamten den Unbekannten identifizieren. Er war Arzt und Wissenschaftler und seit einigen Jahren bereits Professor. Doch was diese Amerikaner hier veranstalteten, ging weit über seine medizinischen Erfahrungen hinaus. Diese Männer, ja er konnte nur ein Wort für sie finden, waren Scharlatane. Dass selbst die Polizei und dieser andere Mann, der sich ihm gar nicht vorgestellt hatte, sich auf diesen Humbug einließen, war erstaunlich. So konnte er nicht anders, als seinem Unverständnis wie auch seinem Unmut zu folgen und diesen lautstark zu äußern:

»Was soll denn dieser Hokuspokus? Sie sollten den Patienten identifizieren und nicht unhaltbare Einschätzungen über den Gesundheitszustand dieses Mannes geben.«

Hanky hatte blitzschnell die Gedanken des Arztes gelesen und dabei erstaunt festgestellt, dass auch er eine Zellveränderung für möglich hielt. Vielleicht fühlte sich der Mediziner in seiner Kompetenz angegriffen. Doch das spielte im Moment keine Rolle. Der Mutant las das Schild am Kittel des Arztes und sagte dann mit ruhiger Stimme:

»Professor van Althoff, beruhigen Sie sich bitte. Ich bin gerne bereit, Ihnen eine Erklärung für unser Verhalten zu geben. Doch vorher muss ich mich ihrer Verschwiegenheit versichern. Alles, was Sie nun sehen und hören, darf keinem anderen Menschen zugänglich gemacht werden. Sind Sie damit einverstanden?«

Der Professor überlegte kurz, entschied dann, dass er dieser Vorgabe folgen würde. Er spürte, dass er es hier mit ganz besonderen Menschen zu tun hatte. Vielleicht wurde er in ein Geheimnis eingeweiht, dass der normale Bürger nie verstehen wollte. So nickte er nur und wartete, was dieser Amerikaner, der im Übrigen ein sehr gutes Deutsch sprach, zu sagen hatte.

»Haben Sie schon einmal von menschlichen Mutationen gehört?«

Der Professor nickte ein weiteres Mal und war nun mehr als gespannt.

»Mein Kollege Walt Kessler und ich gehören einer FBI-Sondereinheit an. Durch die Mutation unserer Gene und unserer Gehirnkapazität sind wir in der Lage, Dinge zu tun, zu denen sonst kein Mensch in der Lage ist.«

Nun nickten der BND-Agent Thore Klausen und sogar der Haupt-Kommissar Raimund Brenner zustimmend. Doch Zweifel lag weiterhin in den Augen des Professors. Er wollte sich nichtsdestotrotz gerne eines Besseren belehren lassen und sagte einfach:

»Dann lassen Sie doch mal sehen, meine Herren. Also, was können Sie denn, was ich nicht vermag?«

An diesem Punkt der Unterhaltung konnte Walt nicht anders und er stieß ein verächtliches Lachen aus. Brummig sagte er dann:

»Zu was wir wirklich in der Lage sind, mein lieber Professor, möchten Sie nicht wirklich wissen. Doch ich kann Ihnen eine kleine Kostprobe geben. Haben Sie im Übrigen bemerkt, dass Sie nicht mehr auf dem Boden stehen?«

Professor Michael van Althoff sah nach unten und erkannte voller Schrecken, dass seine Füße gute zehn Zentimeter über dem Boden schwebten. Als er mit offenem Mund wieder nach oben sah, umkreisten ihn allerlei Gegenstände, die man in einem Behandlungsraum vorfand. Wie Satelliten schwebten Scheren, Mullverbände, Infusionsbeutel, Spritzen und Tücher um ihn herum. Der Mann, Walt Kessler hieß er, so erinnerte sich der Professor, trotz der erstaunlichen Erfahrung, die er gerade erlebte, grinste breit. Der andere Amerikaner, Hank Berson berichtete dem Schwebenden jede Einzelheit, die dieser am heutigen Tag erlebt hatte, und fragte dann:

»Soll ich vielleicht unseren Freunden hier verraten, was Sie letzte Nacht geträumt haben, werter Professor, oder wie Ihr gestriger Tag verlaufen ist?«

»Nein, nein! Schon gut!«, rief der Professor. »Lassen Sie mich wieder festen Boden unter den Füßen spüren und erzählen Sie mir lieber, welche Vermutungen Sie über den Zustand des Patienten haben. Ich selbst dachte auch schon an eine Zellmodulation. Doch das ist Science-Fiction. Unsere medizinische Forschung ist noch lange nicht so weit, mehr als theoretische Denkansätze kann die Wissenschaft nicht liefern.«

»Dann würde ich vorschlagen Professor van Althoff, dass wir uns zusammensetzen und nach einer Möglichkeit suchen, dem Senator zu helfen. Außerdem muss geklärt werden, ob der Senator transportfähig ist. Er sollte schnellstens zurück in die USA gebracht werden.«

* * *

Der Scheich – Am Zaun (Jahre zuvor)

Die Fahrt mit dem Humvee dauerte noch einmal eine gute Stunde. Dann erreichten der Scheich und sein Einsatzoffizier ein kleines Tal. Dort, dicht an einen Felsüberhang gedrängt, standen einige Zelte und zwei weitere Militär-Lastwagen. Kaum dass der schwere Wagen zum Stehen gekommen war, sprang Omar aus dem Fahrzeug. Er griff seinen Rucksack vom Rücksitz und ebenso seine Aktentasche. Das Gepäck stellte er neben ein Zelt und wartete auf den Offizier. Die Soldaten des Einsatztrupps sahen gespannt zu dem Angekommenen, von dem sie wussten, dass dieser Mann der Auftraggeber dieser Mission war. Als der Offizier schließlich vor dem Scheich stand, fragte dieser:

»Wo kann ich meine Sachen verstauen?«

»Sie stehen schon richtig, Sir«, antwortete der Soldat. »Die Männer haben dieses Zelt dort für Sie vorbereitet. Möchten Sie nach der langen Reise zuerst einmal eine Pause einlegen?«

»Nein auf keinen Fall. Ich verstaue nur meine Sachen im Zelt. In zwanzig Minuten können wir abrücken. Verstanden Soldat?«

»Jawohl Sir! In zwanzig Minuten!«

Damit drehte sich der Mann um und lief zu seinen Kameraden. Der Scheich hob erneut sein Gepäck auf und trug es in das bereitgestellte Zelt. Er schaute sich kurz um und setzte sich dann auf das einzige Feldbett, das rechts von ihm stand. Danach öffnete er seinen Rucksack und entfernte alle Dinge, die er beim bevorstehenden Fußmarsch nicht gebrauchen konnte. Er trank noch einen Schluck Wasser und stand auf. Schließlich zog er sich den Rucksack über, stülpte den Helm auf seinen Kopf und verließ die bescheidene Unterkunft. Sofort blendete ihn die Wüstensonne. Irgendwie schien das Gestirn in dieser Umgebung über größere Strahlkraft zu verfügen. Kaum hatte der Scheich das Zelt verlassen, marschierten acht Soldaten auf ihn zu. Sie grüßten kurz und eher lässig militärisch. Der Offizier trat vor und sagte:

»Wir müssen mit ein bis zwei Stunden Marschzeit rechnen. Es kommt auf die Aktivitäten der anderen Einheit an. Dann jedoch sollten wir uns in Sichtweite des Wüstenlagers befinden.«

»Dann mal los!«, sagte der Scheich einfach und die Soldaten verließen im Gänsemarsch den engen Canyon Richtung Westen. Der Marsch durch die Steinwüste war beschwerlicher, als es sich Omar hatte vorstellen können. Schon nach einer Stunde spürte er jeden Muskel in seinem Körper. Doch er ließ sich nichts anmerken. Die ihn begleitenden Männer sollten nicht bemerken, wie schwer ihm diese Wanderung fiel. Er fühlte ihre Blicke, die er verächtlich ignorierte. Diese Männer hatten keine Perspektive im Leben. Sie folgten Befehlen und übergaben so die komplette Verantwortung ihres Daseins in die Hände anderer. Doch Omar war das recht, solange die Soldaten ihm von Nutzen waren. Nach unzähligen weiteren Schritten durch das karge Land ließ der Offizier anhalten. Er bedeutete seinen Männern sich still zu verhalten und kam dann zu Omar. Leise sagte er, beinahe im Flüsterton:

»In zweihundert Metern können wir das Wüstenlager sehen. Ich schlage vor, dass wir die überflüssige Ausrüstung hier zurücklassen. Nach einer kurzen Pause gehen wir dann zum Beobachtungspunkt. Einverstanden?«

»Sehr gut Soldat!«, antwortete der Scheich. Ihm war es ein Rätsel, wie die Soldaten den Weg hierher gefunden hatten. Alles um sie herum sah eintönig gleich aus. Auch dass der Offizier wusste, dass man in zweihundert Metern das Wüstenlager sehen konnte, war erstaunlich. Vorsichtig, seine überstrapazierten Muskeln schonend setzte er sich auf den harten Wüstenboden. Im Sitzen streifte er seinen Rucksack ab und zog die Trinkflasche hervor. Mit gierigen Schlucken ließ er das Wasser, das ekelhaft warm war, durch seine Kehle rinnen. Gewissenhaft schraubte er dann den Verschluss auf die Wasserflasche und verstaute diese wieder in seinem Rucksack. Er streckte seine Beine von sich und sah sich um. Auch die Soldaten saßen auf dem Boden und unterhielten sich leise. Die Männer zeigten keine Spur der Erschöpfung. Im Gegenteil, sie schienen sich wohl in dieser Umgebung zu fühlen. Nach weiteren zehn Minuten kam der Offizier herüber und fragte leise:

»Sind Sie bereit, Sir? Es wäre gut, wenn wir jetzt aufbrechen. Es wird bald dunkel.«

»Alles klar! Dann wollen wir mal«, antwortete der Scheich und erhob sich mit gespielt geschmeidigen Bewegungen. Er folgte dem Offizier, legte seinen Rucksack, den er beim Aufrichten gegriffen hatte, zu dem Stapel von Rucksäcken, den die Soldaten hinterlassen hatten. Tatsächlich mussten sie nur zweihundert Meter gehen, ehe ein kleiner Hügel die Aussicht versperrte. Der Offizier ging voran und Omar folgte schweigend. Dann legte sich der Soldat vor ihm auf den harten Wüstenboden und der Scheich folgte seinem Beispiel. Gleich darauf schoben die Männer ihre Köpfe über den Hügelgrat. Sofort erkannte Omar das Wüstenlager, das weitere dreihundert Meter vor ihm in einer kleinen Senke lag. Durch sein starkes Fernglas beobachtete der Scheich das Treiben im Lager. Zwischen den Zelten sah er Militär und zivil gekleidete Menschen. Das Gelände war mit einem flachen Drahtzaun umgeben, der aber eher optischen als tatsächlichen Schutz bot. Es gab auch eine Öffnung in dem Zaun, durch die eine provisorische Straße führte. Zwei Soldaten standen am Zugang des Lagers. Sie hatten wohl die Aufgabe an- und abfahrende Fahrzeuge zu kontrollieren und jedem Unbefugten den Zugang zu verweigern. Nach sorgfältiger Beobachtung senkte Omar das Fernglas und wandte sich dem Offizier zu. Flüsternd sagte er dann:

»Wir dringen in das Lager ein, sobald es dunkel ist.«

»Sir?«, antwortete der Soldat fragend, als könne er nicht glauben, was sein Auftraggeber gerade gesagt hatte.

Dieser nickte nur und ergänzte seinen Befehl:

»Suchen Sie eine geeignete Stelle, an der wir den Zaun überwinden können. Wir rücken mit Ihnen und zwei weiteren Männern bis zum Zaun vor. Die anderen bleiben hier zur Sicherung und als Einsatzreserve zurück. Am Zaun angekommen, warten dort die uns begleitenden Soldaten. Sie sollen beobachten und uns im Notfall aus dem Lager holen. Wir beide dringen in das Lager ein. Mich interessieren besonders die großen Zelte. Ich will wissen, was dort verborgen wird. Verstanden?«

»Jawohl Sir!«

Der Offizier schob sich lautlos den Hügel hinunter und ging zu seinen Männern. Dort erklärte er den Plan und teilte seine

Leute ein. Dann gab er die notwendigen Befehle, während Omar weiter das Wüstenlager beobachtete.

Die Dunkelheit senkte sich überraschenderweise schnell über das Land. Nur die Lichter im Wüstenlager schufen eine Oase der Zivilisation. Die Soldaten formierten sich und der Offizier gab das Signal zum Abmarsch. In geduckter Haltung schlichen die drei Soldaten und der Scheich über die Kuppe des Hügels und dann auf das Lager zu. Sie mussten einige Umwege gehen, da Risse im Boden sowie vegetationsfreies Gelände zu umrunden waren. Schließlich erreichten sie die provisorische Straße, die eigentlich nur aus den festgefahrenen Spuren schwerer Lastwagen bestand. Wenige Meter hinter der Straße gelangte die kleine Gruppe an den Zaun. Einer der Soldaten zog ein kleines Messgerät aus seiner Gürteltasche. Damit begab er sich zu dem Zaun und hielt eine Sonde an den Draht des Zaunes. Gleich darauf kam er zurück und flüsterte:

»Kein Strom. Was für Anfänger! Unglaublich!«

Der Offizier nickte nur, was man angesichts der schwachen Beleuchtung hier vor dem Lager nur schattenhaft sehen konnte. Dann folgte er dem Zaun gute sechzig Meter. In einer kleinen Senke hielt er an, flüsterte kurz mit seinen Kameraden, ehe er direkt zum Zaun schlich. Der Scheich folgte unaufgefordert und stand gleich darauf neben dem Soldaten. Dieser ließ sich auf seine Knie fallen und seine Hände tasteten den Boden ab. Dann begannen seine Hände Sand zur Seite zu schieben. Eigentlich sollte Sand in einer Wüste nichts Besonderes sein, doch hier in dieser Steinwüste stellte er die Ausnahme dar. An dieser Stelle des Zauns in der kleinen Senke hatte sich allerdings Sand abgelagert. Den Soldaten, die den Zaun errichtet hatten, war wohl entgangen, dass an dieser Stelle der Boden aus Sand bestand und dies damit die Möglichkeit bot, in das Lager einzudringen. Der Scheich bewunderte den Offizier, der diese Schwachstelle am Zaun nur durch Beobachten gefunden hatte.

Eigentlich unmöglich

In einem kleinen Besprechungsraum saßen die Männer und versuchten Vermutungen und Fakten einzuordnen. Professor Michael van Althoff hatte einen Laptop vor sich stehen und durchsuchte medizinische Websites. Er wollte sichergehen, dass er mit seiner Einschätzung richtiglag, dass es im Moment noch keine Therapie gab, die den Zellkern modulierte. Bei dem Patienten, der nur wenige Zimmer weiter sediert auf einem Behandlungstisch lag, war eine totale Zellerneuerung vorgenommen worden. Dies war eigentlich nicht möglich. Es gab kein medizinisches Gerät, das so eine Umformung ermöglichen konnte. Und doch war es geschehen. Der Professor hatte schon gleich, nachdem er den Patienten das erste Mal untersucht hatte, eine nebulöse Vermutung gehabt, die genau in diese Richtung führte. Sein rationell ausgerichteter Verstand hatte aber diesen Gedankengang schnell ad absurdum geführt. Doch nun hatten ihn diese mysteriösen Amerikaner vom Gegenteil überzeugt. Natürlich hatte er sofort angeordnet, dass Zellproben bei dem Patienten genommen wurden, um diese schnellstens auf eine Veränderung ihrer Struktur zu untersuchen. Da diese Untersuchungen Tage, wenn nicht gar Wochen dauern würden, hatte der Chefarzt beschlossen, die Zellveränderung fürs Erste als gegeben hinzunehmen. Doch die FBI-Agenten wie der Kommissar und der andere Mann, der sich immer noch nicht vorgestellt hatte, brauchten einen Ermittlungsansatz. Die Hintermänner wie auch das medizinische Team, welche die Zellumwandlung begleitet hatten, mussten gefunden werden. Die Agents hatten von einer Reihe von Toten gesprochen, welche im Zusammenhang mit der Behandlung des Senators einhergegangen waren. Das war nicht nur unmoralisch, sondern widersprach auch dem ärztlichen Gelöbnis. Ein urbaner Zorn breitete sich in dem Professor aus. Er hatte den Beruf als Mediziner ergriffen, um Menschenleben zu retten. Deshalb dachte er mit Abscheu an die Leute, welche die Zellumwandlung betrieben hatten. Sie arbeiteten mit dunklen Gestalten, denen ein Menschenleben nichts bedeutete. Diese Tatsache alleine genügte, um den Zorn in dem Chefarzt zu erwecken. Nach enervierender Suche, die zu keinem Ergebnis führte, klappte der Professor seinen Laptop zu und schaute auf. Walt Kessler telefonierte und sprach offenbar mit seiner Behörde, was Michael van Althoff aus den wenigen Wortfetzen, die er verstehen konnte, ableitete. Der Kommissar telefonierte mit einem Staatsanwalt, der ihm einen Durchsuchungsbefehl verschaffen sollte. Der FBI-Agent mit dem türkischen Namen, der Professor hatte diesen vergessen, diskutierte lautstark mit dem großen Mann. Ohne dass er es geplant hatte, fragte der Professor nun mit lauter Stimme:

»Wer sind Sie eigentlich? Ich glaube, Sie haben sich mir noch nicht vorgestellt!«

Dabei blickte er den großen Mann durchdringend an, der gerade zufällig in die Richtung geschaut hat. Erst verblüfft, dann aber schlagfertig antwortete der Angesprochene:

»Habe ich tatsächlich versäumt, Ihnen, Herr Professor, meinen Namen zu nennen? Ich glaube, wir hatten Wichtigeres zu tun, als Förmlichkeiten auszutauschen. Nun gut. Im Moment haben wir eine Minute Zeit, mein Versäumnis nachzuholen. Mein Name ist Thore Klausen und ich arbeite für den Bundesnachrichtendienst. Im Moment bin ich die Kontaktperson der Bundesregierung zu den amerikanischen Ermittlungsbehörden. Ich überwache die Ermittlungen unserer Freunde, damit die Rechtmäßigkeit unserer Aktionen gewährleistet ist. Noch Fragen Herr Professor?«

Dieser schüttelte nur seinen Kopf und fragte sich, was ihn geritten hatte, diesem Mann so unfreundlich, ja herablassend zu behandeln.

»Wenn die Herren jetzt ihre Frustration und ihren Stress nun abgebaut haben«, sagte Hanky, »dann würde ich gerne bald aufbrechen. Wir wollten doch zu dieser Klinik in Bad Homburg. Richtig Kommissar Brenner?«

Dieser nickte und wollte schon von seinem Stuhl aufstehen. Hanky winkte ihn mit einer Handbewegung zurück und fragte den Professor:

»Können Sie anhand einer mündlichen Beschreibung ein medizinisches Gerät identifizieren?«

»Ich kann es zumindest versuchen Herr Berson«, antwortete der Chefarzt. »Also legen Sie los!«

In den nächsten Minuten schilderte Hanky die Maschine, die er in den wenigen Erinnerungen des Senators gefunden hatte. Der Professor fragte nach Einzelheiten und Hanky versuchte seine Gedankenbilder sprachlich zu formulieren. Dann reicht Hanky dem Professor einige Skizzen, die er eilig auf ein paar Blättern Papier gezeichnet hatte. Abschließend sagte er:

»Herr Professor van Althoff, bitte versuchen Sie ähnliche Maschinen bei den Anbietern medizinischer Maschinen zu finden. Vielleicht können wir bei möglichen Ähnlichkeiten der Bauweise anderer Geräte die Firma finden, welche den, nennen wir die gesuchte Maschine nun fürs Erste Zellmodulator, gebaut hat. Damit wären wir einen erheblichen Schritt weiter und vielleicht ist dies ja der Weg, um die Hintermänner, die Verantwortlichen für die Entführung des Senators zu finden. Außerdem will ich die Leute finden, welche für die Tötungen unserer Kollegen verantwortlich sind.«

»Natürlich werde ich mein Bestes tun, Herr Berson. Zuerst jedoch muss ich nach dem Patienten sehen. Ich kann bisher noch nicht beurteilen, ob der Senator transportfähig ist. Aber keine Sorge, ich kümmere mich und halte Sie informiert.«

In diesem Moment wurde die Tür des Besprechungsraums aufgestoßen und eine Krankenschwester betrat eilig und sehr aufgeregt den Raum. Nach kurzem Umschauen fand sie den Professor und rief:

»Da sind Soldaten im Haus. Amerikaner und dazu noch voll bewaffnet.«

»Oh, die gehören zu uns«, rief Walt nun. »Entschuldigung, ich habe in der Zwischenzeit für den Schutz des Senators gesorgt. Er soll uns ja nicht wieder verloren gehen. Schwester, zeigen Sie mir bitte, wo sich die Soldaten befinden.«

Mit diesen Worten schob Walt die aufgeregte Krankenschwester aus dem Raum und folgte ihr. Die Tür schloss sich und für einen kleinen Moment herrschte Stille in dem Raum. Dann aber, wie auf ein geheimes Kommando hin, bewegten sich alle und verließen ihre Sitzplätze. Thore rief Hanky zu:

»Ich warte unten beim Wagen. Yavuz, kommst du mit?«

Dieser nickte nur und die Männer verließen den Raum. Kommissar Brenner tippte eine Nummer in sein Handy und verließ dann telefonierend das Besprechungszimmer. Er nickte dem Professor noch einmal grüßend zu, ehe er in den Krankenhausflur trat. Hanky verabschiedete sich mit einem festen Händedruck von dem Professor und versicherte diesem, dass er in Kürze wieder mit ihm Kontakt aufnehmen wolle. Laute Schrittgeräusche, wie sie nur Armeestiefel verursachen konnten, hallten vom Flur herein. Hanky und der Professor verließen den Raum und sahen zehn schwerbewaffnete Soldaten auf sie zukommen. Walt führte die Gruppe an und besprach sich gerade mit dem Truppführer. Professor van Althoff sah dem militärischen Aufmarsch mit sichtlichem Unwillen entgegen. Entrüstet rief er:

»Herr Kessler! Das geht gar nicht! Dies ist ein Krankenhaus! Sie können nicht einfach schwer bewaffnete Soldaten hierherbringen.«

»Doch ich kann Herr Professor«, antwortete Walt und lächelte dabei. »Aber keine Sorge, das Einsatzteam bleibt nur so lange hier, bis unsere Kollegen vom Secret Service eintreffen. Die sehen dann weniger martialisch aus und fallen nicht weiter auf. Doch die Sicherheit des Senators muss gewährleistet sein, was ich vor wenigen Minuten schon einmal erklärt habe.«

Damit lief Walt an dem Professor und Hanky vorbei und zeigte dem Truppführer das Behandlungszimmer, in dem der Senator lag. Nach wenigen Minuten, die Soldaten hatten Stellung vor der Tür des Senators bezogen, kam Walt zurück. Hanky sah gerade dem Professor nach, der mit wehendem Kittel eilig durch den Flur davonschritt. Walt klopfte Hanky auf die Schulter und fragte:

»Was ist? Wollen wir nun los oder auf was wartest du?«

Hanky blickte seinen Freund an und sagte dann leicht tadelnd:

»War dieser Aufmarsch denn wirklich nötig, Walt?«

»Und ob mein Alter. Ich glaube, es war ein Versehen, dass der Senator noch am Leben ist. Unser noch unbekannter Gegner hat einen Fehler begangen. Deshalb glaube ich, dass er diesen Fehler beheben möchte. Der Senator ist noch nicht außer Gefahr.«

Hanky nickte und fragte sich, warum er diese Bedrohung bisher übersehen hatte.

* * *

Der Scheich – Unerkannt (Jahre zuvor)

Auf dem Bauch liegend schob sich Omar Zaki, der Scheich, unter dem Drahtzaun hindurch. Ihm war klar, dass er in diesem Moment im Falle einer Entdeckung nun völlig hilflos sein würde. Doch er vertraute seinen Männern und die Angst war noch nie sein Begleiter gewesen. Zentimeter um Zentimeter schob er sich nach vorne, sich bemühend so leise wie möglich zu sein. Man wusste nie, welche Sicherheitssysteme die Leute in dem Zeltlager installiert hatten. Für einen kurzen Moment strich ein Lichtfinger von den Zelten herkommend über die Männer am Zaun. Dann aber verschwand das Licht so plötzlich, wie es gekommen war. Bestimmt hatte nur einer der Zeltbewohner eine Taschenlampe kurz eingeschaltet, aber ohne Intention den Zaun zu überwachen. Der Scheich wartete noch ein paar Sekunden, ehe er sich weiterbewegte. Gleich darauf hatte er seinen Körper völlig unter dem Zaun hindurchgeschoben. Er rollte zur Seite, um seinem Begleiter, dem Einsatzleiter, Platz zu machen. Dann setzte Omar sich in die Hocke. Er starrte angespannt zu den Zelten hinüber, konnte jedoch nur Schatten der Menschen dort erkennen. Der Soldat kroch wesentlich schneller unter dem Zaun hindurch. Er klopfte Omar zweimal auf die Schulter und lief geduckt auf die ersten Zelte zu. Der Scheich wusste zwar nicht, was dieses Klopfen bedeutete, wahrscheinlich gehörte es zu den stillen Signalen der Soldaten, folgte dann aber einfach dem Einsatzleiter. Dieser wartete auf ihn an einem größeren Zelt. Die beiden Männer lauschten und erfuhren dadurch, dass dieses Zelt ein Mannschaftsquartier war. Sorglos unterhielten sich die Männer im Inneren des Zeltes über Alltäglichkeiten. Niemand sprach über die Aufgaben, die sie hier zu erledigen hatten. Nach etwa fünf Minuten gab der Scheich seinem Begleiter das Zeichen, zum nächsten Zelt zu schleichen. Hinter den Zeltplanen war es ruhig und es befand sich anscheinend niemand dort. Sie schlichen weiter und gelangten an das Ende des Zeltes. Nun mussten sie eine Entscheidung treffen, denn der nächste Zeltbau war gute zehn Meter entfernt. Das bedeutete, dass sie, wenn sie zu diesem Zelt wollten, völlig ungeschützt und für jeden zufälligen Beobachter sichtbar sein würden. Omar überlegte einen Moment und fasste dann einen verwegenen Entschluss. Er richtete sich auf und sein Begleiter wollte dem Scheich schon eine Warnung zurufen. Doch dann erkannte er, was sein Auftraggeber plante. Omar ging nun gut sichtbar an dem Zelt entlang ins Innere des Zeltlagers. Er erreichte einen Weg zwischen den Zelten, und nach wenigen Augenblicken sah er die ersten Männer und Frauen, die plaudernd auf ihn zukamen. Als sie den Scheich erblickten, nickten sie ihm nur grüßend zu und passierten ihn dann. Neben Omar stand plötzlich sein Begleiter. Er schaute einen Moment den Davonschreitenden hinterher und schüttelte ungläubig seinen Kopf. Leise, mit einiger Bewunderung in der Stimme sagte er: »Mann, Sie haben ja Nerven. Was, wenn Sie jemand gefragt hätte, was Sie hier zu suchen haben?«

»Ja was wohl? Ich habe keine Ahnung. Aber Sie sehen, es ist nichts passiert. Also mischen wir uns mal unters Volk! Frechheit siegt!«

Mit einem Lächeln auf den Lippen marschierte Omar weiter und sah sich nun ungeniert um. In der Mitte des Lagers bildeten die umgebenen Zeltbauten einen freien Platz. Auf der rechten Seite waren Tische aufgebaut, die eine Art Kantine zu sein schienen. Männer und Frauen holten sich dort Getränke oder kleine, in Folie eingehüllte Snacks. Dabei fiel dem Scheich erneut auf, dass mindestens die Hälfte der hier anwesenden Menschen keine militärische Kleidung trug. Waren hier zivile Mitarbeiter der Streitkräfte im Einsatz? Merkwürdigerweise beschäftigte diese Frage Omar. Er hatte noch immer keine Vorstellung davon, was hier vor sich ging. Die großen Zelte, welche die Ausmaße eines Einfamilienhauses hatten, waren das nächste Ziel des Scheichs. Diese Zeltbauten standen an der linken Seite des Platzes. Dort parkten auch große Lastwagen, auf deren offenen Ladeflächen mächtige Stromgeneratoren standen. Einige Männer hantierten an den Generatoren und gleich darauf erwachten diese mit einem dunklen Brummen. Leistungsstarke Dieselmotoren produzierten nun Strom, der in armdicken Kabeln in das große Zelt geleitet wurde. Als sei das Starten der Generatoren ein Signal, traten aus dem Nebenzelt Personen, die in Strahlenschutzanzüge gehüllt waren. Diese Gruppe ging hinüber zu dem großen Zelt und verschwand gleich darauf in seinem Inneren. Ohne auf seinen Begleiter zu achten, lief Omar los und auf das große Zelt zu.

Der Einsatzleiter seufzte, war er doch mit der Vorgehensweise seines Auftraggebers überhaupt nicht einverstanden. Doch sein Auftrag bestand darin den Mann zu schützen. So folgte er dem Unvorsichtigen, einen Fluch zwischen den Zähnen zerbeißend. Doch noch ehe die beiden Eindringlinge das große Zelt erreichten, begann die Luft zu zittern. Auch der Wüstenboden schloss sich der kurzwelligen Erschütterung an und Staub erhob sich wie ein feiner Nebel. Omar blieb stehen und hielt sich mit seinen Händen die Ohren zu. Durch den Staubnebel hindurch erkannte er andere Menschen, die hastig etwas über ihre Köpfe stülpten. Der Scheich erkannte große Schallschutz-Kopfhörer. Missmutig, dass dieses Utensil nicht zu seiner Ausrüstung gehörte, lief der Scheich weiter auf das große Zelt zu. Das war schwieriger als erwartet. Nicht nur dass der Boden unter ihm bebte, was das Gehen erheblich erschwerte, es plagte ihn eine weitere Belastung. Ihm wurde übel und sein Magen rebellierte. Würgend wollte seine Kehle den Mageninhalt nach oben drücken. Dazu kam der Staub, der nicht nur unangenehm in den Augen brannte, sondern auch einen mehligen Geschmack im Mundraum hinterließ. Doch die Neugierde und die Aussicht, diese gleich befriedigen zu können, trieben Omar weiter. Endlich erreichte er den Zelteingang, ging noch zwei, drei Schritte weiter und blieb dann stehen. Er sah gerade noch, wie sich der Trupp der Menschen in Strahlenschutzanzügen auf eine flimmernde Energiewand zubewegte. Ohne zu zögern, liefen sie auf das Flimmern zu, um schließlich durch den Energievorhang zu schreiten. Nachdem der letzte Schutzanzugsträger verschwunden war, erlosch die Energiewand und das Luftbeben erstarb. Noch taub von den peitschenden Luftschwingungen blieb der Scheich reglos stehen. Er musste erst einmal einordnen, was er da gesehen hatte. Irgendwie weigerte sich sein Verstand seinen Augen zu glauben. Waren gerade wirklich Menschen durch eine Energiewand gegangen und an einen unbekannten Ort gelangt? Das war doch Science-Fiction!

So etwas gab es nur im Romanen oder Filmen. Der Titel eines Hollywood Blockbusters kam ihm in den Sinn. Stargate! Alles Quatsch! Er hatte nie an solchen Fiktionen Spaß gehabt. Nein, das war alles zu unrealistisch. Und doch hatte er eben ein Stargate gesehen oder war der Energievorhang etwas völlig anderes. Sein Verstand klammerte sich an die Hoffnung, eine rationale Erklärung zu finden. Wahrscheinlich hätte er noch eine Stunde reglos in dem Zelteingang gestanden, wenn ihn sein Begleiter nicht gerettet hätte. Der Einsatzleiter packte den Scheich und schob ihn aus dem Zelt. Dann packte er den Mann am Arm und zog ihn zwischen zwei kleinere Zelte. Gerade im letzten Moment, wie sich zeigte. Ein Trupp Soldaten lief auf das große Zelt zu und verschwand im Inneren. Der Einsatzleiter wusste nicht, was diese Aktion ausgelöst hatte, aber einen Moment später hörten sie das Bellen einer Maschinenpistole. Weitere Schussgeräusche, wahrscheinlich aus Handfeuerwaffen erzeugt, drangen an die Ohren der Männer. Hastig zog der Einsatzleiter Omar weiter, der noch immer in einer Art von Lethargie gefangen war. Als sie die letzte Zeltreihe erreicht hatte, streifte Omar die Hand seines Begleiters ab. Dieser sah in den Augen des Scheichs wieder die Kälte, die ihm schon bei ihrem ersten Treffen unangenehm aufgefallen war. Omar wischte sich mit den Fingern seine Gehörgänge frei und sah angestrengt nach vorne. Der Einsatzleiter folgte dem Blick seines Auftraggebers. Doch er wusste nicht, was der Mann gesehen hatte. Er jedenfalls sah nichts Besonderes. Der Scheich lief nun mit kleinen Schritten an das nächste Zelt und lauschte erneut. Dann schlich er um das Zelt, das wohl auch eine Mannschaftsunterkunft war, bis zu dessen Eingang. Langsam schob er seinen Kopf nach vorne und sah in das Innere des Zeltes. Dort standen einige Männer beisammen. Sie beugten sich über eine Landkarte, die auf einem Klapptisch lag. Doch das interessierte Omar nicht. Er hatte eine Stimme gehört und erkannt. Nun erhielt er die optische Bestätigung seiner Vermutung. Dort im

Zelt stand ein NSA-Agent! Ein Kollege, den Omar gut kannte. Special Agent der NSA Burt Olson diskutierte hier mit Männern in Zivilkleidung. Omar zog sich leise zurück. Nun wusste er, wie er an weitere Informationen gelangen konnte. Er wollte an dieser Science-Fiction-Forschung teilnehmen oder zumindest wissen, um was es hier ging. Omar ahnte noch nicht, wohin das Schicksal ihn führen würde.

* * *

Kontaminiert

Circa eine Stunde später betraten die Agents in Begleitung des Kommissars Brenner die Landgrafen Klinik. Hier herrschte große Aufregung. Die örtliche Polizei hatte das Klinikgelände abgesperrt und vor dem Gebäude die Mitarbeiter festgesetzt. Ein Ermittlerteam befragte jeden Mitarbeiter der Klinik. Einzeln wurden die Männer und Frauen in das Hauptgebäude des Klinikums geführt und in den sich dort befindlichen Büros befragt. Personalien wurden aufgenommen, Dienstpläne geprüft und Fingerabdrücke genommen. Anfangs hatte die Belegschaft lautstark protestiert. Sie wussten entweder nichts von den Vorgängen, die sich hier in der Landgrafen Klinik abgespielt hatten, oder sie bestritten jegliche Beteiligung an der Behandlung des prominenten Gastes. Die Mehrzahl der Befragten durfte nach dem Verhör das Klinikgelände verlassen. Lediglich zwei Pfleger und die leitenden Ärzte mussten sich in Geduld üben. Sie sollten ein zweites Mal verhört werden. Yavuz sah mit Unbehagen zu den wartenden Klinikmitarbeitern, die diskutierend vor dem großen Gebäude standen. Die Polizisten, welche das Personal bewachten, fühlten sich sichtbar unwohl, was an ihren Gesichtern abzulesen war. Niemand wusste wirklich, was hier eigentlich geschah. Nach kurzem Zögern folgte der FBI-Sonderberater seinen Kollegen, die inzwischen auf dem Weg zu dem Behandlungsraum waren, in dem der Senator seine Therapie erhalten hatte. Hanky erkannte den Raum sofort, da er in den wenigen Erinnerungen des Senators geforscht hatte. Mit einem unerklärlichen Vorbehalt betrat er den Raum und sah sich um. Sofort wanderte sein Blick zu der Stelle, wo die mysteriöse Maschine gestanden hatte. Kratzspuren und einige zurückgelassene Kabel zeugten von einem hastigen Abbau des medizinischen Geräts. Auch seine Kollegen betraten den Behandlungsraum, in dem sich außer den erwähnten Kabelresten nichts mehr befand. Sie versuchten sich vorzustellen, was in diesem Raum geschehen war. Doch mangels weiterer Informationen versagte ihre Fantasie. Ratlos gingen die Männer umher und fragten sich dabei, wie sie den Hintermännern den Auftraggebern der Morde habhaft werden konnten. Nur die Befragungen konnten einen Weg weisen, der weitere Ermittlungen ermöglichen konnte. Einzig Walt Kessler beteiligte sich nicht an dem suchenden Rundgang. Intuitiv überprüfte er die Zellstruktur des Behandlungsraumes. Er wusste, dass bei der Behandlung des Senators etwas schiefgelaufen war. Die Wissenschaftler oder Ärzte, welche die experimentelle Therapie durchführten, hatten bestimmt nicht beabsichtigt, alle Körperzellen ihres Patienten zu erneuern. Walt hatte auf der Fahrt von Frankfurt nach Bad Homburg nachgedacht. Eigentlich war es eine tolle Idee, Krebszellen in normale Zellen umzubauen. Dazu musste der Nukleus, also der Zellkern, entsprechend moduliert werden. Auf diesem Wege konnte man Krankheiten, im Besonderen Krebs, heilen. Hätte Walt in einem wissenschaftlichen Bericht gelesen, wo von so einer Möglichkeit berichtet worden wäre, dann wäre er begeistert. Doch solche Berichte gab es nicht. Selbst wenn es eine Maschine gab, welche die Zellmodulation ermöglichte, dann waren die Betreiber dieses Geräts auf jeden Fall Verbrecher. Die Hintermänner, die Gruppe von Personen, welche diese

Maschine zum Einsatz gebracht hatten, waren Mörder. Selbst wenn sie versucht hatten, die Geheimhaltung ihres Projektes zu wahren, konnte das nicht mit dem Tod anderer Menschen gerechtfertigt werden. Walt kehrte zu seinem ersten Denkansatz zurück. Es hatte also eine Fehlfunktion gegeben, die den Senator in einen Zustand versetzt hatte, der nicht umkehrbar war. Was die Fehlfunktion ausgelöst hatte, war für Walt im Moment ohne Belang. Er wollte auf molekularer Ebene herausfinden, ob die Umgebung der Maschine bei der Fehlfunktion ebenfalls in Mitleidenschaft gezogen worden war. Sein Gefühl betrog ihn nicht. Walt sah eine Umgruppierung der molekularen Struktur des Bodens, der Decke und der Wände um ihn herum. Ja, selbst die Luft in diesem Raum befand sich in einer permanenten Umstrukturierung. Der Mutant erkannte die Gefahr und wusste nicht, ob nun auch seine Zellen und die seiner Begleiter von der Umstrukturierung betroffen waren. Er schlug seine Augen auf, die er bei seiner molekularen Ermittlung geschlossen hatte, und rief laut und befehlend:

»Sofort raus hier! Der Raum ist kontaminiert. Los, Beeilung! Das komplette Gebäude muss evakuiert werden!«

Seine Begleiter reagierten ohne zu fragen und rannten aus dem Behandlungsraum, durch die Flure der Klinik und stoppten erst vor dem Gebäude. Kommissar Brenner erteilte seinen Polizeikollegen sofort mit, dass das Gebäude schnellstens zu räumen sei. Bei dem Wort „kontaminiert" wussten die Beamten, dass Eile geboten war. Es dauerte keine fünf Minuten, bis das Klinikgebäude geräumt war. Inzwischen überprüfte Walt seine Kollegen und atmete auf, als er keine, jedenfalls im Moment sichtbaren Veränderungen ihrer Zellstruktur feststellen konnte. Er berichtete seinen Mitstreitern von seiner beunruhigenden Entdeckung und beruhigte die Männer dabei gleichzeitig. Sie hatten keinen Schaden erlitten. Dies war vielleicht darauf zurückzuführen, dass sie sich nur wenige Minuten in dem Behandlungsraum befunden hatten. Was war aber mit den Menschen, die sich länger in dem Gebäude aufgehalten hatten? Walt spann den fragenden Gedanken weiter. Was war mit den Leuten, welche sich in der Nähe der Maschine befanden, als diese unvorhergesehen eine Fehlfunktion hatte? Da diese Fragen im Moment rein hypothetisch waren, beschloss Walt sich um die aktuelle Lage hier vor Ort zu kümmern. Er musste herausfinden, welchen Einfluss die Zellmodulation auf die Personen und die bauliche Struktur des Klinikgebäudes hatte. In diesem Moment zerriss ein scharfes Geräusch das aufgeregte Stimmengewirr der Menschen vor dem Klinikgebäude. Für eine Sekunde herrschte eine unheilvolle Ruhe. Jeder schien die Luft anzuhalten, ehe ein weiteres Geräusch die Stille vertrieb. Ein Ächzen, das von dem Klinikgebäude auszugehen schien, wurde von einem Bersten abgelöst. Das Klinikpersonal und die Polizisten rannten von dem Gebäude weg, über den Parkplatz und dann auf die Straße hinaus. Der Instinkt der Menschen trieb diese von dem großen Haus weg. Auch Walt und seine Begleiter rannten um ihr Leben. Sie hatten nahe dem Haupteingang der Landgrafen Klinik gestanden und damit in unmittelbarer Nähe des Gebäudes. Keine Sekunde zu früh hatten sie ihren Standort verlassen. Hinter ihnen fauchte eine Staubwolke, gebildet aus Kalk- und Steinpartikeln, aus dem Eingang heraus. Es schien gerade so, als atme das mächtige Gebäude und spie dabei seine Innereien aus. Die Erde begann zu beben und krachende Geräusche, begleitet von zerspringenden Fensterscheiben, erzeugten eine Symphonie der Zerstörung. An der Straße angekommen drehte sich Walt um. Was er sah, raubte ihm den Atem. Das Hauptgebäude der Klinik sackte in sich zusammen. Ja es sah beinahe so aus, als ob eine unsichtbare Kraft das Gebäude zermalmen würde. Immer mehr Mauern kollabierten, der Dachstuhl war inzwischen der Gravitation gefolgt und in sich zusammengefallen. Ein Schwall Staub rollte wie eine Welle auf die panischen Menschen zu, die nun erneut flüchteten. Sie rannten rechts und links der Parkstraße entlang und versuchten so der Staubwolke zu entkommen. Erst in circa hundert Metern Entfernung blieben die Ersten stehen und schauten zurück. Auch Hanky, der neben Walt stockte, schien schockiert. Er sah sich um und atmete erst erleichtert auf, als er Thore, Yavuz und Kommissar Brenner sah. Wie Gespenster tauchten sie aus der Staubwolke auf und waren von Kopf bis Fuß mit diesem bedeckt. Thore hustete ausgiebig, während Yavuz ihm hilfreich auf die Schulter klopfte. Kommissar Brenner kam auf Walt zu und sah den Mutanten für einen Moment mit brennenden Augen an. Dann ging er noch zwei Schritte, bis er dicht vor dem Mutanten stand. Unerwartet umarmte der sonst sehr introvertierte Mann Walt. Mit bebender Stimme sagte er:

»Vielen Dank Mister Kessler, Walt. Sie haben uns das Leben gerettet. Ohne ihre Gabe wären wir nun tot und …«

Die Stimme des Kommissars brach und Tränen füllten seine Augen. Walt löste sich aus der Umarmung und klopfte dem schockierten Mann beruhigend auf die Schulter. Thore hätte sich nun gerne eine Zigarette angezündet, doch in seinen Lungen befand sich zu viel Staub. Stattdessen begann er sich zu räuspern und versuchte damit das Kratzen in seiner Kehle zu beenden. Walt, der in diesem Moment die Gruppe anzuführen schien, sagte:

»Wir müssen das Gelände sofort absperren lassen! Außerdem sollten nun alle Anwesenden, die Polizisten wie auch das Klinikpersonal, dekontaminiert werden.«

»Wie bei einem Strahlenunfall?«, fragte Yavuz.

»Ja genau so!«, antwortete Walt.

* * *

Unerwartet

Zur gleichen Zeit geschah ein weiteres Unglück. Am Frankfurter Flughafen in der Sektion Cargo City Süd warteten seit Stunden drei schwere Lastwagen, auch Sattelzüge genannt. Sie wurden von einer Sicherheitsfirma bewacht, die einen besonderen Ruf besaß. Noch immer im Einsatz war der technische Leiter des Sicherheitsdienstes. Er war unzufrieden, was man ihm auch deutlich ansah. Die letzten beiden Tage hatten für viel Ärger gesorgt. Erst gab es Probleme an der Landgrafen Klinik in Bad Homburg, dann mussten zwei Secret-Service-Männer innerhalb der Klinik eliminiert werden und später deren Kollegen in Königstein. Dann sollte der Patient entsorgt werden, und zwar für immer. Doch auch hier hatten seine Leute versagt und der Patient hatte überlebt. Seine unfähigen Mitarbeiter waren kurz darauf von seinen besten Auftragsmördern eliminiert worden. Doch aus bisher unbekannten Gründen waren die Killer anschließend in ein Feuergefecht mit Agenten des FBI verwickelt und während der Auseinandersetzung getötet worden. Der Leiter des Sicherheitsdienstes, den jeder nur als Harry kannte, wusste, dass er Ärger bekommen würde. Der Scheich selbst würde ihn für das Versagen seiner Männer verantwortlich machen. Die Bestrafung konnte im schlechtesten Fall mit seinem eigenen Tod beglichen werden. Doch daran wollte Harry nicht denken. Die Fracht in den Lastwagen musste zuerst in Sicherheit gebracht werden. In zwei Stunden sollte eine russische Frachtmaschine landen. Mit ihr würde die wertvolle Maschine oder besser die Einzelteile, in die diese eilig zerlegt worden war, nach Sankt Petersburg ausgeflogen werden. Dort konnten die Wissenschaftler unter Mithilfe der Techniker die Maschine wieder zusammenbauen. Die hiesigen Techniker hatten in großer Eile sozusagen in einer Nacht und Nebelaktion die Maschine zerlegt und in die bereitstehenden Lastwagen verfrachtet. Soweit Harry wusste, gab es bisher nur ein medizinisches Gerät dieser Art. Es durfte auf keinen Fall beschädigt oder gar verloren gehen. Müde lehnte sich Harry an einen der Lastwagen und sah hinüber zu seinen Männern, die gerade ihren nächsten Rundgang antraten, der sie um das anschließende Gebäude und die angrenzenden Lagerhallen führte. Man wollte sicherstellen, dass kein Unbefugter das Gelände betrat und damit in die Nähe der Lastwagen kam. Man befand sich sowieso schon in einem gesicherten Bereich des Flughafens, denn nur ein Tor trennte den Lagerbereich von dem der Flugzeughangars. Gerade als der Leiter des Sicherheitsdienstes ein wenig entspannte, hörte er ein leises, knisterndes Geräusch aus dem Inneren des Lastwagens. Im hinteren Teil des Laderaums verstärkte sich das Geräusch zu einem Bersten. Sofort war Harrys Müdigkeit verflogen und von Entspannung keine Rede mehr. Er spurtete zur Rückseite des Lkws und riss die Ladetür auf. Ein Schwall bestehend aus kleinsten Partikeln wallte wie dichter Nebel aus dem Laderaum. Der Sicherheitschef stolperte erschrocken zurück und versuchte etwas durch den Dunst hindurch zu erkennen. Doch noch ehe er etwas sehen konnte, zerriss eine heftige Explosion die Ladefläche des Lastwagens, der hinter dem Rauchenden geparkt war. Die Druckwelle schleuderte Harry nach vorne und in den Rauch hinein. Er prallte unerwartet gegen die offenstehende Ladetür und dies so heftig, dass er auf der Stelle das Bewusstsein verlor. So blieb ihm auch die nächste Katastrophe erspart. Im vordersten Lastwagen setzte ein Prozess ein, den die heranrennenden Sicherheitsmänner staunend und gleichzeitig angstvoll beobachteten. Die Ladefläche des Lastwagens begann zu zerbröseln wie trockenes Gebäck. Bruchteile des Kastenaufbaus, der die Ladefläche umschloss, fielen zu Boden und zerbrachen wie Glas in tausend Fragmente. Nach und nach lösten sich immer mehr Teile, die auf den Asphalt prallten. Ein Reifen des Lastwagens explodierte mit einem lauten Knall. Gleich darauf folgten andere Reifen, dem ersten gleichartig folgend. Die Sicherheitsmänner riefen nach ihrem Vorgesetzten, doch dieser meldete sich nicht. Durch den dichten Rauch des zweiten Lastwagens verdeckt, lag dieser in dem giftigen Nebel. Natürlich hatten Mitarbeiter des angrenzenden Flughafens die Explosion bemerkt und die Flughafenfeuerwehr alarmiert. Rasch näherten sich die jaulenden Sirenen der Feuerwehrfahrzeuge. Die Männer des Sicherheitsdienstes wussten im Moment nicht, wie sie agieren sollten. Das zu bewachende Gut in den Lastwagen durfte nicht in unbefugte Hände geraten. Auf der anderen Seite musste die Fracht gerettet werden. Wie sollte man der Feuerwehr klarmachen, dass sie hier auf keinen Fall eingreifen konnten? Harry hatte klare Befehle erteilt, in denen es auch hieß, dass sich niemand unter keinen Umständen den Maschinenteilen in den Lastwagen nähern durfte. Das bedeutete für die Sicherheitsmänner, dass sie nun die Aufgabe hatte, die Feuerwehr davon abzuhalten, den Lkws zu nahe zu kommen. Der hintere Lastwagen hatte zu brennen begonnen und Flammen schlugen aus dem Kastenaufbau. Das erste Feuerwehrfahrzeug stoppte vor dem Gittertor und ein Feuerwehrmann sprang aus seinem Wagen. Er rannte zum Tor, gab dort einen Sicherheitscode in eine Tastatur, die neben dem Tor angebracht war. Gleich darauf fuhr das Tor, von einem Elektromotor angetrieben, zur Seite. Das Feuerwehrauto fuhr an und stoppte fünfzehn Meter vor dem brennenden Truck. Die Besatzung sprang aus ihrem Einsatzfahrzeug und wollte mit den Rettungsarbeiten beginnen. Doch scharfe Rufe hinderten die Männer zuerst an ihrer Arbeit.

»HALT! HIER DÜRFEN SIE NICHT WEITER!«

»Und ob wir das dürfen!«, rief ein aufgebrachter Feuerwehrmann. »Wollen Sie uns etwa daran hindern? Da bin ich aber gespannt!«

Inzwischen standen alle Männer der Sicherheitsfirma vor dem zum Teil brennenden Lastwagen. Sie bildeten eine Kette und sahen drohend in die Richtung der Feuerwehrmänner. Der Kommandant der Feuerwehr, der seinen anschwellenden Ärger kaum verbergen konnte, ging auf die Wachleute schimpfend zu. Doch er war noch keine vier Schritte weit gekommen, als der Asphalt vor seinen Füßen zu explodieren schien. Einer der Wachleute hatte mit einem Schnellfeuergewehr geschossen. Der Kommandant blieb ruckartig stehen und konnte im ersten Moment nicht begreifen, was eben geschehen war. Als er jedoch realisierte, dass einer dieser Sicherheitstypen auf ihn geschossen hatte, brüllte er nun in voller Rage:

»HABEN SIE AUF MICH GESCHOSSEN? JA SEID IHR TYPEN VÖLLIG VERRÜCKT GEWORDEN? WIR BEFINDEN UND HIER IM SICHERHEITSBEREICH DES AIRPORT-FRANKFURT! HIER SIND SCHUSSWAFFEN VERBOTEN! LEGT SOFORT EURE WAFFEN NIEDER! DIE FLUGHAFENPOLIZEI WIRD GLEICH HIER SEIN! LOS! WORAUF WARTET IHR?«

Mit seinen lauten Worten war er weiter auf die Sicherheitsmänner zugegangen. Er glaubte einfach nicht, dass die Männer vor ihm erneut schießen würden. Doch da hatte er sich getäuscht. Ein weiterer Schuss krachte und ein harter Schlag traf den Kommandanten am rechten Oberschenkel. Die Kerle hatten tatsächlich auf ihn geschossen und ihn am Bein getroffen. Der Mann blickte nach unten und er sah, wie Blut aus einem Riss in seiner Hose spritze. Nun verflüchtigte sich der erste Schreck und machte einer hilflosen Selbstdiagnose Platz. Die Kugel hatte eine Ader getroffen und diese zerrissen. Es würde keine drei Minuten vergehen, ehe er durch die starke Blutung sein Bewusstsein verlor und kurz danach streben würde. Der Kommandant fiel zu Boden und schlug dann schwer auf. Mit nun deutlich leiserer Stimme rief er seinen Männern zu:

»Bindet mein Bein ab, ehe ...«

Er sackte zusammen und lag dann mit weit geöffneten Augen auf dem Asphalt. Der Kommandant glaubte nicht, dass er diese Verwundung überleben würde. Er wollte nur noch schnell einen letzten Blick auf den blauen Himmel, der mit weißen Wölkchen gesprenkelt war, werfen. Doch sein schockbedingtes Selbstmitleid wurde von einem Schatten und von dem Gesicht eines Kameraden vertrieben. Er spürte, wie etwas um sein rechtes Bein gewickelt wurde, und einen brennenden Schmerz. Dann wurde er angehoben und weggetragen. Weitere Sirenen näherten sich und ein mobiles Einsatzteam des Bundesgrenzschutzes sprang aus den Mannschaftswagen. Diese hatten hinter den wartenden Feuerwehrwagen gestoppt und die Mannschaften entlassen. Kommandos wurden gebrüllt und die Kette der Sicherheitsmitarbeiter löste sich auf. Die schwarz gekleideten rannten um die Lastwagen herum und suchten hinter den brennenden Fahrzeugen Deckung. Sie hoben ihre Waffen und waren feuerbereit. Die Grenzschützer, ebenfalls schwer bewaffnet, rückten nun Schritt um Schritt vor. Ihr Auftrag war es, die Unbekannten zu entwaffnen und danach festzusetzen.

»Was ist denn hier los?«, rief eine kratzige Stimme aus dem Rauch heraus. »Seid ihr denn alle verrückt geworden?«

* * *

Gestresst

Mit einem Gefühl des Versagens war Professor Hassan Shariar mit seinem Team zurück in sein Laboratorium gefahren. Hier auf dem Gelände der DECAM GmbH hatten seine Forschungen, oder besser gesagt seine Nachforschungen, begonnen. Voller Hoffnung hatte er damit begonnen, den Zellgenerator, welcher als fertiges Gerät in einer Montagehalle stand, zu untersuchen.

Der Vorstand der DECAM hatte nichts über die Herkunft dieser wunderbaren Maschine verlauten lassen. Seine Aufgabe bestand darin, dieses Gerät zuerst in seiner Funktion zu verstehen. Danach, so forderte der Vorstand, sollte er die Maschine nachbauen. Der Professor bekam natürlich Hilfe von einem Team, bestehend aus Medizinern, Ingenieuren und Technikern. Diese Männer und Frauen waren hoch spezialisiert und wirkliche Könner in ihrem Fachgebiet. Dennoch dauerte es beinahe ein halbes Jahr, ehe Professor Shariar die mysteriöse Maschine zum ersten Mal erfolgreich testete. Viele Fehlversuche mit zum Teil grauenhaften Ergebnissen hielten den Wissenschaftler nicht davon ab, weiter zu forschen. Dann war der Tag gekommen, der den ersten Erfolg mit sich brachte. Ein Versuchstier, ein Schimpanse, der an Krebs erkrankt war, sollte durch die Modulation der Krebszellen geheilt werden. An der linken Hüfte des armen Wesens war eine große Geschwulst zu sehen. Der Tumor hatte den Oberschenkelknochen des Affen befallen. Kein Veterinär hätte dem krebskranken Tier noch helfen können. Doch gerade diese Herausforderung stachelte den Ehrgeiz des Professors an. Nicht Tierliebe trieb ihn an, nein, ihm waren die Versuchstiere völlig egal. Sondern er wollte sich und der Welt beweisen, dass er mit dieser geheimnisvollen Maschine arbeiten konnte. Woher dieses Wunderwerk der Ingenieurskunst gekommen war, hatte der Professor bislang noch nicht herausfinden können. Der Primat wurde, wie schon viele Versuchstiere vor ihm, in das dafür vorgesehene Fach der Maschine gelegt. Man hatte das Tier vorsorglich sediert, damit es in der gewünschten Position liegen blieb. Dann startete der Professor den Zellgenerator. An umliegenden Computer-Terminals saßen seine Assistenten, die sowohl aus dem technischen wie auch aus dem medizinischen Bereich stammten. Mit einem tiefen Brummen erwachte die Maschine und in ihrem Inneren begannen medizinische Laser den Körper des Schimpansen zu scannen. Nachdem dieser Vorgang abgeschlossen war, begannen aus anderen Lasern Strahlen in den Körper des Versuchstiers einzudringen. Die Bestrahlung dauerte gerade einmal fünf Minuten. Die aufgeregten Rufe seiner Mitarbeiter ließen den Professor zu den Bildschirmen laufen. Was er sah, war so erstaunlich, dass er mit offenem Mund die Videoübertragung aus dem Inneren der Maschine betrachtete. Der Tumor schien sich zu bewegen. Er schien plötzlich ein Eigenleben entwickelt zu haben. Rhythmisch blähte er sich auf und sank dann in sich zusammen. Nun wurde erkennbar, dass der Tumor mit jeder Bewegung kleiner wurde und schließlich völlig verschwunden war. Während der ganzen Prozedur atmete der Primat völlig ruhig. Er schien keinerlei Schmerzen zu verspüren und friedlich zu schlafen. Nachdem der Tumor endgültig verschwunden war, schaltete sich der Zellgenerator eigenständig ab. Die Klappe zum Behandlungsfach öffnete sich und ein Schwall übelriechender Luft entwich. Spätere Untersuchungen bestätigten den Erfolg des Versuchs. Der Schimpanse war völlig vom Krebs befreit und damit geheilt. Dieser Erfolg spornte die Techniker nun besonders an. Die Ingenieure, die in der Testphase natürlich an der Kopie des Zellgenerators gearbeitet hatten, warteten ungeduldig auf den Tag, an dem ihre Konstruktion getestet wurde. Natürlich hatte man nicht alle Komponenten der Ursprungsmaschine eins-zu-eins nachbauen können. Allein die metallurgische Beschaffenheit des Gehäuses war so fremdartig, dass es Jahre gedauert hätte, ein gleichwertiges Grundmaterial zu erschaffen. Die Techniker dachten jedoch, Blech ist Blech und Plastik ist Plastik. Welche genauen Bestandteile das Gehäuse des Zellgenerators haben würde, war am Ende nicht von Belang. Dass sich die Spezialisten gerade in diesem Punkt irrten, konnte zu dem Zeitpunkt des Maschinenbaus niemand ahnen.

Das Klingeln eines Telefons ließ den Professor aufschrecken und er vergaß sofort seine in die Vergangenheit reichenden Überlegungen. Er hob müde das Telefon an sein Ohr und sagte:

»Professor Shariar hier. Was wünschen Sie?«

Ein verächtliches Lachen war die Antwort. Dann sagte eine kalte Stimme:

»Was ich wünsche? Ich glaube, ich höre nicht recht! Kommen Sie umgehend in mein Büro!«

Mit einem Klack-Geräusch wurde die Verbindung unterbrochen und Professor Hassan Shariar wusste, dass ihm nun unangenehme Stunden bevorstanden. Der Konzernchef selbst hatte ihn in sein Büro beordert. Doktor Herrmann selbst würde ihn befragen. Mit einer müden Bewegung steckte der Professor das Telefon in seine Jackentasche und erhob sich dann von seinem Bürostuhl. Er blickte durch ein deckenhohes Fenster hinab in die Montagehalle, wo der Original-Zellmodulator unter einer Plane verborgen stand. Weiter hinten in der Halle arbeiteten die Techniker bereits am dritten Modulator. Ja, die Behandlung des Senators war schiefgelaufen. Der Mann war wohl mittlerweile tot. Das konnte passieren, denn keine medizinische Behandlung war frei von Fehlern. Es konnte immer etwas Unvorhersehbares geschehen. Diese und andere Erklärungsversuche drehten im Kopf des Professors ihre Bahnen. So bemerkte er nicht, dass er die Strecke zum Bürotrakt des Konzerns, die quer über das riesige Firmengelände führte, zu Fuß zurücklegte, anstatt seinen Dienstwagen zu benutzen. Erst als er an den Parkplätzen des Bürohochhauses ankam, bemerkte er sein Versäumnis. Er lächelte kurz und humorlos. War er denn schon so verwirrt, dass er grundlegende, rudimentäre Dinge vergaß? Sein Körper hatte sich wie in Trance bewegt und ein Schritt war dem nächsten nachgefolgt. Vielleicht hatte ihn auch sein Unterbewusstsein gesteuert und die Konfrontation mit dem Konzernchef so lange wie möglich hinausgezögert. Das wäre immerhin eine Erklärung für sein unverständliches Verhalten. Die letzten Schritte, die ihn bis zum Eingang der Firmenzentrale brachten, waren wohl die schwersten seines Lebens. Beinahe kraftlos zog er die gläserne

Eingangstür auf und durchschritt dann die Eingangshalle. Ein Sicherheitsmann begrüßte den Professor mit einem Kopfnicken und begleitete ihn dann zu den Fahrstühlen. Vor den Lifttüren blieben die beiden Männer stehen und der Wachmann hielt eine Code-Karte an einen Scanner, der neben dem rechten Lift angebracht war. Gleich darauf öffnete sich die Tür des Aufzugs und die Männer bestiegen die Liftkabine. Schneller als es dem Professor lieb sein konnte, erreichten sie das oberste Stockwerk des Gebäudes. Die Lifttür öffnete sich und damit das Reich des Konzernchefs. Schwere Teppiche bedeckten den Boden und an den Wänden forderten teure Gemälde die Aufmerksamkeit eines jeden Besuchers. An einem Teakholz-Schreibtisch saß eine Dame, die alleine durch ihre Eleganz nicht mehr als Sekretärin bezeichnet werden konnte. Sie lächelte den Professor kurz an, sagte aber im kompletten Gegensatz zu ihrer Mimik streng:

»Doktor Herrmann wartet schon sehr ungeduldig auf Sie, Herr Professor! Wo waren Sie denn so lange?«

Statt einer Antwort ging er an der Vorzimmerdame einfach vorbei, ja er ignorierte die parfümierte, impertinente Person. Mit aus seinem eigenen Ärger gestärkten Widerwillen öffnete der Professor nun schwungvoll die schwere Holztür, hinter der das Büro des Konzernchefs lag. Nein, er brauchte sich nicht von einer Sekretärin, und nichts anderes war diese Frau, tadeln lassen. Er stürmte, gefolgt von der nun hysterisch rufenden Empfangsdame, in den großen Raum, der alles andere war, nur eben kein Büro. Hier präsentierte der Konzernchef seine Macht und seinen Reichtum. Er wollte die Menschen, die ihn hier aufsuchten, beeindrucken. Doch diese Zurschaustellung von Macht konnte dem Professor heute nicht imponieren. Seine Rage steigerte sich und transformierte sich zu rasendem Zorn. Er selbst wusste nicht, warum er so handelte, sich wie ein Irrer benahm. Sein letzter Funke klaren Denkens war erschrocken über das, was nun seinen Mund verließ. Er eilte auf den wuchtigen Schreibtisch zu, hinter dem sich Doktor Herrmann gerade erhob, und schrie wie von Sinnen:

»Die Zellmodulation wird uns alle vernichten! Woher haben Sie diese Höllenmaschine? Ich bin nicht für das Unglück verantwortlich! Ich habe nur …«

Ohne seinen Satz zu beenden, brach der Professor zusammen, stöhnte noch einmal laut und schmerzvoll, ehe er das Bewusstsein verlor.

* * *

Eilmeldung

Walt überprüfte gerade den Zellaufbau seiner Begleiter. Er wollte sicherstellen, dass es zu keinen Zellveränderungen gekommen war. Zum Glück fand er nichts, was Anlass zur Sorge bot. Thore hatte inzwischen ein Strahlenschutzkommando angefordert. Als BND-Agent hatte er weitreichende Befugnisse und nutzte diese gezielt. Nach nicht einmal einer Stunde traf das Strahlenkommando an der Landgrafen Klinik ein. Zuvor schon hatte die Feuerwehr aus Bad Homburg schnell reagiert. Mit sogenannten Chemieschutzanzügen ausgerüstet hatten sie die von staubbedeckten Menschen versorgt. Transportable Duschen wurden rasch aufgebaut und in Betrieb genommen. Nach und nach wurden das Personal der Klinik wie auch die betroffenen Beamten der Polizei zu den Duschen gebracht. Dort entledigten sich die Menschen ihrer Kleidung, duschten gründlich und erhielten dann einfache Overalls. Diese uniforme Kleidung mussten die Mitarbeiter der Klinik so lange tragen, bis die Befragungen beendet waren und ein medizinischer Check absolviert war. Es sollte sichergestellt werden, dass jeder nach bestem Wissen gesundheitlich versorgt wurde. Das Strahlenschutzkommando, das

Thore angefordert hatte, nahm sofort nach ihrem Eintreffen am Unglücksort ihre Arbeit auf. Sie sollten sicherstellen, ob und wie weit das eingestürzte Gebäude und die unmittelbare Umgebung kontaminiert waren. Fraglich blieb nur, ob die mitgebrachten Messgeräte die wirkliche Ursache für den Hauseinsturz finden konnten.

Walt sah gerade hinüber zu Kommissar Brenner, der seine Kollegen neu instruierte, damit die Befragungen, wenn auch unter erschwerten Bedingungen, fortgesetzt werden konnten. Zum Glück waren bei dem Unglück keine Menschen schwer verletzt oder getötet worden. Dieser Umstand entspannte mental die Situation sehr. Yavuz, der im Moment keine wirkliche Aufgabe hatte, begleitete Thore, der mithalf, die ankommenden Rettungskräfte zu koordinieren. Gerade als die letzten Fahrzeuge des Strahlenschutzkommandos ihre Positionen eingenommen hatten, klingelte das Telefon des BND-Agenten. Er nahm das Gespräch entgegen und Yavuz sah, wie sich der Körper Thores spannte. Diese unbewusste Reaktion verriet dem FBI-Sonderberater, dass Thore mit seiner Behörde telefonierte. Yavuz entfernte sich einige Schritte, um nicht den Eindruck zu erwecken, er würde lauschen. Dennoch wollte er natürlich wissen, was es für Neuigkeiten gab, auch wenn diese wahrscheinlich keine guten waren. Nach nur wenigen Minuten beendete Thore das Gespräch und steckte sein Handy in die Hosentasche. Dann zog er die unvermeidliche Schachtel Zigaretten aus seinem Overall, den er wie alle anderen auch trug, und drehte sich zu Yavuz um. Nach kurzem Nachdenken sagte er zu diesem:

»Wir müssen schnellstens unsere Klamotten wechseln. Denn so können wir nicht zum nächsten Einsatzort.«

Yavuz erstaunt darüber, dass sich sein Kollege über die Kleiderordnung sorgte, fragte nun neugierig:

»Welchen neuen Einsatzort? Haben wir hier nicht genug zu ermitteln?«

»Offensichtlich nicht! Es hat einen Vorfall am Frankfurter Flughafen gegeben, und zwar im Bereich Cargo Süd.«

Bei dem Wort Flughafen wurde Yavuz hellhörig. Er kannte den Airport gut wie auch alle kleineren Flughäfen in der Umgebung. Als Hobbypilot war er schon auf den meisten gelandet. Doch was sollte denn nun der Frankfurter Flughafen mit ihrer Untersuchung zu tun haben? Er konnte sich keinen Reim darauf machen und so fragte er den BND-Agenten direkt:

»Was denn für einen Vorfall Thore? Nun sage schon, was passiert ist.«

Der BND-Agent zog an seiner Zigarette, überlegte einen Moment und antwortete dann:

»Da sind drei Lastwagen in Brand geraten und zum Teil explodiert. Das ist an sich nichts Ungewöhnliches. Doch diese Lastwagen wurden von einem bewaffneten Sicherheitsdienst begleitet. Es ist zu einem Schusswechsel gekommen. Einer meiner Informanten hat die BND-Zentrale kontaktiert. Und jetzt kommt der interessante Teil. Er berichtete, dass sich die Auflieger der Lastwagen auflösen. Sie zerfallen wie morsches Holz. Diese Aussage hat das Lagezentrum aufgenommen und die richtigen Schlüsse daraus gezogen. Hier in Bad Homburg ist ein Klinikgebäude eingestürzt, nachdem sich einige Bauelemente einfach aufgelöst hatten. Das gleiche Phänomen haben wir nun am Airport. Verstehst du Yavuz?«

Dieser nickte und er zog sofort die richtigen Schlüsse aus den Worten des BND-Agenten. So antwortete er:

»Du glaubst also, dass sich in den Lastwagen die geheimnisvolle Maschine, die Hanky beschrieben hat, befindet?«

* * *

Zehn Minuten später stürmten vier in Overalls gekleidete Männer ein örtliches Kaufhaus. Sie rannten zur Rolltreppe, die in den ersten Stock und damit in die Herrenabteilung führte. Die Rolltreppe konnte ihren Dienst nicht ausführen, da die Männer die Stufen nach oben rannten. Dort angekommen orientierten sich die vier und hasteten durch die Reihen. Jeans, Sweatshirts, Unterwäsche und Socken wurden zusammengerafft und zu den Umkleidekabinen gebracht. In großer Eile wechselten die Männer ihre Kleidung und eine Verkäuferin versuchte helfend den eiligen Kunden zur Hand zu gehen. Thore forderte sie auf, eine Schere zu besorgen und alle Preisschilder zur Kasse zu bringen. Nach weiteren zehn Minuten verließen die vier das Kaufhaus und rannten zu dem geparkten SUV, der am Straßenrand auf sie wartete. Thore schwang sich hinter das Steuer und fuhr mit quietschenden Reifen an. Es war nicht weit bis zur Autobahn und Thore zeigte sein fahrerisches Können. Walt, der wie immer nicht aus der Ruhe zu bringen war, sagte während der schnellen Fahrt:

»Das, meine Herren, nenne ich mal Power-Shopping! Habt ihr das verdutzte Gesicht der Verkäuferin gesehen? So sollten wir immer einkaufen. Obwohl ich sagen muss, ich hätte bei der Jeans vielleicht eine Nummer größer nehmen sollen. So beim Sitzen ist sie nicht so bequem.«

Die Männer lachten und besahen sich erst jetzt ihren Einkauf bewusst. Die Kleidung war praktisch und vielleicht nicht dem neusten modischen Trend entsprechend. Doch dies war den vier Ermittlern ziemlich egal. Im Moment versuchten sie sich auf den kommenden Einsatz vorzubereiten, was angesichts der dürftigen Informationen beinahe unmöglich war. Über das Autotelefon informierte Thore seine übergeordnete Dienststelle, dass sie auf dem Weg zum Flughafen waren, und er bat darum, den Einsatzleiter vor Ort über ihr Kommen zu informieren.

Circa zwanzig Minuten später erreichten sie das Gelände der Cargo City Süd. Schon von Weitem sahen sie den aufsteigenden Rauch der brennenden Lastwagen. Nun stieg die Anspannung der Männer schlagartig. Was würde sie erwarten, was konnten sie herausfinden? Yavuz dachte an den vergangenen Tag, der mit seiner harmlosen Radtour begonnen hatte und an dem er plötzlich um sein Leben kämpfen musste. Begab er sich hier erneut in Lebensgefahr? War er nicht vor wenigen Stunden einer weiteren Lebensgefahr entgangen? Er dachte kurz an seine Frau und seine Söhne. War es richtig, dass er sich in Gefahr begab und sich um Dinge kümmerte, die ihn eigentlich nichts angingen? Er bejahte diese zweifelnden Fragen mit einem eindeutigen Ja. Es musste Menschen geben, die sich dem Unrecht entgegenstemmten. Wer wegsah, stützte das Verbrechen. Nein, er musste sich einsetzen, auch wenn er sich eingestehen musste, dass er es liebte, mit diesen Männern hier in den Einsatz zu gehen. Er brauchte die Aufregung, das Adrenalin, das Abenteuer.

Thore bremste vor dem Eingangstor einer Cargo Firma in unmittelbarer Nähe der brennenden Lastwagen. Durch die Frontscheibe erkannte er die brennenden Lkws und die Feuerwehrfahrzeuge dahinter. Zwischen den Einsatzwagen parkten auch Mannschaftswagen des Bundesgrenzschutzes. Die Szene schien irgendwie erstarrt, denn außer dem wehenden Rauch der brennenden Lastwagen herrschte gespenstige Ruhe. Thore wollte schon aus dem SUV steigen, als hämmernde Schussgeräusche herüberpeitschten. Geschosse schlugen knallend in den schweren Wagen. Reaktionsschnell legte Thore den Rückwärtsgang ein und trat auf das Gaspedal. Der SUV beschleunigte und Thore riss das Steuer herum. Das Fahrzeug drehte sich mit quietschenden Reifen um hundertachtzig Grad. Der BND-Agent lenkte den schweren Wagen geschickt zwischen zwei Containern und sah nach seinen Begleitern.

* * *

Der Scheich – Involviert (Jahre zuvor)

Der Rückzug aus dem Wüstenlager gelang den beiden Männern mühelos. Die Verantwortlichen hier vor Ort wähnten sich in dieser abgelegenen Gegend sicher. Das war an der laschen Absicherung des Lagers erkennbar. Nach einem mühevollen Rückmarsch erreichte der Trupp seine versteckte Operationsbasis. Der Scheich gönnte sich selbst nur eine kurze Ruhepause. Nachdem er etwas gegessen hatte, befahl er dem Truppführer, das Wüstenlager weiterhin zu observieren. Danach drängte er den erschöpften Mann, ihn sofort zurück zu seinem Wagen zu bringen. Omar nahm keine Rücksicht auf sein Befinden und so verschwendete er auch keinen Gedanken daran, sich um das Wohlergehen seiner Männer zu kümmern. Er musste jetzt, so schnell es möglich war, zurück zur NSA-Zentrale. Er musste die Informationen verifizieren, die er hier in der Wüste gesammelt hatte. Mit mürrischem Gesicht willigte der Soldat ein, seinen Auftraggeber zu dessen Fahrzeug zu bringen.

Am frühen Nachmittag des gleichen Tages öffnete Omar die Tür zu seinem Apartment. Er warf sein Reisegepäck achtlos in sein Schlafzimmer und gönnte sich dann eine ausgiebige Dusche. Nach einem kurzen Blick in den Kühlschrank, dessen Inhalt nicht sehr verlockend war, entschloss sich der Scheich, auf dem Weg zur NSA ein Schnellrestaurant aufzusuchen. Eigentlich ärgerte ihn dieses menschliche Bedürfnis, hatte er doch noch so viel Arbeit vor sich. Schließlich erreichte er am späten Nachmittag endlich sein Büro. Seine Mitarbeiter bombardierten ihn die erste halbe Stunde mit Fragen und Berichten zu laufenden Ermittlungen. Dann aber konnte er die Tür zu seinem Büro schließen und sich seiner eigentlichen Aufgabe widmen. Sein Ziel war es, so viele Informationen wie möglich über die militärische Operation in der Wüste zu sammeln. Der

Energievorhang, durch den die Männer und Frauen geschritten waren, beschäftigte Omar an erster Stelle. Doch er rief sich selbst zur Ordnung. Spekulationen über dieses Thema führten zu keinem Ziel und kosteten außerdem Zeit, die er nicht hatte. Er musste sich mit den Fakten befassen, die greifbar waren. Zuerst überprüfte er die Aktivitäten seines Kollegen Burt Olson, den er in dem Zeltlager gesehen hatte. Dieser NSA-Agent war in die Aktivitäten in dem Wüstenlager eingebunden. Aus diesem Grund war er ein wichtiger Informationsgeber, auch wenn er noch nicht wusste, dass Omar ihn dazu befragen würde. Natürlich waren Geheimoperationen der NSA nicht einfach für jeden Mitarbeiter der Behörde abrufbar. Solche geheimen Projekte wurden dennoch aufgezeichnet und in den Computerarchiven der Geheimdienst-Behörde gespeichert. Nun gab es verschiedene Möglichkeiten, einem behördlichen Geheimnis auf die Spur zu kommen. Man konnte Gerüchten folgen, die in jedem Geheimdienst die Runde machten. Oder man suchte in den Computerdateien nach versteckten Hinweisen. Doch diese Optionen boten auf die Schnelle keine Erfolgsaussichten. Außerdem war bei der Suche nach Computer-Dateien die Gefahr einer Entdeckung sehr groß. Die IT-Spezialisten überprüften ständig mittels spezieller Algorithmen, ob ein nicht genehmigter Zugriff auf gesicherte Dateien stattfand. So blieb nur eine Option übrig, deren Ausführung man gut verschleiern konnte. Der Scheich musste seinen Kollegen Burt Olson als Informationsquelle benutzen. Sofort rief Omar per Computer die Personalakte des Mannes auf. Als Abteilungsleiter hatte er Zugriff zu diesen Akten. Er stellte rasch fest, dass Olson unverheiratet war und auch eine intime Beziehung zu einer Frau oder einem Mann waren nicht verzeichnet. Er besaß eine Eigentumswohnung in bester Lage am Stadtrand und fuhr privat einen Sportwagen der Marke Mercedes. Alleine die beiden letzten Punkte seiner Personalakte ließen darauf schließen, dass Olson entweder aus reichem Hause stammte oder über seine

Verhältnisse lebte. Sein luxuriöser Lebensstil passte nicht zu dem Gehalt eines NSA-Agenten. Mit einem zufriedenen Lächeln schloss der Scheich die digitale Akte. Er hatte einen Ansatzpunkt und wusste, wie er den Mann packen konnte.

* * *

Die Monate vergingen und Omar Zaki beschäftigte sich vordergründig mit seiner Arbeit als NSA-Abteilungsleiter. Sein Hauptaugenmerk lag aber noch immer auf der Suche nach Informationen, die ihn persönlich weiterbringen konnten. Er hatte es inzwischen arrangieren können, dass er immer wieder mit seinem Kollegen Burt Olson zusammentraf. Nach und nach entwickelte sich eine Freundschaft, die von der Seite Omars gesehen rein zweckgebunden war. In der Kantine der Behörde saßen die Männer des Öfteren in ihren Pausen zusammen. Sie unterhielten sich über die schönen Dinge des Lebens, schwärmten von schnellen Autos und exotischen Reisezielen. Natürlich sprach der Scheich niemals direkt von der NSA-Operation, die ihn interessierte. Doch er entlockte seinem Kollegen immer wieder kleine Details, die seine Einsätze betrafen. Der Mann war geschwätzig und Omar sah befriedigt, wie gerne Olson geplaudert hätte. Der Scheich fand so heraus, dass in einigen Tagen etwas Bedeutendes geschehen würde. Ja, Olson ließ sich sogar zu der Aussage hinreißen, in dem er sagte:

»Omar, wenn du in Aktien investiert hast, dann rate ich dir, diese sofort zu verkaufen.«

»Wieso denn das?«, fragte Omar scheinheilig.

»Weil gerade – nein Mann, ich darf dir das nicht sagen. Du weißt, dass wir nicht über laufende Aktionen sprechen dürfen.«

»Na ja Burt, du hast doch mit dem Thema angefangen. Ich habe sowieso nicht so viele Aktien. Was machst du denn heute Abend? Wollen wir in unsere Stammkneipe gehen?«

Olson war froh, dass sein Kollege das Gespräch in eine andere Richtung lenkte. Er willigte gerne ein, den heutigen Abend bei einem Bierchen, oder zwei, zu verbringen.

Die Bürozeit ging zu Ende und die beiden NSA-Agenten fuhren zu dem Lokal. Nach und nach löste der reichlich fließende Alkohol an diesem Abend die Zunge Olsons. Er hatte Spaß daran sich in Zweideutigkeiten auszudrücken. So erfuhr der Scheich von der Maschine, welche das Luftbeben und den Energievorhang erzeugt hatte. Flüsternd sprach Olson von dem Portal und später von Nicola Tesla, dem Erfinder, dessen Unterlagen im Archiv der NSA jahrzehntelang unentdeckt gelegen hatten. Mit prustender Stimme sagte Olson:

»Stell dir doch mal vor! Da liegt ein wissenschaftlicher Schatz in unserer Behörde und keiner hatte Ahnung davon. Wenn nicht dieser, wie heißt denn noch der Kollege, ach ja, Mitchel Prusak oder so, die Akten zufällig gefunden hätte, dann …! Ach, aufgepasst – psst – nix verraten. Mehr darf ich nicht sagen. Doch eine Sache macht mir doch Sorgen. Ich habe unseren Kollegen Prusak, oder wie der Mann heißt, schon seit Wochen nicht mehr gesehen – können auch schon Monate sein? Komm, lass uns noch eine Runde bestellen und von was anderem quatschen, sonst lande ich noch im Knast – weil ich meinen Mund nicht halten kann.«

Die Männer saßen noch eine Weile zusammen, doch Burt Olson ließ sich zu keiner weiteren Indiskretion mehr verleiten. So rief ihm der Scheich gegen ein Uhr morgens ein Taxi und verabschiedete sich von seinem berauschten Kollegen. Er selbst hatte nur scheinbar die gleiche Menge Alkohol wie Olson konsumiert. Doch in Wirklichkeit war der Scheich völlig nüchtern. Er beschloss nun auch nach Hause zu fahren und bestieg, angestrengt nachdenkend, seinen Wagen. Dabei bemerkte er nicht, dass in circa fünfzig Metern Entfernung ein Mann in einem geparkten Auto saß. Der Fremde wartete, bis Omar aus der

Parklücke sein Fahrzeug herausrangiert hatte und davonfuhr. In sicherer Distanz folgte der Unbekannte dem NSA-Abteilungsleiter. Er war eigentlich mit der Überwachung des Agent Olson beauftragt. Doch dieser neue Mitspieler in dem ewigen Belauern, welches die Geheimdienste so schätzen, erregte seine Aufmerksamkeit. Er hatte schon in der Bar versucht das Gespräch der beiden Männer zu belauschen. Aber die Begegnung war nicht vorhersehbar gewesen und so hatte er kein Abhör-Equipment vor Ort platzieren können. Doch die wenigen Wortfetzen, die er aufschnappen konnte, genügten, um den Freund von NSA Agent Burt Olson zu observieren. Dass sich der Beobachter mit seiner intuitiven Entscheidung in Lebensgefahr begab, blieb seinem wachen Verstand vorerst verborgen. So folgte er dem Wagen Omars in gebührendem Anstand. Der Scheich jedoch hatte inzwischen seinen Verfolger entdeckt. Um seine Beobachtung zu verifizieren, fuhr er quer durch die Stadt, kaufte in einem Supermarkt, der vierundzwanzig Stunden geöffnet hat, ein paar Kleinigkeiten ein, ehe er weiterfuhr. Der Fremde verfolgte noch immer den Wagen des Scheichs und fragte sich, wo die Fahrt enden würde. Er ahnte nicht, dass die Antwort auf diese Frage final war.

* * *

Flucht oder Kampf?

Mit tränenden Augen rollte sich Harry, der Teamchef des Sicherheitsdienstes, unter den brennenden Lkw. Hinter den Doppelreifen der Hinterachse stoppte er und rieb sich seine brennenden Augen. Dann sah er unter dem Lastwagen liegend nach vorne. Stroboskopisches Licht, durch die Fahrzeuge der Feuerwehr und des Bundesgrenzschutzes verursacht, blendeten die gereizten Augen des Liegenden. Harry war aus einer kurzen Ohnmacht erwacht und hatte das Abfeuern einer Maschinenpistole erschrocken gehört. Sein erster Gedanke war der richtige gewesen. Seine Männer feuerten auf die heranrückenden Feuerwehrmänner. Zwar hatte er den Befehl gegeben, die teure Fracht mit allen Mitteln zu bewachen. Doch es galt nun abzuwägen. Seine Leute konnten es nicht mit der Polizei oder hier auf dem Flughafen Frankfurt mit dem Bundesgrenzschutz aufnehmen. Gerade als er zu dieser Erkenntnis gelangt war, feuerten seine Männer auf ein weiteres Ziel, das irgendwo rechts von ihm liegen musste. Die Beamten des Bundesgrenzschutzes ordneten die Schussfolge falsch ein und schossen nun ihrerseits in Richtung der brennenden Lastwagen. Harry fluchte ungestüm und zog das bei seinem Sturz verrutschte Mikrofon seines Headsets an den Mund.

»Feuer einstellen! Sofort! Zieht euch zurück und verschwindet von hier. Wir treffen uns am Ausweichort B. Verstanden?«

Der Teamchef hörte nur ein Knistern in seinem Kopfhörer. Da weitere Schüsse aus beiden Richtungen fielen, entschloss Harry sich, seine eigene Haut zu retten. Langsam und sorgsam auf seine Deckung achtend, kroch er rückwärts. Gleich darauf konnte er sich hinter dem brennenden Lkw erheben. Rauch verhinderte eine freie Sicht, was aber auch bedeutete, dass ihn der Gegner nicht genau ausmachen konnte. Außerdem hielten sich die Grenzschützer auf der anderen Seite des brennenden Lastwagens auf. Keine zehn Meter hinter dem Lkw befand sich eine große Lagerhalle. Dorthin musste Harry zuerst, um zu erkunden, ob er dort eine Möglichkeit fand, unentdeckt zu flüchten. Er sah sich noch einmal sichernd um und rannte dann im schnellen Zickzack-Lauf zu der Halle. Neben einem großen Rolltor, das im Moment geschlossen war, befand sich eine Tür. Sofort eilte Harry zu der Tür und betätigte den Türgriff. Zu seinem Glück ließ sich die Tür öffnen und der Teamchef schlüpfte durch den Türspalt. In diesem Moment hörte er, wie sich das Feuergefecht seiner Leute und der Grenzschützer nach links verlagerte. Dort waren, so wusste er, die Hangars für Kleinflugzeuge. Die großen Hallen boten wenig Schutz, doch Harry war dies egal. Er musste zuerst sein Leben retten. Neue Männer konnte man immer rekrutieren und ihn verband mit keinem seiner Leute ein privates Band. Nein, nicht einmal eine kollegiale oder kameradschaftliche Grundeinstellung. Sie alle waren Söldner und jeder wusste, auf was er sich eingelassen hatte, als er den sogenannten Sicherheitsdienst als Beruf wählte. Ohne Bedauern schloss Harry die Tür, zog seine Pistole aus dem Holster und ging lauschend in die Halle hinein. Es herrschte beinahe gespenstige Stille in dem großen, unübersichtlichen Raum. Nur von draußen drangen die Sirenen der Einsatzfahrzeuge und das Knallen abgefeuerter Schusswaffen dumpf herein. Regale und Paletten waren in der Halle verteilt und boten so jedem Gegner gute Deckungsmöglichkeiten. Doch hier waren keine Gegner, ja er sah auch keine Menschen, keine Lagerarbeiter. Wo waren sie alle? Hatten sie die Flucht ergriffen vor der Schießerei vor der Halle? Oder versteckten sie sich zwischen den Regalen und Paletten? Harry war dies egal, solange er nicht behelligt wurde. Entschlossen durchquerte er nun die Halle, die Pistole feuerbereit in seinen Händen. Rechts sah er eine Bewegung, einen Schatten, der aber sofort erstarrte. Diesen Unbekannten ignorierend lief der Teamchef weiter und erreichte dann unangefochten den hinteren Teil der Lagerhalle. Wie er es vermutet hatte, befanden sich hier die Büros des Unternehmens. Gezielt suchte er nach den Mitarbeitern der Lagerhalle. Im dritten Raum wurde er fündig. Eng beisammen standen drei Frauen, die erschrocken aufschrien, als Harry das Büro betrat. Doch er war nicht an den Frauen selbst interessiert. Er brauchte ein Fahrzeug und er war sich sicher, dass jeder Angestellte hier mit seinem eigenen Auto zur Arbeit gefahren war. Das Industriegebiet lag zwar in unmittelbare Nähe zum Flughafen, doch ansonsten war die Umgebung nur von Firmen besiedelt.

»Ich brauche ein Auto!«, rief er barsch in den Raum hinein. Die Frauen hatten mittlerweile ihr Schreien eingestellt und sahen den Bewaffneten angstvoll an. Eine der drei Frauen, wohl die Mutigste der Gruppe, sagte zur Verblüffung des Eindringlings:
»Wir haben auch Firmenwagen!«

Nun musste Harry grinsen. Die Kleine hatte Mut und wollte außerdem ihr eigenes Auto behalten. So entschloss er sich die Frau gewähren zu lassen und sagte etwas milder:

»Okay Schätzchen, wo sind denn die Firmenwagen geparkt und vor allem, wo finde ich die Schlüssel?«

Als die Frau erklärend antworten wollte, verließ Harry aber schnell seine Geduld. Er schnauzte die Frau an und schrie:

»Du kommst mit und zeigst mir, wo die Schlüssel verwahrt sind und dann die Firmenwagen. Ihr anderen bleibt hier und wenn ihr versucht, Hilfe zu holen, erledige ich eure Kollegin. Verstanden?«

Die Frauen nickten nur und die Wortführerin ging langsam zu dem Bewaffneten. Dieser schubste die Frau durch die Tür in den davorliegenden Flur. Dann sah er sie fragend an, worauf die Frau, wohl eine Sekretärin, den Gang entlangdeutete.

»Auf geht's Mädchen«, sagte Harry und wedelte dabei mit seiner Pistole ungeduldig. Die Sekretärin lief den Flur hinunter und stoppte zwei Türen weiter. Dann deutete sie auf den Raum, der hinter der Tür lag. Harry legte seinen Zeigefinger auf die Lippen und bedeutete damit der Frau, sich ruhig zu verhalten. Er lauschte einen Moment und trat mit dem Fuß gegen das Türblatt. Mit einem lauten Knall flog die Tür auf und Harry stürmte in den Raum. Schnell erkannte er, dass dieser verlassen war. Er drehte sich rasch um und eilte in den Flur zurück. Er wusste, dass er eben unbedacht gehandelt hatte. Die Frau hätte die Gelegenheit zur Flucht nutzen können. Doch sie stand immer noch, wenn auch nun leicht zitternd, im Flur. Ein Blick Harrys genügte, um der Frau zu vermitteln, dass es an der Zeit sei, den

Autoschlüssel zu holen. Sie drückte sich an dem Bewaffneten vorbei und eilte zu einem Holzschrank an der Wand. Sie zog eine Schiebetür zur Seite, hinter der sich ein Schlüsselfach verbarg. Diese bot Platz an kleinen Haken für zwanzig Schlüssel. Allerdings hingen nur vier Schlüssel an den Haken. Die anderen Fahrzeuge mussten wohl im Einsatz sein. Neugierig schob sich Harry neben die Sekretärin und besah sich dann genauer die Autoschlüssel. Drei waren von VW und ein etwas eleganteres Exemplar zeigte den Mercedes-Stern. Er griff nach dem Mercedes Schlüssel und fragte süffisant:

»Wo steht denn das gute Stück?«

»Aber das ist doch das Auto vom Chef! Den darf keiner fahren!«

»Jetzt schon meine Liebe und Sie dürfen sogar mitfahren!«

Erschrocken riss die Sekretärin ihre Augen auf. Sie wollte nicht ein Kidnapping-Opfer sein. Doch Harry ließ ihr keine Chance. Er griff die Frau am linken Oberarm und zerrte sie hinter sich her.

»Wo geht's zum Parkplatz?«, fragte er nun ungehalten. Die Sekretärin zeigte widerwillig auf eine Tür am Ende des Flurs. Allerdings wand sie aus dem Griff ihres Peinigers und sagte widerspenstig:

»Ich renn Ihnen schon nicht davon! Dass ihr Männer immer so grob sein müsst. Außerdem, wer hat denn hier die Waffe?«

Harry sah zuerst verblüfft auf die Frau und lachte dann lauthals. Eine so unverschämte Person hatte er schon lange nicht mehr getroffen. Andererseits bewunderte er den Mut der Sekretärin.

»Na dann los!«, grinste er und gleich darauf verließen sie die Lagerhalle. Der Parkplatz schloss sich direkt dahinter an. Nun wieder auf seine Flucht und seine Sicherheit konzentrierend sah sich Harry um. Doch zu seiner Erleichterung sah er hier keine Gegner. Vor ihm lief die Sekretärin direkt auf einen silbernen

Mercedes AMG E 53 zu. Als Liebhaber schneller Automobile erkannte Harry sofort, um was für ein Fahrzeug es sich handelte.

»Sie dürfen fahren junge Frau!«, rief er und warf ihr den Schlüssel zu. Die Sekretärin sah auf den Schlüssel und grinste frech.

* * *

Haarausfall

Fassungslos sah der Aufsichtsratsvorsitzende der DECAM GmbH, Doktor Herrmann, auf den am Boden liegenden Wissenschaftler. Dieser war nach seinem anklagenden Schrei plötzlich zusammengebrochen. Doktor Herrmann kniete neben den nun bewusstlosen Mann und rief gleichzeitig seiner Sekretärin zu:

»Schnell Susanne, wir brauchen einen Notarzt. Ich glaube, Professor Shariar hat einen Schlaganfall erlitten.«

Die Vorzimmerdame rannte aus dem Büro ihres Chefs und eilte zu ihrem Schreibtisch. Sie wählte die Notrufnummer und alarmierte mit einem zweiten Anruf den Betriebsarzt der DECAM.

In der Zwischenzeit bemühte sich Doktor Herrmann, den Besinnungslosen in eine stabile Seitenlage zu bringen. Er hatte zwar einen Doktortitel in der Disziplin Pharmakologie, aber er war eben kein Mediziner. Sein theoretisches Wissen, auf das er sehr stolz war, half ihm in dieser realen Notfallsituation nicht. Er wusste schlichtweg nicht, welche Maßnahmen er zur Rettung des Professors ergreifen sollte. Die stabile Seitenlage war momentan die einzige Option, die ihm einfiel. Natürlich war dem Doktor klar, dass jeder Fahrschüler diese Hilfestellung zur Stabilisierung eines Besinnungslosen lernte. Dazu brauchte man keinen Doktortitel. Ihm wurde selbst klar, welch einen Unfug er gerade durchdachte. Unruhig sah er zur Tür und hoffte, dass bald medizinisches Fachpersonal oder der Notarzt erscheinen würde. Sekunden dehnten sich zu Unendlichkeiten und Hilflosigkeit machte sich in ihm breit. Der Professor stöhnte mit einem Male und Doktor Herrmann sah erschrocken nach unten. Das Gesicht des Besinnungslosen zeigte eine unnatürliche Blässe. Hilflos tätschelte Doktor Herrmann die Wangen des Professors. Dabei sah er eine winzige Bewegung über den geschlossenen Augen des Besinnungslosen. Doktor Herrmann beugte sich nach vorne und besah sich das Gesicht des Liegenden nun genauer. Tatsächlich sah er die Bewegung erneut. Einzelne Härchen seiner Augenbrauen lösten sich und rieselten der Gesichtshaut entlang zu Boden. Der Chef der DECAM GmbH wunderte sich, dass er dieses Haarrieseln tatsächlich bemerkt hatte. Doch wieso lösten sich die kleinen Haare denn von den Augenbrauen? Wissenschaftliches Interesse packte ihn und so streckte der Doktor seinen rechten Zeigefinger nach vorne. Mit der Fingerspitze berührte er vorsichtig die linke Augenbraue des Professors. Sofort zeigte sein Tasten ein Ergebnis, das allerdings sehr beunruhigend war. Durch die sanfte, ja beinahe zögerliche Berührung lösten sich sämtliche Härchen und fielen zu Boden. Nun besaß der Professor nur noch eine Augenbraue, was sich aber in Kürze ändern würde. Der Doktor überlegte, was wohl die Ursache für diesen ungewöhnlichen Haarausfall sein könnte. Ohne lange seine nächste Handlung zu planen, legte der Doktor nun seinen Zeigefinger auf die rechte Augenbraue. Das Ergebnis glich dem ersten Versuch und Doktor Herrmann zog seine Hand zurück. Ein schrecklicher Gedanke durchzuckte sein Gehirn. Plötzlicher Haarausfall war ein Symptom der Strahlenkrankheit. Der Professor hatte mit Strahlung experimentiert! Er hatte eine Kopie, einen Nachbau des Zellmodulators geleitet und eine große Anzahl von Testläufen begleitet. Die Zellmodulation basierte auf der gezielten Verabreichung von Strahlen. Wie genau diese geheimnisvolle Maschine wirklich funktionierte, konnte Doktor Herrmann nur ansatzweise begreifen. Aber wieso war der Professor nun verstrahlt worden? Diese Frage, so wusste der Konzernchef, war nur relevant, wenn sich seine Vermutung bestätigte. Dennoch musste es einen Grund für den Haarverlust geben. Er hörte schon die Schritte der Ersthelfer und das hysterische Rufen seiner Sekretärin, als Doktor Herrmann einen weiteren Versuch unternahm. Er wollte nun wissen, ob sich sein Verdacht erhärten ließ. So strich er mit der flachen Hand über den Kopf des Professors. Diese beinahe zärtliche Geste brachte ein beängstigendes Ergebnis. Mit seiner Handbewegung wischte der Konzernchef die Haare des Professors von dessen Schädel. Es sah so aus, als hätten diese lose und wurzellos auf dem Kopf des Besinnungslosen gelegen. Ein leichter Windstoß hätte wohl auch genügt, um das gleiche Ergebnis zu erzielen. Der Betriebsarzt kam in das Büro gestürmt und ließ sich neben dem Professor auf die Knie fallen. Dann schob er seinen Chef, Doktor Herrmann, mit festem Griff zur Seite und beugte sich über den Besinnungslosen. Zwei Sanitäter rollten eine Krankentrage in den großen Raum und warteten auf die Anweisungen des Arztes. Dieser manövrierte den Professor in die Rückenlage und legte ihm zwei Finger auf die Halsschlagader. Dabei sah er auf seine Uhr und nickte dann, als habe er das Ergebnis seiner Tastung erwartet. Laut formulierte er seine Diagnose, damit die Umstehenden informiert wurden:

»Der Puls ist gleichmäßig, wenn auch schwach. Was die Ohnmacht des Professors betrifft, kann ich noch nicht sagen, wodurch diese ausgelöst wurde. Es könnte sich vielleicht um einen Schlaganfall handeln. Pfleger, die Notfall-Sauerstoffmaske bitte.«

Noch während der Arzt dem Besinnungslosen die durchsichtige Atemmaske über den Kopf stülpte, traf der Notarzt ein. Er untersuchte nun seinerseits den Professor und stellte seinem Kollegen Fragen, die typischerweise für den Laien unverständlich waren, da viele medizinische Fachbegriffe verwendet wurden. Besorgt sahen die beiden Ärzte zu dem Besinnungslosen. Auch ihnen fiel der Haarverlust des Mannes auf. Nach kurzer Beratung teilte der Notarzt dem Firmenchef mit, dass der Patient umgehend in die Universitätsklinik gebracht werden müsse. Mit einem Nicken bejahte Doktor Herrmann die Forderung des Notarztes und lehnte sich erschöpft gegen seinen schweren Schreibtisch. Schweigend beobachtete er, wie der Professor auf die Krankentrage gehoben wurde. Dann rollten die Krankenpfleger die Trage aus dem Büro und gleich darauf in den Fahrstuhl hinein. Die Ärzte blieben noch einen Moment stehen, flüsterten miteinander, ehe der Notarzt sich noch einmal an den Firmenchef wandte:

»Können Sie mir sagen Doktor Herrmann, ob der Professor vielleicht mit radioaktiven Stoffen arbeitet?«

Für einige Sekunden überdachte Doktor Herrmann seine Antwort. Er konnte den Ärzten unmöglich über das streng geheime Projekt und damit von dem Zellmodulator berichten. So beschloss er, zumindest eine Halbwahrheit zu offenbaren.

»Der Professor hat an vielen Versuchen teilgenommen. Dabei geht es um die Entwicklung neuartiger Heilmethoden. Es ist durchaus möglich, dass er bei seinen Forschungen einer mir unbekannten Strahlung ausgesetzt war. Doch dazu müsste ich mit ihm sprechen, sobald er aus seiner Ohnmacht erwacht. Mehr kann ich Ihnen nicht sagen, meine Herren. Es tut mir leid!«

Die Mediziner sahen sich vielsagend an, grüßten kurz und verließen danach das Büro der Konzernchefs. Als die Tür hinter ihnen zuschlug, atmete Doktor Herrmann tief ein und ging um seinen Schreibtisch herum. Dort ließ er sich auf das teure Sitzmöbel sinken, dass man kaum noch als Bürostuhl bezeichnen konnte. Er schloss seine Augen und versuchte für einen kurzen Moment seine Umgebung auszublenden. Doch dies gelang ihm nicht. Was, wenn der Professor tatsächlich einen Schlaganfall erlitten hatte, so überlegte er. Waren dann die Forschungen an dem Zellmodulator noch möglich? Er hatte einen Vertrag mit dem Scheich. Als er an den unheimlichen Mann dachte und an dessen kalte Augen, fröstelte er. Nein, diesen Mann konnte und durfte man nicht enttäuschen. Die Konsequenzen eines Versagens waren unaussprechlich. Nicht nur für die Firma DECAM, sondern auch für ihn. Zum Glück existierte noch der original Zellmodulator. Auch der zweite Nachbau war inzwischen fertiggestellt und wartete auf seine Erprobung. Doch wer sollte nun das Forschungsteam leiten und die zweite Maschine erproben? Ein weiterer Gedanke drängte sich in den Vordergrund. Was, wenn der Zellmodulator nicht strahlensicher war? Welche Folgen würde dies nach sich ziehen? Einer plötzlichen Eingebung folgend, wählte er eine Telefonnummer, die ihn mit dem Labor und dem Teststand des Zellmodulators verbinden sollte. Er musste sofort in Erfahrung bringen, ob noch weitere Mitglieder des Forschungsteams erkrankt waren. Ging man von einer Verstrahlung aus, dann konnte diese nicht nur den Professor betreffen. Doch niemand nahm seinen Telefonanruf entgegen. Es mussten sich doch Techniker und Ingenieure in dem Labor befinden. Nach fünf Minuten vergeblichen Wartens legte er das nutzlose Telefon weg und erhob sich. Er musste herausfinden, was im Labor vor sich ging, und zwar persönlich!

* * *

Der Scheich – Verfolgt (Jahre zuvor)

Es war sein Instinkt, der Omar auf den Verfolger aufmerksam machte. Einmal alarmiert, schaute er in den Rückspiegel seines Wagens. Doch im ersten Moment konnte er nichts Verdächtiges erkennen. Dennoch vertraute er seinem Gefühl und behielt den Verkehr, der zu dieser nächtlichen Stunde überschaubar war, genau im Auge. Eigentlich hatte er geplant, direkt nach Hause zu fahren. So aber wollte der Scheich zuerst herausfinden, ob er tatsächlich verfolgt wurde. Hier in Fort Meade, das vierzig Kilometer nördlich von Washington DC lag und wo die Zentrale der NSA beheimatet war. Hier kannte er sich bestens aus. Die Kleinstadt hatte ihren ländlichen Charme behalten und es schien beinahe so, als ob noch immer der Geist der Gründerväter hier das Leben lenkte. Die beschaulichen Wohngebiete ließen den unbedarften Betrachter nicht darüber nachdenken, dass hier in der Stadt für die Sicherheit der Vereinigten Staaten von Amerika gesorgt wurde. Hier befand sich die Zentrale der NSA, der National Security Agency. Diese Geheimdienstbehörde überwachte im Inland wie auch international die digitalen Aktivitäten der Menschen. Doch die Arbeit der Agenten bestand nicht nur aus dem Ausspähen im digitalen Bereich. Das Datensammeln wurde auch direkt durch sogenannte Field Agents durchgeführt. Welche weiteren Aufgaben der NSA, die als der größte Auslandsgeheimdienst der USA bezeichnet wurde, fielen unter das Siegel „Streng geheim". So wusste niemand wirklich, was die Mitarbeiter dieser geheimnisvollen Behörde wirklich taten. Hier in Fort Meade lebten viele Agents der NSA, dennoch konnte die Bevölkerung nur über deren Arbeit spekulieren.

* * *

Omar beschloss zuerst einmal in Richtung der Interstate 295 zu fahren, welche direkt nach Washington DC führte. Als er auf die Schnellstraße fuhr, blickte er erneut in den Rückspiegel. Doch er konnte noch immer nicht seinen Verfolger lokalisieren. Aber er wusste, er war da. Irgendwo hinter ihm und der Verfolger war wirklich gut, sonst hätte Omar ihn längst entdeckt. Auf der Interstate fuhr der Scheich gemächlich und auf der rechten Seite. Er wollte seinen Verfolger schließlich nicht abhängen. In zwei

Meilen würde er ein Autobahnkreuz erreichen. Dort, so hoffte Omar, würde er seinen Verfolger zum ersten Mal sehen. Eine Meile vor dem Straßenkreuz beschleunigte er plötzlich und fuhr beinahe rasant auf die Abbiegespur, die zur Bundesstraße 32 führte. Etwa hundert Meter hinter ihm sah er, wie ein Fahrzeug ausscherte, um einen Kleintransporter zu überholen. Auch dieses Fahrzeug beschleunigte nun sichtbar, was Omar mit einem kalten Lächeln registrierte. Er hatte den Jagdinstinkt seines Verfolgers aktiviert. Die Ausbilder der NSA hatten immer wieder betont, dass man sich nicht zu unüberlegten Handlungen hinreißen lassen sollte. War man zu sehr auf den Verfolgten fokussiert, dann machte man Fehler. Man handelte instinktiv und vergaß schnell die angebrachte Vorsicht. Dies wusste der Scheich natürlich und darauf gründete sich auch sein Plan, den Verfolger auszuschalten. Auf der Bundesstraße waren nur noch wenige Fahrzeuge unterwegs und der Verfolger hatte keine Chance, sich im fließenden Verkehr zu verstecken. Nun brauchte Omar eine Gelegenheit und den dazu passenden Ort, um seinen Verfolger zu stellen. An der Samdford-Road angekommen verließ er die Bundesstraße, umrundete den Kreisverkehr halb und folgte der Straße. Diese führte in ein Industriegebiet, an das ein kleines Wäldchen anschloss. Rechts und links der Straße entlang hatten sich große Firmen angesiedelt. Dazu kamen die Lagerhallen der Speditionen, die durch die räumliche Nähe zur Interstate ihre Waren schnell transportieren konnten. Mit einem letzten Blick in den Rückspiegel bog Omar nach rechts ab und fuhr auf das Gelände einer Spedition. Er überquerte den Parkplatz und ließ sein Auto langsam zwischen zwei Lagerhallen auf der privaten Straße rollen. Für den Beobachter musste es so aussehen, als ob Omar etwas suchte. Diesen Eindruck verstärkte der Scheich, indem er ab und zu bremste, um dann erneut anzufahren. Schließlich parkte er sein Fahrzeug neben der Lagerhalle. Die Parkfläche war für die Mitarbeiter der Spedition reserviert und in dieser nächtlichen Stunde standen hier nur drei Autos. Seine Scharade fortsetzend, verließ Omar nun seinen Wagen. Natürlich hatte er sich vorher bewaffnet. Ein scharfes Jagdmesser und eine nicht registrierte Pistole Kaliber 22 waren in den Taschen seiner Windjacke verborgen. Er schloss die Fahrertür und blickte sich dann mit in seine Hüfte gestemmten Händen suchend um. Dabei drehte er sich langsam und schien nur auf die Lagerhallen fokussiert zu sein. Natürlich suchte er nach seinem Verfolger und sah, wie ein Mann, der sein Fahrzeug auf dem Besucherparkplatz vor den Hallen abgestellt hatte, gerade aus seinem Auto stieg. Er sah zu Omar herüber, der sich aber nicht für den Verfolger zu interessieren schien. Er setzte sein Schauspiel fort, hob seine linke Hand vor sein Gesicht und sah dabei offenbar auf seine Uhr. Dann ließ er die Hand sinken und schüttelte den Kopf, als ob er sich ärgern würde, dass er hier auf jemanden warten musste. Der Verfolger hatte inzwischen seine Position verlassen und stand nun an der Ecke der Lagerhalle dicht an die Wand gedrängt. Der Scheich konnte den Mann nicht mehr sehen, wusste aber dennoch, wo dieser sich befand. Nach zwei Minuten des Wartens sah Omar, wie der Kopf seines Verfolgers kurz hinter der Hausecke auftauchte und sofort wieder verschwand. Nun musste sich Omar beeilen. So schnell, aber auch so leise wie möglich rannte er in den hinteren Bereich des Lagerhauskomplexes. Dort standen eine Reihe Container, die wohl auf ihre Abholung am nächsten Morgen warteten. Der Scheich rannte am ersten Container vorbei, um sich dann in den engen Zwischenraum zum Stellplatz eines weiteren Containers zu zwängen. Ohne sich vorher noch einmal zu vergewissern, ob sein Verfolger schon in der Nähe war, begann er seinen Körper zwischen den kalten Metallwänden der Transportbehältnisse zu pressen. Mit Kraft drückte Omar gegen den Container vor sich und presste gleichzeitig seinen Rücken gegen den zweiten. Danach streckte er halb angewinkelt seinen rechten Fuß nach vorne und presste diesen fest gegen das Metall. Nun löste er seinen linken Fuß vom Boden und presste diesen ebenfalls angewinkelt nach hinten. So kam er in eine hockende Position. Langsam darauf bedacht ein Abrutschen zu verhindern, begann er seine Beine zu strecken. Sein Oberkörper glitt zwischen den Stahlwänden nach oben. Nun drückte er erneut mit seinem Rücken und seinen Händen gegen das Metall. So gesichert zog er seine Füße nach und stemmte diese dann sofort erneut an die Container. Bei der dritten Wiederholung der Prozedur konnte er die oberen Kanten der beiden Container packen. Er zog sich mit aller Kraft nach oben und lag gleich darauf schwer atmend auf dem Dach des ersten Frachtbehältnisses. Doch Omar konnte sich keine Pause gönnen. Er musste handeln und sich seinem Verfolger entledigen. Langsam rutschte er auf dem Bauch liegend bis zur Kante des Containerdaches. Dann lauschte er zuerst und vernahm gleich darauf leise Schritte. Diese bewegten sich auf die hier abgestellten Frachtbehälter zu. Also hatte er den Verfolger richtig eingeschätzt. Der Mann war neugierig und wollte herausfinden, was Omar hier mitten in der Nacht zu suchen hatte. Die Schrittgeräusche näherten sich zuerst, dann aber entfernten sie sich wieder. Es herrschte für eine Minute Stille. Nur ein leises Rauschen der nahen Autobahn war zu hören und das Brummen einer Klimaanlage, das von der nächsten Lagerhalle zu kommen schien. Der Scheich widerstand der Versuchung, weiter auf dem Dach nach vorne zu rutschen und nach seinem Verfolger Ausschau zu halten. Er wollte nicht den gleichen Fehler begehen wie dieser zuvor. Seine Geduld wurde nach weiteren zwei qualvoll langen Minuten belohnt. Die Schritte seines Verfolgers näherten sich nun wieder. Gleich darauf konnte er seinen Gegner sogar atmen hören. Der Mann lief direkt unter ihm an dem Container vorbei. Vorsichtig erhob sich Omar und zog sein Messer aus der Tasche. Dann lief er behutsam bis zur Kante des Daches. Sofort sah er seinen Verfolger, der sich lauernd umschaute. In seiner rechten Hand befand sich eine Pistole, die seinen suchenden Blicken folgte. Ohne zu zögern, sprang Omar vom Dach und auf den ahnungslosen Mann. Dieser stürzte zusammen mit seinem Angreifer zu Boden. Verzweifelt versuchte der Verfolger seine Pistole gegen seinen Angreifer zu richten. Er kam aber nicht mehr dazu, die Feuerwaffe in Stellung zu bringen. Der Scheich rang den Liegenden nieder und stach mit seinem Messer zu. Zuerst drang die scharfe Klinge in die Schulter des Verfolgers. Doch dort verweilte sie nur eine Sekunde, ehe ein zweiter Stich den Hals des Verfolgers aufschlitzte. Weitere Stiche trafen nur noch einen toten Körper.

* * *

Erwünschtes Entkommen

»Wer schießt denn da eigentlich auf wen?«, fragte Walt laut. Er bekam schneller Antwort, als gedacht. Thore sprach leise in sein Telefon und beendete das Gespräch gleich darauf. Er sah zu Walt und sagte dann mit angespannter Stimme:

»Der Bundesgrenzschutz feuert auf eine Gruppe in schwarzen Overalls. Diese Männer hatten wohl den Auftrag, die Lastwagen oder deren Ladung zu schützen.«

»Na ja«, antwortete Walt, »das ist ihnen wohl nicht ganz gelungen oder? Schließlich brennen die Lkws.«

Hanky mischte sich nun in das Gespräch ein, indem er eine weitere Information, die nur er kennen konnte, preisgab:

»Einer der Wachleute, um solche handelt es wohl bei den Overallträgern, versucht sich aus dem Staub zu machen. Er hat gerade eine Geisel in dem Lagerhaus dort drüben genommen. Doch wartet mal einen Moment, ich will etwas prüfen.«

Ohne sich um seine Begleiter zu kümmern, schloss Hanky seine Augen und schickte seinen Geist auf die Reise. Er suchte nach Gedankenströmungen und berührte dabei mental einige Menschen in unmittelbarer Umgebung. Ihm genügte schon ein Sekundenbruchteil, um zu erkennen, ob die Gedankenschnipsel, die er mit seiner Gabe hörte, zu dem Flüchtigen passten. Dieses Forschen war mit dem Suchen eines Radiosenders vergleichbar. Jeder Kanal hatte seine eigene Frequenz und spielte seine eigene Musik. Nach kurzer Zeit fand er die Gedanken des Flüchtigen. Er dachte an ein schnelles Auto und dass er damit wohl die Chance hatte zu entkommen. Hanky forschte weiter und einmal zuckte kurz ein Begriff auf, mit dem er nichts anzufangen wusste. Der Mann dachte an eine Person, die er als der Scheich betitelte. Gleich darauf dachte er wieder an seine Flucht. Schon wollte Hanky seine mentale Lauschaktion beenden, als er auf die Gedankenfrequenz einer Frau stieß. Sie war die Geisel des Flüchtenden. Zu seinem Erstaunen spürte Hanky aber keinerlei Angst in den Gedanken der Frau. Sie schien ihre Entführung als Abenteuer zu empfinden. Außerdem freute sie sich, dass sie nun das geliebte Auto ihres Chefs fahren durfte. Als die Frau in das Fahrzeug einstieg, zog sich Hanky aus ihren Gedanken zurück. Er hielt noch für einen Moment seine Augen geschlossen und überlegte, welchen Schluss er aus seiner Belauschung ziehen konnte. Kaum hatte er diese Frage innerlich an sich selbst gestellt, erhielt er eine Antwort, die vielversprechend war. Diesen Gedanken würde er nun mit seinen Freunden teilen.

»Hört zu! Ich habe einiges herausgefunden. Der Geiselnehmer wird gleich das Gelände der Spedition verlassen. Er hat an einen Mann namens Scheich gedacht, den er informieren will. Die Einsatzkräfte hier vor Ort versuchen die anderen Gangster, denn um solche muss es sich handeln, dingfest zu machen. Walt und Yavuz, ihr beiden bleibt hier und versucht dem Grenzschutz zu helfen und vor allem müsst ihr dafür sorgen, dass keiner den brennenden Lastwagen zu nahe kommt. Walt, bitte überprüfe die Zellstruktur der brennenden Lkws. Ich habe so ein Gefühl, dass die Ladung aus den Einzelteilen des Zellmodulators besteht. Thore und ich werden den Geiselnehmer verfolgen. Ich möchte sehen, wohin er uns führt. Im Zweifelsfall, wenn er einfach nur flüchten will, kann Thore ihn immer noch festnehmen. Also los, meine Herren. Eile ist geboten.«

Walt, der gerne einige Einwände vorgebracht hätte, fügte sich den Anweisungen seines Freundes. Hankys Blick hatte genügt, seinen Anordnungen Folge zu leisten. Kaum dass Walt und Hanky die Türen des SUVs geschlossen hatten, brauste der Wagen davon. Mit mehr Fragen als Antworten belastet sah Walt zu Yavuz und knurrte:

»Dann wollen wir mal die Befehle des Meisters ausführen. Mich fragt man ja neuerdings nicht mehr und meine Einschätzung der Lage ist wohl auch nicht von Belang.«

Yavuz grinste nur! Walt war ein Mann nach seinem Geschmack, der seine Gefühle nicht verbarg, sondern diese auf den Lippen trug. Er klopfte dem Mutanten kameradschaftlich auf dessen Schulter und schlich dann auf die Hauswand der Lagerhalle zu. Dabei achtete er darauf, nicht in das Schussfeld der sich bekämpfenden Parteien zu geraten. An der Hausecke angelangt blickte Yavuz zu den Einsatzfahrzeugen der Feuerwehr und sah, wie sich die Beamten des Bundesgrenzschutzes nach links bewegten. Die nächsten Gebäude, Flugzeughangars für Kleinflugzeuge, kannte er. Natürlich! Er war hier schon einmal gewesen. Als Hobbypilot hatte er vor den Hangars seine Cessna aufgetankt und dabei mit den Monteuren dieser Chartgesellschaft gesprochen. Nur hatte er damals eine andere Perspektive auf das Gelände vor ihm gehabt. Wenn sie um die Gebäude herumlaufen würden, dann konnten er und Walt vielleicht einen oder mehrere Gangster gefangen nehmen. Er wollte Walt gerade von seiner Idee berichten, doch dieser hatte, wie schon

Hanky zuvor, seine Augen geschlossen. Ein bissiger Kommentar lag auf seinen Lippen, doch er schluckte diesen. Nein, er wollte sich nicht anmaßen, die Arbeit der Mutanten zu beurteilen. Das konnte er auch nicht, da seine Vorstellungskraft nicht ausreichte, um das Wahrnehmungsvermögen eines solch hochbegabten Menschen zu verstehen. So wartete er geduldig, bis Walt aus seiner Trance erwachte. In der Zwischenzeit erkannte er, dass sich die Kampfhandlungen nun tatsächlich auf die angrenzenden Hangars verschoben. Die Feuerwehrmänner sahen ihre Chance, endlich die in Brand geratenen Lastwagen zu löschen. Sie öffneten Klappen an den Einsatzfahrzeugen und zogen Schläuche heraus. Die Motoren der mit Wasser betankten Löschfahrzeuge wurden angelassen und ein Feuerwehrmann schrie Befehle. Yavuz wusste, dass sich niemand den brennenden Fahrzeugen nähern durfte. Hanky hatte sich da klar ausgedrückt. Doch Walts Augen waren noch immer geschlossen. Schon wollte Yavuz aus dem Schatten der Lagerhalle treten, als er die Stimme des Mutanten vernahm:

»Hanky hat wieder einmal recht gehabt! Verdammt! Er hat einfach einen besseren Riecher als ich. Hör zu Yavuz. Die Zellstruktur der Lastwagen ist tatsächlich verändert. Deshalb müssen wir davon ausgehen, dass dort in den Lastwagen die Überreste der Maschine sind. Da wir nicht wissen, wie die veränderte Zellstruktur mit der ihr umgebenden Materie interagiert, darf niemand zu den Lastwagen. Auch wir nicht! Verstanden?«

»Klar habe ich verstanden! Doch wie sollen wir das den Feuerwehrleuten klarmachen? Sie kennen uns nicht und deshalb werden sie unsere Warnungen ignorieren.«

»Das wollen wir doch mal sehen!«, sagte Walt und zog sein Handy aus der Tasche. Er wählte Hankys Nummer, der auch gleich auf den Anruf reagierte. Walt berichtete kurz und bat anschließend, dass Thore seinen Einfluss geltend machen musste. Mit wem der BND-Agent nun telefonieren musste, war Walt ziemlich egal. Schließlich beendete er das Telefonat und sah hinüber zu den Feuerwehrfahrzeugen. Ein besonders eifriger Feuerwehrmann rannte, ausgerüstet mit einer Atemschutzmaske, auf die brennenden Lastwagen zu. Natürlich konnte selbst ein Thore Klausen nicht agieren und den Einsatz der Rettungskräfte stoppen. Deshalb sah sich Walt nun in der Pflicht, diesem Voreiligen Einhalt zu gebieten. Mit seinen telekinetischen Kräften packte er vorsichtig den Rennenden und hielt ihn fest. Der Feuerwehrmann verstand zuerst nicht, was mit ihm geschah. Sosehr er sich auch anstrengte, er kam keinen Millimeter vorwärts. Walt grinste amüsiert und überlegte, wie er dem Eifrigen einen weiteren Streich spielen konnte. Doch ehe er zu einem Entschluss kam, stürmte ein zweiter Feuerwehrmann los. Auch diesen Mann fing Walt mit seinen Kräften ein und dirigierte diesen ungewollt zu seinem Kameraden. Die Männer schrien sich etwas zu, was Walt aus der Entfernung nicht verstand. Yavuz zupfte an Walts Arm und sagte eindringlich: »Übertreibe deine Show nicht Walt. Es muss ja nicht jeder wissen, was du für Fähigkeiten hast.«

Walt sah seinen Begleiter verblüfft an, ehe er verhalten antwortete:

»Sag mal Yavuz. Stehst du unter der geistigen Beeinflussung meines Freundes Hanky? Du hörst dich nämlich genau so an!«

»Ich hoffe nicht!«, sagte dieser verblüfft und sah mit einem Mal besorgt in die Welt. Walt hatte unterdessen die Feuerwehrmänner vergessen und diese aus seiner telekinetischen Umklammerung entlassen. Die Füße der Männer spürten wieder den Untergrund, was zur Folge hatte, dass die Feuerwehrmänner das Gleichgewicht verloren. Sie stürzten auf den Betonbelag, verharrten eine Sekunde, ehe sie sich vorsichtig erhoben. Ihr Verstand weigerte sich, das eben Erlebte zu verstehen, und das war vielleicht gut so.

* * *

Fürchterliche Entdeckung

Die Sekretärin erschrak, als Doktor Herrmann, der Chef der DECAM GmbH, die Bürotür aufriss, an ihr vorbeistürmte und zu den Aufzügen lief. So aufgeregt hatte sie den sonst so besonnenen Mann noch nie erlebt. Sie wollte ihm eine Frage hinterherrufen, doch da öffnete sich die Lifttür und Doktor Herrmann betrat schnell die Kabine. Während der Fahrstuhl nach unten fuhr, fragte sich der Firmenchef, was ihn erwarten würde, wenn er das Forschungslabor betrat. Doch seine Fantasie reichte bei Weitem nicht aus, ihn auf das Kommende vorzubereiten. Sein Verstand versuchte ihm die schlimmsten Vorstellungen zu verweigern. Angst kroch in dem Mann wie ein brennendes Gift durch alle Gehirnwindungen. Auch über die möglichen Konsequenzen konnte er nicht nachdenken. Zu viele unangenehme Möglichkeiten, die für seine Zukunft vorstellbar waren, kollidierten in seinen Gedanken. Der sonst so analytisch denkende Mann war zu keinem klaren Gedanken mehr fähig. Er wusste nur, dass er sofort nachschauen musste, was in dem Forschungslabor vor sich ging. Kaum hatte der Aufzug das Erdgeschoss erreicht und die Lifttüren sich geöffnet, stürmte der Doktor los. Er durchquerte die Eingangshalle im Rekordtempo und lief nach draußen. Vor dem Verwaltungsgebäude blieb er kurz stehen und überlegte, ob er mit seinem Dienstwagen zum Labor fahren sollte. Doch schon diese Entscheidung überforderte sein Denken. So rannte er erneut los und überbrückte die Distanz zu dem Labor in weniger als fünf Minuten. Die Arbeiter und Angestellten, die ihm auf seinem Weg begegneten, ignorierte er völlig. Ihre verwunderten Blicke bemerkte der Doktor nicht einmal. Völlig außer Atem erreichte er schließlich die große Halle, die das Versuchslabor beherbergte. Sich an der Tür haltend, versuchte Doktor Herrmann erst einmal zu Atem zu kommen. Er hatte sich immer für einen sportlichen Menschen gehalten. Immerhin spielte er regelmäßig Tennis und Golf. Nun aber musste er sich selbst eingestehen, dass er nicht mehr der Jüngste war. Seine vorherige Eile war von ihm gewichen – von einer Barriere aus Zögern verdrängt. Die Finger seiner rechten Hand umklammerten den Türgriff so fest, bis diese schmerzten. Ein unsichtbarer Widerstand, der einzig von seiner Psyche gebildet wurde, hinderte ihn daran, das Forschungslabor zu betreten. Der Doktor versuchte seine Angst zu verdrängen, indem er sich selbst einredete, dass bestimmt nichts Schlimmes passiert sei. Vielleicht war einfach eine Störung im Telefonsystem dafür verantwortlich, dass sein Anruf nicht an der gewünschten Stelle angekommen war. Oder die Ingenieure und Techniker hatten im Moment seines Anrufs keine Zeit gehabt, das Gespräch anzunehmen. War für heute ein Testlauf des Zellmodulators geplant? Mühsam versuchte Doktor Herrmann sich an die Eintragungen in seinem Terminkalender zu erinnern. Noch während er grübelte, hörte er ein Geräusch, das er nicht einordnen konnte. Ein schrilles Wimmern drang durch die Tür und an seine Ohren. Was war das gewesen, fragte sich der Doktor und merkte, wie ihm ein Frösteln über den Rücken zog. Ein weiterer Schrei, nun deutlich lauter, vertrieb des Doktors mentale Starre. Er drückte den Türgriff nach unten und schob das Türblatt auf. Schon die ersten Schritte in die Halle hinein beförderten Doktor Herrmann in eine dystopische Welt. Das Versuchslabor an sich hatte sich nicht verändert. Alles war klinisch rein und Tageslichtlampen erhellten den Raum. Doch die Menschen, die am Boden lagen oder sich kriechend fortbewegten, schienen einem Horrorfilm entsprungen. Eine junge Frau, die eine grüne OP-Uniform trug, lag mit schmerzverzerrtem Gesicht direkt vor dem Doktor auf dem sterilen Fußboden der Halle. Der Schädel der Bedauernswerten trug nur noch vereinzelte Haarbüschel, die davon zeugten, dass diese Frau schwer erkrankt war. Das Gesicht und die Hände der Liegenden waren mit großen, pulsierenden Blasen bedeckt. Ein weiterer verzweifelter Schrei, den die Frau mit erstaunlicher Lautstärke herausbrüllte, ließ den Doktor zusammenzucken. Ohne zu wissen, wie er der Frau und den anderen Menschen hier im Labor helfen konnte, lief der Chef der DECAM weiter in die große Halle hinein. Sein Verstand weigerte sich die Bilder, die der Doktor sah, zu akzeptieren. Dennoch speicherte er jede grausame Einzelheit. Ein Mann saß an einem Computerterminal und schien in seiner Arbeit versunken. Doktor Herrmann hoffte für eine Sekunde, dass er den Mann fragen könne, was geschehen war. Doch als er näher an den Computerarbeitsplatz herantrat, sah er, dass dort ein Toter saß. Dessen Gesicht war nicht mehr vorhanden. Das Fleisch hatte sich teilweise gelöst und der bleiche Schädelknochen war darunter sichtbar. Der Blick des Doktors wanderte nach unten und er sah voller Ekel, dass sich eine undefinierbare, schleimige Masse auf dem Boden neben den Füßen des Toten gesammelt hatte. Erschüttert lief der Doktor weiter. Überall lagen tote Menschen, deren Körper sich zusehends zersetzten. Er fand noch weitere Überlebende, die sich vor Schmerzen krümmten. Aber er erkannte, dass hier jede Hilfe zu spät kam. Die Mitarbeiter, die Menschen, die hier in dem Forschungslabor gearbeitet hatten, würden alle sterben. Nachdem Doktor Herrmann das Grauen nicht mehr aushalten konnte, ging er zurück zur Eingangstür. Ohne es zu wollen, sah er noch einmal zu der Frau, die vorher so durchdringend ihre Verzweiflung herausgeschrien hatte. Sie war nun ruhig im Bewusstsein des Unausweichlichen gestorben. Hilflos und ohne Aussicht auf Rettung. Tränen der Verzweiflung über diese Tragödie vergießend blieb Doktor Herrmann neben der Toten stehen. Leise, ohne zu bemerken, dass er seine Gedanken ausspruch, sagte er:

»Es tut mir so leid. Ich wusste doch nicht … Du meine Güte, was soll ich denn jetzt nur tun? Bitte verzeihen Sie mir! Ich wollte doch nicht, dass Sie zu Schaden kommen.«

Er hielt kurz inne, wischte sich die Tränen aus den Augen und wollte schon zur Tür gehen, als er neben der Toten eine Bewegung wahrnahm. Der Boden bewegte sich! Das war doch nicht möglich! Harter Beton, der zusätzlich mit einem Säureschutz versiegelt war, konnte sich nicht bewegen. Der Wissenschaftler in ihm erwachte. Vergessen waren jedenfalls für diesen Moment die Opfer, die Toten. Doktor Herrmann ging in die Hocke und betrachtete nun genauer den Boden neben der Leiche. Dieser bewegte sich tatsächlich. Die Oberflächenbeschichtung zersetzte sich, bildete kleine Bläschen und begann dann zu brodeln wie erhitztes Öl in einer Pfanne. Fasziniert betrachtete der Doktor die Veränderung des Hallenbodens. Er wollte schon seine Hand ausstrecken, um zu fühlen, ob dieser wohl chemische Vorgang Hitze erzeugte. Doch er unterdrückte diesen Forscherimpuls in letzter Sekunde. Er richtete sich wieder auf und trat einen Schritt zurück. Ein schrecklicher Gedanke jagte durch seinen Kopf. Kontaminierten die Toten ihre Umgebung? Wenn ja, wie konnte man diese Kontaminierung unterbinden? Warum zersetzte sich der Untergrund? Warum und an was waren seine Mitarbeiter gestorben? Erst jetzt fand der Doktor zu seinem ursprünglichen Gedanken zurück, den er in seinem Büro als abwegig abgetan hatte. Wurden hier Zellstrukturen umgewandelt, neu geformt oder einfach nur zerstört? War dieser ungewollte Nebeneffekt wirklich den Versuchen mit dem Zellmodulator zuzuschreiben? Die Panik im Gesicht des Professors Shariar war nun für Doktor Herrmann nachvollziehbar. Mit sirrenden Gedanken verließ der Konzernchef das Forschungslabor. Er brauchte jetzt frische Luft und er musste zuerst seine Gedanken ordnen. Was war nun zu tun? Die Reihenfolge war wichtig. Der Original-Zellmodulator musste in Sicherheit gebracht werden. Die Leichen seiner Mitarbeiter, ja was war mit ihnen? Natürlich sollten sie geborgen werden. Doch wie sollte das gefahrlos gehandhabt werden? Wenn sich der Boden oder jegliche Materie, mit denen sie in Berührung kamen, veränderte, wie konnte man die Toten dann bergen. Zuerst, so entschied der Konzernchef, brauchte er Fachleute, Wissenschaftler, die beurteilen sollten, wie weit diese Kontaminierung gehen konnte. Wie viel Materie würde sich umwandeln, sich verändern? Er brauchte den Rat der Experten. Er griff in seine Jackentasche und zog sein Handy hervor. Gleich darauf sprach er mit seiner Sekretärin. Er gab ihr eine Liste mit Namen und den Zugang zu einer Computer-Datei, wo weitere Wissenschaftler aufgelistet waren. Er brauchte jeden verfügbaren Fachmann, was er seiner Sekretärin mit deutlichen Worten klarmachte. Eile war geboten. Er beendete das Gespräch und wählte die Nummer des Werkschutzes. Nun forderte er sämtliche Mitarbeiter dieses Sicherheitsdienstes an und verwies auch hier auf die Dringlichkeit der Situation. Als er diese ersten wichtigen Anordnungen gegeben hatte, befiel Doktor Herrmann eine heftige Übelkeit. Sein Magen rebellierte und er schaffte es gerade noch bis zur Hauswand, ehe er sich würgend übergab. War er nun auch verstrahlt, infiziert mit der furchtbaren Zellmodulation, fragte er sich selbstzweifelnd.

* * *

Der Scheich – Beseitigung (Jahre zuvor)

Mit einem raschen Rundumblick versicherte sich Omar, dass niemand den tödlichen Kampf gesehen hatte. Er konnte dank seiner Ausbildung bei der NSA kleinste Veränderungen in seiner Umgebung erkennen. Mit Ärger betrachtete er den Toten und stellte dann wütend fest, dass seine Kleidung blutverschmiert war. Doch dies war ein sekundäres Problem. Zuerst musste er seine Tat verschleiern. Seine Behörde, die NSA, durfte unter keinen Umständen erfahren, dass er diesen Mann getötet hatte. Mit an Sicherheit grenzender Wahrscheinlichkeit gehörte dieser auch der NSA an. Nur der Kontakt und das Treffen mit Burt Olson konnten den Verfolger auf seine Spur gebracht haben. Also wurde Olson überwacht. Die Hintermänner, welche die Versuche im Wüstenlager durchgeführt hatten, trauten demnach auch nicht ihren eigenen Leuten. Der Scheich wusste nun, dass er in Zukunft noch vorsichtiger sein musste. Er durfte nicht auffallen, sonst setzte er sich der Gefahr aus, selbst getötet zu werden. Mit einem leisen Fluch wischte er sein Messer an seiner Kleidung ab. Dann steckte er es wieder in seine Jackentasche. Nach einem weiteren sichernden Blick kniete er sich neben den Toten und durchsuchte dessen Taschen. Gleich darauf fand er das, was er gesucht hatte. Er zog aus der Hosentasche des Toten dessen Handy. Mit einem Tastendruck aktivierte Omar das Mobiltelefon. Natürlich war dieses gesichert. Das Gerät forderte einen Fingerabdruck. Omar wunderte sich, dass ein NSA-Agent so leichtsinnig sein konnte. Ein Handy konnte man besser sichern. Aber ihm sollte es recht sein. So hob er die rechte Hand des Toten und drückte dessen Daumen auf das Sensorfeld. Sofort entsperrte sich das Mobiltelefon und Omar öffnete als Erstes den Telefonverlauf. Aufatmend stellte der Scheich fest, dass der Mann in den letzten Stunden keinerlei Telefonate geführt hatte. Als Nächstes prüfte er in den Einstellungen, ob das GPS des Handys aktiviert war. Ein weiteres Aufatmen folgte, da der Tote den Ortungsdienst deaktiviert hatte. Nun fehlte nur noch die Bilddatei. Auch hier hatte er Glück. Der Verstorbene hatte nur private Bilder gespeichert und die letzte Aufnahme war schon vor Tagen in die Fotodatei aufgenommen worden. Zuletzt kopierte Omar die Telefondaten des Mannes auf die SIM-Karte des Telefons. Die dort gespeicherten Telefonkontakte würde er morgen überprüfen. Nachdem er die SIM-Karte aus dem Gerät entfernt und in seiner Brieftasche verstaut hatte, zertrat der Scheich das Telefon. Das zerstörte Gehäuse hob er auf und steckte dieses in seine Jacke. Er durfte keine Spuren hinterlassen und selbst der kleinste Hinweis, dass der Tote an diesem Ort gewesen war, musste beseitigt werden. Der Scheich durchsuchte noch einmal die Taschen des Toten. Er fand dessen Brieftasche und seine Autoschlüssel. Beides nahm Omar an sich. Nachdem diese ersten Vertuschungsschritte erledigt waren, befasste sich Omar mit der Leiche. Wo konnte er den Toten verstecken? Er erinnerte sich, dass er in circa hundert Metern Entfernung ein kleines Wäldchen von der Straße aus gesehen hatte. Zwar war es eine Option, den Toten dort zu verstecken, aber es war eine mühevolle Option. Eine Leiche zu tragen erforderte mehr Kraft, als sich die meisten Menschen vorstellen konnten. Nein, es musste eine andere Möglichkeit geben. Omar schaute sich um, ging einige Schritte bis zu den Containern und wusste plötzlich, was er tun musste. Die Container! Ja, das war eine Möglichkeit. Die vor der Spedition würden bestimmt in wenigen Stunden abgeholt werden. Natürlich wusste Omar nicht, wohin die Frachtbehälter transportiert wurden. Doch das war im Moment nicht wichtig. Als Erstes musste er überprüfen, was sich in den Container befand. Er ging an den großen Metallbehältern entlang und überprüfte die Ladetüren. An zwei Türen waren Zollplomben befestigt. Damit schieden diese Behältnisse aus. Drei weitere waren mit Vorhängeschlössern gesichert. Natürlich konnte er die Schlösser entfernen, doch ein aufmerksamer Fahrer würde dies sofort bemerken. Endlich fand er zwei Container, die nicht gesichert waren. Er zog an dem Hebel der Frachttür und danach die schwere Tür auf. Das Frachtgut, das er im dämmrigen Halbdunkel erkannte, war schon beinahe ideal. Holzkisten in verschiedenen Größen standen dicht beieinander. Jedoch waren die Kisten nicht sehr hoch, was darauf schließen ließ, dass deren Inhalt ziemlich schwer sein musste. Nachdem Omar seine Handy-Taschenlampe aktiviert hatte, betrat er den Container. Kleine Aufkleber auf den Kisten gaben preis, welchen Inhalt sie beherbergten. Maschinenteile aller Art, die an eine Firma nach Salt Lake City verschickt werden sollten. Das war perfekt und der Scheich wusste, warum dieser Container nicht mit einem Schloss gesichert wurde. Das Frachtgut war für Diebe nicht geeignet, da die Kisten erstens sehr schwer sein mussten und zum Zweiten nur für eine bestimmte Art Maschinen von Nutzen waren. Nun hatte es Omar auf einmal eilig. Er verließ den Container, rannte zu dem Toten und packte diesem von hinten unter die Arme. Dann schleifte er ihn bis zu dem Container. Erst dort hob er ihn auf seine Schultern und kletterte mit seiner Last über die Holzkisten. Im hinteren Bereich des Transportraumes fand er eine Lücke zwischen zwei Holzkisten. Dort hinein legte er den Toten und schaltete seine Handy-Taschenlampe erneut ein. Mit Bedacht lief er dann durch den Frachtraum zurück und prüfte, ob er Blutspuren entdecken konnte. Zum Glück fand er keine verräterischen Spuren. Er verschloss den Container und schaute nun, ob vor diesem Blutspuren zu sehen waren. Der Boden bestand aus rissigem Beton, auf dem sich allerlei Ölflecken über die Jahre angesammelt hatten. Omar konnte zwar eine leichte Schleifspur, die von den Schuhen des Toten stammte, erkennen, aber keine größeren Blutlachen. Die kleinen Blutstropfen, die er auf seinem Weg zurück zum Tatort fand, verwischte er mit seinen Schuhsohlen. An der Stelle aber, wo Omar den Fremden erstochen hatte, war eine größere Blutlache. Der Scheich überlegte angestrengt. Wie konnte er das Blut entfern? Dieses würde bestimmt am nächsten Morgen entdeckt werden. Jetzt war es noch dunkel, doch morgen früh würde man das Blut auf dem Boden leicht erkennen. Das konnte dazu führen, dass die Polizei gerufen wurde. Das war sehr gefährlich! Denn wenn die Behörden ermittelten, dann war es möglich, dass er in den Fokus der Ermittler geriet. Aufnahmen der in der Gegend befindlichen Überwachungskameras konnten die Ermittler auf seine Spur bringen. Dann erfolgte der nächste Schritt. Der entsprechende Funkmast würde überprüft und sämtliche Handysignale ausgewertet werden. Selbst wenn ein Smartphone nicht benutzt wurde, suchte es automatisch Kontakt zum nächsten Funkmast. Mit einer gewissen Ratlosigkeit lief Omar über das Firmengelände auf der Suche nach einer Idee. Dabei näherte er sich der Rückwand der Speditionshalle. An der linken Seite war eine Zapfsäule aufgestellt, an der die firmeneigenen Fahrzeuge mit Dieselkraftstoff betankt werden konnten. Einige Transportfirmen verfügten über eine Sondergenehmigung, um ihre eigene Tankstelle zu betreiben. Allerdings durften nur Firmenfahrzeuge betankt werden. Der Verkauf von Treibstoff an Dritte war strengstens untersagt. All diese Informationen waren Omar plötzlich präsent, abgerufen aus seinen Erinnerungen. Sofort näherte er sich der Zapfsäule. Der seitlich angebrachte Schlauch war mit einem Vorhängeschloss gesichert und hing an der Säule. Natürlich war Omar klar, dass der Schlauch viel zu kurz war und nicht bis zur Blutlache reichte. Doch Benzin und Diesel hatten die Eigenschaft, auch als Lösungsmittel fungieren zu können. Sie lösten die Eiweißzellen aus dem Blut und verdünnten dieses extrem. Die rote Färbung würde nur schwach erkennbar sein. Was blieb, war ein großer Fleck, gebildet aus verschüttetem Diesel. Um diese Idee zu verwirklichen, das Blut mit Dieselkraftstoff zu entfernen, brauchte der Scheich ein Behältnis. Das Glück war ihm immer noch hold, denn nur wenige Meter weiter stand ein Eimer samt Rakel. Dieser wurde von den Lkw-Fahrern benutzt, um die Windschutzscheiben ihrer Fahrzeuge zu reinigen. Eilig holte Omar den Eimer und brachte diesen zur Zapfsäule. Das Vorhängeschloss bot keine unlösbare Aufgabe. Der Scheich schob den Stiel des Rakels durch den Bügel des Schlosses und zog diesen dann ruckartig und mit aller Kraft nach unten.

Die schwache Verriegelung des einfachen Vorhängeschlosses gab nach und der Bügel öffnete sich. Der Rest war simpel. Nachdem Omar den Füllschlauch von der Gabel der Zapfsäule hob, erwachte leise brummend die Kraftstoffpumpe. Nur eine Minute später war der Eimer gefüllt und Omar rannte zur Blutlache. Sorgsam verteilte er den Kraftstoff auf dem Blut. Dann rannte er zurück und holte den zweiten Eimer. Nach dem fünften Eimer Diesel war von der Blutlache nichts mehr zu sehen. Die Lache aus Dieselkraftstoff würde sich verflüchtigen und nur noch undeutlich zu sehen sein. Mit einem zufriedenen Lächeln sah sich Omar noch einmal um und ging dann zu seinem Wagen. Er stieg ein und fuhr ungesehen davon.

* * *

Mentale Verfolgung

Mit großem Engagement lenkte Thore den SUV hinter den Containern hervor. Durchdrehende Räder und das Ausbrechen des Hecks zeugten von zu hoher Geschwindigkeit. Hanky, überrascht über den Eifer des BND-Agenten, hielt sich am Sitz fest und rief dann:

»Du brauchst nicht so zu rasen, Thore. Ich habe die Spur des Flüchtigen. Außerdem soll er nicht wissen, dass wir ihm folgen. Unser Ziel ist, die Hintermänner zu finden, zu denen uns der Mann hoffentlich führen wird. Also fahre langsamer. Ich sage dir, wohin wir müssen.«

Widerwillig verringerte der BND-Agent die Geschwindigkeit seines Fahrzeuges. Sie fuhren nun auf einer Durchgangsstraße, die in Richtung der Autobahn A 5 führte. Hanky schloss kurz seine Augen und suchte nach dem Gedankenmuster des Flüchtigen. Es dauerte einen Moment, bis er den Mann geortet hatte.

Dies war nicht so einfach gewesen, da der Mutant Tausende Gedankenmuster „hörte". Doch Hanky wusste, wo er zu suchen hatte. Der Fluchtwagen befand sich gute zwei Kilometer vor ihnen. Damit konnte Hanky sein Suchgebiet eingrenzen. Mit dieser Information tastete er sich langsam nach vorne und streifte dabei die Gedanken der Menschen in ihren Fahrzeugen. Meter für Meter und Auto für Auto näherte sich Hanky mental dem zu ortenden Mann. Dann hatte er das gesuchte Gedankenmuster gefunden. An diesem verankerte Hanky sofort seinen Geist. Von nun an war er mit dem Flüchtigen mental verbunden.

»Sie fahren auf die A 5 Richtung Frankfurt«, sagte Hanky, während er seine Augen noch geschlossen hielt. »Wenn du willst, Thore, dann kannst du jetzt wieder ein wenig Gas geben.«

Dieser knurrte nur etwas Unverständliches und sehnte sich gleichzeitig nach einer Zigarette. Doch er unterdrückte seine Sucht und beschleunigte den schweren Wagen. Kurz darauf erreichten sie die Auffahrt zu der Autobahn. Thore beschleunigte erneut und sah gespannt nach vorne. Noch konnte er das verfolgte Fahrzeug nicht erkennen. Wenige Minuten später sagte Hanky:

»Nun etwas langsamer Thore. Da vorne auf der linken Spur ist der gesuchte Wagen.«

Mit zusammengekniffenen Augen blickte der BND-Agent nach vorne und nickte dann begeistert.

»Jetzt haben wir dich, du Mistkerl. Wenn du zu den miesen Killern gehörst, dann gnade dir Gott. Denn von mir hast du keine Gnade zu erwarten!«

Den Gefühlsausbruch seines deutschen Begleiters ignorierend forschte Hanky in den Gedanken des Verfolgten. Doch er fand nur Oberflächliches. Der Mann, der sich Harry nannte, freute sich im Moment an der offenbar gelungenen Flucht. Keiner seiner zurückgelassenen Männer wusste seinen wirklichen Namen. Doch genau in dem Moment, wo Harry an seinen richtigen

Namen denken wollte, wurde er abgelenkt. Die entführte Frau, welche den schnellen Wagen lenkte, wechselte überraschenderweise die Fahrspur und forderte damit seine Aufmerksamkeit. Harry war irritiert, denn die Frau, eine einfache Sekretärin, verhielt sich nicht wie eine Geisel. Nein, sie schien tatsächlich Spaß an der momentanen Situation zu haben. Sie durfte noch nie einen Mercedes AMG fahren und war von seiner Spurtkraft total begeistert. Nun verstand sie, warum ihr Chef diesen Wagen von keinem Mitarbeiter seiner Firma fahren ließ. Ihr Entführer war ihr im Moment egal und sie konzentrierte sich nur auf die Fahrt selbst. Wenn ein anderer Wagen ihren Geschwindigkeitsrausch störte, schimpfte sie unflätig. Nun hatte sie genug von einem vor ihr fahrenden Audi. Der Kerl machte einfach nicht die Fahrbahn frei und versperrte ihr damit den Weg. Kurzentschlossen wechselte sie die Spur und überholte den Störenfried auf der linken Seite. Dieses Manöver hatte Harry aus seinen Gedanken gerissen und er sagte mit scharfer Stimme:

»Wollen Sie uns umbringen? Sie fahren wie eine Gestörte!«

»Ach ja«, schimpfte die Fahrerin. »Wer befindet sich denn hier auf der Flucht? Sie können froh sein, dass ich fahre. Nur deshalb konnten Sie entkommen!«

Hier irrte die Frau, was sie natürlich nicht wissen konnte. Der Disput hinderte Harry aber daran, auf den Folgeverkehr zu achten. Hanky belauschte mit seinen besonderen Gaben das Gespräch in dem Mercedes. Er ließ Thore weiter aufschließen und nach kurzer Zeit fuhren sie nur drei Wagenlängen hinter dem Fluchtfahrzeug. Sie überquerten den Main, doch weder Hanky noch Thore hatte einen Blick für die Skyline Frankfurts, die rechts zu sehen war. Sie passierten das nächste Autobahnkreuz und der Mercedes fuhr danach auf die rechte Spur. Am Nordwestkreuz der A 5 verließ das Fluchtfahrzeug die Autobahn und fuhr auf die A 61, die in Richtung Wiesbaden führte. Angespannt verfolgte Thore mit seinen Augen die Fahrt des

Mercedes. Geschickt wechselte er die Spuren, beschleunigte und ließ sich dann wieder zurückfallen. Nach einer Tankstelle bog der verfolgte Wagen plötzlich nach rechts ein und verließ die Autobahn an der Ausfahrt Höchst. Hanky wollte Thore schon warnen, doch der BND-Agent hatte längst erkannt, wohin der Flüchtende wollte.

Er sagte zu Hanky: »In dem Stadtteil Frankfurt Höchst befinden sich große Chemie- und medizintechnische Industrieunternehmen. Wenn wir nach den Leuten suchen wollen, die den Zellmodulator gebaut haben, dann hier. Ich bin nun wirklich gespannt, wo der Kerl hinwill.«

Thore verließ die Autobahn, fuhr unter einer Unterführung und gelangte in die Goten Straße.

»Langsam!«, sagte Hanky. »Da vorne ist der Mercedes.«

Tatsächlich sah Thore den verfolgten Wagen, der kurz vor einer Bäckerei anhielt. Die Seitentür schwang auf und der Flüchtige verließ das Fahrzeug. Mit Schwung schloss er die Tür und rannte nach rechts an der Bäckerei vorbei in die Pfälzer Straße. Nun beschleunigte der BND-Agent. Er wollte unter keinen Umständen den Mann verlieren. Dabei bedachte Thore nicht, dass Hanky diesen permanent mittels Telepathie belauschte. Sie erreichten die schmale Wohnstraße und bogen ebenfalls rechts ein. Der Mercedes stand noch immer vor der Bäckerei. Aus den Augenwinkeln heraus sah Hanky die entführte Frau. Sie saß noch immer hinter dem Steuer und hatte ihren Kopf auf das Lenkrad gelegt. Erleichterung über das Ende ihrer Entführung forderte nun eine Erholungspause. Natürlich hätte Thore die traumatisierte Frau getröstet und ihr seine Hilfe angeboten. Doch er hatte eine andere Aufgabe. Die Verbrecher, welche nicht vor Mord und Entführung zurückschreckten, mussten dingfest gemacht werden. Sein Begleiter FBI-Agent Hank Berson saß mit geschlossenen Augen auf dem Beifahrersitz. Natürlich kannte Thore die Vorgehensweise der Mutanten. Doch manchmal fühlte er sich in ihrer Anwesenheit minderwertig. Natürlich wusste er, dass gerade Walt und Hanky in keinster Weise arrogant waren. Das Gegenteil war der Fall und nichts schmerzte die beiden so sehr wie das Leid anderer Menschen. Die Stimme Hankys riss Thore aus seiner Grübelei.

»Der Kerl versucht sich aus dem Staub zu machen. Er hat ein Haus betreten und ist dann in den Keller gelaufen. Sein Verhalten hat mich für einen Moment verwirrt. Doch offenbar gibt es eine Verbindung zwischen dem Keller dieses Hauses und dem Nachbarhaus. Gerade im Moment kommt er aus dem Nachbarhaus. Oh! Okay! Thore, fahre zurück zur Hauptstraße und dann biegst du nach rechts ab.«

Sofort wendete Thore das große Fahrzeug und bog gleich darauf in die Goten Straße ab. Links bei der Bäckerei stand noch immer der Fluchtwagen. Die weibliche Geisel stand nun neben dem Fahrzeug. Sie hatte ein Handy am Ohr und Thore war froh, dass die Frau nun bald Hilfe bekommen würde. Er reihte sich in den fließenden Verkehr ein und blickte wieder konzentriert nach vorne. Ein Motorrad schoss aus einer Seitenstraße und raste Richtung Norden davon. Dabei überholte der Flüchtende mal rechts und mal links die fahrenden Autos. Ein wütendes Hupkonzert folgte dem Raser. Mit einem deftigen Fluch, der gleichzeitig Resignation transportierte, machte sich der BND-Agent Luft. Er wusste, dass er dem Entführer nun nicht mehr folgen konnte. Dennoch versuchte er sein Bestes, doch der städtische Verkehr bremste ihn aus. Hanky ließ sich jedoch nicht abschütteln. Seine mentale Verbindung zu dem Flüchtigen bestand noch immer. Natürlich hätte er ihm einen telepathischen Schlag versetzen können. Doch es galt herauszufinden, mit wem sich der Entführer treffen wollte. Mit ruhigen Worten dirigierte er Thore durch die Wohnstraßen, bis sie schließlich den Industriepark Höchst erreichten.

Der Anruf

Inzwischen waren die Werksfeuerwehr und ein Notfallteam, ausgerüstet mit Strahlenschutzanzügen, vor dem Laboratorium eingetroffen. Doktor Herrmann, der Chef der DECAM GmbH, dirigierte die Einsatzkräfte. Zuerst wurden alle angrenzenden Gebäude evakuiert, was zur Folge hatte, dass einige Produktionsstraßen abgeschaltet wurden. Die riesigen Maschinen liefen aus und die Mitarbeiter verließen die Werkshallen. Der Werkschutz errichtete Absperrungen und bewachte die große Halle des technischen Labors. Noch immer wusste Doktor Herrmann nicht, wohin man die Leichen abtransportieren sollte. Diese Entscheidung wurde ihm von der Kriminalpolizei abgenommen. Die Beamten betraten kurz das Haus und alarmierten daraufhin den Seuchenschutz des Bundesgesundheitsministeriums. Die Männer in den Chemieschutzanzügen mussten das Laboratorium sofort verlassen. Doch die Spezialisten der Feuerwehr hatten die Szenerie im Inneren des Gebäudes gefilmt. Erschöpft und mit blassen Gesichtern zogen die Männer des Einsatzteams ihre Schutzhauben von den Köpfen. Sie wirkten erschöpft, auch wenn sie sich nicht mehr als dreißig Minuten in dem Gebäude aufgehalten hatten. Doktor Herrmann ging ein paar Schritte und entfernte sich damit von den Einsatzkräften weg. Sein Handy hatte sich brummend gemeldet und er wusste, dass dieser Anruf kein harmlos geschäftlicher sein würde. Eigentlich konnte nur ein Mann am Telefon sein. Natürlich konnte jeder seine Nummer wählen, doch sein Instinkt sagte ihm, welche Stimme er gleich hören würde. Doch er täuschte sich, dennoch war dieser Anruf ebenfalls sehr unangenehm. Nicht der Scheich war am anderen Ende der Leitung, sondern dessen Söldner, der sich nur Harry nannte. Dieser Mann war mindestens genauso gefährlich wie der Scheich. Kaum hatte Doktor Herrmann das Gespräch angenommen, als Harry mit aufgeregter Stimme sagte:

»Der Zellmodulator ist zerstört. Die Einzelteile der Maschine haben Feuer gefangen und es hat sogar eine Explosion gegeben. Warum haben Sie uns nicht unterrichtet, wie gefährlich dieses Gerät ist?«

Der Chef der DECAM überlegte kurz, welche Informationen er dem Söldner des Scheichs geben wollte. Am Ende war es jedoch egal, ob er mit diesem Mann oder dem Scheich selbst sprach. Er brauchte dringend Hilfe, die er in seiner Firma nicht bekommen konnte. Blauäugig hatte er sich in diese Abhängigkeit von dem Scheich begeben. Macht und persönlicher Erfolg hatten alle Bedenken beiseite gefegt. Die Aussicht der Welt eine Maschine zu präsentieren, die eine Zeitenwende in der Medizintechnik einläuten würde, hatte ihn geblendet. Nun musste er seinen Pakt mit dem Teufel akzeptieren und alle möglichen Konsequenzen tragen. An diesem Punkt seiner Überlegung angekommen, antwortete er Harry:

»Es ist zwar bedauerlich, dass Sie die Maschine verloren haben. Doch das ist nicht der größte Verlust. Kommen Sie umgehend zu mir. Wir müssen schnell handeln! Es steht weit mehr auf dem Spiel als eine verlorene Maschine.«

Die Antwort Harrys erstaunte Doktor Herrmann.

»Ich werde in zehn Minuten bei Ihnen sein. Sagen Sie am Osttor Bescheid, dass ich komme!«

Damit beendete der Söldner des Scheichs das Telefonat. Mit etwas mehr Hoffnung informierte der Doktor den Pförtner am Osttor. Vielleicht, so dachte er mit einem Funken Hoffnung, konnte man an einem anderen Standort weiterforschen. Es durfte nicht sein, dass seine Pläne durch eine Fehlfunktion eines Prototyps zerstört wurden. Er wollte gerade zurück zu seinem Büro gehen, das Forschungslabor war im Moment abgesperrt und er konnte hier nichts mehr tun, als sein Telefon sich erneut meldete. Ungeduldig drückte er auf die Antworttaste, ohne vorher die Nummer zu checken. Er wollte schon lospoltern, wer ihn denn nun störte, wo er doch Wichtigeres zu tun hatte, als er die Stimme erkannte, die aus dem Lautsprecher des Smartphones drang. Des Doktors Nacken versteifte sich und ein Frösteln durchlief seinen Körper. Es war der Scheich selbst, der ihn anrief. Hatte dieser schon von dem Unglück, den Toten im Laboratorium gehört? Oder rief er wegen des verunglückten Zellgenerators an? Noch ehe der Doktor weitere Vermutungen anstellen konnte, sagte der Scheich:

»Herr Doktor Herrmann, wann wollten Sie mich denn über die aktuelle Situation in Ihrer Firma unterrichten? Wie ich hörte, gab es da einen Zwischenfall!«

Eine dunkle Bedrohung schien aus dem Hörer des Handys zu kommen und den Chef der DECAM zu umschlingen. Er spürte, wie Angst seine Kehle zuschnüren wollte und Panik sein Denken blockierte. Stammelnd antwortete der sonst sehr redegewandte Mann:

»Unser Forschungsteam ist nicht mehr existent. Alle auf mysteriöse Weise gestorben. Der Zellmodulator muss dafür verantwortlich sein.«

»Nein«, war die Antwort des Scheichs, die gefährlich leise aus dem Telefon drang. »Sie, Doktor Herrmann, sind verantwortlich! Ist das Originalgerät ebenfalls zerstört?«

»Nein, also ich glaube nicht. Es ist ja mit einer Plane bedeckt und ich habe nicht nachgesehen. Die vielen Toten haben mich abgelenkt.«

»Die Toten interessieren mich nicht! Sehen Sie zu, dass Sie den originalen Zellmodulator in Sicherheit bringen. Ich melde mich dann wieder.«

Es dauerte Sekunden, ehe der Doktor sein Telefon zurück in seine Jacke steckte. Er starrte das kleine Gerät an, konnte aber im Moment keinen klaren Gedanken fassen. Die Geräusche um ihn herum schienen hinter einer Wand aus Watte verborgen zu sein. Seine Augen zeichneten nur eine undeutliche Abbildung seiner Umgebung. Sein Herz raste und näherte sich einer Belastungsgrenze, die zu einem Infarkt führen konnte. Mit zitternden Beinen versuchte er einige Schritte, doch die Schwerkraft der Erde schien sich um den Faktor zehn erhöht zu haben. Endlich ertasteten seine Hände eine Wand, eine Mauer, an der er Halt fand. Er lehnte sich an diese und schloss die Augen. Langsam knickten seine Beine ein und sein Rücken, den er fest an das Mauerwerk presste, verhinderte einen Sturz. Dennoch saß er schließlich mit angewinkelten Beinen an der Wand. In so einer Verfassung hatte ihn noch kein Mitarbeiter der DECAM jemals gesehen. Ja, er hatte die Verantwortung! Die Last der Verantwortung hatte ihn zu Boden gedrückt, und zwar wörtlich. Beinahe distanziert betrachtete Doktor Herrmann seine eigene Situation. Er würde, falls er nun versagte, zur Verantwortung gezogen werden. Nicht vom Aufsichtsrat seiner Firma oder den staatlichen Behörden. Nein! Der Scheich würde ihn bestrafen und diese Strafe würde grausam sein. Er selbst konnte dies, wenn auch schweren Herzens, akzeptieren. Doch bei einem früheren Gespräch hatte der Scheich in einem Nebensatz erwähnt, dass die gesamte Familie eines Verräters oder eines Versagers bestraft würde. Was dies genau bedeutete, hatte er nicht weiter ausgeführt. Doch Doktor Herrmann hatte genügend Fantasie, sich auszumalen, was geschehen konnte. Erneut klingelte sein Handy. Am liebsten hätte er das Telefon von sich geworfen, doch nun war es an der Zeit sich der Verantwortung zu stellen. Er zog das Smartphone aus seiner Tasche und drückte den Antwortbutton. Es war der Pförtner des Osteingangs, der sich meldete. Die Stimme des Mannes, der nur eine einzige Aufgabe hatte, nämlich die Personen zu kontrollieren, die das Werksgelände betreten wollten, beruhigte den Doktor merkwürdigerweise. Der Pulsschlag des Doktors verlangsamte sich schnell und seine

Panikattacke verflüchtigte sich. Der Pförtner meldete, dass ein Mann namens Harry nun bei ihm sei und wohin er diesen schicken sollte. Mit einem Seufzer erhob sich der Doktor langsam und sagte: »Harry soll in mein Büro kommen.«

Dann steckte er das ungeliebte Handy wieder in seine Jacke und ging an den Einsatzkräften der Feuerwehr und der Polizei vorüber in Richtung des Verwaltungsgebäudes. Er schien sich im Moment nicht mehr für die Katastrophe im Laboratorium zu interessieren. Der Fußmarsch zu seinem Büro half dem Doktor, seine Gedanken neu zu fokussieren. Entscheidungen mussten getroffen werden. Dazu brauchte er zuerst eine komplette Übersicht der Vorfälle, die ihn beinahe an einen Nervenzusammenbruch gebracht hatten. Erst dann konnte er weitere Schritte planen. Es würde eben einen Neustart in der Erforschung des Zellmodulators geben. Das ließ sich nicht ändern und war nicht das Ende der Welt oder genauer, dies war nicht sein Ende. Mit neuem Mut und zurückgewonnenem Selbstvertrauen betrat der Doktor das Verwaltungsgebäude. Dieser Harry, mochte er auch noch bedrohlich wirken, würde ihm dabei helfen diese Situation zu meistern.

* * *

Der Scheich – Verraten (Jahre zuvor)

Am nächsten Tag beobachtete Omar genau die Reports, die, von Agenten der NSA und der Polizei gemeldet, aus Washington DC und dem Umland um die Hauptstadt der USA eingingen. Die Meldung, auf die er wartete, kam allerdings nicht. Der Mann, der ihn zuerst beschattet hatte und den er in der vergangenen Nacht getötet hatte, war noch nicht aufgefunden worden. Nach einigen Stunden der Nachforschung richtete der Scheich seine

Aufmerksamkeit wieder auf sein eigenes Projekt. Er wollte noch immer einen Zugang zu der Gruppe, die in der Wüste experimentiert hatte. Er war sich sicher, dass er hier und jetzt seine Zukunft sichern konnte. So gab er sich in der Mittagspause wieder sehr jovial, als er mit seinem Kollegen, dem NSA Agent Burt Olson, das Mittagsessen zu sich nahm. Ungezwungen plauderten die Männer und Omar streifte bei dem Geplauder verschiedene Themen. Er wollte Burt Informationen entlocken, um so vielleicht einen Weg zu finden, Näheres über den Energievorhang zu erfahren. Plötzlich kam ihm eine Idee. Wie er wusste, liebte sein Kollege Filme und TV-Serien. Der Scheich hatte sich nie viel aus dieser Art der Unterhaltung gemacht. Da er aber viel Zeit mit seinem Kollegen verbringen wollte, ja sogar eine Art Freundschaft etablieren musste, war es erforderlich, sich mit Filmen und Serien zu befassen. Gerade dieses mühsame und ungeliebte Studium der aktuellen Film-Highlights und TV-Favoriten zahlte sich genau in diesem Moment aus. Eigentlich begann Agent Olson über Filme zu plaudern, was gut war. So würde Omar keinen Verdacht erregen, wenn er über Filme und deren Sinnhaftigkeit sprach. So sagte er zwischen zwei Bissen seines Essens, welches ihm anscheinend gut mundete:

»Also manche Filme sind mir wirklich zu unrealistisch! Wenn ich da nur an Stargate denke. So ein Quatsch. Ein Mensch kann unmöglich durch so einen Energievorhang gehen und dann zu einem anderen Planeten reisen. Was ist mit der Entfernung? Wie viel Energie braucht man für so ein Sternentor? Na? Kannst du mir das beantworten Burt? Da musst du auch zugeben, dass dies reine Fiktion ist.«

Heftig auf seinem letzten Bissen Schinkensandwich herumkauend, verschaffte sich Burt Olson einige Sekunden Zeit. Er musste nun aufpassen, was er seinem Kollegen antwortete. Zu gerne hätte er seinem neuen Freund von dem Dimensionen-Portal, das manche Techniker als Tesla Portal bezeichneten, berichtet. Doch dieses Projekt, bei dem die NSA nur teilweise involviert war, war als „Top-Secret" eingestuft. So durften nur autorisierte Personen miteinander über dieses geheime Forschungsobjekt sprechen. Dennoch konnte er seinem Kollegen Omar widersprechen. Er konnte ja rein theoretisch philosophieren und so bei Omar den Eindruck erwecken, dass er auch an geheimen Operationen der NSA teilnahm. Er schluckte den gut durchgekauten Bissen seines Sandwichs herunter, trank noch einen großen Schluck Cola, ehe er mit verschwörerischem Ton murmelte:

»Natürlich ist ein Stargate nur Fiction. Da gebe ich dir recht Omar. Aber was wäre, wenn es etwas Ähnliches gäbe? Sagen wir mal, und das ist nur ein theoretischer Ansatz, es gäbe eine Maschinerie, die es ermöglichen würde, ein Portal zu einer Parallelwelt zu öffnen. Dazu bräuchte man nur den Bruchteil der Energien, die ein Stargate benötigen würde.«

Omar sah seinen Kollegen nun scheinbar verblüfft an, ehe er laut lachte. Dann klopfte er seinem Gegenüber auf die Schulter und sagte dann immer noch lachend:

»Jetzt hättest du mich beinahe gehabt. Fast wäre ich auf deine Geschichte hereingefallen. Mann, das ist gut! Ein Portal zu einer Parallelwelt. Was sollen wir denn mit einer zweiten Welt anfangen? Haben wir nicht genug mit unsrer eigenen zu tun? Du kommst vielleicht auf Ideen, mein Lieber.«

Nun hätte Burt Olson eigentlich erleichtert sein müssen, denn sein Kollege glaubte nicht an ein Portal. Und doch wurmte es ihn, dass sein sonst so kluger Freund diese Möglichkeit ausschloss. Ja, er lachte sogar über seine Worte und ließ ihn damit irgendwie dumm dastehen. Stolz und Egoismus hatten in der Geschichte schon oft für Verrat gesorgt und hier war es nicht anders. Ohne über weitere Konsequenzen nachzudenken, flüsterte Burt nun:

»Und wenn ich dir sage, Omar, dass es tatsächlich ein Portal gibt?«

»Blödsinn!«, antwortete der Scheich nun bewusst provozierend. Er wartete auf den nächsten Schritt seines Kollegen. Es bedurfte nicht mehr viel und er hatte ihn in der Hand. Olson unterdessen geriet immer mehr in Rage. Er konnte nicht glauben, dass sein Kollege, sein Freund ihn nicht ernst nahm. Er würde ihn überzeugen. Dann wollte er sehen, wer hier ein dummes Gesicht machte. So beugte er sich noch weiter zu Omar und flüsterte noch leiser:

»Kein Blödsinn! Ich habe es selbst gesehen! Es gibt ein Portal und es funktioniert! Jawohl, es funktioniert!«

»Jetzt höre aber auf, mein Freund!«, antwortete Omar.

»Du wolltest mir einen Bären aufbinden und willst das immer noch! Ein Spaß ist ja okay, aber jetzt übertreibst du!«

»Ich übertreibe überhaupt nicht!«, sagte Burt Olson nun laut und einige Köpfe ruckten herum. Andere NSA-Agenten und externe Mitarbeiter wurden auf die beiden Männer aufmerksam. Laute Worte wurden nur selten in der Kantine der NSA gesprochen. Auch Omar und Burt spürten die Blicke ihrer Kollegen.

»Wir sollten vielleicht an einem anderen Ort über dieses Portal sprechen«, sagte Omar nun mit gedämpfter Stimme. Burt, der erst jetzt erkannte, dass er zu viel von seinem Wissen preisgegeben hatte, wurde blass.

»Nein Omar! Ich kann dir nichts erzählen. Streng geheim! Tut mir wirklich leid.«

»Du willst jetzt einen Rückzieher machen Burt? Das kannst du vergessen. Ich will jetzt wissen, was an der Sache dran ist. Oder soll ich deinen Abteilungsleiter nach dem Portal fragen?«

»Um Gottes willen! Omar, würdest du das tun? He, ich habe ja gar nichts gesagt! Alles nur Theorie! So etwas kann mich meinen Job kosten!«

»Oder ein paar Jahre im Staatsgefängnis«, ergänzte der Scheich.

In den nächsten Stunden erfuhr Omar mehr über das Tesla Portal, als er für möglich gehalten hätte. Er und Burt waren in ein Naherholungsgebiet vor der Stadt gefahren. Dort wanderten sie auf einsamen Waldwegen und geschickt lockte er alle Informationen aus seinem Kollegen heraus. Am Ende konnte Burt nicht anders, als auf jede Frage seines Freundes wahrheitsgetreu zu antworten. Die Dimension der Informationen war so gewaltig, dass Omar für einen Moment in Versuchung geriet, das Tesla Portal zu vergessen. Hier waren mächtige Männer in einer Verschwörung vereint. Konnte er alleine diesen Männern widerstehen und zusätzlich Nutzen aus seinem Wissen erzielen? Das Ergebnis seiner Überlegungen erstaunte den Scheich selbst. Die Antwort auf die zweifelnde Frage war eindeutig mit einem „JA" zu beantworten. Er konnte und er wollte. Seine jahrelange Vorarbeit zahlte sich nun aus. Er hatte Verbindungen geknüpft, Abhängigkeiten geschaffen, Informationen gesammelt, die mehr als einen Mann zu Fall bringen konnten, und eine bisher kleine, aber schlagfertige Söldnertruppe angeheuert. Letztere arbeiteten rein auf Profit und stellten keine unnötigen Fragen. Sie arbeiteten unabhängig, auch für andere Auftraggeber. So konnte er die Söldner bei Bedarf einsetzen und musste die Truppe nicht permanent bezahlen. Dies alles war ein guter Grundstock für die kommenden Aufgaben. Er wollte das Tesla Portal! Er alleine wollte es benutzen und er würde aus anderen Welten Reichtümer in diese, seine Welt bringen. Natürlich hatte der Scheich keinerlei Vorstellung davon, auf was er sich wirklich einließ. Doch er hatte sein ganzes Leben lang pragmatisch gehandelt und er würde dies auch jetzt so handhaben. Der nächste Schritt war logisch und nachvollziehbar. Er musste das Portal in Aktion sehen und herausfinden, wie viele Männer er benötigte, um das Portal zu bedienen. So blieb er auf dem Waldweg stehen, stemmte seine Hände in die Hüften und sah hinauf zum Himmel. Laut sagte er, ohne Burt anzusehen:

»Willst du zusammen mit mir eine neue Welt erobern?«

Burt sah fassungslos zu seinem Freund. War dieser nun verrückt, ja größenwahnsinnig geworden, oder hatte er einen Plan? Burt Olson war schon immer ein Opportunist gewesen und nach kurzem Nachdenken antwortete er mit erwachender Euphorie:
»Na klar Omar! Wir zwei erobern eine Welt! Wenn du mir noch sagst, wie du das anstellen willst, dann bin ich dabei!«

* * *

Die Finte

Immer wieder hallten Schüsse über das Vorfeld und den Industriepark. Das Einsatzkommando des Bundesgrenzschutzes hatte sein Vorrücken eingestellt. Sie warteten darauf, dass den Gangstern die Munition ausgehen würde. Hier sollte kein Menschenleben geopfert werden. Die umliegenden Gebäude waren inzwischen evakuiert worden, doch das Eindringen in den Hangar, wo sich die Gangster verschanzt hatten, war nur unter hohem Risiko möglich. Auch die belagerten Söldner, welche die Uniformen einer Sicherheitsfirma trugen, schossen nur dann, wenn auf dem Flugfeld, bei den Fahrzeugen der Feuerwehr und des Bundesgrenzschutzes eine Bewegung sichtbar wurde. Die Lastwagen, die den Zellmodulator transportiert hatten, waren inzwischen ausgebrannt. Nach und nach fielen noch immer Teile der Fahrzeuge zu Boden, zerbrachen und zerfielen letztlich zu Staub. Dieser wehte durch leichte Windböen über das Vorfeld des Flughafens. Walt wurde zusehends unruhiger. Sein Temperament ließ geduldiges Warten nur unzureichend zu. Yavuz bemerkte die Unruhe des Mutanten und fragte sich, warum dieser mit seinen Kräften die Auseinandersetzung nicht beendete. Da er keine Antwort auf seine selbstgestellte Frage fand, fragte er Walt direkt.

»Sag mal Walt, wieso entwaffnest du die Kerle im Hangar nicht einfach. Du kannst doch Materie mit deinen geistigen Fähigkeiten bewegen. Oder liege ich da falsch?«

»Natürlich kann ich das«, antwortete der Mutant. »Ich könnte zum Beispiel die ganze Halle zum Einsturz bringen. Von dem entstehenden Schaden mal abgesehen, möchte ich nur ungern einen oder mehrere Menschen töten. Dabei ist es mir egal, ob es sich um Gangster handelt oder nicht.«

»Ja, aber wenn du die Halle zum Einsturz bringen kannst, warum entreißt du den Gangstern nicht ihre Waffen?«

»Weil ich die Männer und damit auch ihre Waffen nicht sehe! Wenn ich meine Kräfte auf Verdacht einsetze, kann sonst was passieren. Nein mein Freund! Das Risiko ist mir zu groß!«

Yavuz dachte über die Worte des Mutanten nach, sah dabei zu dem Hangar hinüber und hatte eine Idee. Sofort unterbreitete er Walt seine Gedankengänge.

»Walt, wenn du die Gangster sehen willst, dann bringe ich dich zu ihnen.«

»Wie willst du denn das machen? Dir ist schon klar, dass die Kerle auf jeden schießen.«

»Ja, das weiß ich auch. Aber die Gangster feuern auf ihre Angreifer. Was ist, wenn sich unbedarfte Leute dem Hangar nähern?«

»Du meinst, wir beide sollen die Harmlosen spielen? Aber wie denn?«

Nun lächelte Yavuz und erklärte Walt seinen Plan. Dieser war zuerst skeptisch, doch nach weiteren, erklärenden Worten gefiel dem Mutanten die List, die sich der Mann neben ihm ausgedacht hatte. Gleich darauf verließen die beiden Männer ihren Beobachtungsposten und rannten zuerst zur nächsten Straße, die hinter den Hangars und den Lagerhallen verlief. Direkt hinter dem Hangar für Kleinflugzeuge, in dem sich die Gangster verschanzt hatten, sahen sie Bewaffnete, die zu der Einsatzgruppe des Bundesgrenzschutzes gehörten. Die Spezialisten hatten sich um den Hintereingang des Hangars positioniert und warteten auf ihren Einsatzbefehl. Walt und Yavuz wechselten die Straßenseite, um den Einsatzkräften zu zeigen, dass sie nichts mit den Kampfhandlungen zu tun hatten. Es wäre zu zeitaufwendig, den Männern zu erklären, wer sie waren und was sie planten. Weitere dreihundert Meter später blieben die beiden schwer atmend stehen. Yavuz schaute sich suchend um und studierte die Firmenschilder der hier ansässigen Unternehmen. Yavuz lief weiter die Straße entlang und Walt folgte schnaufend. Dann endlich schien der Sonderberater des FBI das richtige Firmenschild gefunden zu haben. Er winkte Walt heran und rief:

»Hier müssen wir rein. Los, komm schon!«

Walt schenkte sich einen Kommentar und folgte seinem Kollegen. Über den Firmenparkplatz, auf dem kein einziges Fahrzeug stand, gelangten sie zu der Rückseite eines Hangars. Dort befanden sich Büros und eine Eingangstür, die allerdings verschlossen war. Yavuz rüttelte an der Tür und sah sich dann ein wenig hilflos um. Wie konnte man die Tür öffnen, ohne zu großen Schaden anzurichten. Dabei vergaß er, dass Walt über besondere geistige Kräfte verfügte. Mit einem leisen Klick entriegelte sich das Schloss und die Tür schwang auf. Diese kleine Demonstration seiner Kräfte quittierte Yavuz mit einem Grinsen. Dann betrat er den Bürotrakt des Hangars. Wie er wusste, beherbergte dieses Unternehmen Kleinflugzeuge privater Piloten. Er war schon einige Male in diesen Räumen gewesen. Allerdings hatte er die Büros immer von der Hangarseite aus betreten. Die spezialisierte Firma bot außer den Parkflächen in der großen Halle auch einen Reparaturservice an. Diesen hatte der Hobbypilot Yavuz schon mehrfach in Anspruch genommen. So wusste er, dass in einem der Büros die Schlüssel der Flugzeuge verwahrt wurden. Schnell fand er das entsprechende Büro und den Aktenschrank, in dem die Schlüssel verwahrt wurden. Natürlich war der Schrank ebenfalls verschlossen. Mit einem auffordernden Blick brachte er Walt dazu, auch dieses Schloss telekinetisch zu öffnen. Klackend entriegelte sich das Schloss und nun war es Walt, der lächelte. Suchend betrachtete Yavuz die im Schrank verwahrten Schlüssel und nahm dann einfach einige vom Haken. Er wusste nicht, in welcher Reihenfolge die Kleinflugzeuge geparkt waren. Gleich darauf verließen die beiden Männer den Bürotrakt und betraten den Hangar. Hier standen zwölf Flugzeuge ordentlich geparkt. Um Zeit zu gewinnen, wählte Yavuz eine Cessna aus, die direkt am geschlossenen Rolltor stand. Mit flinken Fingern suchte er den passenden Schlüssel, der mit einem kleinen Anhänger versehen war, auf dem die Registrierungsnummer stand. Die gleiche Nummer fand sich an der Seite des Flugzeuges. Yavuz öffnete die Tür der Cessna und schwang sich auf den Pilotenplatz. Währenddessen öffnete Walt das Rolltor, ohne seine mentalen Kräfte einsetzen zu müssen. Ein einfacher Schalter genügte und das Tor rollte nach oben. Der Motor des Kleinflugzeugs sprang knatternd an und Walt setzte sich schnell auf den Beifahrersitz. Nachdem Yavuz einige Einstellungen im Cockpit überprüft hatte, löste er die Bremse und zog an einem Hebel. Langsam setzte sich die Maschine in Bewegung und rollte vor die Halle. Yavuz meldete sich per Funk am Tower und erklärte, dass er nur über das Vorfeld rollen würde. Die Bestätigung des Towers war kurz, da sich die Fluglotsen um die Starts und Landungen des zivilen Flugverkehrs kümmern mussten. Langsam rollend lenkte Yavuz zu einem sogenannten Taxiweg, einer Straße, welche die Flugzeuge zu den entsprechenden Hangars brachte, ohne die Landebahnen zu tangieren. Nun beschleunigte Yavuz und steuerte auf den Hangar zu, in dem sich die Gangster verbargen. Die Männer des Bundesgrenzschutzes versuchten durch Winken und Rufen dem anrollenden Flugzeug zu signalisieren, dass hier Gefahr drohte. Unbeirrt rollte die Cessna jedoch weiter auf den Hangar zu. Die Söldner, die sich hinter parkenden Flugzeugen und hier abgestellten Containern verschanzt hatten, sahen zuerst verblüfft auf das anrollende Flugzeug und handelten dann, wie sie es gewohnt waren. Walt, der auf diesen Moment gewartet hatte, sah das Mündungsfeuer der Gewehre und Pistolen. Damit kannte er die Position der Gegner. Er griff telekinetisch zu und entriss den Gangstern die Waffen. Einige Männer klammerten sich an ihre Gewehre und wurden zusammen mit ihren Feuerwaffen davongeschleudert. Im Sekundentakt eliminierte Walt einen Gegner nach dem anderen. Inzwischen rollte die Cessna weiter auf den Hangar zu und Yavuz sah durch die zerstörte Frontscheibe nach vorne. Einige Kugeln hatten das Kleinflugzeug getroffen und waren sogar in der Passagierkabine eingeschlagen. Zum Glück waren weder Yavuz noch Walt getroffen worden. Das Flugzeug kam zum Stehen und Yavuz schaltete den Motor aus. Ein letzter Gegner rannte in einer verzweifelten Aktion aus der Deckung heraus auf die Cessna zu. Er hielt eine Pistole vor sich und wollte feuern. Doch sein Finger konnte den Abzug nicht durchdrücken. Verwundert sah er, noch während er rannte, auf seine Waffe. Im nächsten Moment erhielt er einen fürchterlichen Schlag, der ihn nicht nur stoppte, sondern ihm auch das Bewusstsein raubte. So fiel er haltlos zu Boden, rutschte noch ein kleines Stück und blieb dann reglos liegen. Die Spezialtruppe des Bundesgrenzschutzes hatte genau beobachtet, was sich in der Halle abgespielt hatte. Sie verließen ihre Deckung und rannten mit angeschlagen Waffen auf den Hangar zu. Walt und Yavuz blieben in der Cessna sitzen und ließen die Männer ihre Arbeit tun. Walt drehte sich zu seinem Kollegen um und klopfte diesem anerkennend auf die Schulter. Ihre Finte hatte funktioniert.

* * *

Schwierige Zurückhaltung

Mit seinen telepathischen Sinnen verfolgte Hanky den Flüchtigen. Dieser war kreuz und quer durch die Wohnstraßen gefahren, um eventuelle Verfolger abzuschütteln. Als er keine Gefahr einer Entdeckung mehr sah, steuerte er sein Motorrad direkt zu dem Osttor der DECAM-Werke. Er hatte vor einigen Minuten mit dem Chef der Firma, Doktor Herrmann, telefoniert und sein Kommen angekündigt. Der Pförtner, gekleidet in eine Werksuniform, wusste zwar, dass ein Mann namens Harry kommen würde, dem er Einlass gewähren sollte. Dennoch bestand der Pförtner auf seiner Routine, die es verlangte, dass er jeden Gast zu kontrollieren hatte. Harry sagte seinen Namen, worauf der Pförtner zurück zu seinem kleinen Wachhaus ging und dort zum Telefonhörer griff. Dabei bewegte er sich gemächlich, seine kurzfristige Macht über jeden Besucher ausnutzend. Nach dem Telefonat kam er gemessenen Schrittes zu Harry zurück und sagte mit einem wichtigen Gesichtsausdruck:

»Sie dürfen passieren.«

Dann drückte der Pförtner auf eine Fernbedienung, die er in seinen Händen hielt, und die Schranke klappte nach oben. Harry ließ sein Motorrad aufheulen und fuhr mit erheblicher Geschwindigkeit an dem Pförtner vorbei. Es fehlten nur Zentimeter zu dessen Schuhen und des Pförtners Füße entgingen einer schmerzlichen Erfahrung. Der Söldner des Scheichs fuhr nun direkt zu dem Verwaltungsgebäude der DECAM GmbH.

Nur wenige Hundert Meter entfernt lenkte Thore den SUV durch die Straßen von Frankfurt-Höchst. Er folgte den leise gesprochenen Anweisungen Hankys, der sich in einer Meditation befand. Der BND-Agent kannte diesen Zustand des Mutanten. Er hatte diesen schon im Einsatz erlebt, damals in New York City. Seitdem betrachtete Thore die Welt mit anderen Augen. Ja, seine Erfahrungen in den USA hatte sein Leben verändert. Er wusste nun, dass die Menschheit in einer trügerischen Sicherheit lebte. Dieses gutgläubige Vertrauen, dass der Wohlstand, den die Bürger westlich orientierter Staaten genossen, für immer festgeschrieben sei, war einfach nur falsch. Thore lebte nun nach dem Motto, dass er für jeden Tag, den er in Frieden verbringen konnte, dankbar war. Es bedurfte nur einer bösartigen Person, um die Welt ins Chaos zu stürzen. Deshalb arbeitete er noch immer beim BND. Hier hatte er die Möglichkeit, potenzielle Gegner zu erkennen und sein Land zu beschützen. Thore setzte seinen Blinker nach rechts und bog ab. In circa hundert Metern Entfernung endete die Straße und eine Schranke verhinderte die Weiterfahrt. Hinter der Schranke erkannte Thore große Hallen und Gebäude, aus denen dicke Rohrleitungen in alle Richtungen zu führen schienen. Auf einem Hochhaus, das zwischen den Werkshallen emporragte, drehte sich das Firmenlogo langsam. Der BND-Agent sah das Schild und rief aufgebracht und ärgerlich:

»Die DECAM GmbH! Hab' ich's mir doch gedacht! Natürlich! Wer sonst?«

Hanky schreckte aus seiner Meditation hoch und sah den BND-Agenten verwundert an. Dann fragte er seinen Begleiter, ohne dabei seine Gabe zu gebrauchen. Er wollte nicht in den Gedanken des großen Mannes herumschnüffeln.

»Was hast du dir gedacht Thore und warum bist du so empört?«

»Na, weil in diesem Chemiewerk immer wieder Unfälle passieren, die dann von der Werksleitung und der Politik vertuscht werden«, antwortete der BND-Agent.

»Einmal hat es sogar blauen Schnee geregnet. Das Zeug lag auf den Wohnhäusern und in den Gärten. Doch die offiziellen Verlautbarungen lauten immer gleich. Es besteht keine Gefahr für die Anwohner! Es ist zum Kotzen!«

Besorgt sah Hanky nun seinen Kollegen an. Natürlich war dieser aufgebracht, doch bewiesen war noch nichts. Deshalb sagte er zu dem aufgebrachten Thore:

»Parke da vorne rechts neben dem Tor. Danach kontaktiere deine Behörde, ob es Informationen über diesen Konzern gibt, die hilfreich für uns sein können. Ich versuche noch einmal den Flüchtigen mental zu erreichen. Okay?«

Dieser nickte nur, parkte, griff sein Telefon von der Ablage des SUV. Auf dem Beifahrersitz nahm Hanky eine bequeme Position ein und schloss seine Augen. Er wollte nun tiefer in den Geist des Verfolgten, von dem er inzwischen wusste, dass dieser sich Harry nannte, eindringen. Das bedurfte einiger Konzentration. Zuerst fokussierte er sich auf das Gedankenmuster Harrys. Die Geräusche um ihn herum wurden leiser und verstummten schließlich gänzlich. Der Geist des Mutanten löste sich von dessen Körper und bewegte sich auf einer metaphysischen Ebene. Gedankenmuster vieler Lebewesen, ob Mensch oder Tier, bewegten sich als zarte Lichtspiralen durch den ätherischen Raum. Sie schienen zu schweben, ja, sie bewegten sich, als würden sie von einem zarten Lufthauch berührt. Die Farben der Lichtspiralen schwankten von hellen Pastelltönen bis hin zu schweren, dunklen Farben. Die Gedankenspiralen reflektierten die Gemütslage ihrer Menschen. Sie drückten Zorn, Liebe, Hoffnung und Schmerz aus. Es gab Spiralen, die aus einem Konglomerat aus Farben zu bestehen schienen. Hier zeigte sich die Vielfalt der Gedanken eines Menschen, der gleichzeitig die unterschiedlichsten Gefühlsregungen in sich versammelte. Doch Hanky ließ sich nicht von der Farbenpracht der Gedankenspiralen ablenken. Er bewegte sich weiter auf der Suche nach dem Gedankenmuster Harrys. Seine Suche dauerte länger, als er es sich vorgestellt hatte. Doch dann fand er endlich das entsprechende Gedankenmuster und die dazugehörige Energiespirale. Diese pulsierte heftig, was ein Zeichen dafür war, dass der Mann sich im Moment sehr aufregte.

Mit einem Gedankenbefehl schob Hanky seinen Geist auf die Spirale zu und tauchte nach kurzem Zögern in diese ein. Sofort veränderte sich die Umgebung und Hanky schien durch einen Energiesog eingezogen zu werden. Die Farben verblassten und eine materielle Umgebung, wie sie jeder normale Mensch sehen konnte, schälte sich aus dem Farbennebel. Hanky sah vor sich einen Mann hinter einem großen Schreibtisch sitzen. Dieser war mit einem Geschäftsanzug gekleidet, der allerdings einige Schmutzflecke aufwies. Der Mutant wusste, dass sein Geist direkt in dem Gehirn Harrys angekommen war. Er bewohnte nun neben dem Geist Harrys dessen Körper. Jetzt musste er aufpassen, damit er keinen Fehler machte. Mit keinem Gedanken durfte er seinen Gastkörper bewegen. Er musste nur durch die Ohren dieses Körpers hören und den Blicken seiner Augen folgen. Jeder Befehl, ausgesandt von seinem Geist an das Gehirn des Gastkörpers, würde von dem Geist Harrys sofort bemerkt werden. So lauschte Hanky und suchte gleichzeitig den Geist Harrys in dessen Körper.

»Ich habe mit dem Scheich gesprochen«, hörte Hanky von dem Mann hinter dem Schreibtisch. Er war gerade zur rechten Zeit in den Körper Harrys geschlüpft. Nun hieß es aufpassen und Informationen sammeln. »Der Scheich hat befohlen, den originalen Zellmodulator sofort abzutransportieren. Dazu brauche ich Ihre Hilfe Harry.«

»Das kann ich organisieren«, hörte Hanky und spürte, wie die Worte den Mund Harrys verließen. Ja, er spürte, wie sich die Lippen bewegten, wie er atmete und schluckte. Parallel zu den Worten hörte er die ausgesprochenen Worte auch auf mentaler Ebene. Nun war es Hanky möglich, die Gedanken Harrys zu belauschen. Dieser dachte kurz an einen Mann, dessen Bild verschwommen vor Hankys geistigem Auge auftauchte. Dieses Geistesbild zeigte einemschmalen Mann mittleren Alters, der aber in keinster Weise zu dem Titel „der Scheich" passen wollte. Und dennoch musste es sich hier um den mysteriösen Unbekannten handeln. Doch Hanky konnte sich nicht länger auf diesen Mann konzentrieren, da dessen Bild sich auflöste. Ein anderes Gedankenbild materialisierte sich. Nun sah der Mutant eine große Gruppe Männer und Frauen, die alle eine militärisch anmutende Uniform trugen. Ihre Gesichter waren merkwürdig undeutlich, was davon zeugen konnte, dass Harry an seine Söldnertruppe im Allgemeinen dachte. Die Gestalten verwehten und große, schwere Lastwagen eroberten das Gedankenkino Harrys. Dann folgte die sprachliche Bestätigung der Bildgedanken:

»Ich brauche circa zwei Stunden, um meine Truppe zu aktivieren. Können wir dann ungehindert in das Laboratorium, um den Zellmodulator zu bergen?«

»Das kann ich nicht sagen«, antwortete der Mann im Anzug. »Es kommt darauf an, wann die Polizei das Labor wieder freigibt.«

An diesem Punkt stutzte Hanky. Er fragte sich, was in diesem, ihm noch nicht bekannten Laboratorium geschehen war. Noch wusste er, wo dieses Labor zu finden war. Dies war der Nachteil, wenn man einen Körper übernahm. Hanky konnte nur das erfahren, was gedacht und gesprochen wurde. Als sich das Gespräch nun organisatorischen Fragen zuwandte, verließ Hanky den Körper Harrys. Jetzt war es wichtig zu erfahren, was in dem unbekannten Labor geschehen war.

* * *

Der Scheich – Beobachten (Jahre zuvor)

Mit viel Geduld sammelte der NSA-Abteilungsleiter Informationen. Sein neuer, bester Freund und Kollege NSA-Agent Burt Olson agierte überraschenderweise sehr diskret. Er war in die als besonders geheim eingestufte Operation mit dem Namen „Tesla Portal" eingebunden. Neben seinen regulären Aktivitäten in der Behörde wurde er zusätzlich mit organisatorischen Aufgaben betraut. Er mietete unter dem Namen einer Scheinfirma ein großes Lagerhaus in New York City an. Er fragte nicht, für welchen Zweck dieses Lagerhaus gebraucht wurde. Wer zu viel Fragen stellte, geriet in Gefahr. Das wusste er und vermittelte seinen Vorgesetzten, dass er ein verlässlicher Mitarbeiter sei. Natürlich agierte er nur in der Peripherie dieser geheimen Aktivitäten. Er hatte in dem Wüstencamp das Tesla Portal gesehen und wusste, was diese Technik vermochte. Alleine der Gedanke, dass Parallelwelten existierten, hatte ihn zuerst schockiert. Dass es dann auch noch eine Möglichkeit gab, mittels erstaunlicher Technik einen Zugang zu diesen Welten zu schaffen, war so unglaublich. Deshalb arbeitete er zuerst mit dem Eifer des Entdeckers mit ganzem Herzen bei dieser Unternehmung mit. Er war zwar kein Techniker oder Wissenschaftler, doch seine organisatorischen Fähigkeiten waren so ausgeprägt, dass man auf ihn aufmerksam geworden war. Allerdings erkannte sehr schnell Burt Olson, dass diese Technik dieses Dimensionstor für machtpolitische Zwecke missbraucht wurde. Was genau die Männer und Frauen, welche die Operation Tesla Portal leiteten, wirklich planten, konnte er für lange Monate nicht ermitteln. Doch als er aufgefordert wurde, die Logistik für eine große Bauunternehmung zu übernehmen, begann er nun gezielt nachzufragen. Durch diesen Auftrag wurde Burt mit Informationen versorgt, die ihm Aufschluss über die geplanten Aktivitäten in der Parallelwelt gaben. Dazu wurden

Tiefbauexperten angefordert, von denen er einige schon in dem Wüstenlager kennengelernt hatte. Doch warum sollte man ein großes Bauprojekt in der Parallelwelt durchführen? Was war dort, dass den Aufwand lohnte? Enorme Mittel wurden für dieses Vorhaben verwendet. Woher kam das Geld? Burt war sich sicher, dass seine Behörde, die NSA, nicht alleine involviert war. Es musste ein Konsortium aus finanzstarken Personen geben, welche ein gemeinsames Ziel verfolgten. Der Erlös dieser Unternehmung musste immens sein. An diesem Punkt bezog Burt Olson seinen Freund und Kollegen Omar Zaki mit in die Ermittlungen. Dieser war keineswegs erstaunt, als er hörte, welche Material- und Geldmittel bewegt wurden. Auch er war nicht untätig gewesen. Er hatte ein erprobtes Söldnerteam, finanziert durch Kontakte im Nahen Osten und Osteuropa, angeheuert. Diese Männer standen auf Abruf bereit. Im Moment war die Söldnertruppe in verdeckten Einsätzen weltweit unterwegs, die aus schwarzen Kassen der NSA finanziert wurden. Da Omar diese verdeckten Einsätze koordinierte, schaffte er sich die Basis für seine zukünftigen Pläne. Er war und blieb im Hintergrund und lehnte sogar ein Angebot von Agent Olson ab, dass ihm direkten Zugang zu dem Team verschafft hätte, das mittels des Tesla Portals in die Parallelwelt vordringen würde. Instinktiv wusste Omar, dass er bei diesem Unternehmen nur ein weiterer Mann unter vielen sein würde. Doch er war nicht der typische Befehlsempfänger. Er wollte selbst die Fäden in der Hand halten. Außerdem befürchtete der Scheich, dass bei der großen Anzahl involvierter Personen die Geheimhaltung der Operation Tesla Portal sehr gefährdet war. Sollte diese Unternehmung scheitern, dann würden viele Menschen in den Bundesgefängnissen landen. Dennoch musste es einen Weg geben, der ihm eine machtvolle Zukunft sicherte. Ja, er wollte in der Welt ein hörbares Wort mitsprechen. In dieser Zeit der Beobachtung und Planung wusste der Scheich noch nicht, dass er tatsächlich in der Zukunft an der

Schwelle zu Ruhm und Ehre stehen würde. Doch wie es mit der Zukunft eben war, konnte auch er nicht erahnen, wie schwer es sein würde, ebendiese Schwelle auch zu überschreiten.

* * *

Sie trafen sich regelmäßig zu einem Drink in ihrer Lieblingsbar. Dabei achtete Omar sorgfältig auf seine Umgebung. Er wollte verhindern, dass ein weiterer ungebetener Beobachter ihn in eine Lage brachte, die er vielleicht nicht mehr beherrschen konnte. Tatsächlich war inzwischen die Leiche des Mannes aufgefunden worden, den er auf dem Gelände einer Spedition getötet hatte. Soweit er den Mordermittlungen durch Akteneinsicht folgen konnte, wies keine Spur zu ihm oder zu seinem Kollegen Burt Olson. Dieser hatte die Beschattung nicht einmal bemerkt und schenkte den Berichten über den Tod eines NSA-Agenten nur am Rande Beachtung. Offiziell waren die beiden Männer nie ihrem getöteten Kollegen begegnet. Er war ein Fremder, nur ein Name auf einem Bericht. An diesem Abend kam Burt später als gewohnt zu ihrem verabredeten Barbesuch. Er wirkte aufgeregt und trank sein erstes Bier auf ex aus. Dann wischte er sich den Mund ab und bestellte sich einen Snack beim Barkeeper. Anschließend erst wandte er sich Omar zu, der das Verhalten seines Freundes interessiert beobachtet hatte. Doch er wartete darauf, dass Burt zu sprechen begann. Immerhin kannte er den Mann so gut, um zu wissen, dass dieser etwas Neues, vielleicht sogar Aufregendes zu berichten hatte. Wie richtig die Einschätzung des Scheichs war, erfuhr er keine Minute später. Mit einem verschwörerischen Blick rückte Burt mit seinem Barhocker näher an Omar heran. Er fuhr sich noch einmal nervös durchs Haar, ehe er flüsterte:

»Es hat begonnen! Die Lastwagen und Baumaschinen sind für heute Nacht angefordert worden.«

»Und wohin sind die Fahrzeuge beordert worden?«, fragte der Scheich, obwohl er schon eine Vermutung hatte.

»Na zu der Lagerhalle in New York City!«, flüsterte Burt aufgeregt. »Alle Baumaschinen und Lastwagen auf einmal?«

»Ja Mann! Deshalb bin ich so aufgeregt. In den letzten Tagen habe ich keine weiteren Informationen über weitere Lieferungen bekommen. Doch man hat mich nicht angefordert, an der Aktion teilzunehmen. Anscheinend soll ich nicht mit in die andere Welt. Verdammt, ich kann mich noch immer nicht an den Gedanken gewöhnen. Eine andere Welt! Du meine Güte! Das muss man erst einmal akzeptieren.«

»Beruhige dich Burt! Sei froh, dass du nicht nach New York beordert worden bist. Jetzt, da die Operation gestartet wurde, musst du als Erstes deine Spuren verwischen. Lösche alle Daten aus den Rechnern der NSA, die dich in irgendeiner Weise mit dem Tesla Projekt in Verbindung bringen könnten. Lösche auch die Verbindungsdaten der Personen, die dich beauftragt haben für diese Operation Dinge zu organisieren. Hast du verstanden? Das ist nun total wichtig. Gleichzeitig musst du beobachten, wie die Sache weitergeht. Ich habe da so eine Idee, um die ich mich aber erst noch kümmern muss. Ich kann dir noch nicht mehr dazu sagen, außer dass du mit mir zusammenarbeiten wirst. So und nun iss deinen Snack. In einer halben Stunde fahren wir nach New York City. Ich möchte mir die Vorgänge vor Ort selbst ansehen.«

»Du willst nach New York? Ja, bist du denn verrückt geworden?«

»Nein mein Freund! Ich bin nicht verrückt! Ganz im Gegenteil! Ich war selten so klar denkend. Wenn wir es geschickt anstellen, werden wir mit unserem Wissen viel Geld verdienen.«

Eine halbe Stunde später bestiegen die beiden Männer einen unauffälligen Kleinwagen und fuhren in die Nacht hinein. Auf sie wartete eine dreistündige Fahrt nach Norden. Sie folgten der

Interstate 295 in Richtung Baltimore. Dort wechselten sie auf die Interstate 95, die an Philadelphia vorbei direkt nach New York City führte. Auf der Fahrt durch die Nacht versuchten die Männer darüber zu philosophieren, wie es auf der anderen Seite des Tesla Portals aussehen könnte. War in der Parallelwelt ebenfalls eine Großstadt, vielleicht dem hiesigen New York City ähnelnd? Oder war dort drüben etwas völlig anderes? Burt wusste, dass bei der Expedition in der Wüste das Einsatzteam ebenfalls eine Wüste hinter dem Portal gefunden hatte. Allerdings war die andere Wüste atomar verstrahlt und die Wissenschaftler hatten nur in Strahlenschutzanzügen arbeiten können. War die fremde Welt vielleicht völlig verstrahlt, oder gab es dort eine Zivilisation? Doch wozu brachte man dann Baumaschinen in die Parallelwelt? Was wollte man dort bauen? Brauchten die Bewohner dort drüben vielleicht Hilfe? War dies gar eine humanitäre Mission und Burt wie auch Omar hatten sich in ihrer Einschätzung getäuscht? Wer konnte dies denn mit Sicherheit sagen. Die Anspannung der beiden NSA-Agenten wuchs mit jedem Kilometer, den sie der Mega-City näherkamen. Der Scheich spürte eine angenehme Aufregung und dieses Gefühl war eines der wenigen, die er wahrnahm.

* * *

Schlimmer Verdacht

Das Spezialkommando des Bundesgrenzschutzes hatte den Flugzeughangar gestürmt. Ohne Probleme nahmen sie die Männer der Sicherheitsfirma fest, die bisher so heftigen Widerstand geleistet hatten. Auch das Kleinflugzeug, in dem Walt und Yavuz saßen, wurde von den Grenzschützern umstellt. Feuerbereite Waffen zielten auf die beiden FBI-Agenten. Die Beteuerung von

Yavuz, der durch das geöffnete Seitenfenster den Beamten zurief, dass er und Walt vom FBI seien, half nichts. Sie wurden aufgefordert, mit erhobenen Händen das Flugzeug zu verlassen. Kaum hatten ihre Füße den Boden berührt, packten starke Hände die Agents und zwangen diese zu Boden. Dort wollten die Beamten den beiden Männern Handschellen anlegen. Das war zu viel für Walt. Er zerriss mit seiner mentalen Kraft die Plastikbänder, die zur Fixierung eines Gefangenen gedacht waren. Dann schob er die Grenzschützer mit seiner telekinetischen Gabe von sich weg und setzte sich auf. Diese wollten erneut ihre Waffen heben, doch eine unsichtbare Kraft hinderte sie daran. Die Waffen ließen sich nicht bewegen, sosehr sich die Beamten des Einsatzkommandos auch bemühten. Ohne Eile erhob sich Walt, klopfte imaginären Staub von seiner Kleidung und sah sich dann suchend um. Der Offizier, der den Angriff auf die Sicherheitsleute geleitet hatte, kam vom Hangar kommend direkt auf die Gruppe zu. Er sah seine Soldaten, die in einem Halbkreis vor einen Zivilisten standen. Dabei hielten sie ihre Waffen gesenkt, was irgendwie nicht zu dem Bild einer Verhaftung passen wollte. Der Offizier trat zu der Gruppe, sah mit einem strafenden Blick zu seinen Männern und dann zu dem Zivilisten. Mit befehlsgewohnter Stimme fragte er:

»Was geht denn hier vor? Die beiden Insassen der Cessna sollten doch in Gewahrsam genommen werden!«

»Niemand wird hier festgenommen!«, antwortete Walt anstelle der angesprochenen Zollbeamten. Dann griff er in seine Jacke und zog ein Lederetui daraus hervor. Er klappte es auf und präsentierte dem Offizier seine Dienstmarke.

»Ich bin FBI Special Agent Walt Kessler und dort drüben ist mein Kollege Yavuz Kozoglu. Wir sind nicht Ihre Gegner. Also lassen Sie den Blödsinn und stecken Ihre Waffen weg.«

Die Ernsthaftigkeit, mit dem Walt die wenigen Worte gesagt hatte, beeindruckte Yavuz und nicht nur ihn. Der Mutant schien die Fähigkeit zu besitzen, jedem ausgesprochenen Satz eine unterschwellige Suggestion beizufügen. Einmütig folgten die Männer Walts Anweisung und die allgemeine Anspannung löste sich auf. Mit ernstem Gesichtsausdruck bat Walt den Offizier mit ihm einige Schritte zu gehen. Abseits der Szenerie unterrichtete er den Einsatzleiter über die Gefahr, die von den mittlerweile ausgebrannten Lastwagen ausging. Zusätzlich gab er nur die notwendigsten Informationen preis, die dem Offizier aber halfen, die Lage hier vor Ort richtig zu beurteilen. Nun konnte er angemessen agieren und alle notwendigen Schritte in die Wege leiten. Zum Schluss gab Walt dem Grenzschutzbeamten noch seine Handynummer und verabschiedete sich dann von dem Mann. Etwas abseits stand Yavuz und betrachtete sinnend die Wracks der Lastwagen. Es war nicht mehr viel übrig von den großen Fahrzeugen. Der Verfall war unübersehbar. Yavuz näherte sich langsam den zerstörten Lastwagen. Sein Blick wanderte hin und her und er hatte das Gefühl, dass er etwas übersah. Dann endlich erkannte er, was er bisher nur am Rande bemerkt hatte. Der Betonboden, auf dem die Lkw standen, löste sich ebenfalls auf. Breiten Rissen folgten kleinere Verästelungen, die sich schließlich zu einer sandartigen Struktur wandelten. Man konnte tatsächlich den Zerfall der molekularen Verbindungen beobachten. Wozu die Natur Jahrzehnte brauchte, nämlich den Zerfall, die Erosion, geschah hier in Minuten. Die Gedanken des FBI-Sonderberaters überschlugen sich. Bilder der Zerstörung tauchten kaleidoskopisch in seinen Gedanken auf. Natürlich mussten die Lastwagen sich auflösen. Warum hatte er bisher nicht daran gedacht? Ihr Inhalt war genauso verstrahlt wie die Räume der Landgrafen Klinik. Diese war kollabiert und in sich zusammengestürzt. Das Gleiche war hier in kleinerem Rahmen geschehen. Zum Glück hatte Walt ihn und die anderen aus ihrer Gruppe überprüft. Die Strahlung, der sie nur für eine kurze Zeit ausgesetzt gewesen waren, hatte bei ihnen keinen Schaden angerichtet. Er hoffte, dass auch die Menschen, welche sich für viele Stunden in der Klinik aufgehalten und die Behandlung des Senators begleitet hatten, ebenfalls keine Zellschäden aufwiesen. Der Senator, und das war ja von Walt und den Ärzten in der UNI-Klinik in Frankfurt bestätigt, hatte eine Zellveränderung erfahren. Bei diesem Gedanken angelangt durchlief es Yavuz heiß und kalt.

Du meine Güte, dachte er, *was wenn der Senator, oder dessen Zellen, sein Umfeld kontaminierte? Gruppierten sich dann die zellulare Struktur seines Bettes, des Bodens und alles, was mit diesem verbunden war, ebenfalls um? Stürzte nun auch ein Gebäude der UNI-Klinik ein?*

Yavuz sah auf und drehte sich um. Er musste Walt sofort von seinem Verdacht berichten. Als Walt Yavuz freundschaftlich auf die Schulter klopfte, zuckte dieser zusammen. Er hatte den Mutanten nicht kommen gehört, da er noch immer seine Überlegungen durchdachte.

»Du kommst gerade richtig Walt. Hör zu, ich habe …«

In den nächsten Minuten unterbreitete Yavuz seinem Kollegen seine Beobachtungen und die daraus resultierenden Schlussfolgerungen. Walt hörte zuerst gespannt und dann immer besorgter zu. Nun begann auch seine Vorstellungskraft, schlimme Versionen der nahen Zukunft zu produzieren. Nachdem Yavuz seine Vermutungen vorgetragen hatte, ging Walt einige Schritte auf die Wracks der Lastwagen zu. Er blickte auf den Betonboden, auf dem die zerstörten Transporter standen. Nun sah er auch, wie sich der Beton zersetzte. Erst jetzt akzeptierte sein Verstand die Tatsache, dass der Senator und die behandelnden Ärzte sich in akuter Gefahr befanden. Sofort zog er sein Handy aus der Tasche und wählte Hankys Nummer. Doch anstatt die Stimme seines Freundes zu hören, meldete sich der BND-Agent Thore Klausen. Walt fragte nicht, warum der Deutsche das Telefonat entgegengenommen hatte. Es gab bestimmt einen wichtigen

Grund, warum Hanky im Moment nicht sprechen konnte. Er informierte den BND-Agenten über die Gefahr, welche von den kontaminierten Gegenständen und dem Senator ausgingen. Thore versprach, umgehend mit der UNI-Klinik in Frankfurt zu telefonieren. Nachdem Walt sein Gespräch beendet hatte, sah er sich nach Yavuz um. Dieser stand einige Meter entfernt und telefonierte ebenfalls. Nach wenigen Sekunden steckte er sein Handy in die Tasche und kam zu Walt gelaufen.

»Ich habe mit dem FBI-Büro in Frankfurt gesprochen. Sie schicken uns gleich einen Wagen. Lass uns dann zur Uni-Klinik fahren! Ich muss mich selbst überzeugen, ob meine Vermutungen richtig oder falsch sind. Aber ich muss dir sagen Walt, ich habe ein ganz schlechtes Gefühl«.

»Ja«, bestätigte Walt bedrückt, »mir geht es nicht anders. Lass uns mit dem Einsatzleiter der Feuerwehr noch kurz sprechen, damit er zumindest das Gelände um die Wracks der Lastwagen absichert. Was dann mit dem kontaminierten Boden und den Lastwagen geschieht, soll er organisieren und entscheiden. Das liegt nicht mehr in unserer Verantwortung.«

Yavuz war nicht wohl bei dem Gedanken dem Einsatzleiter die Verantwortung aufzubürden. Doch dieser beruhigte die beiden FBI-Agenten. Er sicherte ihnen zu, dass er Spezialisten anfordern würde, die mit brisanten Stoffen umgehen konnten.

»Dann hoffen wir mal«, sagte Walt zu Yavuz, »dass der Mann die Bedrohung einer Verstrahlung richtig einzuordnen weiß!«

Noch während die beiden Männer auf den angeforderten Wagen warteten, klingelte Walts Telefon. Dieses Mal war es Hanky, der anrief. Der Mutant berichtete Walt, was er herausgefunden hatte. Er und Thore würden noch einige Zeit in der Nähe der DECAM-Werke warten. Er, Hanky, wollte noch mehr über den Unbekannten, den der geflüchtete Sicherheitsmann als „den Scheich", bezeichnete, erfahren. Besagter Scheich musste der Drahtzieher sein, der für die Entführung des Senators und für alle sich daraus ergebenen Vorfälle verantwortlich war. Also auch für die Morde an den Secret-Service-Agenten und an den eigenen Leuten. Würde man diesen Unbekannten aufspüren, dann bestand die Hoffnung, dass der ganze Fall gelöst wurde. Doch noch war es nicht so weit. Hanky hatte auch mit großem Interesse von den Folgen der Strahlung Kenntnis genommen und seine eigenen Schlüsse daraus gezogen. Das passte zu den Meldungen von einem Vorfall auf dem Werksgelände der DECAM. Thore hatte über seine Kanäle erfahren, dass es dort Tote gegeben hatte. Die Polizei und der Rettungsdienst waren schon vor Ort und Thore wollte auch zur Unglücksstelle.

* * *

Schockierend

Einige Anrufe, vermittelt durch die Zentrale des Bundesnachrichtendienstes, öffneten im wahrsten Sinne des Wortes Türen. In diesem Fall bedeutete dies für Thore und Hanky, dass sie das Gelände der DECAM-Werke betreten konnten. Ersterer hatte seine internen Beziehungen innerhalb des deutschen Geheimdienstes genutzt. In der Zwischenzeit hatte Hanky mit Walt telefoniert und so weitere Informationen erhalten. Langsam formte sich ein Bild der Ereignisse. Was als eine Such- und Rettungsaktion begonnen hatte, war inzwischen zu einer sehr umfangreichen Ermittlung transformiert. Thore sah zum nahen Werkstor und startete seinen Wagen, als er auf der anderen Seite des Schlagbaumes einen Streifenwagen der örtlichen Polizei kommen sah. Eigentlich hatte Hanky geplant, die Gedanken des Firmenchefs zu überprüfen, da auch dieser von dem geheimnisvollen Scheich gesprochen hatte. Doch die aktuellen Ereignisse hatten Vorrang. Der BND-Agent fuhr bis zum Werkstor und die Schranke hob sich, ohne dass er eine Legitimation vorweisen musste. So passierten sie das Werkstor und der wartende Polizeiwagen setzte sich ebenfalls in Bewegung. Im Schritttempo fuhren die beiden Fahrzeuge über das Werksgelände und erreichten einige Minuten später eine Reihe geparkter Wagen. Feuerwehr und Sanitätsfahrzeuge, deren Warnlichter auf den Dächern ein flackendes Licht erzeugten, versperrten die Werksstraße. Der Streifenwagen parkte hinter den Einsatzwagen und Thore stellte seinen SUV daneben ab. Eigentlich hatte Thore erwartet, dass die Sanitäter Verwundete bergen und versorgen würden. Doch die Männer und Frauen standen untätig in Gruppen zusammen. Das Gleiche galt für die Feuerwehrleute und die uniformierten Polizisten. Als Thore und Hanky ihren Wagen verließen, sahen sie sechs in Strahlenschutzanzügen gekleidete Männer. Diese liefen in schnellem Schritt auf ein Zelt zu, dass seitlich neben dem Eingang des Laboratoriums aufgestellt war. Am Zelteingang warteten bereits Helfer, welche ebenso in Schutzanzüge gehüllt waren. Einzeln betraten die Männer das Zelt und nach zwei Minuten war die gesamte Gruppe in den Zeltbau getreten. Thore ging suchend zwischen den Hilfskräften auf die große Halle zu, die das Versuchslabor beherbergte. Dann sah er nach dem, was er gesucht hatte. Eine Gruppe Männer und Frauen, die sich aus uniformierten Polizisten, Rettungssanitäter und Werksfeuerwehr zusammensetzte, diskutierte aufgeregt. Thore blieb neben der Gruppe stehen und lauschte der aufgeregten Diskussion. Der Polizist wurde auf Thore aufmerksam und fragte dann gereizt:

»Wer sind denn Sie? Was haben Sie hier zu suchen?«

Der Angesprochene verzog seine Lippen, zog seinen Dienstausweis aus seiner Jacke und antwortete frostig:

»Mein Name ist Thore Klausen. Ich bin vom BND und damit befugt sämtliche Aktivitäten hier zu beobachten, zu kommentieren und auch zu bewerten. Meine mir vom Staat gegebene Autorität würde sogar die Leitung dieses Einsatzes beinhalten, wenn ich das für richtig erachte. Nun Herrschaften, noch Fragen, oder informiert mich jemand, was hier vorgefallen ist?«

Ein sekundenlanges Schweigen war die erste Reaktion auf Thores Worte. Der Polizist war mit errötetem Gesicht einen Schritt zurückgetreten. Seine amtliche Überheblichkeit war in einem Augenblick zerstört. Die gefühlte Demütigung durch den BND-Agenten traf ihn schwer. Dennoch versuchte er, den moralischen Tiefschlag zu kompensieren, indem er der Erste war, der auf Thores Frage antwortete.

»Herr Klausen. Entschuldigen Sie, dass ich so forsch zu Ihnen war. Nun zur Sache. In dem Gebäude hinter uns, in dem sich ein experimentelles Laboratorium befindet, hat es einen Unglücksfall gegeben. Mindestens zwölf Menschen sind ums Leben gekommen. Wodurch die Menschen zu Tode gekommen sind, ist noch unklar. Die Leichen sind in einem grässlichen Zustand. Die Körper zersetzen sich sehr schnell und wir wissen noch nicht, wie wir die Leichen bergen sollen. Das ist der Stand der Dinge.«

Thore hatte aufmerksam zugehört und sah sinnend zu dem großen Gebäude, in dem sich ein fürchterliches Drama abgespielt hatte. Hanky war inzwischen ebenfalls zu der Gruppe getreten. Doch niemand traute sich nun noch, zu fragen, wer er sei. Der Mutant hatte die Szene verfolgt und wollte die Anwesenden nicht noch weiter verunsichern. Deshalb unterließ er es auch, sich vorzustellen. Dennoch übernahm er wie selbstverständlich die Gesprächsführung.

»Das Laboratorium darf nicht mehr betreten werden! Schicken Sie eine Drohne oder einen Roboter der Polizei, sofern ein solches Gerät vorhanden ist, in das Gebäude. Dort soll dieser den Zustand der Leichen filmisch dokumentieren. Weiterhin ist es wichtig, dass dieses Gebäude und das Gelände, sagen wir in einem Abstand von mindestens zwanzig Metern, zur Sicherheitszone erklärt wird. Das Gelände ist strengstens zu bewachen. Kein Mensch darf sich in dieser Sicherheitszone aufhalten. Es besteht akute Einsturzgefahr. Mein Kollege und ich haben ebenbürtige Tatorte in den vergangenen zwei Tagen gesehen. In Bad Homburg ist die Landgrafen Klinik in sich zusammengestürzt. Wir gehen davon aus, dass in den Räumen dieses Labors hier, wie auch in der Landgrafenklinik, eine noch unbekannte Strahlung für den Zerfall der Zellstruktur verantwortlich ist. Alle Einsatzkräfte, die das Labor hier betreten haben, müssen sich sofort in die UNI-Klinik in Frankfurt begeben. Dort melden Sie sich bei Michael van Althoff. Er behandelt gerade zwei Strahlungsopfer und weiß somit, was zu tun ist. Es wäre anzuraten hierfür einen Bus zum Transport zu verwenden, um weitere Kontaminierungen auszuschließen. Alle verwendeten Gegenstände wie auch die Schutzausrüstungen sind hier vor dem Haus in Containern zu sichern. Es ist noch nicht klar, wie die kontaminierten Gegenstände, wie auch die Leichen behandelt werden müssen, um eine Gefahr für die Öffentlichkeit auszuschließen. Noch Fragen?«

Natürlich gab es Fragen und Hanky wie auch Thore hatten die nächste halbe Stunde damit zu tun, diese zu beantworten. In erster Linie ging es darum, die Lage genau zu bewerten. Die Männer und Frauen der anwesenden Verantwortlichen waren zutiefst beunruhigt. Strahlung konnte man weder riechen noch schmecken. Doch der Zustand der Leichen in dem Experimental-Labor zeigte, wie eine Verstrahlung sein konnte. Natürlich waren nach Hankys Ansprache zuerst die Hilfskräfte vor Ort informiert worden. Danach begannen die Männer und Frauen der Einsatzleitung den Transport der möglichen Kontaminierten zu organisieren. Die Werksfeuerwehr baute mobile Absperrungen auf, der die Halle ringförmig umgeben sollte. Der Wachdienst der DECAM-Werke rief zusätzliches Personal der Freischichten zu dem Gebäude des Labors. Die Forensiker der Polizei sichteten unterdessen das Videomaterial, das die Einsatzteams, die zuvor im Labor die Leichen untersucht, aufgenommen hatten. Thore und Hanky sahen sich das Bildmaterial ebenfalls an. Der

BND-Agent sah mit brennenden Augen auf den Bildschirm eines Laptops. Die Szenen, die er dort sah, schienen aus einer apokalyptischen Dystrophie zu stammen. Im Gegensatz zu einem Kinofilm waren die Leichen tatsächlich erbärmlich gestorben. Nahaufnahmen zeigten die zerstörende Zellauflösung an den Körpern der Opfer. Erneut begann dumpfer Zorn den großen Mann zu durchfluten. Die Verantwortlichen für diese Tragödie waren hier auf dem Werksgelände. Er brauchte nur loszugehen und die Kerle zu verhaften. Doch was war damit gewonnen? Er hätte seine Befriedigung, diese Verbrecher hinter Gitter zu bringen. Doch dort würden sie nicht lange bleiben. Windige Anwälte würden dafür sorgen, dass die Gangster schon morgen wieder auf freiem Fuß sein würden. Nein, sie hatten noch nicht genügend Beweise, um diese Männer anzuklagen. Thore schüttelte sich und verließ das Zelt der Forensiker. Davor blieb er stehen und zündete sich eine Zigarette an. Mit zitternden Fingern führte er den Glimmstängel an seinen Mund und sah hinüber zu dem Verwaltungshochhaus. Dort waren die Verantwortlichen, da war er sich sicher! Wahrscheinlich beobachteten sie gerade die Aktivitäten vor dem Laboratorium. Nach zwei, drei tiefen Zügen warf Thore die Zigarette weg und fluchte lautstark. Eine beruhigende Hand legte sich auf seine Schulter und Hanky sagte leise:

»Wir schnappen uns diese Mistkerle schon noch. Aber jetzt müssen wir noch etwas Geduld haben und aufpassen. Ich rechne kommende Nacht mit Aktivitäten hier am Laboratorium. Wie ich aus den Gedanken des Flüchtigen, der sich Harry nennt, erfahren habe, will man den original Zellmodulator in Sicherheit bringen.«

»Es gibt also noch so eine Teufelsmaschine?«, fragte Thore verblüfft. Hanky nickte nur und sagte dann lauter:

»Ja, die gibt es und ich möchte wissen, woher der Modulator kommt!«

Der Scheich – Am Lagerhaus (Jahre zuvor)

Sie erreichten das heruntergekommene Industriegebiet Hunts Point. Ihr Ziel war die Ryawa Avenue, an der das Lagerhaus lag, dass Omars Kollege, der NSA-Agent Burt Olsen, im Auftrag seines Vorgesetzten angemietet hatte. Dieser saß am Steuer ihres Kleinwagens, der hier in der Gegend kein Aufsehen erregen würde. Etliche Grundstücke beherbergten nur noch heruntergekommene Lagerhäuser oder die Ruinen verlassener Firmen. Um sich ein Bild der Gegend zu machen, ließ Omar seinen Kollegen kreuz und quer durch das Industriegebiet fahren. Dieser hatte ihm auch berichtet, dass die geheime Operation mit dem Namen das Tesla-Projekt schon begonnen hatte. Dennoch wirkte die Gegend trotz vieler kleiner Firmen, die irgendwie versuchten, hier ihren Geschäften nachzugehen, verlassen. Ihnen begegneten nur vereinzelt Fahrzeuge, die meist den Angestellten der hier beheimateten Firmen gehörten. Nachdem sie schon eine gute halbe Stunde durch das Industriegebiet gefahren waren, wollte Omar endlich das geheimnisvolle Lagerhaus sehen. So wies er seinen Kollegen an, zu dem Gebäude zu fahren. Doch er sollte dieses nur im Schritttempo passieren und auf gar keinen Fall anhalten. Sie bogen in die Maida Street ein, an deren rechten Seite ein großes verwildertes Grundstück lag. Vorbei an sogenannten Recyclingfirmen, die man früher auch als Schrotthändler bezeichnet hätte, gelangten sie zur Ryawa Avenue. Burt Olson blinkte und bog dann links ab. Eine alte Raffinerie lag auf der rechten Seite, deren Lagertanks auch schon bessere Zeiten gesehen hatten. Irgendwie deprimierte Omar dieser Stadtteil New Yorks. Seine Aufregung, die er auf der Fahrt von Fort Meade zu der Mega City gespürt hatte, war verflogen. Dennoch musste er nun fokussiert sein und sich die Umgebung gut einprägen. Er hatte gelernt, sich immer nach einem Fluchtweg umzuschauen.

Sein Blick streifte unter diesem Aspekt noch einmal die großen Öltanks und er sah dort oben auf einem der runden Behältnisse eine Bewegung. Sofort waren seine Sinne in alarmbedingter Bereitschaft. Ein zweiter Blick bestätigte seine Beobachtung. Dort oben, auf einem der Tanks, war ein Mann. Was tat er dort? Warum versteckte er sich auf dem Behältnis? Omar wusste sofort die Antwort. Dies war ein Beobachter, der die Lagerhalle observierte. Doch in welchem Auftrag handelte der Beobachter? War er einer der Männer, die an dem Projekt Tesla Portal arbeiteten? Sollte er die Lagerhalle sichern? Oder war noch eine andere Gruppe an dem geheimen Projekt interessiert? An diesem Punkt seiner Überlegung angekommen, klopfte ihm Burt auf das linke Bein und sagte dann leise, als befürchtete er unbekannte Lauscher:

»Da vorne links ist die Lagerhalle.«

Er verlangsamte die Geschwindigkeit ihres Wagens und Omar schimpfte:

»Bist du verrückt? Fahr normal weiter! Ich sehe schon, was ich sehen möchte. Fahr noch einmal um den Block. Ich sage dir dann, wann du anhalten kannst.«

Ärger verzerrte das Gesicht des Gescholtenen. Doch er folgte den Anweisungen seines Kollegen. Burt wusste, dass Omar viel intelligenter als er war und sehr genau wusste, was er tat. Er musste diesem Mann vertrauen, ob er wollte oder nicht. Er hatte sich den Plänen Omars verschrieben und musste ihm nun bedingungslos folgen. Es gab keine andere Option, denn jede Entscheidung gegen seinen Kumpan würde tödlich enden. Das wusste Burt Olson. So lenkte er, seinen Groll schluckend, den Wagen in die nächste Seitenstraße.

Einige Minuten später erreichten sie wieder die Ryawa Avenue. Doch nun dirigierte Omar seinen Kollegen nach rechts. Am Ende der Straße befand sich ein Parkplatz, auf dem einige alte Bürocontainer, wie man sie auch auf Großbaustellen fand, abgestellt waren. Daneben parkten einige Autos und Baufahrzeuge.

Etwas abseits ließ Burt ihren Wagen ausrollen und dann hielt er an. Fragend sah er zu seinem Kollegen, der nur wortlos nickte. Sie verließen ihr Fahrzeug und Omar unterrichtete Burt von seiner Beobachtung. Sie mussten herausfinden, ob der Beobachter sich noch immer auf dem Öltank befand. Gerade als sie im Schutz einiger Bäume, die am Rand der Straße eine gute Sichtdeckung boten, zu der Reihe der Öltanks laufen wollten, erzitterte der Boden und die Luft begann zu vibrieren. Die künstlich erzeugten ultrakurzen Schwingungen ließen die Männer anhalten. Burt, der dieses Erbeben der Luft kannte, rief:

»Sie haben das Tesla Portal aktiviert! Es ist genauso wie im Wüstenlager. Ich hatte also recht! In der Halle ist das Portal!«

Das unangenehme Gefühl, das seinen Körper durchlief, ignorierte Omar, soweit er das konnte. Er hatte ebenfalls dieses Luftbeben schon einmal erlebt, als er sich in das Wüstenlager geschlichen hatte. Doch von dieser Exkursion wusste Burt nichts und das sollte auch so bleiben. So spielte er den Unwissenden und nickte nur. Auch wenn er gewollt hätte, im Moment war er nicht in der Lage etwas zu sagen. Seine Zähne klapperten, gerade so, als sei er bitterer Kälte ungeschützt ausgesetzt. Auf was hatte er sich da nur eingelassen? War er wirklich in der Lage diese Technik für sich zu nutzen? Bedurfte es dazu nicht die Unterstützung einer Gruppe von Wissenschaftlern? Doch sein analytischer Verstand gebot seinen Zweifeln Einhalt. Ein Schritt nach dem anderen. Er wusste nun, dass die geheime Operation Tesla Portal begonnen hatte, und zwar genau hier, in einem heruntergekommenen Industriegebiet. Was für eine geniale Tarnung?, dachte Omar bewundernd. Diese Leute dort drüben in der Lagerhalle wussten genau, wie man eine verdeckte Operation durchführte. Zu gerne wäre er jetzt in der Halle gewesen und hätte gesehen, was dort vor sich ging. Doch jetzt war nicht der Zeitpunkt für Wünsche. Nein, jetzt musste er observieren, herausfinden, wer der Beobachter auf dem Öltank war.

Das Luftbeben endete so unvermittelt, wie es begonnen hatte. Die beiden Männer blieben für einen Moment wie benommen stehen und gaben ihrem Organismus Zeit, sich wieder zu beruhigen. Doch noch ehe sie weiter unter den Bäumen entlang in Richtung Halle gehen konnten, geschah etwas Erstaunliches. Vor dem Lagerhaus rannten plötzlich merkwürdige Gestalten herum. Da Omar und Burt gute sechzig Meter entfernt waren, konnten sie keine Einzelheiten erkennen. Sie sahen, wie sich die zerlumpten Gestalten mit einigen Zivilisten einen Kampf lieferten. Wildes Geschrei, begleitet von dem Knallen abgefeuerter Waffen, verwirrte Omar. Was war da los? Wer waren die Männer, bei denen es sich augenscheinlich um Penner, um Tramps handelte? Und warum kämpften sie gegen diese Zivilisten? Vielleicht waren es Obdachlose, die sich in die Lagerhalle geschlichen hatten, um dort etwas zu stehlen oder dort Unterschlupf zu suchen? Doch diese Überlegung war völlig irrelevant für Omar. Er erkannte, dass die Zivilisten nicht mit den Pennern gerechnet hatten. Daher war ihr Kampf oder die Vertreibung der Obdachlosen unkoordiniert und chaotisch. Das bedeutete, dass die Lagerhalle nicht besonders gut abgesichert war. Mit dieser sehr nützlichen Erkenntnis beobachtete Omar nun den Fortgang der Prügelei vor der Lagerhalle. Doch die Auseinandersetzung der beiden Parteien endete schließlich damit, dass die Penner davonrannten. Das Knattern einer Maschinenpistole donnerte durch das Industriegebiet. Doch die Penner, die nun auf den Zaun, hinter dem die Öltanks lagen, rannten, schienen die Flugrichtung der Geschosse zu erahnen. Keine einzige Kugel, welche den Lauf der Maschinenpistole verließ, traf die Zerlumpten. Behände überwandten die Penner den Zaun und verschwanden danach zwischen den großen Öltanks. Die Zivilisten blieben noch einen Moment vor der Halle stehen und beobachteten die Straße. Als nach einigen Minuten nichts weiter geschah, gingen sie zurück in die Halle. Als Letztes hörten Omar und Burt noch einen Schrei, der von den Öltanks her an ihre Ohren drang. Anscheinend hatte der unbekannte Beobachter eine schmerzhafte Begegnung mit einem dieser Penner gehabt. Omar war sich nun aber sicher, dass der unbekannte Beobachter nicht zu den Leuten in der Halle gehörte. Nachdenklich blieb Omar unter den Bäumen stehen und sah dabei in Richtung der Lagerhalle. Er kam zu dem Schluss, dass es im Moment zu gefährlich sein würde, sich der Halle zu nähern. Auch eine weitere Beobachtung würde nur wenige neue Erkenntnisse bringen. Durch die Ermittlungen seines Kollegen wusste der Scheich, dass Baumaschinen und Lastwagen zu der Halle beordert worden waren. Seine Fantasie reichte aus, um sich vorzustellen, wie die Lastwagen und die Maschinen durch das Portal in eine andere Welt gebracht wurden. Einzig der Grund für diese geheime Operation, die mit erheblichem Aufwand betrieben wurde, war ihm noch immer unbekannt. Es galt nun, die wahren Gründe der Hintermänner zu ermitteln. Er klopfte seinem Kollegen auf die Schulter, drehte sich um und lief zurück zu ihrem geparkten Wagen. Burt folgte seinem Kollegen und versuchte dabei für sich einzuordnen, was er gerade gesehen hatte. Auch ihr plötzlicher Rückzug verwunderte ihn sehr.

* * *

Verpasst

Von innerer Unruhe geplagt rannten Walt und Yavuz aus dem Parkhaus der Uni-Klinik. Das Haus der Radiologie, in dem der Senator Doug Carper behandelt wurde, lag in nur fünfzig Metern Entfernung. Die beiden Männer sputeten von verwunderten Blicken der üblichen Besucher der Klinik begleitet zu dem mehrstöckigen Gebäude. Erst vor der Glasschiebetür, die sich quälend langsam vor ihnen öffnete, mussten sie ungeduldig warten. Doch kaum dass die Türen sich mannsbreit geöffnet hatten, zwängten sich die Männer hindurch. An der Rezeption zeigte Walt seinen Ausweis vor und forderte:

»Wir müssen sofort mit Professor Althoff sprechen!«

Die streng blickende Frau, die misstrauisch auf Walts Ausweis schaute, griff nach einem endlosen Moment zum Telefon und wählte eine Nummer. Dann nickte sie und ihr strenger Blick wich einer freundlicheren Version.

»Sie werden gleich abgeholt, meine Herren. Möchten Sie inzwischen im Wartebereich Platz nehmen?«

»Nein, das möchten wir nicht!«, antwortete Walt ungeduldig. Yavuz griff Walt am Arm und zog den Mutanten von der Rezeption weg. Er versuchte nicht, seinen Kollegen mit Worten zu beruhigen, und schenkte diesem nur ein vielsagendes Lächeln.

Tatsächlich eilte der Professor nur wenige Minuten später auf die beiden FBI-Agenten zu. »Meine Herren«, sagte er etwas atemlos, »was ist denn in den DECAM-Werken passiert? Mein Kollege Professor Shariar wurde vor zwei Stunden hier eingeliefert. Leider ist dieser brillante Forscher vor wenigen Minuten verstorben. Wir konnten nichts mehr für ihn tun.«

Walt und Yavuz sahen sich verblüfft an. Der Name des Verstorbenen war ihnen bisher nicht bekannt gewesen und so fragte Walt:

»Unter welchen Umständen ist der Mann denn gestorben?«

»Sie wissen es noch nicht, meine Herren? Professor Shariar ist mit einer massiven Strahlenkontamination eingeliefert worden. Doch der Zellverfall war so rasant, dass wir keinerlei Chance hatten, den Kollegen zu retten.«

»Natürlich haben wir gehört«, sagte Yavuz nun, »dass es in den DECAM-Werken zu einem schweren Unfall gekommen ist. Unsere Kollegen sind schon vor Ort. Aber wir sind eigentlich aus einem anderen Grund hier. Wie geht es dem Senator?«

Nun war Professor Althoff irritiert. Er sah seine Besucher erstaunt an, ehe er antwortete:

»Ja, diese Frage kann ich Ihnen nicht beantworten. Der Senator wurde doch von Ihren Leuten abtransportiert.«

»Er wurde was?«, sagte Walt nun verdutzt. »Warum hat uns denn niemand informiert?«

»Ich dachte, der Abtransport sei auf Ihre Veranlassung hin erfolgt. Nur eine halbe Stunde, nachdem Sie heute Vormittag hier gewesen waren, kam ein Ärzteteam. Die Ankunft der Soldaten haben Sie ja noch mitverfolgen können«, rechtfertigte sich der Professor mit ärgerlicher Stimme.

Für einen Moment herrschte Schweigen zwischen den Männern. Doch dann erinnerte sich Walt, warum sie eigentlich zur Klinik gefahren waren. Deshalb wechselte er das Thema. Nun war es wichtig, in der richtigen Reihenfolge vorzugehen. Zu Yavuz sagte er:

»Telefoniere mit dem Büro in Frankfurt und finde heraus, wo sich der Senator befindet.«

Walt meinte natürlich die Dependance des FBI in Eschborn. Doch für den Amerikaner war der Standort egal, denn alle Orte um die Mainmetropole herum zählten für ihn zu Frankfurt. Auch die Bezeichnung Büro diente zur alltäglichen Geheimhaltung. Jeder Agent lernte diese und andere Verhaltensweisen, die immer dann griffen, wenn ein Außenstehender ein Gespräch mit anhörte. Nach seiner Anweisung, die Yavuz sofort befolgte, wandte sich Walt wieder dem Professor zu.

»Herr Professor«, sagte Walt mit ernster Stimme, »Haben Sie bei der Behandlung Schutzkleidung getragen und die Behandlungsräume danach versiegelt?«

Der Angesprochene schüttelte nur seinen Kopf und seine Gesichtshaut wurde zuerst blass und rötete sich nur Sekunden später. Ohne auf Walts Frage sprachlich zu antworten, rannte nun der Professor zur Rezeption. Dort gab er die Anweisung, dass sich alle Personen, ob Ärzte oder Pflegepersonal, die mit der Behandlung des Senators oder des Professors Shariar betraut gewesen waren, sich umgehend in dem Besprechungsraum des Klinikgebäudes einzufinden hatten. Danach rief er die Krankenhausverwaltung an und ordnete die Abriegelung der entsprechenden Behandlungsräume an. Walt war inzwischen nicht untätig gewesen und hatte die Zellstruktur des Professors überprüft. Er sah leichte Veränderungen, die aber nach seiner Einschätzung noch minimal waren. Außerdem fehlte Walt die medizinische Ausbildung, um eine mögliche Therapie vorzuschlagen. Es gab eine theoretische Möglichkeit, welche er aber noch nie versucht hatte. Vielleicht war es ihm möglich, mittels seiner besonderen telekinetischen Gabe Zellen umzugruppieren. Doch alleine die Anzahl menschlicher Zellen machte diese optionale Reparatur der geschädigten Zellkerne beinahe unmöglich. Nachdem der Professor seine Anweisungen gegeben hatte, bat er Walt und Yavuz, der immer noch telefonierte, ihm in den Besprechungsraum zu folgen. Während die Männer eilig durch die Krankenhausflure gingen, informierte Walt den Professor über dessen leichte Veränderung seiner Zellkerne. Als der Mediziner erfuhr, dass die Kontaminierung durch die Strahlenopfer seine Körperzellen schon verändert hatte, überschwemmte ihn eine Woge der Angst. Seine Schritte verlangsamten sich und er blieb schließlich stehen. Schweißperlen bildeten sich auf der hohen Stirn des Professors und er atmete schwer. Er taumelte zur Gangwand und lehnte sich an diese. Mit gesenktem Kopf stand er nun da und atmete schwer. Walt ging zu dem geschockten Mann und fragte besorgt:

»Kann ich was für Sie tun, Herr Professor? Möchten Sie sich setzen? Da vorne ist eine Bank! Kommen Sie, ich helfe Ihnen!«

Beherzt packte Walt den Mann unter den Armen und führte ihn die wenigen Schritte bis zu der Bank, die für wartende Patienten hier aufgestellt worden war. Professor van Althoff ließ sich kraftlos auf die Bank sinken. Mit plötzlicher Klarheit erkannte er, wie schwer eine negative Diagnose einen Menschen treffen konnte. In seiner bisherigen medizinischen Laufbahn hatte er bisher die Menschen mit wenig Mitleid behandelt. Ihm waren sogar die Reaktionen der Patienten auf negative Diagnosen unangenehm, ja manchmal sogar verhasst gewesen. Das Klagen und Gejammer, die Tränen und die Verzweiflung hatte er immer als Schwäche gedeutet. Doch nun verstand er, was seine Patienten schon immer gewusst hatten. Angst war ein dunkler Begleiter und Hoffnungslosigkeit, vermittelt durch einen unsensiblen Arzt, war schwerer zu tragen als ein vermeintlicher Schmerz. Nun war er selbst betroffen, auch wenn dieser Amerikaner nur von einer leichten Zellveränderung gesprochen hatte. Er ließ sein Eigenmitleid noch einen Moment gewähren, ehe er sich selbst befahl, sein eigenes Schicksal für den Moment zu vergessen. Er musste sich um seine Untergebenen kümmern. Das war die erste Priorität und danach konnte er sich um mögliche Therapien kümmern. Mit einer aus Verzweiflung und einem ausgeprägten Verantwortungsgefühl erwachsenen Energieleistung erhob er sich und sagte dann zu seinen Begleitern:

»Entschuldigen Sie meine Herren. Mir war nur kurz schwindelig. Lassen Sie uns nun zum Besprechungsraum gehen.«

»Ich möchte vorher noch einen kurzen Blick in die Behandlungsräume werfen«, sagte Walt. Der Professor nickte nur und fragte nicht, warum der Mutant zuerst in diese Räume wollte. Zu sehr war er noch mit seinem eigenen Schicksal beschäftigt. Yavuz hatte inzwischen sein Telefonat beendet und sagte leise zu Walt:

»Wir sind zu spät! Der Senator befindet sich bereits auf dem Weg in die USA. Ein Privatjet hat vor einer halben Stunde vom Frankfurter Flughafen abgehoben. Unsere Kollegen im Büro versuchen nun, den Jet per Funk zu erreichen.«

»Dann hoffen wir mal«, antwortete Walt ohne große Zuversicht, »dass die Kontamination nicht so aggressiv ist. Sonst ... ach ich will mir gar nicht vorstellen, was passieren könnte.«

Gleich darauf betraten die Männer den Behandlungsraum, wo Stunden zuvor der Senator untersucht worden war. Das Erste, was die beiden FBI-Agenten sahen, übertraf ihre schlimmsten Befürchtungen. Der Behandlungstisch war zusammengebrochen und lag regelrecht zerbrochen auf dem Fußboden. Der PVC-Boden zeigte deutliche Spuren der Auflösung und der darunter liegende Beton war sichtbar. Walt schloss kurz seine Augen und überlegte verzweifelt, ob er den Zellverfall mit seiner Begabung aufhalten konnte.

* * *

Tödlicher Transport

Man hatte unter größter Eile den prominenten Patienten aus der UNI-Klinik Frankfurt abtransportiert. Das Ärzteteam und die hoch spezialisierten Sanitäter des US-Army-Medical-Corps ließen keinerlei Einsprüche der deutschen Ärzte zu. Sorgfältig lagerten sie den US-Senator Doug Carper auf eine Transportliege um. Nachdem er auf der medizinischen Trage durch breite Bänder fixiert war, begann der eigentliche Transport. Bewaffnete Soldaten der US Army sicherten die Flure und Gänge des Krankenhauses. Kein Unbefugter konnte nun den Abtransport des Senators verfolgen. Nur Minuten später wurde die Krankentrage in einen militärischen Krankentransporter geschoben. Das Ärzteteam bestieg ebenfalls den Rettungswagen, der von weiteren Fahrzeugen begleitet wurde. Die Fahrt führte den Konvoi durch die Stadt und endete schließlich auf dem militärischen Bereich des Frankfurter Flughafens. Dort stand mit bereits laufenden Triebwerken eine

Boeing C 17 A der US Airforce. Diese in militärischem Grün lackierte Frachtmaschine diente als Hospitalflugzeug. Der eigentliche Frachtraum war zu einem voll funktionsfähigen Krankenhaus mit vier OP-Stationen ausgestattet. Im Krisenfall konnten hier verwundete Soldaten schon während eines Rücktransportes aus einem Kriegsgebiet behandelt werden. Doch heute würde das Ärzteteam nur einen einzigen Patienten zurück in die USA bringen. Der Krankenwagen fuhr direkt zur weit geöffneten Heckklappe des Transportflugzeuges. Uniformierte Pfleger der Army rannten zu dem Fahrzeug und gleich darauf wurde der Senator im Eilschritt in das Flugzeug getragen. Die Heckklappe schloss sich, nachdem die Soldaten des Medical-Corps ebenfalls über die Rampe in den Laderaum des Flugzeugs gelaufen waren. Der Krankenwagen fuhr an und entfernte sich schnell von der großen Frachtmaschine. Diese rollte mit aufheulenden Turbinen in Richtung Startbahn. Dort angekommen bat der Pilot um Starterlaubnis, die der Tower des Airports rasch erteilte. Dieser besondere Transport hatte Vorrang und alle zivilen Starts und Landungen mussten warten. Die Boeing schwenkte auf die Startbahn ein und beschleunigte rasch. Die von außen träge wirkende Maschine entfaltete ihre Kraft und gleich darauf erhob sich der Koloss in die Lüfte. Der Pilot begab sich, nachdem er die angewiesene Flughöhe erreicht hatte, auf den reservierten Luftkorridor. Dieser führte nach Nordwesten in Richtung Großbritannien. Von dort aus sollte die Flugroute über Grönland und Neufundland gehen und dann der Küste nach Süden bis Washington DC folgen. Doch kaum hatte die Transportmaschine die Niederlande überquert, folgte der Bordingeneur einer geheimen Anweisung. Der Flug sollte nun als getarnte Mission seinen Zielort ansteuern. Zu groß war die Gefahr, dass die unbekannten Gegner, die schon für den Tod der Secret-Service-Agenten verantwortlich gemacht wurden, Mittel besaßen, um den Senator auch in einem Flugzeug anzugreifen. Der Ingenieur wartete auf ein Zeichen des Piloten, der seine rechte Hand angehoben hatte. An einem bestimmten Punkt, der genau zwischen zwei sogenannten Funkfeuern lag, ließ er die Hand nach unten sinken. Die Funkfeuer begleiteten radartechnisch jedes Flugzeug auf seiner Reise. Kaum war die Hand des Piloten nach unten gesunken, deaktivierte der Ingenieur den Transponder, der automatisch eine Standortangabe an die Funkfeuer sendete. Danach änderte der Techniker die Flugzeugkennung, die von einem militärischen Satelliten überwacht wurde. Während dieser Prozedur ließ der Pilot die Maschine bis auf dreihundert Fuß sinken. Dort, nun nur noch circa hundert Meter über dem Meer fliegend, stabilisierte er die Maschine und sank weitere fünfzig Meter. Jetzt sollte das Flugzeug endgültig von der Radarüberwachung verschwunden sein. Ein weiterer Kurswechsel, der nun direkt nach Westen führte, war die vorerst letzte Tarnaktion des Piloten. Jetzt begann die schwierigste Arbeit der Piloten. Ein großes Flugzeug so dicht über einen bewegten Ozean zu bewegen, war nur unter höchster Konzentration zu bewältigen. Die Thermik wie auch Scherwinde, die das Flugzeug seitlich treffen konnten, mussten ausgeglichen werden. Je weiter die tieffliegende Transportmaschine auf den Atlantik hinausflog, umso unruhiger wurde der Flug. Manchmal bockte die schwere Maschine wie ein ungestümes Pferd, mal wurde sie von starkem Gegenwind durchgeschüttelt oder sackte einige Meter nach unten.

Im Laderaum der Transportmaschine versuchte unterdessen das Ärzteteam den Senator zu untersuchen. Sie wussten nichts von dessen experimenteller Therapie und den verheerenden Folgen für den Patienten. Sie sahen nur einen Mann, der irgendwie merkwürdig ausschaute. Die Ärzte wussten, wer der Senator war und wie dieser aussah. Doch der Mann auf dem Transportbett hatte wenig Ähnlichkeit mit dem Politiker. Die blasse Haut zeigte keinerlei Falten und glich eher der Dermis eines Neugeborenen. Dennoch schien das Gewebe unter der Haut schwammig. Schon als die Pfleger den Patienten von der Trage auf das Transportbett umgelagert hatten, waren ihre Hände tief in das Gewebe des Patienten eingesunken. Die Männer und Frauen des Medical Corps waren einiges gewohnt und hatten schon viele schlimme Verwundungen gesehen. Doch dieser Patient war ekelig. Durch die ständigen Bewegungen des Flugzeuges wurde der Körper des Senators regelrecht durchgerüttelt. Dabei schwabbelte das Gewebe wie eine Götterspeise. Einige Pfleger mussten ihre Blicke von dem Patienten abwenden, da sonst ihr Magen rebelliert hätte. Doch sie wussten in diesem Moment noch nicht, dass ihre Augen bald noch viel schlimmere Bilder sehen würden.

Circa eine Stunde später geriet das Frachtflugzeug in schwere Turbulenzen. Die Maschine wurde von starken Vibrationen durchgeschüttelt. Das medizinische Personal eilte zu den an den Seitenwänden montierten Sitzen und schnallte sich an. Der Patient, dessen Körper man mittlerweile mit einem weißen Tuch bedeckt hatte, wurde natürlich auch von dem Vibrieren erfasst. Sein schwammiger Körper folgte den mechanischen Schwingungen. Sein unstabiles Gewebe erzitterte so stark, dass das Laken von seinem nackten Körper rutschte. Eine Pflegerin löste ihren Sicherheitsgurt und wollte zu dem Senator laufen. Doch sie kam keine zwei Schritte weit. Ein weiterer unerwarteter Stoß, der das Flugzeug erleiden musste, riss ihr die Beine zur Seite. Schwer prallte die junge Frau auf den Aluminiumboden. Sie blieb reglos und aus der Nase blutend liegen. Einer der Ärzte entledigte sich auch seines Gurts. Gewarnt von dem Sturz der Krankenschwester ließ er sich auf seine Knie sinken. So rutschte er auf die junge Frau zu und wollte sich gerade um diese kümmern. Ein gellender Schrei einer Krankenschwester ließ ihn herumfahren. Was er sah, raubte dem Mediziner den Atem. Der Körper des Senators wies klaffende Wunden auf. Aus den Hautrissen floss eine Substanz, die zwar rötlich gefärbt war, aber dennoch kein Blut sein konnte. Mit plötzlicher Klarheit erkannte der Arzt, was er sah. Das Gewebe, das Fleisch unter der Haut des Senators, hatte sich verflüssigt. Die grauenhafte Substanz floss wie ein galliger Gelee aus dem Körper des Senators. Auf dem Aluminium-Boden breitete sich der Körpergelee aus und dünner, beinahe weißer Rauch stieg empor. Die gesamte medizinische Besatzung schrie entweder vor Grauen oder schloss geschockt die Augen. Was dort inmitten des Frachtraumes geschah, konnte nicht sein. Einer der Ärzte versuchte zu erkennen, warum die Substanz Rauch absonderte. Als er schließlich sah, was der Horrorgelee anrichtete, packte ihn kreatürliche Furcht. Er schrie und versuchte so seinen Stress zu kompensieren.

»Das Zeug löst den Boden auf! Das kann nicht sein! Du meine Güte! Wir müssen sofort hier raus!«

Mit dem letzten Wort schnallte er sich ab und rannte zur Heckklappe des Flugzeugs. Dort betätigte er den Notschalter, welcher die Ladeklappe auch während des Fluges öffnen konnte. Mit einem knirschenden Geräusch sank die Klappe nach unten und der Wind fauchte in den Frachtraum. Doch damit hatte der Mann wohl gerechnet. Breitbeinig, die Schwankungen des Flugzeuges ausgleichend, ging er zu einem Netz, das an der Flugzeugwand angebracht war. Er löste zwei Ösen und zog ein rotes Paket hervor. Auf diesem stand in schwarzen Buchstaben „Rettungsfloß". Ohne weiter auf seine Umgebung zu achten, schleppte er das Paket zur Rampe. Mit wankendem Schritt lief der Mann zu der Kante der Rampe und ließ sich samt dem Paket aus dem Flugzeug fallen. Die anderen Crewmitglieder saßen unterdessen wie erstarrt auf ihren Plätzen. Sie starrten auf den mittlerweile völlig zerstörten Körper des Senators. Die Körperflüssigkeit hatte den Metallboden teilweise aufgelöst und war in den Rumpf des Flugzeuges geflossen. Minuten später zerfraß das Gelee den Rumpf und tropfte in den Ozean. Eine starke Windböe traf das Flugzeug und drückte es auf den schäumenden Ozean, wo es unter lautem Bersten zerbrach.

Der Scheich – Gespanntes Warten
(Jahre zuvor)

Die folgenden Tage beobachtete Omar die Geschehnisse in New York City nur aus der Ferne. Ihm genügte der tägliche Bericht seines Kollegen Olson. Sie trafen sich an den Abenden immer an verschiedenen Orten. Anscheinend verbrachten die beiden Männer gerne ihre Freizeit zusammen. Ein möglicher Beobachter würde zu dem Schluss gelangen, dass die NSA-Agenten Olson und Zaki beste Freunde seien. Dem Scheich war es immer noch nicht gelungen, den eigentlichen Grund der Operation Tesla Portal zu ergründen. Wohl schon zum tausendsten Mal stellte er sich die Frage: *Was wollen die Verschwörer in der Parallelwelt?* Doch alles Grübeln brachte keine Antwort. So musste er sich in Geduld üben. Sein Hauptaugenmerk lag auf der Apparatur, die als Tesla Portal bezeichnet wurde. Sein Freund Burt Olson hatte herausgefunden, dass es zwei Portale gab. Das eine war ein stationäres Gerät und das zweite sogar transportabel. Diese Information elektrisierte den Scheich und er wusste dabei nicht, wieso dies so war. Eine nebelige Version der Zukunft, die er nicht genauer definieren konnte, sagte ihm, dass er dieses transportable Gerät an sich bringen musste. Wozu er das Tesla Portal brauchen würde, war ihm völlig unklar. Doch Omar wusste, dass er zu gegebener Zeit erfahren würde, zu welchem Zweck er diese erstaunliche Maschinerie einsetzen konnte. Die Tage vergingen ereignislos. Mit gewohnter Routine führte Omar seine Abteilung in der NSA-Zentrale. Nichts deutete darauf hin, dass einige Männer und Frauen seiner Behörde zu den Verschwörern der Operation Tesla Portal gehörten. Durch seine Position als Abteilungsleiter konnte Omar seine Kollegen elektronisch überwachen. Dazu kamen Bewegungsprofile, die genau anzeigten, wenn sich das Verhalten der zu observierenden Personen änderte.

Dann schließlich, Stunden vor dem Ereignis, über das die Weltpresse berichten würde, sah er die Veränderung. Hochrangige NSA-Mitarbeiter agierten nervös und wichen von ihrer täglichen Routine ab. Sofort wurde Omar aufmerksam und überprüfte alle Meldungen, die aus New York City kamen. Dann geschah es! Das Fernsehgerät, ein moderner Flatscreen, welcher an der Wand hing, zeigte Bilder aus dem Bankenviertel der Mega City am Hudson River. Eilig regelte Omar die Lautstärke und hörte sogleich einen Reporter die verwackelten Bilder kommentieren. Er sprach von einem Erbeben der Luft und einem undefinierbaren dunklen Basston, der durch die Straßenschluchten donnerte. Kurze Filmpassagen zeigten flüchtende, panische Menschen, die irgendwohin rannten. Über den Flüchtenden zerbarsten die Fensterfronten der Hochhäuser und es regnete scharfkantige Glassplitter. Erregt schlug Omar auf seinen Schreibtisch und rief:

»Sie haben das Portal im Bankenviertel aktiviert!«

Sofort sah er sich um und war froh, dass seine sonst immer geöffnete Tür, die zu einem Großraumbüro führte, in diesem Moment geschlossen war. Sein Temperament hätte ihn beinahe verraten. Doch er war alleine im Raum. Durch die Glaswand, welche sein Büro von den Schreibtischen seiner Agenten trennte, sah er, wie die Männer und Frauen auf die Bildschirme im Großraumbüro starrten. Niemand hatte seinen Gefühlsausbruch gesehen und das war wichtig. Er musste weiterhin unauffällig agieren und seine Fassade aus Redlichkeit und Staatstreue aufrechterhalten. Zwei Minuten später stürmte sein Freund Burt Olson in sein Büro. Er hatte noch nicht die Tür geschlossen, als er rief:

»Hast du es auch gesehen? Die haben das Portal tatsächlich in Downtown Manhattan aktiviert.«

»Halte gefälligst deine Klappe Burt! Soll hier jeder mitbekommen, um was es geht? Wir sind hier in der Zentrale der NSA und du solltest wissen, dass jeder hier überwacht wird!«

Der Gescholtene wollte noch etwas sagen, doch alleine der Blick Omars genügte, um ihn daran zu hindern. Stattdessen sagte der Scheich leise:

»Lass uns in fünf Minuten zum Mittagessen gehen. Wir treffen uns vor dem Haus.«

Als die beiden Männer etwas später im Wagen Burts saßen, wollte dieser erneut etwas zu den Ereignissen in New York City sagen. Doch Omar legte seinen Zeigefinger auf die Lippen und bedeutete damit seinem Kollegen zu schweigen. Er wusste, dass man auch mittels hochleistungsfähiger Richtmikrofone eine Unterhaltung in einem Fahrzeug abhören konnte. Alleine die Schwingungen, die durch das Sprechen innerhalb eines Autos erzeugt wurden, genügten. Denn diese Schwingungen übertrugen sich auf die Fensterscheiben des Fahrzeuges. Spezielle Computerprogramme waren in der Lage, diese Schwingungen wieder in Worte zu transformieren. Erst als die beiden Männer zwei Blocks von der NSA-Zentrale entfernt waren, sagte der Scheich Burt, wohin er fahren sollte. Nach wenigen Minuten erreichten sie ein Fast-Food-Restaurant. Sie stiegen aus dem Wagen und gingen in das Lokal. Dort bestellten sich die Männer Burger und Pommes. Diese trugen sie an einen Tisch, der sich am Ende des Raumes befand. Nach einem weiteren, prüfenden Blick in die Runde glaubte Omar, dass er und Burt ungestört reden konnten.

»Hast du eine Ahnung«, fragte der Scheich Burt, »wieso die Verschwörer ausgerechnet im Bankenviertel das Portal aktiviert haben?«

»Keine Ahnung!«, antwortete dieser und biss herzhaft in seinen Burger. Dabei schien er angestrengt nachzudenken. Auch Omar bemerkte erstaunt, dass er hungrig war. Die eigentliche Tarnung, weshalb sie den Burger Laden aufgesucht hatten, regte wohl seinen Appetit an. So widmete der Scheich sich seiner Mahlzeit und überlegte dabei, was wohl das Ziel der Verschwörer sein konnte. Einen Geldraub konnte man einfacher inszenieren und dazu brauchte man auch kein Portal in eine Parallelwelt. Nein, das konnte nicht sein. Es musste um etwas sehr Wertvolles gehen, wenn man von einem Raubzug ausging. Plötzlich, ohne jede Vorwarnung wusste Omar, was das Ziel der Verschwörer war. Er überdachte noch einmal alle Informationen, die er und Burt gesammelt hatten. Das Lagerhaus in dem Industriegebiet, in das man schwere Baumaschinen und Lastwagen gebracht hatte. Dazu kam, dass er laut Burts Ermittlungen wusste, dass es zwei Portale gab. Die ganze Zeit hatte er sich gefragt, wozu man denn zwei Portale benötigte. Ganz klar! Warum hatte er daran bisher nicht gedacht? Mit einem zweiten Portal konnte man von der Parallelwelt aus, von einem anderen Standort zurück in die hiesige Welt gelangen. Und was gab es Wertvolles in Downtown Manhattan? Gold! Gelagert in den Tresoren der Federal Reserve Bank! Noch einmal überprüfte der Scheich seinen Gedankengang und gelangte zu dem Schluss, dass seine Annahme mit großer Wahrscheinlichkeit zutreffen würde. Er vergaß seine sonst sehr gepflegte Zurückhaltung und sagte beinahe euphorisch zu Burt:

»Ich weiß, um was es geht! Die Verschwörer rauben die Federal Reserve Bank aus!«

Burt starrte seinen Kollegen mit offenem Mund an. Wie konnte Omar zu dieser Schlussfolgerung gelangen? Auch er, Burt Olson, NSA-Agent, hatte die gleichen Informationen, die Omar besaß. Wie war es seinem Freund nur möglich, die Informationen in eine logische Struktur einzubinden? So fragte er geradeheraus:

»Wie kommst du zu diesem Ergebnis? Habe ich etwas verpasst?«

Mit ungewohnter Geduld erklärte Omar seine Gedanken zu dem vermeintlichen Raub. Noch während er redete, arbeitete sein Gehirn auf Hochtouren. Nun galt es herauszufinden, ob seine Vermutung richtig war. Außerdem musste das Lagerhaus observiert und die dortigen Aktivitäten ausgewertet werden. Doch selbst wenn die Verschwörer tatsächlich eine große Menge Gold aus den Tresoren der Federal Reserve Bank rauben konnten, was dann? Was wollten die Räuber denn mit so viel Gold? Omar war fest davon überzeugt, dass man eine Menge Gold rauben würde. Das Edelmetall musste verkauft werden, denn nur der Besitz des Goldes brachte keinen direkten Nutzen. Nur wenn man Geld auf Bankkonten hatte, konnte man etwas dafür kaufen. Doch eine so große Menge Gold – Omar konnte sich nicht einmal vorstellen, wie viel Tonnen die Verschwörer rauben würden – musste verkauft werden. Solche enormen Transaktionen blieben nicht unentdeckt. Einer Geldspur konnte man immer folgen. Also kamen ausschließlich politische Ambitionen in Betracht. Mit dem Gold, das viele Nationen der Welt in der National Reserve Bank eingelagert hatten, konnte man die globale Wirtschaft beeinflussen und die Führer anderer Nationen erpressen. Omar schwindelte, als er sich klar wurde, dass diese Verschwörer die Welt in ein ungeheures Chaos stürzen konnten. Das war nicht in seinem Sinne. Zwar träumte auch er von immenser Macht und war dabei bereit jeden Gegner dafür zu eliminieren. Doch wenn die Welt wirtschaftlich am Boden lag, nutzte ihm diese Macht nichts.

* * *

Letzte Worte

Während Thore beinahe unablässig telefonierte, versuchte Hanky den Leiter des Sicherheitsdienstes, der in Wahrheit ein Söldner des Scheichs war, mental zu überwachen. Diese mentale Leistung über Stunden hinweg forderte viel Kraft von dem Mutanten. Immer wieder musste er die geistige Verbindung beenden, um zu Kräften zu kommen. Er lief dann auf dem Gelände umher, trank Kaffee und Softdrinks, die er von der Werksfeuerwehr erhielt, und versuchte seinen aufgewühlten Geist zu beruhigen. Er hätte jetzt Walt an seiner Seite gebraucht. Sein Freund konnte ihn mental unterstützen, da auch er ein Mutant war. Doch Walt war noch immer in der Uni-Klinik beschäftigt und daher nicht abkömmlich. Hier, auf dem Gelände der DECAM-Werke, war das Haus des Experimental-Labors weiträumig abgesperrt worden. Die Beamten der Forensik hatten den Unglücksort inzwischen verlassen. Alle Mitarbeiter, die mit den verstorbenen Menschen in Berührung gekommen waren, hatte man in die Uni-Klinik gebracht. Dort wurden sie untersucht und bei Bedarf behandelt. Natürlich mussten diese Menschen sich in einer Isolationsstation aufhalten, da man noch nicht wusste, ob und wie stark sie kontaminiert waren. Mit großer Sorge betrachteten die Männer der Werksfeuerwehr das Mauerwerk des Laboratoriums. Man hörte ab und zu laute, knackende Geräusche, die aus dem Gebäude nach draußen drangen. Die Integrität des Gebäudes war gefährdet und Hanky wusste, wie schnell ein kontaminiertes Gebäude kollabieren konnte. Thore näherte sich mit zwei Bechern dampfenden Kaffees. Der große Mann, der ähnlich wie Walt gerne zu einem Scherz bereit war, schaute angespannt zu dem Labor. Dann drehte er seinen Kopf und zwang sich zu einem Lächeln.

»Wie wäre es mit einer Tasse Kaffee?«, fragte er und hielt Hanky einen der Becher hin. Dieser nahm das Heißgetränk gerne entgegen und sah den BND-Agenten fragend an. Da Thore nun selbst an seinem Becher nippte, fragte Hanky den großen Mann:

»Na, keine guten Nachrichten?«

»Nein, gar keine Nachrichten! Jedenfalls was den Transport des Senators betrifft. Die Transportmaschine des US-Army-Medical-Corps ist noch immer verschwunden. Weg! Einfach nicht mehr da! Ich vermute, das Flugzeug hat das gleiche Schicksal wie die Landgrafen Klinik ereilt. Der Senator war derjenige, der die höchste Dosis dieser verdammten Strahlung aufgenommen hat. Es gleicht sogar einem Wunder, dass er so lange überlebt hat. Wenn man bedenkt, was mit den Menschen geschehen ist, die nur teilweise verstrahlt waren.«

»Ja, das ist ein Mysterium, das wir beide nicht lösen können. Doch ich weiß, dass manche Flugbewegungen im Geheimen durchgeführt werden. So sollen wichtige, einflussreiche Leute geschützt werden.«

»Das ist mir auch bekannt Hanky. Deshalb habe ich mit allen möglichen Behörden und Agenten gesprochen. Meine Behörde, der Bundesnachrichtendienst, hat ebenfalls nachgeforscht. Dabei fanden sie heraus, dass die US-Behörden und die militärische Führung ebenfalls nach dem Flugzeug suchen. Aber wie gesagt, gibt es kein Ergebnis! Wie kommst du denn mit deiner telepathischen Abhöraktion voran? Gibt es da etwas Neues?«

Hanky schüttelte nur den Kopf und sah hinüber zu dem Verwaltungsgebäude der DECAM-Werke. Dann sagte er, einer plötzlichen Eingebung folgend:

»Vielleicht sollten wir dem Herrn Direktor mal einen Besuch abstatten? Es ist doch sehr verwunderlich, dass der Chef der Firma sich nicht an der Unglücksstelle sehen lässt.«

Thore nickte und ein Grinsen legte sich auf seine Lippen.

»Ja«, rief er mit gespielter Vorfreude. »Ich besuche gerne die Chefs großer Firmen. Diese Leute entscheiden über das Schicksal ihrer Mitarbeiter. Nun werden wir uns mal überzeugen, inwieweit dieser Herr Direktor über sein eigenes Schicksal bestimmt. Also Kollege, los geht's!«

Hanky musste trotz der ernsten, ja traumatischen Situation nun auch lächeln. Es war gut, wenn man von der Energie eines anderen Menschen mitgenommen wurde und die Welt aus dessen Blickwinkel betrachtete. Außerdem war jetzt die Zeit, dem Verbindungsmann des geheimnisvollen Scheichs Druck zu machen. Alle mentalen Anhörversuche hatten keine wesentlichen Erkenntnisse gebracht. Das Einzige, was Hanky sicher wusste, war, dass dieser Harry mit seinen Leuten den originalen Zellmodulator in Sicherheit bringen wollte. Nach dem kurzen Fußmarsch betraten die beiden Agenten die Lobby des Verwaltungsgebäudes. Thore steuerte direkt auf den Tresen der Empfangsdame zu und wedelte mit seinem Ausweis.

»Mein Name ist Thore Klausen vom BND. In meiner Begleitung befindet sich Agent Hank Berson vom FBI. Wir möchten sofort mit dem Leiter des Aufsichtsrates, Doktor Herrmann, sprechen.«

Die Empfangsdame blickte irritiert auf Thores Dienstausweis und danach auf die beiden Männer. Diese entsprachen in keiner Weise ihrem Bild eines Agenten. Dennoch hatte sie die Bestimmtheit in Thores Stimme erkannt und ihre Wirkung erzielt. Sie griff wortlos zum Telefon und wählte eine Nummer. Sie musste nicht lange warten, bis das Gespräch von der Vorzimmerdame des Doktors entgegengenommen wurde. Nach einer kurzen Diskussion legte die Empfangsdame mit einem befriedigenden Lächeln auf und verkündete:

»Ich bringe Sie zu den Fahrstühlen. In der Chefetage werden Sie dann abgeholt.«

Nach einer kurzen Fahrt im Lift öffnete sich die Aufzugstür, vor der eine elegant gekleidete Frau wartete. Sie bat die beiden Männer ihr zu folgen. Vor einer aus Teakholz gefertigten Doppeltür blieb sie kurz stehen, klopfte an und öffnete dann die schwere Tür. Gemeinsam betraten sie den großen, geschmackvoll eingerichteten Raum, der dem Begriff Büro nicht zu entsprechen schien. Alles hier im Raum war darauf ausgerichtet, jeden Besucher zu beeindrucken. Einzig ein etwa einen Quadratmeter großer Fleck auf dem teuren Teppichboden störte den makellosen Eindruck. Der Teppich zeigte Spuren einer Verätzung und der darunterliegende Betonboden war sichtbar. Hinter einem mächtigen Schreibtisch erhob sich ein Mann im Anzug. Hanky sah sofort, dass der Anzugträger krank war. Sein blasses Gesicht stand im krassen Gegensatz zu dem dunklen Anzug. Der Mann, bei dem es sich um den Firmenchef handelte, kam mit unsicheren Schritten um den Schreibtisch herum.

»Was kann ich für Sie tun, meine Herren?«, fragte er mit brüchiger Stimme. Hanky erkannte nun, warum er sich bei dem Versuch, die Gedanken dieses Mannes zu ergründen, so schwergetan hatte. Die Zellstruktur des Firmenchefs war ebenfalls geschädigt worden. Schnell suchte Hanky mittels seiner telepathischen Gabe nach dem Mann, der sich Harry nannte. Noch vor wenigen Minuten hatte sich der Söldner des Scheichs in diesem Büro aufgehalten. Es dauerte einen Moment, bis er ihn fand. Der Söldner rannte durch ein Treppenhaus nach unten. Sie hatten den Verbindungsmann des Scheichs in Panik versetzt. Die Ankündigung, dass Agenten des FBI und des BND im Haus waren, hatte genügt, um den Mann zur Flucht zu verleiten. Hanky informierte kurz Thore und verfolgte dann mental die Flucht des Söldners. Auch Thore hatte erkannt, dass der Direktor verstrahlt war. Er befahl dem Mann, der langsam auf sie zuging, sofort stehen zu bleiben. Dann griff er zum Telefon und kontaktierte seine Behörde. Man versprach ihm, dass in Kürze ein Strahlenschutzteam eintreffen würde. Thore steckte das Telefon zurück in seine Jacke und sagte bestimmt:

»Setzten Sie sich wieder Doktor! Sie sind krank, verstrahlt um genau zu sein. Waren Sie kürzlich in dem Laboratorium, in dem es zu dem Strahlenunfall gekommen ist?«

Doktor Herrmann nickte nur und ging wankend zurück zu seinem Bürostuhl. Erschöpft ließ er sich auf das Polster des Möbels sinken. Dann stützte er in letzter Kraftanstrengung seine Hände auf die Tischplatte, ehe er leise sagte:

»Sie müssen dem Scheich und seinem Helfer Harry Einhalt gebieten. Diese Leute sind extrem gefährlich. Doch das habe ich leider erst zu spät erkannt. Ich habe mich in die Hände von Verbrechern begeben und muss nun den Preis dafür bezahlen. Sie haben mir eine Vision von einer Wundermaschine verkauft, mich eingelullt, bis ich zugestimmt habe, diese Maschine nachzubauen.«

Ein trockenes Husten unterbrach die kurze Ansprache, das Geständnis des Firmenchefs. Er sank nach hinten und saß dann mit geschlossenen Augen da. Sein Atem ging rasselnd und Hanky schüttelte den Kopf. Leise flüsterte er Thore zu:

»Das Strahlenschutzteam wird zu spät kommen. Der Mann stirbt.«

Sie verließen schweigend das Büro und informierten die Sekretärin. Diese sollte auf die Rettungskräfte warten und nichts im Büro berühren.

* * *

Elektrische Entladungen

Mit einigem Ächzen zwängte sich Walt in den Strahlenschutzanzug. Dieser war eigentlich für die weiblichen Mitarbeiter der Radiologie vorgesehen. Doch der Mutant wollte nicht darauf warten, bis Yavuz unter der Vermittlung von Thore und dem Chefarzt der Radiologie einen passenden Anzug bekam. Nach einigen Minuten konnte Walt den Strahlenschutzanzug final schließen. Nach einer letzten Überprüfung durch Yavuz stapfte Walt in den Behandlungsraum, in dem der Senator versorgt worden war. Er öffnete die Tür und betrat den Raum. Dort blieb er, während Yavuz die Tür hinter ihm zuzog, einen Moment stehen. Rein gefühlsmäßig glaubte Walt nicht, dass er den Schutzanzug wirklich brauchte. Doch seine Sicherheit ging einfach vor. Noch wusste er nicht, ob eine Kontaminierung nur durch den direkten körperlichen Kontakt der betroffenen Materie eintrat. Möglich, aber eher unwahrscheinlich war, dass auch durch die Atemluft eine Kontaminierung stattfinden konnte. Einzig Staubpartikel, die man einatmete und bei denen die Zellumgruppierung begonnen hatte, boten diese fatale Möglichkeit. In dem Behandlungsraum aber herrschte keine Staubbelastung und auch die Luftbewegungen waren minimal. Walt drehte sich langsam und begutachtete den Raum. Seine Augen suchten nach den Spuren einer bestimmten Veränderung. Die Decke wie auch die Wände schienen intakt und stabil. Doch er wusste, dass dieser erste Eindruck eine falsche Sicherheit vermitteln konnte. Dann wanderte sein Blick zu der Stelle, wo vor nicht allzu langer Zeit das Behandlungsbett, auf dem der Senator behandelt wurde, stehen sollte. Doch Walt hatte das Behandlungszimmer vor nicht einmal einer halben Stunde besichtigt. Daher war er auf den Anblick des zerstörten Bettes vorbereitet. Selbst in den vergangenen dreißig Minuten hatte sich der atomare Zellverband, aus dem das Bett einmal bestanden hatte, weiter zersetzt. Grauer Staub und einige widerstandsfähige Plastikteile bedeckten eine Fläche, die der Größe eines Krankenbettes entsprach. Walt näherte sich langsam und vorsichtig dem zerstörten Bett. Er wollte bei seinen Schritten keinen Staub aufwirbeln. Circa einen Meter vor der grauen Staubfläche blieb der Mutant stehen und sah sich die verwandelte Materie genauer an. Diese schien in ständiger Bewegung, was bedeutete, dass die Zelltransformation noch nicht abgeschlossen war. Der für medizinische Einrichtungen übliche PVC-Belag hatte sich ebenfalls aufgelöst. Darunter konnte Walt den grauen Beton des Fußbodens erkennen. Gerne hätte er die störenden Staubschichten mit seinen Fingern weggewischt. Doch er kannte die Gefahr einer Kontaminierung und unterdrückte sein forschendes Verlangen. Seine Hände auf die Oberschenkel gedrückt, beugte sich der Mutant nach vorne und fixierte den Betonboden. Dann fokussierte er mittels seiner übersinnlichen

Gaben seine Wahrnehmung. Er fixierte einen bestimmten Punkt auf dem Boden und schloss seine Augen. Sofort wechselte seine Wahrnehmung auf eine energetische Ebene. Er sandte seinen Geist zu dem fixierten Punkt und sah zuerst nur eine zernarbte Fläche, die wie eine Landschaft auf einem fremden Planeten aussah. Sein geistiges Ich sank hinunter zu der Fläche und damit zu der molekularen Zellverbindung. Alles bewegte sich träge und Farben erfüllten nun das Sichtfeld des Mutanten. Riesige Amöben in allen erdenklichen Farben pulsierten, ja sie schienen wie ein Lebewesen zu atmen. Dazwischen entluden sich blaue Blitze, die in die Amöben eindrangen und an anderer Stelle wiederauftauchten. Walt senkte seine Wahrnehmung noch weiter und sah einige Zeit später die ersten einzelnen Zellen. Um den einen Zellkern, dem Nukleus herum, befand sich eine Art Schutzhülle, die aus einem durchsichtigen Material zu bestehen schien. Inmitten des Zellplasmas schwebten kleinere Körper wie Satelliten um einen Planeten. Walt wusste, dass er hier Ribosomen sah, die als Eiweißproduzenten galten. Doch Walt sah noch etwas anderes, was ihn sehr beruhigte. Der Zellkern verformte sich ständig. Eine enorme Kraft schien auf den Nukleus einzuwirken und ihn durchzukneten. Der Mutant erkannte, was nun gleich geschehen würde. Und dennoch erschrak er, als dann genau das Ereignis eintrat, das er befürchtet hatte. Der Zellkern hielt der enormen kinetischen Belastung nicht mehr stand und zerplatzte. Die Kugel, der Zellkern, explodierte förmlich. Seine zertrümmerten Teile schossen nach außen und zerrissen dabei die Zellmembran. Doch damit war der Zerstörungseffekt noch lange nicht gestoppt. Die Trümmerteile bombardierten die umliegenden Zellen wie Schrapnelle einer Granate. Die getroffenen Zellen begannen nun auch zu pulsieren und der Vorgang wiederholte sich nun tausendfach. Walt zog reflexartig seinen Geist zurück und verließ die energetische Welt. Gleich darauf schlug er seine Augen wieder auf und sah auf die graue Substanz vor seinen Füßen. Er atmete zwei-, dreimal tief ein und aus, ehe er sich aufrichtete. Dann drehte er sich herum und lief zu der Zimmertür. Er musste an die frische Luft und nachdenken. Er hatte das Problem gesehen, doch ihm fehlte noch eine Idee, wie er diese Zellzerstörung aufhalten konnte. Auf dem Gang streifte Walt den Schutzanzug ab. Das enge Kleidungsstück ließ er einfach fallen und ging seinen Gedanken nachhängend in Richtung des Klinikausganges. Dabei übersah er Yavuz, der in einem Ärztezimmer mit Professor van Althoff eine angeregte Diskussion führte. Im letzten Moment erkannte Yavuz, wie Walt an der offenen Zimmertür vorüberging. Sofort unterbrach er seine Konversation mit dem Professor und rannte in den Gang hinaus. Dort rief er:

»He Walt, wo willst du denn hin? Hast du etwas herausgefunden?«

Walt blieb nach zwei weiteren Schritten stehen, überlegte einen Moment, ob er zuerst mit Yavuz sprechen oder nach draußen gehen wollte. Er entschied sich für die erste Option, denn ohne den hinderlichen Strahlenanzug konnte er wieder freier atmen. Gleich darauf saßen der Professor, Yavuz und Walt in einer kleinen Sitzecke zusammen. Der Mutant überlegte, wie er dem Professor seine Beobachtungen mitteilen konnte. Er war kein Wissenschaftler und kannte demnach nicht die fachlichen Bezeichnungen der Zellen und deren Aufbau. Doch er entschloss sich dennoch, seine Beobachtungen mit einfachen Worten darzulegen. Professor van Althoff hörte sich die Erklärung wie auch die Schlussfolgerung des Mutanten geduldig an. Als Walt den Energieaustausch zwischen den Zellen beschrieb, legte der Professor seine Stirn in Falten. Er hatte sich schon seit einigen Jahren mit diesem Aspekt befasst und daran geforscht. Man wusste, dass man durch Krebs belastete Zellen mit einer Strahlentherapie behandeln konnte. Also griff man direkt in den elektrischen Aufbau des Zellsystems ein. Man veränderte durch die Bestrahlung die Programmierung des Nukleus, des Zellkerns und brachte die erkrankten Zellen dazu, sich nicht mehr zu teilen. Hier sah der Professor eine Möglichkeit, die kontaminierten Gegenstände an einer weiteren Zellteilung zu hindern. Auch die ungewünschte Zellmodulation bei den betroffenen Menschen müsste so zu stoppen sein. Ein Lächeln erhellte die Gesichtszüge des Professors. Er hatte zumindest eine Möglichkeit gefunden, die Zellmodulation zu stoppen. Noch waren seine Gedanken zu diesem Thema blanke Theorie. Doch mit dem Mutanten konnte er zeitnah den ersten Test überwachen. Aufgeregt berichtete er nun den beiden Männern, wie sich die Strahlentherapie bei krebskranken Menschen in der Medizin durchgesetzt hatte und welche Erfolge man erzielen konnte. Die Schlussfolgerung brauchte der Mediziner nicht zu erläutern. Walt und Yavuz hatten sofort erkannt, welche Lösung für die fatale Zellmodulation ihnen der Professor gerade eben offenbart hatte. Nun war es Walt, den es vor Aufregung nicht mehr auf seinem Sessel hielt. Er sprang auf und fragte sogleich mit energetischer Ungeduld:

»Verfügt die Uni-Klinik über ein mobiles Bestrahlungsgerät?«

»Ja natürlich!«, rief Professor van Althoff aufgeregt. »Wir haben einen OP Linear Accelerator. Diese Geräte sind zwar nicht so effektiv wie ein festverbautes Gerät. Doch für einen Versuch sollte der Liner Accelerator geeignet sein.«

»Wo steht denn der Apparat Herr Professor?«, fragte Walt, der immer ungeduldiger wurde. Er hatte das Gefühl, nun schnell handeln zu müssen. Die Bilder der Landgrafenklinik, die durch die Zellmodulation völlig kollabiert war und die ausgebrannten Lkws am Flughafen waren Warnung genug. Der Professor erhob sich jetzt auch eilig und rannte an Walt und Yavuz vorbei zur Tür. Er öffnete diese hektisch und rannte in den Krankenhausflur hinaus. Von draußen hörten sie die Rufe des Professors:

»Wo bleiben Sie denn meine Herren?«

»Lassen wir den Professor nicht warten!«, sagte Walt zu Yavuz. »Wir haben tatsächlich keine Zeit zu verlieren. Los komm!«

Der Scheich – Versetzung (Jahre zuvor)

Aus sicherer Distanz, nämlich aus seinem Büro in der NSA-Zentrale heraus, beobachtete Omar Zaki die Geschehnisse in New York City. Er hörte von Truppenbewegungen rund um die Megametropole, registrierte die Aktivitäten des FBI und der städtischen Behörden. Auch außerhalb der Stadt kam es zu Aktivitäten, bei denen ein Militär-Konvoi angegriffen worden war. Am Lagerhaus hatte es ein Feuergefecht gegeben und Soldaten der Nationalgarde wie auch Wissenschaftler waren festgenommen worden. Der Scheich saß wie eine Spinne in ihrem Netz und zog die nötigen Fäden, die er über die Jahre geknüpft hatte. Verschiedene Teams warteten auf ihren Einsatz, der möglichst verdeckt und lautlos vonstattengehen sollte. Doch noch war es nicht so weit. Erst als Omar von der Verhaftung oder Tötung hochrangiger Politiker und Militärs wie auch eines NSA-Direktors hörte, wusste er, dass seine Zeit nun bald kommen würde. Der letzte Akt der Verschwörung fand im Central Park in New York City statt. Spezial-Einheiten des FBI stellten hier die letzten Verschwörer. Sie hatten versucht, mit einem transportablen Tesla Portal große Mengen Gold in Sicherheit zu bringen. Die Aufregung um den gescheiterten Raub beschäftigte die Geheimdienste noch einige Wochen. Doch nach und nach kehrte Ruhe ein und die Agenten des FBI und der NSA wandten sich anderen Fällen zu. Die erbeuteten Portale wurden zu angeblichen wissenschaftlichen Untersuchungen an einen geheimen Ort gebracht. Omar aber fand bald heraus, dass die wundersamen Geräte einfach nur eingelagert wurden. Zurzeit bestand vonseiten der Regierung kein Interesse an einem Kontakt zu einer Parallelwelt. Außerdem fehlten auch entsprechende Spezialisten, welche die Portale bedienen konnten. Das Projekt Tesla Portal wurde auf unbestimmte Zeit in einen sogenannten Ruhemodus versetzt.

Diese letzte Information genügte Omar, um seine eigene Operation zu starten. Er wollte ein Portal an sich bringen. Er hoffte, dass er in der anderen Welt fremde Technik an sich bringen konnte. Dabei dachte er in erster Linie an Waffen, aber auch an natürliche Ressourcen wie Edelmetalle oder exotische Tiere und Pflanzen. Natürlich konnte man die Parallelwelt ebenfalls als Depot für Waren nutzen. Niemand konnte so gestohlene Güter finden. Drogen und vieles mehr ließen sich dort deponieren und bei Bedarf wieder zurückholen. Das Gleiche galt auch für Umweltgifte und Atommüll. Ein Endlager auf einer anderen Welt würde Milliarden in seine Kasse spülen. Auch ein Gefängnis war denkbar. Kein Gangster konnte zurück in die diesseitige Welt kommen. Ja, man brauchte sie nur durch das Portal treiben und ihrem Schicksal überlassen. Aus all diesen Optionen konnte er erheblichen Gewinn generieren und damit auch persönliche Macht. Sein erstes Ziel war bei Weitem das wichtigste. Er musste herausfinden, wo man die Portale eingelagert hatte. Mit dieser Aufgabe betraute er seinen Kollegen Burt Olson. Damit handelte der Scheich nach einem bewährten Muster, das nur selten verlangte, dass er sich persönlich bei Ermittlungen engagierte. Er blieb lieber im Hintergrund und selbst seine engsten Partner kannten ihn nur unter seinem Pseudonym als „Der Scheich". Der zweite Punkt seiner Planung sah vor, dass er sich von seiner Position als Abteilungsleiter versetzen ließ. Seine angestrebte Position war Leiter der Sektion West-Europa zu werden. Da er seine eigene Abteilung hier in der Zentrale der NSA zur vollsten Zufriedenheit seiner Vorgesetzten führte, stand einer Versetzung eigentlich nichts im Wege. Nur ein Mann, ein Vice-Direktor der NSA, wollte seinen Versetzungsantrag nicht befürworten. Doch Omar hatte vorgesorgt und dem Mann schon Monate zuvor eine Falle gestellt. Bei einem Kongress in Los Angeles wurde der Vice-Direktor bei einem Barbesuch von den Männern des Scheichs unter Drogen gesetzt. Man brachte ihn an einen unbekannten Ort, wo bereits eine Prostituierte wartete. Der Direktor wurde entkleidet und zusammen mit der ebenfalls nackten Prostituierten gefilmt und fotografiert. Danach brachte man den ahnungslosen Mann zurück in sein Hotel, wo er am nächsten Morgen mit starken Kopfschmerzen erwachte. Er konnte sich nicht erinnern, wie er aus der Bar zurück in sein Hotel gekommen war. Nach einiger Zeit vergaß der Vice-Direktor diese Episode. Doch kaum hatte er das Versetzungsersuchen des Scheichs abgelehnt, wurde er an die Nacht in Los Angeles erinnert. Er fand morgens einen unbeschrifteten Umschlag auf seinem Schreibtisch. Diesen öffnete er mit einem gewissen Unbehagen und fand einen USB-Stick und Hochglanzfotografien. Zuerst konnte er nicht glauben, was er dort auf den Bildern sah. Er glaubte noch an einen bösen Scherz eines Unbekannten. Irgendjemand hatte wohl per Photoshop sein Gesicht in diese anzüglichen Bilder hineinkopiert. Als er jedoch den USB-Stick an seinem PC öffnete, überzeugten ihn die dort gespeicherten Video-Dateien. Nun erinnerte er sich an die Nacht, an der er seinen Filmriss erlebt hatte. In diesen Stunden mussten die Aufnahmen entstanden sein. Bei der Ausbildung zum NSA-Agenten hatte man die Studenten immer wieder vor solchen erpresserischen Aufnahmen gewarnt. Niemals hätte der Vice-Direktor geglaubt, selbst einmal Opfer einer solchen infamen Aktion zu werden. Doch hier lagen die Bilder vor ihm und auf seinem PC waren die belastenden Videos. Sein erster Gedanke, diesen Vorfall, der wohl eine Erpressung darstellte, sofort seinem Vorgesetzten zu melden, verwarf der Mann nach kurzem Nachdenken. Er konnte es sich nicht leisten, in irgendeiner Weise erpressbar zu sein. Schon alleine die Existenz der Bilder reichte aus, seine Karriere zu beenden. Noch während er die Bilder angeekelt anstarrte, klingelte sein Telefon. Einer der ihm unterstellten Abteilungsleiter bat den Vice-Direktor in einen abhörsicheren Besprechungsraum. Er habe wichtige

Ermittlungsergebnisse, die unbedingt einer Beurteilung bedurften. Nach kurzem Zögern willigte der Direktor ein und war bereit für diese außerordentliche Besprechung. Schnell entfernte er den USB-Stick von seinem PC und steckte diesen zusammen mit den Fotos zurück in den Umschlag. Danach öffnete er seinen Tresor und legte diesen in das Stahlfach. Einige Minuten später betrat der Vice-Direktor den Besprechungsraum. Am Kopfende des großen Konferenztisches saß Omar Zaki, der Abteilungsleiter, und lächelte ihn an. Doch sein Lächeln erreichte nicht seine Augen. Diese blickten kalt auf den Direktor. Mit schneidender Stimme sagte Omar:

»Schließen Sie die Tür!«

Der Vice-Direktor hatte eine scharfe Erwiderung auf der Zunge, hielt sich aber zurück und folgte der Anweisung. Er wollte erst einmal hören, was sein Untergebener von ihm wollte. Ein banges Gefühl sagte ihm aber, dass dieses Meeting etwas mit den verfänglichen Fotos und den peinlichen Videoaufnahmen zu tun hatte. Seine Vorahnung bestätigte sich sogleich. Mit einer selbstsicheren Arroganz stellte der Scheich seine Forderungen. Er ließ keinen Zweifel an seiner Entschlossenheit und brauchte nicht einmal mit Konsequenzen zu drohen. Der Vice-Direktor stand an einem Scheideweg. Das wusste er. Wenn er die Aufnahmen wie auch die Videos seinem Vorgesetzten präsentieren würde, dann war seine Karriere in der NSA vorüber. Er konnte nicht einmal beweisen, dass der Abteilungsleiter Omar Zaki diese Erpressung inszeniert hatte. Am liebsten hätte er diesem Mistkerl die Zähne ausgeschlagen, ihn krankenhausreif geprügelt. Doch dies würde nur seinen eigenen Untergang einleiten. Auf der anderen Seite wollte der Kerl ja nur seine Versetzung nach Europa erzwingen. Was war schon dabei, wenn er das Gesuch unterstützte? Wahrscheinlich würde er niemals mehr von Omar Zaki hören oder mit diesem etwas zu tun haben. Ja, es bestand sogar die Möglichkeit, dass er von hier aus von der Zentrale der NSA es diesem Mistkerl heimzahlen könnte. Immerhin war er Vice-Direktor dieses Geheimdienstes und er verfügte über unzählige Möglichkeiten, letale Macht auszuüben. So willigte er zögernd ein und bewilligte das Ansuchen des Abteilungsleiters.

Es dauerte noch einige Wochen, ehe Omar die Mitteilung erhielt, dass er nach Deutschland versetzt und dort die Position eines Regionalleiters erhalten werde. In der Hierarchie der NSA stieg er damit weiter auf, was Omar als selbstverständlich ansah. Nun galt es, die nächsten Aktionen zu planen. Er traf sich mehrfach mit seinem Kollegen Burt Olson, um weitere Schritte zu planen. Der Scheich wollte Burt als seinen Nachfolger einsetzen. Damit hatte er direkt in der NSA-Zentrale einen Vertrauensmann, der Entscheidungen treffen konnte. Gleichzeitig begannen er und Burt nach dem Lagerort der Tesla Portale zu suchen. Die beiden NSA-Agenten nutzten ihre elektronischen Möglichkeiten, mit denen sie jeden Menschen auf der Welt belauschen konnten. Sie waren in der Lage, Bewegungsprofile zu erstellen, Bankkonten einzusehen und Handy zu infiltrieren. Nach einigen Tagen fanden sie eine Spur, die zur Nationalgarde führte.

* * *

Schneller Rückzug

Harry hatte schon immer die Gabe besessen, sich im Notfall schnell abzusetzen. Er hatte als Söldner für verschiedene Auftraggeber, wie zum Beispiel bei Blackwater, welche offiziell als Sicherheitsfirma agierte, gearbeitet. Diese Firma sandte in Wirklichkeit ehemalige Soldaten als Söldner in viele Krisenregionen der Welt. Bei solchen brisanten und sehr gewalttätigen Einsätzen hatte er es immer verstanden, die Drecksarbeit, wie Harry es nannte, von anderen erledigen zu lassen. Dennoch galt er in der

Branche als hervorragender Kämpfer, der auch größere Einheiten führen konnte. In den letzten Jahren aber musste er sich selbst eingestehen, dass Kriegseinsätze seine körperliche Konstitution immer mehr überforderten. Das brachte ihn zu der Einsicht, sich weniger gefährlichen Aufgaben zuzuwenden. Als er zum ersten Mal dem Mann begegnete, der sich der Scheich nannte, glaubte Harry, dass nun ruhigere Zeiten auf ihn warteten. Er ließ sich von dem Charisma dieses Mannes blenden. Dieser war in seinen Augen ein geborener Führer, der immer wusste, was vor sich ging. Außerdem schienen all seine Planungen gut durchdacht und durch exzellente Recherchen fundiert zu sein. Der Scheich dachte wie ein guter Schachspieler und plante seine Vorhaben akribisch. Natürlich versuchte Harry mehr über seinen neuen Dienstherren in Erfahrung zu bringen. Doch er scheiterte schon bei der Identifizierung seiner Herkunft. War er Araber, Jude, Amerikaner oder Türke? Das konnte Harry bei den wenigen persönlichen Treffen mit dem Scheich beim besten Willen nicht sagen. Der Mann verhielt sich multikulturell, sprach bestimmt sieben Sprachen fließend und zeigte keinerlei Interesse an den Freuden des Lebens. Er war ein Phantom, der Zugang zu Informationen hatte, über die sonst nur ein Geheimdienst verfügte. Natürlich vermutete Harry eine Weile, dass der Scheich ein Agent der CIA oder eines anderen Nachrichtdienstes sei. Doch beweisen konnte er seine Vermutung nie. Jedenfalls hatte sich Harrys Verbindung mit dem Scheich durchaus finanziell gelohnt. Auch die Einsätze, die er organisieren und manchmal auch selbst leiten musste, unterschieden sich von seinen bisherigen. Ein gewisses Maß an Gefahr bestand immer. Dennoch gefiel Harry seine Arbeit noch immer, auch wenn es dabei schon einmal zu einige Männer seiner Söldnertruppe ihr Leben lassen mussten. Die Gleichgültigkeit, die er gegenüber dem Leid anderer an den Tag legte, prädestinierte Harry in der Position als Söldner-Kommandant. Doch wenn es um seine eigene Sicherheit ging, urteilte er mit eigennütziger Empathie sich selbst gegenüber.

Aus diesem Grund hatte er eilig das Büro des DECAM-Aufsichtsratsvorsitzenden verlassen, als sich zwei Ermittler, der eine vom Bundesnachrichtendienst und der andere vom FBI, ankündigten. Er hatte schon bei der Besprechung mit Doktor Herrmann bemerkt, dass dieser Mann nicht mehr lange zu leben hatte. Eine über die Jahre angeeignete Beobachtungsgabe, gekoppelt mit dem Bericht des Doktor Herrmann, ließ diese schlimme Prognose zu. Dieser eingebildete Mann hatte tatsächlich die Räume des Versuchslabors betreten und dabei Gegenstände und einige Leichen berührt. Dadurch hatte er sich mit dem Tod infiziert, wie Harry abwertend überlegte. Ein schneller Spurt durchs Treppenhaus brachte ihn ins Freie. Zuerst musste er sich in Sicherheit bringen. Danach würde man sehen, wie man den unersetzbaren Zellmodulator, diese Maschine aus einer anderen Welt, bergen konnte. Er stoppte seinen Lauf vor dem von ihm hier geparkten Motorrad. Rasch stülpte er sich den Helm über den Kopf und schwang sich dann auf die Maschine. Mit dumpfem Brummen erwachte das zweirädrige Gefährt und schoss gleich darauf vom Parkplatz. Schnell, aber nicht unkontrolliert steuerte Harry das Motorrad über das Werksgelände, stoppte nicht einmal an der Schranke des Pförtners, sondern umrundete diese mit einem gekonnten Schlenker. Der uniformierte Pförtner, der in dieser Situation seine Kontrollfunktion nicht ausüben konnte, schrie ärgerlich dem davonbrausenden Gefährt hinterher. Drei, vier Straßen weiter verlangsamte Harry seine Fahrt und sah sich um. Befriedigt stellte er fest, dass es keinen Verfolger gab. Er war in Sicherheit, jedenfalls vorerst. Dass er sich in diesem Moment gleich zweifach irrte, konnte er nicht ahnen. Während seiner Flucht aus dem Verwaltungsgebäude und selbst nach dem Verlassen des Firmengeländes hatte Harry einen unsichtbaren

Begleiter. Dieser war nicht körperlich bei ihm, sondern hatte sich wie ein Parasit in seinem Gehirn etabliert. Dort konnte er jeden Gedanken des Söldners, jedes Geräusch und sogar jeden optischen Eindruck mitverfolgen. Hank Berson, der FBI Special Agent, überwachte Harry auf telepathische Weise. Solange der Mutant nicht versuchte, die Körperfunktionen, wie zum Beispiel die Blickrichtung des Observierten, zu verändern, spürte dieser nichts von seinem geistigen Begleiter. Zwar stellte sich Harry kurz die Frage, warum er so problemlos von dem Firmengelände fliehen konnte, verwarf diesen Gedanken aber schnell wieder. Seine Selbstüberschätzung behinderte seine Gefahrenanalyse. Selbst ein ungutes Gefühl, das Harry nur verspürte, wenn sein Instinkt Alarmsignale an sein Bewusstsein sendete, ignorierte er völlig. Stattdessen setzte er seine Fahrt fort und stoppte an einem Supermarkt. Dort parkte er sein Motorrad am Rad des Parkplatzes, schaltete den Motor aus und zog sein Smartphone aus der Tasche. Er wählte eine kurze Nummer und hielt das Telefon abwartend an sein Ohr. Gleich darauf wurde sein Anruf entgegengenommen. Eine emotionslose Stimme meldete sich mit einem einfachen:

»Ja?«

»Harry hier! Wir müssen uns treffen!«

Für einen Moment war kein Geräusch in der Leitung zu hören und der Söldner dachte schon, der Angerufene hätte das Gespräch beendet. Doch dann meldete sich die Stimme und sagte:

»Ich habe die Koordinaten an Ihr Handy geschickt. In zwei Stunden treffen wir uns dort.«

Ein leises Knacken in der Leitung belegte, dass nun das Telefonat wirklich beendet war. Mit einem Schulterzucken kommentierte Harry das kurze Gespräch und öffnete danach eine spezielle App auf seinem Telefon. Diese forderte einen Iris-Scan und die Bestätigung mittels Fingerabdrucksensor. Nach der Überprüfung öffnete sich die App und zeigte nur eine Textnachricht.

Dort las er: A 45 PARKPLATZ AUF DER NACHTWEIDE. Natürlich kannte Harry die Autobahn 45 und er wusste sogar, in welchem Abschnitt sich dieser Parkplatz befand. Die A 45 hatte er schon oft befahren. Gerade für einen Motorradfreund war diese Strecke, die zuerst durch die Wetterau und dann durch das Sauerland führte, eine wahre Freude. Die vielen, lang gestreckten Kurven und die ruhige Landschaft begeisterten ihn immer wieder. Mit einem Lächeln schaltete Harry sein Smartphone aus und sah sich um. Seine lästige Magenverstimmung hatte sich verflüchtigt und einem angenehmen Hungergefühl Platz gemacht. Auf dem Parkplatz des Supermarktes stand am anderen Ende ein Food-Truck, der Bratwürste und Pommes offerierte. Harry startete sein Motorrad und fuhr die wenigen Meter zu dem Imbisswagen. Dort parkte er und schon wenige Minuten später freute er sich auf die Currywurst und die Pommes, die vor ihm in Pappschalen auf einem Holztisch lagen. Er genoss den schnellen Snack und beobachtete das Treiben vor dem Supermarkt. Niemand schien sich für ihn zu interessieren und das war gut so. Keiner der Menschen hier konnte wissen, wie gefährlich dieser wurstessende Biker in Wirklichkeit war. Trotz der Fehlschläge der letzten Tage blickte Harry zuversichtlich in die Zukunft. Er fühlte sich nicht für die Desaster verantwortlich. Er war weder Techniker oder Wissenschaftler und ausschließlich für die Sicherheit gegen äußere Einflüsse erforderlich. Der Verlust seiner Mannschaft am Flughafen Frankfurt ließ sich verschmerzen, da alle Männer von einer Scheinfirma angeworben worden waren. Ob diese Söldner nun getötet, verwundet oder verhaftet worden waren, interessierte Harry nicht im Geringsten. Nun galt es nach vorne zu schauen. Außerdem verließ er sich auf den Einfallsreichtum des Scheichs. Dieser Mann dachte in Bahnen, die Harry für immer verschlossen sein würden. In aller Ruhe verspeiste der Söldner seine Wurst und schwang sich eine halbe Stunde später auf sein Motorrad. Pünktlich erreichte er den Parkplatz an der A 45 und fuhr langsam zwischen den geparkten Fahrzeugen entlang. Am Ende des Parkplatzes stand ein schmächtiger Mann, der völlig in sich selbst zu ruhen schien. Er zeigte keinerlei Aufregung oder Ungeduld. Er war einfach, aber dennoch elegant gekleidet. Zu einer dunkelgrauen Hose trug der Mann einen schwarzen Kaschmirpullover. Sein volles, dunkles Haar lag makellos auf seinem asketischen Schädel. Über einer großen Nase sahen dunkle, kaltwirkende Augen dem Motorradfahrer entgegen. Doch er wusste nicht, dass ihn nun auch der Mutant Hank Berson sehen konnte.

* * *

Strahlenbeschuss

Walt stand vor dem transportablen OP Linear Accelerator. Dieses Gerät diente zur punktuellen Strahlentherapie. Kleine Karzinome konnten so gut und effektiv behandelt werden. Doch so leicht, wie das Wort *transportabel* implizierte, würde der Transport des Gerätes nicht sein. Es stand zwar auf kleinen Schwerkraftrollen, doch diese waren nur für einen glatten Boden in einem Behandlungsraum gedacht. Man brauchte mindestens zwei kräftige Personen, um den Linear Accelerator zu bewegen. Zudem wog das Gerät bestimmt eine halbe Tonne, was bei jeder Türschwelle zu Problemen führen konnte. Yavuz besah sich die medizinische Maschine von allen Seiten und grübelte, wie man wohl dieses Ding an den Einsatzort bringen konnte. Zudem stand der Accelerator zwei Häuser weiter in einem anderen Bereich der Uni-Klinik. Das bedeutete, es musste zwei Stockwerke nach unten transportiert werden, dann circa hundert Meter über die Klinik-eigenen Straßen und in das Gebäude, in denen sich die kontaminierten Räume befanden. Professor van Althoff stand etwas abseits und schien mit eigenen Gedanken beschäftigt zu sein. Walt hingegen hatte sich von einem Hausmeister ein Metermaß besorgt und vermaß zuerst Accelerator und danach die Tür, die zu diesem Behandlungsraum führte. Dann stemmte er seine Hände in die Hüften und nickte. Er wusste, wie er das Gerät ohne großen Aufwand transportieren konnte. So wandte er sich an Yavuz und sagte:

»Es ist eigentlich ganz einfach. Ich hebe die Maschine um einige Zentimeter an und du schiebst das Ding dann durch die Tür auf den Gang. Dort kommen wir zu einem Lastenaufzug, der genügend Raum für die Maschine bietet.«

»Aber was werden die Leute sagen, wenn die Maschine schwebt? Immerhin wissen nicht viele Menschen, dass es möglich ist, Materie mittels geistiger Kraft zu bewegen.«

»Keine Sorge mein Freund! Ich hebe den Accelerator nur um wenige Zentimeter an. Wer nicht genau hinschaut, der denkt bestimmt, dass wir Transportrollen benutzen.«

»Na dann hoffen wir mal«, antwortete Yavuz nicht völlig überzeugt, »dass keiner der Krankenhausbesucher zu neugierig ist. Sonst haben wir hier schneller, als uns lieb ist, die Presse auf dem Hals.«

»Mit denen werde ich schon fertig«, grinste Walt. »Mir bereiten viel mehr die Handybenutzer Sorgen. Videos mit dem Smartphone sind die eigentliche Plage und im Internet schnell hochgeladen. Doch ich glaube, die Besucher und Kranken hier auf dem Gelände der Klinik haben andere Sorgen. Also, lass uns beginnen. Die Zeit drängt. Zuerst müssen wir die Kabel am Gehäuse fixieren und dann kannst du mal beweisen, wie viel Kraft du hast. Ich hebe, du schiebst!«

Nun lächelte Yavuz verschmitzt. Walt hatte den richtigen Humor und selbst in einer Krisensituation ließ er es sich nicht nehmen, mit einem flotten Spruch den Stress von seinen Begleitern zu nehmen. Der Professor hatte die kurze Unterhaltung verfolgt und sah gleich darauf, wie sich das schwere Gerät wie von Geisterhand bewegt vom Boden löste. Es schwebte in circa fünf Zentimetern Höhe, verharrte aber in seiner Position. Yavuz stellte sich hinter die Maschine und drückte mit beiden Händen dagegen. Er hatte sich die Sache leichter vorgestellt. Aber Masse blieb Masse und die musste zuerst einmal bewegt werden. Natürlich hätte Walt den Linear Accelerator auch ohne Hilfe transportieren können. Doch es war eine Sache, ob ein Gerät dicht über den Boden schwebt oder ob es sich alleine, ohne sichtbare Hilfe fortbewegte. Langsam bewegte sich nun die Maschine auf die Tür zu. Nachdem die schwebende Apparatur sich in Bewegung gesetzt hatte, brauchte Yavuz nur noch korrigierend einzugreifen. Walt half seinem deutschen Kollegen unbemerkt. Mit seinen telekinetischen Kräften war es ihm ein Leichtes das schwere medizinische Gerät zu transportieren. Tatsächlich streiften sie bei ihrem Transport durch das Gebäude und über die Klinikstraße nur uninteressierte Blicke der Passanten. Nach einer halben Stunde schob Yavuz den Linear Accelerator in den kontaminierten Behandlungsraum. Walt dirigierte nun die Maschine in die richtige Position. Dann drängte er Yavuz und den Professor, schnellstens den Raum zu verlassen. Er selbst wie auch der Professor streiften sich nun die bereitliegenden Strahlenschutzanzüge über. Danach gingen die beiden Männer zurück in den Behandlungsraum. Dort schloss Walt die Maschine an das Stromnetz an, während der Professor eine Platte, die zur Fixierung eines zu bestrahlenden Objektes unter dem Bestrahlungskopf angebracht war, entfernte. Danach aktivierte der Mediziner das Gerät und richtete den Bestrahlungskopf aus. Dieser zeigte nun auf einen Teil des zerstörten und zu Staub zerfallenen Behandlungsbettes. Auf ein Zeichen von Walt aktivierte der Professor die Maschine. Unsichtbar für das menschliche Auge wurde die Strahlung freigesetzt und traf auf die kontaminierte Materie. Walt, der etwas abseits stand, konzentrierte sich. Sein Geist begab sich erneut auf die energetische Ebene und zoomte sein Sichtfeld so weit heran, bis er die Zellverbände sehen konnte. Zuerst sah er, wie weitere Zellkerne zerbarsten und damit die umliegenden Zellen mit Schrapnellen bombardierten. Dazwischen zuckten elektrische Entladungen wie ein monströses Gewitter. Ungeduldig und von Zweifeln geplagt, ob seine Idee überhaupt Wirkung zeigen würde, verfolgte Walt die Zellzersetzung. Dann aber ließ das auf den Mikrokosmos beschränkte Gewitter nach und auch die Zellkernexplosionen verlangsamten sich. Nach einigen Minuten der Bestrahlung begannen die betroffenen Zellen sich zu kristallinen Formen zusammenzufügen. Dieser Prozess verlief nun erstaunlich schnell und fand seinen Abschluss in einer erstarrten Szenerie. Walt ließ seinen geistigen Blick nun weiter wandern und stellte erleichtert fest, dass die nächste, noch aktive Gewitterzone die Kristalle nicht mehr beeinflussen konnte. Mit einem Gedankenbefehl kehrte der Mutant aus der energetischen Ebene des Mikrokosmos in die normale, für Menschen sichtbare Welt zurück. Er öffnete seine Augen und bedeutete dem Professor, den Strahlenbeschuss zu beenden. Dann näherte er sich der bestrahlten Fläche und sah Erstaunliches. In einem Bereich von circa einem halben Quadratmeter bedeckte eine glänzende, im Licht schillernde Staubschicht den Boden. Mit diesem Ergebnis hatte er nicht gerechnet. Zum Ersten funktionierte die Bestrahlung und stoppte den Zellverfall und zum Zweiten konnte man mit bloßem Auge den Erfolg erkennen. Walt war mehr als erstaunt, dass er die Lösung, den Weg gefunden hatte, die Ausbreitung der kontaminierten Zellen zu stoppen. Nun lag es an den Spezialisten, die Bestrahlung durchzuführen und das verstrahlte Material an einen sicheren Lagerort zu bringen. Er unterrichtete den Professor, welche Überlegungen er angestellt hatte und welche Maßnahmen nun getroffen werden mussten. Dieser versicherte Walt, dass er die zuständigen Behörden informieren würde. Doch er hatte noch ein letztes Anliegen. So fragte er den Mutanten bittend:

»Mister Kessler, würden Sie mit mir zusammen die beiden kontaminierten Räume der Bestrahlung unterziehen? Ich wäre Ihnen wirklich sehr dankbar. Allein der Transport des Linear Accelerator stellt für mich ein logistisches Problem dar.«

»Natürlich Herr Professor! Mein Kollege Kozoglu wird uns ebenfalls hilfreich zur Seite stehen. Aber vorher muss ich noch ein kurzes Telefonat führen.«

Walt verließ Raum und ging zu Yavuz, der in dem Krankenhausflur unruhig auf und ab ging. Ihm teilte er den Erfolg des Versuches mit und versprach, sogleich Kommissar Brenner aus Bad Homburg anzurufen. Die Nachricht, dass man der Kontaminierung und der ungewollten Zellteilung Einhalt gebieten konnte, würde ihn sicher erleichtern. Rasch überdachte Walt noch einmal die Fakten und wählte per Kurzwahlfunktion auf seinem Handy die Telefonnummer seines Freundes Hanky. Mit Stolz und Genugtuung berichtete Walt von dem Versuch, die Zellteilung mittels eines Strahlenbeschusses zu stoppen. Hanky konnte kaum glauben, dass sie nun eine Sorge weniger hatten. Er gratulierte Walt und sagte dann:

»Ich habe den Scheich gesehen Walt. Er spricht gerade mit dem Mann, der vom Airport geflohen ist. Dieser Harry, so heißt der Mann, und der Scheich reden gerade im Moment auf einem Rastplatz miteinander. Ich gebe das Telefon an Thore weiter. Mit ihm kannst du besprechen, wie die Dekontaminierung der Unglücksstellen organisiert werden kann.«

Walt, der sich eben noch über seinen Erfolg gefreut hatte, wurde nun unruhig. Ein Gefühl, eine Ahnung sagte ihm, dass nun erst die eigentlichen Ermittlungen begannen. Sie mussten herausfinden, wer dieser ominöse Scheich war und was er plante. Hanky hatte das Gespräch schnell beendet, was Walt beunruhigte.

Der Scheich – Auskundschaften
(Monate zuvor)

Nach intensiven Nachforschungen glaubte der NSA Agent Omar Zaki, der in der Unterwelt als der Scheich bekannt war, den Lagerort des Tesla Portals gefunden zu haben. Natürlich konnte er nicht in die von den Soldaten der Nationalgarde Anlage auf offiziellem Weg nachsehen, um seine Vermutung zu verifizieren. So beorderte er seinen besten Söldner, der sich Harry nannte, zu einem konspirativen Treffen. Omar unterrichtete den Söldner, wo dieser mit einigen Männern in den Einsatz gehen sollte. Die Mission bestand aus zwei Teilen. Zuerst war eine reine Aufklärungsaktion geplant. Dabei sollte die Lagerstätte erkundet und die Möglichkeiten ausgelotet werden, wie man die Gerätschaften, die als Ganzes das Tesla Portal bildeten, rauben konnte. Danach begann die Planung des zweiten Einbruchs in die Lagerstätte. Der beinahe wichtigste Aspekt aber war, dass man das Portal möglichst unentdeckt entwenden wollte. Nur so konnte man zumindest für eine gewisse Zeit unangenehmen Ermittlungen seitens der Militärbehörden und der anhängenden Geheimdienste entgehen. Das war wichtig, da keine Person der Gruppe, die der Scheich um sich geschart hatte, wusste, wie das Dimensionstor funktionierte. Zwar hatte Omar einige Fachwissenschaftler angeheuert, die es mit dem Gesetz nicht so genau nahmen. Doch auch diese Spezialisten mussten erst einmal die Maschinerie des Tesla Portals studieren und erkunden. Klar war auch, dass diese Forschungen nicht auf dem Boden der Vereinigten Staaten stattfinden konnten. Zu groß war die Gefahr einer Entdeckung. Einige Tage später bestieg Harry mit drei weiteren Söldnern einen unauffälligen Kleintransporter. Sie alle trugen Zivilkleidung, doch ihre Tarnanzüge, die denen der Nationalgarde bis zur letzten Naht glichen, lagen hinten im Wagen griffbereit. Über verkehrsarme Landstraßen durchquerten die Männer Virginia. Sie verhielten sich wie ein Trupp Arbeiter und legten sogar eine längere Pause in einer Raststätte ein, die gerne von Lkw-Fahrern angesteuert wurde. Auch dieser Stopp war Teil ihrer Mission. Bei dem geplanten Raub brauchten sie mindestens zwei große Lastwagen. Dazu war es wichtig zu erkunden, wo die Fahrer der mächtigen Transporter ihre Pausen einlegten. Sollte es unerwartet zu einer Verfolgung kommen, konnte man sich an einer Raststätte wie dieser gut unter die anderen Trucker mischen. Nachdem die Mittagspause zu ihrer Zufriedenheit beendet war, fuhren sie weiter. Nach weiteren zwei Stunden erreichten sie einen kleinen Waldweg, der nach rechts abzweigte. Kein Hinweisschild zeigte an, wo sie sich befanden. Doch Harry hatte die Mission gut vorbereitet. Der Kleintransporter folgte im Schritttempo dem Waldweg für gute drei Kilometer. Dann dirigierte Harry den Fahrer in einen weiteren, kaum sichtbaren Waldweg, dem sie aber nur circa hundert Meter weit folgten. Am Ende des Weges stand eine Jagdhütte am Rand einer kleinen Lichtung. Der Kleintransporter parkte direkt neben der Hütte und die Männer stiegen aus. Harry sah auf seine Uhr und nickte befriedigt. Sie hatten noch gute zwei Stunden, ehe die Dämmerung einsetzen würde. Er befahl den Männern, ihre Ausrüstung aus dem Transporter zu holen und ins Haus zu tragen. Zwei Stunden später verließen die vier Söldner in Tarnkleidung die Jagdhütte. Sie trugen die volle Kampfmontur samt Helm, Rucksack, Schnellfeuerwaffen und an den Gürteln Holster mit Pistolen. Natürlich führten sie auch Nachtsichtgeräte mit sich, die aber im Moment noch in den Rucksäcken verwahrt waren. Kleine Funk-Headsets sicherten die Kommunikation auf einem verschlüsselten digitalen Funkkanal. Ohne besondere Eile marschierten die Männer zum Waldrand und waren schon eine Minute später nicht mehr zu sehen. Zwei Kilometer weiter erreichten sie einen alarmgesicherten Drahtzaun. Doch für diese spezialisierten Söldner bildete ein solcher Zaun kein Problem. Mittels mitgebrachter Drähte und eines kleinen Geräts, das in etwa der Größe einer Zigarettenpackung entsprach, überbrückte einer der Söldner die elektrischen Signaldrähte. Damit schaffte er einen ungesicherten Bereich von einem Meter Breite. Mit einer Kneifzange durchtrennte er, nachdem eine kleine LED-Leuchte an dem Kästchen ein grünes Licht abstrahlte, den Drahtzaun. Nacheinander schlüpften die Männer durch den Zaun und schlichen weiter. Nun mussten sie noch vorsichtiger agieren. Es war immer möglich, dass sie hier auf Soldaten der Nationalgarde trafen, die Wachdienst hatten. Mittlerweile hatten die Söldner ihre Nachtsichtgeräte übergezogen, die ihre Umgebung in einem fahlen grünlichen Farbton zeigten. Wenige Meter weiter endete der Wald und hinter einer ungepflegten Rasenfläche sahen die Söldner sechs große Lagerhallen und einen zweistöckigen Bau, in dem wohl das Wachbataillon untergebracht war. Neben dem Wohngebäude und vor den Lagerhallen parkten militärische Lastwagen, aber auch Humvees und Privatfahrzeuge. Das Gelände lag ruhig vor ihnen und schien beinahe verlassen. Doch diese trügerische Ruhe war für die Söldner Anlass genug, noch wachsamer zu sein. Vorerst suchten die vier Söldner Deckung hinter den ersten Bäumen des Waldrandes. Angespannt beobachteten sie nun die Aktivitäten des Lagers. Ab und zu tauchte eine Gruppe von Soldaten auf, die entweder eines der Lagerhäuser verließen und zum Wohngebäude gingen oder von der Wohnunterkunft zu den Lagerhäusern. Sie alle waren mit der üblichen Uniform der Nationalgarde bekleidet und trugen als einzige Bewaffnung ihre Pistolen in den Gürtelhalftern. Einige Soldaten schleppten Aktenordner, andere trugen Klemmbretter und Computer-Tablets. Die ganze Stimmung wirkte sehr ruhig und nichts ließ darauf schließen, dass hier sehr geheime Gerätschaften lagerten. Wahrscheinlich wussten die Soldaten nicht, was sie hier in den Lagerhäusern verwahrten. Nachdem die zeitliche Frequenz, in der Soldaten die Lagerhäuser betraten oder verließen, immer größer wurde, entschloss sich Harry zu handeln. Er befahl, dass ihn zwei Männer begleiten sollten. Der vierte Mann ihrer Gruppe sollte hier in Deckung bleiben und zu ihrer Absicherung das Gelände weiter beobachten. Sollte es zu einem Zwischenfall kommen, sollte er nach eigenem Ermessen eingreifen oder sich zurückziehen. Die zwei Söldner und Harry entledigten sich ihrer Nachtsichtgeräte samt Helmen und Gewehren. Nun waren sie nicht mehr von den Soldaten der Nationalgarde zu unterscheiden. Ohne weiter zu warten, marschierte Harry los und seine beiden Männer folgten ihm. Er ging direkt zum ersten Lagerhaus und dort zu einer Tür, die direkt neben einem großen Tor lag. Wie selbstverständlich öffnete Harry die Tür und trat ins Lagerhaus. Das Glück war mit ihm, denn es befand sich niemand in der Nähe des Eingangs. Auf einem Holztisch, der seitlich neben dem Eingang stand, lagen einige Klemmbretter, an die man Frachtunterlagen oder Frachtlisten befestigen konnte. Tatsächlich fand Harry in einer Papierablage auch einige Frachtpapiere, die dort abgelegt worden waren. Er griff sich einige Papiere und befestigte diese auf seinem Klemmbrett. Dann ging er in die Halle hinein. Diese hatte enorme Ausmaße, war gut vierzig Meter breit und bestimmt achtzig Meter lang. Acht Reihen Schwerlastregale waren hier aufgebaut, in denen sich Kisten und Container stapelten. Die drei Männer steuerten die erste Regalreihe an und fanden, wonach sie gesucht hatten. An der Frontseite jeder Regalreihe war ein Warenverzeichnis in gedruckter Form angebracht. Nun zahlte sich die gründliche Ermittlungsarbeit des Scheichs aus. Harry zog ein kleines Plastiketui aus seiner Hosentasche und klappte es auf. Darauf waren Zahlen und Buchstabenkombinationen aufgelistet. Die eine Reihe war mit blauer Tinte gedruckt, die zweite mit roter Farbe. Jede Farbe stand für ein Tesla Portal. Insgesamt bestand jede farbige Liste aus vierundzwanzig

Buchstabenkombinationen. Ein Blick genügte Harry, um zu sehen, dass ähnliche Code-Bezeichnungen auf der Bestandsliste eingetragen waren. Nun galt es das richtige Regal samt passender Liste zu finden. Erschwerend war allerdings der Umstand, dass die Männer nicht wussten, in welcher Lagerhalle sich die gesuchten Objekte befanden.

Ihre Suche dauerte die ganze Nacht an, da die Söldner immer wieder Nationalgardisten ausweichen mussten, die ihre Wachrunde abgingen. Doch in der fünften Halle wurden sie schließlich fündig. In Reihe drei und vier fanden sie die Holzkisten, welche die Bestandteile eines Tesla Portals beinhalteten. Sie markierten die Kisten mit einem Radium-Marker, der es ihnen ermöglichte, die Kisten mittels eines speziellen Ortungsgerätes auch bei völliger Dunkelheit zu finden. In der Zwischenzeit überprüfte Harry auch noch die anderen Regalreihen und er hätte beinahe laut gejubelt, als er auch die Kisten des zweiten Tesla Portals fand. Er eilte durch den Gang zwischen der Reihe sieben und acht und hätte beinahe einen Soldaten übersehen, der weiter vorne an einem Regal lehnte und auf sein Handy starrte. Mit grimmiger Entschlossenheit ging Harry zu dem Soldaten.

* * *

Unmöglicher Auftrag

Äußerlich völlig ruhig, aber innerlich vor Ärger brodelnd wartete Omar Zaki, der Scheich, auf seinen engsten Mitarbeiter. Der Söldner Harry, ein wirklicher Profi seines Fachs, war genauso skrupellos wie er selbst. Natürlich war Omar auch bei diesem Treffen nicht ungeschützt. Er konnte niemandem trauen und seine eigene Sicherheit stand immer im Vordergrund. Seine Bodyguards spielten harmlose Reisende, die hier auf dem

Parkplatz eine Pause machten. Insgesamt acht Personenschützer befanden sich auf dem Parkplatzgelände. Sie beobachteten die ankommenden und abfahrenden Fahrzeuge und deren Insassen. Endlich rollte das Motorrad Harrys auf den Parkplatz. Omar sah, wie sich der Söldner suchend umschaute und dann direkt auf ihn zukam. Er parkte seine Maschine, stellte den Motor ab und zog seinen Helm vom Kopf. Diesen hängte er an den Lenker seines Bikes und ging dann ohne besondere Eile zu dem Scheich. Bei diesem scheinbaren gelassenen Auftritt des Söldners spielte die Psychologie eine bedeutende Rolle. Harry wollte mit keiner Bewegung, keiner Geste zeigen, dass er für die desaströsen Vorfälle der letzten beiden Tage verantwortlich war. Vor seinem Auftraggeber blieb er stehen und reichte diesem die Hand. Omar ergriff die ihm dargebotene Hand und drückte sie kurz. Eigentlich war ihm jeder körperliche Kontakt zu einem anderen Menschen unangenehm. Doch in diesem Fall überwand er seinen Vorbehalt. Er brauchte den Söldner, und zwar mehr denn je. Ohne eine weitere Begrüßungsformel begann der Scheich, nachdem er sich noch einmal sichernd umgeschaut hatte, zu sprechen.

»Ich will jetzt keine Aufarbeitung der Vorfälle. Dazu ist später noch Zeit. Nun gilt es unseren wichtigsten Besitz sicherzustellen. Dazu habe ich folgende Überlegungen angestellt. Da wir unmöglich den Zellmodulator auf offiziellem Wege bergen können, müssen wir einen kleinen Umweg auf uns nehmen. Wir gehen durch das Portal, und zwar möglichst nahe zu den DECAM-Werken.«

Ein unangenehmes Gefühl beschlich Harry. Er hatte sich eigentlich geschworen, niemals wieder die Parallelwelt zu betreten. Er fürchtete sich schon vor der theoretischen Möglichkeit, eine oder mehrere Parallelwelten als gegeben zu akzeptieren. Bei seinem letzten Einsatz in dieser Welt, die er als Erde 2 bezeichnete, konnte er sein Unbehagen kaum verbergen. Sein Körper reagierte beinahe allergisch auf die Umwelt dort drüben. Doch Harry schwieg und stimmte sogar mit einem Kopfnicken zu. Er kannte den Scheich gut genug, um zu wissen, dass dieser ein Nein niemals akzeptieren würde. Die Folge einer Verweigerung war schlicht und einfach der Tod. Ohne die ablehnende Gefühlsregung des Söldners zu bemerken, gab Omar seine weiteren Anweisungen an Harry weiter.

»Nachdem wir das Portal geöffnet haben, dringen wir mit mindestens zwei Lastwagen und einem Tieflader, auf dem das transportable Portal montiert sein wird, in die Schwesterwelt vor. Direkt an der Mauer des Laboratoriums positionieren wir das zweite Portal. Nach dessen Aktivierung dringen unsere Techniker in das Gebäude ungesehen ein. Sie demontieren den Zellmodulator, so schnell es möglich ist. Deshalb schlage ich vor, dass wir zwei Techniker-Teams einsetzen. Die Einzelteile müssen, so schnell es irgendwie möglich ist, verladen werden. Zur Bewachung und Absicherung werden zwanzig Mann genügen. Vorschläge?«

Mit verkniffenem Gesicht überlegte Harry, ob sich die geplante Mission in der von dem Scheich geplanten Abfolge durchführen ließ. Eine einzige Frage blieb noch offen, und zwar, wann genau die Bergung stattfinden sollte. Er fragte den Scheich und dessen Antwort sorgte zuerst für Unglauben und dann für Stress.

»Heute Nacht, sagen wir zwischen drei und vier Uhr, sollte die Aktion beginnen.«

Harry sog die Luft scharf ein und antwortete:

»Ich weiß nicht, ob das zu machen ist? Außerdem brauchen wir noch ein Ablenkungsmanöver, damit die Polizei und mögliche Rettungskräfte beschäftigt sind.«

Doch mit der Schreckreaktion hatte Omar gerechnet und er ließ sich nicht von dem Söldner sagen, wann und wie er einen Einsatz startete. So sagte er nur mit kalter Stimme:

»Das schaffen Sie schon Soldat! Ich möchte spätestens um Mitternacht Ihre Klarmeldung und den Ort wissen, wo wir das Portal aktivieren. So, ich glaube, Sie haben jetzt zu tun! Ich habe noch einen Termin! Ich erwarte Ihren Anruf! Auf Wiedersehen!«

Mit einer kleinen Handbewegung signalisierte Omar seinem Fahrer, dass er den Wagen vorfahren sollte. Gleich darauf stoppte eine schwarze Mercedes S-Klasse-Limousine vor dem Scheich. Ein Mann öffnete die Beifahrertür, sprang aus dem Wagen und öffnete die hintere Tür. Der Scheich stieg in den Wagen, die Türen wurden geschlossen und das Fahrzeug beschleunigte. Gleichzeitig verließen zwei weitere Fahrzeuge den Parkplatz. Harry schaute den Wagen hinterher und begann lauthals zu fluchen. Dabei war es ihm egal, ob ihn die anderen Parkplatzbesucher sahen oder ihn hörten. Die verwunderten Blicke der Reisenden prallten an Harry ab, der sich nur mit Mühe beruhigen konnte. Dann jedoch, nach einigen Minuten des Schimpfens, beruhigte sich der Söldner. Harry zog sein Handy aus der Jackentasche und begann zu telefonieren. Er hatte schließlich eine Menge Dinge zu organisieren und zu koordinieren.

Circa vierzig Kilometer Luftlinie von dem Autobahnparkplatz entfernt, öffnete Hanky seine Augen. Er saß auf dem Beifahrersitz des SUVs, den Thore als Dienstwagen benutzte. Der BND-Agent hatte Hanky bei dessen übersinnlichen Abhöraktion alleine im Wagen gelassen. Der Mutant sollte ungestört seiner Arbeit nachgehen. Unterdessen war Thore aber ständig in der Nähe des Fahrzeugs geblieben, falls Hanky ihn brauchte. Dabei hatte er mit seiner Dienststelle wie auch mit Walt telefoniert und natürlich einige Zigaretten geraucht. Besorgt hatte Thore mehrfach nach Hanky geschaut, der scheinbar schlafend auf dem Beifahrersitz saß. Natürlich wusste der BND-Agent, dass sich Hanky dabei in einer Welt befand, die für ihn als Normalsterblichen für immer verschlossen bleiben würde. Die übersinnlichen Gaben, über die Walt und Hanky verfügten, waren so außergewöhnlich, dass

Thore noch immer ein gewisses Unbehagen spürte, wenn die Mutanten ihre Kräfte einsetzten. Nun aber war Hanky wieder ansprechbar und Thore ging zu seinem Auto und öffnete die Beifahrertür erwartungsvoll.

»Was hast du herausgefunden?«, fragte er geradeheraus und ungeduldig.

»Eine Menge, mein Lieber! Wir können jetzt hier abbrechen. Dafür müssen wir spätestens heute Nacht um drei Uhr wieder vor Ort sein. Hast du was von Walt gehört?«

»Ja, habe ich«, sagte Thore einsilbig. Er hatte gehofft, dass Hanky ihn mit neuen Informationen versorgen würde.

»Und?«, fragte Hanky nun bestimmter.

»Was hat er denn gesagt?«

»Dass wir zur Uni-Klinik kommen sollen, sobald du dein Mittagsschläfchen beendet hast! Das waren übrigens genau seine Worte!«

»Typisch Walt«, grinste Hanky. »Also dann los mein deutscher Freund!«, sagte Hanky. »Auf was wartest du?«

Mit einer heftigen Bewegung schlug Thore die Beifahrertür zu und grummelte leise vor sich hin:»Bin ich jetzt nur der Chauffeur?«

»Nein, bist du nicht!«, sagte Hanky, als Thore in den Wagen stieg. Der BND-Agent wusste, dass ihn der Mutant gerade eben telepathisch belauscht hatte. Mit durchdrehenden Reifen lenkte Thore den SUV vom Werksgelände der DECAM und nötigte damit Hanky sich am Türgriff festzuhalten. Als sie die Autobahn erreichten, wählte Hanky eine Telefonnummer und wartete gut eine Minute, ehe am anderen Ende abgehoben wurde. Doch kaum hatte sich sein Gesprächspartner gemeldet, sagte Hanky mit ernster Stimme:

»Hallo Roger! Wir haben ein Problem. Ich glaube, die Tesla Portale sind nicht mehr in der Hand unserer Regierung. Du musst unbedingt nachforschen, ob es eine Meldung gibt, dass die Portale als gestohlen gemeldet wurden.«

»Das ist doch unmöglich Hanky! Wer wusste denn von den Portalen? Außerdem habe ich keine Ahnung, wo die Anlagen gelagert worden sind. Ich dachte, unsere Wissenschaftler erforschen die Maschinerie der Tesla Portale?«

»Das dachte ich auch Roger. Leider kann ich dir bei deinen Ermittlungen nicht helfen. Melde dich, sobald du etwas weißt!«

Mit offenem Mund starrte Thore zu Hanky und fragte: »Habe ich das richtig verstanden? Die Tesla Portale sind hier?«

* * *

Späte Erkenntnis

Ständige Zweifel, an dem für Walts Geschmack zu schnellem Erfolg bei der Eindämmung des Zellverfalls ließen den Mutanten nicht ruhen. Er überprüfte alle zehn Minuten die bestrahlten Bereiche des Bauschuttes. Doch er sah mit seinen besonderen Sinnen jedes Mal das gleiche gute Ergebnis. Die Zell- und Molekülverbindungen hatten eine kristalline Struktur angenommen und somit die Zellteilung eingestellt. Immer wieder diskutierte der Mutant mit Professor van Althoff, der seinerseits glücklich über den schnellen Erfolg war. Der Mediziner war selbst, wenn auch geringfügig, kontaminiert wie einige seiner Mitarbeiter. So hatte er sich kurz entschlossen einer kurzen Strahlenbehandlung in der Radiologie unterzogen. Damit hoffte er, seine Verstrahlung und deren Auswirkungen zu eliminieren. Nach der selbst verordneten Strahlentherapie forderte er Walt auf, nach einer Veränderung in seinem Organismus zu suchen. Der Mutant war natürlich auch auf das Ergebnis dieses Versuches gespannt. Lebende, körpereigene Zellen verhielten sich vielleicht völlig anders als sogenannte tote Materie. Mit seinen besonderen Sinnen tauchte Walt in die Zellstruktur des Professors ein und fand keine erkrankten Zellen. Tatsächlich hatte der Körper des Professors die kontaminierten Zellen inzwischen abgebaut und durch neue ersetzt. Die therapeutische Bestrahlung hatte bei dem Heilungsprozess, der eher ein Erneuerungsprozess war, geholfen. Natürlich war Professor van Althoff mehr als erleichtert, als er hörte, dass er keinen Schaden davongetragen hatte. Schnell informierte er die betroffenen Mitarbeiter. Diese sollten unter Aufsicht eines Radiologen ebenfalls eine geringe therapeutische Bestrahlung erhalten. Walt ließ jedoch nicht locker. Er glaubte nicht an einen, wenn auch schönen und erfolgreichen Zufall. Warum, so fragte er sich, wirkte die Bestrahlung so schnell und final so gut? Aus der Diskussion heraus begriff der Mutant, dass es in diesem Fall offensichtlich egal war, mit welcher Strahlung die kontaminierte Materie beschossen wurde. Um Walt zu beweisen, dass seine Vermutung richtig war, nahm der Professor kleine Proben der unbehandelten Materie und ließ diese in die Radiologie bringen. Dort teilte er die Proben auf, bis er schließlich zehn kleine Porzellanschälchen vor sich stehen hatte. Nun besprach er sich mit dem diensthabenden Radiologen und wählte die Strahlungsarten aus. Darunter befanden sich Röntgenstrahlen, ionisierte radioaktive Strahlung, die a-Strahlung wie auch die ß-Strahlung und auch die y-Strahlung. All diese Strahlungsarten variierten je nach Behandlungsdauer und Auftreffgeschwindigkeit, die von 15.000 km die Sekunde bis beinahe Lichtgeschwindigkeit gehen konnte. So ließ er die zehn Proben mit unterschiedlicher Intensität bestrahlen. Nach der Prozedur konnte Walt sich von der Theorie des Professors, dass es keinen Unterschied machen würde, welche Art von Strahlung verwendet wurde, überzeugen. Das Ergebnis würde generell fast gleich sein. Bei allen bestrahlten Proben würde es eine Transformation geben. Und der Professor hatte tatsächlich recht, wie Walt erstaunt feststellte. Alle Proben hatten eine kristalline Struktur angenommen und waren somit nicht mehr zur Zellteilung fähig.

Als Walt dann zufrieden das Strahlenlabor verlassen hatte und er sich auf dem Weg zur Krankenhauskantine befand, klingelte sein Handy. Er sah auf das Display und erkannte Hankys Nummer. Sofort nahm er das Gespräch an und fragte freundlich, aber mit seiner eigenen süffisanten Art:

»Hier Walt Kessler, Strahlenexperte und Materieverwandler. Wie kann ich zu Diensten sein?«

»Indem du deinen Hintern nach draußen und dann auf den Parkplatz bewegst, mein Freund. Aber dalli!«

Noch ehe Walt auf diese Frechheit reagieren konnte, hatte Hanky das Gespräch schon beendet. Walt musste grinsen, denn genau so funktionierte sein Humor. Dennoch musste er seinem Freund eine kleine Niederlage verpassen. Das war klar und Ehrensache. So änderte er seine Richtung und ging nicht zur Kantine, sondern zu den Fahrstühlen. Wenige Minuten später trat er ins Freie und sah hinüber zu dem Parkplatz. Dort standen Hanky, Thore und Yavuz beisammen und unterhielten sich angeregt. Hanky hielt einen Becher Kaffee in seiner Hand und trank vorsichtig, da dieser noch heiß war. Walt griff mit seiner telekinetischen Gabe zu und veränderte die Struktur des Becherbodens. Das gepresste Papier, aus dem der Becherboden bestand, wurde porös und brüchig. Gleich darauf riss der Becherboden ein Stück ein und die heiße Flüssigkeit floss durch den Spalt. Hanky bemerkte zuerst nicht, was mit seinem Kaffeebecher geschah, doch als die heiße Flüssigkeit seinen Handballen streifte, schrie er erschrocken auf. Mit Unverständnis sah er auf seinen nun leeren Kaffeebecher, doch dann kam ihm ein Verdacht. Walt kam pfeifend über die Straße gelaufen und sein Gesicht zeigte ein zufriedenes Lächeln. Als Hanky dann die seltene Gelegenheit wahrnahm und die Gedanken seines Freundes erforschen wollte, stieß er auf eine Barrikade. Walt hatte sich geistig abgeblockt und ließ damit kein Gedankenschnüffeln, wie er den telepathischen Vorgang nannte, zu. Damit jedoch bestätigte sich Hankys Verdacht. Gleichzeitig musste er aber grinsen, denn nur Walt besaß die Gabe, angespannte Situationen mit einfachen Mitteln zu lösen und den Menschen für einen Moment Frieden zu schenken. So warf Hanky den leeren Pappbecher nach Walt, der diesem geschickt auswich. Danach schwebte der Becher, als sei die irdische Gravitation nicht von Relevanz, zum nächsten Abfallbehälter. Dann entließ Walt den Becher aus seiner geistigen Kontrolle und stellte sich zu seinen Kollegen. Mit heuchlerischer Freundlichkeit fragte er dann:

»Was gibt es Neues, meine Herren?«

Hanky wollte schon zu einer Antwort ansetzen, doch Walt hatte mit der rhetorischen Frage nur die Einleitung zu seiner bedeutsamen Erklärung vorbereitet. So sprach er mit ernster werdender Miene das aus, was er die ganze Zeit einfach übersehen hatte:

»Wie ihr in der Zwischenzeit erfahren habt, konnte ich die Kontaminierung und damit die unvorhergesehene Zellteilung aufhalten. Durch intensiven Strahlenbeschuss wurden die betroffenen Zellen in eine kristalline Form verwandelt. Nach meinem letzten Gespräch mit Professor Michael van Althoff, der mir versicherte, dass die Bestrahlung wirklich den erhofften Erfolg zeigt, wollte sich bei mir aber keine Erleichterung einstellen. Ich fühlte, dass ich einen wesentlichen Punkt übersehen hatte. Das bestrahlte Material, das sich aus Plastik, Metall und Beton zusammensetzt, besteht nicht aus Zellen. Dennoch habe ich bei meiner Betrachtung im atomaren Kosmos Zellen gesehen. Doch das ist eigentlich unmöglich! Nur organische Stoffe, ob Pflanzen, Menschen oder Tiere, sind aus Zellen gebaut. Anorganische Stoffe, wie eben Beton, Metall und so weiter, werden durch Moleküle gebildet und sie sind kein Leben im herkömmlichen Sinne. Also habe ich mich gefragt: Wo liegt mein Denkfehler? Es ist ganz einfach und doch total erstaunlich! Durch die Bestrahlung des Zellmodulators werden körpereigene Zellen moduliert, was im besten Fall eine Therapiemöglichkeit darstellt. Kurz, man kann mit der Modulation des Nukleus Krankheiten, wie zum Beispiel entartete Zellen, also Krebs, in gesunde Zellen umwandeln. Großartig, wenn dies funktioniert. Was aber geschieht mit anorganischer Materie, die der Strahlung des Zellmodulators ausgesetzt wird? Sie verwandelt ihren molekularen Aufbau in einen zellularen. Versteht ihr? Diese erstaunliche Maschine verwandelt tote Materie in Leben! Das ist eine moderne Art der Schöpfungsgeschichte. Dieses Gerät kann neues Leben erschaffen. Der einzige Nachteil ist, dass diese Zellen umcodiert und damit instabil sind. Aber die Veranlagung, sich zu teilen, ist in jeder dieser künstlich erschaffenen Zellen schon vorprogrammiert. Nur deshalb konnte die Kontaminierung gestoppt werden, da die Bestrahlung diese mutierten Zellen abtötet. Nun, was sagt ihr? Ist unsere Technik denn wirklich in der Lage, ein solches Wunder zu vollbringen?«

»Nein, das ist sie nicht!«, unterbrach Hanky nun Walts begeisternden Redefluss. »Der Zellmodulator ist nicht von unserer Welt, sondern von einer Parallelwelt!«

Nun war es an Walt seinen Mund ungläubig aufzusperren. Seine Gedanken überschlugen sich und er fragte beinahe atemlos:

»Du willst doch nicht sagen, dass jemand das Tesla Portal aktiviert hat und diese Maschine aus der Parallelwelt in die unsrige Welt gebracht hat?«

»Doch, genau das will ich damit sagen, Walt! Und heute Nacht um drei Uhr wird das Portal hier in Frankfurt wieder geöffnet!«

»Und woher weißt du das nun schon wieder?«, fragte Walt, der sich mehr Applaus für seine Entdeckung gewünscht hätte. Hanky zeigte mit dem Zeigefinger auf seine Stirn und grinste vielsagend.

Dreister Raub (Monate zuvor)

Der Soldat fühlte sich beim Nichtstun ertappt. Harry, dessen Rangabzeichen ihn als Offizier auswiesen, nutzte seinen vorgeblichen Rang, um den jungen Soldaten zu verunsichern. Dieser hatte sich während seiner Dienststunden ein ruhiges Plätzchen gesucht, um per Handy mit seiner Liebsten zu chatten. Natürlich wusste Harry, dass in hochsensiblen Bereichen, zu denen diese Lagerhallen gehörten, Handys absolut untersagt waren. Davon unterrichtete Harry nun den jungen Mann, der sein Fehlverhalten sofort eingestand. Dann aber verließ die Strenge das Gesicht des vermeintlichen Offiziers. Er ermahnte den Soldaten und fragte diesen nach seinen Dienststunden. Nur zu bereitwillig gab der junge Mann die geforderte Auskunft. Lenkte dieser Themenwechsel den Offizier von der Dienstverletzung ab. Er berichtete, dass sein Dienst um Mitternacht enden würde. Zu dieser Zeit befanden sich immer nur zwei Soldaten als Wache in jeder Lagerhalle. Am Tag allerdings sei hier mehr Betrieb. Harry nickte, als würde sich die Auskunft, welche der Soldat ihm gerade gegeben hatte, mit seinem Wissensstand übereinstimmen. Mit einer Aufforderung, dass Handy bei der nächsten Wache, welche der Soldat absolvieren musste, in der Kaserne zu lassen, verließ Harry den Soldaten und marschierte weiter durch die Reihen der Regale. Er sah nach rechts und links, blieb ab und zu stehen, als wenn er eine Aufschrift einer Kiste oder eines Containers prüfen würde, und ging dann gemessenen Schrittes zurück zum Ausgang. Dort warteten bereits seine beiden Begleiter. Man sah ihnen ihre Ungeduld deutlich an. In ein militärisch gesichertes Areal einzudringen, war schon gewagt. Aber sich dort in aller Ruhe umzuschauen, war verwegen. Die drei Söldner bewunderten ihren Anführer, der Nerven aus Stahl zu haben schien. Gemeinsam marschierten sie an den Hallen entlang und nach einem letzten sichernden Blick hinüber zum Waldrand. Dort schlüpften sie durch den Zaun und entfernten danach die Spuren ihres Einbruchs.

* * *

Am nächsten Abend, Harry hatte inzwischen drei Militärlastwagen organisiert, fuhren die Söldner zu dem offiziellen Eingang. In jedem Lastwagen befanden sich zwei Mann, die mit den Uniformen der Nationalgarde bekleidet waren. Noch in der vergangenen Nacht hatte Harry seine IT-Spezialisten damit beauftragt, Frachtpapiere für die beiden Tesla Portale samt allen peripheren Gerätschaften zu erstellen. Diese Frachtpapiere, die mit einem Befehl des Generalstabes ihre Autorisierung fanden, wurden direkt auf elektronischem Weg zu dem geheimen Lagerareal der Nationalgarde gesendet. Dort arbeiteten die militärischen Logistiker genauso wie ihre Kollegen im privaten Sektor. Niemand fragte, was sich in den Kisten und Behältnissen befand. Alleine die vorliegenden Frachtpapiere waren maßgebend. So wurde der erste Lastwagen, in dem Harry auf dem Beifahrersitz die Ausdrucke der Frachtpapiere in Händen hielt, nach einer kurzen Prüfung der Dokumente die Einfahrt auf das Gelände gestattet. Man wies dem Fahrer die Richtung und die Nummer des Lagerhauses, wo die angeforderten Frachtstücke bereitgestellt worden waren. Die beiden anderen Lastwagen folgten dem ersten und kurz darauf parkten die Lkws vor dem entsprechenden Lagerhaus. Harry sprang aus dem Lastwagen und ging mit den Papieren unter dem Arm durch das nun offene Rolltor in die Lagerhalle hinein. Der Soldat, der seitlich neben dem Tor an seinem Schreibtisch saß, sprang auf, als Harry etwa drei Meter in die Halle gelaufen war. Er salutierte vorschriftsmäßig und der Söldner erkannte den jungen Mann vom letzten Abend. Lässig erwiderte er den Gruß und fragte:

»Wo ist ihr Handy, Soldat?«

»Ordnungsgemäß in meinem Spind Sir!«

»Dann ist es ja gut. So, nun bitte ich um rasche Verladung der Fracht!«

»Jawohl Sir!«, antwortete der Soldat und salutierte noch einmal. Dann rannte er los und trieb seine Kameraden zur Eile an. Tatsächlich verlief die Beladung der Lastwagen reibungslos. Harry hatte eigentlich befürchtet, dass sich ein Offizier näher mit dem Vorgang beschäftigen würde. Doch zum Ersten war es schon Abend und die Offiziere saßen entweder in der Kantine. Oder als zweite Möglichkeit griff die tägliche Routine und Sorglosigkeit erleichterte den Raub der Portale. Es kamen täglich Transporte an, die zu lagernde Waren ablieferten oder Eingelagerte abholten. Dafür war diese geheime Lagerstätte geschaffen worden. Wer hierher kam, der gehörte zu dem Kreis der Eingeweihten. Kein anderes Logistikunternehmen würde hier Einlass finden. Nur aus diesem Grund konnte Harry so einen Bluff wagen. Zum Schluss wurde es dennoch einmal brenzlig. Ein Offizier, ein Sergeant Major trat in die Halle und sah sich suchend um. Als er einen seiner Wachsoldaten sah, winkte er diesen heran. Der Soldat rannte durch die Halle, blieb in circa zwei Metern Abstand vor dem Offizier stehen und salutierte. Dann sah er seinen Vorgesetzten fragend an. Dieser ließ ihn mit seinen Fragen nicht lange warten:

»Was ist hier los, Soldat?? Mir war nicht bekannt, dass heute Abend noch eine Abholung stattfindet.«

»Das stimmt Sir!«, antwortete der Soldat. »Erst vor drei Stunden kam die Anforderung per E-Mail. Leider hat der verantwortliche Kamerad diese E-Mail nicht sofort bemerkt. Erst als die Lastwagen am Tor standen, überprüfte er sein E-Mail-Postfach.«

»Verdammte Schlamperei!«, schimpfte nun der Offizier. »Was sollen die Kameraden vom Transport nun von uns denken. So ein unprofessionelles Verhalten spricht sich schnell herum.

Ich fürchte, ich muss dem Kommandeur über diesen Vorfall berichten.«

Der Soldat schwieg, denn jedes weitere Wort hätte seinen Vorgesetzten nur weiter erbost. Dieser nahm die korrekte Haltung seines Untergebenen wohlwollend zu Kenntnis und sagte nur: »Wegtreten!«

Dann ging er weiter in die Halle hinein und beaufsichtigte das Verladen. Dabei verhinderten sein Groll und eine mögliche Standpauke des Kommandeurs eine weitere Überprüfung der Frachtpapiere. Der Offizier wollte die Verladung so schnell wie möglich abschließen und so einer weiteren Verzögerung vorgreifen.

Harry unterdessen beobachtete den Offizier genauestens. Er war auf jede Eventualität vorbereitet. Wenn es zum Schlimmsten kommen würde, dann mussten er und seine Männer Gewalt einsetzen. Es wäre nicht das erste Mal in seiner Karriere, dass er einen Konflikt mittels Waffengewalt und rücksichtsloser Brutalität löste. Die Zeit schien sich zu dehnen und der Offizier wollte einfach nicht verschwinden. Einmal seine Macht ausspielend, genoss der Mann wohl seine gehobene Stellung. Er trieb die Soldaten, die hier in dem Logistik-Bataillon Dienst taten, mit ständigen Kommentaren zu ihrer Arbeit an. Dies spielte in die Hände der Söldner, die sich als Nationalgardisten verkleidet hatten. Hoffentlich überprüfte der Offizier nicht noch einmal die gefälschten Frachtpapiere. Als jedoch die letzte Kiste, der letzte Container verladen war, unterschrieb der Offizier eigenhändig die Lieferscheine und übergab diese danach dem verantwortlichen Soldaten. Danach verließ der Offizier grußlos die Lagerhalle und verschwand aus dem Sichtbereich Harrys. Dieser wartete, bis der Soldat ihm die Papiere aushändigte. Er salutierte kurz und rief seinen Männern den Befehl zum Aufsitzen. Gleich darauf erwachten die schweren Dieselmotoren der Lastwagen mit dumpfem Brummen. Geschickt lenkten die Fahrer die schweren

Fahrzeuge aus der Lagerhalle und auf das Gelände vor den Hallen. Der kleine Konvoi rollte zum schwer bewachten Tor der Lagerstätte, wo die Frachtpapiere erneut geprüft wurden. Dann öffnete sich die Schranke und der Wachsoldat grüßte militärisch. Erst als sich die Kolonne gute drei Kilometer von dem Lager entfernt hatte, atmete Harry auf. Er hätte nie geglaubt, dass sein gewagter Plan tatsächlich funktionieren würde. Innerlich hatte er sich auf eine bewaffnete Auseinandersetzung vorbereitet. Doch ein friedlicher, ja lautloser Raubzug war allemal besser. Nun galt es die eigenen Spuren zu verwischen. Per Telefon gab er seinem IT-Operator den Befehl, die digitalen Wege und die gesendeten Dokumente zu löschen oder mit falschen Daten zu versehen. Kaum hatte er sein Telefonat beendet, bogen die Lastwagen in ein verlassenes Industriegebiet ein. Dort warteten zivile Lastwagen, die auf ihren Aufliegern Frachtcontainer geladen hatten. Innerhalb von nur dreißig Minuten wurde die gestohlene Fracht in drei Container verladen. Die militärischen Lastwagen fuhren ohne Fracht zu ihrem eigentlichen Standort, wo sie von Harrys Männern ausgeliehen worden waren. Der Söldner selbst bestieg einen der zivilen Lastwagen und schloss erschöpft die Augen.

* * *

Roger ermittelt

Mit sorgenvollem Gesicht setzte sich FBI Special Agent Roger Thorn an seinen Schreibtisch. Er hatte gerade erst den sehr beschwerlichen Einsatz in Boonville hinter sich gebracht und war wieder einmal mit heiler Haut, wie sein Freund Walt Kessler zu sagen pflegte, nach Hause gekommen. Doch statt einer wohlverdienten Pause wartete ein neuer Fall auf ihn. Hank Berson und Walt Kessler waren schon nach Deutschland geflogen, um eben in diesem Fall zu ermitteln. Ein Senator war verschwunden, doch seine Kollegen hatten ihn gefunden und nun galt der Politiker erneut als vermisst. Doch diese Ermittlung der beiden paraphysisch begabten FBI-Agenten führte zu einer viel größeren, weitreichenderen Ermittlung. Die beiden Agenten hatten eine Spur gefunden, die zu den geheimnisvollen Tesla Portalen führte. Dieser Fall um das sogenannte Tesla Portal schien schon vor Jahren abgeschlossen. Doch hier zeigte sich, dass manche Ereignisse sich zu wiederholen schienen. Rogers Gedanken schwirrten in seinem Kopf herum und er beschloss, eine gewisse Ordnung in die Geschehnisse zu bringen. Er musste die unterschiedlichen Fälle mit den aktuellen Ereignissen in eine logische Reihenfolge bringen. Erst dann würde es möglich sein, zielführende Ermittlungen einzuleiten.

So erhob sich Roger hinter seinem Schreibtisch und ging hinüber zu der großen Tafel und schrieb mit einem Filzstift den Titel seiner Nachforschungen, der da lautete:

„Das Tesla Portal und dessen Einfluss auf aktuelle Ereignisse".

Dann trat er einen Schritt zurück und besah sich den gewählten Titel.

In diesem Moment klopfte es an seiner Tür. Roger brummte: »Herein« und blickte nun zum Türblatt, das sich langsam öffnete. Zwei Kaffeebecher balancierend schob sich seine Kollegin Debora Becket in das Büro. Sie sah Roger vor dem Billboard stehen und ging mit einem kollegialen Lächeln auf ihn zu. Sie reichte Roger einen der Becher und sah dann ihrerseits zu der Überschrift. Doch sie konnte mit der Aussage der Worte nichts anfangen. Was war denn ein Tesla Portal, fragte sich die junge Frau und stellte sogleich diese Frage. Dieser erkannte sein Versäumnis, Debora zu informieren. Doch in der kurzen Zeit ihrer Zusammenarbeit bestand auch nicht die Notwendigkeit, über diesen Fall zu sprechen. So bat er die junge Agentin zu einer kleinen Sitzgruppe. Nachdem sie sich gesetzt hatten, trank

Roger noch einen Schluck Kaffee und räusperte sich danach. Er drehte überlegend den Becher in seinen Fingern und stellte diesen schließlich auf einen Beistelltisch. Dann begann er von den Ermittlungen im Zusammenhang mit dem Tesla Portal zu berichten.

»Debora, erinnerst du dich an das Luftbeben, das vor circa zwei Jahren Manhattan erschütterte? Die Menschen glaubten damals an einen erneuten terroristischen Anschlag.«

Die Agentin nickte nur und Roger erklärte weiter.

»Bei dem sogenannten Luftbeben handelte es sich um einen Effekt, der dann auftritt, wenn mittels eines Portals die Verbindung zwischen unserer Welt und einer Parallelwelt geschaffen wird. Dies führt zu Erschütterungen im Raum-Zeit-Kontinuum, was wiederum dazu führt, dass die Luft in heftige, kurzwellige Schwingungen versetzt wird. Kurz, bei diesem Vorfall wurde aus der Federal Reserve Bank ein Drittel der dort gelagerten Goldmenge gestohlen. Wir konnten damals, auch unter Mithilfe von Walt und Hanky, die Diebe fassen und eine Konspiration hoher Regierungsmitglieder, einiger NSA-Mitarbeiter und hoher Militärs aufdecken. Die Verantwortlichen sind nun entweder in Haft oder tot.«

Die junge Agentin sah Roger fassungslos an. Was ihr Kollege ihr soeben mit ruhiger Stimme berichtet hatte, war eine wissenschaftliche Sensation. Und dennoch wusste die breite Bevölkerung nichts von der Möglichkeit, Kontakt zu Parallelwelten aufzunehmen, oder deren schiere Existenz. Was, so fragte sich Debora, verheimlichte der Staat sonst noch vor seinen Bürgern? Doch eine Frage wollte sie beantwortet haben. Die Bezeichnung des Portals war einer Nachfrage wert und so stellte sie die bewusste Frage:

»Wieso Tesla Portal? Hat der Autobauer etwas damit zu tun?«

Nun musste Roger lächeln, wenn auch diese Frage nicht ganz abwegig war. Immerhin beschäftigte sich der Gründer der Tesla

Automobilwerke leidenschaftlich mit neuen Technologien. So klärte Roger den Sachverhalt, der die Logik der Namensgebung verdeutlichte.

»Dir sagt bestimmt der Name Nicola Tesla etwas. Er war ein Erfinder und ein genialer Ingenieur. Er forschte unter anderem an der drahtlosen Energieübertragung. Bei einem seiner Versuche mit der Tesla Spule öffnete er durch Zufall ein Portal zu einer anderen Welt. Weil er aber zu geschockt von diesem unerwarteten Ergebnis seines Versuches war, dokumentierte er lediglich diesen Versuch. In der Zeitepoche, in der er lebte, spielte Aberglauben noch eine große Rolle und man ist sich in Fachkreisen einig, dass Tesla sich vor der Möglichkeit eines Dimensionsportals fürchtete. Der Name Tesla Portal wurde von einem Mitarbeiter, einem Analysten der NSA, geprägt, der die Aufzeichnungen des Nicola Tesla entdeckte.«

»Wow Roger! Aber weshalb hast du die Tafel – ›Das Tesla Portal und dessen Einfluss auf aktuelle Ereignisse‹ – geschrieben. Welche Ereignisse sind damit gemeint?«

»Wie du weißt, liebe Kollegin, sind Hanky und Walt direkt nach ihrem Einsatz in Boonville zu einem weiteren Einsatz aufgebrochen.«

»Ja nach Deutschland!«, warf Debora ein. Roger nickte und sah, wie sich die Wangen der jungen Frau erröteten. Bei der Erwähnung des Agenten Walt Kessler stieg die Sehnsucht nach Walt und einer möglichen Beziehung zu dem erfahrenen Agenten wie auch die Hoffnung auf ein baldiges Wiedersehen. Ohne auf die hormonell gesteuerte Wangenrötung zu achten, setzte Roger seinen Bericht fort.

»Bei diesem Auftrag in Deutschland sollten unsere Freunde einen verschwundenen Senator finden, was ihnen auch gelungen ist. Doch bei diesen Ermittlungen stießen sie auf ein erstaunliches Gerät, das in der Lage sein soll, die Zellstruktur eines Menschen zu verändern. Dies alleine lässt schon Schlüsse zu, die mehr als fantastisch sind. Dann jedoch erfuhr Hanky bei einer Gedankenobservation, dass das Tesla Portal, nein man muss sagen die Tesla Portale, denn es gibt zwei Anlagen dieser Art, zum Einsatz kommen sollen. Meine, nein, unsere Aufgabe ist nun herauszufinden, wohin die technischen Gerätschaften der Tesla Portale nach der Beendigung unseres damaligen Einsatzes verbracht worden sind. Denn anscheinend befinden sich die Portale nun in Händen einer Gruppe, die buchstäblich über Leichen geht.«

Die beiden FBI-Agenten diskutierten über die bestmögliche Vorgehensweise bei dieser speziellen Ermittlung. Dann, eine gute Stunde später, setzte sich Debora an den PC und rief aus den Datenbanken verschiedenster staatlichen Behörden Unterlagen und Protokolle ab. Roger indes nutzte seine Verbindungen und Beziehungen, die er im Laufe seiner Karriere geknüpft hatte. Auf dem sogenannten kurzen Dienstweg erhielt er Informationen, für die er sonst Wochen hätte warten müssen oder die er offiziell nie erhalten würde. Nach und nach füllte sich die Tafel mit Ausdrucken, handgeschriebenen Notizen, Landkarten und Personendaten der Beamten, die sich um die Lagerung der Portale gekümmert hatten. Langsam entstand ein Bild, das auf eine weitere Vertuschungsaktion hindeutete und die Blickrichtung wies erneut auf eine der mysteriösesten Organisationen der Vereinigten Staaten von Amerika, der NSA. Roger fluchte leise, denn er wusste, dass gerade die NSA sich ungern in die Karten schauen ließ. Doch eine weitere Information lenkte ihn für eine Sekunde von diesem Problem ab. Debora hatte herausgefunden, dass der letzte Transport der Tesla Portale durch eine Logistikeinheit der Nationalgarde durchgeführt worden war. Es kam noch besser. Sie hatte den Lagerstandort ermittelt, der nur gute zwei Stunden Fahrzeit von Washington entfernt war. Schnell druckte sie diese Information aus und befestigte den Ausdruck an der Tafel. Danach markierte sie mit einer Stecknadel den vermutlichen Lagerort auf einer Landkarte. Nun war es Roger, dessen Wangen sich röteten, allerdings förderte seine Aufregung die heftige Durchblutung seiner Gesichtsdermis. Er stellte sich vor die Tafel und besah sich ihre Arbeit. Dann nickte er! Bisher liefen die Ermittlungen besser als vermutet. Wenn sich die Lagerstätte bestätigte, dann musste er nur noch herausfinden, ob die Portale noch dort waren. Wenn nicht, gab es bestimmt Aufzeichnungen, die den weiteren Verbleib der mysteriösen Maschinen dokumentierten. Also war der nächste Ermittlungsschritt klar. Er und Debora mussten zu dem Lager fahren und dort nach dem Verbleib der Tesla Portale fahnden. Roger sah auf seine Uhr und stellte fest, dass es tiefe Nacht und damit zu spät für die Fahrt zum Lager war.

* * *

Nächtlicher Einsatz

Zwei Stunden nach Mitternacht versammelten sich die Männer in der Hotellobby. Yavuz, der den letzten Abend mit seiner Familie verbracht hatte, fühlte sich wie gerädert. Die Anstrengungen der vergangenen Tage steckten ihm in den Gliedern. Doch diese körperlichen Unbilden nahm er gerne in Kauf, denn er liebte das Abenteuer und die Zusammenarbeit mit den Männern vom FBI. Der BND-Agent Thore Klausen, dem Yavuz zuerst mit Misstrauen begegnet war, hatte sich als ein jovialer Kollege erwiesen. Die anfängliche Distanz des BND-Agenten dem Deutschtürken gegenüber hatte sich aufgelöst und ein kollegialer, ja beinahe lockerer Umgang miteinander war möglich geworden. Männer dieses Kalibers fand man nicht im Alltag, überlegte Yavuz und ein gewisser Stolz durchströmte ihn. Er gehörte zu diesen besonderen Männern, auch wenn sein normales Umfeld, ja selbst seine Familie mit Ausnahme seiner Frau Adela nichts von seinen geheimdienstlichen Tätigkeiten wusste. Das war für sein Ego einerseits schade, doch auf der anderen Seite konnte er seiner Familie dadurch einen gewissen Schutz bieten. Thore schlenderte von draußen herein und durchquerte die Hotelhalle. Auch er sah übernächtigt aus und hatte bestimmt nicht viel Schlaf bekommen. Er war der Verbindungsmann zu den deutschen Behörden und hatte den vergangenen Abend damit verbracht, eine Sondereinheit des militärischen Abschirmdienstes, die er unter Mithilfe des Innenministers angefordert hatte, zu unterweisen. Man wusste nicht genau, in welchem Sektor der Großstadt das Tesla Portal aktiviert würde. Deshalb warteten in jedem Stadtteil Einsatzkräfte auf das Erbeben der Luft. Die Position, wo das zweite Portal geöffnet werden sollte, war allerdings bekannt. Das kontaminierte Versuchslabor auf dem Gelände der DECAM-Werke war das Ziel der Verschwörer. Dorthin wollten die Agenten in wenigen Minuten fahren. Doch Walt wie auch Hanky zeigten keinerlei Anzeichen der Unruhe. Gelassen saßen die beiden Mutanten in den Sesseln einer Sitzgruppe und schlürften frischen Kaffee. Zudem schienen sie nicht die geringsten Anzeichen von Müdigkeit zu haben. Sie wirkten erholt und ausgeschlafen, wobei Hanky und die goldenen Energien nicht ganz unschuldig waren. Doch dieses Geheimnis behielt Hanky für sich und nicht einmal Walt wusste von der energetischen Aufladung durch Engelsenergien. Thore, der die beiden Mutanten schon länger kannte, tippte auffordernd auf seine Armbanduhr und sagte bestimmt:

»Es wird langsam Zeit, meine Herren!«

Walt grinste herausfordernd, hob seinen Kaffeebecher und trank langsam das schwarze Gebräu. Die zur Schau gestellte Lässigkeit war ein Teil seines Psychospiels, mit dem er seine Kameraden vom augenblicklichen Stress ablenkte. Er nahm ihnen einfach die Möglichkeit, über den bevorstehenden Einsatz nachzudenken. Sollten sie sich ruhig über ihn ärgern oder vielleicht auch nur wundern. Die Hauptsache war, jeglichen Stress so lange wie möglich zu vermeiden. Walt sah, dass seine Aktion Wirkung zeigte, und setzte noch eine weitere Provokation, indem er herablassend sagte:

»Agent Klausen, lassen Sie doch schon einmal den Wagen vorfahren. Und vergessen Sie nicht die Sitzheizungen einzuschalten. Ich sitze nicht gern auf kaltem Leder.«

»Jetzt ist er völlig übergeschnappt!«, grollte der BND-Agent, lief aber dennoch in Richtung Ausgang. Dabei grinste er, was Walt aber nicht sehen konnte. Der Humor des Amerikaners war unbezahlbar und genau nach seinem Geschmack. Wenige Minuten später saßen die Männer in dem SUV, den Thore steuerte. Ihr Ziel: die DECAM-Werke. Dort, so wussten sie, würden die Söldner des Scheichs ein transportables Dimensions-Portal öffnen. So wollten die Söldner ungesehen in das Versuchslabor eindringen und den dort befindlichen Zell-Modulator rauben. Raub war eigentlich das falsche Wort, denn die Gruppe, welche der Scheich gegründet hatte, besaß eigentlich den Modulator. Nur stand dieser eben in einem schwer bewachten Gebäude, das zusätzlich durch fehlgeschlagene Versuche kontaminiert war. Die Söldner ahnten nicht, dass die Ermittlungsbehörden wie auch die FBI-Agenten wussten, dass ein Raub geplant war. Zusätzlich war sogar der genaue Zeitpunkt der Aktion bekannt. Der Scheich, der den Ermittlern bisher nur unter diesem Pseudonym bekannt war, musste davon ausgehen, dass die von ihm persönlich geplante Bergung des kostbaren Gerätes ohne Störung vonstattenging. Er selbst hielt sich noch im Frankfurter Raum auf, doch er blieb weiterhin im Hintergrund und gab seine Befehle per Smartphone.

Um 2:30 Uhr stoppte Thore den SUV vor dem Haupttor der DECAM-Werke. Schwer bewaffnete Soldaten in Kampfmontur hoben ihre Waffen. Doch Thore ließ sich von der martialischen

Demonstration nicht beeindrucken. Lässig stieg er aus seinem Wagen, zündete sich dann in aller Seelenruhe eine Zigarette an und ging auf die Uniformierten zu. Mit der linken Hand hob er seinen Dienstausweis in die Höhe und fragte mit erstaunlich autoritärer Stimme:

»Wer hat hier das Kommando?«

Ein Soldat trat vor und antwortete: »Ich habe das Kommando!«

Thore lächelte, doch seine Augen blieben dabei kalt.

»Da irren Sie sich Soldat! Ich habe das Kommando! Mein Name ist Thore Klausen und ich bin vom Innenminister beauftragt worden, diesen Einsatz zu leiten. Dass ich vom Bundesnachrichtendienst bin, haben Sie bestimmt schon an meinem Ausweis erkannt. Kann ich mit Ihrer Zusammenarbeit rechnen Soldat?«

»Jawohl Herr Klausen! Das können Sie!«

Hanky, Walt und Yavuz, die noch immer im Wagen saßen, staunten nicht schlecht, als sie ihren Kollegen so autoritär agieren sahen. So kannten sie den deutschen Agenten des BND nicht, was für seine Zurückhaltung sprach. Doch wenn es Sache war, dann konnte der große Mann sich durchsetzen. Die drei Männer verständigten sich mit Blicken, die Anerkennung und Überraschung zeigten. Ohne ein weiteres Wort zu verlieren, verließen sie dann das Fahrzeug. Hanky sah sich suchend um. Er war sich sicher, dass der Scheich seine Beobachter vor Ort hatte. Deshalb verharrten die angeforderten Spezialeinheiten des militärischen Abschirmdienstes vor den Toren der DECAM-Werke. Damit wollte man die Beobachter und somit auch den Scheich in falscher Sicherheit wiegen. Nur wenige Minuten vor drei Uhr stieg die Spannung und die Männer bereiteten sich auf das Kommende vor. Doch gerade dieser Punkt war in der Planung der FBI-Agenten der nebulöseste. Man wusste eben nicht, was geschehen würde. Auch die Stärke der Mannschaften, die der Scheich einzusetzen gedachte, war unbekannt. Schließlich schlug eine Turmuhr einer benachbarten Kirche. Die Spannung der Männer war nun beinahe greifbar. Niemand wagte sich zu rühren. Jeder horchte in die Nacht hinein, doch nur das Rauschen der nahen Autobahn wehte herüber. Walt sah erneut auf seine Uhr und fragte sich, was wohl schiefgelaufen war. Hatte der Scheich beschlossen, den Zell-Modulator nun doch nicht zu bergen? Oder hatte man den Truppenaufmarsch vor den Werkstoren bemerkt und den geplanten Raub als zu gefährlich eingestuft? Auch Hanky sah sich mit ratlosem Gesicht um. Er hatte doch das Gespräch zwischen dem Scheich und dem Söldner Harry belauscht. Hatte man sein Lauschen bemerkt und ihn absichtlich getäuscht? Nein, das war unmöglich. Man konnte einen Telepathen nicht anlügen. Aber wieso passierte dann nichts? Es war ausgerechnet Yavuz, der für sein analytisches Denken bei den Agenten des FBI bekannt war. Er sah in die ratlosen Gesichter seiner Kollegen und sagte dann in die Stille hinein:

»Wir sind zu früh dran Männer! Die Leute des Scheichs müssen doch erst einmal das erste Portal öffnen. Danach müssen sie von dem uns noch unbekannten Standort in der Parallelwelt zu den Koordinaten fahren, wo in unserer Welt die DECAM-Werke stehen. Erst dann können sie das zweite Portal aktivieren und in das Labor eindringen!«

Walt sah Yavuz mit offenem Mund an und schlug sich mit der flachen Hand gegen die Stirn. Fassungslos sagte er:

»Wie konnten wir das nur übersehen? Thore, starte einen Rundruf und finde heraus, ob es irgendwo in der Nähe ein Luftbeben gegeben hat.«

Der BND-Agent begann sofort zu telefonieren und auch der Einsatzleiter der Spezialtruppen informierte die Teams, die in der Stadt verteilt auf ihren Einsatz warteten. Hanky indes lauschte mit seinen übernatürlichen Sinnen und versuchte den Söldner Harry ausfindig zu machen. Er erkannte für einen Augenblick dessen Gedankenmuster, das allerdings gleich darauf verschwand. Im gleichen Moment spürte er eine Schwingung, die er gut kannte. Das Tesla Portal war aktiviert worden. Die Stimme des BND-Agenten riss den Mutanten aus seiner Konzentration. Er rief überlaut:

»Fünfzehn Kilometer südlich von hier ist es zu einem Luftbeben gekommen. Also nicht, wie wir vermutet haben, in Frankfurt direkt.«

Erster Vorstoß (Monate zuvor)

Er hatte vorausschauend geplant. Noch vor dem dreisten Diebstahl der Tesla Portale engagierte er eine Gruppe von Ingenieuren, mietete eine Lagerhalle in Deutschland und gründete mehrere Scheinfirmen. Diese sollten den Transportweg der gestohlenen Technik verschleiern. Schon Stunden nach dem Raub wurden die Container verschifft. Fünf Wochen später wurden die besagten Container in Rotterdam problemlos abgefertigt und auf Lastwagen verladen. In der Zwischenzeit trat Omar Zaki, der Scheich, seinen Dienst in der Frankfurter Dependance der NSA an. Er war nun der Regionalleiter der Behörde und verantwortlich für das westliche Europa. Natürlich wurde er für feindliche Geheimdienste sichtbar, denn als verantwortlicher Beamter der NSA in Westeuropa kam er nicht umhin, mit befreundeten Diensten zusammenzuarbeiten. Dennoch fand er genügend Zeit, sich seiner eigentlichen Intention zu widmen, die Tesla Portale zu seinem eigenen Vorteil zu nutzen. Er hatte nicht die Dienstwohnung im Frankfurter Europaviertel bezogen, sondern eine Jugendstilvilla in Bad Nauheim gemietet. Hier fand er einen Rückzugsort, den er gut kontrollieren konnte, und das in angenehmer Umgebung. Dann kam der Tag, an dem er überprüfen konnte, ob sich all seine Anstrengungen der vergangenen Jahre gelohnt hatten. Die Techniker fügten die Bestandteile des

Tesla Portals zusammen und die Computerprogramme wurden überprüft. Den ersten Testlauf wollte Omar selbst überwachen und, wenn möglich, einen Schritt in die fremde Welt wagen. Am frühen Morgen verließ er sein Haus und fuhr mit erwachender Spannung los. Der Verkehr am frühen Morgen war, wie beinahe jeden Tag auf der A 5 Richtung Frankfurt, von den Berufspendlern dominiert. Doch dieses tageszeitgeprägte hohe Verkehrsaufkommen störte Omar in keinster Weise. Die halbe Stunde, die er bis zu seinem Zielort brauchen würde, nutzte er zum Nachdenken. Hier in seinem Auto war er allein, jedenfalls am heutigen Tag, den er nicht als Repräsentant seiner Behörde verbrachte. So hatte er seinen Personenschützern wie auch seinem Chauffeur für diesen Tag andere Aufgaben zugewiesen. Die Autobahn führte über den Kamm des Taunus, dessen Wälder noch immer die Geschichten der alten Tage zu beherbergen schienen. Für einen kleinen Moment ließ Omar eine Gefühlsregung zu und erkannte, dass diese, seine Welt ein besonderer Ort war. Alle Konflikte zwischen den Menschen, jegliches Machtstreben wurden für einen Augenblick zu einem flüchtigen Schemen und damit bedeutungslos. Doch noch ehe das Schicksal den Scheich von seinem selbst gewählten Weg abbringen konnte, holte ihn die Wirklichkeit ein. Ein genervter Fahrer, der wohl zu spät zur Arbeit oder einem Termin kommen würde, raste wie ein Verrückter und wechselte die Fahrspuren in gefährlicher Weise. Direkt vor Omar scherte er von der linken Spur auf die mittlere, die der Scheich befuhr. Nur durch ein reaktionsschnelles Bremsen konnte Omar einen Zusammenstoß verhindern. Fluchend löste sich sein Traumbild einer friedlichen Welt auf und warf ihn zurück in die banale Realität. Zwanzig Minuten später verließ der Scheich die A 66 an der Ausfahrt Hofheim und bog Richtung Weilbach nach rechts ab. Schon fünfhundert Meter weiter lenkte er sein Fahrzeug auf eine kleine Landstraße, die zu den Weilbachern Kiesgruben führte. Er passierte die Kiesgrube und fuhr in ein kleines Industriegebiet. Zwischen hohen Bäumen stand dort versteckt eine Lagerhalle, die fünfundvierzig Meter in der Länge maß und fünfundzwanzig in der Breite. Hinter der Halle parkten unauffällige Zivilfahrzeuge und einige Kleintransporter. Omar rollte an den geparkten Autos vorbei und ließ dabei seine Blicke über das Gelände schweifen. Er konnte keine verdächtigen Aktivitäten beobachten, was ihn eigentlich beruhigen sollte. Doch er traute niemals dem vermeintlichen Frieden in seiner Umgebung. Dazu war er zu lange Geheimdienstoffizier mit ausgeprägter Paranoia. Schließlich parkte er seinen Wagen und stieg aus. Mit ruhigen Schritten ging er zu einer schmalen Tür an der Seite der Halle und zog diese auf. Direkt hinter der Tür stand ein grimmig dreinschauender Mann, der sofort zur Seite trat, als er erkannte, wer sein Gegenüber war. Als sich die Tür geschlossen hatte, umfing Omar eine angespannte Ruhe. Am Hallenende war eine Art Bühne zu sehen, auf der zwei große Teslaspulen standen. Zur Bühne führte eine Stahlrampe, die selbst schwere Fahrzeuge benutzen konnten. Auf der linken Seite standen einige große Tische, auf denen eine Reihe Computerbildschirme samt Tastaturen aufgebaut waren. Davor saßen Männer und Frauen, die gerade spezielle Computerprogramme starteten. Vor der Bühne hatten sich zwölf Mann versammelt, die sämtlich schwere Strahlenschutzanzüge trugen. Lediglich ihre Helme waren noch geöffnet. Ein Mann aus der Gruppe löste sich von dieser und kam lächelnd auf den Scheich zu. Es war Harry, sein bester Söldner und engster Vertrauter.

»Alles bereit, Sir!«, rief er und begrüßte Omar allerdings nur mit einem Kopfnicken. Der Scheich verabscheute körperliche Berührungen, und als ihm Harry gleich darauf in einen Schutzanzug half, musste sich Omar überwinden, seine Abneigung zur menschlichen Nähe zu verbergen. Als endlich der letzte Verschluss des schützenden Overalls geschlossen war, atmete der Scheich auf. Er wusste von seinem Mitverschwörer Burt

Olson, der in der NSA-Zentrale geblieben war und Omar immer noch gute Informationen lieferte, welche Umweltbedingungen auf der Parallelwelt herrschten. Dort hatte es offenbar einen atomaren Krieg gegeben, der die Natur und einen Großteil der dort lebenden Menschen an den Rand des Abgrundes gebracht hatte. Soweit bisher bekannt war, zogen radioaktive Wolken über den Globus. Dennoch wollte der Scheich versuchen, fremde und hoffentlich weitentwickelte Technik zu bergen. Außerdem wollte er auf der Parallelwelt einen Stützpunkt errichten, um dort die Beutestücke zu lagern und deren Funktionsweise zu erforschen. Natürlich waren die Strahlenschutzanzüge sehr hinderlich, doch diese Bürde nahm der Scheich gerne auf sich. Er fühlte sich in diesem Moment wie ein Forscher und ein Eroberer zugleich. Er gab den Befehl zur Aktivierung des Tesla Portals. Die Männer um ihn herum schlossen ihre Schutzanzüge und griffen sich die auf einem Tisch bereitliegenden Sturmgewehre. Nur Omar schloss seinen Helm noch nicht. Er wollte mit allen Sinnen den Moment erfassen, an dem sich das Portal zu einer anderen Welt öffnete. Befehle wurden gerufen, schwere Dieselgeneratoren liefen an und die beiden Teslaspulen wummerten in einem tiefen, pulsierenden Basston. Ein scharfer Geruch von Ozon strich durch die Halle. Gleich darauf begannen der Boden, die Maschinen und die Luft zu beben. Nur noch undeutlich erkannte Omar das Hallenende und die Bühne. Ein lautes, knisterndes Geräusch begleitete die Blitze, die zwischen den Teslaspulen hin und her zuckten. Dann plötzlich bildete sich ein Energievorhang, der von Säule zu Säule reichte. Zuerst sahen die Männer nur ein verwaschenes Bild, das nicht zu identifizierende Objekte zeigte. Omar überlegte fieberhaft, warum er kein klares Bild oder zumindest ein erkennbares Umfeld sah. Er erinnerte sich an seine Beobachtung in der Wüste. Dort hatte er die fremde Welt in einer, wenn auch flimmernden, Version gesehen. Doch nun sah er nur verwaschene Schemen. Sollte er abwarten und die Techniker noch einen Diagnosetest durchführen lassen? Eine Minute lang rang er mit seiner Entscheidung. Die zwölf Männer um ihn herum wurden unruhig und spürten seine Unsicherheit. Das war ganz schlecht und sein Ego befahl ihm nun zu handeln. Ein Anführer, und als solchen sah er sich, musste immer wissen, was er tat. So winkte er mit seiner rechten Hand und gab so das Zeichen zum Aufbruch. Langsam schritt er die Rampe empor, ging über die Bühne und direkt auf den Energievorhang zu. Nun zögerte er nicht mehr und schritt einfach weiter und damit durch die flimmernde Wand. Blendendes Licht war das Nächste, was er wahrnahm und zu seiner Überraschung sah er eine grüne Wiese vor sich liegen. Neben ihm blieben seine Männer, die ebenfalls das Portal durchschritten hatten, staunend stehen. Hinter der Wiese ragten hohe Bäume in den Himmel und Omar sah nach oben. Noch ehe er erkennen konnte, was er da erblickte, verschwand das Luftbeben und das Portal war verschwunden. Ruhig drehte sich der Scheich um und blickte zu der Stelle, wo das Portal gerade eben noch gewesen war. Auf dem Boden zeugte nur eine Linie verbrannten Grases von dem nun nicht mehr existenten Energievorhang. Da seine eigene Planung die Abschaltung des Portals nach dem Durchgang der Mannschaft vorgesehen hatte, machte er sich keine Sorgen. Erneut sah er nach oben und erblickte anstatt des zu erwartenden schweflig verhangenen Himmels eine glitzernde Version desselben. Tausende, nein Milliarden Kristalle schienen das Firmament zu bilden. Was hinter dem Glitzern lag, war nicht zu sehen. Harry trat an seine Seite und zeigte auf seinen Dosimeter. Dieser zeigte keine erhöhte Strahlung an.

* * *

Nachverfolgung

Sie waren am frühen Morgen aufgebrochen. Debora Becket, die immer noch an die Ereignisse in Boonville dachte, genoss die Fahrt. Wälder und Wiesen schafften eine beruhigende Atmosphäre, in der Gewalt keinen Platz zu haben schien. Dennoch waren die Vorfälle in der Kleinstadt im Mittelwesten sehr verstörend gewesen. Die militante Gruppe der Proud Boys hatte die Stadt in bürgerkriegsähnliche Kämpfe gestürzt. Menschen waren gestorben, Zivilisten, die Opfer einer verqueren Ideologie wurden. Nur unter Mithilfe der beiden Mutanten Hank Berson und Walt Kessler konnte die Stadt befriedet werden. Erst als der Anführer der Rebellion Konstantin, der ein sogenannter negativer Mutant war, ausgeschaltet war, verebbten die Kämpfe. Nun, nachdem sie wieder normalen Ermittlungen nachgingen, erschienen ihre Erlebnisse in Boonville schon beinahe unglaubwürdig. Mit Grauen dachte die FBI-Agentin an die Gestalten, die laut dem Wächter Dämonen waren. Auch die Wächter, eine Gruppe, die ein großes Geheimnis hütete, blieben mysteriös. Am Ende ihrer Überlegungen jedoch erhellte ein Gedanke die Stimmung der jungen Frau. Sie hatte sich verliebt und hoffte auf ein baldiges Wiedersehen mit Walt Kessler. Dieser schien ihre Gefühle zu erwidern, doch außer einigen vielsagenden Blicken war bisher nichts geschehen.

Roger hingegen konzentrierte sich auf die kommenden Ermittlungen. Er war froh, dass seine sonst sehr gesprächige Kollegin ihren eigenen Gedanken nachhing und schwieg. Nach etwas mehr als zwei Stunden Fahrt bog Roger in eine schmale Landstraße ein, die durch einen dichten Wald führte. Nichts deutete darauf hin, dass dies der Weg zu einer militärischen Einrichtung war. Doch nach einem weiteren Kilometer versperrte eine Schranke die Zufahrt in ein umzäuntes Gebiet. Neben der

Schranke befand sich ein Wachhaus, aus dem nun zwei bewaffnete Soldaten traten. Roger ließ seinen Wagen vor der Schranke ausrollen und stoppte dann. Ein Soldat kam an die Fahrertür und Roger ließ die Seitenscheibe nach unten gleiten. Mit ernstem Gesicht präsentierte er seinen Dienstausweis und sagte mit seiner dienstlichen Autorität sehr fordernd:

»Ich möchte sofort den Kommandanten sprechen!«

Der wachhabende Soldat sah abschätzend zu Roger, beugte sich etwas nach vorne und ließ seine Blicke durch den Fahrgastraum des Fahrzeuges wandern. Dabei beachtete er die junge FBI-Beamtin nicht. Anscheinend gehörte er zu den Menschen, welche Frauen nicht viel zutrauten. Nach seinem prüfenden Blick begutachtete er den Dienstausweis Rogers. Dieser ließ sich von der stoischen Ruhe des Soldaten nicht beeindrucken. Geduldig ließ er den Wachhabenden agieren, der schließlich ohne jeglichen Kommentar zu seinem Wachhaus ging. Er betrat den einzigen Raum des kleinen Gebäudes und griff zum Telefon. Roger beobachtete, wie der Soldat seine Haltung, die bisher eher lässig gewesen war, veränderte. Er konnte sich gut vorstellen, dass nun eine gewisse Aufregung in der Kommandantur herrschte. FBI-Agenten waren unerwartet am Haupttor erschienen und forderten mit dem Kommandeur zu sprechen. Solche unerwarteten Besuche bedeuteten immer Ärger und führten bestenfalls zu mehr Arbeit. Nachdem der Kommandeur einige Sekunden hastig überlegte, was in seinem Depot eine Befragung oder Überprüfung nötig machte, befahl er dem Wachsoldaten, die FBI-Agenten zur Kommandantur zu bringen. Wenig später betraten die FBI-Agenten das Büro des Kommandeurs. Sie ließen den Mann, der sichtlich nervös wirkte, nicht lange im Unklaren. Roger legte dem Offizier eine Liste mit Versandnummern vor, an deren Ende ein Barcode aufgedruckt war. Dann fragte er den nervösen Mann nach dem Verbleib der aufgeführten Kisten und Container. Eilfertig scannte der Offizier selbst die

Barcodes und sah gespannt auf seinen Computerbildschirm. Dann zeichnete sich Erleichterung auf seinem Gesicht ab. Die angefragten Frachtstücke waren vor Monaten angeliefert und vor einigen Wochen ordnungsgemäß wieder dem Lager entnommen worden. Doch diese Auskunft genügte Roger keineswegs. Er bat den Offizier selbst die Warenlisten auf dessen Computer einsehen zu dürfen. Dieser gestattete dies natürlich froh darüber, dass seine Leute ordnungsgemäß ihre Arbeit verrichtet hatten. Roger kopierte die Liste und sandte diese dann an die Computer-Forensik des FBI in Washington. Dort erwartete man bereits diese Datensätze und keine fünf Minuten später erhielt Roger die Nachricht, dass die Abholpapiere gefälscht seien. Keine staatliche Behörde hatte die Tesla Portale angefordert. Mit ernster Miene erhob sich Roger hinter dem Schreibtisch des Kommandanten und sagte:

»Sie haben Gerätschaften in nicht zu beziffernden Wert an Unbekannte ausgehändigt! Sie können nicht einmal ansatzweise abschätzen, in welche Gefahr Sie unsere Nation gebracht haben. Das wird Konsequenzen für Sie und Ihre Mitarbeiter nach sich ziehen. Doch zuerst möchte ich nun mit den Männern sprechen, die den Unbekannten die Fracht ausgehändigt haben.«

Der Offizier wurde blass und Schweißperlen bildeten sich auf seiner Stirn. Das waren ungeheuerliche Vorwürfe, die der FBI-Agent geäußert hatte. Wenn er recht behielt, dann drohten ihm ein Prozess vor dem Militärgericht und bestenfalls eine Degradierung. Im schlimmsten Fall jedoch würde er zu einer Haftstrafe verurteilt werden. Zehn Minuten später waren fünf Soldaten und ein Unteroffizier in einem Besprechungszimmer angetreten. Unsicherheit über das, was sie erwartete, ließ die Männer schweigen. Keiner wagte es auch nur eine Frage zu stellen. Als der Kommandeur in Begleitung von zwei Zivilisten den Raum betrat, salutierten die Soldaten. Roger besah sich die Soldaten dieser Logistikeinheit sehr genau. Er fand ausschließlich Nervosität, aber keinerlei bewusste Schuld in ihren Blicken. Nachdem der Kommandeur seinen Männern den Befehl gegeben hatte, jede Frage der FBI-Agenten vorbehaltlos zu beantworten, begann Roger mit seinem Verhör. Debora zeichnete die Befragung mit dem Voice-Rekorder ihres Smartphones auf. Zusätzlich hielt sie die wichtigsten Punkte und Daten der Verhöre auf ihrem Computertablett in schriftlicher Form fest. Zum Schluss der Befragung berichtete ein Soldat von seinen Begegnungen mit einem ihm unbekannten Offizier. Zuerst hatte ihn der Mann am Abend vor dem Raubzug angesprochen. Er sei wie selbstverständlich in der Lagerhalle herumspaziert, als gehöre er zum Logistik-Bataillon der Nationalgarde. Und genau dieser Offizier sei auch bei der Verladung der gestohlenen Ware anwesend gewesen. Danach habe er den Mann nicht wiedergesehen. Roger ließ sich das Aussehen des Fremden genaustens beschreiben. Dann überraschte ihn der Soldat, indem er sagte:

»Ich kann Ihnen den Mann sogar zeigen. Immerhin verfügt unser Depot über eine gutfunktionierende Videoanlage.«

Roger, verärgert über sich selbst, da er nicht an Kameraüberwachung gedacht hatte, forderte den Soldaten auf, ihm die bewussten Aufnahmen zu zeigen. Debora folgte Roger und dem Soldaten telefonierend. Sie gab die bisher ermittelten Daten zur Forensik-Einheit in Washington weiter und bat um sofortige Satellitenauswertung des genannten Orts und Zeitpunktes rund um den Stützpunkt. Als sie ihr Gespräch beendet hatte, fand sie sich in einer Überwachungszentrale mit circa zwanzig Monitoren wieder. An Computer-Arbeitsplätzen saßen Soldaten, deren einzige Aufgabe es war, das Depot zu überwachen. Debora hatte während ihres Telefonats nicht auf ihren Monitor geachtet. Nun sah sie Roger, der vor einem großen Bildschirm stand und gebannt eine Szene verfolgte, die dort zu sehen war. Diese war eher unspektakulär und zeigte Männer in Uniform, die Kisten in einen Militärlastwagen verluden. Als der Soldat neben Roger sagte: »Das ist der Offizier, von dem ich berichtet habe!«, ließ Roger das Überwachungsvideo anhalten.

»Können Sie das Bild vergrößern?«

»Natürlich Sir!«, antwortete der Soldat. »Sie wollen bestimmt das Gesicht dieses Diebes sehen!«

Mit wenigen Tastenanschlägen zoomte der Soldat das Bild heran. Schließlich sah Roger in das Gesicht eines Mannes, der offenbar ohne jedes Problem ein Depot der Nationalgarde beraubte. Sofort ließ er diese Aufnahme nach Washington weiterleiten. Der Erkennungsdienst würde bestimmt nicht lange brauchen, diesen Mann zu identifizieren. Deboras Handy klingelte und sie sprach kurz mit dem Anrufer. Dann öffnete sie ihr Tablet und las eine Nachricht. Danach klickte sie auf den Anhang und eine Satellitenaufnahme zeigte die gesuchten Lastwagen der Diebe. Das nächste Foto war Minuten später aufgenommen. Auf einem Parkplatz standen zivile Containertransporter bei den Militärlastwagen. Das Diebesgut wurde umgeladen, doch die Container konnte man anhand ihrer Kennzeichnung auf dem Dach gut verfolgen. Bald würden sie wissen, wo sich die Portale befanden.

* * *

Vorsichtiges Erkunden (Monate zuvor)

Langsam, beinahe zögerlich nahm Omar seinen Helm ab. Er atmete tief ein und war sich im gleichen Moment bewusst, dass er die Luft eines anderen Planeten in seine Lungen sog. Sie schmeckte beinahe würzig wie nach der Ernte im amerikanischen Mittelwesten. Friedfertigkeit durchströmte den sonst so empathielosen Mann. Seine Augen wanderten erneut nach oben, zu dem Firmament aus Kristallen. Wer hatte nur so ein wundervolles Himmelszelt geschaffen? Woher kam das Licht, das sich milliardenfach in den Kristallen brach und ein schier überirdisches Glitzern erzeugte. Gedankenverloren wanderte sein Blick an dem Kristallhimmel entlang und bald fand er zarte Linien, welche die Kristallfläche durchzogen. Am Horizont sah er etwas, das es eigentlich nicht geben konnte. Ein riesiger schwarzer Turmbau reichte bis zum Kristallfirmament. Sein oberes Ende war wie eine Blüte, auf der die Kristallstruktur des Himmels auflag. Doch der schwarze Turm war einfach zu weit entfernt, um Einzelheiten erkennen zu können. Der Scheich schloss für einen Moment seine Augen und versuchte zu verstehen, was er soeben gesehen hatte. Wo war die zerstörte, von harter Strahlung und einem atomaren Inferno zerstörte Landschaft? Hatten die Techniker einen Fehler begangen und ihn auf eine andere Parallelwelt geschickt? Wie viele dieser Welten existierten? Zwei, drei, zehn, hundert oder gar tausende? Doch eigentlich war diese Frage müßig. Er war nun hier auf dieser Welt und warum sollte es ihn kümmern, welche Welt die Forscher vor ihm besucht hatten. Auf dieser Welt konnte er genauso gut Beute machen wie auf jeder anderen. Sich so selbst konditioniert öffnete Omar seine Augen wieder und sah sich nun die unmittelbare Umgebung an. Seine Gruppe stand auf einer Wiese, die an ein Feld grenzte. So weit war alles normal und unterschied sich nicht von seiner Welt. Die Pflanzen auf dem Feld glichen dem irdischen Mais. Doch ob es sich wirklich um Maispflanzen handelte, konnte er nicht sagen. Es war ihm auch egal. Er war hier, um fremde Hochtechnologie zu rauben oder, wenn es nicht anders ging, mit den Bewohnern dieses Planeten gegen andere irdische Waren zu tauschen. Hinter dem Feld stand eine Reihe Bäume, deren grüne Blätter sich in einer leichten Brise bewegten. Langsam drehte sich der Scheich um sich selbst und betrachtete die Landschaft. In der Ferne konnte er eine Bergkette erkennen, die sich an der gleichen Stelle aus der Landschaft emporreckte wie der irdische Taunus. Doch das, nach was er Ausschau hielt, fand er nicht. Nirgendwo waren Häuser oder andere Bauten zivilisatorischer Entwicklung sichtbar. Sie waren völlig alleine in einem ländlichen Gebiet, das weder Straßen noch Fahrzeuge oder Bewohner dieser Welt zeigen wollte. Lebte denn hier niemand? Nein, das war ein falscher Denkansatz. Hier mussten vernunftbegabte Wesen leben. Die Felder waren gepflegt und bestellt. Die Natur von ihren Bewohnern gebändigt und nutzbar gemacht. Also lebte hier ein Volk, eine Rasse, eine Kultur. Der eindeutige, wenn auch irgendwie beängstigende Beweis war der schwarze Turm in der Ferne. Sich noch unsicher, wie sein weiteres Vorgehen sein sollte, ging Omar einige Schritte über die Wiese. Ein Summen erregte seine Aufmerksamkeit. Bisher hatten sie nur Pflanzen gesehen, aber kein Anzeichen tierischen Lebens gefunden. Er folgte dem Summton und sah nach unten. Dort schwebte dicht über dem Gras eine Libelle. Der Körper des Tieres schillerte in blauschwarzen Tönen und nahm keine Notiz von ihm. Nach einiger Zeit beendete das Insekt seinen Schwebeflug und schoss mit erstaunlicher Geschwindigkeit davon. Beinahe bedauernd sah Omar der Libelle hinterher. Ein kurzer Lichtblitz, eine Reflexion eines unbekannten Objektes, riss den Scheich aus seiner romantischen Naturbetrachtung. Irgendetwas stimmte nicht mit dieser Welt. Noch nie in seinem Leben war er so unkonzentriert gewesen. Die Natur an sich mit ihrer Pflanzen- und Tierwelt hatten ihn noch nie interessiert. Doch hier betrachtete er fasziniert ein Insekt? Wer oder was beeinflusste seine Gedanken und Gemütslage? Dieser Frage wollte er als Erstes auf den Grund gehen. Es war einfach wichtig, sich mit den Gegebenheiten dieser Welt vertraut zu machen. Einen ersten Ansatz bot die kurze Reflexion, die er bei der Baumgruppe gesehen hatte. Er befahl, dass zwei Mann vor dem Austrittspunkt des Tesla Portals warten sollten. Die restlichen Söldner sollten ihm folgen und ihn natürlich beschützen, was er aber nicht extra erwähnen musste. In strategischer Angriffsformation gingen zwei Soldaten voraus und die anderen folgten versetzt. So hatte jeder Söldner freies Schussfeld und konnte bei einer möglichen Gefahr sofort reagieren. In der Mitte der Gruppe lief Omar und gab die Richtung vor. Nichts regte sich, was den Männern in keinster Weise gefiel. Sie mochten keine unbekannten Gefahren. Ein Gegner, den man sah, kann man auch bekämpfen. Entsprechend nervös hielten die Söldner ihre Waffen an die Schulter gepresst. Die Läufe der Gewehre schwenkten von links nach rechts und wieder zurück. Doch es zeigte sich auch weiterhin kein Gegner. Niemand schien auf die kleine Gruppe Bewaffneter aufmerksam geworden zu sein. Oder ignorierte man sie vielleicht? Musste nicht jede Gemeinschaft intelligenter Wesen auf bewaffnete Fremde reagieren? Trotz seiner Bedenken Omars erreichte die Gruppe die Baumreihe. Auf den ersten Blick gab es hier auch nichts Aufregendes zu sehen. Doch Omar war sich sicher, dass er etwas gesehen hatte. So ging er von Baum zu Baum und wurde schließlich fündig. Als er über die Rinde des vor ihm stehenden Baumes strich, öffnete sich über einem Astloch eine kleine Klappe. Zuerst zuckte Omar zurück, doch dann sah er erneut die Reflexion. Eine Kameralinse schob sich leicht summend aus dem Astloch und der Scheich wusste sogleich, dass seine Gruppe nun entdeckt worden war. Eigentlich mussten sie schon beim Durchschreiten des Tesla Portals die Aufmerksamkeit der unbekannten Beobachter geweckt haben. Doch bisher hatte man sie in Ruhe gelassen. Vielleicht hofften die Unbekannten, dass die Eindringlinge ihr Land wieder verlassen würden. Sie konnten natürlich nicht mit der Hartnäckigkeit Omars rechnen. Er war hier und dies war ein wichtiges, wenn nicht das wichtigste Ziel seines bisherigen Lebens. Er würde hier warten, bis etwas geschah. Wenn sich die Fremden nicht rührten, dann würde er bis zu dem schwarzen Turm vordringen. Ohne das Kameraobjektiv weiter zu beachten, begann sich der Scheich in aller Ruhe seines Strahlenanzugs zu entledigen. Achtlos ließ er die kostspielige Ausrüstung einfach auf den Boden fallen. Seine Begleiter richteten sich nach ihm und streiften nun ebenfalls ihre Anzüge ab. Auf den Befehl Harrys hin sammelten zwei Soldaten die Anzüge ein und trugen diese zu der Stelle, wo das Tesla Portal in Bälde wieder entstehen würde. Der Vertraute des Scheichs, Harry, passierte unterdessen die Baumgruppe und zog ein Fernglas an seine Augen. Er sah in die Richtung des schwarzen Turms. Dabei glaubte er eine Bewegung gesehen zu haben. Er senkte das Fernglas und rieb sich über die Augen. Dann hob er es wieder und sah erneut hindurch. Tatsächlich! Er hatte sich nicht geirrt. Zwei ebenfalls schwarze Punkte bewegten sich von dem Turm weg. Nun, da er die unbekannten Objekte mit seinen Augen fixiert hatte, konnte er ihnen mühelos folgen. Sie näherten sich mit mittlerer Geschwindigkeit und kamen direkt auf die Position der Söldnertruppe des Scheichs zu. Aus den Punkten wurden flugfähige Körper, die Harry trotz genauer Betrachtung nicht klar sehen konnte. Die Luft um die dunklen Flugkörper schien zu flimmern. Dadurch waren die Konturen der anfliegenden Maschinen wirkungsvoll verborgen. Die Luft um die Fluggeräte schien zu vibrieren, ähnlich dem Effekt, welchen das Tesla Portal erzeugte. Harry rief eine Warnung und Omar befahl den sofortigen Rückzug zu der Stelle, an der sie diese Welt betreten hatten. Er wollte sicherstellen, dass er im Falle eines Angriffs durch das Portal fliehen konnte. Doch dazu mussten die Techniker in seiner Welt das Tesla Portal aktivieren. Natürlich konnte die Bedienmannschaft des Portals nicht sehen, ob sich das Einsatzteam in Gefahr befand oder nicht. So mussten der Scheich und seine Männer warten, bis die vorher verabredete Zeit gekommen war, um das Portal zu aktivieren. Die Söldner formierten sich in einem Halbkreis und bereiteten sich so auf einen möglichen Angriff vor.

Die unbekannten Flugobjekte näherten sich unterdessen mit gleichbleibender Geschwindigkeit. Als sie noch circa dreihundert Meter entfernt waren, hörten die Söldner ein dunkles Brummen. Harry schrie:

»Achtung! Bereit machen! Keiner eröffnet das Feuer ohne meinen ausdrücklichen Befehl!«

Dann hob er erneut sein Fernglas und sah, als er hindurchblickte, die Flugobjekte scheinbar direkt vor sich. Doch die flimmernde Luft um die Fluggeräte verhinderte noch immer einen klaren Blick auf die Insassen der Maschinen. Diese senkten sich in diesem Moment und landeten circa fünfzig Meter vor den Söldnern sanft auf der Wiese.

* * *

Gespanntes Warten

Der BND-Agent Thore Klausen beorderte gleich zwei Einsatzteams zu dem vermuteten Standort des Tesla Portals. Die Teams hatten im Stadtgebiet Frankfurts auf ihren Einsatz gewartet. Dass sich das Tesla Portal außerhalb der Mainmetropole befand, hatte niemand vermutet. Immerhin waren die Sondereinheiten des Bundesnachrichtendienstes einsatzbereit und nicht weit von dem neuen, vermuteten Einsatzort entfernt. Mit eingeschalteten Sirenen und flackernden Blaulichtern rasten die Einsatzfahrzeuge durch die nächtliche Stadt. Ihr Ziel: die Ergreifung der Verdächtigen, die der mysteriöse Scheich um sich geschart hatte. Diese verbrecherische Organisation hatte die Maschinerie der Tesla Portale geraubt. Doch viel gravierender war, dass ebendiese Leute für die Ermordung mehrerer Menschen, unter anderem auch für die Tötungen der Secret-Service-Agenten, verantwortlich waren. Ihr skrupelloses Vorgehen war Grund genug, diese Verbrecher unbedingt aufzuhalten und unschädlich zu machen. Während die Einsatzfahrzeuge auf ihr Ziel zurasten, kontrollierten die Männer der Sondereinheit noch einmal ihre Waffen. Mit dieser unnötigen Routine versuchten die Teams ihre Nervosität in den Griff zu bekommen. Sie alle wussten, dass bei dem bevorstehenden Einsatz eine Gruppe bekämpft werden sollte, die absolut rücksichtslos war. Es bestand akute Lebensgefahr für jeden Kämpfer. Dennoch liebten die Soldaten des Bundesnachrichtendienstes ihren Beruf und die damit einhergehende Gefahr. Der Adrenalinschub vor und während des Einsatzes war mit keiner anderen Erfahrung zu vergleichen. Dennoch dachten einige der Männer an ihre Familien, ihre Kinder, ihre Frauen. Sie alle waren noch jung und hatten noch ein langes Leben vor sich. Sie mussten nur überleben! Das war das Wichtigste! Die Ausbilder legten gerade bei diesem Aspekt größte Sorgfalt an den Tag und sortierten übermütige oder leichtfertige Soldaten aus. Man wollte besonnene Männer, die nicht von einer Todessehnsucht getrieben waren. Dennoch mussten die Teams im entscheidenden Moment und ohne zu zögern einen Gegner eliminieren können. Der Einsatzleiter war nun ständig mit dem BND-Agenten Thore Klausen per Telefon verbunden. Nach seinen Angaben musste sich das Tesla Portal in der Nähe der Taunusgemeinde Hofheim befinden. So verließen die Einsatzfahrzeuge an der entsprechenden Ausfahrt die Autobahn 66. Gerade in diesem Moment hörten die tektonischen Schwingungen, welche das Portal verursachte, auf. Die Wagenkolonne verlangsamte und der Einsatzleiter ließ die Fahrzeuge nach links abbiegen. Hundert Meter weiter bogen die Wagen in einen Feldweg ab und hielten an. Für einen Moment herrschte Ratlosigkeit, da man nun nicht wusste, wo sich die Söldner des Scheichs befanden. Thore ordnete an, dass sich das Einsatzteam in Bereitschaft halten und somit warten musste. Eine exakte Lokalisierung des Zielobjektes war nötig, um einen gezielten

Angriff durchzuführen. Doch in den Vororten Frankfurts hatten sich viele Firmen angesiedelt und entsprechend hoch war die Anzahl der Lagerhallen. Eine solche Halle galt als wahrscheinliche Operationsbasis des Portals.

Vor dem Haupttor der DECAM-Werke standen Thore, Hanky, Walt und Yavuz beisammen. Sie diskutierten über die Möglichkeiten, die den Raub des Zellmodulators verhindern konnten. Natürlich hätte man das Gerät bestimmt aus dem Laboratorium entfernen können. Doch damit würden sie die Motivation des Scheichs verändern. Sollte er zu dem Schluss kommen, dass diese Maschine für ihn unerreichbar und verloren sein würde, musste er sich zurückziehen. Dies durfte unter keinen Umständen geschehen, denn er besaß dann noch immer die beiden Tesla Portale. Mit diesen Dimensionstoren konnte er viel Unheil anrichten und das musste unbedingt verhindert werden. So diskutierten die Männer zuerst kontrovers, konnten sich dann aber zu einem Strategiewechsel durchringen. Man würde sich direkt zu dem Laboratorium begeben und die hiesigen Einsatzkräfte direkt um das Gebäude herum positionieren. Dazu sollte ein Team der BND-Einheit, mit schweren Strahlenschutzanzügen ausgerüstet, sofort nach Öffnung des Portals in das Laboratorium vorrücken. Ihr Ziel war klar definiert. Die Männer des Scheichs mussten gestellt und festgesetzt werden. Keinem der Söldner durfte es gelingen, durch das Tesla Portal zurück in die Parallelwelt zu fliehen. Der Scheich durfte nicht gewarnt werden! Thore gab die entsprechenden Befehle und die Werkstore wurden geöffnet. Entsprechend seinen Anweisungen rollten die Einsatzfahrzeuge auf das Werksgelände und parkten dann einen Sicherheitsabstand einhaltend vor dem Gebäude des Laboratoriums.

Hanky blieb in Thores SUV sitzen und schloss seine Augen. Er versuchte telepathisch die Signatur des Söldners Harry zu orten. Dabei konzentrierte er sich auf das Gebiet, das ihm der BND-Agent zuvor auf einer Landkarte gezeigt hatte. Doch sein Tasten, wie er diese übersinnliche Suche nannte, blieb erfolglos. Sosehr er sich auch bemühte, er konnte den Mann nicht finden. Er löste sich kurz aus seiner Konzentration und überlegte, an welchem Ort sich der Gesuchte aufhalten konnte. Die einzige logische Möglichkeit war, dass der Söldner durch das Tesla Portal gegangen war und sich nun in der Parallelwelt aufhielt. Doch mit dieser Erkenntnis konnte Hanky nichts anfangen, denn seine Gaben erlaubten es ihm nicht, diese Grenze zu überschreiten. Er fragte sich, ob auch der mysteriöse Unbekannte, der als der Scheich bekannt war, sich ebenfalls in die Parallelwelt begeben hatte. Leider hatte Hanky nur einen sehr kurzen Kontakt zu diesem Mann gehabt. Daher wusste er zwar, wie dieser aussah, doch dessen Gedankensignatur hatte Hanky nicht erfasst. So war auch die Suche nach dem Unbekannten zum Scheitern verurteilt. So entschloss sich Hanky zu einem sehr mühsamen Weg der Spurensuche. Er musste die Gedankeninhalte sämtlicher Menschen in dem Suchgebiet südlich von Frankfurt überprüfen. Zum Glück war es noch Nacht und die meisten Menschen schliefen. Dadurch bewegten sich ihre gedanklichen Aktivitäten auf einer niedrigen Frequenz. Wenn es ihm gelang, die Schlafenden bei seiner Suche auszuschließen, dann war schon viel gewonnen. Zuerst öffnete der Mutant seinen Geist und lenkte seine Wahrnehmung in südliche Richtung. Dabei nutzte Hanky eine weitere Gabe seines mutierten Gehirns. Er schob seinen Geist auf eine übergeordnete energetische Ebene. Dann ließ er seinen Geist nach oben schweben und sah eine Welt, die aus fließenden Farben und Linien zu bestehen schien. Unter sich pulsierten die Energieströme der DECAM-Werke. Die dort arbeitenden Maschinen erzeugten strahlende Fanale, die von feinen Linien umgeben waren. Dazwischen bewegten sich Menschen, die ebenfalls nur als leuchtende Schemen erkennbar waren. Nach einem Moment der Orientierung ließ Hanky seinen Geist zu der nahen Autobahn gleiten. Die wenigen Fahrzeuge, es war immerhin noch Nacht, zeichneten sich deutlich ab. Der Mutant folgte den

Fahrzeugen und sah staunend nach rechts. Hinter den hell erleuchteten Industriewerken sah er den Frankfurter Flughafen. Dort schienen besonders starke Energien einen regelrechten Lichtdom zu bilden. Aus diesem heraus stachen dunkelblaue Energiefinger, die wohl ihren Ursprung in den Flugradaranlagen hatten. Gerne hätte Hanky sich diesem erstaunlich schönen, ja atemberaubenden Anblick noch länger gewidmet. Doch die Zeit drängte und er wollte herausfinden, wo sich das Tesla Portal befand. Mit dieser Überlegung eröffnete sich ihm ein neuer Gedanke. Die Anlage des Tesla Portals musste ebenfalls eine starke energetische Signatur besitzen. Selbst wenn die Anlage im Moment ausgeschaltet und das Dimensionstor geschlossen war, müsste er es erkennen können. Mit diesem neuen Ansatz für die Suche fokussierte sich Hanky und schob seinen Geist weiter in die gewünschte Richtung. Die energetische Landschaft strahlte nun weniger hell, da die Besiedlungsdichte abnahm. Der Mutant ließ seine imaginäre Wahrnehmung von rechts nach links wandern. Mittlerweile dachte der Mutant nicht mehr darüber nach, dass er mittels seines Geistes über einer energetischen Welt schwebte. Er erblickte Wohnhäuser, die Schemen der dort schlafenden Menschen und fand auch einige Leute, die schon erwacht waren. Auch in manchen Firmen arbeiteten Menschen schon. Doch Hanky suchte eine bestimmte Konstellation, die Menschen wie auch eine Reststrahlung des Tesla Portals aufweisen sollte. Er war sich nicht sicher, ob seine Vermutung zutreffen würde, dass das Portal nach dem Ausschalten eine energetische Signatur hinterlassen würde. Gebäude um Gebäude überprüfte der Mutant die Industriegebiete südlich von Frankfurt. Doch es gab einfach zu viele Lagerhallen und Industrieanlagen. Damit konnte er nicht auf einen raschen Erfolg hoffen. Gerade als seine Konzentration etwas nachließ, bemerkte er am Rand seines Sichtbereichs die gesuchte Reststrahlung. Sofort bewegte er seinen Geist auf dieses leichte Energierauschen zu. Gleich darauf wusste Hanky, dass er das Tesla Portal gefunden hatte.

Enttarnt

Zurück in ihrem Büro verfolgten die FBI-Agenten Roger Thorn und Debora Becket die digitale Spur der Container. Dies stellte die Ermittler vor nicht allzu große Probleme, da die Frachtbehältnisse eine Codierung aufwiesen, ohne die sie nicht die Grenzen und damit den Zoll hätten passieren können. Die elektronische Vernetzung der internationalen Transportwege war unabdingbar, da täglich viele Millionen Überseecontainer weltweit verschifft wurden. Doch die elektronische Codierung brachte für den Versender den Nachteil mit sich, dass er alleine durch seine Warensendung identifizierbar war. Nun hatten die Leute, die für den Scheich die Tesla Portale gestohlen und abtransportiert hatten, natürlich versucht, ihre wahre Identität zu verschleiern. Doch für die digitale Forensik-Einheit des FBI waren solche Ermittlungen kein wirkliches Problem. Die hier arbeitenden Spezialisten konnten nahezu fünfundneunzig Prozent der digitalen Spuren folgen und am Ende die Personen oder die Personengruppen identifizieren, die sich hinter den Scheinfirmen verbargen. Auch in diesem Fall zeigten die Nachforschungen bald die ersten Erfolge. Roger bekam ständig Updates auf seinen Computer. Besorgt sah er, dass eine Spur zur NSA-Zentrale in Fort Meade führte. Diese Information war so brisant, dass Roger den FBI-Direktor Christopher Wray informieren musste. Ermittlungen gegen einen Inlandgeheimdienst mussten dem Direktor sofort gemeldet werden. Roger, der einen besonderen Status innerhalb der Behörde einnahm, erhielt sofort Zugang zum Büro seines Vorgesetzten. Er klopfte, kurz nachdem die Sekretärin ihr nickendes Einverständnis gegeben hatte, und öffnete die Tür zum Büro des FBI-Direktors. Dieser saß hinter einem wuchtigen Schreibtisch, auf dem auch zwei Computerbildschirme aufgebaut waren. An der gegenüberliegenden Wand liefen lautlos die Bilder mehrerer Nachrichtensender in separierten Feldern des Großbildmonitors. Direktor Wray winkte Roger heran und deutete auf einen der beiden Stühle, die vor dem Schreibtisch standen. Dann schloss er eine Akte, welche er gerade studiert hatte, und sah Roger fragend an.

»Was kann ich für Sie tun Agent Thorn?«, fragte er mit ernster Stimme. Deutlich war dem Direktor die Besorgnis ins Gesicht geschrieben. Wenn einer seiner besten Agenten sich direkt an ihn wandte, dann hatte das nichts Gutes zu bedeuten. Roger räusperte sich, setzte sich zurecht und sagte:

»Wir haben ein Problem Sir. Bei meinen Ermittlungen zu den geraubten Tesla Portalen habe ich eine Spur gefunden, die direkt nach Fort Meade führt.«

Der Direktor des FBI hob seine Hand und Roger unterbrach seine Erklärung sofort.

»Wir sollten sofort den Tank aufsuchen!«, sagte der Direktor und erhob sich hinter seinem Schreibtisch. Roger wusste natürlich, was sich hinter der Bezeichnung „Der Tank" verbarg. Die Codebezeichnung verwies auf einen abhörsicheren Raum, der elektronisch taub war. Das bedeutete, dass kein digitales Gerät oder Mikrofon die Gespräche in diesem Raum belauschen konnte. Wie genau dieser Raum konstruiert war, wussten nur wenige Menschen, da diese Information der strengsten Geheimhaltung unterlag. Die beiden Männer verließen das Büro, durchquerten das Vorzimmer und gelangten auf den Flur davor. Diesem folgten sie bis zu einem Lift, der nur durch einen Augenscan geöffnet werden konnte. Der Direktor hielt sein rechtes Auge vor eine Kameralinse. Gleich darauf öffnete sich die Lifttür und die Männer traten in die Kabine. Die Tür schloss sich und der Direktor sagte laut:

»Sektion C!«

Sofort senkte sich die Liftkabine und die beiden Männer warteten schweigend auf das Ende der Fahrt. Selbst der FBI-Direktor wusste nicht, in welchem Untergeschoss der Tank lag. Auch diese Information war geheim, was das Fehlen einer Stockwerkangabe in der Liftkabine belegte. Mit einem leichten Ruck beendete der Lift seine Arbeit und die Lifttür glitt zur Seite. Vor den beiden FBI-Beamten lag ein nüchtern ausgestalteter Gang, von dem rechts und links einige Türen abzweigten. Noch immer schweigend folgten die Männer dem Gang, bis der Direktor schließlich vor einer unscheinbaren Tür auf der rechten Seite anhielt. Auch dort war ein Augenscan erforderlich, um diese Tür zu öffnen. Nach der Prozedur öffnete sich die Tür mit einem leisen Klicken. Roger und der Direktor passierten den Eingang und das Türblatt schloss sich automatisch. Der kleine Raum, in dem die Männer nun standen, war nur mit einem Tisch möbliert. Ohne eine Aufforderung legte Roger sein Smartphone auf diesen Tisch und seine Smartwatch daneben. Der FBI-Direktor legte auch seine Geräte ab und ging dann zu der letzten Tür. Ein Stimmtest und ein Fingerabdrucksensor öffneten den letzten Zugang zu dem Tank. Nachdem sie diese letzte Sicherheitstür passiert hatten, standen Roger und Direktor Wray in einem völlig normal ausschauenden Konferenzraum. Zwölf Sessel standen um einen ovalen Tisch. Auch diese Sicherheitstür schloss sich selbstständig. Nun ging der FBI-Direktor zu einem Computer-Terminal, aktivierte den Bildschirm und tippte eine lange Buchstaben-Zahlenkombination in das dort gezeigte Anzeigefeld. Nachdem er die Enter-Taste gedrückt hatte, erfüllte für einen Moment ein tiefes Brummen den Raum, das dann langsam verebbte und schließlich in den unhörbaren Bereich der Schwingungen glitt. Erst jetzt begann FBI-Direktor Christopher Wray wieder zu sprechen. Während er zu einem der Sessel ging, fragte er:

»Nun Roger, um was geht es hier überhaupt? Ich wusste bisher noch nicht, dass die Tesla Portale gestohlen wurden. Wieso erfahre ich dies erst jetzt?«

Roger hatte sich ebenfalls gesetzt und antwortete selbstsicher:

»Weil ich erst gestern verifizieren konnte, dass die Portale von einer Gruppe gestohlen wurden, die sich als Nationalgardisten ausgegeben hatte. Der Raub liegt schon einige Monate zurück. Der Hinweis zu dem Raub kommt von dem Special Agenten Hank Berson, der zurzeit in Deutschland ermittelt.«

In der folgenden Stunde informierte Roger den FBI-Direktor über die Ermittlungen in Deutschland und die Suche nach dem Senator Doug Carper. Dieser war in der Zwischenzeit erneut verschwunden und mit ihm ein Hospitalflugzeug samt Besatzung. Bei der Recherche waren die Agenten Kessler und Berson auf die Überreste einer unbekannten Maschine gestoßen, welche Körperzellen beeinflussen konnte. Durch diese neuen Erkenntnisse fanden die Agenten eine Spur, die überraschenderweise zu den Tesla Portalen führte. An dieser Stelle übernahm Roger die Ermittlungen in den USA. Zum Schluss beschrieb Roger seinen Verdacht, dass es in der NSA eine Gruppe abtrünniger Agenten gab, welche für die vorgenannten Geschehnisse verantwortlich waren. Zum Schluss nannte Roger dem Direktor den Namen eines NSA-Agenten, der bei der Nachverfolgung der gestohlenen Tesla Portale ermittelt worden war. Ein gewisser Burt Olson hatte die Scheinfirmen natürlich unter einem Decknamen gegründet. Allerdings war er einmal unvorsichtig gewesen und hatte eine Nachfrage zu einer der Firmen an seinem Dienstcomputer beantwortet. Doch es gab noch einen Namen, ja eher einem Pseudonym, dem man noch keine reale Person zuordnen konnte. Der Unbekannte nannte sich: „Scheich" und war mit großer Sicherheit ebenfalls ein NSA-Mitarbeiter.

Nachdem Roger geendet hatte, blieb der FBI-Direktor für einen Moment still in seinem Sessel sitzen. Er durchdachte die ihm eben geschilderten Ereignisse. Der FBI-Agent war fassungslos, dass schon wieder ein Skandal einen der großen Geheimdienste erschüttern würde. Dann setzte er sich aufrecht hin und sah

Roger mit ernstem Gesicht an und sagte er mit beherrschter Stimme:

»Zuerst, Roger, möchte ich Ihnen und den beteiligten Agenten für Ihre gute Arbeit danken. Mit den Agenten Berson und Kessler werde ich nach dem Ende ihres Einsatzes sprechen. Okay, nun zu der weiteren Vorgehensweise. Ich selbst werde mich um die Ermittlungen, die sich leider erneut gegen die NSA richten, kümmern. Zudem muss ich die US-Vice-Präsidentin informieren. Unsere Behörde braucht die politische Absicherung, da die Vorwürfe gegen die NSA erheblich sind. Sie Roger begeben sich umgehend nach Deutschland und unterstützen die Agenten Berson und Kessler. Ihre Hauptaufgabe aber wird darin bestehen, die Tesla Portale in Sicherheit zu bringen. Den Verbringungsort teile ich Ihnen dann persönlich mit. Außerdem wäre es von unschätzbarem Wert für unsere Nation, wenn wir diese erstaunliche Maschine, diesen Zellmodulator unseren Wissenschaftlern zugänglich machen könnten. Setzen Sie alles daran, diese Maschine in die Hand zu bekommen. Bevor Sie nach Deutschland reisen, brauche ich noch einen Bericht von Ihnen. Also los«, sagte der FBI-Direktor und erhob sich schwungvoll. Wenige Minuten später war Roger zurück in seinem Büro.

* * *

Verhängnisvoller Erstkontakt (Monate zuvor)

In höchster Anspannung warteten die Söldner auf die Insassen der futuristischen Fluggeräte. Ohne Furcht waren die Bewohner dieser Welt zu der Position des nun geschlossenen Tesla Portals gekommen. Oder waren die seltsamen Flugzeuge unbemannt und ferngesteuert? Eine Minute, die Ewigkeiten zu beinhalten schien, rührte sich nichts. Nur das schwere Atmen der bis zur

Grenze fokussierten Soldaten durchbrach die nervenzerreißende Stille. Die circa zehn Meter langen und drei Meter breiten Flugmaschinen waren mit nichts zu vergleichen, was die Männer je erblickt hatten. Die Form glich einem stromlinienförmigen, länglichen Tropfen. Der Bug war schmal und der Flugkörper erreichte an seinem hinteren Ende die größte Ausdehnung. Die Außenhaut spiegelte wie Chrom oder Quecksilber und schien aus einem Guss zu sein. Nichts ragte aus ihr heraus und es zeigten sich auch keinerlei Linien ab, die auf eine Tür oder eine Luke hinwiesen. Die metallene, hochpolierte Hülle wirkte wie ein Spiegel und man konnte auf ihr die Objekte, die Bäume, das Grasland erkennen. Der Scheich sah sich und seine Männer in einer verzerrten Perspektive auf der Oberfläche der Flugtropfen. Die unheimliche Ruhe und das Fehlen jeglicher Aktivität zerrten an seinen Nerven. Er, der sonst die Fäden zog und immer Herr der Lage war, stand nun hier und wusste nicht, was er tun sollte. Dem Scheich war klar, dass seine Männer auf seine Befehle warteten. Doch was sollte er denn befehlen? Sollte er das Feuer auf die Flugtropfen eröffnen lassen? Oder erwarteten die Fremden, dass er sich den Flugmaschinen näherte? Auf gar keinen Fall würde er seine Waffe ablegen. Die Schnellfeuerwaffe gab ihm Halt und vermittelte ihm, dass er sich im Notfall wehren konnte. Gerade als die Anspannung der Männer in Aggressivität umschlagen wollte, drang ein leises Summen an ihre Ohren. Das Geräusch kam eindeutig von den Flugmaschinen. Die Söldner bewegten sich ein klein wenig und sicherten ihren Stand. Damit versicherte sich jeder der Kämpfer, dass er bei einem von ihm selbst abgegebenen Feuerstoß der Schnellfeuerwaffe nicht aus dem Gleichgewicht gebracht wurde. Diese körperliche Regung geschah völlig instinktgesteuert und war durch langes Training wie auch die Erfahrung ihrer Kampfeinsätze die normale Reaktion vor einem möglichen Kampf. Das Summen verstärkte sich und die Oberfläche der Flugmaschinen geriet in Bewegung. Das silbrige Material floss, jeglicher Schwerkraft widersetzend, zum hinteren Teil des Tropfenkörpers. Wo die Silberflüssigkeit hinfloss, war nicht zu erkennen und im Moment auch nicht von Belang. Unter der Silberhaut erkannten die Söldner eine mattgraue Oberfläche, ein breites Frontfenster und auf beiden Seiten der Maschinen die Umrisse von Türen. Dieser Anblick war nun weniger futuristisch und für die Söldner eher einschätzbar. Sie sahen die Erzeugnisse einer Zivilisation, die ihnen zwar unbekannt, aber nun eher begreifbar war. Fenster, Türen, graues Blech oder Plastik waren Dinge, die sie kannten. Vergessen waren die silbrig glänzenden Objekte, die man nicht beurteilen konnte. Sie hatten jetzt etwas Greifbares, das sie im Notfall vielleicht sogar zerstören konnten. Die wankende Selbstsicherheit der Kämpfer stabilisierte sich und sie vertrauten nun voll und ganz auf ihre Fähigkeiten. Ein weiteres Summen forderte die Aufmerksamkeit der Söldner. Gleichzeitig öffneten sich bei beiden Fahrzeugen die Türen. Sie schwangen nach oben und verliehen dadurch den Flugtropfen Flügel, was natürlich nur der visuelle Eindruck der Betrachter war. Langsam und würdevoll verließen jeweils zwei Personen die Flugmaschinen. Auf den ersten Blick unterschied sie nichts von den Menschen der Erde. Sie trugen einfache schwarze Hosen und farblich unterschiedliche hemdgleiche Oberteile. Beim zweiten Blick erkannten die Söldner, dass sie zwei Männer und Frauen vor sich hatten. Alle vier waren von schlanker Statur und offensichtlich unbewaffnet. Dennoch zeigten die Bewohner dieser Welt keinerlei Angst vor den schwerbewaffneten Söldnern. Sie gingen mit gemessenem Schritt auf die Soldaten zu und blieben circa zehn Meter vor diesen stehen. Die anscheinende Harmlosigkeit der vier Menschen sorgte aber nicht für Entspannung unter den Söldnern. Das Gegenteil war der Fall. Wenn sich die Fremden so unbedarft Bewaffneten näherten, dann besaßen sie entweder ein großes Selbstvertrauen oder sie waren gut geschützt. Dass sie die

Bedeutung einer Schusswaffe kannten, war anzunehmen. Einer der Fremden, ein Mann, der bestimmt eins achtzig groß war und eine blonde Kurzhaarfrisur trug, trat einen Schritt vor. Er schaute ernst, so wie ein Vater, der seine Kinder bei einer Eselei ertappt hatte. Sein Blick wanderte von Söldner zu Söldner, blieb kurz an deren Kommandanten Harry haften, um schließlich den Scheich direkt anzusehen. Dieser ließ sich nicht anmerken, ob und wie weit er von dieser Musterung beeindruckt war. Vielmehr beschloss er nun, selbst aktiv zu werden. Er trat ebenfalls einen Schritt vor seine Männer, die sich sofort der Situation anpassten und umgruppierten. Durch diese Bewegung wurde der Fremde, der vorgetreten war, verunsichert. Er ging hastig einige Schritte rückwärts und rief seinen Begleitern etwas zu, das die Söldner nicht verstanden. Die Worte des Fremden klangen melodisch, doch keiner der Männer konnte die Sprache einer irdischen zuordnen. Bei seiner Rückwärtsbewegung stieß er mit seinen Begleitern zusammen, was eine weitere folgenschwere Bewegung zur Folge hatte. Der zweite Fremde griff in seine Hosentasche und zog einen stabähnlichen Gegenstand hervor. Gleichzeitig schrie eine der Frauen erschreckt auf und versuchte dem Rückwärtsgehenden auszuweichen. Diese Bewegungen und den aus der Hosentasche hervorgezogenen schwarzen Stab sahen die Söldner als eine unmittelbare Bedrohung. Ihr Anführer, der Scheich, musste unter allen Umständen geschützt werden. Dies hatte absolute Priorität. So griffen zwei Söldner den Scheich an dessen Schultern und rissen ihn nach hinten. Zwei andere hoben ihre Waffen nun zielgerichtet und feuerten zwei kurze Salven auf den Mann mit dem Stab. Dieser schrie schrill und brach gleich darauf getroffen zusammen. Der Scheich war mittlerweile zu seinem eigenen Schutz zu Boden geworfen worden. Immer noch vor Schmerz brüllend lag der verwundete Fremde auf dem Gras der Wiese. Die beiden Frauen knieten sich neben ihn und versuchten dem angeschossenen

Mann zu helfen. Der zweite Mann hielt seine rechte Hand vor seine Lippen. Er sprach hastig in ein Kommunikationsgerät, das er wohl am Arm befestigt hatte. Nur eine Sekunde später hüllte ein Flimmern die Fremden ein und Harry, der Truppführer der Söldner, vermutete, dass es sich bei dem Flimmern um eine Art Schutzschirm handelte. Die beiden Fluggeräte hatten die Söldner für einen Moment unbeachtet gelassen. Dieses Versäumnis wurde nun zu einem gefährlichen Faktor. Die beiden Flugtropfen schlossen die Flügeltüren und änderten gleichzeitig ihre Farbe. Die Fluggeräte hatten sich überraschend schnell blutrot gefärbt und sie sahen damit äußerst bedrohlich aus. Gleichzeitig erhoben sich die Flugtropfen von dem Untergrund und schwebten danach in drei Metern Höhe. An ihrem Bug öffneten sich zwei Klappen und die Mündungen unbekannter Waffen schoben sich aus den Öffnungen. Ohne auf einen Befehl zu warten, eröffneten die Söldner das Feuer auf die Flugmaschinen. Die nun roten Tropfen bewegten sich und stoben auseinander. Gleichzeitig schossen knisternd gelbliche Energiestrahlen aus den Geschützen der Flugmaschinen. Ein Söldner wurde von einem der Strahlen getroffen. Der Strahl durchschlug den Brustkorb des Mannes und trat am Rücken wieder aus. Der Soldat stand für einen Moment reglos da, als versuche er zu begreifen, was mit ihm geschah, während der Energiestrahl erlosch. Dann brach er haltlos zusammen und schlug hart auf dem Boden auf. Die anderen Söldner feuerten nun auf die Flugmaschinen, die tatsächlich zurückwichen. In diesem Moment begann die Luft zu vibrieren, was die Fremden erschrocken aufschreien ließ. Sie hielten sich mit ihren Händen die Ohren zu und taumelten orientierungslos umher. Der verwundete Fremde krümmte sich am Boden und schrie ebenfalls. Der Scheich wusste, was geschehen war. Er gab laut rufend seine Befehle:

»Greift euch den verwundeten Fremden und, wenn es geht, einen weiteren. Danach schneller Rückzug durch das Portal.

Beeilung, solange die Fremden noch mit den Schwingungen des Portals zu kämpfen haben.«

Angespannt beobachtete der Scheich, wie seine Befehle ausgeführt wurden. Sein Blick fiel bedauernd auf die Flugtropfen. Gerne hätte er diese Technik in seine Welt gebracht. Doch nun galt es zuerst an die eigene Sicherheit zu denken. Nichts würde ihn davon abhalten können, zu einem späteren Zeitpunkt in die Parallelwelt zurückzukehren. Mit einem letzten Blick zu dem fernen schwarzen Turm drehte sich Omar Zaki um und schritt durch das Tesla Portal.

* * *

Kristallwelt

Walt Kessler hatte nach seinem Experiment im Uni-Klinikum in Frankfurt veranlasst, dass alle durch die Strahlung kontaminierten Areale in gleicher Weise bestrahlt wurden. Doch er hatte bisher noch nicht die Zeit gefunden, diese Anordnung auf ihre Wirksamkeit hin zu überprüfen. Hanky saß im Wagen und versuchte den Standort des Tesla Portals mittels seiner übersinnlichen Gaben zu orten. Yavuz und der BND-Agent Thore Klausen organisierten inzwischen die Verlegung der Einsatzkräfte und waren somit auch beschäftigt. Nur er, Walt, hatte aktuell keine Aufgabe. So ging er zu der Absperrung, die um das Gebäude des Testlaboratoriums errichtet worden war und von dem firmeneigenen Sicherheitsdienst der DECAM-Werke gesichert wurde. Die Männer kannten Walt und ließen ihn anstandslos passieren. Schon aus einiger Entfernung sah Walt die herbeigeschafften Röntgenstrahler, die auf das Gebäude gerichtet waren. Aus der Eingangstür traten gerade zwei Männer, die in schwere Strahlenschutzanzüge gehüllt waren. Der Mutant ging zu den Männern,

die sich in diesem Moment die Strahlenschutzhauben von den Köpfen zogen. Walt stellte sich kurz vor und fragte dann:
»Wie sieht es aus? Funktioniert die Bestrahlung?«
»Das kann man so sagen«, antwortete einer der Männer.
»Wir haben soeben die letzten Strahler ausgeschaltet. Der Kristallisationseffekt scheint abgeschlossen. Wir beobachten natürlich weiterhin, ob sich die kontaminierten Flächen und Objekte nicht doch noch verändern. Aber im Moment ist alles stabil.«
»Das sind endlich mal gute Nachrichten«, sagte Walt erleichtert. »Ich möchte mir das Labor nun gerne selbst anschauen. Wo kann ich mir einen Schutzanzug ausleihen?«
»Kommen Sie mit Herr Kessler«, sagte der Angesprochene, »ich zeige Ihnen, wo die Anzüge aufbewahrt werden.«
Wenige Minuten später betrat Walt die Räume des Laboratoriums. Er wappnete sich, so gut es eben ging, vor dem Anblick, den die Toten ihm bescheren würden. Er hatte schon viele Leichen in seinem Leben gesehen und doch bereitete ihm der Anblick toter Menschen noch immer großes Unbehagen. Kaum hatte er aber den großen Saal, der den Hauptraum des Laboratoriums darstellte, betreten, vergaß er seine Vorbehalte. Der Anblick, der sich ihm bot, war irgendwie surreal und fantastisch. Nach all seiner Zerstörung hatte die Umwandlung der Zellen den Raum mit allem darin sich in etwas verwandelt, das Walts Atem stocken ließ. Der Boden, die Wände, die Tische und Stühle, die Gerätschaften strahlten im Licht der aufgestellten Scheinwerfer. Die entarteten Zellen, die sich unkontrolliert vermehrt hatten, waren zu einer kristallinen Struktur geworden. Sie hatten sich verwandelt und die kontaminierte Materie bestand nun aus Millionen kleiner Kristalle. Selbst die Leichen der Mitarbeiter des Labors sahen in keinster Weise mehr schrecklich aus. Die Körper schienen von einem Künstler erschaffen worden zu sein. Die so verwandelten Toten glichen eher antiken Statuen, die für die Ewigkeit geschaffen worden waren. Dennoch bedauerte

Walt jeden einzelnen Toten und wusste, dass diese Menschen im Dienste einer verbrecherischen Wissenschaft gestorben waren. Nun konnte man die Männer und Frauen wenigstens in Würde beerdigen. Er hoffte dies zumindest, denn es war noch immer nicht klar, ob sich die kristalline Struktur in ihrer Beschaffenheit noch einmal verändern konnte. Er sah sich noch einmal in dem großen Raum um und fühlte sich in eine andere, eine Zauberwelt versetzt. Dass er mit seiner Einschätzung gar nicht so falsch lag, konnte Walt nicht wissen. Nach einigen Minuten fasziniertem Beobachtens beschloss er, die gesamte Halle zu durchsuchen. So ging er langsam los, blieb mal hier, mal dort stehen und bewunderte das überirdisch erscheinende Glitzern der Kristallstrukturen. Nachdem er den großen Raum durchquert hatte, kam er in einen Bereich, der frei von Kristallen war. Auf einem Podest stand die Maschine, die das ganze Unheil verursacht hatte. Walt wusste, dass die Maschine vor ihm der originale Zellmodulator war. Dies war also die Maschine, die so viel Habgier hervorgerufen hatte und bei der Menschen bereit waren, für diese Technik zu töten. Der Zellmodulator sah nicht einmal besonders aus. Irgendwie enttäuschend normal und unspektakulär. Doch Walt wusste es besser. Mit dieser Maschine konnte man Krankheiten heilen und sogar unbelebte Materie in organische Zellen verwandeln. Im schwindelte, als er an die Möglichkeiten dachte, die der Zellmodulator der Menschheit bringen konnte. Bei der Umrundung der Maschine erkannte Walt, dass diese nur auf dem Sockel, auf dem sie ruhte, abgestellt worden war. Die Anschlüsse der Starkstromleitungen waren ordentlich zusammengerollt. Die nötigen Computermonitore und weitere periphere Bauteile standen wie abholbereit hinter dem Maschinenblock. So vermutete der Mutant, dass die Maschine hier in diesem Labor nicht zum Einsatz gekommen war. Vielleicht hatten die Ingenieure dieses Wunderwerk der Technik nur untersucht, um es dann nachzubauen. Walt schob diesen

Gedanken beiseite, weil sich eine Idee in den Vordergrund seines Denkens schob. Warum sollten sie warten, bis die Söldner des Scheichs versuchen würden, diese Maschine durch das Tesla Portal zu rauben? Genau hier an dieser Stelle würden sie von einer anderen Dimension, einer Parallelwelt in das Labor eindringen. Mit einem Mal hatte Walt keine Zeit mehr zu verlieren. Er rannte durch die Halle zurück und hatte keinen Blick mehr für die glitzernde Welt um sich herum. Ungeduldig stieß er die Eingangstür auf und rannte ins Freie. Noch beim Rennen zog er die Schutzhaube von seinem Kopf und sah sich nach seinen Mitstreitern um. Yavuz und Thore standen beieinander und vertrieben sich die Zeit, indem sie sich angeregt unterhielten. Der Mutant rannte auf seine Kollegen zu und sagte atemlos:

»Wir müssen den Zellmodulator in Sicherheit bringen. Los jetzt, ich brauche eure Hilfe. Thore, besorge einen Gabelstapler, mit dem wir die Maschine aus dem Labor bringen können. Keine Angst! Es besteht keine weitere Gefahr durch eine Kontaminierung!«

In den nächsten Minuten organisierte Walt die Bergungsaktion. Männer der Feuerwehr, Werksangehörige und sogar einige Polizisten arbeiteten wie ein eingespieltes Team. Einige Männer, mit Besen und Laubbläsern bewaffnet, sollten möglichst viele Kristalle aus dem Weg räumen, damit ein großer Gabelstapler zu dem Zellmodulator fahren konnte. An der Seite des Labors gab es ein Tor, durch das große Objekte direkt in die Versuchshalle gebracht werden konnten. Walt dirigierte die Männer wie ein Regisseur seine Filmcrew. Dabei rannte er hin und her und versuchte den Überblick zu behalten. Einer der Werksmitarbeiter hatte eine große Palette besorgt, auf der ein Maschinenteil für die Produktion gelegen hatte. Die Maße der Palette stimmten beinahe mit den Grundmaßen des Zellmodulators überein. Als die Männer nun im Inneren der Halle darüber diskutierten, wie man die Maschine auf die Palette heben konnte, löste Walt dieses

Problem auf seine Weise. Er verteilte einige Männer um das unersetzbare Gerät und erklärte, was diese zu beachten hatten. Dann stellte er sich vor die Maschine und konzentrierte sich. Zum Erstaunen der Helfer erhob sich der Zellmodulator um einige Zentimeter von dem Podest. Thore kannte bereits die Fähigkeiten des Mutanten. Er selbst hatte erlebt, zu was dieser Mann fähig war. Bei ihrem gemeinsamen Einsatz in New York City hatte er Walt im Einsatz gesehen. Deshalb glaubte er nicht, dass der Mutant Schwierigkeiten mit dem Anheben des Modulators haben würde. Nachdem die Maschine schwebte, schoben die Männer den Zellmodulator langsam von dem Podest. Als der Modulator über der Palette positioniert war, ließ Walt die große Maschine langsam sinken. Kaum stand diese sicher, rollte ein großer Gabelstapler heran und lud die Maschine auf seine Gabeln. Walts Helfer hatten in der Zwischenzeit weitere kleinere Paletten herbeigeschafft und luden hastig die Peripheriegeräte auf. Keiner der Helfer fragte in diesen hektischen Minuten nach, wie es sein konnte, dass diese große Maschine hatte schweben können. Sie alle arbeiteten verbissen daran, sämtliche Komponenten der fremden Technik zu bergen. Besorgt sah Walt immer wieder zu der Stelle, wo sich seiner Einschätzung nach bald das Dimensionsportal öffnen würde. Mit Rufen feuerte Walt die Arbeiter zur Eile an und hoffte, dass die Zeit reichen würde, rechtzeitig aus dem Labor zu verschwinden. Thore hatte in der Zwischenzeit die Männer und Frauen der Spezialeinheit des BND über die veränderte Situation unterrichtet. Sie sollten sich in der Halle sichere Positionen suchen und die Söldner des Scheichs daran hindern, durch das Portal in das Labor zu gelangen. Schon bevor der letzte Arbeiter das Laboratorium verlassen hatte, legten sich die Spezialisten des BND auf die Lauer. Das große Tor der Laborhalle wurde geschlossen und das Warten begann. Walt stand vor dem großen Gebäude und schloss erschöpft kurz seine Augen.

Eilige Abreise

Als Roger zurück in sein Büro kam, wartete seine Kollegin Debora Becket bereits auf ihn. Erwartungsvoll sah sie ihren Führungsagenten an, da sie wusste, dass Roger bei dem Leiter der Behörde, ihrem Dienstherrn, ein Meeting gehabt hatte. Roger hatte sie nicht informiert, doch wie in allen Behörden funktionierte der sogenannte Flurfunk recht gut. Es gab immer Leute, die interne Nachrichten weitergaben und so verbreiteten. Dass ein Agent sofort einen Termin bei dem Direktor des FBI erhielt, war eher als seltenes Ereignis anzusehen. So brodelte die Gerüchteküche. Doch Debora schwieg, denn sie konnte sich denken, warum ihr Kollege den Direktor aufgesucht hatte. Allerdings wusste sie über das Ergebnis dieses Meetings nichts. Roger grinste, als er seine junge Kollegin sah. Er bemerkte ihre Neugierde und die daraus resultierende Ungeduld. Diesen Moment wollte er auskosten und seine mitunter vorlaute Mitarbeiterin ein wenig zappeln lassen. In aller Seelenruhe ging er zu seinem Schreibtisch, legte den Aktenordner dort ab, rückte diesen dann noch ein wenig zurecht und ging danach zu dem kleinen Kühlschrank, den er sich schon vor Jahren angeschafft hatte. Der Weg zur Kantine war weit und ein kühles Getränk gerade im Sommer immer sehr willkommen. So öffnete er die Tür des Kühlschrankes und entnahm eine Flasche Wasser. Debora verfolgte Rogers sichtliche Gelassenheit und Ruhe mit einem missbilligenden Stirnrunzeln. Roger trank unterdessen einen Schluck Wasser und sah seine Kollegin provozierend fragend an. Das war zu viel für die junge FBI-Agentin. Unvermittelt fragte sie:

»Also, was hat der Boss gesagt? Wie geht es nun weiter mit unseren Ermittlungen? Sollen wir die Kollegen der NSA observieren oder zur Befragung hierherholen?«

Roger trank noch einen Schluck, grinste verschmitzt und antwortete dann mit enervierender Ruhe:

»Der Direktor«, begann er und bemerkte, wie Deboras Anspannung sich verstärkte, »hat uns die Order gegeben, dass wir sofort nach Deutschland fliegen sollen. Dort unterstützen wir die Kollegen Berson und Kessler. Also los Kollegin, ab nach Hause und Koffer packen. Ich hole dich in einer Stunde ab.«

»Mein Koffer steht schon fertig gepackt in meinem Büro«, sagte Debora triumphierend. »Ich vermutete, dass wir bestimmt nicht hier in Washington bleiben und von hier aus ermitteln werden.«

»Ach so«, konterte Roger. »Und, warum hast du mich vorher gefragt, ob wir bei der NSA ermitteln? Okay, dann brechen wir in dreißig Minuten auf. Ich muss noch ein Telefonat führen. Noch eine wichtige Info für dich. Mein Koffer steht schon seit Tagen gepackt in meinem Schrank hier im Büro. Also bis gleich.«

Damit wandte sich Roger ab und griff zu seinem Telefon. Debora verließ Rogers Büro und eilte zu ihrem Schreibtisch im Großraumbüro. Sie musste sich aus dem System ausloggen und ihr Diensttablet für die Reise freischalten. Dabei lächelte die junge Frau, denn sie freute sich auf ihren Einsatz in Europa. Dort war Walt Kessler, und wenn sie an den Special-Agenten dachte, kribbelte es in ihrem Bauch. Die Minuten verflogen so schnell, dass Debora es kaum schaffte, ihre Dinge zu ordnen und die bisherigen Ermittlungsergebnisse in eine speziell gesicherte Cloud zu laden. Kaum hatte sie ihren Computer abgeschaltet, klingelte ihr Telefon. Es war Roger, wie sie an der im Display angezeigten Nummer erkannte. Sie griff ihre Handtasche und ihren Rollkoffer und ging eiligen Schrittes zwischen den Schreibtischen hindurch zu Rogers Büro. Sie ignorierte seinen Anruf und stieß die Tür des Büros auf. Doch sie fand dieses verlassen vor. Erneut klingelte ihr Handy und dieses Mal nahm sie das Gespräch an.

»Warum hebst du denn nicht ab? Hast du mal auf die Uhr geschaut? Komm auf das Dach, ein Helikopter holt uns ab. Er wird in spätestens fünf Minuten hier sein!«

Damit beendete Roger das Gespräch und Debora fluchte derb. Roger konnte manchmal recht anstrengend sein und erwartete von ihr, dass sie irgendwie erahnen musste, was er plante und dachte. Aber so erging es wahrscheinlich jedem jungen Agenten beim FBI. Sie packte ihren Koffer und rannte los. Tatsächlich schaffte sie es in nur drei Minuten zu dem Helikopter-Landeplatz auf dem Dach des FBI-Buildings zu gelangen. Sie wurde von dem lauten Knattern eines sehr schnittigen Hubschraubers, der gerade zur Landung ansetzte, empfangen. Roger stand unweit der Landezone und winke Debora heran. Sofort nach der Landung öffnete sich die Seitentür des Hubschraubers und ein Mann in einen roten Overall gekleidet sprang aus der Maschine. Er grüßte kurz militärisch und half den beiden FBI-Agenten, ihre Koffer in der Kabine zu verstauen. Dann stiegen sie ein und kaum dass die Schiebetür des Helikopters geschlossen war, hob dieser ab und flog mit nach vorne gesenktem Bug los. Roger stülpte sich einen der bereitliegenden Headsets über seine Ohren. Er bedeutete Debora, es ihm gleichzutun. Nachdem sie den Kopfhörer aufgesetzt hatte, hörte sie ihren Kollegen auch schon sprechen.

»Entschuldige, aber wir müssen uns beeilen. Ich habe einen Flug für uns in einer B3 organisieren können. Das Flugzeug wartet bereits in New York City auf uns. Außerdem müssen wir dort noch einen Mitreisenden an Bord nehmen.«

Debora nickte nur, sagte aber nichts. Situationen wie diese liebte die junge Agentin sehr. Es war aufregend an der Seite des legendären FBI-Agenten Roger Thorn zu sein. Er verfügte über sehr viel Einfluss und konnte Dinge arrangieren, die sonst keinem anderen Agenten, außer vielleicht Walt und Hanky, möglich waren. Sie würden in einer B3 den Ozean überqueren. Nur wenige Menschen auf dieser Welt hatten die Möglichkeit, einmal mit einem Tarnkappenbomber zu fliegen. Mit mehrfacher Schallgeschwindigkeit würde dieses Flugzeug über den Atlantik rasen. Debora sah aus dem Fenster hinunter auf die Häuser der Vororte von Washington DC und ihre Gedanken eilten ihr voraus. Sie wusste, sie würde in wenigen Stunden vor Walt stehen, und hoffte, dass sie sich beherrschen konnte und ihm nicht gleich um den Hals fallen würde. In diesem Moment wurde ihr zum ersten Mal wirklich bewusst, dass sie sich in den Mutanten verliebt hatte. Debora schloss ihre Augen und genoss diese Erkenntnis. Sie dachte nicht an eine mögliche Zukunft mit Walt. Nein, sie wartete nur gespannt darauf, welchen Weg ihr das Schicksal weisen würde. Nach nur etwas mehr als einer Stunde erreichte der Helikopter den Flughafen JFK in New York City. Dort landete der Hubschrauber an einem Hangar, der für sogenannte VIPs reserviert war. In zwanzig Metern Entfernung wartete eine schwarze Limousine. Vor dem Fahrzeug stand ein großer, sehr muskulöser Afroamerikaner. Natürlich trug er eine Sonnenbrille, auch wenn der Himmel im Moment von Wolken verhangen war. Über einem roten Sweatshirt sprengten seine Oberarme beinahe das dunkelblaue Jackett. Als Roger und Debora sich mit ihrem Gepäck der Limousine näherten, präsentierte der große Mann seine makellosen Zähne mit einem breiten Lächeln. Er rief mit einer tiefen Bassstimme, die das Knattern des Helikopters leicht übertönte: »Agent Thorn! Sie rufen und ich folge Ihrem Ruf! Wo soll's denn hingehen?«

»Mister Wynn, wir fliegen gemeinsam nach Deutschland! Ich hoffe, Sie haben genügend Hoodies eingepackt. Wir bleiben ein paar Tage!«

Nun konnte man glauben, dass Mister Wynn auf einmal blass wurde, was natürlich angesichts seiner dunklen Haut nicht wirklich möglich war. Dennoch hatte Roger ihn verblüfft, ja beinahe erschreckt. Er flog nicht gerne und hatte immer das Gefühl, dass das Fliegen unnatürlich sei. Doch er wollte bei dem FBI-Agenten nicht als Angsthase dastehen und so setzte er wieder sein breites Lächeln auf.

»Deutschland? Okay! Warum nicht! Mit welcher Fluggesellschaft reisen wir denn? Ich fliege selbstverständlich nur erster Klasse!«

»Mit einer staatlichen Fluggesellschaft namens US-Air-Force«, antwortete Roger. »Die haben den besten First-Clas-Service weltweit!«

Roger stellte Debora vor und danach bestieg die kleine Gruppe die Limousine. Diese fuhr an und in schneller Fahrt zu dem militärischen Bereich des Airports. Dort steuerte der Fahrer den Wagen in einen großen Hangar und Mister Wynn sog hörbar die Luft ein, als er sah, welches Flugzeug dort auf sie wartete. Der Tarnkappenbomber fiel schon durch sein ungewöhnliches Layout auf. Viele Menschen kannten den Bomber aus Filmen oder den Nachrichten und Mister Wynn gehörte zu dieser großen Gruppe Unwissender. Nun ging alles ganz schnell. Zwei Uniformierte öffneten den Kofferraum der Limousine und trugen das Gepäck zum Flugzeug. Roger, Debora und Mister Wynn folgten und bestiegen die Maschine, die gleich darauf aus dem Hangar rollte.

* * *

Überstürzter Rückzug (Monate zuvor)

Die Söldner des Scheichs feuerten noch einige Salven auf die fremdartigen, nun rotleuchtenden Fluggeräte ab. Zwei der Kämpfer packten ihren verwundeten Kameraden unter dessen Arme und zerrten diesen in Richtung des flimmernden Tesla Portals. Zwei weitere Söldner trugen unterdessen den verletzten Fremden zu dem energetischen Vorhang, der diese Welt von der eigenen trennte. Die Bewohner der fremden Welt hatten sich unterdessen zurückgezogen. Dennoch standen sie aufrecht und vertrauten dabei ihren Schutzschirmen, die aus einer für die Menschen fremden Energieart bestanden. Die roten Flugmaschinen hatten versuchten die Söldner von dem Tesla Portal abzudrängen. Zum Glück hatten die Maschinen ihren Beschuss eingestellt. Kein weiterer Energiestrahl verließ die Mündungen der Waffen der Flugtropfen. Omar Zaki und seinen Männern gelang es, durch das Portal zu flüchten, indem sie, so schnell es ging, den Flugmaschinen auswichen. Der Scheich war der Letzte, der durch das Portal schritt. Doch ehe er in seine eigene Welt zurückkehrte, rief er den Fremden zu:

»Wir wollen eure Welt nicht erobern! Wir möchten mit euch Geschäfte machen, wenn ihr überhaupt wisst, was dies bedeutet.«

Dann durchschritt er das Tesla Portal und hob seinen rechten Arm. Sofort reagierten die Techniker und schalteten die Generatoren herunter. Die Energiewand des Tesla Portals löste sich auf und die Verbindung zu der Parallelwelt war unterbrochen. Omar eilte sofort zu seinem verwundeten Söldner. Der Mann lag auf dem Boden der Halle und schien im ersten Moment unversehrt. Doch bei genauerem Hinschauen erkannte man ein kleines schwarzes Loch in Brusthöhe seiner Uniform. Der Scheich kniete neben dem Söldner, der reglos auf dem Boden lag. Der Mann atmete noch, doch er hatte sein Bewusstsein verloren. Eigentlich war es dem Scheich egal, wie es dem Mann ging. Doch er musste auch jetzt in dieser angespannten Lage sich so verhalten, wie es seine Männer von ihm erwarteten. So heuchelte er Empathie und spielte die Rolle eines besorgten Kommandanten. Eigentlich interessierte er sich nur für die Verwundung, die durch einen Energiestrahl, vielleicht einen Laser, den Soldaten getroffen hatte. Eine solche Waffe würde Millionen auf dem Markt für Kriegswaffen bringen. Diese Technologie war um Jahrzehnte, wenn nicht um Jahrhunderte weiter als die Waffentechnik seiner Welt. Auch diese Fluggeräte und die Schutzschirme der

Fremden waren unbezahlbar. Auch wenn ihr erster Ausflug in die Parallelwelt beinahe in einem Desaster geendet hätte, war der Scheich eigentlich recht zufrieden. Er hatte Informationen sammeln können und eine technisch hochstehende Zivilisation gefunden. Nur der schwarze Turm am Horizont bereitete ihm Unbehagen. Doch vielleicht, nein ganz bestimmt, barg dieses monströse Bauwerk weitere technische Innovationen, die er gerne an sich bringen würde. Ein lautes Stöhnen unterbrach seine Gedanken und Omar sah sich um. Keine drei Meter von ihm entfernt lag der verwundete Fremde auf dem Hallenboden. Er blutete aus mehreren Wunden und es war erstaunlich, dass der Mann noch am Leben war. Der Scheich erhob sich aus seiner hockenden Position und ging zu dem Gefangenen. Zum ersten Mal hatte er die Gelegenheit, sich den Fremden in Ruhe und aus der Nähe zu betrachten. Eigentlich sah er aus wie ein Mensch der Erde. Dunkle, kurzrasierte Haare bedeckten seinen Kopf und das schmerzverzerrte Gesicht wies eine blasse Haut auf. Die Gesichtszüge des Fremden ließen keine genauen Rückschlüsse auf dessen ethnische Herkunft zu. Der Scheich musste beinahe lachen, als er daran dachte, wie absurd seine Überlegungen waren. Wie konnte er nach rassischen Merkmalen suchen, wo der Fremde von einer fremden Welt, die zwar der seinigen Welt ähnelte, kam. Welche menschlichen Rassen sich dort entwickelt hatten, war völlig unklar. Es war schon sehr erstaunlich, dass es auf dieser Parallelwelt überhaupt Humanoide gab. Der Fremde hatte sein Stöhnen eingestellt und sah den Scheich direkt an. Dann sagte er etwas in seiner Sprache. Omar schüttelte seinen Kopf, um dem Verwundeten zu signalisieren, dass er ihn nicht verstand, seine Sprache nicht kannte. Doch noch während des Kopfschüttelns erklang eine mechanische Stimme, die nicht aus dem Mund des Fremden kam. Vielmehr erklang sie aus einem schwarzen Stab, den der Mann in seiner rechten Hand hielt. In gut verständlichem Englisch sagte die mechanische Stimme:

»Helfen Sie mir! Bringen Sie mich zurück! Auch Ihrem Mann wird geholfen werden. Sie brauchen keine Angst zu haben.«

»Ich habe keine Angst!«, entfuhr es dem Scheich unüberlegt. Doch im gleichen Augenblick hatte sein Gehirn die neue Sachlage analysiert. Der Gegenstand, den der Fremde in seiner Hand hielt, war ein Übersetzungsgerät, ein Translator. Fälschlicherweise hatten seine Männer und auch er, wie sich Omar selbst eingestand, den Gegenstand für eine Waffe gehalten. Dabei hatten die Fremden nur mit ihnen kommunizieren wollen. Wenn der verletzte Mann darum bat, zurück in seine Welt gebracht zu werden, dann hoffte er wohl auf medizinische Hilfe. Hier auf der Erde würde ihn kein Arzt retten können. Das Gleiche galt für den verwundeten Söldner. Doch vielleicht war die Zivilisation der Parallelwelt in der Lage, solche schweren Verwundungen zu heilen. Immerhin besaßen sie Strahlenwaffen, Schutzschirme und Fluggeräte, die auf die Beherrschung der Gravitation hindeuteten. Die gewalttätige erste Kontaktaufnahme hatte vielleicht doch einen Sinn. Wenn er auf die Forderung des Fremden einging, dann gab es bestimmt auch die Möglichkeit, die Errungenschaften dieser fremden Welt zu erkunden. So beschloss der Scheich das Wagnis einzugehen und Kontakt zu den Menschen der fremden Zivilisation zu suchen. So sagte er seine Worte genau und dosiert abwägend:

»Ich bringe Sie zurück, mein Freund. Wir haben die Konfrontation mit Ihren Leuten nicht gesucht. Dies alles ist ein schreckliches Missverständnis. Bitte entschuldigen Sie unser Verhalten. Warten Sie einen Moment. Ich werde das Portal wieder öffnen lassen.«

Der Fremde nickte nur leicht und schloss dann erschöpft seine Augen. Der Scheich wandte sich ab und rief seine Söldner zu sich. Diese informierte er über das erneute Öffnen des Portals. Er erklärte seine Gedanken und betonte dabei, dass er dieses Wagnis nur eingehen wolle, um ihren Kameraden zu retten. Einzig der Anführer der Söldner Harry erkannte die Heuchelei des Scheichs. Er wusste, wie der Mann dachte und ihm war klar, dass sein Auftraggeber ausschließlich an der Technik der Fremden interessiert war. Dennoch verhielt er sich loyal und behielt seine Überlegungen für sich. Harry war ein Abenteurer und wollte auch die fremde Welt erkunden. Ganz besonders interessierte er sich dabei für die Strahlenwaffen und die Körperschutzschirme. Mit diesen beiden technischen Innovationen konnte man ganze Länder erobern. So wartete er ab, bis der Scheich seine kleine Ansprache beendet hatte, und gab danach seine Anweisungen an die Söldner. Er ließ zwei Krankentragen herbeischaffen, ließ die Männer ihre Ausrüstung kontrollieren und befahl ihnen dann, sich abmarschbereit zu halten. Der Scheich stand bei den Technikern und besprach das Prozedere, wann und in welchen Abständen das Portal zu öffnen und zu schließen sei. Dann kam er zu Harry und fragte:

»Alles klar? Bereit für den nächsten Einsatz?«

»Jawohl Sir!«, antwortete Harry militärisch korrekt.

»Wie gesagt, Harry behalte deine Männer im Auge. Wir wollen keine weitere Konfrontation. Unsere Waffen sind nur für den Eigenschutz gedacht und nicht für einen Angriff. Verstanden?«

»Ja Sir! Verstanden!«

»Dann los«, rief der Scheich nun laut in die Halle hinein. »Öffnet das Portal!«

Ein lautes Brummen begleitete das Hochfahren der Stromgeneratoren und die Techniker zogen ihre Schallschutzkopfhörer über die Ohren. Computerprogramme wurden gestartet und nach wenigen Minuten erfüllten starke Schwingungen den Raum. Jeweils zwei Söldner hatten die Verwundeten auf eine Trage gebettet und hoben diese nun an. Der Energievorhang des Tesla Portals baute sich knisternd auf und ein starker Ozongeruch erfüllte die Lagerhalle. Der Scheich blickte hinüber zu den Technikern, von denen einer seinen Arm in die Höhe reckte, wobei seine Hand den gestreckten Daumen zeigte. Omar hatte nur auf dieses Zeichen gewartet. Er selbst deutete mit seinem rechten Arm in Richtung des Energievorhangs und marschierte dann los. Er wusste, die zweite Begegnung mit den Fremden musste friedlich verlaufen. Denn eine weitere gewaltsame Konfrontation würde all seine Träume zerstören. Mit dem Selbstbewusstsein eines Anführers ging Omar bis zu der Energiewand und dann ohne zu zögern hindurch.

* * *

Vorsichtige Annäherung

Hanky öffnete seine Augen und ließ seinen Sinnen die Zeit, um sich in der realen materiellen Welt wieder zurechtzufinden. Sein zuerst verschwommener Blick klärte sich und er erkannte das Gebäude des Versuchslabors auf dem Gelände der DECAM-Werke. Vor dem Laboratorium bewegten sich einige Feuerwehrleute, Männer und Frauen der Spezialeinheit des BND und Polizisten in Uniform. Nach kurzem Suchen sah er Thore und Yavuz, die beieinanderstanden und sich zu unterhalten schienen. Von Walt war nichts zu sehen, aber Hanky wusste, dass sein Freund in der Zwischenzeit bestimmt nicht untätig geblieben war. So öffnete der Mutant die Fahrzeugtür und verließ den Wagen. Er hatte Neuigkeiten zu vermelden und ging hinüber zu dem großgewachsenen BND-Agenten. Thore und Yavuz sahen Hanky auf sich zukommen und unterbrachen ihr Gespräch. Gleich darauf stand Hanky vor den beiden Männern und sagte, ohne unnötige Floskeln zu verwenden:

»Ich habe den Standort des Tesla Portals ermitteln können.«

Thore wurde sofort von einer aufgeregten Unruhe erfasst und Yavuz sah den Mutanten interessiert an. Hanky ließ sich nicht lange bitten und forderte von dem BND-Agenten dessen Tablet. Er rief Google Earth auf, zoomte Deutschland und den Frankfurter Raum heran, fand schließlich die DECAM-Werke und damit ihre aktuelle Position. Dann folgte er der Satellitenaufnahme nach Südwest und fand schließlich den Standort des Tesla Portals. Natürlich war das Portal selbst nicht zu sehen, da diese Bilder zum Teil Monate oder Jahre alt waren. Doch das Gebäude, eine Lagerhalle, die Hanky als Standort mittels seiner übersinnlichen Kräfte ermittelt hatte, war deutlich zu sehen. Er tippte mit seinem rechten Zeigefinger auf das Bild der Lagerhalle und sagte:

»Dort, Thore, befindet sich das Tesla Portal. Verständige sofort die BND-Spezialeinheiten, die sich ja bereits, wie wir wissen, in der näheren Umgebung der Lagerhalle aufhalten. Sie sollen sich dem Gebäude vorsichtig nähern und nur auf unsere Anweisung stürmen. Nicht vorher! Das ist wichtig! Wir müssen sicherstellen, die verantwortlichen Leute zu ergreifen.«

Thore sah noch einmal kurz auf das Tablet, markierte mit einem digitalen Sticker die Lagerhalle und zog danach das Bild größer. Dann griff er sein Handy und wählte eine kurze Nummer. Sofort war er mit der Einsatzleitung verbunden, welche die Bewegung der einzelnen Teams koordinierte. Dem Operator gab er die Koordinaten des Lagerhauses und ließ sich mit dem verantwortlichen Truppführer vor Ort verbinden. Er erklärte dem BND-Spezialisten des mobilen Einsatzkommandos, worauf er und seine Männer achten mussten. Der Spezialist verstand sofort, worauf es bei der Sicherung des Objektes ging. Er wiederholte noch einmal die primären Anforderungen an seine Gruppe und wartete dann, bis Thore das Gespräch beendete. Nachdem der BND-Agent den Einsatz der Spezialisten nun organisiert hatte, steckte er das Handy zurück in seine Hosentasche. Angestrengt überlegte der BND-Agent, ob er an alle Eventualitäten gedacht hatte. Sollte er nun eiligst zu dem Einsatzteam an der Lagerhalle fahren oder hier vor dem Laboratorium warten. Hier würden in Kürze die Söldner des Scheichs ein Dimensionstor öffnen, um den Zellmodulator zu stehlen. Thore konnte nicht verstehen, dass die Leute des Scheichs wirklich eine Chance sahen, das wertvolle Gerät vor den Augen der Polizei und des BND einfach abtransportieren zu können. Wahrscheinlich vertrauten sie darauf, dass die Einsatzkräfte hier vor Ort zu großen Respekt vor der gefährlichen Strahlung haben würden. Natürlich konnten die Gangster nicht wissen, dass der Mutant Walt Kessler einen Weg gefunden hatte, die Kontaminierung des Labors und aller darin befindlichen Gerätschaften aufzuheben. Ja, Walt hatte die gefräßigen Zellen mittels Röntgenstrahler in ungefährliche Kristalle verwandelt. Die war ein bedeutsamer, wenn auch unerwarteter Erfolg, mit dem die Söldner des Scheichs und auch dieser selbst nicht rechnen konnten. Hanky verstand die Misere, in der sich Thore befand, und belauschte kurz dessen Gedanken. Dann ging er zu dem großen Mann hinüber und sagte mit beruhigender Stimme:

»Ich weiß, du wärst nun gerne bei deinen Männern an dem Lagerhaus. Wenn du möchtest, dann fahre zu ihnen. Vor Ort kannst du besser den Einsatz koordinieren.«

Thore sah den Mutanten misstrauisch an und fragte leicht gereizt:

»Hast du etwa in meinen Gedanken herumgeschnüffelt?«

»Man braucht kein Telepath zu sein, um deine Gedanken zu erkennen. Es ist doch klar, dass du zu deinen Leuten willst. Also hau schon ab. Wir können die Söldner schon abwehren, wenn sie aus einem Dimensionsportal hier eindringen wollen.«

»Du hast zwar nicht meine Frage beantwortet«, grollte der BND-Agent, »aber du hast recht. Über das unerlaubte Bespitzeln meiner Gedanken reden wir später!«

Damit wandte sich Thore ab und lief in Richtung seines SUVs. Beim Rennen rief er Yavuz zu:

»Willst du mich begleiten oder hier sinnlos herumstehen?«

»Wo soll's denn hingehen?«, fragte Yavuz rufend.

»Zum Lagerhaus, also dahin, wo Action ist!«

»Da bin ich dabei!«, rief Yavuz, rannte hinter dem großen Mann her und grinste breit. Endlich passierte etwas und das Warten hatte ein Ende. Beinahe gleichzeitig erreichten die beiden Männer den SUV und bestiegen das Fahrzeug. Thore startete den Motor und fuhr mit quietschenden Reifen los. Yavuz hatte kaum Zeit, sich anzuschnallen, was bei der rasanten Fahrweise Thores unbedingt nötig war. Dieser hätte um ein Haar die Schranke des Werkstores abgefahren, wenn der Pförtner nicht so schnell reagiert hätte. Nur zwölf Minuten später erreichte Thore die Abfahrt Hofheim und wurde an der Abzweigung, die zu dem Industriegebiet führte, von einem uniformierten Spezialisten des BND erwartet. Thore hatte während der schnellen Fahrt mit dem Einsatzleiter vor Ort telefoniert und sein Kommen angekündigt. Der Spezialist trat an die Fahrertür heran und forderte Thore auf, ihm zu folgen. Danach ging der BND-Spezialist zu einem unauffälligen Transporter, bestieg diesen und fuhr los. Seine Ungeduld nur mit Mühe unterdrückend, folgte Thore dem Wagen. An einem kleinen Feldweg bog der vorausfahrende Transporter ein und parkte einige Meter weiter auf einer Wiese. Dort standen noch weitere Einsatzwagen und Thore parkte seinen Wagen neben der Reihe der Fahrzeuge. Kaum stand der Wagen auf der Wiese, sprang Thore aus dem SUV und schlug die Tür zu. Der Spezialist stand plötzlich neben ihm und sagte:

»Bitte leise! Wir sind nur gute hundert Meter von der Lagerhalle entfernt. Noch hat offenbar niemand unsere Umzingelung bemerkt. Ich bringe Sie jetzt zu dem Einsatzleiter.«

Yavuz hatte ebenfalls das Fahrzeug verlassen und seine Tür wesentlich leiser geschlossen. Er verstand die Ungeduld des BND-Agenten. Auch er wollte unbedingt die Männer fassen, die für so viele Tote verantwortlich waren. Auch er hätte leicht zu den Opfern zählen können, wenn er nicht so gut ausgebildet worden wäre. Er umrundete den SUV und folgte Thore und dem Spezialisten durch die Nacht. Sie folgten dem Feldweg und Yavuz versuchte in dem schwachen Licht, das die nächtliche Landschaft von der Großstadt aus erhellte, seine Umgebung zu erkennen. Sie schienen völlig allein und doch wusste Yavuz, dass hier irgendwo schwer bewaffnete Männer und Frauen des BND-Sonderkommandos auf ihren Angriffsbefehl warteten. Thore starrte nach vorne und versuchte nun sich so leise wie möglich zu bewegen. Gerne hätte er sich jetzt eine Zigarette angezündet. Doch er wusste, dass ihn selbst das Glimmen einer Zigarette verraten konnte. So unterdrückte er sein Verlangen und konzentrierte sich auf den bevorstehenden Einsatz. Hanky würde ihm das Zeichen geben, wann die Spezialisten die Halle stürmen sollten. Der richtige Zeitpunkt war wichtig, auch wenn der BND-Agent am liebsten sofort den Angriff befehlen wollte. Nach einigen Minuten sahen sie die Lagerhalle vor sich aus der Dunkelheit auftauchen. Das Gelände um die Halle herum war von starken Scheinwerfern beleuchtet. Alles schien ruhig und verlassen. Doch Thore wusste, dass sich in der Halle die Männer des Scheichs befanden. Leider befand sich dieser nebulöse Hintermann, den man bisher noch nicht hatte identifizieren können, nicht in dem Gebäude. Das hatte Hanky durch seine telepathischen Ermittlungen herausgefunden. Doch die Techniker und Söldner des Scheichs wollte man auf jeden Fall ergreifen. Am wichtigsten aber war das Tesla Portal. Dieses musste auf jeden Fall in Sicherheit gebracht werden. Am Rande des Lichtkreises, den die Außenbeleuchtung der Halle bildete, wartete der Einsatzleiter des BND-Sonderkommandos. Thore begrüßte den Uniformierten und fragte: »Sind alle auf ihrem Posten?«

* * *

Frühe Ankunft

Als der futuristisch gestaltete Tarnkappenbomber mit der Bezeichnung B3 nach nur zweieinhalb Stunden Flugzeit auf dem Luftwaffenstützpunkt Ramstein landete, konnte FBI-Agent Roger Thorn seine Begeisterung kaum verbergen. Dieses Flugzeug war nicht komfortabel ausgestattet, aber es vermittelte eine Art technischer Zukunftsvision. Debora konnte Rogers Begeisterung nicht nachvollziehen und war einzig froh, dass der Transkontinentalflug so schnell vonstattengegangen war. Vielmehr fieberte sie dem erneuten Treffen mit Walt entgegen. Doch diese Vorfreude behielt sie für sich, da sie weder Roger noch Hanky einen Grund für Spötteleien geben wollte. Kaum war die Maschine gelandet und zu einem speziellen Hangar gerollt, erhob sich Roger und wartete ungeduldig, bis sich die Tür öffnete. Er hatte das Gefühl, dass er keine Zeit zu verlieren hatte. Immerhin war sein primäres Ziel, diesen bisher noch unbekannten Hintermann, diesen Scheich zu stellen und zu verhaften. Eigentlich hätte er gleichzeitig in den USA bleiben sollen, um den verdächtigen NSA-Agenten Burt Olson zu befragen. Doch seine Vorgesetzten waren der Ansicht, dass man diesen Olson zuerst beschatten sollte. Durch eine Verhaftung würde der Scheich vielleicht gewarnt werden und sich dann veranlasst sehen unterzutauchen. Mister Wynn hingegen verhielt sich völlig unaufgeregt. Ihn schienen weder das ultramoderne Überschallflugzeug zu interessieren noch die vor ihm liegende Aufgabe. Er saß mit geschlossenen Augen auf seinem Sitz, hatte einen großen Kopfhörer über seinen Ohren und die Augen geschlossen. Er schien friedlich zu schlafen und erst als Roger ihm einen Klaps auf die Schulter gab, rührte sich der große Mann. Er schlug seine Augen auf, sah Roger fragend an und sagte dann mit seiner tiefen Bassstimme: »Was ist los? Ich hatte gerade so einen schönen Traum.«

»Wir sind gelandet, also musst du später weiterträumen.«
»Wir sind schon da? Echt? Na, das ging ja flott. Oder habe ich tatsächlich so lange geschlafen?«

Roger grinste nur und überließ es Mister Wynn sich diese Frage selbst zu beantworten. Gleich darauf verließen sie das futuristische Flugzeug und wurden zu einem Hubschrauber gebracht, der rein optisch nicht zu den Streitkräften der USA zu gehören schien. Ein Agent des FBI unterrichtete Roger über den Fortgang der Reise. Mit dem Helikopter sollten sie zum Airport Frankfurt gebracht werden. Eine Autofahrt von Ramstein nach Frankfurt würde circa eineinhalb bis zwei Stunden beanspruchen. Am Airport würde dann ein Fahrzeug auf sie warten. Alles Weitere konnte vor Ort besprochen werden. Debora, Mister Wynn und Roger bestiegen den Helikopter und wenige Minuten später flog die Maschine Richtung Norden. Debora und Mister Wynn schauten interessiert auf die morgendliche Landschaft. Die Sonne kam gerade hinter dem Horizont hervor, während Roger sein Handy aus der Tasche zog. Zuerst telefonierte er mit dem FBI-Team in den USA, welches den verdächtigen NSA-Agent Burt Olson überwachte. Die forensische Einheit hatte noch keine handfesten Beweise, dass der NSA-Agent Olson eine Straftat, in diesem Fall Betrug und Landesverrat, begangen hatte. Jedes Telefonat, jede von ihm geschriebene E-Mail und jegliche weitere Kommunikation wurden abgehört und aufgezeichnet. Roger beendete das Gespräch und starrte kurz vor sich hin. Eigentlich hatte er erwartet, dass sein Überwachungsteam in der Zwischenzeit weitere Informationen gesammelt hatte. Dann aber wurde ihm bewusst, dass er erst vor wenigen Stunden nach Deutschland aufgebrochen war. Eine Reise, und sei sie noch so kurz, veränderten das eigene Zeitgefühl. Natürlich hatten sie auch sechs Zeitzonen durchquert und auch wenn hier in Deutschland gerade früher Morgen war, so zählten die Uhren an der Ostküste der USA die ersten Minuten nach Mitternacht. Roger gähnte ungeniert und wählte danach eine andere Nummer auf seinem Smartphone. Gleich darauf wurde das Gespräch entgegengenommen. Eine vertraute Stimme meldete sich und fragte:

»Hallo Roger, wo bist du?«

»Guten Morgen Hanky. Ich bin auf dem Weg zu dir. Im Moment sitze ich zusammen mit unserer Kollegin Debora Becket und Mister Wynn in einem Helikopter. In einigen Minuten erreichen wir den Frankfurt-Main-Airport. Wo kann ich dich treffen?«

»In den DECAM-Werken. Ich bin mir sicher, du hast dir bei unserer Fahrbereitschaft einen Wagen geordert. Also sage dem Fahrer einfach, er soll dich zu dem Haupttor bringen. Dort erwarte ich dich. Rufe mich einfach kurz vor deinem, ich meine eurem Eintreffen vor Ort an. Dann hole ich dich ab. Also bis gleich!«

Roger wusste, wenn Hanky sich nicht in Plaudereien einließ und ein Telefonat eilig beendete, dann stand ein Ereignis bevor, das seine ganze Aufmerksamkeit erforderte. Roger kannte den Mutanten nun schon viele Jahre und wusste, wie dieser agierte. Er hatte nicht einmal gefragt, wieso Roger nun in Deutschland weilte. Wahrscheinlich hatte Hanky alle nötigen Informationen aus Rogers Gedanken erfahren. Der FBI-Agent hasste es, wenn der Mutant in seinen Gedanken herumschnüffelte, doch diese mentale Belauschung hatte ihnen bei ihren sehr oft gefährlichen Ermittlungen Zeit gespart und Leben gerettet. So beschloss Roger seine Vermutung zu vergessen. Als der Hubschrauber sich dann auf ein abseitsgelegenes Landefeld des Rhein-Main-Airports zur Landung ansetzte, sah Roger eine Limousine seitlich vor einem Hangar parken. In Roger baute sich eine Spannung auf, die er aus früheren Einsätzen her kannte. Heute würde etwas Entscheidendes geschehen. Er versuchte sich zwar selbst zu konditionieren, doch eine gewisse Aufregung blieb immer. Kaum hatte der Helikopter den Boden berührt, eilte ein Mann in einem schwarzen Anzug zu der Maschine. Er begrüßte Roger und die anderen und half, das Gepäck in die Limousine zu verladen. Dann fragte er, wohin er seine Fahrgäste bringen sollte. Roger sagte nur:

»Zum Haupttor der DECAM-Werke.«

Der Fahrer, der ebenfalls ein Agent des FBI war, nickte nur und fuhr los. Offensichtlich waren die DECAM-Werke eine bekannte Firma im Raum Frankfurt. Mister Wynn, der mit Debora im Fond des Fahrzeugs Platz genommen hatte, sah sich zum ersten Mal bei dieser Reise aufmerksam um. Er war noch nie in Europa und damit auch noch nicht in Deutschland gewesen. Zwar hatte er von diesem Land gehört, sich aber nie für Geografie interessiert. Debora schaute unterdessen in einen kleinen Spiegel und überprüfte ihr Aussehehen. Die junge Agentin freute sich auf das Wiedersehen mit Walt Kessler. Roger, der sich kurz umgedreht hatte, um nach seinen Begleitern zu sehen, wandte sich wieder nach vorne. Dabei streifte er den jungen Mann, der als ihr Fahrer agierte. Man sah ihm an, dass er mit ganzem Herzen seinen Beruf ausübte. Er strahlte noch die ungetrübte Hoffnung der Jugend aus. Bestimmt dachte er nicht daran, dass sein Leben schnell enden konnte. Bei der Betrachtung des jungen FBI-Agenten dachte Roger an seinen Kollegen Mark Henderson, der bei den Ermittlungen zum Tesla Portal und dem einhergehenden Goldraub sein Leben verloren hatte. Nein, korrigierte Roger seine Gedanken, er war ermordet worden. Der Serienkiller Brian Spiller, der noch immer nicht gefasst war, hatte Mark Henderson getötet. Roger hoffte, dass dieses Schicksal dem jungen FBI-Agenten erspart blieb. Nach schneller Fahrt, die Mister Wynn sichtlich genoss, erreichten sie schließlich die DECAM-Werke. Roger zog sein Handy aus der Tasche und wählte Hankys Nummer. Dieser nahm das Gespräch sofort entgegen, sagte aber nur:

»Ich komme zum Tor« und legte wieder auf. Etwas Entscheidendes musste in der Zwischenzeit geschehen sein. Als der Fahrer schließlich vor dem Werkstor hielt, brauste von der anderen Seite ein schwarzer SUV heran und hielt direkt an der Schranke. Roger und seine Begleiter verließen die Limousine und der Fahrer fragte:

»Soll ich hier warten oder Ihr Gepäck ins Hotel bringen?«

Roger entschied sich für Letzteres und bedankte sich bei dem jungen Mann. Er sah diesem an, dass er sehr gerne hier vor Ort geblieben wäre. Doch Roger wusste, dass der junge Agent in Zukunft noch genügend aufregende Erlebnisse haben würde. So schloss Roger die Beifahrertür und klopfte zweimal kurz auf das Wagendach. Dieses Klopfen war international das Zeichen, dass ein Fahrzeug abfahren konnte. Danach drehte er sich um und ging auf Hanky zu, der gerade Debora und Mister Wynn begrüßte. Er klopfte seinem Freund auf die Schulter und sah ihn dann fragend an. Hanky verstand die stumme Aufforderung und sagte dann mit ernster Stimme:

»Beeilen wir uns. Wir rechnen damit, dass sich das Portal sich in Kürze öffnen wird. Der Scheich will seine Maschine zurück!«

»Dann los!«, sagte Roger. Mit schnellem Schritt eilten sie zu dem SUV, stiegen rasch ein und Hanky fuhr mit quietschenden Reifen an.

* * *

Der schwarze Turm (einige Monate zuvor)

Das dumpfe Brummen steigerte sich und die Luft, wie auch alle Gegenstände in der Lagerhalle, ja sogar die Halle selbst begannen zu vibrieren. Ein elektrostatisches Knistern begleitete das Vibrieren und am Hallenende baute sich zwischen den Tesla-Spulen eine flimmernde Energiewand auf. Zuerst sah man nur ein verwaschenes Bild, das nebulöse Formen zeigte. Nach einigen Sekunden begann sich das Bild zu stabilisieren und es gewann damit einhergehend an Schärfe. Nun konnten die Männer und Frauen, die alle Schallschutzkopfhörer trugen, in eine Landschaft schauen, die aus Wiesen und Feldern bestand. Doch der friedliche Eindruck wurde sofort durch skurrile Objekte gestört. Zwei große, rote, tropfenförmige Gebilde schwebten in unmittelbarer Nähe zu dem Energievorhang, der in Wirklichkeit ein Dimensionsportal war. Omar, der auch unter dem Pseudonym: „Der Scheich" agierte, gab den Befehl zum sofortigen Aufbruch. Er ging der Gruppe, bestehend aus zwölf Bewaffneten und vier Söldnern, die jeweils einen Verwundeten trugen, voraus. Ohne zu zögern, durchschritt er den Energievorhang und gelangte damit in die Parallelwelt. Dort angekommen hob er beide Arme in die Luft und ging furchtlos weiter. Neben den beiden tropfenförmigen Fluggeräten standen die ihm schon bekannten Bewohner dieser Welt. Sie sahen irgendwie aus, als ob sie zu einer Feierlichkeit gehen wollten oder zu einem Gottesdienst in eine Kirche. Sie alle, Männer wie Frauen, waren in dunkle Hosen und weiße Hemden oder Blusen gekleidet. Das allein wirkte schon skurril. Doch Omar wollte sich nicht mit der Mode auf dieser Welt beschäftigen. Vielmehr interessierte es ihn, wie er Geschäfte mit den Fremden machen konnte. Doch dazu musste er zuerst ihr Vertrauen erlangen. Er blieb vor den

Männern und Frauen in circa zwei Metern Abstand stehen und sagte mit ruhiger Stimme:

»Ich hoffe, Sie verstehen, was ich zu sagen habe. Zuerst möchte ich mich für den Zwischenfall entschuldigen, bei dem es bedauerlicherweise zwei Verletzte gegeben hat. Ihr Kollege oder Freund, ich weiß natürlich nicht, in welchem Verhältnis sie zu dem Mann stehen, hat mich gebeten, ihn zurück in seine Welt zu bringen. Dabei versprach er, dass auch meinem Kameraden medizinisch geholfen werden kann. Nun, ich bitte Sie also höflich und voller Respekt, auch meinem Kameraden zu helfen.«

Mittlerweile waren Omars Begleiter ebenfalls durch das Dimensionstor gegangen. Das Tesla Portal erlosch und würde erst zu einer von dem Scheich vorgegebenen Zeit wieder aktiviert werden. Für einen kurzen Moment herrschte Stille und niemand sagte ein Wort. Dann trat einer der Fremden ohne erkennbare Absprache mit seinen Begleitern einige Schritte nach vorne. Er blieb einen halben Meter vor Omar stehen und sagte etwas in einer dem Scheich unbekannten Sprache. Dann hob er seine rechte Hand, die einen schwarzen Stab ähnlichen Gegenstand umfasste. Aus diesem Stab, der einfach nur ein Übersetzungsgerät war, klangen nun klare, wenn auch etwas synthetisch klingende englische Worte.

»Wir, der Rat des Turms, billigen nicht, dass Sie unaufgefordert und gewaltsam in unser Territorium eingedrungen sind. Dennoch werden wir Ihrer Bitte stattgeben, Ihren Verwundeten zu heilen. Ihre Begleiter werden hier warten und das umgebene Gelände nicht betreten. Sie können Ihren Verwundeten begleiten. Jedoch dulden wir keine Waffen. Sollten Sie Waffen bei sich tragen, so lassen Sie diese hier zurück.«

Harry, der Anführer der Söldner, runzelte seine Stirn. Ihm missfiel die arrogante Art der Fremden. Doch er wollte zuerst abwarten, wie sich der Scheich nun entschied. Seinen Männern flüsterte er zu, dass sie unbedingt Ruhe bewahren sollten und nichts ohne seinen ausdrücklichen Befehl unternehmen durften. Omar überlegte einen Moment und fragte sich selbst, ob er den Bedingungen des Fremden zustimmen sollte. Wenn er alleine mit den Fremden ging, dann begab er sich ungeschützt in eine mögliche Gefahr. Doch der Nutzen, den er aus dieser Situation ziehen konnte, wog mehr und so stimmte er der Forderung des Fremden zu. Dieser nickte nur, ganz wie ein Mensch der Erde, und winkte kurz mit der rechten Hand. Vier seiner Leute gingen zu den Krankentragen, auf denen die Verwundeten lagen. Die Söldner hatten Tragen auf dem Boden abgestellt und waren einige Schritte zurückgetreten. Die nicht besonders sportlich aussehenden Fremden hoben die Tragen mit erstaunlicher Leichtigkeit an und marschierten zu jeweils einem Fluggerät. Der Scheich gab unterdessen noch schnell seine Befehle und beauftragte Harry ihn, sollte er nicht binnen zwölf Stunden zurück sein, zu suchen und gegebenenfalls unter Gewaltanwendung zu befreien. Dann ging er zu dem Sprecher und wartete, was nun geschehen würde. Dieser bat ihn, ihm zu folgen. Am hinteren Ende des Flugtropfens war eine Luke geöffnet, durch die der Fremde nun schritt. Omar folgte und betrat darauf das Fluggerät. Das Innere des Tropfens war eher nüchtern gestaltet und zeigte keine innovativen Neuerungen. So würde man auch auf der Erde ein Flugzeug oder einen Helikopter ausstatten. Rechts und links waren einfache Sitze aus Plastik an den Wänden angebracht. Die Trage mit dem Verwundeten, ein Mann aus dieser Welt, stand im Gang zwischen den Sitzen. Der Pilot saß wie zu erwarten vorne und sah auf seine Instrumente, die aus vier Computerflachbildschirmen bestanden. Der Pilot tippte auf einige der Bildschirme und der Flug begann, nachdem sich die Luke geschlossen hatte. Omar konnte von seinem Platz, der ärgerlicherweise am Ende des Fluggerätes lag, nicht viel sehen. Die große Frontscheibe oder war dies auch nur ein Bildschirm, zeigte, wie sich der Flugtropfen erhob, sich dann langsam drehte, bis am Horizont der schwarze Turm sichtbar wurde. Merkwürdigerweise verursachte die Maschine beinahe keinerlei Geräusch außer einem leisen Summen vielleicht. Dann beschleunigte der Pilot und der schwarze Turm schien auf sie zuzurasen. Omar verspürte keinen Andruck, keine Beschleunigung. Nur Sekunden später füllte der schwarze Turm den gesamten Sichtbereich der Frontscheibe. Zu gerne hätte der Scheich gewusst, wie groß dieses enorme Bauwerk denn war. Dass es bis zum Firmament des Kristallhimmels ragte, hatte er bei seinem ersten Besuch auf dieser Welt gesehen. Doch es ärgerte Omar, dass er nicht die Möglichkeit besaß, sich dieses gewaltige Bauwerk genauer anzuschauen. Plötzlich veränderten sich die Lichtverhältnisse und der Scheich wusste auch sogleich, warum. Der Flugtropfen schwebte in den Turm hinein. Mit großen, staunenden Augen sah Omar nach vorne. Er glaubte sich mitten in einem Science-Fiction-Film zu befinden. Was er sah, glich einem riesigen Hangar in einem Raumschiff. Rechts und links der aus Metall zu bestehenden Wänden waren Flugmaschinen aller Art aufgereiht. Hatte er sich hier mit einer Macht angelegt, die viel mächtiger war, als er es sich vorstellen konnte? Auf jeden Fall waren die Fremden der irdischen Technik weit überlegen. Zwischen den Fluggeräten liefen Menschen in einfachen Overalls umher. Was sie genau für eine Arbeit verrichteten, konnte der Scheich nicht erkennen. Doch eigentlich interessierte er sich nicht für diese Fremden. Auch das kolossal große Bauwerk war eben nur ein Bauwerk und sonst nichts. Nein, er würde sich nicht von dieser Technik und ihren Besitzern beeindrucken lassen. Sie waren auch nur Menschen, wenngleich von einer anderen Welt. Vielleicht konnte man sogar sagen, von einer Schwesternwelt. Wichtig war im Moment, dass er einen kühlen Kopf behielt und den Fremden nicht zeigte, wie sehr er ihre Technik bewunderte. Er wollte diese Technik, egal welche, um sie auf seiner Welt der Erde zu verkaufen. Der Flugtropfen hatte sein Ziel erreicht und senkte sich auf den Hangarboden. Die Luke hinter Omar glitt auf und Männer in weißen Overalls betraten das Innere der Flugmaschine. Sie sprachen kurz in ihrer melodischen Sprache mit dem Mann, der Omar gegenübersaß. Er hatte dem Scheich seine Bedingungen gestellt und schien in dieser Welt eine führende Position einzunehmen. Dieser antwortete ruhig und blieb vorerst auf seinem Platz. Die Weißgekleideten hoben die Trage an und trugen den Verwundeten nach draußen. Nun erhob sich der Sprecher der Fremden und gab mit einem kurzen Blick Omar zu verstehen, dass er ihm folgen sollte. Der Scheich sprang sofort auf und folgte dem Mann nach draußen. Er wollte unbedingt sehen, wie weit es diese Kultur hier auf der Parallelwelt gebracht hatte, wie fortschrittlich diese Menschen waren. Staunend betrachtete er die riesige Halle, die nur ein kleiner Bereich in dem schwarzen Turm zu beanspruchen schien. Der Anführer der Fremden schritt durch die Halle und Omar folgte ihm mit forschenden Blicken. Nach einigen Minuten erreichten sie die Hallenwand und betraten einen breiten Flur. Dort kamen und gingen die Bewohner dieser Welt ihres Weges, ohne Omar zu beachten.

* * *

Durch das Portal (Gegenwart)

Sie waren mit schwerem Gerät durch das Tesla Portal gefahren. Zwei geländegängige Militärlaster folgten einem Radlader, der statt einer Schaufel die Gabel eines Gabelstaplers trug, und einem Sattelschlepper mit dem transportablen Tesla Portal. Dazu kamen vier Humvees, in denen je fünf bis an die Zähne bewaffnete Söldner saßen. Den Eindringlingen war die empfindliche Ökologie dieser Welt egal. Tiefe Spuren in der Grasnarbe hinterlassend rollte der Konvoi zu den angegebenen Koordinaten. Auf den Humvees waren schwere Maschinengewehre aufgepflanzt, die den Flugmaschinen dieser Welt trotzen konnten. Es dauerte auch nur wenige Minuten, ehe sich die ersten tropfenförmigen Fluggeräte näherten. Die Söldner beobachteten die Flugbewegungen der Flugmaschinen und richteten ihre schweren Maschinengewehre auf die möglichen Ziele. Unterdessen rollte der Konvoi weiter auf sein Ziel zu. Immerhin musste der Trupp gute fünfzehn Kilometer bis zum angepeilten Ziel zurücklegen. Da die Bewohner dieser Welt keinerlei Wege oder Straßen angelegt hatten, war ein schnelles Vorankommen unmöglich. Natürliche Hindernisse wie Bäche, frisch gepflügte Felder, deren Böden weich waren und so die Räder der Fahrzeuge tief einsinken ließen, mussten umfahren werden. Auch kleine Bauminseln versperrten den direkten Weg. Harry, der dieses Kommando anführte, wünschte sich schweres Gerät, wie zum Beispiel Mannschafts- oder Bergepanzer, welche die gepflegte Agrarlandschaft problemlos gemeistert hätten. Doch er musste sich mit dem Material, das ihm und seinen Männern zur Verfügung stand, zufriedengeben. Auch er beobachtete die anfliegenden Flugmaschinen. Noch schienen die Bewohner dieser Welt nur zu beobachten. Die Farbe der Flugtropfen zeigte noch nicht das leuchtende Rot, das auf einen Angriff hindeutete. Natürlich wusste Harry, dass die Situation schnell eskalieren konnte. Doch jeder zurückgelegte Meter zählte und solange die Fremden seinen Konvoi nur beobachteten, wollte er auch keine Konfrontation. Das primäre Ziel dieser Operation war die Bergung des Zellmodulators. Der Rat des Turms hatte klar und unmissverständlich darauf hingewiesen, dass ausschließlich ein einziges Gerät dem Scheich überlassen werde. Die Nachbauten der irdischen Wissenschaftler hatten zu einer Katastrophe geführt und viel Schaden war angerichtet worden. Doch der Scheich war kein Mann, der sich mit einer Niederlage abfand, und so hatte er diese gewagte militärische Operation befohlen.

Die Flugmaschinen, nun fünf an der Zahl, umkreisten den Konvoi. Langsam und beinahe majestätisch schwebten die Tropfen in einer Höhe von circa hundert Metern und gleichem horizontalen Abstand zu dem Konvoi. Harrys Männer wurden allmählich unruhig, was alleine an ihrer Körpersprache zu erkennen war. Doch der Kommandant der Söldner ignorierte vorerst die Nervosität der Kämpfer. Er wusste, sobald es zu einer Kampfhandlung kommen sollte, waren diese Männer Profis, die kaltblütig handeln würden.

Erneut versperrte ein kleiner Wald die Fahrtrichtung und Harry befahl, die Baumgruppe rechts zu umgehen. Mit dröhnenden Motoren durchpflügten die schweren Fahrzeuge ein Kornfeld und hinterließen eine hässliche Spur, in der sich die Missachtung einer fremden Kultur manifestierte. Keiner der Söldner dachte auch nur eine Sekunde daran, dass hier sorgsam gepflegte Landwirtschaft, von der die Bewohner des schwarzen Turms abhängig waren, zermalmt wurde. Der Konvoi hatte den kleinen Wald halb umrundet und das Führungsfahrzeug wollte auf den alten Kurs einschwenken. Doch noch ehe Harry diesen navigatorischen Befehl geben konnte, sah er drei Flugmaschinen, die dicht über dem Boden schwebten. In gut fünfzig Metern Entfernung blockierten die Flugtropen die geplante Richtung des Konvois. Vielleicht glaubten die Piloten der Flugmaschinen, dass ihre Blockade den Konvoi zur Umkehr bewegen konnte. Doch da hatten sich die Bewohner des schwarzen Turms gründlich getäuscht. Ein kurzer Befehl genügte und die vier Humvees beschleunigten. Zwei der schwer bewaffneten Geländefahrzeuge fuhren nebeneinander auf die Flugtropfen zu, während die verbliebenen Humvees nach rechts und nach links von der Zielrichtung abwichen. Sie näherten sich den Flugtropfen, in einer weiten Parabel und boten den beiden direkt vorstoßenden Geländewagen Flankenschutz. Der Konvoi war mittlerweile zum Stehen gekommen und der Radlader positionierte sich vor dem Tieflader und versuchte damit diesen zu schützen. Von den Militärlastwagen sprangen Söldner und suchten Deckung in dem Kornfeld. Mittlerweile war Harry, der sich in einem der beiden Humvees befand, die direkt auf die Fluggeräte zusteuerten, klar, dass eine gewaltsame Konfrontation mit den Bewohnern des schwarzen Turms wohl unausweichlich sein würde. Doch er wollte noch einen letzten Versuch wagen, einer Kampfhandlung zu entgehen. Als sich sein Fahrzeug bis auf zwanzig Metern den Flugtropfen genähert hatte, gab er den Befehl zum Anhalten. Die Flugtropfen hingen schwerelos in circa zwei Metern Höhe in der Luft. Noch hatten die Flugmaschinen ihre Farbe nicht geändert, was in Harry einen letzten Funken Hoffnung entzündete. Er öffnete die Beifahrertür seines Humvees und befahl seinen Männern auf keinen Fall zuerst das Feuer zu eröffnen. Dann verließ er das Fahrzeug, blieb einen Moment neben dem Wagen stehen und ging langsam auf die Fluggeräte zu. Er hob seine Arme in die Luft und zeigte seine Handflächen als Zeichen, dass er im Moment keine Aggression plante. Etwa drei Meter vor den Flugtropfen blieb er stehen und sah zu der mittleren Maschine. Es erfolgte keinerlei Reaktion der Insassen der Flugmaschine. So rief Harry laut, aber auch ohne Furcht in der Stimme:

»Bewohner des Turms! Wir sind auf einer Mission, die nicht gegen euch gerichtet ist. Wir müssen nur zu einer speziellen Koordinate, um von dort zurück in unsere Welt zu gelangen. Wenn wir dort unsere Aufgabe erfüllt haben, verlassen wir wieder eure Welt. Also bitte gewährt uns freie Passage.«

Einige Minuten geschah absolut nichts. Keine Reaktion erfolgte auf Harrys Worte. Er begann darüber nachzudenken, ob er die verdammten Flugmaschinen nicht einfach abschießen lassen sollte. Warten war noch nie seine Stärke gewesen und so stemmte er seine Hände in die Hüften und rief erzürnt:

»Habt ihr mich nicht verstanden, oder ist es üblich, auf eurer Welt Fragen nicht zu beantworten? Ihr verhaltet euch sehr unhöflich!«

Sein Schimpfen zeigte ebenfalls keine Reaktion und Harry beschloss nun Gewalt anzuwenden. Gerade als er sich umdrehen wollte und zurück zu seinem Humvee marschieren wollte, erklang eine Stimme, die direkt aus dem mittleren Flugtropfen an seine Ohren drang.

»Der Rat des Turmes hat beschlossen, euer Anliegen zu genehmigen. Doch wir fordern eine Reparation von zehn Containern Weizen.«

Ohne auf Harrys Antwort zu warten, stiegen die Flugtropfen lautlos auf und flogen ohne besondere Eile davon. Mit einem Aufatmen registrierte Harry den Rückzug der Flugmaschinen. Er rannte zu seinem Fahrzeug und befahl über Funk die Weiterfahrt. Drei Stunden später erreichte der Konvoi die Position, von der aus sie in ihre eigene Welt vordringen wollten. Der Tieflader mit dem transportablen Tesla Portal wurde millimetergenau positioniert und danach aktiviert. Die Söldner bereiteten sich in der Zwischenzeit auf ihren Einsatz vor. Die Techniker unter ihnen hatten den genauen Ablauf der Bergung in unzähligen Übungsstunden durchgespielt. Alles musste schnell gehen und möglicherweise unter feindlichem Feuer. Die Sicherung übernahmen ihre Kameraden, die über exzellente Kampferfahrung und einen fatalistischen Killerinstinkt verfügten. Das gesamte Einsatzteam schlüpfte in Strahlenschutzanzüge und nachdem jeder einzelne Söldner seine Einsatzbereitschaft gemeldet hatte, befahl Harry das Tesla Portal zu aktivieren. Keine Minute später erfüllte ein tiefes Dröhnen die friedliche Landschaft und die Luft begann hochfrequent zu vibrieren. Doch keiner der Männer ließ sich davon ablenken oder auch nur irritieren. Mit einem knisternden Geräusch und dem Knallen eines Überschlagblitzes baute sich das Portal auf. Eine Energiewand, die fließendem

Wasser glich, bildete sich zwischen den Teslaspulen. Ein undeutliches Bild zeigte verschwommene Gegenstände. Doch das Bild klärte sich rasch und wurde klarer. Die Söldner sahen in einen großen Raum hinein und im Mittelpunkt des Bildes zeichnete sich eine Maschine ab. Die Berechnungen der Spezialisten stimmten zu hundert Prozent. Dort, hinter dem Portal stand der Zellmodulator. Harry wurde von einer gewissen Euphorie berührt und er rief:

»LOS – LOS – LOS!«

Dann packte er sein Schnellfeuergewehr und rannte über die Rampe zum Tesla Portal. Im gleichen Moment sah er die feindlichen Soldaten.

* * *

Erkenntnis

Schon den ganzen Morgen beschlich NSA-Agent Burt Olson ein ungutes, beinah nebulöses Gefühl drohender Gefahr. Er beobachtete auf seinem Weg zu der NSA-Zentrale in Fort Meade seine Umgebung aufmerksam. Alles schien so zu sein, wie es sein sollte. Er sah keine verdächtigen Fahrzeuge um ihn herum, keine Beobachter an der Straße oder Hubschrauber in der Luft. Natürlich war ihm klar, dass er mögliche Drohnen nicht erkennen konnte, genau wie es ihm unmöglich sein würde, aktivierte Kameras, die an den Geschäftshäusern, Privatresidenzen und Tankstellen angebracht waren, auf deren Betrieb hin zu kontrollieren. Doch gerade das Fehlen sichtbarer Beobachter war beunruhigender als eine erkennbare Observation. Vielleicht, so versuchte er sich selbst zu beruhigen, hatte sein Kollege und Komplize Omar Zaki, der im Moment als Sektionschef in Europa arbeitete, genügend Vorsorge zu ihrer Sicherheit getroffen. Nach endlosen dreißig

Minuten lenkte Burt Olson sein Fahrzeug in die Tiefgarage der NSA-Behörde. Auch hier in der großen Garage herrschte das übliche Treiben. Agents kamen und gingen, parkten ein und parkten aus und nirgendwo hielten sich verdächtige Agents auf. Burt hätte gerne erleichtert aufgeatmet, doch die dazu nötige Gewissheit, dass alles in Ordnung sei, stellte sich nicht ein. Er parkte seinen Wagen, stieg aus und sah sich erneut suchend um. Burt hatte auf der Akademie gelernt, seinen Gefühlen zu vertrauen. Doch die richtigen Schlüsse aus dieser Empfindung zu ziehen, war sehr schwierig umzusetzen. Angst lähmte und das wusste der NSA-Agent. Angst konnte gefährlich sein. Doch wie sollte er sich hier und jetzt verhalten? Zurück in den Wagen zu steigen und das Gelände der NSA zu verlassen, war eine verlockende Option. Doch was dann? Wohin sollte er gehen oder besser fahren? Omar wartete auf seinen Bericht, der dem Scheich helfen sollte, die geheime Operation zielgerecht durchzuführen, welche sie beide für den Rest ihres Lebens finanziell unabhängig machen würde. Mit dem Zellmodulator würden sie auf dem Weltmarkt eine bisher ungeahnte Erfolgsgeschichte schreiben, die sich nur noch in Milliarden beziffern ließ. Durch die eigene Zukunftshoffnung beflügelt, verdrängte Burt Olson seine Befürchtungen erfolgreich. Mit sicherem Schritt eilte er zu den Aufzügen, welche die hier arbeitenden Agents in ihre Büroetagen bringen würden. Er grüßte einige Kollegen mit einem Kopfnicken, während er an die Aufgaben dachte, die er heute zu erledigen hatte. Die Fahrt mit dem Lift war kurz und der Weg zu seinem Büro danach ebenso. Mit einem Aufatmen schloss er seine Bürotür. Nun, da er unbehelligt an seinem Arbeitsplatz angekommen war, fragte er sich, warum er so verunsichert in den Tag gestartet war. Er schüttelte verwundert seinen Kopf, setzte sich dann an seinen Schreibtisch und aktivierte seinen Computer. Der Bildschirm erhellte sich und Burt öffnete seinen Terminkalender. Dort hatte seine Assistentin alle Besprechungen wie auch die zu bearbeitenden Fallakten hinterlegt. Auch dieser Punkt seiner Routine unterschied sich in nichts von den anderen Tagen. Seine böse Vorahnung verflüchtigte sich zur Gänze und Burt begann mit seinem Tagespensum. Er fügte eine Telefonkonferenz in den Zeitplan ein, die er nur mit „O" kennzeichnete. In zwei Stunden würde er Omar anrufen und erfahren, ob alles nach Plan verlief. Er wusste, dass sich der Zellmodulator noch in dem verstrahlten Labor befand und geborgen werden musste. Der Umstand, dass der Standort des Modulators verstrahlt war, ließ die Hoffnung zu, dass die Maschine in einer Überraschungsaktion in Sicherheit gebracht werden konnte. Das Klingeln seines Telefons ließ seinen Gedankengang verstummen. Er sah zu seinem Terminplaner, der noch immer auf einem der drei Bildschirme präsent war, die auf seinem Schreibtisch standen. Tiefe Falten zerfurchten seine Stirn, als er an der Telefonnummer erkannte, dass sein direkter Vorgesetzter anrief. Eigentlich sollte gleich eine Telefonkonferenz starten, an der er verpflichtend teilnehmen musste. Aber okay, wenn der Boss anrief, hatte er eine Ausrede, wenn er nicht pünktlich bei der Konferenz anwesend war. Auf der anderen Seite bedeutete es nichts Gutes, wenn sein Vorgesetzter persönlich anrief. Mit einem ungutten Gefühl nahm er das Gespräch an und begrüßte den Anrufer mit einem:

»Guten Morgen Sir. Was kann ich für Sie tun?«

Sein Boss hielt seine Antwort kurz und bat lediglich um einen Bericht zu einer Ermittlung, bei der es um die Überprüfung eines Börsen-Managers ging, der im Verdacht stand, nationale Interessen zu verletzen. Burt atmete erleichtert auf, denn noch immer befürchtete er, dass er und sein Kollege Omar Zaki verhaftet würden. Sie hatten immerhin die Regierung bestohlen, indem sie die beiden Tesla Portale an sich gebracht hatten. Er informierte seinen Vorgesetzten über den Stand der Ermittlungen gegen den Börsenbroker und atmete erleichtert aus, als sein Boss das Gespräch beendete. Er wollte sich gerade am Computer in die Video-Konferenz einloggen, als er einen kurzen Lichtblitz auf dem rechten Bildschirm wahrnahm. Er sah einen langsam wandernden Lichtpunkt, der sich über den Bildschirm bewegte und schließlich verschwand. Burt wandte sich erschrocken um. Welches Objekt reflektierte die Sonne, die auf der anderen Seite des Gebäudes lag. Sein geschulter Geist analysierte sofort die Fakten und er blickte aus dem Fenster zu dem Flachdach des Nachbargebäudes. Er sah kurz einen Schatten und glaubte dort einen Mann zu erkennen, der im gleichen Moment hinter einem Schaltkasten, welcher eine Antennenanlage steuerte, verschwand. Der NSA-Agent drehte sich zurück und zog die unterste Schublade seines Schreibtisches auf. Aus dieser zog er ein leistungsfähiges Fernglas hervor. Eilig drehte er sich zurück zum Fenster und hielt das Fernglas an seine Augen. Er ließ seinen Blick an der Dachkante entlangwandern und dachte schon, er hätte sich geirrt. Doch dann sah er den Mann, der seinerseits durch ein Zielfernrohr, das auf einem Scharfschützen-Gewehr aufgepflanzt war, zu Burts Bürofenster blickte. Die leichte Paranoia, die Burt an diesem Morgen wie ein Schatten begleitet hatte, verwandelte sich in ein starkes Alarmsignal. Verschiedene Szenarien, die sich alle mit seiner Involvierung in den Raum der Tesla Portale befassten, rasten durch seine Gedanken. Nur eine Minute später wusste Burt, dass er die NSA-Zentrale sofort verlassen musste. Außerdem war es nötig, Omar so schnell wie möglich zu informieren. Was Burt nicht wusste, war, dass FBI Agents ihn gezielt verunsichert hatten. Der Verdacht, dass der NSA-Agent Burt Olson mit dem bisher noch unbekannten Hintermann, von dem man nur dessen Pseudonym „Der Scheich" kannte, zusammenarbeitete, hatte zu dieser Observierung geführt. Der Special Agent des FBI, Roger Thorn, hatte diese Ermittlungen angestoßen. Ihm war eine Unvorsichtigkeit Burt Olsons aufgefallen, als dieser den Transport der gestohlenen Tesla Portale organisiert hatte. Ziel der Ermittlungen war nicht, den abtrünnigen NSA-Agenten zu verhaften, sondern die Identität des Scheichs zu erfahren. Die

Strategie der FBI-Sonderermittler schien aufzugehen. Die Zielperson, der NSA-Agent Burt Olson, war so verunsichert, dass er nun so reagierte, wie es die FBI-Spezialisten sich erhofft hatten. Diese hatten eine engmaschige Überwachung vorbereitet und warteten nur darauf, dass der Verdächtige zu agieren begann. Burt verließ sein Büro wenige Minuten später. Er hatte vorher mittels eines speziellen Programms alle Daten von seinem Computer gelöscht. Doch er wusste auch, dass die Daten, die er in einer speziellen Cloud des NSA hinterlegt hatte, nicht zu löschen waren. Danach räumte Burt seinen Schreibtisch aus und warf alle für ihn relevanten Akten und sein Codebuch, das er noch immer in schriftlicher Form führte, in seine Aktentasche. Ohne sich auch nur noch einmal bedauernd umzudrehen, eilte der NSA-Agent zu den Fahrstühlen. Niemand nahm Notiz von ihm oder hielt ihn auf. Er fuhr zum Parkdeck und eilte dann zu seinem Wagen. Mit zittrigen Fingern öffnete er die Fahrzeugtür und setzte sich hinters Steuer. Für einen Moment hielt er inne und fragte sich, ob er noch entkommen könne. Der Gegner konnte in Form von FBI Agents jederzeit zuschlagen und ihn verhaften. Noch ehe er losfuhr, entschloss sich Burt Omar zu kontaktieren. Dieser musste wissen, dass er, Burt Olson enttarnt war. Er zog sein Handy aus der Jackentasche und wählte eine Kurzwahlnummer. Die Verbindung baute sich auf und gleich darauf hörte er die Stimme seines Kollegen. Kalt fragte der Scheich:

»Was gibt es denn Burt? Ich habe jetzt wirklich keine Zeit!«

»Omar«, rief Burt erregt, »wir sind aufgeflogen. Sieh zu, dass du aus Deutschland verschwindest. Das FBI hat mich im Visier. Ein Scharfschütze war auf dem Dach und hatte mich schon im Fadenkreuz.«

»Du verdammter Idiot!«, schrie der Scheich und legte auf. Das Überwachungsteam des FBI hatte das Telefonat an die Ermittlergruppe weitergeleitet. Nur Minuten später wusste man, wer der Scheich war.

Im schwarzen Turm (einige Monate zuvor)

Omar hatte vermutet, dass die Verletzten in eine Krankenstation erheblicher Größe gebracht werden sollten. Bei dem gewaltigen Bau, so vermutete er, konnten hunderttausend oder mehr Menschen leben, musste schließlich die medizinische Versorgung der Einwohner gesichert sein. Sie liefen durch Gänge, durch Flure, bestiegen einen Lift, der sich in nichts von den Fahrstühlen der Erde unterschied, und verließen diesen nach kurzer Fahrt. Sie gelangten in eine Vorhalle, die in keinster Weise erkennen ließ, dass hinter den angrenzenden Türen eine Klinik oder ein Krankenhausbereich lag. Auch der typische Geruch eines Hospitals fehlte völlig. Noch während sich Omar neugierig umschaute, öffneten die Fremden eine breite Tür und betraten einen Raum, der von einer großen Maschine dominiert wurde. Der Scheich folgte der Gruppe eilig und fragte sich sogleich, wo denn das Ärzteteam war, das die beiden Schwerverwundeten behandelte. Die Krankentragen wurden auf Rollwagen gehoben und dann in Richtung der Maschine gefahren. Diese war circa fünf Meter lang, zweieinhalb Meter breit und genauso hoch. Eigentlich sah man nur lackiertes Blech und eine im Moment geöffnete Klappe, die von mechanischen Gelenken gehalten wurde. Hinter der Klappe war ein Fach erkennbar, welches genügend Platz bot, um einen liegenden Menschen aufzunehmen. Nun betraten vier Personen den Raum, welche bodenlange weiße Mäntel trugen, deren Stoff mit einem glitzernden Material bedeckt war. Die Köpfe der Mantelträger bedeckten Hauben, die ein Sichtfeld aus Plastik oder einem glasartigen Material besaßen. Da die Mäntel sehr weit geschnitten waren und die Hauben die Köpfe ihrer Träger verbargen, konnte Omar nicht erkennen, ob sich hinter diesem skurrilen Aufzug Männer oder Frauen verbargen. Ohne auf die Anwesenden zu achten, gingen die Vermummten zu dem verwundeten Mann, den die Söldner des Scheichs niedergeschossen hatten. Mit gekonnter Routine entkleideten sie den Verletzten. Doch sie versorgten nicht, wie Omar erwartet hatte, die Verwundung des Mannes, sondern sie hoben ihren Patienten wortlos an und legten ihn in die Maschine. Nur ein leichtes Stöhnen zeugte davon, dass dieser noch bei Bewusstsein war. Omar war verwirrt. Wurde der schwer verletzte Mann nun erst geröntgt oder mit einer anderen Technik auf Verletzungen untersucht? Wieso war er nicht längst in einem OP und wurde dort operiert? Die Mantelträger schlossen die Maschine, indem sie die rechteckige Klappe mittels summender Elektromotoren nach unten fahren ließen. Nun erkannte der Scheich, dass in der Klappe ein breites Fenster eingelassen war. So konnten die Ärzte oder Techniker eben die Mantelträger ins Innere der Maschine schauen und so den Patienten überwachen. Omar wurde per Handbewegung aufgefordert, einige Schritte zurückzutreten. Er wollte schon protestieren, sah dann aber, wie sich eine große Glasscheibe aus der Decke kommend herabsenkte. Nachdem die gläserne Trennwand den Boden erreicht hatte, hantierten die Vermummten an den seitlich aufgestellten Computerterminals. Ein tiefes Brummen drang durch die Glastrennwand und ein schwaches Leuchten erhellte das Glasfenster der Maschine. Gleichzeitig begannen die weißen Mäntel ein Eigenleben zu entwickeln. Kaskadenartig bewegten sich alle Farben des Regenbogens über die seltsamen Kleidungsstücke. Die Beschichtung der Mäntel, die Omar vorher beobachtet hatte, löste wohl diesen Effekt aus. Dennoch verstand er nicht, warum dies so war. Doch kaum hatte das Farbenspiel begonnen, endete es wieder. Die Klappe öffnete sich und der Patient wurde wieder sichtbar. Die Vermummten hoben ihn aus der Maschine und stellten ihn auf seine Füße. Nun begann Omar heftig zu atmen. Er konnte den Mann, der noch vor einigen Minuten mit einer schweren Schussverletzung hilflos auf der Krankentrage gelegen hatte, deutlich sehen. Die Brust des Mannes zeigte keinerlei Verletzung und er stand ohne Hilfe vor der mysteriösen Maschine. Die Vermummten reichten ihm frische Kleidung, die er ohne Schwierigkeiten selbst anlegte. Er sagte etwas für Omar Unverständliches. Die Vermummten verneigten sich würdevoll und die Glastrennwand hob sich. Mit festem Schritt kam der Mann zu der Gruppe, die neben Omar stand. Dort wurde er mit lächelnden Gesichtern empfangen und verließ danach mit einem Begleiter den Raum. In der Zwischenzeit senkte sich die Trennwand erneut und Omars Söldner wurde entkleidet. Es folgte die gleiche Prozedur mit dem Unterschied, dass der Mann besinnungslos war. Nachdem ihn die Vermummten auch in die Maschine gelegt hatten, schloss sich erneut die Klappe. Nun beobachtete Omar genauer das Geschehen. Die Maschine wurde aktiviert und aus ihrem Inneren drang ein Leuchten. Dieses Leuchten war der sichtbare Beleg für den Heilprozess, der wohl durch eine besondere Strahlung erzielt wurde. Doch die Maschine entließ einen gewissen Teil dieser geheimnisvollen Strahlung, was die Kleidung der Vermummten zum Leuchten brachte. Omar sah konzentriert zu den fluorisierenden Mänteln und erkannte, dass Millionen kleiner Kristalle diese besondere Schutzkleidung bedeckten. Es waren die Kristalle, die mit diesem Farbenspiel auf die austretende Strahlung reagierten.

Der Scheich erkannte in diesem Augenblick, welche enorme Rolle Kristalle in dieser Zivilisation spielten. Er dachte an die Kuppel, welche die Landschaft überspannte. Auch die Kuppel war mit Myriaden von Kristallen bedeckt und diese schützten die Menschen unter der Kuppel vor der Strahlung der Außenwelt. Wie Omar wusste, war diese Welt von einer atomaren Katastrophe verwüstet worden. Die Menschen hier lebten in einer künstlichen Umgebung, einer Insel in ihrer verstrahlten Welt. Gab es noch weitere Inseln auf dieser Welt, oder war diese Kuppel um den schwarzen Turm herum eine Besonderheit? Der Scheich dankte wortlos dem Schicksal, das ihn ausgerechnet in die Kristallkuppel in diese Insel der Turmbewohner geführt hatte. Die seiner Welt weit überlegene Technik förderte seine Gier nach Macht und Geld. Doch wenn er diese erstaunliche Maschine vor ihm in seine Hände bringen konnte, würde er zu einer bedeutenden Größe in der Weltwirtschaft werden. Die Bestrahlung schien dieses Mal länger anzudauern. Das deutete darauf hin, dass der Söldner schwerer verletzt war als der Bewohner dieser Welt, der zuerst behandelt worden war. Dann aber erlosch das Glimmen in der Maschine und die Klappe öffnete sich an der Seite des Zellmodulators. Der zuvor Bewusstlose bewegte sich und Omar hörte ängstliche Rufe des Soldaten. Da er bei seiner Verbringung zu diesem Ort in tiefer Ohnmacht gelegen hatte, war der Mann irritiert und wusste nicht, wo er sich befand. Dazu kam, dass um ihn herum vier vermummte Gestalten an den Geräten hantierten. Ohne die Hilfe der verhüllten Menschen kletterte der Söldner aus der Maschine und sah sich mit wildem Blick um. Er bemerkte dabei nicht, dass er völlig nackt war, aber vielleicht war ihm dieser Umstand auch egal. Nach einem Ausweg suchend sah sich der Mann forschend um. Die Glaswand, die im Moment nach oben glitt, lenkte seine Aufmerksamkeit auf die dahinter sichtbar werdenden Menschen. Natürlich hätte er die Gruppe der Zuschauer auch vorher schon erkennen können. Doch das plötzliche Erwachen aus seiner Bewusstlosigkeit und die nachfolgende Panik hatten seinen Geist dazu bewegt, vorerst nur eine begrenzte Rundumsicht zu gewähren. Doch noch ehe der verwirrte Mann sich zu einer unüberlegten Handlung hinreißen ließ, erkannte er eine Stimme, die im Normalfall nicht zu einer Beruhigung führte. Doch der Söldner hielt sich mental an dieser Stimme fest und schöpfte Hoffnung. Der Rufer war niemand anders als sein Kommandeur, den alle nur den Scheich nannten. Wenn dieser Mann sich an diesem fremden Ort befand, bestand keine Veranlassung, sich panisch zu verhalten. Als der Scheich sich schließlich aus der Gruppe löste und zu dem Söldner, wenn auch gemessenen Schrittes, zuging, entspannte sich der gestresste Mann. Er ließ es zu, dass die Vermummten ihm Unterwäsche und einen einfachen Overall übergaben. Er zog sich rasch an und wunderte sich, dass sein Körper anscheinend unversehrt war. Natürlich kreisten viele Fragen durch seinen Kopf, doch er wollte zuerst abwarten, was der Scheich zu sagen hatte. Dieser beruhigte ihn mit leiser Stimme und forderte Geduld. Später würde noch Zeit genug sein, alle Fragen zu beantworten. Mit einem dünnen Lächeln nickte er dem Söldner zu und ging dann noch einige Schritte weiter. Vor der großen, eigentlich wenig beeindruckend aussehenden Maschine blieb er schließlich stehen. Nun wunderte es ihn nicht, dass es hier keine reguläre Krankenstation gab. Wenn alle Menschen des schwarzen Turms Zugang zu dieser wunderbaren Maschine hatten, dann war jegliches Krankenhaus überflüssig. Der Mann, der ihn am Tesla Portal in Empfang genommen und ihn in den Turm gebracht hatte, stellte sich neben Omar. Er folgte den Blicken des Scheichs und lächelte, als er sah, wie beeindruckt der Fremde war.

* * *

Versuchter Raub (Gegenwart)

Ein dunkler Basston, verbunden mit kurzwelligen Vibrationen, kündigte die Ankunft der Söldner an. Auf diesen Moment hatten Hanky, Walt und die Spezialeinheit des Bundesnachrichtendienstes gewartet. Die Kämpfer des BND gingen innerhalb des Laboratoriums in Stellung und machten sich für den bevorstehenden Kampf bereit. Eilig wurden noch einmal die Gewehre und Pistolen überprüft, was der Anspannung der Männer und Frauen geschuldet war. Walt hatte seine Erschöpfung vergessen, die er noch vor wenigen Minuten gespürt hatte. Unter seiner telekinetischen Mithilfe war es den Technikern möglich, den Zellmodulator in kürzester Zeit abzubauen. Nun war das Gerät, sorgsam verpackt in zwei Containern, in etwa hundert Metern entfernt auf einem Parkplatz der DECAM-Werke verbracht worden. Hochtrainierte Sicherheitsexperten des Innenministeriums bewachten die wertvolle Fracht. Noch war nicht klar, wohin der Zellmodulator abtransportiert werden würde. Doch dieses logistische wie auch politische Problem interessierte im Moment niemanden auf dem Werksgelände. Die Schwingungen verstärkten sich erneut und der Befehl des Einsatzleiters ließ die Kämpfer in Deckung gehen. Nun, so schien es bei oberflächlicher Betrachtung, lag das Laboratorium völlig verlassen da. Ein starkes, hochenergetisches Knistern überlagerte plötzlich den dumpfen Basston. Circa zwei Meter von der westlichen Wand des Laboratoriums entfernt begann die Luft zu flimmern. Die lauernden Spezialisten waren nun aufs Höchste konzentriert. In wenigen Sekunden würde es zu einer Konfrontation kommen, die durchaus tödlich enden konnte. Die flimmernde Luft begann sich zu verdichten und transformierte zu einem Energievorhang. Noch war nicht zu erkennen, was sich hinter der Energiewand befand. Die verschwommenen, undeutlichen Konturen begannen an Schärfe zu gewinnen, und als sich das Bild stabilisiert hatte, startete der Angriff der Söldner des Scheichs.

Er gab das Signal zum Vormarsch und schloss seinen eigenen Schutzanzug. Vorerst würde er auf dieser Seite des Portals bleiben, doch er wollte auf jede mögliche Situation vorbereitet sein. Die Söldner rückten mit vorgehaltenen Schnellfeuerwaffen vor und durchschritten den Energievorhang. Für einige Sekunden schien alles nach Plan zu verlaufen. Doch dann brach die Hölle los. Voller Entsetzen sah Harry das Aufblitzen von Schnellfeuergewehren. Er wusste sofort, dass sein Plan nicht aufgegangen war. Dort drüben warteten feindliche Soldaten, die auf seine

Männer feuerten. Natürlich konnte er keinerlei Schussgeräusche wahrnehmen, da das Portal keinen Schall weiterleitete, doch als eine Gestalt mit zerrissenem Schutzanzug durch den Energievorhang taumelte, wusste Harry, dass diese Mission zur Bergung des Zellmodulators gescheitert war. Der verwundete Söldner stürzte zu Boden und sein ehemals weißer Strahlenschutzanzug färbte sich zusehends rot. Mit einem zornigen Fluch stürmte Harry nach vorne und ließ sich neben dem Verwundeten auf die Knie fallen. Doch er kam zu spät und konnte seinem Söldner nicht mehr helfen. Die Bauchdecke des Mannes war aufgerissen und nur noch ein schwacher Lebensfunke ließ den Verwundeten ein letztes Mal blinzeln. Dann wurden seine Augen starr, denn das Leben hatte ihn verlassen. Noch kniend überlegte Harry, welche Optionen ihm noch offenstanden. Während seiner Überlegung starrte er durch die Energiewand und sah, dass dort drüben noch immer ein harter Kampf stattfand. Plötzlich fauchten Projektile an ihm vorbei und eine Kugel zerriss seinen Schutzanzug in Schulterhöhe. Er fühlte den glühenden Pfad des Todes und erkannte, dass er sich in höchster Gefahr befand. So schnell er konnte, sprang er auf und rannte seitlich aus dem möglichen Feuerbereich seiner Gegner. Als er sich in Sicherheit wähnte, riss Harry sich seinen Schutzanzug vom Körper und betastete seine Schulter. Er spürte zwar ein Brennen, doch offenbar hatte ihn das Geschoss nur gestreift. Kaum hatte er seinen Anzug abgelegt, rief er die noch vor dem Portal wartenden Techniker und Söldner zu sich. Letztere folgten dem Befehl nur zögerlich, da sie ihren Kameraden zur Hilfe eilen wollten. Doch Harry war der kommandierende Offizier, dem unbedingt gehorcht werden musste. So befahl er den Abbruch des Einsatzes und den sofortigen Aufbruch. Die Männer und Frauen bestiegen die beiden Lastwagen und die Humvees. Harry, der bereits in dem ersten Geländewagen saß, rief:

»Wir fahren, so schnell es möglich ist, zu dem stationären Tesla Portal. Dort bringen wir uns vorerst in Sicherheit. Danach formieren wir uns erneut und dann sehen wir weiter. Der Scheich hat bestimmt eine Alternativlösung parat. Also, Abmarsch!«

Doch ganz so schnell, wie Harry es sich vorgestellt hatte, kamen sie nicht voran. Die schweren Lastwagen wie auch die Humvees mussten sich durch das Gelände kämpfen. Nur die von ihnen hinterlassenen Fahrspuren, die sie auf dem Hinweg produziert hatten, wiesen den Weg zurück zum Tesla Portal.

Auf der anderen Seite des Portals sahen sich die Söldner des Scheichs einem heftigen Feuergefecht ausgesetzt. Feindliche Soldaten nahmen sie unter Beschuss, kaum dass sie das Portal durchquert hatten. Doch die Söldner waren geschulte Kämpfer und keiner der Männer hatte mit einem problemlosen Eindringen in das Laboratorium gerechnet. Sie feuerten während des Laufens in die Richtung des Feindes und warfen sich hinter Labortische, Generatoren und halbhoch gemauerten Wände. Von dort aus versuchten die Söldner vorzurücken und den Feind durch starken Beschuss zu vertreiben. Walt sah dem Feuergefecht beinahe hilflos zu. Er konnte hier seine telekinetischen Kräfte nur dosiert einsetzen, da seine wie auch Hankys übersinnlichen Gaben nur wenigen Menschen bekannt waren. Und so sollte es auch bleiben. So brachte er den einen oder anderen Söldner zu Fall oder ließ eine Deckung zusammenbrechen. Hanky versuchte unterdessen den Gedankeninhalt der Angreifer zu erfassen. Doch er konnte nichts wirklich Neues erfahren. Die Söldner verschwendeten keinen unnützen Gedanken, sondern sie konzentrierten sich auf den zu bestehenden Kampf. Und diesen führten sie verbissen, in dem Vertrauen, dass in Kürze weitere ihrer Kameraden in den Kampf eingreifen würden. Doch nichts dergleichen geschah und ein Söldner nach dem anderen wurde verwundet oder sogar getötet. Die letzten Söldner erkannten die Aussichtslosigkeit ihres Angriffs und ergaben sich schließlich. Die Spezialisten des BND rückten vor, entwaffneten die Söldner und nahmen sie in Gewahrsam. Ärzte und Notfallsanitäter wurden gerufen, die sich um die Verwundeten beider Seiten kümmerten. Die BND-Spezialisten sammelten sich, füllten ihre Munition auf und warteten auf weitere Befehle. Hanky sprach mit dem Einsatzleiter und wenige Minuten später rückten die BND-Spezialisten vor. Angeführt von Walt und Hanky durchschritten die Soldaten das Tesla Portal, das zu ihrer Verwunderung immer noch in Betrieb war. Sie erwarteten auf der anderen Seite, in der Parallelwelt, einen Hinterhalt oder rechneten zumindest mit weiterer Gegenwehr. Doch das Bild, das sich ihnen zeigte, war eine verlassene Maschinerie und eine fremde Welt. Hanky und Walt hatten diese fremde Welt schon einmal besucht. Doch das was sich ihren Augen nun offenbarte, glich in keinster Weise ihren Erfahrungen. Die friedliche, ruhig daliegende Gartenwelt hatte nichts mit dem von einem ewigen Sturm gepeitschten atomaren Hölle zu tun. Wie war das nur möglich?, fragte sich Walt und sah zu Hanky, der neben ihm stand. Doch dieser schien seinen Blick nicht zu bemerken. Mit staunenden Augen sah Hanky zu dem Himmel auf, der unwirklich funkelte und glitzerte. Walt, der weniger romantisch veranlagt war, forschte mit seinen übernatürlichen Sinnen und tastete mit psyonischer Energien das Firmament ab. Was er fand, erstaunte den erfahrenen Mutanten. Doch Walt wäre nicht Walt, wenn er seine Erkenntnis für sich behalten hätte. So platzte er laut heraus:

»Der ganze Himmel besteht aus Kristallen! Wie ist denn so etwas möglich?«

Gleichzeitig wusste er die Antwort, denn er hatte diese Kristalle schon vorher, vor wenigen Stunden untersucht. Dort oben war die gleiche Art von Kristallen, die sich nach der Bestrahlung der gefährlichen Zellen gebildet hatten. Hanky hatte Walts Gedanken gelesen und verzichtete auf eine Antwort. Welche Geheimnisse diese Welt noch zu bieten hatte, konnte man später noch erkunden. Zuerst mussten sie die Söldner des Scheichs ausschalten. Diese befanden sich auf der Flucht und mussten ergriffen werden. Der Mutant besprach sich schnell mit dem Einsatzleiter des BND, der staunend neben ihm gewartet hatte. Die Gerätschaften, die Maschinerie des laufenden Portals sollten unangetastet bleiben. Die Sicherung wie auch die Bewachung des Portals selbst wurden von der Spezialeinheit des BND übernommen. Kein Bewohner dieser Welt durfte das Portal durchschreiten und somit in die Welt der Menschen gelangen.

* * *

Angriff (Gegenwart)

Als Thore den Anruf aus seinem Handy entgegennahm, wusste er, dass nun sein Einsatz begann. Das mobile Tesla Portal war aktiviert worden. Wie vermutet hatte sich das Portal innerhalb des Laboratoriums geöffnet. Die Söldner des Scheichs versuchten in diesem Moment in das Gebäude einzudringen, was die Schussgeräusche im Hintergrund belegten. Der BND-Agent, mit dem Roger gerade sprach, musste sich in unmittelbarer Umgebung des Gebäudes befinden. Thore bedankte sich kurz und ging zum hiesigen Einsatzleiter der Spezialeinheit des BND hinüber, der sich gerade leise mit Yavuz unterhielt. Als er vor den beiden Männern stand, spürten diese die Anspannung Thores und Yavuz fragte rhetorisch:

»Geht es los?«

»Ja! Es geht los! Kommandant, befehlen Sie den Angriff. Wir stürmen die Lagerhalle sofort.«

Der Offizier sah auf seine Uhr und antwortete:

»In drei Minuten lasse ich die Stromleitung kappen. Danach dringt das erste Swat-Team durch die Seitentür ein. Anschließend sprengen wir das große Rolltor am Hallenende. Meine Herren, lassen Sie zuerst unsre Männer die Gegner entwaffnen. Danach haben Sie noch Zeit genug, mit den zu erwartenden Gefangenen zu sprechen. Ich möchte nicht, dass Sie sich in Gefahr begeben.«

Thore antwortete mit einem knurrigen: »Okay«, was bezeugte, dass er am liebsten als Erster in die Halle gestürmt wäre. Doch er ließ es sich nicht nehmen, noch ein wichtiges Detail zu erwähnen:

»Ihre Männer«, sagte er mit ernster Stimme, die keinen Widerspruch zuließ, »dürfen auf keinen Fall die Maschinerie des Tesla Portals beschädigen! Haben Sie das verstanden?«

Der Elitesoldat nickte, salutierte kurz und eher lässig und lief danach zu seinen Männern. Das Einsatzteam rückte langsam vor und wartete auf den Moment, wo der Strom ausgeschaltet wurde und die Außenbeleuchtung erlosch. Als ein relativ leiser Knall auf die Sprengung des Transformators hinwies, klappten die Spezialisten ihre Nachtsichtgeräte, die auf den Helmen angebracht waren, nach unten. Im gleichen Moment erlosch die Außenbeleuchtung rund um die Lagerhalle und auch im Inneren des Gebäudes wurde es dunkel. Yavuz und Thore waren zu einer Stelle neben einem geparkten Lastwagen gelaufen, der ihnen gute Sicht auf die Seitentür wie auch dem großen Rolltor bot. Von hier aus wollten sie den Angriff beobachten und im Zweifelsfall selbst eingreifen. Mit einem Rammbock, wie ihn auch die Polizei benutzte, um eine verschlossene Tür gewaltsam zu öffnen, zerstörte einer der BND-Soldaten das Schloss der Seitentür. Das Türblatt, aus dünnem Aluminiumblech gefertigt, verbog sich durch die Wucht des stählernen Rammbocks und hing nun schief in den Angeln. Ein weiterer Soldat riss das Türblatt auf und zog es zurück. Der erste BND-Kämpfer hatte den Rammbock neben der

Tür abgelegt und hielt eine Granate in seiner Hand. Er entsicherte den Sprengkörper und warf diesen durch die Tür in den Vorraum der Lagerhalle. Ein greller Blitz erhellte für eine Sekunde das Innere der Lagerhalle. Ohne auf einen weiteren Befehl zu warten, betraten die Spezialisten hintereinander das Gebäude. In lang geübter Manier wusste jeder Soldat, welche Aufgabe er hatte. Der erste sicherte nach rechts und schwenkte seine an die Schulter gepresste Waffe in die gegebene Blickrichtung. Soldat Nummer zwei sicherte links. Der dritte ging einige Schritte geradeaus und wurde dabei von Nummer vier von hinten am Gürtel mit festem Griff gehalten. Sollte der mittlere Soldat von einem Gegner angeschossen werden, würde sein Kamerad ihn nach hinten ziehen und damit aus der Schussbahn bringen. Dann würde er sofort die Position des eliminierten Soldaten einnehmen. Zwar wurde der vorderste Mann nicht sofort Opfer einer gezielten Kugel, aber dennoch empfing die Spezialisten heftiger Beschuss. Rauchgranaten wurden geschleudert und die roten Laserlinien der Gewehre geisterten nach einem Ziel suchend durch die Rauchschwaden. Beide Seiten feuerten blind auf die vermuteten Stellungen der jeweiligen Gegner. Dann ließ eine schwere Erschütterung, begleitet von einem lauten Knall, die Lagerhalle erbeben. Ein Teil des Rolltores wurde zerrissen und das fahle Licht des nahen Morgens erhellte, wenn auch unzureichend, das Innere der Lagerhalle. Durch die gewaltsam geschaffene Öffnung im Rolltor stürmten nun weitere Soldaten des BND. Die Söldner, die sich hinter Fahrzeugen, abgestellten Kisten und Containern verbargen, sahen sich nun aus zwei Richtungen bedrängt. Dennoch dachte kein einziger Mann des Scheichs an eine Kapitulation. Anders verhielt es sich mit den Technikern, die für den Betrieb des Tesla Portals verantwortlich waren. Die krochen am Boden entlang und suchten Schutz im hintersten Winkel der Lagerhalle. Hier stand ein bühnenartiger Aufbau, der die zentrale Einheit des Tesla Portals bildete. Hinter der Bühne, die nur circa fünfzig Zentimeter in der Höhe maß, fanden sie vorerst einen bedingt sicheren Aufenthalt. Dennoch keuchten sie vor Angst und das Kampfgeschehen führte sie in einen bisher nicht gekannten Level der Verzweiflung. Ein Mensch, der noch nie bei einem mit Schnellfeuerwaffen ausgetragenen Kampf teilgenommen hatten, wurde allein durch den Lärm der abgefeuerten Salven zu einem wimmernden Bündel hilfloser Hoffnungslosigkeit. Die Sondereinheit des BND hingegen ließ sich von der heftigen Gegenwehr der Söldner im Inneren der Lagerhalle nicht beeindrucken. Sie bauten auf ihre strategisch bessere Ausgangssituation und hofften durch den permanenten Beschuss ihre Gegner zu demoralisieren. Doch einen Aspekt hatten die BND-Spezialisten nicht bedacht. Es gab noch einen Fluchtweg für die Söldner und Techniker, der zwar aus der Verzweiflung geboren, aber durchaus möglich war. Zwei Kämpfer des Scheichs hatten sich an die Hallenwand zurückgezogen und suchten Deckung hinter der Arbeitsbühne des Tesla Portals. Dort entdeckten sie die Techniker, die Schutz suchend zwischen der Hallenwand und der Bühne auf dem Boden kauerten. Einer der Söldner entwickelte in seinen Gedanken in Sekundenschnelle einen Plan. Kaum gedacht, sprang er zwischen die Techniker und forderte mit vorgehaltener Waffe:

»Aktiviert sofort das Portal oder ich erschieße euch auf der Stelle!«

Die Techniker sahen den Söldner ängstlich und gleichzeitig erstaunt an. Vielleicht hatte der Mann recht und sie konnten dem Beschuss der Angreifer durch eine Flucht durch das Portal entkommen. Dennoch musste der Söldner seiner Forderung mit Schlägen und Tritten Geltung verschaffen. Dann aber erhoben sich die verängstigten Techniker und rannten geduckt zu den Bedieneinheiten des Tesla Portals. Zwar war der Strom ausgefallen, doch es brauchte nur wenige Handgriffe, um die Energieversorgung an die Generatoren anzuschließen. Dann starteten die Techniker die Generatoren und die Computer erwachten zum Leben. Über eine gesicherte Frequenz wurden die Söldner mittels des Helmfunks darüber informiert, dass in wenigen Minuten das Portal aktiviert werden sollte. Sofort änderten die Kämpfer ihre Strategie und griffen durch die nun mögliche Flucht mit neuer Motivation an. Sie rückten mutiger nach vorne und konnten ihre bisherigen Positionen nicht nur halten, sondern den Gegner auch dazu zwingen, sich teilweise zurückzuziehen. Außerhalb der Halle verfolgten Thore und Yavuz die Kampfhandlungen mit ungutem Gefühl. Sie hatten die Söldner in der Halle unterschätzt und Yavuz fragte sich, ob die Männer des Scheichs noch ein Ass im Ärmel hatten. Bei dieser Überlegung wurde ihm plötzlich klar, was geschehen konnte. Er verließ seinen Beobachtungsposten und rannte, ohne Thore seinen Gedankengang zu erklären, auf die Lagerhalle zu. Er schrie den BND-Kämpfern zu, sofort die Anlage des Tesla Portals unter Feuer zu nehmen. Doch noch ehe die Soldaten verstanden, warum sie auf die wertvolle Technik schießen sollte, drang ein dunkles Brummen aus der Lagerhalle. Gleich darauf begann die Luft zu vibrieren. Nun verstanden die BND-Spezialisten. Nur auf ihre Schutzwesten und Helme vertrauend stürmten die BND-Soldaten nach vorne und feuerten in Richtung Hallenrückwand. Dort bildete sich gerade ein leuchtender Energievorhang, der sich schnell stabilisierte. Die BND-Kämpfer achteten nicht auf die Söldner, die auf sie feuerten. Ja, sie ignorierten sie sogar. Mehr als zehn Schnellfeuerwaffen spien Verderben aus und ein tödlicher Hagel aus Blei zerfetzte die Techniker samt ihren Computern. Doch noch immer stand die Energiewand zwischen den Tesla-Spulen. Einige Söldner rannten auf die Energiewand zu und sprangen hindurch. Hinter den zerstörten Konsolen tauchten einige Techniker auf und rannten nun auch auf das Portal zu. Gleich darauf passierten sie auch das Tor zu einer anderen Welt. Sekunden später traf eine Salve eine Teslaspule, die krachend explodierte und das Portal schloss sich knisternd.

Ermittlungen vor Ort (Gegenwart)

Enttäuschung spiegelte sich auf dem Gesicht der FBI-Agentin Deborah Becket. Sie hatte sich so sehr auf ein Wiedersehen mit Walt Kessler gefreut, doch dieser hatte ihr nur kurz zugewinkt, ehe er in das Laboratorium rannte. Überhaupt herrschte hier auf dem Werksgelände der DECAM-Werke hektische Betriebsamkeit. Schwer bewaffnete Soldaten hatten das Gebäude, welches das Laboratorium beherbergte, umstellt. Einzelne Gruppen der Bewaffneten eilten Walt Kessler hinterher, während Hanky sich noch kurz mit ihrem Kollegen Special Agent des FBI, Roger Thorn, unterhielt. Gleich darauf rannte der Mutant ebenfalls zu dem großen Gebäude und verschwand in seinem Inneren. Roger drehte sich zu Debora und sah ihre Enttäuschung. Doch noch ehe er seine junge Kollegin mit gut gemeinten Worten aufmuntern konnte, klingelte sein Handy. Roger hob bedauernd seine Schultern und nahm dann das Gespräch an. Debora seufzte, tröstete sich aber mit der Hoffnung, Walt bald zu treffen. Immerhin war sie nun am gleichen Einsatzort und jeder Einsatz ging einmal zu Ende. Gleichzeitig fühlte sie aber eine Unruhe und fragte sich, ob ebendieser mit Sicherheit gefährliche Einsatz zum Erfolg führen würde. Walt begab sich in tödliche Gefahr, doch Debora vertraute, vielleicht um sich selbst zu beruhigen, auf ein gnädiges Schicksal. Sie hatte sich in den Mutanten verliebt und hoffte, nein, sie wusste es, Walt auch in sie. Mister Wynn stand neben dem SUV, mit dem Hanky sie hierhergebracht hatte, und sah interessiert dem Einsatz der Soldaten zu. Er verglich dabei die Ausrüstung der Deutschen mit derjenigen der US-Streitkräfte. Dabei konnte er keine großen Unterschiede feststellen. Am liebsten würde er auch an diesem Einsatz teilnehmen. Doch niemand schien im Moment seine Hilfe zu benötigen. So beschloss er, einfach abzuwarten und sich die Zeit mit Beobachten zu vertreiben. Roger beendete sein Telefonat und drehte sich zu Debora. Er winkte Mister Wynn, der zwar kein FBI-Agent, sondern ein Computerspezialist war, zu sich heran. Dann sagte der FBI-Agent:

»Wir wissen nun, wer der Scheich ist. Stellt euch vor, er ist Sektionsleiter der NSA in Deutschland und hält sich im Moment im Frankfurter Raum auf. Sein Name ist Omar Zaki, und dieser Mistkerl ist für die Morde an den Secret-Service-Agenten und den anderen Opfern verantwortlich. Wir müssen jetzt schnell handeln. Mister Wynn, Sie bleiben hier, da Sie im Moment der Einzige sind, der weiß, wie das Tesla Portal funktioniert.«

Wie zur Bestätigung seiner Worte erklang in diesem Moment ein dunkler Basston, der gleich darauf von einem kurzwelligen Vibrieren der Luft begleitet wurde. Mit erhobener Stimme, um den Basston und das Vibrieren zu übertönen, fuhr Roger mit seinen Anweisungen fort.

»Sie sehen Mister Wynn, das Portal wurde geöffnet. Halten Sie sich bereit, die Anlage zu bedienen. Ich informiere den hiesigen Einsatzleiter und dieser wird Sie dann bei Bedarf einsetzen.«

»Alles klar!«, rief nun der große Mann. »Von mir aus kann ich sofort beginnen. Ich bin bereit!«

»Danke Mister Wynn!«, antwortete Roger Thorn. »Debora, steigen Sie schon mal in den SUV. Leider haben wir unseren Fahrer samt Auto weggeschickt. Wir leihen uns einfach Hankys Auto aus. Ich informiere noch schnell den Einsatzleiter und dann besuchen wir diesen ominösen Scheich.«

Während Debora zu dem SUV eilte, hörte sie Schussgeräusche aus dem Gebäude des Laboratoriums und ihre Sorge um Walt flammte erneut auf. Keine Minute später saß Roger auf dem Fahrersitz und startete den Motor. Mit aufheulendem Motor fuhr Roger los und noch ehe Debora sich über seine rüde Fahrweise beschweren konnte, gab ihr Roger etwas zu tun.

»Debora, bitte geben Sie folgende Straßennamen ein und danach Frankfurt am Main. Gießener Straße 30. Danke Kollegin!«

Die junge FBI-Agentin ärgerte sich ein wenig über Rogers süffisanten Ton und seine mitschwingende Ironie war nicht zu leugnen. Doch ihr Ärger verflog rasch, als sie erkannte, dass Roger sie nur vor ihrem kleinen Liebeskummer ablenken wollte. So fragte sie spitz:

»Was befindet sich denn in der Gießener Straße 30?«

»Das amerikanische Generalkonsulat und dessen Gelände, eine Dependance des NSA. Der Scheich, oder wie wir jetzt wissen, Mister Omar Zaki, seines Zeichens Leiter dieser Zweigstelle der National-Security-Agency, könnte sich dort aufhalten. Dies wäre allerdings ein Glücksfall, denn ich glaube, dieser Kerl ist sehr gerissen. Doch wir werden erfahren, wo und in welcher Stadt er sein privates Domizil hat.«

Nach einem bewunderten Seitenblick auf Roger gab Debora die Adresse in das Navigationssystem des SUVs ein. Ihr Kollege erstaunte sie immer wieder mit seiner Kompetenz und Effektivität, mit der er einen Fall bearbeitete. Nachdem sie das Navi programmiert und die Ausgabesprache in Englisch geändert hatte, setzte sie sich auf und betrachtete die vorbeiziehende Stadtlandschaft. Der Morgen hatte begonnen und hinter den Häuserreihen blitzten zaghaft einige Sonnenstrahlen durch tiefhängende Wolken. Trotz der frühen Stunde waren auf den Straßen der Stadt schon viele Autos, Lastwagen und Busse unterwegs. Pendler, die ihren Job in der Metropole ausübten, kamen aus den Vorstädten, während die Lastwagen ihre erste Liefertour begonnen hatten. Eigentlich unterschied sich Frankfurt nicht so sehr von amerikanischen Großstädten, wenn man einmal die regionale Bauweise außer Acht ließ. Als Roger jedoch auf das Zentrum Frankfurt zusteuerte, schlich sich ein Gefühl der Vertrautheit bei Debora ein. Die mächtigen Hochhäuser, die das Stadtbild dominierten, hätten sich, ohne aufzufallen, in das

Stadtbild jeder amerikanischen Großstadt einfügen können. Bald darauf verließen sie den Stadtkern und fuhren auf einer immer noch sehr belebten Straße, ehe sie nach links in eine ruhigere Straße abbogen. Nach circa hundert Metern setzte Roger seinen Blinker und bog auf einen Parkplatz ein. Neben dem Parkplatz befand sich ein umzäuntes Gelände und eine US-Flagge wehte an einem Fahnenmast. Roger parkte und verließ den Wagen. Debora folgte wortlos ihrem Kollegen, der zu einem kleinen Pförtnerhaus ging. Hinter der Glasscheibe saß ein uniformierter Mann, der die beiden FBI Agents mürrisch musterte. Noch ehe Roger etwas sagen konnte, knurrte der Pförtner:

»Haben Sie einen Termin? Wenn nicht, besorgen Sie sich einen!«

Roger kannte solche Typen, die eigentlich für den Bürger arbeiten sollten, ihre kleine Machtposition aber gerne ausnutzen, um die vorstelligen Menschen zu demütigen. Roger ließ sich nicht durch die unfreundliche Art aus der Ruhe bringen und antwortete:

»Ihnen auch einen guten Morgen und nein, wir haben keinen Termin. Den brauchen wir auch nicht, denn als Beauftragte der Regierung und als Angehörige des FBI darf uns keine US-amerikanische Behörde den Zugang verweigern. Und nun öffnen Sie die Tür, ehe ich mich genötigt sehe, ein Wort mit Ihren Vorgesetzten zu sprechen!«

Jetzt schaute der schlecht gelaunte Pförtner forschend auf und musterte die FBI-ID-Karte sehr genau. Dann drückte er wortlos auf einen Knopf auf seinem Schreibtisch und ein Summen verriet, dass die Tür rechts neben dem Pförtnerhaus geöffnet worden war. Hinter der Tür standen zwei bewaffnete Soldaten, die den Agents forschend entgegensahen. Der Raum selbst enthielt vier Sicherheitsschleusen, die nebeneinander angeordnet waren. Sie glichen gleichartigen Schleusen in internationalen Flughäfen, was Debora nebenbei registrierte. Die Soldaten wiesen auf die

Schleuse Nummer eins und baten, alle mitgebrachten Gegenstände in einen kleinen Korb zu legen. Hinter der Schleuse warteten zwei weitere Soldaten, die zwar Uniform trugen, aber unbewaffnet waren. Sie prüften die Papiere der frühen Gäste und kurz entbrannte eine Diskussion, ob die FBI-Beamten ihre Dienstwaffen mit auf das Botschaftsgelände bringen durften. Roger setzte sich schließlich durch, als er darauf hinwies, dass sich auf dem Gelände ein bewaffneter Verschwörer aufhalten konnte. Schließlich gaben die Soldaten die Verantwortung in dieser Streitfrage an ihren Vorgesetzten ab, der wenige Minuten später in dem Ankunftsgebäude eintraf. Ihm erklärte Roger die Situation und fragte nach den Büros der NSA. Der Leutnant telefonierte daraufhin mit einem ranghöheren Offizier, der sofort veranlasste, dass Militärpolizisten den FBI Agents als Verstärkung zugeteilt wurden. Es dauerte wieder einige Minuten, ehe acht Militärpolizisten bei Roger und Debora eintrafen. Roger forderte die Männer auf, ihn und seine Kollegin sofort zu dem Büro des Sektionschefs zu bringen. Sollte sich der NSA-Agent Omar Zaki auf dem Gelände des Konsulates befinden, sei dieser sofort zu verhaften. In eiligem Schritt lief die Gruppe nun über das Gelände des Konsulates und wenige Minuten später standen Roger und Debora im Büro des Verräters. Dieses war jedoch verlassen und Roger wusste, dass der Scheich geflüchtet war.

* * *

Tauschgeschäfte (einige Monate zuvor)

Eine seiner hervorstechenden Gaben bestand darin, komplexe Zusammenhänge sofort zu erkennen und diese für sich zu nutzen. So auch hier in dieser beeindruckenden Umgebung, die nur ein kleiner Teil des schwarzen Turms zeigte. Omar blendete die vielen technischen Innovationen, die er hier bestaunen durfte, als Möglichkeiten aus. Jedenfalls für den Moment, was nicht bedeutete, dass er sich vielleicht später damit befassen würde. Er hatte gelernt, dass man sich nicht verzetteln durfte, sondern eine Sache nach der anderen erledigen sollte. Mit dieser Einstellung war er bisher in seinem Leben erfolgreich gewesen. Also beschloss der Scheich, sich nur darauf zu konzentrieren, diese Wundermaschine, den Zellmodulator, in die Welt der Menschen zu bringen. Natürlich war dabei seine Motivation nicht philanthropischer Natur. Nein, er war kein Menschenfreund und schon gar nicht wohlwollend. Macht und Reichtum speisten seine Egomanie und Kaltherzigkeit war sein meuchlerischer Dolch, den er gnadenlos einsetzte, wenn ein Gegner es wagte, sich ihm entgegenzustellen. Nachdem er seine Überlegungen beendet hatte, drehte er sich von dem Zellgenerator weg und dem Mitglied der hiesigen Regierung zu. Zwar war Omar diese Zivilisation, die sich in der Parallelwelt etabliert hatte, fremd. Doch wenn man diesen Aspekt außer Acht ließ, lebten hier auch nur Menschen. Und mit seiner eigenen Rasse, auch auf einer Fremdwelt, konnte man Verhandlungen führen. Entschlossen, keine Zeit zu verlieren, ging der Scheich mit seiner ihm eigenen Selbstsicherheit auf den Politiker zu. Er blieb zwei Schritte vor dem asketisch wirkenden Mann stehen und sagte dann mit der Gewissheit, dass sein Gegenüber das Übersetzungsgerät aktiviert hatte:

»Sehr geehrtes Ratsmitglied. Als Erstes möchte ich mich für die Heilung meines Begleiters bedanken. Ich bin froh, dass wir nun einen Weg zur friedlichen Kommunikation gefunden haben. Ich habe zwar nur einen winzigen Teil Ihrer Welt gesehen, doch ich glaube zu wissen, dass Ihnen und Ihrem Volk es an manchen Gütern des täglichen Lebens mangelt. Nun komme ich zum zweiten Punkt meiner Überlegung. Ich habe die Möglichkeit, Ihnen jetzt und in der Zukunft zu helfen. Doch es erscheint mir sinnvoll, mein Anliegen und die Bedürfnisse Ihres Volkes mit den Entscheidungsträgern zu erörtern. Deshalb bitte ich Sie in aller Höflichkeit und mit meinem vollen Respekt, den Rat des Turms zusammenzurufen. Da Zeit für mich ebenfalls ein wertvolles Gut ist, würde es mich sehr freuen, wenn Sie zeitnah ein erstes Gespräch mit dem Rat anberaumen könnten. Ein kleiner Hinweis, der für Sie und Ihre Leute enorm wichtig sein könnte: Meine Welt hat viel zu bieten und ich bin in der Lage, nahezu jegliche Handelsware zu besorgen. So, nun möchte ich Sie nicht weiter aufhalten. Ich vermute, Sie haben noch eine Menge zu tun. Wenn Sie mir vielleicht einen Bereich im Turm zeigen können, wo mein Begleiter und ich auf Ihre Antwort warten können, wäre ich Ihnen sehr verbunden.«

Das Ratsmitglied war von der Forderung des Fremden zunächst düpiert. Wie konnte dieser Mann sich anmaßen, sich über die Befindlichkeiten seines Volkes zu äußern? Was wusste er denn von den Versorgungsproblemen der Turmbewohner? War der stete Mangel an Grundnahrungsmitteln so leicht ersichtlich? Immerhin hungerte kein Mitglied der Gemeinschaft und jeder lebte in relativer Sicherheit. Doch gerade das Ernährungsproblem beschäftigte die Mitglieder des Rates schon seit Langem. Es gab nur begrenzte Ressourcen und der Bau einer zweiten Kuppel war illusorisch, da entsprechendes, unverstrahltes Baumaterial fehlte. Man grub sich zwar immer tiefer in den Untergrund und schuf so mehr Lebensraum, doch die hydrophonischen Gärten verbrauchten auch sehr viel Energie. Zwar benötigten die Pflanzen bei dieser unkonventionellen Landwirtschaft keinen normalen Boden, doch auch das anorganische Substrat oder entsprechende Nährlösungen mussten entsprechend produziert oder vorbereitet werden. Vielleicht bot sich hier durch die unerwartete Anwesenheit dieses Fremden eine Möglichkeit, die Versorgung der Turmbewohner auf längere Frist zu sichern. Das durchaus respektlose Verhalten des Fremden konnte man hinnehmen. Immerhin kannte er nicht die sozialen Gepflogenheiten ihrer Gemeinschaft. Ein ungehöriges Räuspern des Fremden erinnerte das Ratsmitglied, dass dieser immer noch wartend vor ihm stand. Sein Begleiter hatte sich einfach auf den Boden gesetzt und wartete dort geduldig. Auch dieses Verhalten wurde unter normalen Umständen in ihrer Gesellschaft nicht geduldet. Mit einem verächtlichen Blick auf den Sitzenden entschied das Ratsmitglied nun zu handeln. Er rief einen der Wächter herbei, der mit einem leuchtend roten Overall bekleidet war, und befahl diesem die beiden Fremden in die nächste Versorgungsstation zu bringen. Dort sollten sie natürlich unter Bewachung mit Nahrung und Getränken versorgt werden. Auch durften sie den Versorgungsbereich nicht verlassen, ehe der Rat den Befehl dazu gab. Dann wandte sich das Ratsmitglied an Omar und aktivierte den Übersetzer.

»Ich werde Ihrer Bitte entsprechen und den Rat des Turms informieren. Bis zu der Entscheidung des Rates laden wir Sie ein, sich an der nächsten Versorgungsstation zu erfrischen. Der Wächter wird Sie natürlich begleiten.«

Damit drehte sich das Ratsmitglied um und marschierte gemessenen Schrittes davon. Omar blickte dem Mann kurz hinterher und forderte dann seinen Begleiter auf, sich vom Boden zu erheben. Es folgten die beiden irdischen Männer dem Wächter, der hier offensichtlich die Staatsmacht vertrat. Sie lernten nun einen anderen Bereich im Turm kennen. Nach einer Fahrt in einem wirklich großen Fahrstuhl, der gut hundert Menschen transportieren konnte, gelangten sie in eine Etage, die der Freizeitgestaltung und Erholung der Turmbewohner diente. Ein riesiger, runder Raum, der bestimmt zehn Stockwerke hoch war, ließ in Omars Blicken Bewunderung erkennen. Über mehrere Terrassen verteilt waren Parkanlagen mit Bäumen, Sträuchern, Blumenrabatten, Rasenflächen und sogar einem künstlichen Bachlauf geschaffen worden. Auf der untersten Ebene beherrschte eine große seeähnliche Wasserfläche das harmonische Bild. Die Bewohner des Turms bevölkerten diesen Erholungsbereich, saßen auf den Grasflächen, spazierten durch die Parks oder badeten gar in dem kleinen See. Alleine die Anzahl der Parkbesucher ließ Omar seine bisherige Einschätzung über die Einwohnerzahl des Turms neu überdenken. Er kam zum Schluss, dass weit mehr als einhunderttausend Menschen in diesem Megabauwerk lebten. Der Wächter führte Omar und dessen Begleiter ein Stück durch den Park und bog danach rechts ab. Durch einen weiten, künstlerisch verzierten Torbogen gelangten sie in einen weiteren Raum. Auch hier war das Terrassenprinzip angewandt worden, was den ebenfalls großen Raum optisch verkleinerte. Auf jeder Ebene waren Tische und Stühle aufgestellt, die auch in jedes irdische Restaurant gepasst hätten. Dazwischen gab es runde Kioske, an denen Speisen und Getränke ausgegeben wurden. Omar folgte dem Wächter zu einem der Kioske. Dort zeigte der Wächter auf die Speisen, die in großen Schalen und Tellern angerichtet waren. Der Scheich nahm sich einen Teller von einem Stapel und ging dann an den dargebotenen Speisen entlang. Entschlossen nahm er von verschiedenen breiartigen Gerichten einen Löffel voll und griff sich ein Glas Wasser. Anschließend sah er sich um und entdeckte einen Tisch. Er ging zu dem Tisch und setzte sich auf einen der Stühle. Sein Begleiter, der geheilte Söldner, tat es ihm gleich und brachte Omar einen Löffel mit, den dieser vergessen hatte.

Vorsichtig probierte Omar die Breisorten, die erstaunlich würzig und schmackhaft waren. Schnell hatte er seinen Teller geleert und sah sich erneut um. Da erblickte er das Ratsmitglied, der immer noch gemessenen Schrittes auf ihn zukam. Der Mann holte sich ebenfalls ein Glas Wasser und setzte sich zu Omar an den Tisch. Er trank vorsichtig einige Schlucke und sagte dann mit ruhiger, ja beinahe emotionsloser Stimme:

»Der Rat des Turms gewährt Ihnen eine Unterredung. Doch ich warne Sie! Verärgern Sie keines der Ratsmitglieder. Nicht alle Räte sind Ihnen freundlich gesinnt und eine Konfrontation kann mit der Verbannung in die Strahlenwüste geahndet werden. Wenn Sie Ihre Mahlzeit beendet haben, können wir uns zum Saal der Räte begeben.«

Omar lächelte kalt und seine Augen zeigten ein gefährliches Glitzern. Er beugte sich vor und sagte leise: »Ihre Drohungen geben Zeugnis Ihrer Unsicherheit. Nun ein Hinweis von mir. Wenn der Rat nicht meinen Wünschen entspricht, dann wird Ihr fragiles Habitat, Ihre künstlich erschaffene Umgebung untergehen. Ich habe natürlich Vorsorge getroffen und meinen Männern ein Zeitfenster genannt, wann sie das Portal erneut öffnen. Sollte ich nicht vor Ort sein, dann gnade Ihnen Gott.

»Wer ist denn Gott?«, fragte das Ratsmitglied.

* * *

Durch die fremde Welt (Gegenwart)

Hanky beorderte drei Humvees mit jeweils fünf BND-Spezialisten durch das Tesla Portal. Da Walt aber einen der schweren Wagen selbst durch die fremde Welt steuern wollte, ließ Hanky zwei BND-Männer am Portal zurück. Sie sollten ihren Kameraden bei der Absicherung des Portals helfen und den Kontakt per Funk zu den drei Wagen ständig aufrechterhalten. Nachdem die Fahrzeuge samt Besatzung das Portal durchfahren hatten, stoppten sie einige Meter weiter. In der Zwischenzeit hatten die Soldaten den verlassenen Radlader zur Seite gefahren, um Platz für die Humvees zu schaffen. Walt saß im ersten Wagen und wartete ungeduldig auf Hanky. Dieser stand aber nun schon einige Minuten reglos da und starrte scheinbar blicklos zu einem riesigen Gebäude. Es war das einzige Gebäude in Sichtweite. Ein schwarzer, sehr großer und wuchtiger Turm reckte sich bis zu dem Kristallfirmament empor. Hanky starrte natürlich nicht blicklos, sondern er hatte seinen Geist auf eine mentale Ebene versetzt. Dort konnte er nach Gedankenmustern suchen und er hatte Erfolg bei seiner Suche. Tausende und abertausende Gedankenströme brandeten an seinen besonderen Sinn und schienen den Mutanten unter sich begraben zu wollen. Doch Hanky hatte gelernt, sich vor fremden Gedanken abzuschirmen. Normalerweise blockierte er immer die Gedanken anderer Menschen, da sein Geist sonst kollabiert wäre. Wollte er jemanden belauschen, öffnete er seinen mentalen Schutzschirm mit großer Vorsicht und ließ nur von ihm gefilterte Gedankenströme zu. Dies fiel ihm besonders leicht, wenn er eine Person vor sich hatte, deren Gedanken er lesen wollte. Doch hier in der Kuppel wollte der Mutant erst einmal prüfen, ob es hier intelligente Wesen gab und wie groß deren Anzahl war. Hanky kam zu dem Schluss, dass es sehr viele Intelligenzen in der Kuppel gab, und er schirmte sich wieder ab. Das ungeduldige Hupen, das Walt verursachte, weil er nicht mehr warten wollte, erleichterte es Hanky, sich wieder mit seiner Umgebung zu befassen. Mit einem letzten Blick auf den schwarzen Turm wandte sich Hanky von dem mächtigen Gebäude ab und ging zu dem vordersteten SUV. Er stieg auf der Beifahrerseite ein und Walt fragte:

»Wo bleibst du denn so lange Hanky?«

»Ich hab' nachgeschaut, ob es hier Nachbarn gibt?«

»Und ...?«

»Mehr als erwartet, Walt. Viel mehr!«

»Und sie kommen uns schon besuchen! Schau mal nach vorn. Die haben ja abgefahrene Flugzeuge!«

Nun sah Hanky auch drei Fluggeräte in Tropfenform. Ihre Außenhüllen leuchteten in strahlendem Rot. Blitzschnell öffnete Hanky seinen Gedankenschirm und sondierte die Gedankeninhalte der Fremden in den Fluggeräten. Hanky konnte die Gedanken der Fremden gut lesen. Sie waren verwirrt und wussten nicht, wie sie die momentane Lage beurteilen sollten. Agierten auf ihrem Territorium zwei verfeindete Gruppen? Mit welcher dieser Gruppen hatten sie Geschäfte gemacht? Der Rat des Turms hatte höchste Alarmbereitschaft angeordnet. Das bedeutete, dass innerhalb der Kuppel tödliche Gewalt angewendet werden durfte. Doch im Moment sollten sie nur beobachten. Hanky unterbrach seinen gedanklichen Lauschangriff und sah nach vorne. Der Rat des Turms! Dieser Begriff, diese Bezeichnung löste in Hanky ein Warnsignal aus. Was, wenn der Rat beschloss, das Tesla Portal anzugreifen? Dann waren sie hier in dieser Welt gefangen. Außerdem konnte die Anlage ausfallen, was zum gleichen Ergebnis führen würde. Es war nicht klar, ob Thore das andere Tesla Portal unversehrt unter seine Kontrolle bringen konnte. Walt wollte schon losfahren, doch Hanky sprang in diesen Moment aus dem Fahrzeug. Walt fluchte ungehalten und fragte sich, was denn nun wieder geschehen sei. Hanky rannte unterdessen zu einem der Offiziere, blieb vor ihm stehen und befahl:

»Schicken Sie einen Mann zurück durchs Portal. Auf der anderen Seite wartet vor dem Laboratorium ein Mann, der sich mit dem Tesla Portal auskennt. Mister Wynn ist sein Name. Sagen Sie ihm, das Portal muss geschützt werden, und das unter allen Umständen! Befolgen Sie all seine Anweisungen! Haben Sie verstanden?«

»Jawohl! Ich habe verstanden!«, antwortete der Offizier. »Ich hole den Mann selbst ab!«

Einigermaßen beruhigt kehrte Hanky zu dem Humvee zurück und setzte sich nun zum zweiten Mal auf den Beifahrersitz. Zu Walt gewandt sagte er dann mit einer gewissen Erleichterung:

»Wir können losfahren! Los Walt, wir müssen die Gangster stellen. Ich möchte nicht länger in dieser Welt bleiben als nötig.«

»Da geht es dir wie mir«, sagte Walt mit einem Grinsen und startete den Humvee. Sie folgten den gut sichtbaren Spuren, welche die Söldner mit ihren Lastwagen und dem Tieflader in der gepflegten Gartenwelt hinterlassen hatten. Selbst mit den geländegängigen SUVs kamen sie nur langsam voran. Das Erdreich war aufgewühlt und der schwere, teils nasse Lehmboden sammelte sich in den Radkästen und behinderte so die Lenkbewegungen. Die Männer wurden durchgeschüttelt und jeder Meter der Fahrt wurde zur Qual. Walt versuchte leicht versetzt zur schlammigen Fahrspur zu fahren. Doch immer wieder rutschte das Fahrzeug und schlingerte wild hin und her. Unter einer Baumgruppe ließ Hanky die Fahrzeuge anhalten und verkündete eine Pause. Froh für einige Minuten der Fahrtunterbrechung stiegen die Männer aus den Wagen und streckten sich. Die friedliche Landschaft verleitete die Soldaten des BND beinahe zur Sorglosigkeit. Auch Hanky, der sich nach dem Verlassen des Humvees streckte, um seine malträtierten Muskeln zu entlasten, vergaß für einen Augenblick die mentale Überwachung seines Umfelds. Deshalb erschrak er zutiefst, als sich direkt vor der Baumgruppe drei Flugtropfen der Turmbewohner lautlos näherten und schließlich in nur zwanzig Metern Entfernung vor ihnen landeten. Die Soldaten hoben nach dem ersten Schreck sofort ihre Waffen und gingen in Deckung. Hanky, der umgehend die Gedanken der Fremden überprüft hatte, rief laut:

»Waffen runter! Im Moment besteht keine Gefahr!«

Nach einem prüfenden Rundblick sah er, dass die BND-Spezialisten seinem Befehl folgten. Doch die Männer blieben wachsam und waren bereit, sofort einen Kampf aufzunehmen. Walt stellte sich neben seinen Freund und fragte gespannt:

»Was meinst du Hanky, sollen wir uns den Herrschaften in den Tropfendingern vorstellen? Ich meine, da gehört sich doch, wenn man seine Nachbarn besucht.«

Mit einem kurzen Lächeln quittierte Hanky Walts Kommentar. Sein Freund hatte die unglaubliche Gabe, komplizierte Sachverhalte auf einfachste Art zu lösen. Seine direkte Art machte so manchen Mitbürger sprachlos. Doch Hanky wusste es sehr zu schätzen, dass Walt mit einem lockeren Spruch schon so manche Krisensituation gelöst hatte. So antwortete er kurz:

»Genau das machen wir jetzt, mein Lieber. Komm, wir gehen zu den Tropfendingern und klopfen mal an.«

Nun war es Walt, der ein breites Grinsen zur Schau stellte. Er klopfte seinem Freund auf die Schulter und dann gingen die beiden Mutanten zu den Fluggeräten der Turmbewohner hinüber. Diese hatten die Reaktion auf ihr Erscheinen genau verfolgt. Diese Fremden, zumindest zwei von ihnen, erstaunten sie sehr. Die beiden Männer, die nun auf ihre Flugmaschinen zugingen, schien keinerlei Angst zu verspüren. Auch war ihr Verhalten als äußerst friedfertig einzustufen, was sie von der ersten Gruppe, die zu den Menschen gehörten, welche ungefragt in die Welt der Kristallkuppel vorgedrungen waren, unterschied. Dennoch war jeder Eindringling als gefährlich einzustufen und mit Vorsicht zu behandeln. Der Rat des Turms hatte beschlossen, sich mit den neuen Eindringlingen in Verbindung zu setzen, um deren Motivation zu ergründen. So befahl einer der Männer, der in dem mittleren Flugtropfen saß und auf die Bildschirme schaute, den Angriffsmodus auszusetzen und den Bereitschaftsstatus zu aktivieren. Dann öffnete er die Ausstiegsluke und verließ das seltsame Fluggerät. Hanky, Walt und die anderen Mitglieder der

Verfolgungsmission sahen erstaunt, wie sich die leuchtendrote Lackierung der Flugtropfen änderte und zu einem matten Weißton transformierte. Hinter dem mittleren Fluggerät trat ein Mann hervor, der mit einer schwarzen Hose und einem weißen Hemd bekleidet war. Wäre ihnen dieser Mann auf den Straßen New Yorks begegnet, so hätten sie ihn mit keinem Blick gewürdigt. Nichts an dem Fremden war wirklich fremdartig. Hanky drang in die Gedanken des Fremden ein und fand Friedfertigkeit und Neugierde. Der Mutant lächelte und wartete, bis der Fremde drei Schritte vor ihm und Walt stehen blieb. Der Mann sagte etwas in einer vokalvollen, unbekannten Sprache und Hanky wusste, dass er diese Sprache schon einmal gehört hatte.

* * *

Bedingter Erfolg (Gegenwart)

Die Schreie der Verwundeten drangen gemischt mit dem Knistern blank liegender Starkstromkabel, die funkensprühend auf dem Boden lagen, aus der Lagerhalle. Der Kommandeur der Spezialeinheit des BND befahl zuerst die Söldner zu entwaffnen und die Halle zu sichern. Aus der Ferne hörten Thore und Yavuz die Sirenen der angeforderten Rettungswagen, die zusammen mit einem Notarztteam sich der Lagerhalle näherten. Nun hielt es die beiden Männer nicht mehr an ihren Positionen. Yavuz, der zuvor schon durch das zerstörte Rolltor gespurtet war, hatte sich in Sicherheit bringen müssen, da ihm die Kugeln der Verteidiger buchstäblich um die Ohren geflogen waren. Nun gingen die beiden Männer immerhin bis zu dem zerstörten Rolltor und sahen sich vorsichtig um. Sie erkannten, wie die BND-Soldaten die Söldner entwaffneten und nach einigen Minuten meldete der Kommandeur der Truppe, dass die Halle nun gesichert sei.

Thore fluchte ungehalten, als er bemerkte, dass eine der Tesla-Spulen zerstört war. Natürlich konnte man die Spule ersetzen, doch im Moment war ihm und seinen Leuten der Zugang zu der Parallelwelt versperrt. Sie konnten Walt und Hanky wie auch den BND-Einheiten, die durch das mobile Tesla Portal die fremde Welt betreten hatten, nicht helfen. Außerdem war es einigen Söldnern und Technikern gelungen, durch das Portal zu entkommen, was Thore besonders ärgerte. Nun lag es an ihm, die beschädigte Anlage wieder instand zu setzen. Doch er war kein Ingenieur und er vermutete, dass sich dieses Portal für einige Zeit nicht aktivieren ließ. Dennoch ordnete er an, dass die noch intakten Geräte und Computer zu sichern seien. Die Gerätschaften sollten bis zum Eintreffen einer qualifizierten Technikereinheit unberührt bleiben. Lediglich das Abschalten der noch immer laufenden Generatoren genehmigte der BND-Agent. Nacheinander wurden die Söldner des Scheichs aus der Halle geführt. Ihre Hände waren mit Plastikfesseln hinter dem Rücken fixiert, doch ihre grimmigen Blicke zeugten von keinerlei Reuegefühlen. Vor der Halle mussten sich die Söldner auf den Boden setzen und wurden dort von den Soldaten des BND bewacht. Nach und nach trafen immer mehr Fahrzeuge an der Lagerhalle ein. Bundespolizisten sperrten den Bereich großräumig ab, während Sanitäter und Ärzte sich um die Verwundeten kümmerten. Dabei machten sie keinen Unterschied zwischen Freund und Feind. Die Leichen der Gefallenen wurden von Pathologen einer ersten Besichtigung unterzogen, ehe die Getöteten in die Gerichtsmedizin nach Frankfurt gebracht wurden. Mit Erleichterung nahm Thore die Meldung entgegen, dass es unter seinen BND-Kameraden kein Todesfall zu beklagen gab. Allerdings mussten einige Schwerverletzte noch um ihr Leben kämpfen. Yavuz ging unterdessen durch die Lagerhalle und blieb schließlich vor der Gerätschaft des beschädigten Tesla Portals stehen. Seine Blicke schweiften über die Apparaturen, die es ermöglichten, ein Tor zu einer Parallelwelt zu öffnen. Alleine dieser Gedanke erfüllte ihn mit Unbehagen. Was, so fragte er sich, wenn Menschen oder fremde Wesen aus anderen Parallelwelten ebenso in der Lage waren, durch eine technische Innovation in die Welt der Menschen einzudringen. Dies war, wie er nun wusste, durchaus möglich und viel wahrscheinlicher als der Besuch außerirdischer Intelligenzen. Befand sich die Menschheit an der Schwelle zu ungeahnten Gefahren? Hatte man sich zu lange der Illusion hingegeben, alleine im Weltenraum zu sein? War die Erde noch ein sicherer Planet, der ruhig seinen Weg in die Zukunft gehen konnte? Yavuz schüttelte unbewusst seinen Kopf und verneinte diese Frage. Nein, die Welt, sein Heimatplanet war noch nie friedlich und sicher gewesen. Ständig kämpften irgendwo auf dieser Erde Menschen miteinander. Ideologien oder purer Machthunger waren die Triebfedern jeglicher kriegerischen Auseinandersetzung. Wie konnte er nur denken, dass es einen friedlichen Weg in die Zukunft gab? Hatte er nicht schon viel Gewalt erlebt? Bei den Unruhen in New York City hatte er gesehen, zu welcher Gewalt Menschen bereit waren. Auch in Walkers Hill war er dem Grauen begegnet und er war Zeuge von völliger Unmenschlichkeit geworden. Und nun war er schon wieder in einen Konflikt involviert, der Menschenleben forderte. Er selbst war vor wenigen Tagen dem beinah sicheren Tod entkommen und er hatte dafür einem anderen Menschen das Leben genommen. Er hatte natürlich aus Notwehr und zum Schutz seines eigenen Lebens gehandelt. Doch das änderte nichts an der Tatsache, dass auch er im Zweifelsfall über Leichen ging. Machte ihn dies zu einem schlechten Menschen, zu einem bösen Mann, zu einem Killer? War denn seine Motivation besser als die der Söldner da draußen vor der Halle, die nun gefesselt auf dem Boden saßen und einer ungewissen Zukunft entgegensahen? Yavuz setzte sich auf die Arbeitsbühne des Tesla Portals und schloss seine Augen. Für einen Moment gönnte er sich eine mentale Auszeit. Er wollte nichts mehr hören und sehen. Doch sein aufgewühlter Geist gewährte ihm diese Pause nicht. Er konnte sich seiner selbstauferlegten Verantwortung nicht entziehen. Nein, er würde weiter versuchen, das Böse, wo immer es sich auch zeigte, zu bekämpfen. Dies war er seiner Familie, seiner Frau, seinen Söhnen und nicht zuletzt sich selbst schuldig. Er durfte diesen Kampf an der Seite von guten Männern austragen, wie Roger, Thore, Walt und Hanky, die anscheinend niemals zu zögern schienen, das Böse auf dieser Welt zu bekämpfen. Als Yavuz seine Augen schließlich öffnete, sah er Thore vor sich stehen. Der große Mann sah in forschend an und fragte mit leiser Stimme:

»Ist alles in Ordnung mit dir?«

»Ja geht schon wieder!«, antwortete Yavuz und wusste, dass ihn seine Zweifel ein Leben lang begleiten würden. Dennoch ergriff er Thores ausgestreckte Hand und erhob sich von der flachen Arbeitsbühne. Doch die ihm dargebotene Hand war viel mehr als eine körperliche Hilfestellung. Sie symbolisierte eine Kameradschaft, die nur Menschen spürten, die zusammen dem Tod ins Auge geblickt hatten. In früheren Zeiten waren so Bruderschaften der Krieger entstanden und dieser Kampfgeist befähigte die heutigen Kämpfer zu erstaunlichen Leistungen, die sie über die eigenen Grenzen hinaus trieben. Doch Yavuz fühlte im Moment nur eine erwachende Freundschaft und den Willen an Thores Seite auch dieses Abenteuer zu bestehen. Thore klopfte Yavuz aufmunternd auf die Schulter und sagte dann mit leichter Ironie:

»Ich hoffe, du hast dich jetzt genug ausgeruht. Ich habe alle Techniker und den Einsatzleiter informiert, was hier noch zu tun ist. Damit bleibt für uns keine Arbeit mehr übrig. Aber mach dir keine Hoffnungen auf eine längere Pause. Wir sollten zurück zu den DECAM-Werken fahren. Dort ist das Tesla Portal noch immer in Betrieb. Außerdem wartet dort ein alter Bekannter auf mich.«

Yavuz beschloss sich auf das lockere Geplauder Thores einzulassen. Natürlich wusste er, dass die gespielt gute Laune ein psychologischer Trick war. Doch warum sollte er seine trüben Gedanken nicht gegen heitere austauschen? So antwortete er:

»Wenn du nicht so viel quatschen würdest, Großer, dann säßen wir längst in unserem Wagen. Weißt du noch, wo wir das Auto geparkt haben? Ich kann mich nicht erinnern. Schließlich war es noch dunkel, als wir hier eintrafen.«

»Das ist eine gute Frage«, grübelte nun Thore und sah sich suchend um. Circa dreißig Minuten später fuhren sie endlich in Richtung Frankfurt-Höchst. Thore hatte vorher noch weitere Anweisungen zur Sicherung des beschädigten Tesla Portals gegeben, ehe er sich von der Szenerie lösen konnte. Ihr Auto hatten sie schließlich zwischen Einsatzwagen der Polizei und des BND gefunden, die nun die Zufahrt zur Lagerhalle okkupierten. Den beiden Männern kam das normale Umfeld, durch das sie sich bewegten, irgendwie absonderlich vor. Autos fuhren auf beiden Seiten der Autobahn und die Menschen in den Fahrzeugen ahnten nichts von den Ereignissen der Nacht. Sie lebten ihr normales Leben und das war gut so. Thore jedoch wollte, so schnell es ging, zu den DECAM-Werken. Dort geschah Ungewöhnliches und er wollte vor Ort sein. Er wollte helfen, die Söldner des Scheichs zu stellen, um sie der Justiz zuzuführen. Doch von dem Hauptverantwortlichen fehlte noch jede Spur, so dachte Thore zumindest. Er konnte nicht wissen, dass Roger Informationen bekommen hatte, die zu dem mysteriösen Hintermann führen würde, der sich „der Scheich" nannte. An dem Haupttor der DECAM-Werke wurde Thores Fahrzeug durchgewinkt und er stoppte gleich darauf vor dem abgesperrten Bereich, der um das Laboratorium herum errichtet worden war. Mit neuerlicher Anspannung sprangen die beiden Männer aus dem Wagen und eilten zu der Absperrung. Das Vorzeigen ihrer Dienstausweise genügte, um in den gesicherten Bereich zu gelangen. Ohne zu zögern, betraten Yavuz und Thore das Laboratorium und sahen gleich darauf das Flimmern des aktiven Tesla Portals.

* * *

Befriedigende Verhandlungen (Monate zuvor)

Omar wurde eine Audienz gewährt und damit erhielt er das Recht, vor dem Rat des Turmes zu sprechen. Sein Begleiter, der geheilte Söldner, musste aber in der Versorgungsebene, so nannte der Sprecher des Rats die großen Räumlichkeiten mit ihren Parks, Seen und den dazwischen platzierten Restauranteinheiten, auf die Rückkehr des Scheichs warten. Dem Söldner war dies recht, so konnte er sich in der Zwischenzeit ein wenig umschauen. Die politischen Gespräche seines Vorgesetzten interessierten ihn nicht im Geringsten. Diese Leute hier hatten ihn vor einem sicheren, schmerzvollen Tod bewahrt und hübsche Frauen gab es hier in dem Turm auch zur Genüge. So sah er seinem Boss und dem Sprecher des Rats gelassen hinterher, als diese den großen Saal verließen. Dann nippte er noch einmal an seinem leckeren Getränk, das ihn irgendwie an einen Früchtetee erinnerte. Gerne hätte er nun etwas Alkoholisches getrunken, doch harte Drinks schienen hier unbekannt zu sein. Er erhob sich von seinem Sitzplatz und schlenderte durch die Hallen der Versorgungsebene. Omar unterdessen wurde zu einem kleineren Aufzug geleitet, vor dem zwei Wachen postiert waren. Die Männer, in leuchtendes Rot gekleidet, beachteten weder den Scheich noch das Mitglied des Rates. Letzterer zog eine kleine Magnetkarte aus seiner Hosentasche und hielt diese vor die Aufzugstür. Gleich darauf schob sich die Lifttür zur Seite und die beiden

Männer betraten die Liftkabine. An der rechten Seite war ein digitales Bedienfeld angebracht, auf dem für Omar unbekannte Zeichen zu erkennen waren. Sein Begleiter tippte eine Abfolge von sechs Symbolen ein und die Lifttür schloss sich. Der Scheich erwartete nun, dass sich die Liftkabine in Bewegung setzte, doch er spürte weder einen Ruck noch eine Bewegung, die darauf schließen ließ, in welche Richtung sich die Kabine bewegte. Nach circa drei Minuten öffnete sich unvermittelt die Lifttür und Omar wurde von seinem Begleiter gebeten, den Fahrstuhl zu verlassen. Nachdem er der Aufforderung Folge geleistet hatte, ging er drei Schritte nach vorn und schaute sich dann interessiert um. Er stand in einem breiten Gang, dessen Fußboden mit einem sehr edel wirkenden Teppichboden ausgelegt war. Die Wände waren wiederum mit Myriaden von Kristallen bedeckt, die in allen Regenbogenfarben glitzerten. Der Sprecher des Rats streckte seinen Arm nach rechts und forderte Omar damit auf, dem Gang zu folgen. Sie schritten durch den prächtigen Gang, der nach etwa dreißig Metern vor einer wuchtigen Holztür endete. Auch hier standen Wächter an der rechten und linken Seite vor der Tür, die mindestens vier Meter breit war und gute drei Meter hoch. Omar war die Höhe des Flurs nicht aufgefallen, oder er hatte einfach nicht auf dieses architektonische Detail geachtet. Auf ein Zeichen seines Begleiters hin öffneten die Wächter die beiden Flügel der Doppeltür. Der Rat schritt voraus und vertraute darauf, dass ihm sein ungebetener Gast folgen würde. Omar, der in seinem Leben schon viele edle Räumlichkeiten gesehen hatte, ließ sich von dem hier gezeigten Prunk nicht beeindrucken. Hinter der Tür betrat er einen großen Raum, dessen Decke auf Säulen zu ruhen schien. Die gegenüberliegende Seite war von einer Fensterfront beherrscht, die das glitzernde Licht dieser Welt einzufangen schien. Dennoch wurde Omar nicht von der Lichtfülle geblendet, was ihn vermuten ließ, dass diese riesige Fensterfront in Wirklichkeit nur eine Projektion war. Mitten im Raum, der mehr als zwanzig Meter in die Höhe ragte, war eine runde Sitzgruppe aus Polstermöbeln aufgestellt, die leicht vierzig Menschen einen bequemen Sitzplatz bieten konnte. Nun war Omar tatsächlich verblüfft. Er hatte mit einem Sitzungssaal gerechnet oder einer Tribüne, auf der die Ratsmitglieder auf ihn herabblickten. Doch diese wohnliche, gemütlich aussehende Sitzgruppe vermittelte keineswegs Ehrfurcht vor den hier im Turm Regierenden. Auf der Sitzgruppe saßen in völliger Entspannung Männer und Frauen unterschiedlichen Alters. Jeder von ihnen war individuell gekleidet, was sie von den anderen Turmbewohnern unterschied. Der Scheich sah bei den Frauen Röcke und Blusen, Kleider und lässige Sweatshirts, mal gemustert oder einfarbig gehalten. Die Männer trugen leichte Freizeithosen, Hemden oder einfache T-Shirts. Der Scheich schüttelte ungläubig seinen Kopf. So sah also die Elite des schwarzen Turms aus. Diese Leute hier gehörten in einen Polo-Klub oder in ein Ferienresort für Millionäre. Oder war der Rat so mächtig, dass er keine Insignien der Macht brauchte? Die Ratsmitglieder sahen die Verwirrung ihres Besuchers und lächelten gnadenvoll, wie vielleicht einst die Herren einer Plantage, wenn sie ihre Sklaven begutachteten. Zorn baute sich in Omar auf, der sonst die Selbstbeherrschung in Person war. Er fühlte sich diesen Menschen unterlegen und dieses Gefühl hasste er wie kein anderes. Doch dann erkannte er die Täuschung! Man wollte ihn auf die Probe stellen, da war er sich sicher. Hatte er nicht schon vor einem Moment vermutet, dass die großen Fenster nur Projektionen der Außenwelt wiedergaben? Wie war es mit den Menschen vor ihm im Raum? Niemand beachtete ihn, den Mann aus einer fremden Welt. Omar blinzelte bewusst und ließ seine Pupillen hin und her schwenken. Natürlich, nun sah er es. Die Menschen vor ihm waren nur ein geschicktes Hologramm, das ihn verunsichern sollte. Jetzt erst recht ärgerlich drehte er sich zu dem Ratsmitglied um, der neben ihm stand und die Reaktion seines

Besuchers beobachtete. Der Scheich hob seine Arme blitzschnell und packte das Ratsmitglied an den Armen. Dann riss er den Mann an sich und legte seinen rechten Arm um dessen Hals. Das Ratsmitglied versuchte sich aus dem Würgegriff zu befreien, doch Omar hielt ihn problemlos. Dann rief er laut und ärgerlich in den Saal hinein:

»Wenn Sie nicht sofort diese Scharade beenden, stirbt dieser Mann hier. Anschließend nutzt Ihnen auch ihre Wundermaschine nichts. Wenn Sie nicht an einer ernsthaften Verhandlung interessiert sind, dann ist das Ihre Entscheidung. Ich brauche Sie nicht, aber vielleicht brauchen Sie mich und meine Ressourcen.«

Tatsächlich erfolgte eine Reaktion, wenn zuerst auch nur visuell. Die runde Sitzgruppe samt den Turmbewohnern löste sich einfach auf. Auch die vorgeblichen Panoramafenster verblassten und eine weiß gestrichene Wand wurde sichtbar. Auch der Fußbodenbelag veränderte sich und eine glänzende Marmorfläche bedeckte den Boden. Einzig die Säulen blieben und verliehen dem Raum eine klerikale Ausstrahlung. An der rechten Seite öffnete sich eine bisher nicht sichtbare Tür. Gemessenen Schrittes betraten vier Männer und fünf Frauen, in weiße Kristallmäntel gehüllt, den saalartigen Raum. Von der linken Seite rollten Bedienstete einen großen Tisch herein, während andere Menschen Stühle zu dem Tisch trugen. Einer der Männer, ein Ratsmitglied, ging auf Omar zu und breitete seine Arme seitlich aus. Dann sagte er in akzentfreiem Englisch:

»Der Rat des Turms heißt Sie willkommen! Entschuldigen Sie unsere Sicherheitsvorkehrungen und die damit verbundene optische Irritation. Das Wohlergehen unseres Volkes liegt in unseren Händen und wir müssen sicherstellen, dass dem Rat keine Gefahr droht. Ihre Gewaltbereitschaft hätte normalerweise Ihre Eliminierung zur Folge. Doch Sie sprachen einen Punkt an, der für den Fortbestand unserer Gemeinschaft wichtig ist. Deshalb haben wir uns entschlossen, mit Ihnen persönlich zu sprechen. Lassen Sie uns zu dem Konferenztisch hinübergehen und herausfinden, wie wir uns gegenseitig helfen können. Auch bitte ich Sie meinen Amtsbruder nun loszulassen.«

Omar nickte nur und löste seinen Arm, der immer noch um den Hals des Ratsmitgliedes gelegen hatte. Der Mann fiel auf seine Knie und ächzte nach Luft. Der Scheich kümmerte sich nicht um den Knienden und folgte dem bemäntelten Ratsmitglied zum Konferenztisch. Dabei wurde er sich bewusst, dass er seit seinem Eintreffen im schwarzen Turm in permanenter Lebensgefahr geschwebt hatte. Die Turmbewohner waren technisch sehr innovativ, was auch das schnelle Erlernen der englischen Sprache belegte. Doch sie waren auch bedürftig, wenngleich ihre luxuriöse Lebensweise darüber hinwegtäuschte. Nachdem endlich alle Ratsmitglieder Platz genommen hatten, ergriff Omar ungefragt das Wort. Ihm war das Prozedere seiner Gastgeber egal. Er hatte nur ein enges Zeitfenster und wenn er nicht rechtzeitig zum Tesla Portal zurückkehrte, dann würde Harry versuchen, unter Waffengewalt den Turm zu erobern. Der Scheich erhob sich und sagte:

»Es ist ganz einfach meine Damen und Herren. Als Erstes möchte ich ein Exemplar der Maschine, welche meinen Mann heilte, mit in meine Welt nehmen. Sagen Sie mir, welche Güter Sie benötigen. Ich werde sie Ihnen beschaffen! Also, was brauchen Sie?«

Es folgte eine an manchen Stellen nicht sehr würdevolle Diskussion der Ratsmitglieder, doch am Ende beschloss man mit Omar das erste Handelsabkommen. Nach zwei Stunden erhob sich Omar und sagte:

»Nun wird es aber Zeit. Bringen Sie mich umgehend zum Portal!«

* * *

Direkte Observation (Gegenwart)

Roger untersuchte sofort den Schreibtisch des geflüchteten NSA-Beamten Omar Zaki, der als Sektionschef in Deutschland stationiert war. Kaum hatte er mit seiner Visitation begonnen, betrat die US-amerikanische Generalkonsulin das Büro. Roger unterbrach seine Suche und ging zu der eleganten Frau. Er streckte seine rechte Hand zur Begrüßung aus. Die Konsulin ergriff Rogers Hand und fragte unverblümt:

»Was ist hier los, Agent Thorn?«

Dieser ließ die Hand der höchsten US-Beamtin des Konsulats los, schickte mit einem Blick die anwesenden Wachsoldaten nach draußen und schloss danach die Tür des Büros. Nur Debora, die unauffällig am Fenster stand, durfte bleiben. Roger ging einige Schritte hin und her und sagte dann:

»Madam, wir haben eine geheimdienstliche Krise. Der NSA-Sektionschef wird einer weitreichenden Verschwörung bezichtigt. Wir, das heißt das FBI und einflussreiche Regierungsmitglieder, sind darum bemüht, diese Verschwörung aufzudecken und die Schuldigen dingfest zu machen. Nun, an dieser Stelle brauche ich Ihre Mitarbeit.«

»Ich helfe Ihnen natürlich!«, unterbrach die Konsulin Roger und fügte hinzu: »Was brauchen Sie Agent Thorn?«

»Das freut mich Madam. Zuerst müssen alle hier arbeitenden NSA-Agenten von Ihrem Sicherheitsdienst festgenommen werden. Sie dürfen keine Gelegenheit bekommen, nach außen zu kommunizieren. Ich fordere aus Berlin weitere FBI-Kollegen an, welche dann hier im Konsulat diese NSA-Mitarbeiter befragen werden. Als Zweites müssen die Büros der NSA in dem Konsulat versiegelt werden. Zugang darf nur den Mitarbeitern meiner Behörde gewährt werden. Drittens brauche ich sofort eine sichere Leitung in die USA. Dort muss ich umgehend mit dem Leiter des Geheimdienstausschusses sprechen. Danach brauche ich eine Direktverbindung zur Vizepräsidentin.«

»Haben Sie mal auf die Uhr geschaut Agent Thorn? In Washington ist es noch Nacht, gerade einmal halb drei Uhr morgens.«

Roger lächelte kalt und antwortete bestimmend:

»Na, dann werden wir die Dame und den Herrn wohl aus dem Bett klingeln müssen. Also, wo kann ich nun telefonieren?«

Roger und Debora folgten der Konsulin in deren Büro. Dort wies die Diplomatin auf ihren Schreibtisch, an dessen rechter Seite ein altmodisch anmutendes, kabelgebundenes Telefon stand. Roger zog ein kleines Notizbuch aus seiner Tasche, blätterte kurz in den Seiten und fand schließlich die gesuchte Telefonnummer. Er hob den Hörer von der Gabel und tippte dann eine lange Zahlenfolge in die Tastatur. Debora sah ihrem Kollegen gespannt zu und wartete, was Roger mit dem Leiter des Geheimdienstausschusses zu besprechen hatte. Alleine die Tatsache, dass er die Telefonnummern dieses hochrangigen Politikers in seinem Notizbuch stehen hatte, war beeindruckend. Roger hatte innerhalb des FBI eine herausragende Position, die sich nicht in einem Titel spiegelte, sondern an den Kontakten, die er in seiner Dienstzeit geknüpft hatte. Außerdem hatte Roger in der Vergangenheit extrem gefährliche Einsätze erfolgreich gemeistert und er war dadurch zum vereidigten Geheimnisträger geworden. Nach einer relativen kurzen Zeit wurde am anderen Ende, auf einem anderen Kontinent ein Telefonhörer abgehoben und eine verschlafene Stimme meldete sich, wenn auch mit einem verärgerten Unterton. Roger aber brauchte nur seinen Namen nennen und sein Gesprächspartner vergaß seinen Groll über die nächtliche Störung. Der FBI-Agent skizzierte in Kürze den Stand der Ermittlungen. Nun war der Leiter des Geheimdienstausschusses hellwach. Das, was er zu hören bekam, war dazu geeignet, die Geheimdienste und deren Arbeit infrage zu stellen. Die Situation musste umgehend bereinigt werden und es würden bei der NSA einige Köpfe rollen. Dieser Geheimdienst, der eigentlich die Bürger der USA vor feindlichen Angriffen schützen sollte, geriet immer wieder in Schwierigkeiten. Roger wusste, als er das Gespräch schließlich beendete, dass sein Gesprächspartner in dieser Nacht keinen Schlaf mehr finden würde. Die Konsulin, die sich auf die Lehne eines Sessels gesetzt hatte, hatte ihre rosige Gesichtsfarbe verloren. Sie versuchte sich den Skandal, das politische Gewitter, den aufziehenden Sturm im Kongress vorzustellen, der nach der Enttarnung eines Verräters kommen würde. Doch ihre Fantasie reichte nicht aus, um sich aller Folgen bewusst zu werden. Inzwischen hatte Roger eine zweite Nummer gewählt und sagte gerade:

»Guten Morgen Misses Vice Präsident. Es gibt gute und schlechte Nachrichten. Leider lässt die hiesige Lage nicht zu, dass ich zu einer zivilisierten Zeit anrufe.«

Die Konsulin wie auch Debora lauschten gebannt und verfolgten so zumindest teilweise das Gespräch Rogers.

»Ja leider!«, sagte dieser gerade. »Wir müssen davon ausgehen, dass Senator Carper nicht mehr am Leben ist. Sein Flugzeug ist beim Transatlantikflug vom Radar verschwunden. Doch dies ist nicht der Grund meines Anrufs. Wir haben wieder einmal einen Verschwörer, nein, eigentlich wissen wir von mindestens zwei NSA-Agenten, die ihren eigenen Geschäften nachgehen. Sie haben die beiden Tesla Portale an sich gebracht und sind damit erneut in eine Parallelwelt eingedrungen. Durch diese Aktion haben wir hier in Deutschland schon Dutzende Todesfälle zu beklagen. Unsere Spezialisten Hank Berson und Walt Kessler, die Sie Mam, ja nach Deutschland geschickt haben, sind gerade im Moment im Einsatz. Der BND unterstützt sie dabei nach Kräften. Doch nun brauchen wir Ihre Unterstützung und Ihre politische Rückendeckung.«

Roger redete noch gute fünf Minuten mit der Politikerin, doch seine Stimme hatte sich so weit gesenkt, dass die beiden Frauen nichts mehr von dem Inhalt des Gespräches verstanden. Dann legte Roger den Hörer auf und wählte gleich darauf eine weitere Nummer. Er telefonierte mit der FBI-Außenstelle in Berlin und forderte, nun mit weiteren Kompetenzen ausgestattet, zwei Verhörteams an. Ihm wurde versichert, dass die Verhörspezialisten sofort aufbrechen würden und mit einem Learjet nach Frankfurt kämen. Roger bestätigte diese Meldung und autorisierte diese damit. Er versicherte noch kurz, dass die Teams von Mitarbeitern des Konsulates abgeholt würden, und beendete das Gespräch. Er schaute auf und überlegte kurz. Dann bat er die Konsulin um einen Fahrer, am besten einen Mann mit Kampferfahrung und vor allem guten Ortskenntnissen. Außerdem benötigte Roger ein Foto von dem Gesuchten, dessen Identität nun zum Glück gelüftet war. Debora veranlasste durch ein kurzes Telefonat mit dem FBI-Büro in Frankfurt-Eschborn, dass sämtliche Akten und digitale Spuren des verräterischen NSA-Agenten Omar Zaki auf ihr Tablet gesendet wurden. Mit einer zweiten Frage erfuhr sie, wo der Verräter wohnte. Sie besprach sich kurz mit Roger, während die Konsulin eilig ihr Büro aufsuchte. Von dort aus arrangierte sie die Versiegelung der NSA-Büros innerhalb des Konsulates und forderte den Fahrer bei dem hausinternen Sicherheitsdienst an. Kurz darauf meldete sich ein großgewachsener Soldat bei ihr, der dem Rang nach Sergeant-Major war. Eine kurze Instruktion genügte und der Soldat stürmte aus dem Büro der Konsulin durch Gänge und Flure, dann über einen großen Innenhof bis zu seiner Unterkunft. Dort legte er hastig seine Uniform ab und schlüpfte in Zivilkleidung. Mit Jeans und einem T-Shirt bekleidet eilte er zum Pförtnerhaus. Dort sollte er die beiden FBI-Agenten, die er chauffieren und auch kampftechnisch unterstützen sollte, treffen. Gleich darauf sah er die beiden Agents kommen. Als diese aus dem Kontrollgebäude nach draußen traten, salutierte der Sergeant-Major und rief soldatisch:

»Sergeant-Major Montgomery zur Stelle! Ich habe den Befehl und die Ehre, Sie zu begleiten!«

Er nickte militärisch Roger und Debora zu und begleitete sein Nicken mit einem »Sir – Mam«. Roger lächelte sanft und antwortete ruhig:

»Bei uns geht es nicht so militärisch zu. Ich hoffe, Sie kennen die Gegend und wie ich sehe, sind Sie auch bewaffnet.«

Der Sergeant-Major nickte anerkennend, da seine Waffe nur bedingt sichtbar war. Doch zur Bestätigung zog er sein rechtes Hosenbein ein wenig nach oben und enthüllte dabei ein Pistolenholster, dass er direkt über seinem Fußknöchel trug. Roger warf dem Soldaten den Autoschlüssel zu und gemeinsam gingen sie zu dem SUV, den Roger sich ungefragt von Hanky ausgeborgt hatte. Als sie im Wagen Platz genommen hatte, sagte Debora:

»Unser erstes Ziel ist Bad Nauheim. Hier die Adresse.«

Der Sergeant-Major las die Adresse und sagte dann:

»Bad Nauheim! Okay. Dort hat übrigens Elvis Presley im Hotel Grunewald gewohnt und in Friedberg war er stationiert gewesen.«

* * *

In der Zwickmühle (Gegenwart)

Unangefochten erreichte die Söldnertruppe unter Leitung ihres Kommandanten Harry ihren Zielpunkt. Ein verbrannter Streifen im niedergetretenen Gras markierte die Stelle, an der sich das Portal öffnen sollte. Die Männer verließen ihre Fahrzeuge und versuchten Ruhe zu bewahren. Ein Söldner war auf einen Lastwagen geklettert und stand dort reglos auf dessen Dach. Mit einem leistungsstarken Fernglas sah er den Weg zurück, auf dem sie hierhergekommen waren. Von ihren Verfolgern war noch nichts zu sehen, was er sogleich rufend meldete. Eine gewisse Erleichterung breitete sich bei den Söldnern aus. Noch war nichts verloren und ihr eigenes Leben war den Männern wichtiger als die Erfüllung der Mission. Ihre Motivation bezogen die angeheuerten Kämpfer einzig durch ihren sehr üppigen Sold. Da es noch mindestens zwanzig Minuten dauern würde, ehe sich das Portal erneut öffnen würde, setzten sich die Männer einfach ins Gras und warteten. Jeder von ihnen hatte gelernt, jede Gelegenheit zu nutzen, um eine Pause einzulegen. Fatalistisch passten sich die Kämpfer an die jeweiligen Situationen an und wer wusste schon, was der Tag noch bringen würde. Einzig ihr Kommandeur Harry lief ungeduldig auf und ab. Er hatte ein schlechtes Gefühl und auf seine Gefühle konnte er vertrauen. Ein besonderer Sinn schien ihm zu verraten, wenn etwas nicht stimmte. Harry versuchte zu ergründen, woher seine Unruhe kam. Die Bergung des Zellmodulators war schiefgegangen. Der Gegner hatte schon gewartet und ihm und seinen Männern eine Falle gestellt. Doch ihre Flucht war irgendwie zu leicht gewesen. Wieso waren ihre Verfolger noch nicht hier aufgetaucht? Zwar wusste der Kommandeur der Söldner nicht wirklich, dass sie verfolgt wurden. Seine Gegner, nein, die Gegner des Scheichs würden die Söldner nicht so einfach entkommen lassen. Er jedenfalls hätte an der Stelle des Gegners sofort eine Verfolgungsmission gestartet. Aber vielleicht hatten die Verfolger andere Pläne und er und seine Kämpfer waren einfach unwichtig? Doch wie konnte das sein? Zum Glück besaß der Scheich noch das Tesla Portal, durch welches sie in diese Welt gelangt waren. Konnte der Gegner von dem zweiten Portal wissen? Das konnte gut möglich sein, doch der Standort des Tesla Portals war geheim oder nicht? Was, so fragte sich Harry, wenn ihr Gegner auch das geheime Portal gefunden hatte? Diese wirklich schreckliche und deprimierende Möglichkeit konnte einfach nicht zutreffen. Er schaute auf seine Armbanduhr, wohl schon zum zehnten Mal in den letzten fünf Minuten. Doch er musste sich noch gedulden, auch wenn ihm dies schwerfiel. Ein leises Summen ließ den Kommandeur herumfahren. Drei der ihm schon bekannten Tropfenflugmaschinen näherten sich ihrem Standort. Am liebsten hätte Harry seine Maschinenpistole angehoben und eine Salve auf die Tropfen gefeuert. Die Bewohner des schwarzen Turms nervten ihn und er fühlte Wut in sich aufsteigen. Was wollten die Schwachköpfe denn schon wieder? Er hatte keine Lust, sich weiter mit ihnen zu beschäftigen, und drehte ihnen demonstrativ den Rücken zu. Seine Männer saßen oder lagen auf der ziemlich ramponierten Wiese und kümmerten sich ebenfalls nicht um die ungebetenen Beobachter. Ein dumpfer, vertrauter Basston erfüllte plötzlich die Luft und diese begann zu schwingen. Nun wurden die Kämpfer munter und erhoben sich träge. Harry, den immer noch sein schlechtes Gefühl plagte, rief einige Befehle, was zur Folge hatte, dass sich die Söldner kampfbereit machten. Sie überprüften kurz ihre Waffen und stellten sich dann in einem Halbkreis auf. Nun blickten sie in Richtung des zu erwartenden Dimensionstores. Die Luft vibrierte jetzt kurzwellig und die Männer wurden durchgeschüttelt. Ihre grimmigen Gesichter zeigten aber einzig mürrischen Unwillen. Ein elektrisches Knistern überlagerte das Vibrieren und an der gewünschten Stelle bildete sich ein Energievorhang. Harry wollte schon aufatmen und den Befehl geben, durch das Portal zu gehen, als ein Söldner neben ihm schreiend zu Boden stürzte. Er presste seine Hände auf den Bauch und Blut quoll zwischen den Fingern hindurch. Weitere Männer schrien ihren Schmerz heraus und brachen verwundet zusammen. Harry handelte schnell und routiniert. Er schrie nur:

»DECKUNG!« und warf sich selbst auf den Boden. Jemand feuerte durch das Portal hindurch auf seine Männer. Er hatte also recht gehabt und sein Gefühl hatte ihn nicht getrogen. Ohne auf weitere Befehle zu warten, feuerten nun auch die Söldner auf die Energiewand des Portals. Doch kaum hatten die Männer mit dem Beschuss begonnen, taumelten Zivilisten durch das Portal. Der ungewöhnliche und unerwartete Anblick ließ die Söldner ihren Beschuss einstellen. Nur Sekunden später passierten bewaffnete Uniformierte mit erhobenen Händen das Portal. Keine Minute später zerfaserte der Energievorhang, der dunkle Basston erstarb und das Vibrieren der Luft ebbte ab. Das Portal war verschwunden. Es hatte sich einfach aufgelöst, ohne Harry und seinen Männern die Gelegenheit zu geben, die Welt des schwarzen Turms zu verlassen. Derbe Flüche und das Stöhnen der verwundeten Söldner klangen einzig über die stille Landschaft. Harry erhob sich und drehte sich langsam im Kreis. Er konnte noch nicht begreifen, was gerade geschehen war. Seine Männer kümmerten sich um die Verwundeten und niemand wagte es, ihn anzusprechen. Wie ein gehässiger Begleiter meldete sich seine innere Stimme, sein Unterbewusstsein:

Habe ich es dir nicht gesagt? Der Feind hat beide Portale in seine Gewalt gebracht. Und nun sitzt du in der Tinte. Was willst du jetzt machen? Dich ergeben? In Gefangenschaft gehen und in irgendeinem Gefängnis verrotten? Noch hast du eine oder vielleicht zwei Minuten, ehe deine Leute von dir eine Entscheidung erwarten. Also, was soll es sein? Gefangenschaft oder Flucht?

Harry wusste, dass ihm nur eine Möglichkeit blieb, und diese Möglichkeit hieß Flucht. Doch wohin sollten sie gehen? Gab es in dieser riesigen Kristallkuppel einen Ort, wo er und seine Männer Zuflucht finden konnten? Er wusste es nicht, aber er würde es herausfinden. Er beendete seine Überlegung und ging zu seinen Männern. Die Zivilsten, die durch das Portal in diese Welt gekommen waren, gehörten zu den Technikern, die das Tesla Portal in Betrieb genommen hatten. Die wenigen Soldaten, die mit erhobenen Händen durch das Portal geeilt waren, gehörten zu seinen Männern. Sie sollten das Tesla Portal schützen und hatten kläglich versagt. Doch Harry wusste, dass alle Vorwürfe sinnlos sein würden. Er brauchte jeden einzelnen Mann in dieser Welt. Um hier zu überleben, musste man wehrhaft sein, obwohl die Waffentechnik der Turmbewohner weit überlegen war. Doch die Turmbewohner waren auch nur Menschen, wenngleich in einer Parallelwelt beheimatet. Und Menschen konnte man töten, unterjochen oder erpressen. Es gab einige Möglichkeiten und Harry wollte alle nutzen. So befahl er schließlich die Verwundeten auf die Lastwagen zu laden. Danach ließ er seine Männer die SUVs und Lastwagen besteigen und gab die Anweisung zur Abfahrt. Er lenkte selbst den vordersten Geländewagen in Richtung Süden. Langsam setzte sich die Kolonne in Bewegung und die Räder der schweren Fahrzeuge gruben sich in die weiche Erde der Gartenlandschaft. Als Harry in den Rückspiegel schaute, erkannte er, dass die drei Flugtropfen verschwunden waren. Anscheinend hatten die Bewohner des schwarzen Turms das Interesse an ihm und seinen Männern verloren. Diese Erkenntnis beruhigte Harry keineswegs, nein, das Gegenteil war der Fall. Welche Teufelei hatte der Gegner nun geplant? Fuhr er, wenn er dieser Richtung, die nach Süden führte, unwissentlich in eine Falle, aus der es kein Entkommen gab? Mit einem zornigen Fluch, den er herauspresste, riss er das Lenkrad seines SUVs nach rechts und fuhr nun in Richtung der Bergkette im Westen. Sofort suchte er nach einer inneren Erleichterung, doch die Stimme seines Unterbewusstseins schwieg seltsamerweise. Nach einer kleinen Hoffnung suchend, blickte Harry zu der Bergkette. Diese schien bewaldet und kleinere und größere sanfte Anhöhen reihten sich zu einem Bild der Hoffnung. In einem Waldgebiet fand man Schutz und Zuflucht, versuchte Harry seine Hoffnung zu formulieren. Auf jeden Fall war noch nicht alles verloren. Es gab immer einen Ausweg, den man nur suchen und finden musste. Nach zwei Stunden Fahrt ließ Harry die Kolonne an einem Wäldchen anhalten. Er stieg aus und fragte nach dem Zustand der Verwundeten. Zwei Männer waren ihren Verletzungen erlegen. Die restlichen Verwundeten waren, so gut es ging, versorgt und stabil. Er ordnete eine Pause an und versammelte seine Männer um sich. Nachdem sich die Söldner und Techniker vor ihm aufgestellt hatten, sagte Harry mit ernstem Ton:

»Wir haben heute gleich zweimal versagt. Doch das ist nicht eure Schuld. Der Gegner scheint über Informationen zu verfügen, die uns nicht zugänglich sind. Doch wir beherrschen die Kunst der Improvisation. Wir gehen in die Berge und wir werden überleben!«

* * *

Anregende Gespräche (Gegenwart)

In Hankys mutiertem Gehirn feuerten die Synapsen ein Feuerwerk an Informationen ab und ermöglichten es ihm, die Sprache, die der Fremde sprach, zu analysieren. Sie unterschied sich nur marginal von der Sprache der Menschen, die er bei seinem ersten Besuch in dieser Parallelwelt gehört hatte. Damals, in dem Gegenstück New York Citys, der zerstörten Großstadt, die sie hinter dem Dimensionsportal vorgefunden hatten, war er dem Jäger und Späher Seet Smirl begegnet. Es war dem Mutanten leichtgefallen, die Sprache, welche Seet sprach, zu erlernen. So verstand Hanky, was der Mann, der nun vor ihm stand, sagte:

»Willkommen Fremde! Ich hoffe, ihr kommt in friedlicher Mission in unser Habitat.«

Hanky antwortete in der Sprache seines Gegenübers, während ein Stab in seinen Händen das Gesagte in englischer Sprache wiedergab.

»Vielen Dank für Ihre freundliche Begrüßung, Rat des Turms. Ja, wir kommen in Frieden und ich entschuldige mich für unser ungefragtes Eindringen in Ihren Lebensraum. Wir verfolgen Abtrünnige unseres Volkes. Ich erbitte Ihre Erlaubnis, diese Männer und Frauen in Ihrem Machtbereich dingfest zu machen.«

Das Ratsmitglied war für einen Moment sprachlos und fragte sich, wieso dieser Fremde wusste, dass er zum Rat des Turms gehörte. Darüber hinaus sprach er auch noch ihre Sprache, zwar mit einem ungewöhnlichen Akzent, aber immerhin versuchte er in einer für ihn fremden Sprache zu kommunizieren. Auf jeden Fall war ihm dieser Fremde auf Anhieb sympathisch und er verhielt sich völlig anders als der Besucher, mit dem sie bisher Geschäfte getätigt hatten. Nun wusste das Ratsmitglied, dass der erste Fremde, der sich als Omar vorgestellt hatte, ein Abtrünniger war und außerhalb der Gesellschaft der Fremden agierte. Einer plötzlichen Eingebung folgend sagte das Ratsmitglied:

»Ich entspreche Ihrer Bitte. Sie können die Abtrünnigen weiterverfolgen und arrestieren. Doch ich bitte Sie, auf die Pflanzenwelt zu achten und so wenig wie möglich in unsere Biosphäre einzugreifen. Aber machen Sie sich keine Sorgen. Die Flüchtigen sind unter ständiger Beobachtung unserer Wächter. Sie können nicht aus der Kristallkuppel entkommen. Die wenigen Tore zur Außenwelt sind schwer bewacht. Deshalb möchte ich, bevor Sie die Abtrünnigen dingfest machen, Sie in unser Zuhause, den Turm, einladen.«

Walt hatte sich zuerst geärgert, dass Hanky wieder einmal eine fremde Sprache in Sekundenschnelle erlernte und gleich kommunizieren konnte. Damit sperrte sein Freund ihn aus jeglicher Unterhaltung aus. Zudem hatte der Fremde sein Übersetzungsgerät deaktiviert, da er ja wunderbar mit Hanky sprechen konnte. Aber Walt hatte seinen Freund erneut und nicht zum ersten Mal in seinem Leben unterschätzt. Noch während Hanky anscheinend den Worten des Fremden interessiert folgte, begann er einen Teil seiner geistigen Fähigkeiten auf Walt zu übertragen. Dies geschah lautlos und unbemerkt. Walts Gehirn, speziell der Sektor seiner übersinnlichen Fähigkeiten, empfing den mentalen Datenstrom Hankys. In Nanosekunden verarbeitete Walts Gehirn die eintreffenden Informationen und leitete diese ins Sprachzentrum des Mutanten. Noch ehe er seine Verärgerung aussprechen konnte, verstand er unvermittelt, was Hanky und der Fremde sagten. Für einen Moment glaubte Walt seinen eigenen Wahrnehmungen nicht, doch dann erkannte er, was sein Freund getan hatte. Neuer Ärger wollte sich in Walt breitmachen, doch er besann sich und setzte seinen eigenen Humor ein, um sich einen Spaß mit seinem Freund zu machen. So unterbrach er das Gespräch der beiden Männer und maulte ungehalten:

»Es wäre ja wirklich schön, wenn ein weniger Begabter auch erfahren würde, was die Herren so zu besprechen haben!«

Hanky drehte seinen Kopf und sah seinen Freund mit Verblüffung an. Hatte denn sein mentales Experiment nicht funktioniert. Doch dann sah er, wie die Mundwinkel Walts zuckten. Nun musste Hanky herzlich lachen und boxte seinem Freund freundschaftlich in die Seite.

»Du hast es wieder einmal geschafft, mich zu verblüffen, mein Lieber. Doch nun lass uns das Gespräch mit dem Ratsmitglied fortsetzen. Er hat uns übrigens zu sich nach Hause eingeladen?«

»Was?«, fragte Walt, der diesen Teil der Unterhaltung natürlich nicht mitgehört hatte. »Haben wir nichts anderes zu tun, als hier einen Hausbesuch zu machen? Wie stellst du dir das vor? Ein nettes Beisammensein bei Kaffee und Kuchen?«

Hanky grinste noch, als er sich dem Ratsmitglied wieder zuwandte. Er entschuldigte das kleine Gesprächsintermezzo und erklärte, dass sein Partner nun auch die Sprache der Turmbewohner verstehen und sprechen konnte. Das Ratsmitglied versuchte zu verstehen, wie es diesen Leuten möglich war, so schnell eine fremde Sprache zu beherrschen. Die Unterhaltung der beiden

Fremden hatten sie in seiner Sprache geführt. Bisher hatte er geglaubt, dass sein Volk dem der Menschen von der Erde überlegen sei. Die Aussagen des Scheichs hatten diese Vermutung zunächst bestätigt. Doch diese beiden Männer vor ihm schienen nicht einmal auf ein technisches Gerät zurückgreifen zu müssen, um eine neue Sprache zu sprechen. Was konnte das Volk der Menschen noch? War hier eine weitere oder sogar bessere Handelsbeziehung möglich? Die Vereinbarungen über das Liefern dringend benötigter Güter, die sein Volk mit dem Menschen namens Omar geschlossen hatten, waren nun hinfällig. Er und der Rat des Turms mussten diese Männer davon überzeugen, ein Handelsabkommen mit den Bewohnern des Turms zu schließen. Dazu musste er sie von der Gleichwertigkeit ihrer Kulturen überzeugen. Dieser Omar war leicht zu beeindrucken gewesen. Ihm hatte er nur die schönen Räume des Turms gezeigt, die einen gewissen Wohlstand vorspiegelten. Das Erholungszentrum mit seinen Essenskiosken war nur zur besonderen Belohnung der Turmbewohner erschaffen worden. Einzig verdienstvolle Mitglieder der Gemeinschaft durften sich hier vergnügen. Die restliche Bevölkerung lebte unter ärmlichsten Bedingungen und die Essensrationen waren mehr als dürftig. Ihre künstlich geschaffene Umgebung bot bei weitem nicht genügend Nahrungsmittel natürlicher Art. So verspeisten die Turmbewohner künstlich erzeugte Lebensmittel, die in speziellen Laboratorien aus Bakterienstämmen gefertigt wurden. Doch das normale, oft triste Leben sollten diese neuen Besucher nicht zu Gesicht bekommen. Dieses karge Leben, das die Bewohner der Kristallkuppel führten, war dennoch ein privilegiertes Dasein. Außerhalb der Kuppel tobte der ewige Sturm über eine atomar verstrahlte Landschaft. Auch dort lebten Menschen, die der gewalttätigen Natur trotzten. Sie fristeten ihr bescheidenes Leben in Höhlen oder in den Ruinenstätten. Doch ihre Gemeinschaften, ihre Stämme, zählten nur wenige Seelen. So kam es selten vor, dass die Cave-People, wie die Turmbewohner diese Menschen nannten, versuchten in die Kuppel einzudringen. Das Ratsmitglied bemerkte erschreckt, dass ihn die beiden Fremden neugierig musterten. Besonders der blonde Mann sah ihn mit forschenden Augen an. Schnell besann sich das Ratsmitglied auf seine Aufgabe und fragte mit einer einladenden Geste, die in Richtung der Flugtropfen wies:

»Wollen wir aufbrechen meine Herren? Ich würde mich sehr freuen, wenn ich Ihnen die Leistungsfähigkeit unserer Fluggleiter demonstrieren darf. Ihre Leute können gerne hier warten oder zu dem Portal zurückkehren. Ihnen wird nichts geschehen und die Wächter werden sie nicht mehr belästigen.«

Walt ging rasch zu den BND-Spezialisten, die wachsam beobachtet hatten, wie sich die FBI-Agenten mit dem Mann aus dieser Welt unterhalten hatten. Gleichzeitig hatten sie das Umfeld unter Beobachtung gehalten. Man befand sich auf fremdem Territorium, ja sogar in einer fremden Welt. Da war es angeraten, Vorsicht walten zu lassen. Mit einigen Worten erklärte Walt den Männern, dass er nun mit Hanky zu dem schwarzen Turm fliegen würde. Dort wollten sie sich umsehen und versuchen herauszufinden, ob man den Bewohnern des Turms trauen konnte. Die Verfolgung der Flüchtigen werde zuerst ausgesetzt, erklärte Walt. Die Söldner waren in der Kuppel gefangen, erläuterte er weiter und somit bestehe kein dringender Handlungsbedarf. Die BND-Spezialisten sollten zum Tesla Portal zurückfahren und bei der Sicherung des Portals helfen. Dann grüßte er kurz und eilte schnellen Schrittes zurück zu Hanky. Der hatte sich unterdessen weiter mit dem Ratsmitglied unterhalten, was aber nur vertuschen sollte, dass der Mutant die Gedanken des Turmbewohners erforschen konnte. Nun wusste Hanky um die wahre Situation der Bewohner der Kristallkuppel und tiefe Betroffenheit ließ ihn frösteln. Zusammen mit Walt folgte er dem Ratsmitglied zu den Fluggeräten und war gespannt, was ihn im schwarzen Turm erwartete.

Ungutes Gefühl (Gegenwart)

Omar Zaki, der Scheich, war nach dem Telefonat mit seinem Mitverschwörer NSA-Agent Burt Olson zuerst total verärgert. Der Idiot hatte ihn im schlimmsten Fall bloßgestellt und damit die Identität des Pseudonyms, „Der Scheich", preisgegeben. Zudem war der Videochat mit der Lagerhalle unterbrochen. Was dort geschehen war, konnte Omar nur ahnen. Doch sein Gefühl, sein Gespür für Gefahr meldete sich mit krampfartigen Magenschmerzen. Sein Plan, das gesamte Konstrukt seiner Träume brach in sich zusammen. Nicht nur dass der Nachbau des Zellmodulators in einer Katastrophe geendet hatte, nein, nun bestand ebenfalls die Möglichkeit, dass er nicht nur diese wertvolle Maschine verloren hatte, sondern dazu auch noch die Tesla Portale. Zum Glück hatte er immer einen Notfallplan. Alleine durch die Zahlungen der DECAM-Werke und die große Summe, welche der Senator ihm auf ein Schweizer Konto überwiesen hatte, war wenigstens seine finanzielle Situation im Moment gesichert. Er würde sich zuerst ins benachbarte Ausland absetzen und dann nach einer Weile wieder neue Pläne schmieden. Doch dies war Zukunftsmusik. Zuerst musste er sicherstellen, dass die reale Situation sich mit seinen Befürchtungen deckte. Nach einigem Überlegen entschloss er sich, noch einmal mit Burt in Kontakt zu treten. Das war zwar gefährlich, da jedes Telefonat abgehört werden konnte. Dies wusste er von seiner Arbeit als NSA-Agent. Diese Behörde verfügte über weit mehr Mitteln einen Menschen zu belauschen als jede andere Behörde in den USA. Sie waren autorisiert ihre Gegner zu verfolgen oder, wenn es nötig war, zu eliminieren. Er griff sich ein schwer zu ortendes Mobiltelefon von seinem Schreibtisch. Dann wählte er eine Telefonnummer, die nirgendwo registriert war. Ein Summen zeigte Omar, dass sich die Verbindung aufbaute und gleich darauf meldete sich eine gehetzt klingende Stimme:

»Wieso rufst du mich in dieser Situation an? Ich habe schon genug Probleme.«

»Konntest du dich in Sicherheit bringen?«, fragte Omar.

»Keine Ahnung. Im Moment bin ich mit meinem Wagen unterwegs. Keine Angst, es ist nicht mein Dienstwagen. Ich habe mir vor einiger Zeit ein unauffälliges Auto beschafft, unter falschem Namen, versteht sich.«

Schon nach den wenigen Worten, die Omar mit seinem Kumpan gewechselt hatte, wusste er, dass Burt nicht mehr zu helfen war. Wenn er doch nur einen Auftragskiller auf diesen Idioten angesetzt hätte. Er würde reden, wenn das FBI ihn fasste. Das war sicher. Doch von hier aus konnte Omar nichts mehr ausrichten. So sagte er:

»Wir werden einige Zeit nichts voneinander hören. Unsere Mission ist gescheitert. Also setzte dich ab und versuche unauffällig zu bleiben. Hast du verstanden?«

»Ja ich hab's kapiert, dass ich am Arsch bin. Mein Leben ist zerstört und ich kann von Glück reden, wenn ich entkommen kann. So, ich beende jetzt unser Gespräch und vernichte dann das Telefon. Du kannst mich nicht mehr erreichen. Verdammte Scheiße! Da …«

In diesem Moment wurde die Verbindung unterbrochen und Omar starrte für bestimmt eine Minute auf das Telefon. Dann öffnete er das Gerät, zog die SIM-Karte heraus und zerknickte diese. Er entfernte den Akku und warf das Gehäuse des Smartphones auf den Boden. Mit grimmigem Zorn trat er auf das Gerät und Plastikteile spritzten über den Boden. Ohne einen weiteren Gedanken an seinen Mitverschwörer versuchte Omar noch einmal Verbindung zum Lagerhaus zu bekommen. Doch nach mehreren Versuchen musste Omar sich eingestehen, dass diese Verbindung nie mehr aktiviert werden würde. Als letzte

Maßnahme wählte er die ebenfalls geheime Nummer seines engsten Vertrauten in Deutschland. Immerhin bestand die Hoffnung, dass Harry inzwischen aus der Parallelwelt zurückgekehrt war. Doch die Anzeige auf dem Display des Telefons zeigte ihm, dass sein Gesprächspartner nicht zu erreichen war. Omar zerstörte mit gleichem Prozedere, wie auch schon vor einigen Minuten praktiziert, das zweite Smartphone. Danach zog er seinen PC-Tower unter dem Schreibtisch hervor. Mit schnellen Griffen löste er die Seitenwand des Gerätes und zog die Festplatte aus dem entsprechenden Port. Mit der Festplatte in der Hand ging er hinüber in seine Küche. Dort legte er die Speichereinheit in die Mikrowelle und drückte auf Start. Blitze und ein bläuliches Aufflammen illuminierten das Ende des Computerbauteils. Ohne jedoch auf das Pyroschauspiel zu achten, eilte er nun in sein Schlafzimmer und griff sich seinen Notfallkoffer. Er öffnete das kleine Gepäckstück und warf es auf sein Bett. Dann drehte er sich um und ging schnell zu einem mit Schnitzereien reich verzierten Kleiderschrank. Er griff an die rechte Seite des Schranks und drückte gegen eine unauffällige Leiste. Dann öffnete er die Schranktür und in der Rückwand hatte sich ein Geheimfach geöffnet. Darin befanden sich fünf Reisepässe und Führerscheine aus ebenso vielen Ländern. Daneben lagen zwei Stapel Geldscheine. Je zwanzigtausend Dollar und Euro, die seine Flucht erleichtern sollte. Er packte das Geld, die Reisepässe und die Führerscheine in den Koffer, dazu eine schwarze Pistole, die er ebenfalls in dem Geheimfach verwahrt hatte. Dann schloss er den Notfallkoffer, packte diesen und ging in den Flur seiner Wohnung. Omar überlegte noch einen Moment, ob er etwas vergessen hatte, und verließ, ohne sich noch einmal umzuschauen, die Wohnung. Mit dem Aufzug fuhr er in die Tiefgarage. Dort wartete ein SUV der Marke Porsche auf ihn. Diesen Wagen hatte er seit seinem Aufenthalt in Deutschland noch nicht benutzt. Er hoffte, dass eventuelle

Verfolger dieses Fahrzeug nicht kannten und er zumindest einen Vorsprung bei seiner Flucht erzielen konnte. In der Tiefgarage angekommen, sah sich Omar sichernd um und lauschte auf verdächtige Geräusche. Doch seine angespannten Sinne konnten keine Beobachter entdecken. So weit schien alles in Ordnung und seine Flucht konnte beginnen. Er öffnete das Fahrzeug mit seinem Funkschlüssel, zog die Fahrertür auf und warf seinen Koffer auf den Beifahrersitz. Dann schwang er sich hinter das Steuer und schloss die Autotür. Mit einem satten Brummen erwachte der PS-starke Motor zum Leben und Omar fuhr los. Das Garagentor der Tiefgarage öffnete sich automatisch und der schwere Wagen rollte durch die Toröffnung und dann auf die Straße hinaus. Mit einem schnellen Rundblick versuchte Omar nun auch hier verdächtige Personen zu identifizieren. Doch er sah nur die üblichen Bewohner der Kurstadt, die sich auf dem Weg zu ihrer Arbeitsstelle befanden oder einen frühen Einkauf tätigen wollten. Doch die Normalbürger interessierten Omar nicht und so setzte er den Blinker nach rechts und beschleunigte seinen SUV. Langsam fuhr er durch die Kurstadt und hielt nach möglichen Verfolgern Ausschau.

*　*　*

Natürlich waren die Observationsteams des FBI vor Ort. Sofort nach Rogers telefonischem Alarmruf hatten sie vor dem Gebäude einer Jugendstil-Villa, die in Bad Nauheim zum Stadtbild gehörten, in der Omar wohnte, Stellung bezogen. Einer der FBI-Beamten war in die Tiefgarage eingedrungen und hatte an dem natürlich nicht unbekannten SUV einen Peilsender angebracht. Omar hätte wissen müssen, wie die US-amerikanischen Geheimdienste und das FBI arbeiteten. Doch er sah sich selbst überhöht und unangreifbar. So bemerkte er trotz genauer Beobachtung nicht einen Agenten der Observationsgruppe. Dennoch verspürte Omar noch immer das ungute Gefühl in seiner Magengegend. Sich selbst motivierend sagte er sich, dass nun ein neuer Lebensabschnitt begann. Und selbst wenn seine Identität noch unbekannt wäre, war Vorsicht die beste Option. Nach circa fünfzehn Minuten erreichte er die Autobahn 5 und folgte dieser nach Norden bis zum Gambacher Kreuz. Dort wechselte er auf die A 45 in Richtung Hanau. Die Streckenführung würde ihn zwar wieder in die Nähe Frankfurts bringen, doch dieses Risiko musste er eingehen. Für das Überwachungsteam war die Verfolgung des abtrünnigen NSA-Agenten kein Problem. Die Agents wunderten sich über die leicht vorhersehbare Fluchtstrategie des Verfolgten. Gleichzeitig vergaßen sie nicht, wie gefährlich dieser Mann war. Man durfte sich nicht von seinem Äußeren täuschen lassen. Die vermeintlich vorhersehbare Flucht auf der Autobahn konnte auch nur eine geschickte Strategie sein, um mögliche Gegner in die Irre zu führen. Es zeigte sich schon bald, dass die Einschätzung des Observationsteams richtig war. An der Raststätte Langenbergheim wechselte Omar in letzter Sekunde den Fahrstreifen und fuhr auf den Rastplatz. Erst am Ende der Parkplätze, kurz vor der Auffahrt zur Autobahn, hielt er an. Der Scheich sprang aus seinem Wagen, griff sich sein Gepäck und rannte zu dem angrenzenden Zaun. Durch eine Lücke schlüpfte er durch den Zaum und rannte zum dahinterliegenden Feld. In diesem Moment schwebte ein Helikopter heran und landete auf dem Acker.

* * *

Zum Tesla Portal

Thore konnte seine Bewunderung für die technische Innovation, die man einfach das Tesla Portal nannte, nicht verhehlen. Er stand nur gute fünf Meter vor der Energiewand, die nichts anderes als ein Portal zu einer Parallelwelt war. Schon diese Tatsache hätte jedem Wissenschaftler, jedem Forscher die Freudentränen in die Augen getrieben. Der große Mann nahm sich einen Augenblick und dachte über die unzähligen Welten nach, die sich hinter dem Portal offenbaren konnten. Man musste nur die Einstellungen an den Computern verändern und schon war es möglich, eine weitere Welt zu besuchen. Doch dann besann er sich der Probleme, die auf ihn in der eigenen Welt warteten. Als er seinen Blick von dem Portal abwandte, sah er Yavuz neben sich stehen. Dieser schien ähnliche Gedanken wie er gehegt zu haben. Yavuz, der sich irgendwie ertappt fühlte, lächelte in seiner typischen Art und fragte Thore in einer Weise, die Walt alle Ehre gemacht hätte:

»Wollen wir hier Wurzeln schlagen, oder gehen wir durch das Portal und schauen nach, ob da drüben alles in Ordnung ist?«

Thore lachte laut, sodass sich die anwesenden Soldaten und bereitstehende Techniker erstaunt nach den beiden Männern umschauten. Thore und Yavuz aber achteten nicht auf ihre Umwelt. Für Sekunden verbannte Thores Lachen, in das Yavuz einstimmte, alle Anspannung und den Stress vergangener Stunden und Tage. Dann beruhigten sich die beiden und Thore klopfte Yavuz gutmütig auf die Schulter. Mit einem Lächeln, das als letzte Erinnerung des Lachens in seinen Mundwinkeln verblieben war, sagte er:

»Dann komm mein Freund. Gehen wir durch das Portal und reisen damit ohne Zeitverlust zu einer anderen Welt. Ich bin gespannt, was wir dort drüben finden werden.«

Yavuz nickte nur, denn jedes Wort, jeder ausgesprochene Gedanken erschien ihm zu banal, um ihn zu formulieren. Mit einem letzten, kaum merkbaren Zögern folgte Yavuz dem BND-Agenten. Sie schritten zusammen bis zu dem Energievorhang und eine statische Aufladung ließ ihre Haare zu Berge stehen. Da die beiden Männer jedoch eine Kurzhaarfrisur trugen, bemerkte niemand diesen elektrischen Effekt. Dann wagte Yavuz den Schritt und ging langsam dicht an das Portal heran und schließlich hindurch. Unwillkürlich hatte er seine Augen geschlossen, doch er bemerkte sofort, dass diese fremde Welt ihren eigenen Geruch besaß. Einerseits roch er den Duft frisch gemähten Grases. Andererseits schien dieser Luft etwas Künstliches anzuhaften. Zögerlich öffnete Yavuz nun seine Augen und war im ersten Moment geblendet. Die Landschaft, die der irdischen sehr glich, schien unter einer helleren Sonne zu liegen. Doch sein Blick, der zuerst über Wiesen und Felder streifte, blieb an einem monumentalen Gebäude hängen. Fassungslos sah er zu dem gewaltigen schwarzen Turm, der dominierend seine Umgebung optisch beherrschte. Yavuz folgte mit seinen Augen den Konturen des Turms, bemerkte an dessen Spitze riesige Blütenblätter, die bis ans Firmament reichten. Nein, die Blätter reichten nicht bis an das Firmament, sie stützten dieses. Erst jetzt erkannte Yavuz, wo das helle Licht, welches die Landschaft beschien, seinen Ursprung hatte. Der Himmel dieser Welt glitzerte in millionenfachem Funkeln und er erkannte, dass dieses Glitzern dem Lichteffekt glich, den er gerade eben in dem Laboratorium der DECAM-Werke gesehen hatte. Dort waren es die Kristalle, die sich nach der Röntgenbestrahlung gebildet hatten, die das Licht brachen. Und hier schien das gesamte Firmament aus ebendiesen Kristallen zu bestehen. Wie war das zu erklären? Der FBI-Sonderberater beschloss dieser Frage später auf den Grund zu gehen. Zuerst wollten sich Thore und er davon überzeugen, ob die Maschinerie des Tesla Portals, das hier als transportable Einheit in dieser fremden Walt stand, problemlos funktionierte. Der BND-Agent Thore Klausen hatte die Tesla Portale schon vor einiger Zeit in New York City studieren können. Ja, er hatte sogar mitgeholfen, ein Portal zu aktivieren. Der BND-Agent hatte sich nur kurz umgeschaut und war dann zu einer Gruppe von Männern und Frauen gegangen, die vor Computern standen, welche wiederum mit anderen Peripheriegeräten verbunden waren. Dicke Kabel führten von benzinbetriebenen Generatoren zu zwei Tesla-Spulen, die auf einem Tieflader standen. Auf der Ladefläche stand nicht nur das Tesla Portal, sondern auch Yavuz. Er verließ diese technische Bühne und ging zu Thore hinüber, der sich gerade angeregt mit einem großen Afroamerikaner unterhielt. Die beiden Männer schienen sich zu kennen, denn ihre Körperhaltung drückte die Freude des Wiedersehens aus. Als Yavuz zu Thore trat, sagte Thore in seinem besten Englisch:

»Und hier kommt mein Kollege Yavuz.«

Der große Schwarze streckte seine riesige Hand nach vorne und Yavuz ergriff diese mit einem mulmigen Gefühl. Doch der Händedruck ließ keinen Knochen brechen, was Yavuz erleichtert registrierte.

»Darf ich dir Mister Wynn vorstellen«, fragte Thore Yavuz, als würde die Nennung des Namens dieses großen Mannes alles erklären. Doch im Laufe der nachfolgenden Unterhaltung erfuhr Yavuz, dass Mister Wynn ein Computerexperte war, der zusammen mit Thore das Tesla Portal in New York City aktiviert hatte. Nach circa fünfzehn Minuten kamen die Männer endlich dazu, die aktuelle Lage zu besprechen. Mister Wynn hatte die Anlage überprüft und die Tanks der Generatoren auffüllen lassen. Als er jedoch hörte, dass das stationäre Portal beschädigt war, wurde er übergangslos ernst. Er überdachte noch einmal die möglichen Optionen, doch er fand nur eine Lösung. Mit seiner dunklen Stimme verkündete er das Ergebnis seiner Überlegungen:

»Es ist gefährlich«, begann er, »wenn wir uns nur auf die Funktionstüchtigkeit des transportablen Tesla Portals verlassen. Wenn das Gerät beschädigt wird und ausfällt, sind wir auf dieser Welt gefangen. Deshalb halte ich es für unumgänglich, das stationäre Portal zu reparieren. Dazu muss ich mir das Gerät aber erst einmal anschauen, damit wir wissen, welche Ersatzteile wir benötigen.«

Thore und Yavuz nickten zustimmend und Letzterer sagte:

»Eine Tesla-Spule ist zerstört. Doch ich weiß nicht, wo man so eine Spule herbekommen soll.«

»Darum kümmere ich mich per Telefon von unterwegs«, sagte Thore. »Mister Wynn, kommen die Techniker hier zurecht? Können sie die Anlage bedienen?«

»Soweit ich es beurteilen kann, sind die Leute echte Fachleute. Ja, sie können das Portal bedienen!«

»Dann los, meine Herren, wir fahren sofort zu der Lagerhalle, in der das stationäre Portal steht.«

Gemeinsam gingen die drei Männer zu dem Tieflader, auf dessen Ladefläche die Energiewand zwischen den Tesla-Spulen leuchtete. Ohne zu zögern, schritten sie auf das Portal zu und verschwanden gleich darauf zwischen dem flimmernden Energievorhang. Yavuz, der als Letzter zum Portal ging, drehte sich noch einmal um und bedauerte, dass er nicht länger auf dieser fremden Welt verweilen konnte. Nachdem Durchschreiten des Tesla Portals betraten die Männer wieder ihre eigene Welt. Das Glitzern der Kristalle hier im Laboratorium hatte ein Stück weit seine Faszination verloren. Gleichzeitig fühlten die drei Männer eine gewisse Erleichterung. Nun waren sie wieder auf ihrer Erde, die zwar viele Probleme hatte, aber dennoch ihre Heimat war. Sie wussten plötzlich zu schätzen, hier zu sein, auch wenn die fremde Welt bestimmt ihre Reize hatte. Ihre sentimentalen Gefühle abstreifend verließen sie das Laboratorium und gingen zu Thores SUV. Dieser warf Yavuz den Schlüssel zu und sagte:

»Du fährst! Ich muss telefonieren.«

Mister Wynn setzte sich auf den Rücksitz und dachte an seine Heimat, während Yavuz den Wagen startete. Tatsächlich war der BND-Agent die ganze Fahrt mit Telefonieren beschäftigt. Als sie nach einer halben Stunde, der Verkehr war inzwischen dichter geworden, an der Lagerhalle ankamen, hatte sich die Anzahl der parkenden Fahrzeuge halbiert. Sie fuhren bis zu einer Absperrung, an der zwei Streifenpolizisten Wache standen. Thore öffnete das Seitenfenster und zeigte den Beamten seinen Dienstausweis und man ließ sie passieren. Yavuz parkte direkt vor dem zerstörten Rolltor und die Männer verließen das Fahrzeug. Ohne sich weiter aufzuhalten, betraten sie die Halle und gingen bis zu der ausgeschalteten Anlage des Tesla Portals. Mister Wynn besah sich die Zerstörungen, kratzte sich nachdenklich am Kopf, ging hin und her und kam dann zu Thore und Yavuz. Die beiden Männer hatten Mister Wynn beobachtet und ihnen schwante nichts Gutes. Schließlich sagte dieser ernst:

»Nur mit großem Glück und den nötigen Ersatzteilen können wir das Portal wieder instandsetzen. Ich brauche Folgendes ...«

* * *

Auf der Flucht

Die Fahrt war mehr als anstrengend. Harry hätte nicht vermutet, dass ihn und seine Männer, die ja schließlich schon in allen Regionen der Erde im Kampfeinsatz gewesen waren, so starke Stressauswirkungen zeigten. Die Söldner fluchten und stritten sich in ihrer rauen Sprache und Harry musste mehr als einmal mit harten Worten die Ordnung wiederherstellen. Doch auch er spürte eine ihm bisher unbekannte Unruhe in sich aufsteigen. Warum war dies so? Hing es mit dem Umstand zusammen, dass sie sich nicht auf der Erde befanden, sondern in einer Parallelwelt, die ihrem Planeten glich? Die Umgebung konnte auf jeden Fall nicht der Stressfaktor sein, oder doch? Die friedliche Gartenlandschaft mit ihren Wiesen, Auen und Feldern sollte eigentlich eine beruhigende Wirkung haben. Auch die tropfenförmigen Flugmaschinen der Turmbewohner waren seit Stunden nicht mehr zu sehen. Immerhin näherten sie sich nun dem Mittelgebirge, das auf ihrer Welt als der Taunus bezeichnet wurde. Noch gelang es dem Konvoi einzelnen Baumgruppen auszuweichen. Natürlich gab es auch hier keine Straßen oder Wege, denen man folgen konnte. Gemächlich schlängelte sich die Fahrzeugkolonne durch das unberührte Land. Dann rückte der Wald näher heran und die Wiesen wurden seltener. Die Fahrer bemühten sich, eine zu befahrene Route zu finden. Doch oft versperrten umgestürzte Bäume ihren Weg. Die Turmbewohner hatten nicht in die Natur des Mittelgebirges eingegriffen und kein Forstarbeiter entfernte die gestürzten Baumriesen. Schließlich, in einem kleinen, recht engen Tal war die Fahrt vorbei. Das Gelände stieg in einem Winkel an, den die Fahrzeuge besonders auf dem weichen Waldboden nicht mehr bewältigen konnten. Harry befahl zu parken und ließ seine Männer, wie es militärisch hieß, absitzen. Diesem Befehl kamen die Söldner gerne nach und gleich darauf reckten und streckten sich die Kämpfer vor den SUVs und Lastwagen. Die Verwundeten wurden von den Ladeflächen der Lastwagen gehoben und im taufrischen Gras abgelegt. Söldner, die auch eine Ausbildung als Ersthelfer durchlaufen hatten, kümmerten sich um ihre verletzten Kameraden. Zwei der Männer hatten es nicht geschafft und waren still und unbemerkt während der Fahrt gestorben. Die Söldner hoben auf den Befehl Harrys zwei flache Gräber am Rand der Lichtung aus. Nach circa einer Stunde legten sie ihre toten Kameraden in die Gräber und Harry hielt eine kurze und dennoch bewegende Rede. Danach schaufelten die Männer die Gräber zu und entfernten sich schweigend von der Begräbnisstätte. Ihr Kommandeur Harry ließ seinen Kämpfern einen angemessenen Zeitraum der Ruhe, ehe er sie zusammenrief. Nun musste entschieden werden, wie man weiter vorgehen würde. Die Männer sammelten sich um ihn und Harry stellte sich auf einen am Boden liegenden Baumstamm, um besser gesehen zu werden. Dann teilte er seine neue Order aus:

»Kameraden, wir werden hier ein vorläufiges Lager errichten, damit die Verwundeten sich erholen können. Vier Mann bleiben hier, versorgen die Verletzten und bauen provisorische Unterstände. Die anderen machen sich marschbereit. Wir werden die Gegend erkunden und sehen, was sich hinter den Bergrücken verbirgt. Abmarsch in dreißig Minuten. Das war's! Wegtreten!«

Als die halbe Stunde vergangen war, sammelten sich die Söldner in der Mitte der Lichtung. Sie alle trugen Rucksäcke und Munitionstaschen auf ihren Rücken. Schnellfeuergewehre baumelten, von einem Riemen gehalten, auf ihrem Brustkorb. Harry gab mit einem Handzeichen das Signal zum Aufbruch. Nach nur wenigen Metern umfing die Männer das Halbdunkel des Waldes. Schweigend und hoch konzentriert erklommen sie die erste Anhöhe. Die erfahrenen Kämpfer rechneten immer mit einem Hinterhalt, was der Situation mehr als gerecht wurde. Man kannte nicht die Pläne der Turmbewohner und man musste nun davon ausgehen, dass sie den Söldnern gegenüber nicht mehr freundlich gesinnt waren. Dazu kamen die Soldaten, die sie in der Lagerhalle wie auch in dem Laboratorium attackiert hatten. Harry wunderte sich, wieso bisher keine Verfolger aufgetaucht waren. Auf der anderen Seite war er froh, dass er im Moment in keine Kampfhandlungen verwickelt wurde. Nach einiger Zeit erreichten sie den ersten Berggrat und sahen durch die Bäume hindurch hinunter in ein schmales Tal. Nach einer kurzen Rast marschierten die Söldner zur Talsohle, fanden dort einen kleinen Bach, der sich durch eine grasbewachsene

Lichtung schlängelte. Doch keiner der Männer hatte einen Blick für diese wildromantische Landschaft. Zügig überquerten sie die Lichtung und begannen auf der anderen Seite des Tals den nächsten Hügel emporzusteigen. Mit der Zeit verfiel der Trupp in eine gewohnte Routine. Die Männer wechselten sich bei der Marschreihenfolge ab, sodass jeder Söldner einmal an der Spitze des Einsatzteams marschierte. Dies war wichtig, denn der vorderste Soldat musterte hoch konzentriert die Umgebung und versuchte die Spuren eines möglichen Feindes zu erkennen. Er war für die Sicherheit seiner Kameraden verantwortlich und musste darauf achten, dass sie nicht in eine Falle liefen. Seitdem sie das Tal verlassen hatten, verspürte Harry das dringende Bedürfnis, eine Pause einzulegen. Er fühlte sich schlapp und jeder Schritt schien mühsamer als der vorherige. Das konnte eigentlich nicht sein, denn er wie seine Männer waren in körperlich bester Konstitution. Ein kleiner Marsch durch den Wald durfte ihm eigentlich nichts ausmachen. Mit Sorge beobachtete er seine Kameraden, die auch langsamer den Hügel hinaufstiegen, als sie so ein topografisches Hindernis ansonsten meisterten. Auch ihre Gesichter zeigten Erschöpfung und Müdigkeit. Um seine eigene Konstitution nicht zu überfordern, befahl Harry eine weitere Rast. Erleichtert ließen sich die Söldner auf dem Waldboden nieder, zogen die Rucksäcke von den Schultern und legten ihre Gewehre griffbereit neben sich. Kein Wort wurde gesprochen und jeder hing seinen Gedanken nach. Auch Harry versuchte sich zu entspannen, doch die Unsicherheit über das Kommende okkupierte seine Gedanken. Dazu quälte ihn seit einigen Minuten ein leichter Kopfschmerz, der jedoch erstaunlicherweise seine Müdigkeit verdrängte. Seiner inneren Unruhe folgend, scheuchte er seine Männer nach zwanzig Minuten auf. Murrend folgten die Söldner und einige Minuten später setzten sie ihren Weg fort. Auch der nächste Hügelkamm zeigte nur ein weiteres Tal. Ohne anzuhalten, durchquerten die Söldner nach mühsamem Abstieg durch den nun dichteren Baumbestand das Tal und bewegten sich schneller gehend zum nächsten Anstieg. Ohne zu murren, stiegen die Männer den steilen Hang empor. Jeder spürte, dass sie sich ihrem Ziel näherten, und keiner wollte sich länger als nötig in diesem Wald aufhalten. Zwar hatten sie noch kein einziges Lebewesen bei ihrem Marsch entdeckt, doch dieser Wald hier schien eine dunkle Bedrohung auszustrahlen. Die Anzahl der verrotteten Bäume war drastisch gestiegen, was den Aufstieg nicht leichter machte. Keiner der Söldner schien noch über genügend Kraftreserven zu verfügen, um über die modernden Baumstämme zu klettern. Lieber liefen sie um die gestürzten Pflanzenriesen herum, was ihren eigentlichen Aufstieg erheblich verlängerte. Harrys Kopfschmerzen hatten unterdessen an Intensität zugenommen und ein innerer Schlagzeuger schien gegen seine Schädeldecke zu hämmern. Doch als befehlender Offizier wollte er sich keine Blöße geben und verbarg seine Schmerzen hinter einem grimmigen Gesichtsausdruck. Schritt für Schritt kämpften sich die Söldner den Berghang hinauf und hofften inständig, bald den Bergrücken zu erreichen. Dann, nach einem endlos erscheinenden Anstieg, wurde das Gelände schließlich flacher und ein baumloses Plateau lag vor den Männern. Harry setzte sich auf einen kahlen Felsen, der aus dem grasbedeckten Plateau herausrage. Ohne auf einen Befehl zu warten, setzten sich die Söldner einfach dort auf den Boden, wo sie gerade standen. Harry ließ sie gewähren und schloss erschöpft seine Augen. Es kümmerte ihn im Moment nicht, ob einer der Männer die Sicherung des Umfeldes übernommen hatte. Er wäre sowieso zu müde, um mit einem Gegner zu kämpfen. Bei diesem fatalistischen Gedanken schreckte er auf. Was war denn mit ihm los? Wieso war ihm das Wohlergehen seiner Gruppe mit einem Mal egal? Das konnte, nein, das durfte nicht sein. Irgendetwas stimmte hier nicht! Er hatte seine Erschöpfung dem schweren Anstieg zugeschrieben. Aber er wie seine Soldaten bewältigten einen Marsch querfeldein normal mit Leichtigkeit. Es musste etwas geben, einen äußeren Einfluss, der ihnen die Kraft raubte. Anders ließ sich die allgemeine Erschöpfung nicht erklären. Mit dieser Erkenntnis gestärkt erhob sich Harry, klatschte in die Hände und mit den offenen Handflächen in sein Gesicht. Dann schüttelte er sich aus, hüpfte zwei-, dreimal auf der Stelle und bemerkte, wie sich seine körperlichen Kräfte wieder meldeten. Welche unsichtbare Kraft hatte ihm einsuggeriert, dass er erschöpft sei, fragte sich Harry.

* * *

Künstliche Welt

Der Anflug auf das gigantische Gebäude war spektakulär! Der technikbegeisterte Walt Kessler sah gebannt nach vorne und hätte sich einen Platz neben dem Piloten des Flugtropfens gewünscht. Doch er musste sich mit seinem etwas eingeschränkten Sichtfeld begnügen. Dennoch hielt es ihn beinahe nicht mehr auf seinem Sitz. Nach einer Weile füllte der schwarze Turm tatsächlich den ganzen Bildschirm aus, der die Aufgabe einer Frontscheibe erfüllte. Walt erkannte Erker und kleinere Türmchen, daneben mächtige Röhren und Parabolspiegel. Das Erstaunlichste aber war, dass die gesamte Oberfläche des monströsen Bauwerks aus Stahlplatten zu bestehen schien. Nur die schwarze Farbe, mit der wirklich jeder Gegenstand der Außenhülle des Turms lackiert war, verbarg diese Einzelheit. Nun war Walts Interesse geweckt. Er betrachtete die Außenverkleidung des Turms genauer. Tatsächlich fand er nach einigen Augenblicken das, was er unbewusst gesucht hatte. In regelmäßigen Abständen glaubte er die Mündungsrohre unbekannter Waffensysteme zu erkennen. War dieses mächtige Gebäude in Wirklichkeit nicht nur die Wohnstätte der hiesigen Bevölkerung, sondern eine Festung, eine Trutzburg? Wer waren denn die Feinde, vor denen sich die Bewohner des Turms fürchteten? Jetzt machte die Außenverkleidung des Bauwerkes plötzlich Sinn. Man schützte sich durch die Stahlplatten vor einem möglichen Beschuss. Auch das völlige Fehlen von Fensteröffnungen bestätigte Walts Verdacht. Unvermittelt schob sich eine der Stahlplatten zur Seite und eine Öffnung tat sich auf. Gleich darauf steuerte der Pilot das Fluggerät in den Turm hinein und Walt betrachtete die veränderte Umgebung mit Staunen. Sie schwebten durch einen Hangar, an dessen beiden Seiten Fluggeräte unterschiedlichster Größe und Form geparkt waren. Am Ende der großen Halle, die mindestens hundert Meter lang und fünfzig Meter breit war, landete ihre Flugmaschine schließlich. Die Tür am Heck des Flugtropfens öffnete sich und das Ratsmitglied forderte per Handzeichen seine Gäste auf, das Fluggerät zu verlassen. Hanky, der neben dem staunenden Walt aus der Maschine stieg, ließ sich von der optisch zur Schau gestellten Hochtechnologie nicht beeindrucken. Er wusste um die Nöte der Turmbewohner, wollte aber den kommenden Ereignissen nicht vorgreifen. So schauspielerte er Erstaunen und forschte gleichzeitig in den Gedanken der Turmbewohner. Eine Delegation, bestehend aus Männern und Frauen, die alle schwarze Hosen und weiße Hemden trugen, betrat aus einem Seitengang heraus den Hangar. Würdevoll schritten die Turmbewohner auf Hanky und Walt zu. Walt, den viele technische Fragen quälten, hätte sich viel lieber mit dem Wartungspersonal, welches nun Kabel an den Flugtropfen anschloss, unterhalten. Doch er wusste auch, dass eine erste offizielle Kontaktaufnahme speziell für die Turmbewohner wichtig war. Ihm waren diplomatische Gepflogenheiten ein Greul und trotzdem beugte er sich dem offiziellen Teil der Begrüßung. Es war der komplette Rat des Turms, der zur Begrüßungszeremonie gekommen war. Diese Ehre wurde einem Besucher nur selten zuteil und keiner der Ratsmitglieder hatte in seiner Laufbahn einer solchen Ehrung beigewohnt. Hanky flüsterte Walt zu, welche Erkenntnisse er in Bezug zu dieser Begrüßung erfahren hatte. Dieser nickte nur und versuchte eine würdevolle Haltung an den Tag zu legen. Doch Walt wäre nicht Walt gewesen, wenn er sich einen kleinen Scherz verkniffen hätte. Als die Ratsmitglieder einzeln vorgestellt wurden, zwinkerte Walt einer Frau, die dem Rat angehörte und ihre besten Jahre schon hinter sich hatte, neckisch zu. Für eine Sekunde war die Frau irritiert, doch sie schien ebenfalls Humor zu haben. So trat sie zu Walt, reichte ihm ihre Hand und sagte:

»Ich freue mich ganz besonders, dass uns hier ein so charmanter Besucher unserer Schwesterwelt die Ehre gibt. Ich hoffe, wir können uns später noch besser kennenlernen.«

Dann löste sie ihre Hand aus Walts verkrampften Fingern und ging danach zwei Schritte rückwärts. Hanky hatte die Szene zuerst besorgt beobachtet und wollte Walt schon zurechtweisen. Doch dann sah er, dass sein Freund nicht sehr glücklich über die deutliche Offerte der Frau war. Nachdem jedes Ratsmitglied vorgestellt war, bat man Walt und Hanky nun zu einer kleinen Führung durch den Turm. Während die Delegation durch einen breiten, hell erleuchteten Gang schritt, flüsterte Walt empört:

»Da hast du mich aber in eine schöne Situation gebracht. Was soll ich denn jetzt nur tun? Die Dame will mir an die Wäsche!«

»Nun entspanne dich Walt. Das Dilemma hast du dir selbst zuzuschreiben und ich habe der Dame nicht zugezwinkert. Also würde ich sagen, selbst schuld. Jetzt musst du sehen, wie du heil aus dieser Situation herauskommst.«

In den nächsten zwei Stunden wurden Walt und Hanky durch den Turm geführt. Sie sahen die große Halle, in der eine Parklandschaft mit verschiedenen Ebenen den Bewohnern Erholung bot, Produktionsstätten, wo Dinge des täglichen Bedarfs hergestellt wurden, und Werkstätten der unterschiedlichsten Art.

Zum Schluss führte man sie in einen Bereich, der die Schule des Turms beherbergte. Durch große Fenster sahen sie in Klassenräume, die sich von denen auf der Erde nicht sonderlich unterschieden. Nachdem sie die Schule verlassen hatten, bestieg die Delegation eine große Liftkabine. Die Fahrt mit dem Aufzug dauerte nur eine Minute und als sich die Fahrstuhltür öffnete, sahen Walt und Hanky, dass auf dieser Etage die Führungsschicht des Turms residierte. Die Wände des breiten Flurs, den sie nun betraten, waren mit den schon bekannten Kristallen verziert, der Boden mit Teppichen ausgelegt und schwere, wohl schon antike Holzschränke standen an den Seiten. Am Ende des Flurs wurde eine Doppeltür geöffnet, hinter der ein großer Raum erkennbar war. Ein mächtiger, wohl auch antiker Konferenztisch beherrschte den Raum. Auf der Tischplatte waren verschiedenste Speisen aufgebaut und in dunkles Blau gekleidete Servicekräfte reichten Getränke an die Gäste. Hanky, der um den wirklichen Zustand der Turmbewohner wusste, hatte langsam genug von der Zurschaustellung der Macht. Das Geprotzte mochte in dieser Gesellschaft dazugehören. Doch er wusste auch, dass die Zeit drängte, denn die Männer und Frauen, die für die Gräueltaten in Frankfurt verantwortlich waren, waren noch nicht gefasst. Er war bereit, sich für die Menschen hier im Turm einzusetzen und ihnen aus ihrer Zwangslage herauszuhelfen. Doch dazu musste er nun bald ernsthaft mit dem Rat des Turms sprechen. Er fasste sich noch eine gute Stunde in Geduld, versuchte die Speisen dieser Welt und bat um Aufmerksamkeit. Mit erhobener Stimme sagte er, nachdem sich alle Menschen in dem Raum ihm zuwandten

»Mitglieder des Rats, meine Damen und Herren. Zunächst möchte ich mich für den freundlichen Empfang und Ihr Wohlwollen bedanken. Es war sehr freundlich, dass Sie mir und meinem Begleiter die Errungenschaften Ihrer Gesellschaft präsentiert haben. Doch jedes Ding hat zwei Seiten. So sagt man in unserer Welt. Ich gratuliere zu den technischen Innovationen, die Ihnen das Leben erleichtern. Doch ich bin mir sicher, dass Sie unter einem gewaltigen Druck stehen. Sie müssen Ihre Bürger ernähren und haben bestimmt schon jede Optimierung zur Nahrungsherstellung genutzt. Doch Ihr Lebensraum ist einfach zu klein, um genügend Lebensmittel zu erzeugen. Außerdem vermute ich, dass Ihr Lebensraum, die Kristallkuppel und alles, was sich in ihr befindet, einer permanenten Gefahr von außen ausgesetzt sind. Dies beweisen die Beschaffenheit Ihres Turms und seine Verteidigungsmöglichkeiten. Sie müssen sich nicht vor uns rechtfertigen. Im Gegenteil, ich muss mich für meine offenen Worte entschuldigen. Hier mein Angebot. Ich werde Ihnen die Möglichkeit schaffen, sich mit Vertretern meiner Regierung und führenden Leuten der Industrie und Landwirtschaft zu unterhalten. Ich bin mir sicher, dass Sie ein Handelsabkommen mit den Menschen der Erde abschließen können. Doch nun muss ich Sie bitten, meinen Partner und mich zurück zu dem Portal zu bringen. Wir müssen außerdem noch die Männer dingfest machen, welche Ihre Gastfreundschaft missbraucht haben. Nochmals Danke für Ihre Freundlichkeiten!«

Für einige Minuten herrschte betretenes Schweigen und Hanky erkannte die Scham dieser Menschen, die versucht hatten, ihre Not nicht preiszugeben. Auch Erstaunen über die Erkenntnisse ihres Gastes verwirrte die Ratsmitglieder. Doch dann bat ein Ratsmitglied darum, dass er Walt und Hanky über die Bedürfnisse der Turmbewohner informierte. Hanky stimmte der Bitte zu und Walt nickte bestätigend. Auch er wollte diesen Menschen helfen und vor allem erfahren, was sich außerhalb der Kristallkuppel befand. Lebten dort Menschen, oder gab es sogar Feinde, die versuchten, in die Kuppel einzudringen?

* * *

Das Ende eines Lebenstraums

Roger und Debora waren gerade noch rechtzeitig in Bad Nauheim eingetroffen. Zwar war der abtrünnige NSA-Agent Omar Zaki, der auch als „Der Scheich" bekannt war, aus der Stadt geflohen, doch durch seine Agenten stand Omar per Handy in ständigem Kontakt. Roger fuhr, so schnell er konnte, zur Autobahn 45 und freute sich, dass er auf bundesdeutschen Autobahnen so schnell fahren konnte, wie er wollte. Jedenfalls auf den Strecken, wo es keine Geschwindigkeitsbegrenzung gab. Dies war auf der A 45 der Fall und so erreichten die beiden FBI-Agenten den Rastplatz Langenbergheim zur gleichen Zeit wie das Observationsteam und der Verfolgte. Debora sah den Flüchtigen noch vor Roger und dirigierte ihn zum Ende des Parkplatzes. Dort sahen sie den Mann das Raststätten-Gelände rennend verlassen. Roger stoppte seinen Wagen neben dem Auto des Scheichs. Zeitgleich sprangen die FBI-Agenten aus ihrem Fahrzeug und bemerkten in diesem Moment das knatternde Geräusch eines Hubschraubers. Er kam aus dem Sichtschutz einer großen Lagerhalle, die ihren Standort im benachbarten Gewerbegebiet hatte. Im Tiefflug steuerte der Pilot das wendige Fluggerät dicht über das Flachdach der riesigen Halle. Gleich darauf sahen sie, wie der Helikopter zur Landung auf einem angrenzenden Feld ansetzte. Der Flüchtige rannte über den Acker auf den Hubschrauber zu und er würde in Sicherheit sein, sobald er die Maschine erreicht hatte. Nun stellten sich beide FBI-Agenten die Frage: Zugriff oder nicht? Roger fragte schnell die Position des Observationsteams ab, während seine Kollegin auf eigene Faust handelte. Sie zog ihre Dienstwaffe aus dem Holster und legte an. Roger bezweifelte, ob Debora auf diese Entfernung den Flüchtenden ausschalten konnte. Doch die junge Agentin hatte andere Pläne. Sie eröffnete das Feuer und nahm nicht den Scheich unter Beschuss, sondern die Passagierkabine des Helikopters. Dieser hatte den Boden noch nicht erreicht und die knallend einschlagenden Geschosse aus Deboras Dienstwaffe hatten den Piloten wohl erschreckt. Der Hubschrauber bewegte sich plötzlich seitwärts und gute drei Meter in die Höhe. Roger erkannte die Strategie Deboras und feuerte nun seinerseits auf den Helikopter. Weitere Treffer zerfetzten eine Seitenscheibe des Hubschraubers und der Pilot versuchte seitlich über das Feld zu entkommen. Nun feuerten Debora und Roger auf die Antriebswelle, hatten aber durch die schwankenden Bewegungen des Helikopters keinen Erfolg. Vom Parkplatz aus beteiligten sich die Männer des Observationsteams und einer der Agenten feuerte aus einer Maschinenpistole auf das Fluggerät. Plötzlich aufsteigender schwarzer Rauch, der oberhalb der Passagierkabine aus der Antriebswelle hervorquoll, zeigte den FBI-Agenten an, dass der Motor des Hubschraubers seine Arbeit bald einstellen würde.

Omar, der sofort registriert hatte, dass die FBI-Agenten ihren Fokus auf den nun in der Luft torkelnden Helikopter richteten, sah noch eine letzte Chance. Er sprang auf und rannte, so schnell ihn seine Beine trugen, auf das angrenzende Industriegebiet zu. Direkt hinter den Hallen und Betrieben hatte er Wohnhäuser gesehen. Vielleicht konnte er ein Auto kapern oder eine Geisel nehmen. Dann würde er versuchen, sein nächstes Etappenziel zu erreichen. Nur dreißig Kilometer trennten ihn von einem Learjet, der auf ihn wartete. Noch während er rannte, verfluchte er die Tatsache, dass er einen kleinen, sogenannten Bordkoffer für seine Habseligkeiten ausgewählt hatte und nicht eine Umhängetasche. Den Koffer trug er in der linken Hand und in seiner rechten Hand hielt er eine schwarze Pistole. Durch das Gepäckstück sichtlich behindert, versuchte er, so schnell es ging, auf die betonierte Straße des Industriegebietes zu gelangen. Dort würde das Rennen einfacher werden, zumal die

Straße ein leichtes Gefälle zeigte. Eine heftige Explosion hinter ihm ließ ihn für einen Moment zusammenzucken. Gleich darauf erreichte Omar die Druckwelle, begleitet von hocherhitzter Luft, die ihn straucheln ließ. Seine Beine rannten automatisch noch zwei, drei Schritte, ehe er das Gleichgewicht verlor und hart auf den Boden fiel. Für einige Sekunden lag er auf dem Asphalt und ein feiger Gedanke versuchte sich seiner zu bemächtigen. Gib einfach auf, flüsterte seine innere Stimme. Doch sein übergroßes Ego vertrieb den destruktiven Gedanken mit Gewalt. Mit einem Ächzen richtete der Scheich sich auf und sah hastig nach hinten. Schwarzer Rauch zeigte die Stelle, an dem der Hubschrauber abgestürzt war. Mit Bedauern sah er zu dem Wrack der Flugmaschine, welche aber nicht der Besatzung des Helikopters galt, sondern der verpassten Möglichkeit zur Flucht. Rechts davon erkannte er die Mündungsfeuer seiner Verfolger, doch die Schussgeräusche drangen nur leise an seine Hörnerven. Die Explosion hatte ihn teilweise taub gemacht und damit auch angreifbarer. Er hörte nicht, wenn sich seine Gegner näherten. Sein Überlebenswille jedoch trieb ihn weiter. Mit schwankenden Schritten eilte er weiter und kümmerte sich nicht um seine Verfolger. Während des Rennens fühlte er etwas Warmes an seiner Hüfte. Ein schneller Blick zeigte die nächste Katastrophe. Blut durchnässte seine rechte Hüfte und der rote Lebenssaft sickerte an seinem Bein nach unten. Ein Schrapnell des verunglückten Helikopters oder ein Streifschuss hatte ihn getroffen. Wenn ihn ein Geschoss seiner Gegner voll erwischt hätte, so überlegte Omar schnell, wäre er nicht mehr in der Lage zu laufen. Sich nicht weiter um die Verwundung zu kümmern, rannte er weiter. Er hatte die Lagerhalle erreicht, die irgendeiner Spedition gehörte. Schnell überlegte er, welche Optionen ihm nun noch zur Verfügung standen. Die nächste Halle, die zu einer Autowerkstatt gehörte, lag circa hundert Meter weiter. Dieses Ziel war im Moment unerreichbar, da seine Verfolger zu nahe waren. So entschloss sich der Scheich auf den Hof der Lagerhalle zu laufen. Dort wollte er sich ein Fahrzeug beschaffen und seine Flucht fortsetzen. Hinter sich hörte er weitere Schussgeräusche, was bedeutete, dass sein Gehör nun wieder besser funktionierte. Vor der Lagerhalle standen einige Männer, wohl Fernfahrer und Speditionsmitarbeiter, die neugierig ihre Hälse reckten, um zu sehen, was passiert war. Natürlich hatten sie die Explosion gehört und ihre Neugierde hatte sie vor die Tore der Halle getrieben. Als die Männer jedoch den blutenden Mann sahen, der in ihre Richtung rannte und eine Waffe in seiner Hand hielt, flüchteten sie. Ungeordnet rannten die Lkw-Fahrer und das Lagerpersonal zur Halle. Das große Gebäude suggerierte ihnen eine Sicherheit, die es aber in dieser Situation nirgendwo geben konnte. Der Scheich erreichte die Laderampe der Lagerhalle eine Minute später. Es parkten verschiedene Fahrzeuge auf dem Hof. Autos, Kleinbusse und Lastwagen. Direkt an der Laderampe stand ein großer LKW, dessen hintere Plane geöffnet war. Omar eilte zu der Fahrertür und zog sich unter Schmerzen die zwei Alutritte nach oben. Dann öffnete er die Fahrertür und schwang sich auf den Sitz. Starke Schmerzen aus seiner rechten Hüfte kommend, jagten ihm Tränen in die Augen. Mit verschwommenem Blick tastete er nach dem Zündschlüssel, doch im Zündschloss war kein Schlüssel zu finden. Der Fahrer hatte diesen wohl abgezogen, was fatal für den Scheich war. Er hatte einfach nicht genügend Zeit, nach dem Fahrer oder einem anderen Fahrzeug zu suchen. Sein analytischer Verstand sagte ihm gnadenlos, dass seine Flucht hier enden würde. Die Pläne, die ihn zu unermesslichem Reichtum führen sollten, waren gescheitert. Es gab keine Option, die ihn nun noch Rettung bringen konnte. Er war gescheitert, und zwar total. Klebriges Selbstmitleid schmerzte mehr als seine verwundete Hüfte. Für einen Moment hatte Omar seine Umgebung vergessen, was sich nun bitter rächte. Als er nach vorne durch die Windschutzscheibe der Fahrerkabine sah, wusste er, dass sein Ende nahte. Ein Mann und eine Frau rannten mit angeschlagenen Pistolen auf ihn zu. Sie riefen etwas, doch Omar verstand nicht einmal mehr die Worte seine Gegner. Sein Verstand fokussierte sich nur noch auf eine Entscheidung, die er in diesem Moment traf. Er würde sich nicht ergeben, sondern sein Leben hier und jetzt beenden. Seine Widersacher sollten nicht den Triumph genießen können, ihn zu verhaften. Er würde nicht in ein Gefängnis gehen, sich keiner Anklage stellen, sich nicht verteidigen. Die Menschheit wusste nicht, welche Möglichkeiten sie verlor, wenn er starb, und sie würde es nie erfahren. Mit einem verächtlichen Lächeln auf den Lippen hob er seine Pistole und feuerte durch die Windschutzscheibe des Lastwagens. Seine Gegner warfen sich zu Boden und erwiderten das Feuer. Omar sah das Gesicht der Frau, seiner Gegnerin, seiner Todesgöttin. Er spürte, wie die Geschosse seinen Körper trafen und durchschüttelten. Doch er ignorierte den Schmerz und konzentrierte sich nur noch auf das Gesicht der fremden Frau. Sie war, wie er einst gewesen war. Fokussiert und ohne Gnade für den Gegner. Omar schloss seine Augen und wartete auf die Erlösung des Todes.

* * *

An der Mauer

Mit einem scharfen Befehl scheuchte Harry seine Männer auf. Müde erhoben sich die Söldner und der eine oder andere stieß einen derben Fluch aus. Ihr Kommandeur versammelte die Männer um sich und berichtete ihnen, was er herausgefunden hatte:
»Ihr habt bestimmt bemerkt, dass ihr nicht so leistungsfähig seid wie sonst. Dieser kleine Querfeldeinlauf hat euch erschöpft. Doch dies kann nicht sein und ich habe mich gefragt, wieso

wir unsere Kraft verloren haben. Ich kann es euch sagen. Die Bewohner des schwarzen Turms haben wohl eine technische Anlage hier am Rande ihres Einflussbereichs installiert, welche unsere Gehirne direkt beeinflusst. Doch diese Beeinflussung ist nur so lange eine Beeinträchtigung, bis man sie erkennt. Ich selbst habe mich niedergeschlagen gefühlt. Doch dann half mir mein berüchtigter Starrsinn.«

Einige Männer lachten und bestätigten durch launische Rufe Harrys Einschätzung. Der ließ die Männer gewähren und setzte seine Ansprache fort:

»Ich fordere euch auf, gegen die Beeinflussung zu kämpfen. Macht ein paar sportliche Übungen, schreit oder macht etwas, das euch von der feindlichen Beeinflussung ablenkt. Los geht's!«

Tatsächlich begannen die Söldner sich zu bewegen, hüpften, machten Liegestütze oder schrien lauthals. Nach circa fünf Minuten meldeten die Söldner ihre Einsatzbereitschaft. Ihre Verärgerung über die mentale Beeinflussung nutzte Harry und befahl den sofortigen Abmarsch. Er wollte sehen, was sich unterhalb der Bergkuppe befand. Dennoch ermahnte er seine Kämpfer, wachsam zu sein, denn wer konnte schon wissen, welche Teufeleien der Feind sich noch ausgedacht hatte. Mit nun frischen Energien, deren antreibender Impuls einzig in den Gehirnen der Söldner ausgelöst wurde, kamen sie gut voran. Nur gute fünfhundert Meter weiter jedoch war ihr Marsch vorerst beendet. Unvermittelt sahen die Männer hinter einer dichten Baumreihe eine gleichmäßige Struktur. Etwas Graues lag hinter den Bäumen, dass Harry zuerst nicht definieren konnte. Vielleicht weigerte sich aber auch sein Geist, die Wahrheit anzuerkennen. Einige Meter weiter aber wussten die Söldner, dass hier kein Weiterkommen war. Sie verließen den Wald und hinter einem baumlosen Streifen, der etwa zwanzig Meter breit war, versperrte eine zehn Meter hohe Mauer ihren Weitermarsch. Auf der Mauerkrone erkannten sie ein Metallband und darüber die glitzernde Kristallwand, welche sich bis zum schwarzen Turm erstreckte. Sie waren am Rand der Kuppel angekommen, am Ende dieser Biosphäre, die sich mit der Mauer und dem Kristallfirmament von der Außenwelt abgrenzte. Für einen Moment war Harry sprachlos, doch dann begann er strategisch zu denken. Er folgerte, wenn diese Kuppel durch eine Mauer begrenzt war, gab es mit Sicherheit mehrere Tore zur Außenwelt. Allein die bestimmt nötigen Wartungsarbeiten an der Kuppel mussten auch von außen möglich sein. Nun galt es eines dieser Tore zu erreichen, um aus der Kuppel zu fliehen. Mit deutlicher Klarheit begriff Harry, dass die Flucht aus dem Habitat der Turmbewohner zunächst ihre einzige Möglichkeit war, einer Gefangenschaft zu entkommen. Bestimmt lebten außerhalb der Kuppel andere Menschen. Mit diesen Fremden konnte man womöglich eine Koexistenz aushandeln. Wie es von diesem Punkt aus weiterging, würde sich schon ergeben. Zufrieden, ein neues Ziel definiert zu haben, erklärte er seinen Männern die neue Situation. Einige wollten sich gleich hier und jetzt einen Weg durch die Mauer sprengen. Doch dies lehnte Harry ab und wies darauf hin, dass sie auf jeden Fall ihre Fahrzeuge mit in die Außenwelt nehmen wollten. Außerdem lagerte auf den Ladeflächen der Lastwagen noch wertvolle Ausrüstung. So verließ der Söldnertrupp die Mauer und marschierte den steilen Hang bis zum Bergplateau hinauf. Dort sah sich Harry nun mit anderer Intention um. Er begutachtete das Gelände und war sich sicher, dass die Turmbewohner die Mauer-Tore nicht in den Hügeln des Mittelgebirges errichtet hatten. Ein flaches Terrain bot mehr Möglichkeiten als das Bergland und die Tore waren leichter zu erreichen. So befahl Harry einen schnellen Rückmarsch zum Basislager. Von dort aus sollte dann die gesamte Gruppe mit den Fahrzeugen aufbrechen. Nach zwei Stunden erreichten die Söldner das Basislager und die Männer begannen sofort die Zelte abzubauen. Die Verwundeten wurden zu den Lastwagen getragen und die

Ausrüstung verstaut. Mit großer Erleichterung, diesen Wald verlassen zu können, startete Harry seinen Geländewagen und fuhr um die letzte Baumgruppe herum. Er befahl seinen Männern Ausschau nach der Mauer zu halten und ihm jede Beobachtung sofort zu melden.

Drei Stunden später, sie waren parallel zu dem sich nach Süden erstreckenden Gebirgszug gefahren, meldete einer der Männer einen schmalen grauen Streifen am Horizont. Nun beorderte Harry einige Männer auf die Wagendächer der SUVs und Lastwagen. Mit starken Ferngläsern bewaffnet sollten sie jetzt Ausschau nach einem Tor halten. Unterdessen rollte die Kolonne langsam weiter. Gute dreißig Minuten später meldete einer der Späher einen dunklen Abschnitt in der Mauer, der vielleicht zwanzig Meter breit sein mochte. Doch um was es sich bei diesem dunklen Teil der Mauer handelte, wusste niemand. Es bedurfte keiner weiteren Überlegung des Kommandanten, um die Kolonne auf dieses neue Ziel auszurichten. Unterdessen machten sich die Söldner für die zu erwartenden Kampfhandlungen bereit und sogar den Technikern wurden Schnellfeuergewehre in die Hände gedrückt. Über eine weite, unberührte Grasebene rollte die Kolonne nun auf das dunkle Mauersegment zu. Bald erkannten die Söldner, dass es sich tatsächlich um eine Toranlage handelte. Doch diese war mit schwarzen Metallplatten geschützt, die den direkten Zugang zum Tor versperrten. Der Kommandeur hatte nicht die Zeit und auch nicht die zahlenmäßig nötige Anzahl von Kämpfern, um die Stahlmauer im offenen Gefecht zu erobern. Er befahl, die tragbaren Panzerfäuste einsatzbereit zu machen. Ohne ihre Fahrt zu stoppen, gab er in einer Entfernung von fünfzig Metern zu der Barriere den Feuerbefehl. Die Kleinraketen verließen zischend den Lauf der Panzerfäuste und gleich darauf zerrissen gewaltige Detonationen den stählernen Wall. In diesem Moment tauchten über dem Konvoi der Söldner drei rote Flugtropfen auf. Die Kämpfer warteten nicht auf einen weiteren Befehl und feuerten nun mit den Panzerfäusten auf die Fluggeräte. Die Besatzungen der Flugtropfen hatten nicht mit einer solch schnellen, aggressiven Reaktion der Söldner gerechnet. Die Geschosse trafen und brachten alle drei Fluggeräte zum Absturz. Mit enormer Wucht detonierten die Flugmaschinen noch in der Luft und sandten eine zerstörerische Druckwelle durch die Kuppellandschaft. Das Kristall-Firmament begann hin und her zu schwingen und drohte einzustürzen. Der Rat des Turms, der den Angriff unter Mithilfe ausgesandter Drohnen verfolgte, reagierte panisch. Die Männer und Frauen wussten nicht, wie sie auf den Angriff reagieren sollten. Walt und Hanky, die gerade zum Tesla Portal aufbrechen wollten, beruhigten die Turmbewohner und Walt empfahl dem Rat, das Tor zu öffnen und die Söldner entkommen zu lassen. Die Ratsmitglieder diskutierten kurz und kamen zu dem einstimmigen Entschluss, Walts Vorschlag zu folgen. So wurde die Torwache instruiert, das Tor zu öffnen und sich ansonsten passiv zu verhalten. Jegliche weitere Kampfhandlung würde zu erneuten Schäden führen. Das Kollabieren der Kristallkuppel musste unter allen Umständen verhindert werden.

Inzwischen rollte der Söldnerkonvoi nun langsamer auf die zerfetzte Stahlmauer zu, hinter der sich das Tor zur Außenwelt verbarg. Die Kämpfer hatten die Fahrzeuge verlassen und liefen in geduckter Haltung voran. Sie waren bereit, auf alles zu feuern, was sich bewegte. Doch als sie die zerstörte Barriere erreichten, fanden sie keinen Gegner vor, der sich ihnen entgegenstellte. Nun sahen die Söldner das eigentliche Tor, das aus zwei großen Flügeln bestand. Das Tor war geöffnet und dahinter befand sich ein Tunnel, der nach weiteren dreißig Metern eine weitere Doppeltür zeigte. Diese war jedoch verschlossen, was auf eine Schleusenanlage hindeutete. Seinem schnellen militärischen Erfolg nicht vertrauend, ließ Harry zuerst einige Männer den Tunnel erkunden. Nachdem diese jedoch keine gegnerischen Kräfte ausmachen konnte, ließ der Kommandeur den Konvoi in die Schleuse fahren. Kaum hatte der letzte Wagen das Tor passiert, schloss sich dieses zischend. Die Deckenbeleuchtung flammte auf und der Luftdruck schien sich zu verändern. Noch ehe die Söldner in Panik geraten konnten, öffnete sich das zweite Tor. Ohne zu zögern, befahl Harry nun, die Schleuse schnellstmöglich zu verlassen. Die Fahrzeuge beschleunigten und verließen nacheinander den stählernen Tunnel. Sofort nachdem der letzte Wagen das zweite Tor passiert hatte, schloss sich auch dieses.

* * *

Gefangen in einer fremden Welt?

Kaum waren die Tore der Kuppelmauer geschlossen, als die nächste Hiobsbotschaft eintraf. Ein Mann in rotem Overall betrat das Ratszimmer und eilte zu einem der Räte. Flüsternd informierte er seinen Vorgesetzten, dessen Gesichtsausdruck nichts Gutes zu verheißen schien. Hanky konnte nicht darauf warten, mündlich informiert zu werden. Schnell las er die Gedanken des Boten und erblasste. Walt, der sah, dass sein Freund zu wanken schien, ergriff dessen rechten Arm und fragte sogleich:
»Was ist passiert?«
Hanky schloss seine Augen und antwortete leise:
»Das Portal ist ausgefallen.«
»Wie *ausgefallen*? Was meinst du?«
»Es funktioniert nicht mehr. Was Genaueres weiß ich auch noch nicht. Wir müssen schnellstens aufbrechen. Ich vermute, die Druckwelle hat etwas zerstört.«
Natürlich wusste Walt sofort, von welcher Druckwelle Hanky sprach. Die Explosionen der Flugtropfen hatte beinahe die gesamte Kristallkuppel zerstört. Dass dadurch auch das Tesla Portal

betroffen war, konnte nicht verwundern. Dennoch hatten er und Hanky nicht an diese Möglichkeit gedacht. Und doch war es geschehen. Wenn sie das Portal nicht mehr aktivieren konnten, dann waren sie auf dieser Welt gefangen. Ohne auf jegliche diplomatischen Feinheiten zu achten, forderte Walt sofort zu dem Standort des Tesla Portals gebracht zu werden. Die Ratsmitglieder wunderten sich zwar kurz, dass ihre Gäste diese neue Information auf unbekanntem Weg erhalten hatten. Im Moment jedoch war diese Frage extrem unwichtig. Sofort begleitete nach einer raschen Verabschiedung der mit einem roten Overall gekleidete Bote die beiden Mutanten zu dem Flugzeughangar. Dort wurden sie zu einem der dort geparkten Flugtropfen geführt. Ohne ein weiteres Abschiedswort bestiegen Walt und Hanky das Fluggerät, das sofort nach Schließen der Luke startete. Nur Minuten später erreichte das seltsame Fluggerät die Position des Tesla Portals. Die Luke öffnete sich und die beiden Männer sprangen aus der Maschine. Schon von Weitem sahen sie die Verwüstungen an dem Tesla Portal. Die Techniker und Soldaten sahen erleichtert den ankommenden Mutanten entgegen, glaubten sie doch, dass diese Männer eine Lösung zur Behebung des Schadens bereithielten. Doch ihr Wunschdenken wurde schnell zerstört und die Männer und Frauen verloren die Hoffnung aus ihren Blicken. Stumm und ohne seinen üblichen Sarkasmus betrachtete Walt die Zerstörungen. Die beiden Tesla-Spulen lagen auf dem Tieflader, gestürzt durch die Wucht der Druckwelle. Die Stromgeneratoren waren von der Bedienmannschaft ausgeschaltet worden und somit auch die Peripheriegeräte samt Computern. Hanky beobachtete seinen Freund, den er selten so niedergeschlagen gesehen hatte. Er wusste, dass er und Walt mit all ihren Paragaben nichts ausrichten konnten. Hier, auf dieser fremden Welt waren sie genauso hilflos wie ihre Begleiter, wie die Techniker und Soldaten. Für einen Moment gestattete sich Hanky, seiner Niedergeschlagenheit nachzugeben. Dann aber begann er nach einer Möglichkeit zu suchen, diese Parallelwelt zu verlassen. Die einzige Hoffnung, die er vorsichtig hegte, war, dass Thore und Mister Wynn das stationäre Tesla Portal wieder aktivieren konnten. Ein Verharren in zermürbendem Selbstmitleid würde niemandem helfen. So besprach er sich kurz mit Walt, der durch die Aussicht auf eine mögliche Rettung sofort wieder sein altes Selbstvertrauen zurückgewann. Hanky ließ ihn gewähren, als er sich auf die Ladefläche des Tiefladers stellte und laut verkündete, was als Nächstes zu tun sei:

»Leute!«, rief er laut und forderte so die Aufmerksamkeit der Techniker und Soldaten, »wir packen hier zusammen und fahren dann zu der Position, wo das stationäre Portal sein sollte. Dort warten wir, bis unsere Freunde auf der anderen Seite das Tesla Portal aktivieren. Also los jetzt! Packt alles zusammen! Wir lassen nichts hier.«

Sofort breitete sich Hoffnung zwischen den irdischen Männern und Frauen aus. Die Spezialisten des BND halfen auf Anweisungen der Techniker, die Computer und Generatoren auf den Tieflader und in die Lastwagen zu laden. Verbissen arbeitete jeder daran, so schnell wie möglich nach Hause zu kommen. Dennoch schwebte das Damoklesschwert über ihnen mit der trüben Aussicht, den Rest ihrer Tage auf dieser fremden Welt zu verbringen. Nach drei Stunden hatten die Männer und Frauen alles gepackt und Hanky gab das Zeichen zur Abfahrt.

* * *

Thore, der gerade mit Mister Wynn die Schäden an den Bedienelementen des beschädigten Tesla Portals in der Lagerhalle reparierte, wurde von dem Summen seines Mobiltelefons aus seiner Konzentration gerissen. Er ärgerte sich über die Störung, nahm aber sofort das Gespräch an. Sein Ärger verwandelte sich in Fassungslosigkeit, als er hörte, dass das mobile Portal in den

DECAM Werken seine Arbeit eingestellt hatte. Die Techniker vor Ort wussten nicht, was den Ausfall verursacht hatte. Sie berichteten nur von dem Zusammenfallen der Energiewand, welches den Durchgang zu der Parallelwelt ermöglicht hatte. Der erste Gedanke, der Thore durchzuckte, war:

Jetzt sind Walt und Hanky verloren!

Doch dann fasste er sich schnell und überlegte, was als Nächstes zu tun sei. Anschließend beorderte er alle verbliebenen Techniker, die eine Einweisung in die Technik des Tesla Portals erhalten hatten, zu seiner Position in der Lagerhalle. Er brauchte nun jede helfende Hand, um dieses Gerät wieder zu aktivieren. Dann beendete er das Gespräch und informierte Mister Wynn und Yavuz, der gerade mit einem fröhlichen Grinsen die Halle betrat. Doch sein Lächeln gefror, als er erfuhr, was geschehen war. Dabei hatte er eigentlich eine gute Nachricht überbringen wollen. Als Thore seinen kurzen Lagebericht beendet hatte, konnte Yavuz nicht anders, als seine gute Nachricht zu verkünden:

»Ich habe zwei Tesla-Spulen auftreiben können. Die Dinger sind auf dem Weg und werden mit einer Frachtmaschine aus München eingeflogen. Das Deutsche Museum hat tatsächlich in ihren Lagern die Spulen gelagert. Sie stammten von einer Ausstellung, die zu Ehren des Nicola Tesla vor einigen Jahren gezeigt worden sind. Nun, lieber Thore, musst du deine Leute zum Flughafen Frankfurt schicken, denn die Frachtmaschine landet in gut einer Stunde.«

Thore nickte nur und sah seinen neuen Kollegen, der eigentlich auch zu einem neuen Freund geworden war, fassungslos an. Dann sprang er aus seiner knienden Haltung auf und eilte zu dem FBI-Sonderberater. Ohne viele Umstände nahm er den Mann in den Arm und sagte leise:

»Danke!«

Dann drehte er sich zu Mister Wynn um und rief:

»An die Arbeit lieber Kollege! Unsere Freunde brauchen Hilfe!«

Die nächsten Stunden vergingen in hektischer Betriebsamkeit. Die Tesla-Spulen wurden zwei Stunden später von einem Lastwagen angeliefert, der mit einer Eskorte der BND-Sondereinheit zu der Lagerhalle eskortiert worden war. Zuerst hatten die Techniker große Mühe, die Tesla-Spulen zu installieren. Kabelverbindungen mussten angepasst und der Stromzufluss neu eingeregelt werden. Die Techniker überprüften zum wiederholten Mal die Computersteuerprogramme, dann endlich war es so weit. Gerade als das Tesla Portal aktiviert werden sollte, betraten Roger und Debora die Halle. Yavuz nahm sie in Empfang und berichtete flüsternd über die bevorstehende Aktivierung. Er wollte Thore und Mister Wynn nicht in ihrer Konzentration stören. Dann endlich begannen die Stromaggregate laut zu brummen und Thore gab den Technikern per Handzeichen den Befehl, das Portal zu öffnen. Die wohlbekannten Schwingungen ließen die Halle und alles darin erzittern. Krachend fuhren Blitze aus den Tesla-Spulen und ein Knistern überlagerte das dumpfe Rumoren der Stromaggregate. Dann baute sich die ersehnte Energiewand flimmernd auf und alle Menschen in der Halle hielten die Luft an. Die Anspannung, mit der sie auf den Energievorhang starrten, war kaum zu ertragen. Der Energievorhang aber wurde durchsichtig und sie sahen undeutliche Schatten auf der anderen Seite der Energiewand. Wie auf ein geheimes Zeichen hin bewegten sich die Schatten und kamen auf den Energievorhang zu. Als der erste Mensch, eine Technikerin, aus dem Energievorhang trat, jubelten alle Anwesenden. Sie wurde sofort von zwei Sanitätern von der Arbeitsbühne geführt. Ein Mitglied der Expedition nach dem anderen durchschritt das Portal. Zum Schluss durchquerten Hanky und Walt das Dimensionstor. Letzter blieb mitten auf der Arbeitsbühne stehen und sagte mit vorwurfsvoller Stimme und einer Prise Humor:

»Was hat denn da so lange gedauert? Wir warten schon ewig!«

Erschöpft

FBI Special Agent Roger Thorn griff zum Telefon und rief die Zentrale der Behörde in Washington an. Da der Scheich nun eliminiert war, konnte er den Befehl zur Festnahme des zweiten Verschwörers, des NSA-Agenten Burt Olson, geben. Als Roger sein Gespräch beendet hatte, fühlte er eine große Erleichterung und gleichzeitig eine bleierne Müdigkeit. Er sah hinüber zu seiner jungen Kollegin Debora Becket, die sich gerade angeregt mit Walt Kessler unterhielt. Sie standen im Schatten der Lagerhalle, welche das stationäre Tesla Portal beherbergte. Hank Berson, den seine Freunde Hanky nannten, besprach die letzten technischen Einzelheiten, die zur Bergung des transportablen Tesla Portals nötig waren. Frische Einheiten des BND und einige Techniker unter der Leitung von Mister Wynn sollten das kostbare Gerät schnellstens bergen. Man wusste nicht, ob die Bewohner des schwarzen Turms in der Parallelwelt nicht versuchen würden, diese Maschine an sich zu bringen. In diesem Moment begann wieder das dumpfe Vibrieren und Roger wusste, dass nun die Teams durch das Portal gehen würden. Doch damit hatte er nichts zu tun. Um dem lauten Brummen und den damit einhergehenden Vibrationen zu entgehen, lief Roger hundert Meter dem Feldweg entlang. Er sah auf das Display seines Handys und fand sogleich die Nachricht, die er gesucht hatte. Carmen hatte ihm eine SMS geschrieben und angekündigt, dass sie um vierzehn Uhr auf dem Frankfurter Flughafen eintreffen würde. Roger, der Hankys Verlobte gerne selbst in Empfang genommen hätte, bedauerte, dass er sie nicht selbst abholen konnte. Der Plan war, dass Carmen in Hankys Hotelzimmer warten sollte und ihn dort überraschte. Zwar hatte Hanky seiner Verlobten versprochen, mit ihr einige Tage in Europa zu verbringen, doch ein fester Termin war bisher noch nicht vereinbart worden. Yavuz, der die vergangenen Tage ebenfalls nur wenig Schlaf abbekommen hatte, spazierte ebenfalls den Feldweg entlang und auf Roger zu. Auch er wusste, dass dieser Einsatz zu Ende war. Als er Roger erreicht hatte, grinste er und klopfte dem FBI-Agenten kräftig auf die Schulter. Dann schlich sich Wehmut in seine Augen, denn er wusste, dass ihre Zusammenarbeit nun bald enden würde. Sogleich aber hatte er eine Idee: »Roger, was hältst du davon, wenn wir alle heute Abend zusammen Essen gehen. Wer weiß, wann wir uns wiedersehen.«

»Das ist eine gute Idee, Yavuz. Wir sollten die Gelegenheit nutzen, denn wie du weißt, kann jederzeit ein Anruf aus Washington kommen, der mich zum nächsten Einsatz schickt.«

»Kennst du die türkische Küche?«

Roger schüttelte den Kopf und wartete auf den Restaurantvorschlag seines Freundes und Kollegen.

»Dann reserviere ich für heute Abend einen Tisch im Grillhaus in Butzbach. Ich kenne das Lokal sehr gut und natürlich auch den Kellner, der mich immer bedient, mit Namen. Kenan wird für uns alles vorbereiten. Warte mal, wie viele Personen sind wir denn? Du, Roger, Debora, deine Kollegin Walt und Hanky …«

»Vergiss nicht Carmen!«, fügte Roger ein. »Sie kommt heute Mittag an. Aber bitte nichts zu Hanky sagen. Das soll eine Überraschung werden.«

Yavuz nickte und fuhr mit seiner Aufzählung fort:

»Na, dann bringe ich meine Frau Adela auch mit, du kennst sie ja noch nicht. Dann wäre nur noch Thore. Der soll seine Frau auch mitbringen. So sind wir neun Personen. Ich glaube, das gibt eine schöne Runde. Okay, ich rufe nun meine Frau an und dann fahre ich nach Hause. Du solltest dich auch im Hotel ausruhen. Ich hole dich um neunzehn Uhr ab und Thore soll die anderen mitnehmen.«

»Du hast noch Mister Wynn vergessen! Ich sage ihm Bescheid. Dann sind wir also zehn Personen.«

Yavuz nickte nur und ging zurück zur Lagerhalle. Roger schaute seinem Freund hinterher, mit dem er schon so manches Abenteuer überstanden hatte. Yavuz hatte ihm mehr als einmal das Leben gerettet und auch dieses Mal waren sie mit heiler Haut davongekommen. Roger wusste aber auch, dass man dem Schicksal nicht trauen konnte. Es war nicht selbstverständlich, dass er und seine Freunde in der Zukunft die nächsten Einsätze unbeschadet überstehen würden. Eine gewisse Schwermut überfiel den FBI-Agenten. Er hatte schon eine Anzahl Kollegen verloren und die Erinnerung an den frühen Tod seines jungen Kollegen Mark Henderson, den der Serienkiller Brian Spiller ermordet hatte, lag noch immer wie ein dunkler Schatten auf seiner Seele. Er beschloss, den noch immer flüchtigen Brian Spiller zu jagen und zur Strecke zu bringen. Diese Bestie in Menschengestalt durfte nicht länger auf den Straßen Amerikas mordend umherziehen. Plötzlich und ohne dass Roger es bemerkt hatte, stand Hanky vor ihm. Der Mutant spürte, dass sein Freund eine moralische Krise durchlief. Er legte seine Hände auf Rogers Schulter und sandte mit seinen besonderen Gaben eine Bitte zu den Engeln. Sofort senkte sich ein goldener Strahl, den nur Hanky und Roger wahrnehmen konnten, vom Himmel herab. Das goldene Licht umhüllte beide Männer und Roger spürte, wie ihn eine göttliche Energie durchflutete. Sein Körper reagierte mit Wohlwollen und die mentalen Batterien Rogers füllten sich. Dann war das goldene Licht plötzlich verschwunden. Roger fühlte sich erholt und körperlich fit. Seine Niedergeschlagenheit hatte sich verflüchtigt und er sah seinen Freund mit wachem Interesse an. So fragte er:

»Was war das eben? Es war schön und irgendwie überirdisch.«

Hanky lachte und sagte dann zu Roger:

»Hast du denn vergessen, dass wir in Boonville in den Kreis der Wächter aufgenommen wurden? Die Engel sind nun unser gesamtes Leben an unserer Seite. Und die goldene Energie ist ein Geschenk der Engel, das wir jederzeit nutzen können.«

Roger nickte nur, auch wenn er im Moment nicht wusste, wie er die Engel zur Hilfe rufen konnte. Doch dieser Frage würde er später einmal gründlich nachgehen. Jetzt wollte er, auch wenn er sich wieder frisch fühlte, zuerst einmal ins Hotel, dort duschen und eine Runde schlafen.

Der Abend kam schneller als erwartet. Roger hatte sich den Wecker gestellt und sich nach einer ausgiebigen Dusche aufs Bett gelegt. Es dauerte keine zehn Sekunden, ehe ihn der Schlaf übermannte und in eine ruhige Traumwelt entführte. Als der Wecker später klingelte, brauchte Roger einige Minuten, um sich aus der Umarmung des Schlafes zu lösen. Dann aber forderte ein beharrliches Klopfen an der Tür, dass er sein bequemes Bett verließ. Nur mit seinen Shorts bekleidet ging er zur Tür, in Erwartung, dort Walt oder Hanky zu sehen. Doch es war Debora, die frisch frisiert und adrett gekleidet vor der Tür im Hotelflur stand. Sie streifte Rogers mageren Körper nur mit einem schnellen Blick, der aber wertungsfrei zu sein schien. Dann forderte die junge FBI-Agentin:

»Beeil dich Roger! Die anderen warten schon in der Hotellobby. Yavuz ist auch schon da! In fünf Minuten ist Abfahrt!«

»Immer diese Hetze!«, knurrte Roger und schloss die Tür. Dann aber musste er lächeln. Seine Kollegen, die auch seine Freunde waren, bedeuteten ihm viel. Sie bildeten eine Gemeinschaft, die so eng und verbunden war, wie man es sonst nur in Familien finden konnte. Und er gehörte zu dieser Familie, was ihn sehr stolz machte.

Die Fahrt von Frankfurt nach Butzbach dauerte nicht lange, was an den angeregten Gesprächen im Wagen liegen konnte. Am Zielort angekommen, begrüßte sich die Gruppe mit innigen Umarmungen. Selbst Mister Wynn, der eigentlich keinen engen Kontakt zu den Agents hatte, wurde in die Arme genommen.

Er war mit einem Porsche angekommen, den er sich bei einer Autovermietung besorgt hatte. Darauf angesprochen sagte er mit seiner dunklen Stimme:

»Wenn ich schon mal in Deutschland bin, dann will ich auch schnell auf der Autobahn fahren.«

Ein allgemeines freundliches Gelächter war die Antwort auf den Kommentar des Amerikaners. An der Tür wurde Yavuz von einem der Kellner des Grillhauses begrüßt. Yavuz winkte seinen Begleitern und geleitete sie zu dem reservierten Tisch. Als die Gruppe Platz genommen hatte, sagte Yavuz etwas in türkischer Sprache zu Kenan, so hieß der Kellner, und stand danach von seinem Sitzplatz auf. Er räusperte sich kurz, ehe er mit belegter Stimme eine kurze Rede hielt:

»Liebe Freunde, es ist mir eine Ehre, euch hier in Deutschland zu sehen und es freut mich besonders, dass mein Freund Roger auch mit dabei ist. Auch Carmen möchte ich begrüßen, die hier neben meiner Frau Adela sitzt. Hanky war bestimmt überrascht, sie in seinem Hotelzimmer vorzufinden. Doch diese Geschichte kann er selbst zum Besten geben. Ich wünsche euch und mir, dass wir noch viele Abende zusammen verbringen können und nun guten Appetit!«

Dann sah er hinüber zu Walt, der händchenhaltend neben Debora saß und selig lächelte. Yavuz zwinkerte Walt vertraulich zu und freute sich über das neue Glück.

* * *

Epilog

Erschüttert schaute Harry durch die Frontscheibe seines SUVs. Die Landschaft, die vor ihm lag, konnte trostloser nicht sein. Karges Gestrüpp versuchte gegen den stetigen Wind anzukämpfen. Die Wüste, die nun seine neue Heimat werden sollte, zeigte ihr unbarmherziges Gesicht. Er wusste in diesem Moment, dass er eine falsche Entscheidung getroffen hatte. Kein Gefängnis konnte so fürchterlich sein wie dieser Planet, den er nun zum ersten Mal in Wirklichkeit sah. Die Schleuse hinter ihm war geschlossen und schon jetzt sehnte Harry sich zurück in die künstliche Welt der Bewohner des schwarzen Turms. Diese Menschen wussten, was außerhalb ihrer Kuppel geschah. Deshalb unterwarfen sich die Bewohner dem Rat des Turms und akzeptierten dessen Entscheidungen. Niemand, nein, wirklich niemand wollte in dieser verstrahlten Wüste leben. Bei diesem Gedanken erinnerte sich Harry, dass er und seine Leute ab sofort der tödlichen Strahlung ausgesetzt waren. Ein globaler Atomkrieg hatte diese Welt in eine atomare Wüste verwandelt. Doch das Leben hatte einen Weg gefunden, sich anzupassen. Aber noch ehe Harry sich in seiner philosophischen Betrachtung verlieren konnte, musste er handeln. Per Funk gab er die Anweisung, dass sich alle Mitglieder seines Teams auf der Ladefläche des ersten Lastwagens einfinden sollten. Dort, so wusste Harry, waren die Strahlenschutzanzüge gelagert. Er selbst sprang zusammen mit seinen Kameraden, die sich mit ihm im Wagen aufgehalten hatten, nach draußen. Sofort erfasste ihn ein böiger, heißer Wind und Sandpartikel rieben wie Schmirgelpapier an seiner Haut. Auch roch diese Welt seltsam und Harry hatte das Bild verwesender Körper vor sich. Doch er wusste, dass seine Psyche ihm hier einen Streich spielte. Mit einem derben Fluch, der sich im Wind verlor, rannte er zu dem Lastwagen und erklomm die Ladefläche. Seine Leute hatten schon begonnen, sich die Schutzanzüge überzustreifen. Als sie Harry gewahr wurden, verdüsterten sich ihre Gesichter. Unbewusst gaben sie ihm die Schuld an ihrer Misere und Harry fragte sich, wie lange ihm diese hart gesottenen Männer noch folgen würden. Aber wenigstens im Moment erkannten sie ihn noch als ihren Kommandeur an. Es dauerte einige Zeit, bis alle Söldner und Techniker die Schutzanzüge angelegt hatten. Dann gab Harry den Befehl zu Weiterfahrt. Er ließ seine Leute nicht im Unklaren, dass sie sich nun auf die Suche nach einer menschlichen Behausung begeben würden. Jeder sollte Ausschau halten, ob er einen Hinweis, eine Spur fand, die sie zu einer Ansiedlung führen konnte. Mit Bedacht hatte er darauf verzichtet, den Bestand ihrer Verpflegung zu prüfen. Es würde eh nicht lange dauern, bis seine Männer erkannten, dass ihre mitgeführten Rationen sie nur für wenige Tage ernähren konnten. Mit einem Sprung von der Ladefläche demonstrierte Harry seinen Kameraden, dass er noch voller Energie war. Für die Männer musste der Eindruck entstehen, dass ihr Kommandant mit jeder Situation fertig wurde. Doch ehe Harry zu seinem Fahrzeug ging, warf er noch einen letzten Blick zurück. Hinter sich sah er nur einen kleinen Teil der Kuppel, da er noch zu nahe an dem mächtigen Bauwerk stand. Soweit er erkennen konnte, war der Kuppelbau durch die schon bekannten schwarzen Metallplatten geschützt. Dadurch wirkte die Kuppel wie eine bedrohliche Festung und schien für jeden Gegner unüberwindbar zu sein. Tatsächlich erkannte Harry nun mit einem zweiten Blick mächtige Geschütztürme, mit der die Turmbewohner jeden Feind abwehren konnten. Sich nicht länger mit der bedrohlichen Architektur dieser Weltengegend befassend, kehrte Harry zu seinem SUV zurück und gab das Signal zur Abfahrt. Langsam, als würde die seelische Belastung, die jeder Mann der Söldnertruppe spürte, die Bewegung der Fahrzeuge beeinflussen, rollte der Konvoi durch die Wüste. Harry sah besorgt zu dem fremden

Himmel auf und wusste nicht, wie er die schnell dahinziehenden, schwefelgelben Wolken einzuschätzen hatte. Drohte ein aufkommender Sturm seine Ankunft in Form dieser schnellen Wolken an, oder war diese Naturerscheinung normal für diese Wüste. Die Eintönigkeit dieser Welt fraß das Gefühl für Zeit. Harry schaute immer wieder auf seine Armbanduhr und wusste zugleich, wie sinnlos seine Handlung war. Er hatte keine Eile und der Tod würde kommen, wann immer er wollte. Diese defätistischen Gedanken quälten ihn zunehmend und rissen seine Seele in den Abgrund der Hoffnungslosigkeit. Auch die Männer in seinem Wagen verhielten sich still. Niemand sprach ein Wort und jeder schien seinen Gedanken nachzuhängen. Plötzlich und völlig unerwartet sah Harry eine Gestalt, die so archaisch wirkte, dass er sie zuerst für eine Ausgeburt seiner Fantasie hielt. Er rieb sich die Augen und verlangsamte die Fahrt. Die Gestalt stand weiterhin reglos in der Wüste und starrte auf die Kolonne der Militärfahrzeuge. Ohne lange nachzudenken, korrigierte Harry die Fahrtrichtung seines Wagens und steuerte dann direkt auf die vermummte Gestalt zu. Keine zehn Meter vor dem Fremden stoppte er seinen SUV und befahl seinen Männern im Wagen zu bleiben. Allerdings sollten sie wachsam bleiben und im Notfall eingreifen. Denn wenn es hier einen Fremden gab, konnten sich weitere in der Dünenlandschaft der Wüste verbergen. Der Kommandeur der Söldner öffnete die Tür seines Fahrzeuges und wurde von einer heftigen Windböe erfasst. Trotzig stemmte er sich gegen die Naturgewalt und marschierte ohne Angst, aber in stetiger Alarmbereitschaft auf den Vermummten zu. Nun konnte er sein Gegenüber genauer betrachten und sah, dass der Fremde in Lumpen gehüllt war. Irgendwie erinnerte ihn die aufrechte Gestalt dennoch an einen Tuareg, einen Nomaden aus der Sahelzone Afrikas. Als er drei Schritte vor dem Vermummten stehen blieb, verneigte sich dieser würdevoll. Harry erwiderte diesen einfachen Gruß, der gleichzeitig und wortlos eine Geste des Respekts dem anderen gegenüber symbolisierte. Nachdem Harry sich wieder aufgerichtet hatte, zog der Fremde seinen Mundschutz, der aus dem gleichen Tuch gewebt schien wie seine Turban-ähnliche Kopfbedeckung, zur Seite. Ein ernstes, hageres Gesicht lächelte zaghaft und noch während Harry überlegte, wie er sich mit dem Fremden verständigen konnte, sagte dieser in bestem Englisch:

»Wie ich sehe, gehören Sie nicht zu den Bewohnern der schwarzen Kuppel. Darf ich fragen, wer Sie sind?«

Für einen Moment war Harry sprachlos. Er hatte mit allem gerechnet, nur nicht einem gebildeten Mann zu begegnen, der dazu noch seiner Sprache mächtig war. Der Kommandant der Söldner überlegte, wie er dem Fremden, ohne zu viel von seiner eigenen Geschichte preiszugeben, eine befriedigende und glaubhafte Antwort geben konnte. Er beschloss so nahe an der Wahrheit zu bleiben wie nötig.

»Meine Männer und ich sind unter bestimmten Umständen ins Innere der Kuppel gelangt. Die Bewohner dort aber waren uns feindselig eingestellt und da sie in der Übermacht waren, blieb nur die Flucht. Durch eine List der Kuppelbewohner wurden wir zu der Schleuse gebracht. Uns blieb die Wahl zwischen zwei Übeln. Hätten wir uns ergeben, dann säßen wir jetzt wohl in einem Gefängnis oder wir wären tot. Doch meine Männer und ich wählten die Freiheit, auch wenn wir nicht wussten, wohin es uns verschlagen würde. Aber nun zu Ihnen. Ich bin erstaunt, dass Sie so gut meine Sprache sprechen. Wie kommt das?«

Der Fremde lachte trocken und antwortete:

»Diese Frage und alle anderen Fragen werden wir am Lagerfeuer besprechen. Ich glaube, Sie würden gerne zurück in Ihre Heimat gehen. Genau dorthin will ich mein Volk führen. Also biete ich Ihnen und Ihren Leuten zuerst eine sichere Unterkunft für die Nacht. Folgen Sie mir und seien Sie vorsichtig! Die Raubechsen gehen bald auf die Jagd.«

Harry rannte zurück zu seinem Wagen und unterrichtete per Funk, was er von dem Fremden erfahren hatte. Der Vermummte hatte es mit wenigen Worten geschafft, den Funken der Hoffnung erneut in Harry zu entzünden. Er würde schon herausfinden, woher der Fremde kam, und Harry vermutete, dass es sich bei dem Mann um einen Bewohner der Erde handelte, den es hierher verschlagen hatte. Nach einem kurzen Befehl Harrys starteten die Fahrer die Motoren ihrer Fahrzeuge. Langsam folgte Harry an der Spitze des Konvois mit seinem SUV dem Fremden, der mit gemessenem Schritt vor ihm herlief. Gerade als Harry überlegte, ob er den Vermummten zur Mitfahrt einladen wollte, blieb dieser stehen und hob seinen rechten Arm. Vor dem Fremden hob sich der Boden und eine Rampe erhob sich aus dem Wüstensand. Eine circa drei Meter breite und gleichhohe Öffnung im Boden wurde sichtbar. Der Vermummte winkte einladend und zeigte auf die Öffnung im Boden. Zweifel nagten plötzlich an Harry und er fragte sich beunruhigt, ob der Fremde sie wohl in eine Falle lockte.

ENDE

P. S.: Besuchen Sie doch mal meine Webseite: www.mystery.thriller.de oder stöbern Sie in meiner Facebook Gruppe: Marvin Roth Story Talk.

Anmerkungen des Autors

Als ich mich der Bitte vieler Leser und meines Verlages beugte, endlich einmal einen Thriller zu schreiben, der in Deutschland spielen sollte, war mir nicht recht wohl bei diesem Gedanken. Ich wollte mich nicht in die Reihe derer einordnen, die nur aus verkaufsstrategischen Gründen ihre Storys in eine bestimmte Region verlegen. Zudem war ich mir nicht sicher, ob meine Protagonisten sich in der ihnen fremden Umgebung zurechtfinden würden. Es ist nicht leicht, die Kulturen zu wechseln, und ja, ich weiß, wovon ich spreche. Sei's drum. Ich habe mich in das Abenteuer gestürzt und nach kurzer Überlegung wusste ich, welche Story ich erzählen wollte. Da die meisten meiner Bücher in irgendeiner Form miteinander zu tun haben, war es nur folgerichtig die Fortsetzung meines Romans: „Das Tesla Portal" zu schreiben. Natürlich hatten viele Leser nach einer weiteren Folge der Tesla Portal-Story gefragt. Und was soll ich sagen, gefragt – getan. Dies nur zur Erklärung der Geschichte, die ihr hoffentlich gelesen habt – oder gehört ihr zu den Leuten, die schon mal vorab in den letzten Seiten eines Buches herumschnüffeln?

Wie auch immer, ich hoffe, ihr hattet genauso viel Spaß wie ich mit dieser Geschichte. Natürlich kann es nicht für jeden ein Happy End geben. So ist eben das Leben und auch dort müssen sich die Protagonisten ihrem Schicksal beugen. Ganz so wie wir im richtigen Leben. Ich freue mich schon jetzt, wenn wir uns in der nächsten Geschichte wieder begegnen und verbleibe mit den besten Wünschen!

Es grüßt Sie herzlich
Ihr
Marvin Roth

Boonville

Aus dem Haus 50 des Traverse City State Hospital ist einem Mann die Flucht gelungen. Er ist von den Behörden als „EXTREM GEFÄHRLICH!" kategorisiert worden. Das beweist er sogleich, denn sein Ausbruch hat viele Opfer gekostet. Spezial Agent Roger Thorn übernimmt die Ermittlungen. Dabei führt ihn sein Weg in den Mittelwesten der USA, in die Stadt Boonville. Hank Berson und Walt Kessler folgen dem FBI Ermittler in die Kleinstadt.

ISBN 978-3-98503-010-1

Area 51

Aus dem Todestrakt des ADX Bundesgefängnis in Florence, Colorado, werden verurteilte Killer entführt. In der Grenzregion der USA und Mexikos verschwinden Flüchtlinge, Schleuser und Gangster, die für ein Drogenkartell arbeiten, spurlos. Unheimliche, schwarz vermummte Gestalten verschleppen nachts Obdachlose aus dem Central Park in New York City. Wer ist für die Entführungen verantwortlich?

ISBN 978-3-946732-21-1

Fluchtpunkt Las Vegas

Einigen Männern ist die Flucht aus den Labors der berüchtigten AREA 51 gelungen. In Las Vegas, der Spielerstadt, versuchen sie unterzutauchen und ihren Häschern zu entkommen. Da es sich bei den Flüchtigen zum Teil um Verbrecher und Mörder handelt, nehmen sie alte Gewohnheiten wieder auf und gehen ihrem üblen Handwerk nach. Agenten der AREA 51 versuchen die Flüchtigen zu finden und scheuen sich dabei nicht, Gewalt anzuwenden.

ISBN 978-3-946732-57-0

Das Tesla Portal

Ein NSA-Analyst findet in den Archiven seiner Behörde technische Aufzeichnungen des Wissenschaftlers Nikola Tesla. Schnell erkennen skrupellose Politiker die enormen Möglichkeiten dieser Entdeckung. Sie bereiten eine Mission vor, die das Potenzial hat, die Weltwirtschaft aus den Angeln zu heben. Als dann eines Tages ein Luftbeben, eine enorme Vibration, das Bankenviertel in New York City erschüttert, glaubt die Öffentlichkeit zuerst an einen neuen Terroranschlag.

ISBN 978-3-946732-71-6

Der Duft des Zorns

„Fürchtet euch vor dem, der nicht nur töten kann, sondern die Macht hat, euch auch noch in die Hölle zu werfen. Ja, das sage ich euch: Ihn sollt ihr fürchten." *Lukas 12/5*

Mord und Terror überziehen ohne Vorwarnung Walkers Hill. Der Tod geht um. Wem kann man noch trauen, wenn sogar Polizisten auf unbewaffnete Menschen schießen. Der FBI Agent Roger Thorn steht vor einer nahezu unlösbaren Aufgabe.

ISBN 978-3-943168-61-7

Das Papstdekret

„Nimm eine und tue es!", steht in großen Lettern auf den Kisten, die frei zugänglich auf dem Times Square herumstehen. Sofort bekriegen sich zwei Streetgangs um den Inhalt: Waffen! Mit dieser Provokation läuten Islamisten den Straßenterror in New York ein. Es folgt ein Anschlag auf den US-Präsidenten. Auch die Vatikanstadt wird von Anschlägen heimgesucht: Der Nachfolger Osama bin Ladens will die christliche Welt zerstören.

ISBN 978-3-943168-94-5